Über die Autorin:
Inspiriert durch ihre Liebe zur amerikanischen Literatur, lebte Clarissa
Linden längere Zeit in den USA. Inzwischen ist sie nach Deutschland
zurückgekehrt, wo sie auf einem Hof in Norddeutschland wohnt, den
sie mit ihrem Ehemann und vielen Tieren teilt. Ihre Erfahrungen als
Buchhändlerin und Katzenpersonal flossen in *Ich warte auf dich, jeden
Tag* ein. Die Erzählungen ihrer Großmütter gaben Clarissa Linden den
Anstoß, sich mit der deutschen Vergangenheit auseinanderzusetzen.

CLARISSA LINDEN

Ich warte auf dich, jeden Tag

Roman

Besuchen Sie uns im Internet:
www.knaur.de

Originalausgabe Februar 2015
Knaur Taschenbuch
© 2015 Knaur Taschenbuch
Ein Unternehmen der Droemerschen Verlagsanstalt
Th. Knaur Nachf. GmbH & Co. KG, München
Alle Rechte vorbehalten. Das Werk darf – auch teilweise –
nur mit Genehmigung des Verlags wiedergegeben werden.
Redaktion: Julia von Natzmer
Umschlaggestaltung: ZERO Werbeagentur, München
Umschlagabbildung: © Darrell Gulin/Corbis; FinePic®, München
Satz: Adobe InDesign im Verlag
Druck und Bindung: CPI books GmbH, Leck
ISBN 978-3-426-51605-8

2 4 5 3 1

*Für meine Großmütter Ida und Berta
und Großtante Erna,
die ihre Erinnerungen mit mir teilten*

Alles kann Liebe:
zürnen und zagen,
leiden und wagen,
demütig werben,
töten, verderben,
alles kann Liebe.

Alles kann Liebe:
lachend entbehren,
weinend gewähren,
heißes Verlangen
nähren in bangen,
in einsamen Tagen –
alles kann Liebe –
nur nicht entsagen!

»Alles kann Liebe«,
aus: Marie von Ebner-Eschenbach, Aphorismen.
© Insel Verlag Frankfurt am Main 1986.

Nennt mich Ishmael.

Kapitel 1

s tut mir leid, Erin. Du weißt, ich wünsche dir alles Gute ...«
Bevor er sagen kann »Lass uns Freunde bleiben«, habe ich aufgelegt. Unter Tränen. Tränen der Wut. Tränen der Trauer. Wie oft habe ich mir geschworen, Jeffrey nie wieder anzurufen, ihn endgültig aus meinem Leben zu streichen? Aber heute hat mich die Einsamkeit überfallen wie ein wildes Tier, hat mich in ihre Fänge gerissen und an mir gezerrt, bis ich es nicht mehr aushalten konnte. In dunklen Stunden wie diesen muss ich Jeffrey anrufen. Niemand sonst kennt mich so gut wie er. Niemand sonst kann verstehen, was ich empfinde. Niemand sonst ist mir je so nah gewesen und nun so unerreichbar.
Ruf ihn nicht an, habe ich wie ein Mantra wiederholt, während ich ein Glas Wein nach dem nächsten trank. Dann habe ich doch die Nummer gewählt, habe atemlos gelauscht, bis ich endlich seine Stimme hörte. Seine angenehme, so vertraute Stimme, die so oft »Ich liebe dich« gesagt hat.
Die nie wieder »Ich liebe dich« zu mir sagen wird.
Mit zitternden Händen gieße ich mir ein weiteres Glas Rotwein ein. Nicht, weil er mir schmeckt, sondern weil ich hof-

fe, dass er mir hilft zu vergessen. Aber wie soll ich Jeffrey hier vergessen können? Hier in unserem gemeinsamen Haus, das ich über die langen Jahre unserer Ehe hinweg zu einem Heim gestaltet habe, so, wie ich mir ein Zuhause vorstellte. Ein Heim, warm und behaglich, ein Ort, an dem wir gemeinsam alt werden können. So, wie wir es uns einmal versprochen haben. Ein Versprechen, an dem ich mich festhalte, das ich jeden Tag erneuere. Noch immer hoffe ich, dass auch Jeffrey sich wieder daran erinnert, was wir einander bedeutet haben. Obwohl meine Freundinnen mir raten, loszulassen – was immer das auch bedeuten soll – und weiterzugehen, kann ich nicht einfach vorgeben, dass meine Ehe als etwas Endliches gedacht war.

»In guten wie in schlechten Tagen, in Krankheit und Gesundheit«, das haben wir uns geschworen. Einander beistehen wollten wir, gemeinsam alt werden. Nun sitze ich hier und sehe einer Zukunft ins Auge, die keinerlei Gemeinsamkeit mehr in sich trägt, nur das Alleinsein. An manchen Tagen gewöhne ich mich an den Gedanken, an anderen Tagen, so wie heute Abend, fühlt sich die Einsamkeit erdrückend an. Also habe ich nach drei Gläsern Rotwein bei Jeffrey angerufen.

Als wüsste ich es nicht besser. Nach einem Telefonat mit Jeffrey beginnt mein Leiden von vorne – gehe nicht über Los, ziehe keine zweitausend Dollar ein. Seine neutrale Freundlichkeit schmerzt mehr, als wenn er mich anschreien würde. So, wie ich als Kind bei aufgeschlagenen Knien immer wieder den Schorf von der Wunde kratzte, bis sie blutete, obwohl ich wusste, dass das schmerzhaft enden würde, zieht es mich an einsamen Abenden zu Jeffrey. Automatisch greift meine Hand erneut nach dem Telefon.

Nein.

Einmal ist genug.

Mehr als eine Demütigung am Tag kann ich nicht ertragen.

Ich muss mich ablenken.

Ich könnte fernsehen? Besser nicht, bei meinem Glück lande ich bei einer Serie oder einem Film, in dem zwei Menschen sich finden und über alles lieben. Bis dass der Tod sie scheidet, was aber nicht im Fernsehen zu sehen sein wird. Der Film endet natürlich mit dem großen Glück. So, wie alle Geschichten enden. Mit dem Versprechen ewiger Liebe und ewigen Glücks. Alles Lügen.

Seitdem ich das zu Charlotte gesagt habe, bin ich ihr neues Projekt. Wo sie nur die Energie hernimmt, sich all der Streuner und Verlorenen anzunehmen? Dreibeinige Katzen, halbblinde Hunde und jetzt ich. Charlotte kümmert sich um uns, die wir Hilfe und Betreuung brauchen. Die Katzen und Hunde bekommen einen warmen Platz und mehr zu fressen, als ihnen guttut. Mir hat Charlotte vor langer Zeit einen Job in ihrer Buchhandlung angeboten, der mich von meiner langweiligen Universitätsstelle erlöste. Jetzt stellt sie mir eine Wochenaufgabe, die mich von meinem Elend ablenken und beschäftigen soll. Wenn Charlotte nicht Charlotte wäre, käme ich überhaupt nicht auf die Idee, so ein Spiel mitzuspielen. Aber sie ist nicht nur meine Chefin, sondern auch meine beste Freundin.

»Wenn du bei mir arbeitest, musst du dich auskennen.« Damit fing Charlottes Projekt an. Ich hätte gleich misstrauisch werden sollen, als ich das Funkeln in ihren Augen sah. So schaut Charlotte nur, wenn sie einem Plan folgt. Einem ihrer Rettungspläne. »Nicht nur mit deinen heißgeliebten Europäern, sondern mit unseren amerikanischen Autoren.«

»Nicht wieder *die* Diskussion«, versuchte ich abzuwehren. Seitdem wir uns kennen, streiten Charlotte und ich über Literatur – ich liebe vor allem die russischen und französischen Autoren. Sie nennt mich euro-chauvinistisch und behauptet, dass ich die Propheten im eigenen Land nicht gelten lasse. »Ich habe brav ein paar deiner geliebten Amerikaner gelesen.«

»Das reicht nicht«, beharrte meine Freundin. »Du musst unseren Kunden helfen können. Denen, die nicht wissen, wie das Buch heißt, das sie lesen wollen, wer der Autor ist oder worum es überhaupt geht.«

»Was macht jemand in einem Buchladen, wenn er das alles nicht weiß?«

»Das ist die falsche Einstellung«, antwortete Charlotte mir, begleitet von einem so typischen Charlotte-Blick, so dass ich nicht weiterfragte. »Ich gebe dir jede Woche einen ersten Satz.«

»Den ich dann fortführen soll?« Als ob ich mein Unglück auf Papier bannen könnte! Glaubt Charlotte ernsthaft, dass schreiben mir darüber hinweghelfen kann, dass Jeffrey mich nach zwanzig Jahren Ehe von einem Tag auf den anderen verlassen hat? Weil er seine große Liebe fand. Gegen diesen Schmerz hilft nichts. Kein Alkohol, kein Weinen, kein Schreien, kein Betteln, kein Toben – ich weiß das; ich habe alles ausprobiert.

»Wir verkaufen Bücher, die bereits jemand geschrieben hat«, sagte Charlotte. Als ob ich das nicht wüsste. »Nein, du sollst herausfinden, zu welchem Buch der Satz gehört, und es lesen. Innerhalb einer Woche.«

»Das schaffe ich nicht. Ich habe so viel zu tun. Mit dem Haus. Hier. Mit allem.«

»Eine Woche. Wenn du früher fertig bist, umso besser.«

Mit Charlotte streitet man nicht, wenn sie so entschieden wirkt. Also habe ich mich seufzend dazu bereit erklärt, ein Buch pro Woche zu lesen. Vor sechs Tagen gab sie mir den ersten Hinweis. In einem Briefumschlag.

Nennt mich Ishmael.

Das ist fast zu einfach. Jeder erkennt den berühmten ersten Satz aus *Moby Dick*. Das Buch zu lesen hingegen erweist sich als deutlich schwieriger. Bisher kannte ich nur den Film mit Gregory Peck, den ich gruselig, aber spannend fand. Diese Spannung entdecke ich im Roman nicht wieder. Seitenweise lässt sich der Autor Herman Melville über Walfang aus. In viel zu vielen Details. Schon ein paar Mal war ich versucht, das Buch zur Seite zu legen und Charlotte gegenüber zu behaupten, dass ich es gelesen habe. Schließlich weiß ich dank Hollywood bereits, wie die Geschichte ausgeht.

»Lies es. Es hat viel mit dir zu tun«, hat Charlotte gesagt, nachdem ich ihr die Lösung präsentierte. »Und lies es bis zum Schluss.«

Da mir nur noch heute bleibt, bis die Woche um ist, nehme ich das Buch widerstrebend in die Hand. Tief kuschele ich mich in den Sessel ein, den Jeffrey mir zu unserem fünfzehnten Hochzeitstag geschenkt hat, und lese an der Stelle weiter, an der ich gestern mit müden Augen aufgehört habe. Schon nach wenigen Seiten beginne ich zu gähnen.

Das Telefon klingelt.

Jeffrey!

Vor Aufregung lasse ich das Buch fallen. Beim Aufstehen verheddere ich mich in der Decke und stoße mir das Knie am Esstisch, als ich mich endlich von allem befreit habe. Bitte, bitte, lass ihn nicht auflegen, flehe ich. Bitte.

»Hier sind Erin und Jeffrey. Wir sind nicht zu Hause. Ihr wisst ja, wie das geht.«

Zu spät. Ein letzter Schritt, ich zerre den Telefonhörer von der Ladestation.

»Jeffrey?«, frage ich atemlos.

»Erin?«, antwortet die Stimme meiner Mutter.

Oh nein, *sie* hat mir gerade noch gefehlt.

»Hallo, Mum«, sage ich und sende ein stummes Stoßgebet, dass sie bitte nicht nachfragt, warum ich sie eben Jeffrey genannt habe. »Ist etwas passiert?«

Konsterniertes Schweigen am anderen Ende der Telefonleitung.

»Kann ich nicht einmal bei dir anrufen, ohne dass etwas Schlimmes geschehen sein muss?«

»Es tut mir leid.« Wirklich. Mit der linken Hand reibe ich das schmerzende Knie, während ich nach einer passenden Entschuldigung suche. »Es war ein harter Tag.«

»Geht es dir besser?«

»Ja. So langsam. Es war halt … ziemlich überraschend.«

Die Untertreibung des Jahrhunderts. Aber ich möchte nicht mit meiner Mutter über meinen Ex-Mann reden. Denn sie war von Anfang an der Auffassung, dass etwas mit Jeffrey nicht stimmte. Sicher hat sie die zwanzig guten Ehejahre vergessen und denkt nur daran, dass ihre Prognose sich als richtig erwiesen hat. Jeffrey hat mir das Herz gebrochen.

»Wie geht es Kyle?« Gleich wird sie die Tirade beginnen, die immer auf diese vorgeblich harmlose Frage folgt. »Ich finde es ja nicht richtig, dass der Junge allein in Europa ist.«

»Ach, Mum.« Ich verkneife mir das Seufzen. Zu oft haben wir diese Diskussion geführt. Meine Mutter ist der Überzeugung, dass es ein großer Fehler war, Kyle zu erlauben, in Spanien zu studieren. Beinahe ein so großer Fehler, wie seinen Vater geheiratet zu haben. »Kyle ist glücklich, und seine Noten sind traumhaft.«

Und in Barcelona bekommt er nur am Rande mit, was sich hier in Berkeley abspielt. Wie sehr ich unter der Trennung leide, wie einsam ich trotz Charlottes Freundschaft bin und wie sehr ich mich aufgegeben habe. Sobald ich mit meinem Sohn telefoniere, was für meinen Geschmack viel zu selten ist, bemühe ich mich allerdings darum, gelassen und zufrieden zu wirken. Kyle hat Jeffreys und meine Trennung besser aufgenommen, als ich erwartet habe. Wahrscheinlich, weil er sein eigenes Leben lebt. Ein Leben, das sich um Architektur, neue Freunde und bestimmt auch Mädchen dreht, auch wenn er mir davon nie etwas erzählt. Ein Leben, in dem ich nur eine Nebenrolle spiele. Ich muss meinem Sohn zugutehalten, dass er nach Berkeley zurückkehren wollte, als er erfuhr, dass sein Vater mich verlassen hat. Aber ich habe abgelehnt. Ich wollte keine dieser Frauen werden, die ihr Kind als Waffe in dem Trennungskrieg benutzt.

»Erin?« Meine Mutter klingt irritiert. Wahrscheinlich hat sie mir etwas Wichtiges sagen wollen, und meine Gedanken waren ganz woanders. »Erin. Hörst du mir zu?«

»Entschuldige, Mum.« Wenn ich nicht aufpasse, kommt sie noch auf die Idee, mich zu besuchen, um mir zur Seite zu stehen. Nicht, weil es ihr ein wirkliches Bedürfnis ist, sondern weil es sich so gehört. Mütter haben für ihre Kinder da zu sein, vor allem in Krisensituationen. »Ich habe gerade an Kyle gedacht. Was hast du gesagt?«

»Dein Vater und ich wollen das Haus verkaufen.«

»Nein!«, platze ich heraus. Nicht das auch noch. Mein Sohn studiert in Spanien, mein Mann lebt mit seiner großen Liebe, und nun wird das Haus meiner Kindheit verkauft. »Das könnt ihr doch nicht machen!«

»Es ist viel zu groß für uns beide.« Bestimmt war es ihre Idee, das Haus aufzugeben, um sich in einer Seniorenresidenz einzuquartieren. Dad würde niemals unser Heim verkaufen. »Seit dem Herzinfarkt kann dein Vater kaum noch etwas im Garten tun.«

»Ihr könntet einen Gärtner einstellen«, schlage ich vor. Die Vorstellung, nie wieder in mein altes Zimmer zurückkehren zu können, bringt die Tränen zurück, die ich so mühsam niedergerungen habe. »Ich zahle auch was dazu.«

»Ach, Erin.« Diesen Tonfall kenne ich nur zu gut. »Woher willst du das Geld denn nehmen?«

In dem Moment begreife ich, was meine Mutter vor mir verbergen will.

»Ihr habt das Haus schon verkauft.«

Schweigen am anderen Ende. Schweigen, das mir ein Schuldgefühl vermitteln soll, obwohl meine Mutter sich schuldig fühlen müsste.

»Warum rufst du überhaupt an, wenn schon alles entschieden ist? Wann zieht ihr aus?«

»In zwei Wochen kommt eine Firma, die uns beim Entrümpeln hilft. Dein Vater und ich dachten, dass du vorher gern deine Sachen aussortieren würdest.«

»In zwei Wochen schon?« Meine Kehle fühlt sich trocken an. Meine Augen brennen. »Ich … ich habe einen Job. Ich kann da nicht so einfach weg.«

Schließlich wohnen meine Eltern in Oregon, so dass ich nicht mir nichts, dir nichts dorthin fahren kann. Charlotte setzt darauf, dass ich ihr im Buchladen helfe.

»Dann packen dein Vater und ich die wichtigsten Dinge für dich zusammen und schicken sie dir.«

Die Vorstellung, dass meine Eltern in meinen alten Sachen wühlen und entscheiden, was für mich wichtig ist, lässt mir die Haare zu Berge stehen. Auf gar keinen Fall will ich, dass Mum meine Tagebücher oder Liebesbriefe entdeckt.

»Nicht so eilig. Ich spreche morgen mit Charlotte und rufe dich dann an.«

»Grüß sie von uns.«

»Danke. Grüß Dad.«

»Bis morgen.«

Noch lange, nachdem ich den Hörer wieder auf die Lade-station gelegt habe, stehe ich im Flur und frage mich, was wohl noch auf mich wartet. Kann es noch schlimmer kom-men?

Als ich noch jünger und verwundbarer war,
gab mein Vater mir einmal einen Rat, der mir
bis heute im Kopf herumgeht.

Kapitel 2

Ich erwache mit schmerzendem Rücken und blinzele in die Sonne, die mir ins Gesicht scheint. Nach einer weiteren Flasche Wein bin ich über den letzten Seiten von *Moby Dick* im Sessel eingeschlafen. Mein Mund fühlt sich trocken und gleichzeitig pelzig an. Zum Glück habe ich den Wecker gestellt, sonst hätte ich meine Mittagsschicht mit Sicherheit verschlafen. Charlotte wäre mir wahrscheinlich nicht böse, aber der sorgenvolle Blick, den ich von ihr bekäme, wäre mehr, als ich ertragen kann.

Unter der Dusche schlägt der moralische Kater mir seine Krallen in die Seite. Einer der Gründe, warum ich mich selten betrinke. Am nächsten Morgen geht es mir körperlich schlecht, was noch zu verkraften wäre. Schlimmer fühlt sich das schlechte Gewissen an, das ich »moralischen Kater« getauft habe. Das Gefühl, etwas Dummes angestellt zu haben, so wie ein Anruf beim Ex-Mann, der einen nicht mehr sehen und hören möchte. Nachdem ich durch die erste Phase des schlechten Gewissens und der Selbstvorwürfe durch bin, was ich mit eiskaltem Wasser begleite, setzt die zweite Phase ein – düstere Verzweiflung. Alles erscheint mir grau in grau. Schnell drehe ich das warme Wasser auf, aber meine Gedanken bleiben bitter.

Ich werde *nie* wieder glücklich sein.

Mein Leben wird eine Aneinanderreihung trister Tage werden.

Ich bin selbst schuld daran, dass mein Mann mich verlassen hat.

Man sagt, die Trauer über das Ende einer Ehe dauert etwa halb so lange wie die Beziehung – da kommen noch schlimme Jahre auf mich zu.

Mit geschlossenen Augen lehne ich den Kopf an die Wand der Dusche, überlege, was geschähe, wenn ich einfach hier stehen bleibe. Tagelang. Das Wasser auf mich niederprasseln lasse, bis meine Haut aufgeweicht ist. Aber nein, dafür bin ich zu diszipliniert. Ich weiß, dass Charlotte auf mich wartet. Also stelle ich die Dusche ab, putze mir die Zähne und ziehe mich an. Wahllos greife ich in den Schrank, nehme das erstbeste Kleidungsstück, das mir in die Hände fällt. Es ist egal, wie ich aussehe.

Wo ist der verfluchte Gürtel?

Seitdem Jeffrey mich verlassen hat, habe ich zehn Kilogramm abgenommen. Etwas, das ich früher mit Freudentänzen gefeiert hätte. Heute ist es mir egal. Ich müsste mir neue Kleidung kaufen, ein oder zwei Kleidergrößen kleiner, aber allein die Überlegung, etwas auswählen und mich entscheiden zu müssen, erschöpft mich. Lieber ziehe ich die Gürtel enger und akzeptiere, dass die Hose um meine Beine schlackert und tief unter meinem Hintern hängt. Es interessiert ohnehin niemanden, wie ich aussehe.

In düsterer Stimmung schmiere ich mir ein Frühstücksbrot – Erdnussbutter mit Johannesbeermarmelade, aber nicht einmal dessen würzige Süße kann meine Stimmung aufheitern. Einen Kaffee kaufe ich mir auf dem Weg zu Charlottes Buchladen. Meine Kaffeemaschine hat vor drei Wochen ihren

Geist aufgegeben, und bisher habe ich nicht die Kraft gefunden, eine neue anzuschaffen. Die Vorstellung, in einem Geschäft zwischen Dutzenden von Modellen wählen zu müssen, hält mich ab. Entscheidungen darüber treffen zu müssen, ob die Maschine auch Espresso und Cappuccino herstellen soll, ob sie selbstreinigend ist oder gewartet werden muss – all das ist mir zu viel. Da kaufe ich mir lieber jeden Morgen einen *Coffee to go* und unterstütze die lokale Wirtschaft.

An manchen Tagen genieße ich es, die Telegraph Avenue entlangzuschlendern. Ich mag es, die grellen Farben an den Straßenständen in mich aufzunehmen, die Fröhlichkeit der Straßenhändler, das Gewimmel von Touristen und Studenten zu beobachten. An Tagen wie heute jedoch, nachdem ich einen Rückfall bei den Anrufen bei Jeffrey und zu viel Wein hatte, kann ich den Anblick der jungen Menschen, die ihr Leben, die große Liebe und die gewaltigen Enttäuschungen noch vor sich haben, kaum ertragen. Insbesondere die Paare, die eng umschlungen vor den Straßenständen stehen bleiben und alles um sich herum auszublenden scheinen, wecken in mir den Wunsch zu schreien.

»Noch glaubst du, dass er es ehrlich meint und für immer bei dir bleiben wird«, möchte ich dem hübschen Mädchen in dem Batikkleid entgegenschleudern. Sie hat ihren blonden Haarschopf gegen seinen dunklen gelehnt, voller Vertrauen in die Zukunft. »Aber er wird dich für jemand anderen verlassen. Und du wirst allein bleiben. Alt und einsam.«

Natürlich gebe ich dem Impuls nicht nach, weil ich mich nicht dem Blick aussetzen möchte, mit dem das Mädchen mich höchstwahrscheinlich mustern würde. Dieser Mischung aus Erstaunen und Mitleid gegenüber einer mittelalten Frau, die so sehr aus der Rolle fällt, dass sie wie eine Weltuntergangsprophetin glückliche Paare anspricht, um sie vor dem Ende zu warnen, das nahe ist. Der Gedanke ist derart absurd, dass ich lächeln muss.

Es ist kühl für Ende September. Ich ziehe meine viel zu dünne Jacke enger um mich, aber das Frösteln will nicht vergehen. Wer wird sich um mich kümmern, sollte ich krank werden? In meinem Hinterkopf antwortet eine Stimme: »Charlotte oder Helen oder Amy«, aber ich will nicht auf sie hören, will mein Selbstmitleid zur Neige auskosten. Sosehr ich meine Freundinnen liebe, so sehr trauere ich meinem alten Leben nach. Meinem perfekten Leben.

Seitdem ich ein kleines Mädchen war, habe ich mir meine Zukunft in einer Zweiheit ausgemalt. Als meine Mutter mir Eisenbahnen und Autos schenkte, quengelte ich so lange, bis ich eine Barbie bekam. Doch bald war ich es satt, Barbie mit unterschiedlichen Kostümen auszustatten und sie zum Shopping zu schicken. Oder ins Büro – darauf bestand meine Mutter. Wieder jammerte ich, bis ich endlich das bekam, was Barbie in meinen Augen erst komplettierte – Ken. Stundenlang konnte ich mich damit beschäftigen, mir ein glückliches Leben für Barbie und Ken auszumalen. Von ihrem ersten Date über die Zeit der Verlobung bis hin zur rauschenden Hochzeitsfeier. In meiner Phantasiewelt bekamen Barbie und Ken viele Kinder und lebten glücklich und zufrieden im Kreis ihrer wachsenden Familie.

Dieser Kindheitstraum hat mich nie losgelassen. Alles bis zur Ehe – Schulabschluss, Studium, Job – sah ich nur als Stationen auf dem Weg zum Glück, zu meiner Bestimmung, zu meinem Ken. Und das Leben meinte es gut mit mir. In meinem zweiten Semester an der Uni traf ich Jeffrey, dessen für Idaho typische Blondheit so gar nichts mit dem dunkelhaarigen Ken gemeinsam hat. Bereits nach dem zweiten Date wusste ich, dass Jeffrey der Richtige, der Eine für mich ist. Wir mochten dieselben Bücher, dieselben Filme, lachten über dieselben Komiker und engagierten uns politisch für dieselben Zwecke. Jeffrey wünschte sich viele Kinder, ich mir auch. Jeffrey wollte nicht zurück nach Idaho, ich nicht zurück nach Oregon. Wir beide liebten die Sonne Kaliforniens, die bunten Farben Berkeleys und das Meer direkt vor der Haustür.

Nachdem Jeffrey mir einen Heiratsantrag machte, glaubte ich mich am Ziel meiner Wünsche. Der erste Rückschlag kam, als die Ärzte mir nach Kyles Geburt mitteilten, dass ich keine weiteren Kinder bekommen könnte. Das führte dazu, dass ich unserem Sohn meine ganze Aufmerksamkeit widmete, mich ständig sorgte, dass ihm etwas passierte. War das der Moment, in dem wir begannen, uns auseinanderzuleben? Waren wir da nicht mehr Erin und Jeffrey, sondern Erin und Kyle, Jeffrey und Kyle?

Nach außen hin lief alles glatt. Jeffrey bekam eine Festanstellung an der Universität, ich arbeitete halbtags dort, allerdings nicht im wissenschaftlichen Dienst, sondern in der Verwaltung. Doch sobald Charlotte mir die Chance bot, mit Büchern zu arbeiten, ließ ich die sichere Universitätsstelle sausen. Endlich hatte ich einen Job, der mir Spaß machte, auch wenn er deutlich weniger Geld einbrachte. Aber das machte ja nichts. Mein Leben, mein Lebensstandard hing davon ab, was Jeffrey verdiente.

Ich muss aufhören, wieder und wieder diese Gedanken in meinem Kopf zu wälzen wie Sisyphos seinen Stein.

»Du musst nach vorne sehen«, haben meine Freundinnen gesagt, womit sie möglicherweise recht haben, nur kann mir keine erklären, auf was ich vorne sehen soll. Auf mein Leben in zwanzig Jahren, allein, in einem kleinen Apartment, weil ich mir das Haus nicht mehr leisten kann? Wenn ich Katzen mögen würde, könnte ich mir eine anschaffen, die die Einsamkeit vertreibt. Aber Katzen erinnern mich immer an meinen Großvater, dem die Tiere wichtiger waren als wir Enkel. Und für einen Hund habe ich keine Zeit. Jeden Tag bei Wind und Wetter mit einem Tier spazieren zu gehen, allein der Gedanke macht mich müde. Außerdem bin ich momentan höchstens in der Lage, einigermaßen für mich selbst zu sorgen. Die Verantwortung für jemand anderen – und sei es nur ein Haustier – kann und will ich nicht übernehmen.

Weil ich so tief in meinen Gedanken versunken bin, habe ich nicht aufgepasst und bin falsch abgebogen. Ich bin den kurzen Weg gegangen und nicht den längeren, den ich bevorzuge. Ich versuche, dem kürzeren Weg durch die Telegraph Avenue auszuweichen, weil mich an der Stelle vorbeiführt, wo früher das *Café Intermezzo* eine bunte Gesellschaft von Studenten, Professoren, Universitätsbeschäftigten und Touristen angezogen hat. Im November 1998 zerstörte ein Feuer das Gebäude und nahm Berkeley damit eines seiner traditionsreichsten Cafés. Mit vielen anderen zog ich einen Tag später zur Brandstätte, um mich mit eigenen Augen davon zu überzeugen, dass es das Restaurant nicht mehr gab. Dass das Café, in dem Jeffrey und ich so viel Zeit verbracht hatten, abgebrannt war, erschien mir als Ironie des Schicksals. Denn drei Tage zuvor hatte Jeffrey verkündet, dass er mich verlassen wolle. Im November, mitten in den selbst in Kalifornien grauen Tagen. In der Vorweihnachtszeit. Dass er nicht bis zum neuen Jahr warten konnte, werfe ich ihm immer noch vor.

»Ich konnte nicht mehr warten, Erin«, hat er gesagt und mich dabei gequält angesehen. Mein Mitleid hielt sich in Grenzen. Schließlich hat er mich verlassen und nicht ich ihn.

Noch immer schmerzt es, wenn ich hier entlanggehe. Jedes Mal, wenn ich am Brandort vorbeikomme, werde ich an den verhängnisvollen Nachmittag erinnert. In meinen Augen verbindet sich das Ende des Cafés mit dem Ende unserer Ehe. Daher beobachte ich mit Argusaugen alle Bemühungen der Stadt Berkeley, das *Intermezzo* an anderer Stelle hochzuziehen, auch wenn ich das nie zugeben würde. Für mich ist das Café zu einem Omen geworden: Wenn es der Stadt oder den Eigentümern gelingt, das *Intermezzo* wiederaufzubauen, dann wird es Jeffrey und mir gelingen, unsere Ehe wieder zu beleben. So wie das *Intermezzo* an einem neuen Standort neu beginnen kann, so werden auch mein Mann und ich neu beginnen können. Jede Zeitungsmeldung, dass der Wiederaufbau sich verzögert, verschlechtert meine Laune für Tage; jede Nachricht, die vom Voranschreiten der Bauarbeiten berichtet, lässt mich innerlich jubilieren. Niemals würde ich das jemandem erzählen, vor allem nicht Charlotte. Die würde mich nur für verrückt erklären oder mir noch mehr *Moby Dick* zu lesen geben.

Endlich habe ich *Books Charlotte loves* erreicht. Schmal und unauffällig liegt die Buchhandlung zwischen einem indischen Restaurant und einem Geschäft, das Tees und Kräuter verkauft. Vor allem um die Mittagszeit führt das zu einer intensiven Geruchsmischung in Charlottes Laden. Mal überwiegt der Duft indischer Gewürze, mal der von ökologisch angebauten Kräutern – etwas, was *Books Charlotte loves* etwas Besonderes gibt. Obwohl es dort an sich schon speziell ist. Klein, chaotisch, mit Büchern, die alle nur denkbaren Flächen belegen: Regale, Fensterbänke, selbst die jeweils linke Hälfte der Treppenstufen ist mit Büchern bedeckt. Nicht mit den gängigen Romanen und Bestsellern, wie man sie überall findet, sondern einer lebendigen Mischung aus unterschiedlichsten Genres und Zeiten, eben all den Büchern, die meine Freundin Charlotte liebt. Sie will niemanden missionieren, aber sie sagt, dass sie nur etwas verkaufen kann, das ihr am Herzen liegt. Das ist auch die wichtigste Voraussetzung, um bei ihr einen Job zu bekommen: Man muss Bücher lieben. Kein Wunder, dass ich dafür die Unistelle aufgab. Damals ahnte ich allerdings noch nicht, dass ich einmal von meinem Einkommen leben müsste.

Bevor mich novembertrübe Gedanken nach unten ziehen, stoße ich die Tür weit auf und atme tief ein. Mittags gewinnt jeden Tag das indische Restaurant. Obwohl ich gefrühstückt habe, meldet sich mein Magen. Die Gerüche nach Curry, Masala und Vindalho sind einfach zu verführerisch.

Charlotte steht mit dem Rücken zum Eingang, den Kopf gesenkt, als ob sie liest. Ihre Silhouette und ihre Farben sind unverkennbar. Selbst wenn es mir noch so schlecht geht, sobald ich Charlotte sehe, fühle ich mich besser. Sie hat diese Wirkung auf Menschen im Allgemeinen, nicht nur auf mich im Besonderen. Vielleicht weil meine beste Freundin so hochgewachsen und rundlich ist, dass sie an freundliche Kindergärtnerinnen erinnert, an die man sich ankuscheln konnte, wenn man sich das Knie angeschlagen hatte. Vielleicht weil sie sich in leuchtende Farben kleidet, die an den Sommertag erinnern, an dem man sich verliebte. Vielleicht weil sie für jeden ein Lächeln und ein freundliches Wort hat, selbst wenn die Kunden mit den seltsamsten Fragen kommen.

»Guten Morgen«, begrüße ich sie. »*Moby Dick* ordnungsgemäß beendet. Was das allerdings mit mir zu tun hat, ist mir schleierhaft.«

»Ahab war besessen von etwas, das ihn ins Unglück stürzen würde. Er hat dem weißen Wal alles geopfert. Seine Ehe, seine Lebensfreude, sein Boot, seine Mannschaft und schließlich sein Leben.«

»So also siehst du mich.« Einsamkeit umklammert mich. Nicht nur, dass mein Ehemann mich verlassen hat, nun hält meine vorgeblich beste Freundin mich für eine Besessene, die einem unrealistischen Traum nachjagt. Ich beiße mir auf die Unterlippe, weil ich nicht weinen will. »In deinen Augen bin ich neurotisch. Du glaubst nicht daran, dass Jeffrey und ich noch eine Chance haben.«

Ich bin unglaublich enttäuscht. Von meiner Freundin habe ich mehr erwartet: mehr Verständnis, mehr Freundschaft, mehr Unterstützung.

Charlotte mustert mich schweigend. Ich starre zurück, wobei ich noch immer gegen Tränen ankämpfe. Seit Jeffrey gegangen ist, bringen mich Kleinigkeiten zum Weinen.

»Ich halte dich nicht für neurotisch«, sagt Charlotte schließlich. Sanft und gelassen, als spräche sie zu einem ihrer Findeltiere, das beruhigt werden muss. »Du bist nur in der ersten Trauerphase ...«

»Komm mir jetzt bitte nicht damit«, unterbreche ich sie harsch. Du kannst nicht in Berkeley leben, ohne an jeder dritten Ecke über Flyer oder Werbezettel zu stolpern, die Seminare und Workshops zur Trauerbewältigung oder zum Umgang mit Trennungen anbieten. Aber so verzweifelt bin ich nicht, dass ich mich in so eine Gruppe begeben würde. Ich muss nur abwarten und Geduld aufbringen. Dann wird Jeffrey erkennen, was er an mir hatte, und reumütig zu mir zurückkehren. Schließlich geht er noch ans Telefon, wenn ich anrufe. Schließlich hat er gesagt, dass er immer für mich da wäre, wenn ich jemanden zum Reden brauche. Ich muss nur warten können.

»Erin!« Ich schrecke auf. So harsch hat Charlotte noch nie mit mir gesprochen. »Erin. Seit Wochen und Monaten höre ich mir an, wie sehr du darauf hoffst, dass Jeffrey sich besinnt. Du verdrängst nur.«

»Und *Moby Dick* soll mir helfen«, entgegne ich, deutlich schärfer als geplant. Aber ich mag mir einfach keine guten Ratschläge mehr anhören. Vor allem nicht von meiner Freundin, deren Männerbeziehungen meist eine Nacht nicht überlebten. »Was kommt als Nächstes? Jack London? Nathaniel Hawthorne? Oder Pearl S. Buck? Frauen, die zu sehr lieben?«

»Das hier.« Wieder drückt mir Charlotte einen Umschlag in die Hand. Dieses Mal ist er rosafarben, mit einem bunten Regenbogen, der sich quer über das Papier zieht. Hell und fröhlich – genau das Gegenteil meiner Stimmung. »Finde heraus, was es ist, und lies es.«

»Charlotte!« Meine Stimme ist so laut, dass die beiden Frauen, die in ihren Büchern lesen, seitdem ich in den Laden kam, und bestimmt keines davon kaufen werden, erschrocken aufschauen. »Es ist ja nett, dass ich dein neues Projekt bin, aber ich habe verstanden, was du mir sagen wolltest. *Moby Dick* hat mir die Augen geöffnet.«

»Nimm es und lies es.« Immer noch hält sie den Umschlag in der Hand. Immer noch weigere ich mich, meine Hand auszustrecken. »Du bist kein Projekt für mich. Du bist meine beste Freundin, und ich kann es nicht ertragen, dich leiden zu sehen.«

Schlagartig bricht mein Widerstand zusammen, und ich öffne den Briefumschlag, den sie mir gegeben hat. Auch diesen Satz erkenne ich sofort.

»Sag mal, willst du mich endgültig in eine Depression treiben?«, frage ich scherzhaft, aber mit ernstem Unterton. »*Der große Gatsby* ist ebenso wenig wie *Moby Dick* geeignet, jemanden fröhlich zu stimmen.«

»Wer sagt, dass dich ein Buch glücklich machen soll?«, widerspricht Charlotte. »Im besten Fall hilft es dir, mehr über dich selbst zu erfahren. Oder es erinnert dich an etwas, was du schon viel zu lange vergessen hast.«

»Warum Gatsby?«, frage ich. »Weil er unglücklich liebt?«

»Weil er die Vergangenheit zurückholen will, obwohl er es besser weiß. Niemand kann das so anschaulich beschreiben wie F. Scott Fitzgerald.«

Das also denkt meine beste Freundin von mir. Warum nur fürchte ich, dass sie recht behalten könnte?

Es war ein verrückter, schwüler Sommer, dieser Sommer,
in dem die Rosenbergs auf den elektrischen Stuhl kamen
und ich nicht wusste, was ich in New York eigentlich wollte.

Kapitel 3

Als ich eine Woche später zu *Books Charlotte loves* komme, herrscht gedrückte Stimmung. So niedergeschlagen habe ich meine Freundin noch nie gesehen: Charlotte wirkt düster, selbst das kräftige Grün ihres Pullovers, das sich mit dem leuchtenden Orange ihrer Hose beißt, wirkt blasser als sonst, beinahe ausgewaschen. Sarah, meine Lieblingskollegin, die hinter der Kasse steht, hat rote Augen, als hätte sie geweint. Sie nickt mir zu und kämpft sichtlich mit den Tränen. Ist jemand gestorben, den wir alle kennen und der uns viel bedeutet?

Im Kopf gehe ich unsere Freunde durch – von einigen habe ich lange nichts mehr gehört, was nicht ihre Schuld ist. Sondern meine, da ich mich nach Jeffreys Weggang in meinem Schneckenhaus versteckt habe. Schlagartig überfällt mich das schlechte Gewissen, verbunden mit dem festen Vorsatz, mich demnächst durch mein Adressbuch zu mailen oder zu telefonieren.

»Was ist passiert?«, frage ich, noch bevor ich die Jacke ausgezogen habe.

»Nicht hier«, antwortet Charlotte und zieht mich nach hinten in die winzige Kaffeeküche. Auch hier stapeln sich Bücher, die vorn im Laden keinen Platz mehr gefunden haben.

Da wir Beschäftigten Bücher lieben, kann Charlotte sich darauf verlassen, dass niemand von uns Kaffee auf die Bücher gießen würde, und sei es nur aus Versehen.

»Ist … ist jemand gestorben?« Aus Angst vor ihrer Antwort halte ich den Atem an. Lass es nicht Ben sein oder Karen, bete ich stumm. »Sag schon.«

»Nein. Noch nicht.« Charlotte sarkastisch zu erleben ist eine Neuerung für mich – keine positive. Obwohl ich erleichtert bin, dass es keinen Todesfall zu verzeichnen gibt, bleibt die Frage, was meine Freundin in so eine dunkle Stimmung versetzt hat. »Ich war heute bei der Bank.«

Endlich fällt es mir wieder ein. *Books Charlotte loves* läuft nicht mehr so gut wie noch vor fünf Jahren. Die große Kette, die zwei Straßen weiter eine Filiale eröffnete, und das Internet haben uns viele Kunden geraubt. Aber wie schlimm es steht, war mir bis heute nicht klar.

»Musst du … musst du schließen?«, frage ich, kurz vor der Panik. Mein Job hier und meine Freundschaft zu Charlotte sind die einzigen Konstanten in meinem Leben. Nicht auszudenken, wenn ich mir eine neue Stelle suchen muss. Wer stellt eine Frau über vierzig ein, die einen Abschluss in Literaturwissenschaft und einige Jahre Erfahrung im Buchhandel mitbringt? »Kann ich dir helfen?«

»Hast du zufällig irgendwo zweihunderttausend Dollar versteckt? Auch einen Cappuccino?« Charlotte wartet nicht auf meine Antwort, sondern wendet mir den Rücken zu, um Kaffee zu kochen. Aber den Klang ihres Weinens kann sie nicht verstecken.

Vorsichtig trete ich neben sie und nehme sie in den Arm, halte sie fest, während sie weint. Meine starke Charlotte, die sonst immer mich getröstet hat. Wie schlimm muss es um den Buchladen stehen, dass sie derart verzweifelt ist?

»Ich habe ein bisschen Geld von meinem Großvater geerbt«, sage ich schließlich, nachdem sie sich aus meinen Armen gelöst und die Cappuccinos gekocht hat. »Ungefähr dreißigtausend Dollar. Die gebe ich dir gern.«

»Danke. Aber das reicht nicht einmal, um die gröbsten Löcher zu stopfen.« Charlotte trinkt einen Schluck. »Ich hätte doch besser ein Café eröffnen sollen. So was läuft immer. Essen müssen alle, lesen viel zu wenige.«

»Ich bin eben am Bauplatz des neuen *Intermezzos* vorbeigekommen«, sage ich, um das Thema zu wechseln, weil ich mich so hilflos fühle. »Es sieht nicht so aus, als ob sie in den nächsten Monaten aufmachen werden. Deine Chance.«

»Du weißt doch, wie gut ich koche.« Nun lächelt Charlotte wieder. Etwas schief und nicht hundertprozentig überzeugend, aber besser als eben ist es auf jeden Fall. »Außerdem bin ich nicht kreditwürdig, wie mir die Bank heute gesagt hat.«

»Das kann nicht sein. Wie lange bist du schon ihre Kundin?«

»Mein ganzes Leben. Aber das zählt heutzutage nichts mehr. Heute geht es nur um Zahlen und Ratings.«

»Was hältst du von einer Sammelaktion oder so was wie Aktien oder Rabatte oder …?« Es muss doch irgendetwas geben, um *Books Charlotte loves* zu retten. Schnell gehe ich im Kopf Freunde und Familie durch, aber niemand, den ich kenne, hat so viel Geld, wie Charlotte benötigt. »Ich sage den Besuch bei meinen Eltern ab und bleibe hier.«

»Nein.« Charlotte schüttelt ihren Kopf so heftig, dass Cappuccino auf eins der Bücher tropft. Wir sehen uns erschrocken an, um dann gemeinsam in Lachen auszubrechen. »Nein. Fahr ruhig. So schnell gebe ich nicht auf.«

»Kann ich dich wirklich allein lassen?« Es fiele mir nicht schwer, den Besuch bei meinen Eltern zugunsten meiner Freundin aufzuschieben. »Bist du sicher?«

Sie nickt. »Geh ruhig. Ich bin nur tief enttäuscht von der Bank. Selber verschleudern sie Millionen, aber wenn ich Hilfe brauche …«

»Also gut. Aber wenn etwas ist, ruf mich auf jeden Fall an. Du warst immer für mich da …« Ich umarme sie zum Abschied, sage schnell tschüs zu Sarah und will mich auf den Weg zum Bahnhof machen, als Charlotte mich zurückruft. Dieses Mal ist der Briefumschlag schlicht weiß.

»Ich hab's nicht vergessen«, sagt sie.

»Ich hab's befürchtet«, antworte ich. Meine Kehle fühlt sich zugeschnürt an, als ich sehe, dass Charlotte mit den Tränen kämpft. »Ich bleibe.«

»Nein, verschwinde. Morgen Abend will ich die Lösung wissen.«

Nach langem Überlegen habe ich mich dazu entschlossen, die knapp sechshundert Meilen bis zu meiner Familie in Salem mit dem Zug zu fahren. Fliegen erscheint mir zu aufwendig, und die Autofahrt ist mir zu lang. Ich fahre nicht gern Auto, und eine Fahrtzeit von fast neun Stunden bedeutet, dass ich für Tage erschöpft bin. Also lieber *Amtrak* nutzen, auch wenn die Zugfahrt sechzehn Stunden dauert und ich in Martinez umsteigen muss. Obwohl ich auf mein Geld achten muss, seitdem Jeffrey mich verlassen hat, habe ich mich dieses Mal für einen Schlafwagen entschieden. Ich fühle mich inzwischen zu alt, um auf dem Sitz zu schlafen, bei jeder Kurve in Gefahr, meinem Sitznachbarn näher zu kommen, als mir – und wohl auch ihm oder ihr – lieb ist.

Das neue Buch, das Charlotte mir für die Reise zu meinen Eltern aufgegeben hat, habe ich sofort erkannt, worauf ich stolz bin. Schließlich gehörten Frauenstudien zu meinem Curriculum, und da kam man nicht an Sylvia Plath vorbei.

Will meine Freundin mir sagen, dass ich mich unter einer *Glasglocke* verkrochen habe? Oder soll der Roman eine Anspielung auf Fremdheit in der Familie sein? Wahrscheinlich will Charlotte nur, dass ich mir diese Fragen stelle und mich von Jeffrey ablenke. Damit hat sie Erfolg. Woher bekomme ich ein Exemplar des Romans? Ob noch eins in meinem alten Zimmer liegt, das bald nicht mehr mein Zimmer sein wird?

Um meine Gedanken zum Schweigen zu bringen, nehme ich eine Schlaftablette, die mich kurz darauf gähnen lässt. Ich stelle den Wecker, putze mir die Zähne und lege mich hin. Schnell spüre ich die dumpfe Müdigkeit, die mit den Tabletten einhergeht, und umarme sie.

Der Zug ist pünktlich; ich fühle mich ausgeschlafen und bin bereit, dieses Wochenende bei und mit meinen Eltern zu überstehen. Sie erwarten mich am Bahnhof. Mein hochgewachsener Vater zieht mich in eine bärige Umarmung und drückt mich, meine Mutter steht daneben und nestelt verlegen an ihrer Handtasche. Wir beide umarmen uns so flüchtig, dass ich ihre Berührung kaum bemerke. Auf der Fahrt erzähle ich ihnen von Charlottes Dilemma und sie mir von der Seniorenresidenz, in die sie sich eingekauft haben.

Nachdem wir angekommen sind, spüre ich Beklommenheit, wenn ich das Haus ansehe, das ich heute das letzte Mal betreten werde. Meine Kindheit und Jugend habe ich hier verbracht. Obwohl ich meine Eltern selten besuche, habe ich das Haus immer als mein Zuhause betrachtet.

»Kommst du?«, fragt Dad, der meine Stimmung spürt.

Ich kann nur nicken.

Als ich zur Haustür hereintrete, schießt ein grauer Schemen hinter der Tür hervor, springt gegen mein Bein, schlägt Krallen in meinen Unterschenkel, stößt sich ab und galoppiert mit hochgerecktem Schwanz davon.

»Sie lebt also immer noch«, sage ich und versuche nicht einmal, Ärger und Abscheu in meiner Stimme zu verbergen. »Wie alt ist Beauty? Hundert? Hättet ihr sie nicht einsperren können, solange ich hier bin?«

»Es ist doch nur ein Tier«, antwortet meine Mutter mit dem üblichen leichten Vorwurf in der Stimme. »Zwei Tage wirst du es mit ihr aushalten können, oder?«

Ich mag Tiere, alle, selbst Spinnen setze ich vorsichtig in die Freiheit, aber diese Katze und ich kommen einfach nicht miteinander aus. Von Anfang an nicht. Schon als sie noch bei meinem Großvater lebte, war es dem graugetigerten Biest ein Vergnügen, mich zu jagen und mir Krallen und Zähne in Arme und Beine zu schlagen. Ihre Tochter ist nicht viel besser.

»Snow hat gerade Junge bekommen. Wirklich niedliche Babys«, erzählt mein Vater. Warum meine Mum eine graugetigerte Katze Snowwhite nannte, habe ich nie verstanden. Genauso wenig wie ich begreifen konnte, dass Großvater Snows Mutter, das hässliche Katzenviech, Beauty taufte. Leicht drückt Dad meinen Arm, als wolle er mich beruhigen. »Wir können sie uns später ansehen. Jetzt komm erst einmal in Ruhe an.«

»In einer Stunde gibt es Essen«, ergänzt meine Mutter. »Vegetarisch. Oder isst du jetzt etwa vegan?«

»Vegetarisch ist wunderbar, danke.«

Warum nur fühlt sich ihre Frage an wie ein Vorwurf, als müsste ich mich dafür entschuldigen, dass ich kein Fleisch esse? Bevor ich einen Streit anfange, flüchte ich in mein Zimmer, begleitet von dem Gefühl, beobachtet zu werden. Zu Recht. Auf dem Schrank im Flur sitzt Snow, die zweite Katze meiner Eltern, die mich anfaucht, als ich an ihr vorbeigehe. Was für eine wundervolle Begrüßung.

Gerade habe ich die Tür meines Kinderzimmers hinter mir geschlossen, als sie sich wieder öffnet.

Meine Mutter. Wie jedes Mal, wenn wir uns treffen, erstaunt es mich, wie ähnlich wir uns sehen und wie wenig wir sonst gemeinsam haben. Wir teilen das hellbraune, feine Haar, das viel zu dünn ist, um mehr als schulterlang getragen zu werden. Genau wie sie habe ich grünbraune Augen unter dunklen Brauen. Sie allerdings lässt ihre in eine dünne Linie zupfen, ich lasse meine wachsen. Seitdem ich abgenommen habe, ähneln sich unsere Figuren. Vorher wirkte ich mehr wie mein Vater – stabil und durch nichts umzuwerfen. Meine Mutter hingegen erinnert in ihrer zierlichen Zartheit an eine Elfe, die ein lautes Wort umpusten kann. Nichts täuscht mehr als dieser Eindruck. Denn meine Mutter ist zäher und stärker als mein Vater und ich.

»Hier.« Sie reicht mir einen Stapel Kisten und einige Müllsäcke. »Bis zum Essen kannst du ja schon anfangen, etwas auszusortieren.«

»Danke«, stoße ich zwischen den Zähnen hervor. Warum nur muss sie immer so organisiert sein? Warum kann sie mir nicht einmal eine Stunde Pause gönnen, damit ich mich von meinem Zimmer und meinem Leben verabschieden kann? »Hat das nicht noch etwas …«

»Erin«, unterbricht mich mein Vater. »Komm, ich muss dir etwas zeigen, das ich in der Garage gefunden habe.«

Obwohl ich weiß, dass er mich nur von dem Streit abhalten will, der sowieso kommen wird, weil meine Mutter und ich uns jedes Mal streiten, wenn wir uns sehen, freue ich mich, dass ich entkommen kann. Während meine Mutter in meinem Zimmer steht, etwas verloren mit den Kisten und Beuteln, folge ich meinem Vater in die Garage.

»Hier, dein erstes Fahrrad.« Stolz lächelnd zeigt er auf das rote Teil, dessen Räder verbogen sind. »Weißt du noch, wie ich dir Radfahren beigebracht habe?«

»Ja, nur zu gut.« Nun muss ich lächeln. Wie man mit einem Fahrrad vorankommt, lernte ich schnell. Nur das Bremsen konnte ich lange Zeit nicht. Wie oft bin ich am Wochenende die Straße vor unserem Haus hinauf- und hinabgefahren, habe »Daddy, Daddy« gerufen, bis er mich endlich hörte und anhielt. »Warum verkauft ihr das Haus?«

»Erin.« Seine hellblauen Augen weichen meinem Blick aus. »Es ist einfach zu groß für uns.«

»Was ist wirklich passiert?« Auf einmal bekomme ich es mit der Angst zu tun. Mein Vater ist immer noch kräftig, aber er hat deutlich abgenommen, was ich bereits bei der Begrüßungsumarmung gespürt habe. »Was verschweigst du mir?«

Er kramt geschäftig in seinem Werkzeugkasten, als ob dort jemals Unordnung herrschen könnte. Meine Angst wächst sich zu einer Panik aus.

»Dad?«

»Ich hatte einen zweiten Herzinfarkt«, flüstert er, holt einen Schraubendreher heraus, mustert ihn prüfend und legt ihn zurück in den Kasten. »Nichts Schlimmes, aber die Ärzte meinen, ich sollte kürzertreten.«

»Wann?«, bringe ich hervor, kurz vor den Tränen. Mein Vater ist doch erst achtundsechzig Jahre alt. Ich will ihn nicht verlieren. Nicht auch noch ihn.

»Vor sechs Wochen.« Nun schaut er auf, kommt zu mir und nimmt mich in die Arme. »Erin. Es ist nicht so schlimm. Na ja, fast nicht.«

»Wieso?«

»Die Ärztin hat lange mit deiner Mutter gesprochen. Jetzt

muss ich strenge Diät halten.« Er verzieht das Gesicht. »Deine Mutter nimmt das sehr ernst.«

»Zu Recht.« Erstmalig stehe ich voll und ganz auf Seiten meiner Mutter. Wie kann ein lebenskluger Mann wie mein Vater nur so naiv sein, wenn es um seine Gesundheit geht! »Musst du ins Krankenhaus? Zur Reha? Musst du operiert werden?«

Operationen sind mir ein Graus, seitdem mein Großvater überraschend nach einem harmlosen Eingriff gestorben ist. Bei Krankenhäusern muss ich sofort an den Tod denken, an den Gesichtsausdruck meiner Mutter, als die Ärzte uns sagten, dass es zu Komplikationen, wie sie Großvaters Sterben umschrieben, gekommen war.

»Nein, nur kürzertreten und das essen, was mir nicht schmeckt.«

Am liebsten würde ich sofort zu seiner Ärztin fahren, sie zur Rede stellen, oder meine Mutter anschreien, weil sie mir den Herzinfarkt verheimlicht hat. Aber das würde Dad nicht zulassen. Egal, was sie tut, er steht zu meiner Mutter, etwas, das ich nie verstehen konnte. Vielleicht liegt darin das Geheimnis ihrer glücklichen Ehe, denke ich. Wahrscheinlich leben meine Eltern deshalb noch zusammen, während ich von meinem Mann verlassen wurde. Ich war nicht gut genug als Ehefrau.

»Erin.« Jetzt klingt mein Vater sehr ernst. Erschrocken schaue ich ihn an. Was kann noch schlimmer sein als ein Herzinfarkt? »Erin, geht es dir gut? Besser?«

Nun lasse ich den Tränen freien Lauf, einfach weil es so unglaublich ist. Mein Vater, zweimal dem Tod von der Schaufel gesprungen, macht sich mehr Sorgen um mich als um sich.

»Erin!«

»Nein, nein«, wiegele ich ab. »Es ist schon okay. Nur etwas viel auf einmal. Das Haus weg, dein Herzinfarkt, zu wenig Schlaf gestern …«

»Ich bin immer für dich da.«

»Ich weiß.«

»Essen«, ruft meine Mutter, die ich immer im Verdacht habe, eifersüchtig auf das zu sein, was meinen Vater und mich verbindet. »Kommt, bevor es kalt wird.«

Immer wenn sie mich anruft,
beginnt meine Mutter das Gespräch,
als wären wir schon mitten in einer Auseinandersetzung.

Kapitel 4

Viel zu früh habe ich einen weiteren Satz von Charlotte geschickt bekommen, auf den Pager, den sie mir geschenkt hat, nachdem Jeffrey mich verlassen hat. Damit wir uns jederzeit erreichen können, hat meine Freundin gesagt. Passenderweise trifft die Nachricht beim Abendessen ein und meldet sich durch lautes Piepsen. Neugierig ziehe ich den Pager aus der Tasche und werfe einen kurzen Blick darauf, was mir einen bösen Blick von meiner Mutter einbringt. Als ich Charlottes Worte lese, beiße ich mir auf die Lippe, um mir das Lachen zu verkneifen. Neben meine Wochenaufgabe hat sie geschrieben: »Dachte, das würde jetzt gut passen.« Dunkel erinnere ich mich an den Roman. Amy Tan ist auf jeden Fall die Autorin. Aber ich muss nachschauen, welches ihrer Bücher Charlotte meint. Schließlich schreibt Amy Tan fast immer über die Schwierigkeiten zwischen Müttern und Töchtern. Wahrscheinlich habe ich deshalb so viel von ihr gelesen.

»Wenn du deine Sachen zusammengesucht hast, würdest du mir dann helfen?« Seitdem Jeffrey mich verlassen hat, weiß meine Mutter noch weniger, wie sie mit mir umgehen soll. In ihren Augen bin ich wohl zu alt, um in den Arm genommen und getröstet zu werden. Stattdessen hat sich eine distanzierte Höflichkeit zwischen uns eingeschlichen, die uns beiden unangenehm ist, die wir aber nicht durchbrechen können.

»Ich will den Dachboden ausräumen.«

»Gern. Es wird nicht lange dauern.«

Dann lässt sie mich allein. In meinem alten Zimmer, das meine Eltern kaum verändert haben, seitdem ich vor mehr als fünfundzwanzig Jahren ausgezogen bin. Meine Mutter hat ihre Nähmaschine hier aufgestellt, und auch das Bügelbrett hat hier seine dauerhafte Heimat gefunden, aber dennoch bleibt es mein Zimmer. Meine Tapeten – ich erinnere mich noch gut daran, wie stolz ich war, dass ich selbst entscheiden durfte, wie die Wände meines Zimmers aussehen werden. Weiße Tapeten mit blauen, roten und gelben Streifen, schmal wie flüchtige Pinselstriche, habe ich mir ausgesucht. Erstaunlich, dass sie mir auch heute noch gefallen. An den Wänden hängen Poster aus unterschiedlichen Lebensabschnitten. Die Pferde meiner Kindheit und beginnenden Pubertät stehen gleichberechtigt neben den Bildern von Bands, an deren Namen ich mich heute nicht einmal erinnern kann. Dazwischen zwei Poster meiner politischeren Phase, die sich sicher in Tausenden von Teenager-Zimmern fanden und finden: die Friedenstaube und »Erst wenn der letzte Baum gerodet ...«, angeblich eine Weissagung der Cree. Auch wenn ich nur selten im Jahr hier gewesen bin, wird mir das Zimmer fehlen. Hier bin ich aufgewachsen. Hier habe ich Briefe an mein zukünftiges Ich geschrieben, so wie wir alle, die ich vor einem Jahr verbrannt habe, um alle Erinnerungen an meine Naivität zu zerstören.

Nachdem Jeffrey und ich unser Haus gekauft haben, habe ich die meisten meiner Sachen nach Berkeley geholt, vor allem die Bücher und – ich muss es zugeben – die Puppen und Stofftiere meiner Kindheit und Jugend. Bei meinen Eltern habe ich das gelassen, was mir nicht wichtig genug erschien, es in meiner Nähe zu haben, aber was mir zu wertvoll war, um es wegzuwerfen. Alte Sporttrophäen, die Siegerurkunde vom Buchstabierwettbewerb, Bilder und Gedichte, die ich als Vierzehn- oder Fünfzehnjährige erstellt habe. All die Dinge, die ein Leben ausmachen und von denen man sich doch eines Tages trennen muss. Ich werfe einen letzten Blick in mein altes Zimmer, um es so, wie es ist, in Erinnerung behalten zu können. Erst dann beginne ich, alles endgültig zu sortieren.

Nachdem ich Bügelbrett und Nähmaschine an die Wand gerückt habe, ziehe ich die Schubladen aus der Kommode und schütte ihren Inhalt auf das Bett. Kinderzeichnungen, Gedichte in meiner ordentlichen Handschrift, Briefmarken, Eintrittskarten für das Kino und zu Konzerten, Modeschmuck, Stifte – was sich so alles ansammelt.

Obwohl ich nichts davon in den letzten zwanzig Jahren gebraucht, ja nicht einmal vermisst habe, fällt es mir schwer, mich davon zu trennen. Jedes Teil nehme ich in die Hand und betrachte es von allen Seiten, bevor ich es in den Karton lege, den ich mitnehmen werde, oder es in einem der Müllsäcke versenke.

Endlich passiert das, wovor ich mich gefürchtet habe. Ich stoße auf ein Stück unserer gemeinsamen Vergangenheit – einen Liebesbrief von Jeffrey, obwohl »Brief« eine hochtrabende Bezeichnung für die wenigen Worte ist, die er für mich aufgeschrieben hat. Aber es genügt, um mich gedanklich zurückzuversetzen in die Zeit, in der er mir dieses Briefchen heimlich zugeschoben hat. An einem Freitag, als ich zu einer Familienfeier fahren musste und Jeffrey aufgrund seines Examens nicht mitkommen konnte. Er brachte mich zur Bahn, nahm mich in die Arme und drückte mir verlegen den Zettel in die Hand, für ihn eine starke Liebesäußerung. Warum ist es mir nicht gelungen, dieses Gefühl in ihm zu bewahren? Warum hat er mich verlassen?

Ohne weiter nachzudenken, reiße ich den Zettel in kleine Fetzen, die ich in den Müllbeutel werfe. Zum ersten Mal seit langem fühle ich mich besser, beinahe frei. Mit neugewonnener Energie entrümpele ich Kommode und Schränke. Nur weniges kommt in den Karton, der mich nach Hause begleiten wird. Systematisch arbeite ich mich weiter durch die Schubladen, bis ich zwei Kartons und vier Müllsäcke gefüllt habe.

»Ich bin fertig«, sage ich zu meiner Mutter, nachdem ich die Müllbeutel in die Garage gebracht habe. Wie erwartet sitzt sie im Wohnzimmer an ihrem Puzzle. Tausend Teile. Ein Bild von Monet mit sehr viel Wasser. »Sieht kompliziert aus. Das viele Blau.«

»Wenn ich erst einmal den Rand habe, geht es ganz schnell.« In ihrer Stimme höre ich Erstaunen darüber, dass ich mich für Puzzles interessiere. »Wollen wir auf den Dachboden?«

»Was ist dort zu tun?«

»Das meiste hat dein Vater bereits sortiert, aber …« Sie schaut auf ihr Puzzle, pickt mit sicherer Hand ein Teil heraus und passt es ein. »Großvaters Sachen … Ich müsste sie ansehen, aber …«

»Mach ich gern«, sage ich schnell, weil es mich in Verlegenheit bringt, dass meine Mutter so wenig zu ihren Gefühlen stehen kann. Mit gespielter Fröhlichkeit ergänze ich: »Lass uns anfangen, bevor im Dunkeln die riesigen Spinnen herauskommen.«

Sie lächelt. Entschlossen steht sie auf und steigt mit mir auf den Dachboden, der sicher spinnenfrei ist, so sauber und ordentlich wie alles, was meiner Mutter gehört.

»Das hier sind zwei Koffer, die ich nach Großvaters Tod gepackt hatte«, sagt meine Mutter mit belegter Stimme. Erst da bemerke ich, wie schwer es für sie sein muss, sich von dem Haus zu trennen, in dem sie so lange gelebt hat. Ich wünschte, ich könnte sie umarmen, aber auch heute gelingt es mir nicht, die Kluft zwischen uns zu überbrücken. »Vielleicht möchtest du etwas als Erinnerungsstück behalten?«

Ich zögere einen Augenblick, bevor ich antworte. Eine Erinnerung an meinen Großvater. Er ist vor sechs Jahren gestorben, für uns alle überraschend. Nach einer Operation, einem »harmlosen Eingriff«, wie es so schön heißt. Gran, meine Großmutter, war am Boden zerstört und starb nicht einmal ein Jahr später, was ich nie verstanden habe. Solange ich mich erinnern kann, war mir Großvater wie ein Fels erschienen – stark, verlässlich, aber auch hart und unnahbar. Selbst als er kränkelte und seine Krankenhausaufenthalte häufiger wurden, hielt er die Distanz zu allen Menschen aufrecht. Ich habe nie begriffen, warum er sich von uns allen fernhielt und selbst meine Großmutter nie an sich heranließ, obwohl sie sich bemühte, wie ich als Erwachsene erkannte.

Als Kind fürchtete ich mich vor meinem Großvater, der meinen Bruder und mich kaum wahrzunehmen schien. Wenn er uns ansprach, dann nur, um uns Fragen zu stellen, uns zu »examinieren«, wie wir es nannten. Die einzigen Wesen, denen er spürbar Zuneigung entgegenbrachte, waren seine Katzen. Immer zwei: Mutter und Tochter, als hätte er Sorge, dass die Blutlinie ausstürbe. Dabei sind es nicht einmal kostbare Rassekatzen, nur schlichte Hauskatzen mit immens schlechtem Benehmen. Irgendwann einmal will ich nachrechnen, die wievielte Generation verwöhnter Katzen inzwischen bei meinen Eltern lebt.

»Erin?« Die Stimme meiner Mutter klingt gleichzeitig fragend und irritiert. »Hast du mir zugehört?«

»Tut mir leid.« Ich bemühe mich um ein Lächeln, um sie zu beruhigen. »Ich habe über Großvater nachgedacht. Er ... er wirkte immer so stark.«

»Sag es ruhig«, antwortet sie mit einem Seufzen. »Mein Vater war kein warmherziger Mann. Das Einzige, was ihn interessierte, waren seine Katzen, seine Fotos und seine Bücher. Das hast du von ihm.«

»Nur die Bücher und ein wenig das Fotografieren. Mit Katzen werde ich nicht warm.« Darf ich ihr die Frage stellen, die mich schon so lange beschäftigt, oder vertiefe ich damit den Graben zwischen uns? Aber wann, wenn nicht jetzt? »War er immer schon so?«

Meine Mutter schweigt, wie ich es befürchtet habe. Meine Frage ist zu persönlich und rührt möglicherweise an Themen, über die sie nicht sprechen möchte. Was ich nur zu gut verstehen kann, blockiere ich doch jeden Versuch ihrerseits, über meine Ehe und mein Leben ohne Jeffrey zu reden. Gerade als ich mich entschuldigen will, seufzt sie erneut.

»Ich kannte ihn nie anders. Er war viel unterwegs, arbeitete lang.« Sie hebt die Hände, als könnte Großvaters Arbeit alles erklären oder alles entschuldigen. »Oft habe ich Freundinnen um deren Väter beneidet. Väter, die ihre Töchter beim Softball anfeuerten, die jeden Freund mit Argusaugen musterten, die immer für ihre Töchter da waren ...«

Sie schaut mich nicht an, worüber ich froh bin, weil ich nicht weiß, was ich sagen soll.

»Eine Zeitlang habe ich es mir damit zu erklären versucht, dass er Deutscher war. Die sind eben so. Kühl, diszipliniert und kalkulierend«, sagt sie. »Wir Amerikaner sind eher patent und offenherzig.«

Nun verstehe ich besser, was meine schöne, gebildete Mutter zu meinem durchschnittlich aussehenden, bodenständigen Vater hingezogen hat. Auch wenn Dad sich mehr für Football als für die Oper interessiert und höchstens Sachbücher liest, ist er auf jeden Fall der verlässlichste und liebevollste Mann, den ich kenne. Er hat es sich nicht nehmen lassen, mir bei jeder Sportveranstaltung zuzujubeln. Als ich damals den Buchstabierwettbewerb in einem knappen Stechen gewann, war er so stolz, als hätte ich den Nobelpreis erhalten. Kein Wunder, dass ich immer eine Vater-Tochter war; selbst in der stürmischen Zeit der Pubertät habe ich mich bei Liebeskummer stets an meinen Dad gewandt.

Jetzt, fünfundzwanzig Jahre später, denke ich, dass es für Mum sehr schwer gewesen sein muss, dass ihre Tochter sie kaum um Rat fragte. Doch bevor ich etwas sagen kann, hebt sie abwehrend die Hände.

»Vergangen ist vergangen.« Mit einem Lächeln, das ihre Augen nicht erreicht, dreht sie sich um. »Ich räume den Schrank aus. Schau du dir Großvaters Sachen an.«

Unschlüssig bleibe ich einen Moment stehen, hin- und hergerissen zwischen dem Wunsch, sie tröstend in die Arme zu nehmen, und der jahrelangen Erfahrung, lieber nicht zu viele Gefühle zu zeigen. Schließlich siegt die Feigheit, und ich wende mich den beiden Koffern zu. Zwei Koffer für achtzig Lebensjahre – nicht viel, was bleibt. Ohne dass ich es will, schlendern meine Gedanken zu Jeffrey: Was wird von uns bleiben nach mehr als zwanzig Jahren Ehe? Kyle, der inzwischen seine eigenen Wege geht, Erinnerungen, Briefe, Geschenke, die wir uns gemacht haben. Aber nach meinem Tod wird niemand erkennen, welches Buch mir Jeffrey geschenkt hat und welches ich mir selbst gekauft habe.

Ich schüttele mich, um die morbiden Gedanken loszuwerden. Kurzentschlossen öffne ich den ersten Koffer und rümpfe die Nase. Der Geruch von altem Papier, das lange keine Luft gespürt hat, steigt mir in die Nase, bis ich niesen muss. Vorsichtig nehme ich die erste Lage Papier aus dem Koffer. Briefe meiner Großmutter an meinen Großvater, wie ich nach einem flüchtigen Blick erkenne. Obwohl beide schon so lange tot sind, fühle ich mich, als würde ich grabräubern, und lege sie zur Seite. Nach links – dort werde ich alles hinlegen, auf das meine Mutter noch einen Blick werfen soll. Auf die rechte Seite kommt all das, was meiner Meinung nach weggeworfen werden kann, ohne dass ich Mum damit behelligen muss. Alles, was nach amtlichen Papieren aussieht. Als meine Eltern die Wohnung meiner Großeltern ausräumten, haben sie wirklich alles an Unterlagen eingepackt, was sie finden konnten, wie ich mit einem Schmunzeln feststelle. Steuererklärungen, Telefonrechnungen, Belege über die Bezahlung der Autoversicherung – das kommt auf den rechten Stapel, der wächst und wächst.

Schneller, als ich es erwartet habe, ist der erste Koffer leer. Links liegen zehn Briefe in der schönen, geschwungenen Handschrift meiner Großmutter, zusammengebunden durch ein hellblaues Geschenkband. Ich glaube nicht, dass mein Großvater dieses Band aussuchte, aber ich wage es nicht, meine Mutter danach zu fragen.

Nachdem ich den ersten Koffer zur Seite gestellt habe, öffne ich den zweiten. Wieder der Geruch von Papier und – ich schnuppere – nach Rauch. Hat mein Großvater geraucht? Ich erinnere mich nicht, ihn je mit einer Zigarette, Zigarre oder Pfeife gesehen zu haben. Vorsichtig nehme ich das erste Papier heraus und stocke. Überrascht, weil ich es erst auf den zweiten Blick verstehe. Der Text ist deutsch, das ich begrenzt sprechen und lesen kann, weil ich in der Highschool und an der Universität Kurse belegte. Nicht, weil mein Großvater ein Deutscher war, sondern weil ich Hermann Hesse, für den ich als Fünfzehnjährige schwärmte, im Original lesen wollte. Am *Steppenwolf* bin ich gescheitert – dafür hätte ich mehr Kurse belegen oder intensiver studieren müssen.

Nachdem ich eine Weile vergeblich versuchte, den Worten einen Sinn zu geben, ohne erfolgreich zu sein, lege ich das Papier in die Mitte, weil es offiziell aussieht. Außerdem bin ich neugierig, was der Text bedeutet. Es folgen noch mehr von diesen offiziellen Schreiben auf Deutsch, das erste aus dem Jahr 1950, das letzte von 1975. Nun bin ich erst recht interessiert. Was hat mein Großvater fünfundzwanzig Jahre lang offiziell mit Deutschland zu tun gehabt? Soweit ich mich erinnere, wollte er die Erinnerung an seine Heimat verdrängen. Als ich ihn einmal für ein Geschichtsprojekt ansprach, wehrte er barsch ab: »Ich will nicht über das Land reden, das Hitler hervorbrachte.«

Nur noch wenige Papiere sind im Koffer – vielleicht bietet mir ja eines von ihnen eine Erklärung. Aber nein, nur wieder Rechnungen, Steuererklärungen und Versicherungen. Überraschend stoße ich auf das fünfzigseitige Programm einer wissenschaftlichen Tagung am Reed College in Portland, die 1993 stattfand. In dem Jahr, in dem Großvater starb. Es geht um eine Veranstaltung zum Thema »Widerstand gegen Diktaturen«. Neugierig geworden blättere ich durch das Programm, ob mir ein Name bekannt vorkommt. Nein, nur Wissenschaftler und Zeitzeugen aus aller Welt; die meisten von ihnen halten Vorträge über den Nationalsozialismus. Was mag meinen Großvater dazu bewogen haben, dieses Heft aufzuheben? Wenn er wenigstens etwas angekreuzt hätte, damit ich einen Anhaltspunkt habe. Frustriert durchsuche ich die Broschüre.

Dabei finde ich, versteckt in dem Programm, einen Brief, zweimal gefaltet und so tief in die Seiten geschoben, dass ich ihn beinahe übersehen hätte. Das typische hellblaue Papier eines Luftpostbriefs, selten im Zeitalter von E-Mails. Eine starke Handschrift in schwarzer Tinte, wieder auf Deutsch. Nachdem es mir gelungen ist, die Schrift zu entziffern, kann ich den Brief lesen. Dieses Deutsch ist einfacher zu verstehen als das der offiziellen Schreiben. Doch nach wenigen Worten höre ich auf zu lesen. Das ist ein Liebesbrief, eindeutig, ein Liebesbrief an meinen achtzigjährigen Großvater. Ebenso eindeutig nicht in Grans Handschrift, die außerdem kein Deutsch verstand. Ich weiß nicht, ob ich lachen oder weinen soll. Ein Liebesbrief an einen so alten Mann? Einen Moment zögere ich, bevor ich den Brief umdrehe. Will ich wirklich wissen, wer ihn geschrieben hat? Sollte ich meinem Großvater nicht sein Leben lassen, ohne dass ich ihm sein Geheimnis entreiße? Aber die Neugier ist zu groß, denn die wenigen Sätze des Briefs, die ich gelesen habe, sind voller Gefühl und Wärme. Etwas, das ich nun überhaupt nicht mit meinen Erinnerungen an Großvater in Einklang bringen kann. Ich hole tief Luft und lese den letzten Satz:

Ich warte auf dich, jeden Tag.
Lily

Kapitel 5

Frankfurt am Main, 30. Januar 1933

Die Straßenbahn war überfüllt, so dass Lily zwei Stationen vor ihrer Haltestelle ausstieg, um dem Redewirrwarr und den unglaublichen Gerüchen, die sie umgaben, zu entkommen. Von der Mischung aus Mottenkugeln, gekochtem Kohl und feuchter Wolle war ihr übel geworden. Außerdem konnte sie das belanglose Gerede nicht mehr ertragen. Die Frankfurter beschwerten sich über das Wetter, klagten über die Verspätung der Straßenbahn oder jammerten über die ansteigenden Preise, so dass Lily kaum Ruhe fand, ihre Gedanken zu sortieren. Noch weniger auszuhalten waren die vielen hoffnungsvollen Worte, mit denen Hitlers Ernennung zum Reichskanzler von den Menschen um sie herum kommentiert wurde. Waren ihre Mitbürger denn blind? Konnten oder wollten die Frankfurter nicht sehen, was es für Deutschland bedeutete, dass die Nationalsozialisten an Macht gewannen?

Kurz nachdem die Ernennung bekannt geworden war, war Lily aus dem *Café Laumer* gestürmt, wollte nach Hause, zu ihrer Familie, zu ihren Freunden, um mit ihnen gemeinsam zu überlegen, was die Zukunft ihnen wohl bringen würde. Doch von der Menge mitgerissen, war sie dem Strom der Studenten in die Innenstadt gefolgt. Hier, auf Straßen und Plätzen versammelten sich die Menschen, um miteinander zu diskutieren. Oder – wie Lily mit eigenen Augen sehen musste – um gegeneinander zu kämpfen. Vor ihr schlug sich ein Braunhemd mit einem Mann, dessen Worte ihn als Kommunisten ausgewiesen hatten. Man konnte die Aggression, die in der Luft lag, förmlich mit den Händen greifen, so dass Lily beschloss, nach Hause zu gehen, anstatt sich in eine Auseinandersetzung zu begeben, die sie nur verlieren würde. Allein könnte sie nichts gegen die Nationalsozialisten ausrichten, so gerne sie das auch würde.

Mit gesenktem Kopf stapfte sie gegen den Wind an, der sich eisig an ihr Gesicht schmiegte, als wollte er sie liebkosen. Missmutig zog Lily den Schal etwas höher, aber das Gefühl von Kälte blieb. Kälte, die sie von der Verwirrung ablenkte, die sie schon seit Stunden beschäftigte. Seitdem Alexander Kirchner sie im *Café Laumer* angesprochen hatte und sie nach ihrer Meinung zu Hitlers Ernennung gefragt hatte, als gehörte sie zu denjenigen, mit denen er sich umgab. Lily war so überrascht gewesen, dass ihr keine Antwort eingefallen war. Und bevor sie ihre Gedanken gesammelt hatte, hatte sein blonder Freund Alexander Kirchner am Arm ergriffen und von Lily weggezogen. Sie konnte den beiden Männern nur großäugig nachstarren und sich über ihre Blödheit ärgern.

Er musste sie für dumm halten. Für dumm und einfältig, für eine der Studentinnen, die ihr Studium der Großzügigkeit der Akademie der Arbeit verdankten. Oder, schlimmer noch, für eine der Frauen, die nur an der Goethe-Universität eingeschrieben waren, um einen passenden Ehemann zu finden. Sonst war sie doch nie um eine Antwort verlegen, diskutierte gerne mit den Kommilitonen über neue wissenschaftliche Theorien oder die aktuelle politische Situation. Warum also hatte Alexander Kirchner sie stumm wie einen Fisch vorgefunden? Sollte sie ihn morgen ansprechen, ihm die schuldige Antwort erteilen, oder wäre das nur noch peinlicher?

Sicher saßen Alexander Kirchner und die anderen Studenten immer noch im *Café Laumer*, redeten sich die Köpfe bis spät in die Nacht heiß, um am nächsten Morgen mit dunklen Ringen unter den Augen und gähnend in der Vorlesung zu sitzen. In der Stadt hatte Lily ihn nicht gesehen, sosehr sie auch nach ihm Ausschau gehalten hatte. Ihn schien die politische Situation kaum zu interessieren, genauso wenig wie das Studium. Lily beneidete ihn und seine Freunde um diese Freiheit, die sie sich nicht leisten konnte. Wenn sie nicht lernte, arbeitete sie, um Geld zu verdienen, oder stürzte sich mit Elan in die Parteiarbeit.

»Lily! Lily!«

Erst meinte sie, sich verhört zu haben, und ging zielstrebig weiter. Doch als die Lily-Rufe nicht endeten, blieb Lily stehen und wandte sich um. Ein Lächeln glitt über ihr Gesicht, als sie ihre Mutter erkannte. Gegen die Kälte war Ida eingehüllt in einen dicken braunen Mantel und einen tiefroten Schal, den sie selbst gestrickt hatte. Ihre Mutter trug schwer an zwei Einkaufstaschen, so dass Lily ihr entgegenging.

»Ich war im *Konsum* und hatte Glück.« Ida stellte die Einkaufstaschen zu Boden und strich sich eine Haarsträhne aus der Stirn, die ihr der Januarwind immer wieder ins Gesicht wehte. »Sie hatten noch Schwarzbrot von gestern. Für den halben Preis. Nur neunzehn Pfennig. Da konnte ich gleich noch zwei Kilo Kartoffeln kaufen. Und Öl.«

»Wie schön«, antwortete Lily. Sie fühlte einen Stich des schlechten Gewissens, weil sie studierte und daher nur wenig zum Einkommen ihrer Familie beitragen konnte, so dass ihre Mutter gezwungen war, altes Brot zu kaufen und jeden Pfennig umzudrehen. So wie viele ihrer Freunde. Bei einem Stun-

denlohn von zweiundfünfzig Reichspfennig, den Lilys Mutter erhielt, konnte man eben keine großen Sprünge machen. »Vielleicht kann ich eine Stelle als Kellnerin finden.«
»Nein.« Ihre Mutter blieb stehen. Vehement schüttelte sie den Kopf. »Das kommt gar nicht in Frage. Du sollst studieren und ein gutes Examen machen. Das wünschen dein Vater und ich uns für dich.«
»Soll ich dir etwas abnehmen?«
»Ja, nimm das Brot.« Flüchtig strich Lilys Mutter ihr mit der Hand über die Wange. »Du siehst erschöpft aus. Du arbeitest zu viel. Geht es dir gut?«
»Ja. Nur ein bisschen müde.« Lily nickte. »Was ist mit dir?«
Ihre Mutter wirkte zornig, aufgewühlt, als hätte sie eine unerfreuliche Begegnung gehabt.
»Das Übliche. Sie werden immer mehr. Immer mehr und immer dreister.« Lilys Mutter strich sich mit dem Handrücken über die Stirn, als könnte sie so düstere Gedanken verdrängen. »Bertha und Willy kommen gleich vorbei. Wir wollen darüber reden, was …«
Lilys Kehle fühlte sich an wie zugeschnürt. Zu stark war das Gefühl einer Bedrohung, der sie nicht ausweichen konnte, selbst wenn sie sich noch so sehr bemühte. »Ist etwas passiert?«
»Lass uns gleich darüber reden.«
»Deshalb warst du Brot kaufen.« Lily war es nur recht, dass ihre Mutter gerade nicht über Politik reden wollte. Zu sehr hatte die heutige Nachricht sie getroffen. All ihre Zukunftspläne standen nun zur Disposition und waren auf einmal keinen Pfennig mehr wert.
»Ja. Obwohl die Lebensmittelpreise stabil sein sollen, kommt es mir vor, als werde es von Woche zu Woche teurer. Wo soll das noch hinführen?«

Lily antwortete nicht, weil ihre Mutter es auch nicht mehr erwartete. Schon oft hatten sie einander diese Frage gestellt und keine Hoffnung gesehen. In vertrautem Schweigen legten sie den Weg nach Hause zurück, gaben vor, die Männer nicht zu sehen, die sich aufspielten, als gehörte die Straße ihnen. Männer in braunen Hemden, die unverwechselbare rote Armbinde angezogen, auf der das schwarze Hakenkreuz in weißem Rund hervorstach. Mit zu Fäusten geballten Händen drängte Lily sich an der Gruppe vorbei, die die Köpfe zusammensteckte und sicher etwas Ungutes ausheckte. Aber zu zweit konnten ihre Mutter und sie nichts gegen die Braunhemden ausrichten. Wahrscheinlich wollte die Gruppe sich dem Mob anschließen, der zum Römerberg zog und »Sieg Heil! Sieg Heil!« brüllte, als gehörte ihm die Stadt.

Zornig über ihre Ohnmacht lief Lily ihrer Mutter nach, die mit großen Schritten ins Haus ging und die Treppe in den zweiten Stock hinaufeilte. Während Ida bereits in die Küche gegangen war, blieb Lily noch einen Augenblick im Flur stehen, bis ihre Augen sich an das Halbdunkel gewöhnt hatten. Sorgsam zog sie den guten Wollmantel aus, den sie von Oma Bertha geerbt hatte, und hängte ihn auf. Die schweren Stiefel stellte sie auf einen Wischlappen, damit Eis und Schnee nicht auf den Linoleumboden tropften. Nachdem Lily einmal tief Luft geholt hatte, stieß sie die Tür zur Küche auf. Kaffeeduft zog durch den großen Raum und ließ ihn heimelig wirken. Auch wenn es nur Muckefuck war, nicht der teure Bohnenkaffee, den sich die Familie nur zu Geburtstagen und großen Feiertagen wie dem 1. Mai gönnte.

Wie Lily erwartet hatte, saß hier die Familie versammelt. Vor drei Jahren hatte ein Parteigenosse Lilys Vater eine bessere Wohnung angeboten, eine der May-Wohnungen, die im Rahmen des Frankfurter Wohnungsbauprogramms erbaut worden waren. Doch Lilys Mutter Ida und deren Mutter Alwine hatten nur einen prüfenden Blick in die Küche geworfen, um schließlich dankend abzulehnen. Selbst die Wiener Architektin Margarete Schütte-Lihotzky, der ihre funktionale Küche eine Herzensangelegenheit war, konnte Ida und Alwine nicht überzeugen. Obwohl sich beide Frauen übereinstimmend sehr beeindruckt von der jungen Architektin gezeigt hatten. »Eine Küche ist dazu da, dass die Familie sich dort trifft. Punkt!«, hatte Alwine verkündet. »Aber das Wiener Mädchen ist ein kluger Kopf. Schade, dass sie Kommunistin ist.« Damit war die Entscheidung getroffen. Die Familie blieb weiter in der Kölnischen Straße im Gallusviertel wohnen, in »Kamerun«, wie der Stadtteil in Frankfurt genannt wurde. An und für sich war die Wohnung mit den drei Zimmern viel zu klein für Lily, ihre Eltern, Lilys Bruder Karl und Oma Alwine, die vor zwei Jahren bei ihnen eingezogen war. Aber die Wohnung war selbst jetzt noch bezahlbar, wo Lilys Vater Gottfried, wie so viele andere auch, seine Arbeit verloren hatte. Nur ab und zu fand Gottfried Aushilfstätigkeiten auf dem Bau, für die er eigentlich schon zu alt war. Dank Oma Alwine, die eine kleine Rente bekam, musste Lily nur einen geringen Teil zum Familieneinkommen beitragen und konnte sich im Großen und Ganzen ihrem Studium widmen. Nun jedoch fragte sie sich, wie lange sie noch an der Universität bleiben konnte.

»Lily.« Ihr Vater erhob sich, um sie zu begrüßen. Wie immer saß er auf der Eckbank, die sein Vater Willy gedrechselt hatte, und stützte die Ellbogen auf den alten Holztisch, ebenfalls ein Werk seines Vaters. In den letzten Monaten war Lilys Vater abgemagert. Seine kräftige Nase sprang scharf hervor, und die Falten um seine braunen Augen hatten sich tief in die Haut eingegraben. »Wie war es an der Universität?«

»Heute hat mich Doktor Elias, der Assistent von Professor Mannheimer, eingeladen. Ins *Café Laumer*.« Ob ihre Familie begreifen würde, was für eine Ehre das für Lily gewesen war? Nur wenigen Studenten gewährte der Dozent dieses Privileg. Lily hatte vor Aufregung kaum ein Wort herausgebracht, und als sie dann noch Alexander Kirchner angesprochen hatte … Und dann kam die Nachricht von Hitlers Ernennung und änderte mit einem Schlag alles.

»In Cafés verbringen die vornehmen Herrschaften an der Universität also ihre Zeit, während unsereins sich an Brot und Muckefuck halten muss.« Obwohl Karl vorgab, einen Scherz gemacht zu haben, wusste Lily nur zu gut, dass er jedes Wort ernst meinte. Ihr Bruder nannte Lily eine Klassenverräterin, weil sie unbedingt studieren wollte. Ihr hatte Karl das einmal vorgeworfen, den Eltern und Oma Alwine gegenüber hielt er klugerweise den Mund. »Als gäbe es nichts Wichtigeres.«

Karl begleitete seine Worte mit einem bissigen Grinsen, das Lily sich wieder einmal fragen ließ, wie zwei so unterschiedliche Menschen Geschwister sein konnten. Karl war groß und kräftig mit vollem schwarzen Haar, das ihm in die Stirn fiel, und den dunklen Augen ihres Vaters. Lily reichte ihrem Bruder nicht einmal bis zur Schulter. Ihr Haar war von einem hellen Braun, was Karl als »Straßenköterblond« bezeichnete; ihre Augen hellgrau, wie es sonst niemand aus der Familie hatte. Oma Alwine allerdings behauptete steif und fest, dass ihr verstorbener Mann Friedrich ebensolche Augen gehabt hatte. »Meerschaumaugen«, wie Alwine zu Lilys Verwunderung gesagt hatte. So ein romantisches Wort passte gar nicht zu ihrer bodenständigen Großmutter.

Aber nicht nur im Äußeren unterschieden sich die Geschwister. Wo Karl aufbrausend und laut war, blieb Lily ruhig und sprach leise. Nur in einem waren sich beide einig – ihr politisches Herz schlug links. Das jedoch hinderte Karl nicht daran, Lily ihr Studium vorzuhalten und zu behaupten, sie würde sich für etwas Besseres halten. Bevor Lily sich eine Antwort auf Karls Angriff ausdenken konnte, mischte sich Oma Alwine ein.

»Der Karl hat nicht unrecht. Wir müssen überlegen, wie es weitergehen soll.« Alwine, eine vom Alter gebeugte Frau, fuhr sich mit der Hand durch die weißen Haare, die kurz geschnitten waren und wild vom Kopf abstanden. »Ich will nicht in einem Land leben, in dem Hitler regiert. Du etwa, Clara?«

Alwine deutete mit dem Zeigefinger auf Lily. Eine Geste, die Lily als Kind schreckliche Angst eingejagt hatte, weil sie so gnadenlos wirkte. So, wie sie sich lange vor ihrer polternden, ruhelosen Großmutter gefürchtet hatte, bis Lily alt genug war, hinter die ruppige Fassade zu schauen.

»Mutter, du sollst sie nicht Clara nennen«, sagte Lilys Mutter. Sie seufzte. Schließlich führte sie mit ihrer Mutter den Kampf um Lilys Namen seit mehr als achtzehn Jahren. Oma Alwine wollte sich einfach nicht damit abfinden, dass ihr Namensvorschlag nach Lilys Geburt überstimmt worden war. Daher nannte sie Lily bei jeder Gelegenheit Clara, nach Clara Zetkin.

Denn von Lily Braun, die Namenspatin für Lily gestanden hatte, hielt Oma Alwine überhaupt nichts. »Kriegstreiberin, die«, pflegte Alwine zu sagen, sobald die Sprache auf Lily Braun kam. »Muss man sich schämen, dass das Kind danach heißt.«

Obwohl Lily ihrer Großmutter zustimmte, was die politischen Verfehlungen ihrer Namenspatin anging, war sie dennoch froh, dass sich weder ihr Vater durchgesetzt hatte, der sie nach Rosa Luxemburg hatte nennen wollen, noch Oma Bertha, die für Ottilie plädiert hatte. Mit dem Vorschlag von Opa Willy hingegen, Emma, hätte Lily leben können – diesen Namen mochte sie. Manchmal fragte sie sich, ob ihr Leben ein anderes wäre, wenn sie eine Emma oder Clara geworden wäre.

»Wo sollten wir denn leben?«, fragte Lily kleinlaut. Sie konnte sich nicht vorstellen, Frankfurt zu verlassen. Sie *wollte* sich nicht vorstellen, die Universität aufzugeben. »Alle unsere Freunde und Genossen leben hier. Gemeinsam werden wir siegen.«

Bevor jemand etwas erwidern konnte, klopfte es an der Tür. Lily ging zurück in den Flur und öffnete. Vor ihr standen Willy und Bertha, die Eltern ihres Vaters, beide mit sorgenvollen Mienen.

»Blass bist du«, sagte Oma Bertha, die oft das Reden für sich und ihren Ehemann übernahm. »Du studierst zu viel.«

»Kommt rein.« Lily deutete auf die Küche. »Mutter schmiert Brote für alle.«

Sie folgte ihren Großeltern, nachdem diese ihre Mäntel aufgehängt hatten, in die Küche, wo Karl, Gottfried und Alwine zusammenrückten, damit alle Platz am Esstisch fanden.

Lily trat neben ihre Mutter, die dicke Scheiben von dem dunklen Brot abschnitt und diese auf einen großen Teller legte.

»Stell bitte Margarine und Rübensirup auf den Tisch«, bat Ida, während sie Teller und Tassen aus dem Hängeschrank nahm.

Lily drückte sie deren Lieblingstasse in die Hand – die weiße mit dem Rosenmuster. Nachdem alle einen Platz gefunden hatten, goss Ida Kaffee ein und stellte das Brot auf den Tisch. Oma Bertha und Opa Willy rückten ein Stück zur Seite, so dass Lily sich setzen konnte. Lily goss etwas Milch in den Kaffee, verzichtete aus Sparsamkeit auf Zucker und trank einen Schluck. Die Wärme des Getränks tat ihr gut, und der bittere Geschmack belebte sie.

»Wie konnten sie den Hitler nur zum Reichskanzler ernennen?« Oma Berthas Stimme zitterte etwas, als könnte sie nicht glauben, was sie da sagte. Für Lily war Oma Bertha immer die »echte Oma« gewesen – eine große, kräftige Frau, die stets ein freundliches Wort für ihre Enkelin hatte und eine breite Schulter zum Ausweinen bot. Mit den Jahren war Bertha kleiner und schmaler geworden, aber sie überragte ihren Ehemann Willy immer noch um einen halben Kopf.

»Es war nur eine Frage der Zeit, bis Hindenburg einknickt.« Lilys Mutter schüttelte den Kopf, so dass die braunen Locken ihr ins Gesicht fielen. Seitdem Lilys Vater Gottfried seine Arbeit verloren hatte, hatten sich mehr und mehr graue Strähnen in Idas Haar eingeschlichen. Kurzsichtig blinzelte Ida in die Runde ihrer Familie. Die Augen von Lilys Mutter verschlechterten sich von Jahr zu Jahr durch die Näharbeiten bei schlechtem Licht, mit denen sie das Einkommen der Familie aufbesserte.

»Und wir haben uns alle lustig gemacht über den Giftzwerg Goebbels«, sagte Opa Willy mit tonloser Stimme. »Als der letztes Jahr verkündet hat, dass Hitler Reichstagspräsident werden will.«

»Na, das konnte man doch damals nicht ernst nehmen«, antwortete Bertha. Sie und ihr Mann waren sich häufig uneinig, welche Richtung die Sozialdemokratie einschlagen sollte, aber sobald es um die Nationalsozialisten ging, waren sie einer Meinung. »Wir konnten die Hoffnung nicht aufgeben.«

»Da kommt einiges auf uns zu.« Lilys Opa wog bedächtig den Kopf von einer Seite zur anderen. Der zähe kleine Mann, der im Krieg 1917 einen Unterschenkel eingebüßt hatte, sagte selten etwas in den familiären Debatten. Wenn er dann einmal sprach, hörten ihm alle zu. Willy hatte in seinem Leben mehr erlebt, als die meisten von uns sich ausmalen können, dachte Lily oft. Sie mochte ihren Opa mit dem langen Gesicht, das tiefe Falten aufwies. Als Kind hatte sie sich vor ihm gefürchtet, weil er eine tiefbraune Haut hatte und riesige Ohren, die mit jedem Jahr größer zu werden schienen. Das markanteste Merkmal von Opa Willy jedoch war eine filterlose Zigarette, die er stets in der Hand hielt und mit der er auch jetzt die Luft verpestete.

»Kind, wenn du je rauchst, dann ohne Filter«, hatte der Opa Lily gesagt, als sie vierzehn Jahre alt geworden war. »Im Filter sammelt sich der ganze Dreck. Filterlos ist viel gesünder. Nur ein Problem.« Lächelnd hatte er Lily seine Fingerspitzen gezeigt, die eine intensiv gelbbraune Färbung angenommen hatten.

»Was meinst du, Vater?«, fragte Gottfried. »Können wir das Steuer noch herumreißen?«

Bevor Willy antworten konnte, schellte es. Karl sprang auf und ging zur Tür. Die Familienmitglieder wechselten einen schnellen Blick – in letzter Zeit hatten Besuche nicht viel Gutes zu bedeuten gehabt.

»Guten Abend.«

Ehe der junge Mann, der verlegen seine Mütze zwischen den Händen drehte, noch ein weiteres Wort sagen konnte, tauchte der hochgewachsene Karl hinter ihm auf. »Es ist nur Georg.«

Nur Georg. Nicht sehr freundlich, aber zutreffend. Lily kannte Georg, solange sie denken konnte. Er hatte mit seinen Eltern und sieben Geschwistern zwei Häuser weiter gewohnt, bevor die Familie ihre Chance genutzt hatte und in eine der modernen Wohnungen gezogen war. Als Kinder hatten Lily und Karl häufig mit Georg und dessen Geschwistern gespielt. Georgs großer Bruder Richard hatte Lily das Fahrradfahren beigebracht und ihr gegen Kinder beigestanden, die sie als Streberin beschimpft hatten. Ihn vermisste sie von der Familie am meisten, da er inzwischen nicht mehr in Frankfurt wohnte, sondern sein Glück im Ruhrgebiet suchte.

Zu Lilys Überraschung war sie Georg vor drei Jahren auf einer Parteiveranstaltung wieder begegnet, und seitdem war er ein gerngesehener Gast bei ihnen. Oma Alwine pflegte ab und zu mit einem schelmischen Lächeln zu fragen, warum der Junge wohl ständig bei ihnen vorbeischaute, aber Lily wehrte stets ab. Georg und sie verband der gemeinsame Kampf um bessere Lebens- und Arbeitsbedingungen für alle Menschen. Außerdem organisierten sie gemeinsam den Widerstand gegen die immer mächtiger werdende NSDAP und deren Anhänger.

»Im Ostend gab's wieder Schmierereien. ›Juden raus‹ und noch mehr übles Zeug«, sagte Georg. Als sein Blick dem von Lily begegnete, färbte Röte seinen Hals, und er schaute schnell weg. »Wir von der Eisernen Front wollen eine Kundgebung abhalten. Seid ihr dabei?«

»Auf jeden Fall müssen wir auf die Straßen gehen.« Alwine schlug mit der Faust auf den Tisch. Georg zuckte zusammen, obwohl er das Temperament von Lilys Großmutter inzwischen kennen sollte, so oft, wie er zu Besuch kam. »In einem Land, wo der Hitler regiert, will ich nicht leben.«

»Wo willst du denn hin?« Willy schüttelte den Kopf. »Uns alte Bäume sollte man besser nicht mehr verpflanzen.«

»Nach Prag oder ins Saarland.« Alwine gab nicht nach. »Oder nach Schweden, so wie Katharina.«

60

»Wir müssen uns besser organisieren. Straffer. Bereit sein, in den Untergrund zu gehen.« Karl sprang auf. Lilys Bruder liebäugelte schon länger mit den Kommunisten, deren Organisation viel strikter war als die der Sozialdemokratie. »Jetzt können wir nicht weiter den Kopf in den Sand stecken und hoffen, dass alles gut wird.«

»Die Kommunisten werden auch nichts allein retten können«, wandte Gottfried ein. »Nur gemeinsam sind wir stark.«

»Gemeinsam. Gemeinsam.« Karl sprang auf. »Wer verweigert den Kommunisten denn die Unterstützung und Hilfe? Das sind eure feinen Freunde von der Sozialdemokratie.«

Mit großen Schritten stürmte er aus der Küche und in den Flur. Kurz danach hörten sie, wie er die Wohnungstür laut hinter sich zuknallen ließ. Wenn nicht einmal ihre Familie zusammenhalten konnte, wie sollte das im Parlament funktionieren?, fragte sich Lily mit einem Schaudern.

Kapitel 6

Frankfurt am Main, 1. und 2. Februar 1933

Nur drei Tage, um eine große Kundgebung auf die Beine zu stellen. Eine gemeinsame Kundgebung des Bündnisses aus Gewerkschaften, Sozialdemokraten, Arbeitersportlern und Kommunisten, das sich »Eiserne Front« nannte. Eine große Veranstaltung, um der Welt und vor allem den Frankfurter Bürgern zu zeigen, dass nicht alle Deutschen mit Hitler einverstanden waren. Fiebrig, atemlos, mit dunklen Ringen unter den Augen, die von zu wenig Schlaf herrührten, eilte Lily von einer Aufgabe zur nächsten, stets begleitet von der verzweifelten Hoffnung, dass ihre Arbeit etwas bewirken würde. Noch wollte Lily den Glauben nicht aufgeben, dass sie Frankfurt, ihr liberales, weltoffenes Frankfurt, aus dem braunen Sumpf ziehen könnte.

Daher hatte sie auch sofort zugesagt, als Georg sie fragte, ob sie gemeinsam mit ihm zu der SPD-Versammlung in die Gaststätte *Schlereth* in der Mainzer Landstraße gehen wollte, auf der nächste Schritte besprochen würden. Zugesagt, obwohl Großmutter Alwine krank war und Lilys Aufmerksamkeit bedurfte. Zugesagt, mit schlechtem Gewissen, weil sie eigentlich eine Vorlesung nachbereiten musste. Hin- und hergerissen zwischen Pflichtgefühl und Kampfeswillen verbrachte Lily den Sonntagabend im Hinterzimmer der Gaststätte. Sie saß eingezwängt zwischen Georg und ihrem Vater, nahezu überwältigt von Geräuschen und Gerüchen, die auf sie einprasselten.

Mehr als vierzig Genossinnen und Genossen hatten sich in einem Zimmer versammelt, das Platz für zwanzig von ihnen bot, um lautstark miteinander zu diskutieren, welcher Weg der richtige wäre. Vielstimmige Debatten, in denen kaum ein Wort zu verstehen war, peinigten Lilys Ohren. Ihre Augen brannten von den Rauchschwaden, die aus Zigaretten und wenigen Zigarren emporstiegen und wie eine dunkle Wolke über den Köpfen der Streitenden hingen. Zaghaft nahm sie einen Schluck von dem Apfelsaft, der vor ihr stand und abgestanden schmeckte. Aus dem Glas, das vor Georg auf dem Tisch stand, schwappte ein wenig Äppelwoi, als jemand zornig auf den Holztisch schlug. Der säuerliche Geruch des Weins mischte sich mit dem bitteren des Bieres, das ihr Vater trank.

»Wir müsse erfolgreich sein. Präsenz zeige!« Der Redner schlug erneut mit der Faust auf den Tisch. »Dem Fackelzug der Nationalsozialisten am Abend der Ernennung müsse mer etwas entgegensetze.«

»Des waren doch nur zweitausend Leut'«, widersprach ein anderer. »Da haben die Kommunisten einen Tag später ja mehr Leut' auf die Beine gebracht.«

»Genau«, bekräftigte ein Dritter. »Die Volksstimme hat's doch geschrieben. Die Nationalsozialisten mussten jeden aufbieten. Vom Hosenmatz bis zum wohlbeleibten Spießer.«

»Trotzdem«, widersprach der Mann neben Lilys Vater. »Wehret den Anfängen.«

Seit Stunden immer wieder die gleichen Argumente. Lily strich sich mit den Fingern über die Stirn und versuchte so, die aufziehenden Kopfschmerzen zu bändigen.

»Ich muss an die frische Luft«, murmelte sie und drängelte sich an den Sitzenden vorbei. Endlich hatte sie die Tür des

Hinterzimmers erreicht, die sich in dem Augenblick öffnete. Ihr Bruder. Überrascht blieb Lily stehen, erschrocken über Karls Gesichtsausdruck, eine Mischung aus Zorn und Verachtung, mit der er die Versammlung musterte.

»Dich suche ich. Mutter schickt mich«, sagte Karl zu Lily, ohne die anderen Anwesenden auch nur eines Grußes zu würdigen. »Oma Alwine geht es schlechter. Mutter braucht dich.«

»Ich … Ich komme gleich.« Eilig drehte Lily sich um, um ihre Sachen zu holen, doch da stand bereits Georg vor ihr und hielt ihr Jacke und Tasche entgegen.

»Ich bringe dich nach Hause. Es wird bald dunkel.«

»Danke.« Lily lächelte ihm zu, dankbar für seine Fürsorglichkeit. »Aber Karl wird mich begleiten. Bleib du ruhig hier. Jemand sollte bei Vater sein.«

»Ich muss sowieso mit Vater reden«, sagte Karl barsch. »Geh mit Georg.«

Ohne sich von ihr zu verabschieden, drängte Karl sich durch die Sitzenden, nickte hin und wieder jemandem zu, der ihn ansprach, aber wirkte, als wäre er lieber an einem anderen Ort. Obwohl es Lily zu ihrer Großmutter zog, blieb sie noch einen Moment, um zu beobachten, wie Karl ihren Vater ansprach. Auf den Gesichtern beider Männer ließ sich ablesen, wie unangenehm ihnen das Zusammentreffen war. Während Karl jedoch voller Wut schien, sah Lilys Vater eher traurig aus. So traurig, dass sie am liebsten zu ihm gegangen wäre und ihn umarmt hätte. Aber hier in der Versammlung war dafür nicht der richtige Ort.

»Lily?«, hörte sie Georg fragen. »Kommst du?«

»Ja. Entschuldige.« Gemeinsam mit Georg trat sie vor die Tür und atmete tief ein, um die saubere und kühle Abendluft zu schmecken. In ihre Gedanken versunken, hakte Lily sich bei Georg unter und eilte nach Hause. Froh darüber, dass sie

Georg so gut kannte, dass sie mit ihm gemeinsam schweigen konnte. Immer wieder kehrten Lilys Gedanken zu ihrem Bruder zurück, der sich ihrer Familie ganz und gar entfremdet hatte. Zorn auf die Nationalsozialisten stieg bitter in ihr auf. Zorn darüber, dass die Braunhemden nicht nur Angst und Schrecken verbreiteten, sondern auch ihre Familie auseinandergebracht hatten.

Kaum waren sie in die Frankenallee eingebogen, spürte sie, wie Georg angespannt den Rücken streckte.

»Dort, hinter uns. Schau«, zischte Georg ihr leise zu. Er beschleunigte seine Schritte und zog Lily hinter sich her. »Aber lass dir nichts anmerken.«

Sein Gesichtsausdruck war so ernst, dass Lily sich erschrocken umschaute. Auf der Frankenallee hinter ihnen kamen drei Braunhemden zielstrebig auf sie zu. Ihre genagelten Stiefel dröhnten auf dem Kopfsteinpflaster, als wäre eine Armee im Anmarsch. Vermutlich waren sie auf dem Weg zum SA-Heim in der Hohenstaufenstraße. Oder waren sie ihnen etwa seit der Veranstaltung gefolgt? Warum hatte Lily die Braunhemden nicht vorher bemerkt? Hatten sie ihnen etwa aufgelauert? Schon früher hatte es Zusammenstöße zwischen den Nationalsozialisten und den Sozialdemokraten gegeben. Seitdem die Braunhemden sich stärker fühlten, suchten sie bei jeder Gelegenheit Streit und Kampf. Sozialdemokraten, Kommunisten, jüdische Menschen – niemand war vor ihrem Terror sicher. Auf dem Campus, in der Stadt, überall wuchs die Bedrohung. Selbst im Hörsaal hatten die Rechten getrommelt und gepfiffen, wenn jüdische Studenten den Raum betraten.

Lily hatte den Eindruck gewonnen, dass die Willkürakte der rechtsgerichteten Parteigänger im ersten Monat des neuen Jahres deutlich zugenommen hatten. Immer wieder hörte man von Morden, auch in der Umgebung von Frankfurt, die

Braunhemden begangen hatten. Morde, für die sie kaum zur Rechenschaft gezogen wurden. Über der Stadt kauerte eine Atmosphäre der Angst, wie auch an vielen anderen Orten, wie Lily von Genossen erfahren hatte, die nach Frankfurt gereist kamen. Obwohl Lily und ihre Freunde nicht bereit waren, sich dem nationalsozialistischen Terror zu beugen, waren sie in den letzten Wochen vorsichtiger geworden. Flugblätter verteilten sie inzwischen nur noch zu zweit, damit sie einander Schutz gegen Übergriffe gewähren konnten. Aber hier und heute hatte Lily keinen Angriff erwartet. Sicher hatte sie sich gefühlt in ihrem Stadtviertel, versunken in Sorge um ihre Familie. Als wären sie Jäger, die die Schwäche ihrer Beute witterten, hatten die Nationalsozialisten ihre Chance gewittert und näherten sich nun unaufhaltsam. Das Echo ihrer Schritte war das einzige Geräusch, das die schmale Straße entlangkam.

»Was sollen wir machen?«, flüsterte Lily Georg zu, während sie versuchte, ihre Schritte seinen anzupassen. »Wenn wir weglaufen, werden sie uns jagen wie Kaninchen.«

»Wir müssen irgendwohin, wo wir in Sicherheit sind.« Erneut beschleunigte Georg seine Schritte, wobei er sorgsam darauf zu achten schien, dass er nicht zu laufen begann. »In ein Haus oder eine Gaststätte.«

Lily, deren Kehle sich trocken und dürr anfühlte, sah sich suchend um. Wo konnten sie Schutz finden? Wer würde ihnen die Tür öffnen, sollten sie dort anklopfen? Wäre jemand mutig genug, Georg und sie in sein Haus zu lassen, obwohl sie von Braunhemden verfolgt wurden? Ihr Herz schlug schneller, als sie ihre Optionen im Kopf durchspielte. Drei gegen zwei. Georg war kräftig und würde den Angreifern einen guten Kampf liefern können, aber sie? Lily war viel zu schmal, um etwas gegen einen brutalen Schläger ausrichten zu können. Aber ihr Kampfgeist ließ nicht zu, dass sie aufgab. Falls sie keinen Schutz fanden, würde sie sich gemeinsam mit Georg den Nationalsozialisten stellen, auch wenn sie nicht gewinnen konnten.

Ich habe mich nicht einmal von meiner Familie verabschieden können, ging Lily durch den Kopf. Aus einer Seitengasse ertönten laute Stimmen und noch lauteres Gelächter. Nur mit Mühe konnte Lily einen Schrei unterdrücken. Sollten das etwa noch weitere Braunhemden sein, die sie einkreisten und Georg und ihr so jede Chance auf ein Entkommen nahmen?

Endlich traten die Neuankömmlinge aus der dunklen Gasse ins Licht einer Straßenlaterne. Lily atmete auf, als sie zwei der zehn jungen Männer erkannte, die ihnen so gut gelaunt entgegenkamen. Die Neuankömmlinge schienen nichts von der Gefahr zu bemerken, die hinter Lily und Georg lauerte. Die Schritte hinter Lily verstummten für einen Moment, bevor sie sich schnell entfernten.

»Guten Abend, Lily. Georg.« Werner und Paul Stunz nickten ihnen zu. Die Zwillinge wohnten in der gleichen Straße wie Lily und versuchten seit langem, diese für den Internationalen Sozialistischen Kampfbund abzuwerben. »Da sind wir ja gerade noch zur rechten Zeit gekommen.«

»Danke«, brachte Lily hervor, deren Hände nach der überstandenen Gefahr zu zittern begannen. Sie stolperte und musste sich auf das Straßenpflaster setzen, weil ihre Beine sie nicht mehr tragen wollten. »Gut, dass ihr hier entlangkamt.«

»Wir hörten davon, dass die Faschisten heute Abend jagen wollen.« Paul kniff die Augen zusammen. »Wir müssen weiter. Passt auf euch auf.«

Genauso schnell, wie sie aufgetaucht waren, verschwanden die zehn Männer in der Richtung, aus der Lily und Georg gekommen waren. Inzwischen fühlte Lily sich etwas besser und stand auf.

»Bleib du morgen zu Hause«, sagte Georg. In seinen Augen entdeckte Lily eine Wärme und eine Zärtlichkeit, die sie gleichzeitig freuten, aber auch irritierten. »Nach diesem Schrecken …«

Lily bemühte sich um ein Lächeln, während sie versuchte, sich ihrer Gedanken klarzuwerden. Sie sah in Georg einen Genossen, einen Mitkämpfer, der genau wie sie der festen Überzeugung war, dass der politische Kampf es nicht erlaubte, sich Gefühlen hinzugeben. Sollte Lily sich in ihm getäuscht haben?

»Nein«, antwortete sie dann mit fester Stimme. »Ich lasse mir von den Braunhemden nicht den Schneid abkaufen. Morgen verteile ich Flugblätter an der Universität. So, wie es geplant war.«

Georg blieb so abrupt stehen, dass Lily stolperte.

»Weißt du, wie wunderbar du bist? Ich …«, begann er, doch sie unterbrach ihn sofort.

»Ach komm, ich übernehme nur meine Pflicht, so, wie wir alle es tun«, wiegelte Lily ab, sichtlich bemüht, Georg nicht weiter über sie reden zu lassen.

Zu ihrer Erleichterung bestand Georg nicht darauf, weiter über sie oder ihn zu sprechen, sondern plante gemeinsam mit ihr die ausstehenden Schritte, damit sie morgen genügend Papiere hatten. Lily hoffte, dass es ihnen gelänge, einige Studenten für die SPD zu begeistern.

In der Februarkälte des frühen Tages waren ihre Finger blaurot angelaufen, aber Lily wollte nicht eher gehen, bis sie das letzte Flugblatt verteilt hatte. Georg hatte sie bis vor die große Bibliothek gebracht und ihr gesagt, dass er in Rufweite bliebe. Bisher war alles gutgegangen. Niemand hatte Lily angepöbelt, allerdings hatte auch kaum jemand ein Flugblatt genommen. Lily seufzte leise.

»Da sind Sie ja wieder.« Ein großer, schlanker Mann, gehüllt in einen schwarzen Wollmantel, blieb vor Lily stehen und nahm ihr ein Flugblatt aus der Hand. »Sie schulden mir noch eine Antwort.«

Lily hatte ihn sofort erkannt, bereits, als er zielstrebig auf sie zukam. Einen Moment hatte sie überlegt, davonzulaufen, um der Begegnung aus dem Weg zu gehen, doch das erschien ihr zu albern. Schließlich war er nur ein Student wie sie – Alexander Kirchner, der stets mit einer Gruppe von Paradiesvogelfreunden in die Vorlesung kam. Alexander Kirchner, in dessen braunen Augen stets ein Funkeln glitzerte, als nähme er sich und die Universität nicht vollkommen ernst. Niemals hätte Lily erwartet, dass er sie bemerken, geschweige denn erneut ansprechen würde. Wieder traf er sie unvorbereitet an, so dass Lily nach Worten suchte. Bevor sie antworten konnte, tauchte eine auffallend attraktive Frau neben ihm auf. Sie hakte sich bei ihm mit einer Selbstverständlichkeit unter, um die Lily sie beneidete. Genau wie um ihr glattes schwarzes Haar, das zu einem perfekten Pagenkopf frisiert war. Alles an der Frau, von den ebenmäßigen Gesichtszügen über die perfekte Frisur bis hin zur teuren Kleidung, strahlte Selbstsicherheit aus. Sie erinnerte Lily an einen Filmstar – glamourös und elegant.

»Was machst du denn hier, mein Lieber? Hast du etwa dein Herz für die Politik entdeckt?«

»Wohl eher für die kleine Politikerin«, spottete der Mann, der sich am anderen Arm von Alexander Kirchner unterhakte. Er war Lily schon in der Vorlesung aufgefallen, wegen seiner extravaganten Kleidung und weil er wirklich jedes Mal zu spät kam. Wohl, damit er seinen großen Auftritt genießen konnte. Robert Hartmann hieß er, wenn sie sich richtig erinnerte. »Wofür oder wogegen ist sie denn? Oder ist sie nur zum Verteilen angestellt?«

Normalerweise hätte Lily sich gegen so eine Unverschämtheit gewehrt und den Kerl in seine Schranken gewiesen. Aber diese Gruppe, die so deutlich Wohlstand und Bildung ausstrahlte, führte dazu, dass Lily sich klein und unbedeutend fühlte. Die fadenscheinigen Stellen in ihrem Mantel wurden ihr nur allzu bewusst. Verlegen starrte sie auf ihre Schuhe, die auch schon bessere Tage gesehen hatten. Warum konnten Alexander Kirchner und seine Freunde nicht einfach weitergehen und sie in Frieden lassen? Manchmal hatte Lily es so satt, sich für Menschen einzusetzen, die es überhaupt nicht interessierte, was für politische Entwicklungen sich am Horizont abzeichneten. Menschen wie Alexander Kirchner in seinem eleganten dunklen Wollmantel, der sicher noch nicht einen Tag in seinem Leben gefroren hatte. Jemand, der sich nicht vorstellen konnte, was es hieß, hungrig zu sein. Jemand, der sicher richtigen Kaffee trinken konnte, wann immer er wollte. Und der sich nicht einen Deut für Politik interessierte, weil Menschen wie er unter jedem Regime leben konnten – unverwundbar und selbstbewusst.

»Lasst sie in Ruhe«, sagte er, als hätte er Lilys Gedanken gelesen. Sie hob den Blick und schaute direkt in seine braunen Augen. Nein, braun mit einem grünen Schimmer, korrigierte sie sich, während sie ihn anstarrte wie ein Kaninchen die Schlange. »Ab und zu solltet ihr euch mal für etwas anderes als den neuesten Theaterklatsch interessieren.«

»Ach, du Spielverderber«, sagte Robert Hartmann und machte eine wegwerfende Bewegung mit der linken Hand. Mit der rechten strich er sich eine Locke aus der Stirn. Seine Haare waren blond. So strahlend, dass sie ihre Farbe sicher nicht der Natur zu verdanken hatten, wie Lily mit leichter Boshaftigkeit dachte. »Bald fängst du noch an, dein Studium ernsthaft zu verfolgen.«

»Vielleicht hat sein Vater ja damit gedroht, ihm den Geldhahn zuzudrehen«, vermutete die Frau an Alexanders Seite. Für ihren Namen hatte Lily sich nie interessiert, da die Schwarzhaarige Lily stets das Gefühl vermittelte, durch sie hindurchzusehen. »Das würde uns allen missfallen. Komm, Liebster. Komm, Robert.«

Sie gab Alexander Kirchner einen Kuss auf die Wange; Lily hingegen warf sie einen Blick zu, der ihr deutlich sagte, dass Lily besser nicht zu freundlich zu ihm sein sollte. Aber da war sie bei Lily an der falschen Adresse, da diese inzwischen ihre Scheu überwunden und durch Zorn ersetzt hatte. Ohne mit der Wimper zu zucken, erwiderte Lily den Blick der Schwarzhaarigen.

»Oh, das sieht ja aus wie ein Kampf zweier Löwinnen.« Erst als der Mann namens Robert ein amüsiertes Lachen ausstieß, bemerkte Lily, was sie gerade anstellte. Zu ihrem Verdruss spürte sie ihre Wangen heiß werden. Sicher leuchteten sie rot und verrieten nur zu deutlich, dass sie sich ertappt fühlte. Schnell huschte Lilys Blick zu Alexander Kirchner, der sie mit deutlichem Interesse musterte.

»Ich muss weiter«, sagte sie barsch und wollte sich abwenden. Flinker, als sie es ihm zugetraut hätte, griff der Blonde nach Lilys Flugblättern, die ihr aus den durch die Kälte steifen Fingern fielen und zu Boden rieselten wie Schneeflocken. Als hätte sie nur auf Lilys Fehler gewartet, ergriff eine Windbö das Papier und wirbelte es durch die Luft.

»Nein!«, rief Lily erschrocken aus. Was würden die Genossen nur von ihr halten, wenn sie entdeckten, dass Lily die kostbaren Flugblätter verloren hatte! Die Flugblätter, die Lily und ihre Freunde drei lange Abende per Hand geschrieben hatten, weil sie sich keine Druckerpresse leisten konnten. Und nicht nur einfach verloren hatte, sondern die ihr aus den Händen gefallen waren, als sie mit Alexander Kirchner und dessen Freunden gesprochen hatte. Menschen, von denen Georg überhaupt nichts hielt.

»Oh nein!« Eilig lief sie den Flugblättern hinterher und bückte sich nach ihnen, doch stets spielte der Wind ihr Streiche, als wollte er über sie spotten. Sosehr sie sich auch bemühte, Lily gelang es nur, einen Bruchteil der Schriftstücke wiederzuerlangen. Sie spürte Tränen aufsteigen und biss sich auf die Unterlippe, um dem Weinen nicht nachzugeben. Das fehlte ihr gerade noch – dass sie sich endgültig vor Alexander Kirchner und dessen Freunden der Lächerlichkeit preisgab. Erschöpft gab sie auf und beobachtete, wie der Wind die Flugblätter weiter und weiter über den Campus der Universität trug, ohne dass ihnen die Studenten oder Professoren Aufmerksamkeit schenkten. All die Mühe und Arbeit umsonst.

»Hier.« Jemand tippte ihr auf die Schulter. Blitzschnell fuhr sie herum und fand sich nur wenige Zentimeter vor Alexander Kirchner. Er hielt ihr eine Handvoll Flugblätter entgegen, die ebenso schlammbespritzt waren wie die, die Lily ergattert hatte. »Mehr konnte ich leider nicht fangen.«

»Erwarten Sie keine Dankbarkeit«, fauchte Lily ihn an. Nun, nachdem sie die ganze Bescherung vor sich sah, konnte sie die Tränen nicht mehr zurückhalten. Hastig wandte sie sich ab, damit Alexander Kirchner sie nicht bei diesem Moment der Schwäche ertappte. »Ohne Sie und Ihre Freunde wäre das nie passiert. Ich hoffe, dass wir uns nie wiedersehen.«

Kapitel 7

Frankfurt am Main, 7. Februar 1933

Inzwischen dämmerte es bereits, so dass Lily sich für die Abkürzung durch Bockenheim entschied, nachdem sie die Straßenbahn knapp verpasst hatte. Sie hatte ihrer Mutter versprochen, zum Abendessen zu Hause zu sein, und musste sich sputen, wenn sie nicht zu spät kommen wollte. Ein wenig unwohl fühlte Lily sich schon, hatte sie doch eben erst Braunhemden gesehen, die großspurig an der Universität vorbeigezogen waren. Sicher auf dem Weg nach Bockenheim, dachte Lily und spürte einen üblen Geschmack im Mund. Dorthin, wo der Gauleiter von Hessen-Nassau-Süd, Jakob Sprenger, als Oberpostinspektor im Postamt 13 am Rohmerplatz arbeitete. Sie würde dort nicht mal mehr eine Briefmarke kaufen, hatte Lily sich geschworen. Und nun musste sie selbst durch Bockenheim laufen, damit sie rechtzeitig nach Hause kam.

Es war ein langer Tag gewesen. Ihr Kopf schwirrte, und wie so oft fürchtete Lily, dass sie einfach nicht klug genug wäre, um mit den anderen Studenten mithalten zu können. Vielleicht war Soziologie nicht das richtige Studium für sie, dachte sie, während sie gegen die Tränen ankämpfte. Vielleicht war das Studium an sich nicht das Richtige für sie.

In dem Liberalismus-Seminar, das sie eben besucht hatte, hatte sie weder verstanden, was Professor Mannheim vermitteln wollte, noch, was ihre Kommilitonen gesagt hatten. Selten zuvor hatte Lily sich dermaßen unterlegen gefühlt, so fehl am Platz, so … ja, sie musste es sich eingestehen, so dumm. Nun gut, versuchte sie sich zu beruhigen. Das Seminar war schon etwas Besonderes, weil auch viele der Doktoranden, die Professor Mannheim aus Heidelberg nach Frankfurt gefolgt waren, daran teilnahmen. Auch etliche Frauen waren darunter, die Lily mit so viel Respekt betrachtete, dass sie es kaum wagte, eine der Doktorandinnen anzusprechen. Nicht, dass diese besonders daran interessiert schienen, sich mit Lily auszutauschen. Bis auf Margarete Freudenthal, die Witwe des Strafrecht-Professors Berthold Freudenthal, die allein wegen ihres Alters von vierzig Jahren unter den Studenten hervorstach, hatte keine der anderen Frauen Lily je angesprochen. Lily allerdings fühlte sich gegenüber Margarete Freudenthal immer etwas unbehaglich und kam sich stets beobachtet und ausgefragt vor, sobald Margarete Freudenthal mit ihr sprach.

Mit einigen Kommilitonen verband sie der politische Kampf. Nachdem drei von ihnen jedoch mit Lily hatten ausgehen und eine gemeinsame Zukunft planen wollen, hatte Lily sich von ihnen zurückgezogen. Inzwischen sorgte Lily dafür, dass sie einander nur trafen, wenn andere dabei waren. Dabei hätte sie etwas Unterstützung und Hilfe im Moment gut brauchen können, damit sie nicht den Anschluss verlor. Sie würde alles nachlesen müssen. Nur wann und wie? In der engen Wohnung, in der sich seit der Ernennung Hitlers die Parteifreunde ihrer Eltern trafen, blieb ihr keine Ruhe. Ständig fragte jemand sie um ihre Meinung oder wollte seine bestätigt haben. In die Universitätsbibliothek mochte sie auch nicht mehr gehen, seitdem sie dort Alexander Kirchner zweimal über den Weg gelaufen war. Lily hatte jede seiner Einladungen freundlich, aber bestimmt abgelehnt, weil sie sich sicher war, dass er sich nur einen Spaß mit ihr erlauben wollte. Warum sonst sollte ein gutaussehender Mann aus reichem Elternhaus sich für sie graue Maus interessieren, die kaum Geld für Kleidung oder Schönheitsmittelchen ausgeben konnte?

Ein hoher, spitzer Schrei riss Lily aus ihren Gedanken. Suchend blickte sie sich um – hatte jemand ein Kind unbeaufsichtigt gelassen, das jetzt nach seiner Mutter jammerte? Aber um diese Uhrzeit war kaum jemand auf den Straßen. Entweder saßen die Frankfurter beim Abendessen oder gingen ihrer Tätigkeit nach. Ein Schauer lief Lilys Rücken hinab, als sie bemerkte, wie einsam die kleine Straße war. Im Schatten der Bäume konnte sich jemand verstecken, ohne dass sie ihn bemerken würde.

Wieder erklang das Geräusch. Lauter. Schriller. Panischer. Schließlich fiel Lilys suchender Blick auf drei halbwüchsige Jungen, die in einer Hofeinfahrt eng nebeneinanderstanden und auf etwas in ihrer Mitte starrten. Vertreter der Hitlerjugend, wie Lily sofort an deren braunen Hemden und den schwarzen kurzen Hosen erkannte, in denen die Jungen einfach albern aussahen. Nicht Fisch, nicht Fleisch, aber gefährlich, wenn sie im Rudel auftraten, und vor allem, wie Lily leider zu gut wusste, gerne bereit, sich mit Andersdenkenden zu prügeln. Kam es ihr nur so vor, oder bewegten sich immer mehr von ihnen auf den Straßen Frankfurts? Sie wollte schon ihrer Wege gehen, als etwas an der Art, wie die drei Jungen die Köpfe zueinander beugten, Lily stutzig machte.

»Was macht ihr da?« Ohne zu zögern, trat sie näher an die Gruppe heran. Mit lauter Stimme herrschte sie die Jungen an: »Macht Platz. Sofort.«

Ertappt wandten die Jungen sich ihr zu, wobei sie versuchten, das, was dort vor ihnen auf dem Boden lag, vor Lilys

Augen zu verbergen. Allerdings schienen die drei schwankend zu sein, ob sie Lily, die schließlich älter war, nicht gehorchen mussten. Von ihren Gesichtern konnte Lily deutlich ihre plötzliche Unsicherheit ablesen. Ein Glück für sie, dass die Hitlerjungen so stark auf Gehorsam gedrillt waren.

»Lasst. Mich. Durch«, forderte sie und legte alle Autorität, zu der sie fähig war, in ihre Stimme.

Es wirkte. Der schmächtigste der drei trat zwei Schritte zur Seite, als Lily zielstrebig auf ihn zuging. Instinktiv hatte sie in ihm das schwächste Glied der Gruppe erkannt. Lily nutzte das Überraschungsmoment und schlüpfte an dem Jungen vorbei. Der Anblick, der sich ihr bot, nahm ihr den Atem und trieb ihr Tränen des Zorns in die Augen. Auf dem Boden lag ein Kätzchen, ein Jungtier, durch ein Messer auf die schmutzigbraune Erde geheftet. Das Tierchen blutete aus zahlreichen Wunden, so dass seine schwarz-graue Fellzeichnung nur undeutlich zu sehen war. Auch der Schwanz des Tieres schien mehrfach gebrochen zu sein. Das Kätzchen hob den Kopf, als Lily sich neben es kniete. Vor Panik waren seine Augen weit aufgerissen, und es fauchte Lily an. Mit letzter Kraft, wie ihr schien.

»Was ... Was seid ihr nur für Menschen?« Unerschrocken zog Lily das Messer aus der Wunde, bemüht, der Katze nicht noch mehr Schmerzen zuzufügen. Mit Schwung warf sie das Messer in den dunklen Hof hinein, was ihr einen zornigen Blick des größten Jungen einbrachte. Darauf bedacht, den drei Jugendlichen nicht den Rücken zuzukehren, hob Lily das Kätzchen vorsichtig auf. In seiner Angst schlug es mit den Krallen nach ihr und verpasste ihr zwei tiefe Kratzer auf dem Handrücken, die gleich zu bluten begannen. »Vergreift euch an Schwächeren! Typisch!«

Schnell stand Lily auf, um an den Jugendlichen vorbeizugehen. Doch inzwischen hatten diese sich wohl dafür entschieden, sich nicht länger von Lily auf der Nase herumtanzen zu lassen. Bedrohlich bauten sie sich vor ihr auf. Langsam zogen die Jungen den Kreis um sie enger. Lily schaute sich suchend um, aber außer ihr und den dreien schien sich kein Mensch auf der Straße aufzuhalten. Und auf Hilfe der Menschen in den Häusern um sie herum zu hoffen war nach ihren Erfahrungen vergeblich. Wenn sie die Katze, die immer noch grollte und kratzte, und sich retten wollte, dann musste sie sich Respekt verschaffen. Obwohl sie sich bedrängt fühlte, wich Lily nicht zurück.

»Was wollnse damit sagen?« Der Größte der drei, auch derjenige, der wahrscheinlich mit dem Messer nach dem Kätzchen geworfen hatte, baute sich drohend vor Lily auf. Obwohl er höchstens fünfzehn Jahre alt sein konnte, war er einen Kopf größer als sie. »Sind wohl auch eine von den Kommunaden.«

»Es heißt Kommunisten«, konnte Lily sich nicht verkneifen, obwohl sie wusste, dass dies keine kluge Idee war. Aber die Gemeinheit der Jungen, gepaart mit Dummheit, empfand sie als schier unerträglich. »Und nein, ich bin keine Kommunistin, sondern Sozialdemokratin. Obwohl ihr den Unterschied sowieso nicht begreifen werdet.«

Stolz reckte sie sich, was leider nicht reichte, um mit ihrem Gegenüber auf Augenhöhe zu sein. Nur unter Aufbietung aller Kraft und unterstützt durch das Fauchen des Kätzchens gelang es Lily, den Blick nicht abzuwenden. Das hätte der Hitlerjunge sicherlich als Schwäche gewertet.

»Auf jeden Fall eine Feindin des deutschen Volks«, ließ ihr Gegenüber eine weitere Parole vom Stapel, bevor er noch zwei Schritte auf Lily zukam. Auch seine Freunde kamen näher. Wäre die Situation nicht so bedrohlich, hätte Lily über das Bemühen der Jungen, politisch erfahren und weltgewandt zu klingen, nur gelacht. So jedoch musste sie äußerst vorsichtig handeln. Jugendliche, die ein hilfloses Kätzchen brutal quälten, würden sicher nicht davor zurückschrecken, auch ihr etwas anzutun. Lily erkannte mit erschreckender Klarheit, dass die Jungen sich einreden wollten, dass Lily es nicht besser verdiente.

»Lasst mich durch«, sagte sie mit ruhiger Stimme. Selbst die Katze fauchte nicht mehr, als spürte sie, wie gefährlich die Lage sich entwickelte. »Wenn ihr mich gehen lasst, werde ich euch nicht anzeigen.«

Kaum hatte sie die Worte ausgesprochen, musste Lily erkennen, dass sie einen großen Fehler gemacht hatte. Ihr Versuch zu verhandeln musste den Hitlerjungen wie eine Schwäche erscheinen. Eine Schwäche, die sofort bestraft werden würde.

»Hol mir das Messer. Los!«, herrschte der Große den Kleinsten an, dessen Blick unsicher zwischen Lily und seinem Anführer hin und her wanderte. Gerade als sie zu hoffen begann, dass er sich dem Befehl widersetzen würde, lief der Junge los.

Lily nutzte die Lücke, schlug einen Haken um ihr Gegenüber und rannte, so schnell sie konnte. Doch der Große war schneller. Seine Faust bohrte sich in Lilys Haare und riss sie zurück. Sie unterdrückte einen Schmerzensschrei. Die Katze fauchte erneut und krallte sich in Lilys Arm. Schmerz und Angst trieben ihr die Tränen in die Augen, so dass sie nur verschwommen sah, wie der Kleine zurückkehrte, das Messer von sich gestreckt. Vielleicht sollte sie die Katze zu Boden setzen, damit wenigstens das Tier die Chance hatte, davonzukommen, ging Lily durch den Kopf.

»Hier entlang, Herr Wachtmeister. Dahinten gibt es Ärger«, ertönte plötzlich eine Stimme von der Straße. »Kommen Sie schnell.«

»Verflucht, die Polypen. Los, wir hauen ab.«

Die Hitlerjungen verschwanden so schnell, dass es Lily wie ein Traum vorkam. Ihre Beine begannen zu zittern, so stark, dass sie sich auf das graue Straßenpflaster setzen musste, die fauchende Katze weiterhin auf dem Arm. Am ganzen Körper schlotternd, schloss sie für einen Moment die Augen, um dann ihren Rettern entgegenzusehen. Auch wenn Lily und ihre Genossen bei den letzten Demonstrationen schlechte Erfahrungen mit der Polizei gemacht hatten, freute sie sich jetzt über die Wachtmeister, die jemand zu Hilfe geholt hatte. Sie blinzelte die Tränen weg, um die Männer erkennen zu können.

Männer?

Zu ihrer Überraschung sah sie nur einen. Einen, den sie außerdem lieber nicht gesehen hätte. Alexander Kirchner. Wie kam der denn hierher? Hatte er etwa die Polizei gerufen? Lily versuchte, sich zu konzentrieren, aber die überstandene Gefahr und das Kreischen der Katze lenkten sie ab. Das Tier zappelte, als wollte es sich aus Lilys Griff befreien. Lily jedoch wollte die Katze nicht loslassen. Nicht hier. Nicht in dieser Gegend, wo Hitlerjungen mit Messern lauerten. Also hielt Lily das Tierchen fest, selbst als dieses sie in den Arm biss.

»Geben Sie mir Ihre Hand.« Alexander Kirchner blickte zu Lily herab. Er wirkte besorgt. »Nun kommen Sie schon. Wir müssen hier weg, bevor die Hitlerburschen zurückkommen.«

»Die Polizei … Wo bleibt die Polizei?«, stammelte Lily, als er sie langsam hochzog. So viele Fragen gingen ihr durch den Kopf, aber das war erst einmal die wichtigste. »Haben Sie die Polizei gerufen?«

»Nein«, antwortete er, während er Lily hinter sich die Straße entlangzog. »Niemand außer uns beiden ist hier. Daher sollten Sie sich ein bisschen beeilen. Bitte.«

»Was?« Vor Schreck blieb Lily stehen, was die Katze mit einem wütenden Knurren quittierte. »Keine Polizei?«

»Sprechen Sie doch noch lauter«, raunzte er sie an, was Lilys Denkvermögen mit einem Schlag wieder ankurbelte. »Wollen Sie wirklich noch mehr Aufmerksamkeit auf sich ziehen?«

»Entschuldigung«, flüsterte sie und setzte sich in Bewegung in Richtung der Emser Straße. Dort, wo ihnen hoffentlich jemand beistehen würde, sollten die Hitlerjungen auf die Idee gekommen sein, ihnen zu folgen. Äußerst angespannt, die widerstrebende Katze an sich gepresst, eilte Lily neben Alexander Kirchner die Straße entlang. Nur hin und wieder wagte sie es, einen schnellen Blick über die Schulter zu werfen.

Endlich erreichten sie eine Straßenbahnhaltestelle, an der mehrere Menschen warteten. Erleichtert wollte Lily dorthin laufen, doch Alexander hielt sie auf.

»Warten Sie lieber.« Er reichte ihr ein blütenweißes Taschentuch, das mit Spitze versehen war. »Sie sollten sich das Blut etwas abwischen, bevor Sie unter Menschen gehen.«

»Danke.« Lily streckte die Hand aus, was die Katze mit einem empörten Maunzen kommentierte. Unschlüssig verhielt Lily in ihrer Bewegung. Alexander Kirchners forschender Blick tat ein Übriges, so dass sie sich auf einmal unwohl fühlte.

»Geben Sie mir die Katze.« Er streckte die Hand nach ihr aus. Als ihre Finger sich berührten, spürte Lily, wie ihr Gesicht sich rötete. »Was ist denn überhaupt passiert?«

»Danke«, wiederholte Lily, als sie ihm das Taschentuch aus der Hand nahm. Zu ihrer Überraschung schmiegte sich die Katze in Alexander Kirchners Arm und schnurrte leise. Lily, ihre Retterin, hatte nur Bisse, Kratzer und Fauchen von dem undankbaren Tierchen geerntet. »Die Hitlerjungen haben das Kätzchen mit einem Messer malträtiert. Wenn ich nicht dazwischengegangen wäre …«

»Und wenn ich nicht vorbeigekommen wäre …«, lautete seine Antwort. »Denken Sie nie nach, bevor Sie handeln?«

Seine Frage empörte Lily. Um ihm nicht in die Augen sehen zu müssen, gab sie vor, noch immer mit dem Taschentuch das Blut wegzureiben. Doch noch mehr ärgerte es sie, dass er recht hatte. Ihr Herz für Schwache und Hilflose hatte sie wieder einmal in Schwierigkeiten gebracht, aus denen sie nur ein glücklicher Umstand gerettet hatte. Glück und der Mann, dem sie so bemüht aus dem Weg ging. Warum musste nun gerade er es sein, der ihr geholfen hatte?

»Ich brauche keinen Ritter in strahlender Rüstung, der …«, begann Lily. Sofort schämte sie sich für ihre harschen Worte, die aus Angst und schlechtem Gewissen geboren waren. Daher murmelte sie kaum hörbar. »Es tut mir leid.«

»Ich habe nie behauptet, dass Sie von einem Prinzen auf einem Schimmel gerettet werden müssten.« Täuschte Lily sich oder schwang wirklich Respekt in seiner Stimme mit? »Aber jeder Mensch braucht ab und zu einmal einen anderen.«

Zu Lilys Glück suchte die Katze sich genau diesen Moment aus, um sich lautstark maunzend zu beschweren. Vielleicht hatte sie Hunger. Oder Schmerzen.

»Was wird jetzt aus ihr?«, fragte Lily besorgt. Der Anblick der geschundenen Kreatur brach ihr das Herz. Noch schlimmer aber war das Wissen, dass sie der Katze nicht würde helfen können. »Ich kann sie leider nicht zu mir nehmen. Wenn sie hierbleibt, kommen die Hitlerjungen bestimmt wieder. Oder jemand anders.«

Vorsichtig streichelte sie dem Tier, das sich auf Alexander Kirchners Arm einkuschelte, über den Kopf. Trotz ihrer Verletzungen begann die Katze leise zu schnurren, was Lilys

Tränen zurückbrachte. Sie blinzelte. Vor Alexander Kirchner wollte sie keine Gefühle zeigen, wollte nicht sanft und weich erscheinen.

»Erst einmal muss sie zum Tierarzt«, antwortete er entschieden, aber in seiner Stimme schwang etwas mit, das Lily erstaunt aufsehen ließ. Zu ihrer Überraschung schimmerten seine Augen feucht. Niemals hätte sie gedacht, dass der Salonlöwe zu derartigen Gefühlen fähig wäre. »Dann nehme ich sie oder ihn mit zu mir, aber ...«

»Ja?« Lily wagte kaum zu fragen. »Was werden Sie mit ihr machen?«

»Wer ein Leben rettet, ist dafür verantwortlich. Eine chinesische Lebensweisheit.« Unter seinem Blick spürte Lily erneut, wie ihre Wangen heiß wurden. »Also ist es Ihre Katze, und ich bestehe darauf ...«

»Ja?«, flüsterte Lily.

»Ich muss darauf bestehen, dass Sie mich regelmäßig besuchen, um sich davon zu überzeugen, dass es Ihrer Katze gutgeht.« Er griff nach Lilys Hand, drückte ihr eine Visitenkarte in die Hand und hielt ihre Finger viel länger fest, als nötig war. »Ich werde auf Sie warten.«

Kapitel 8

Frankfurt am Main, 8. Februar 1933

Unschlüssig blieb Lily vor dem schmiedeeisernen Tor stehen, das in eine hohe Mauer eingelassen war und den einzigen Blick auf die elegante Villa gewährte, die sich hinter einem schmalen Weg erhob. Bereits auf dem Weg zu Alexander Kirchners Wohnung, dessen Adresse sie der Visitenkarte entnommen hatte, die er ihr gegeben hatte, hatten sie Zweifel überfallen. Was hatte eine Frau wie sie, die ihr Leben im Gallusviertel verbracht hatte, im vornehmen Frankfurter Westend zu suchen? Dem Viertel, in dem sich eine noble Villa an die andere reihte, durch Zäune, Mauern und hohe Bäume neugierigen Blicken entzogen. Bereits zweimal hatte sie überlegt, einfach umzukehren und sich in die Sicherheit ihres Viertels zu flüchten. Aber sie wollte wissen, ob das Kätzchen überlebt hatte. Jedenfalls sagte Lily sich das immer wieder. Niemals würde sie sich eingestehen, was für eine Anziehungskraft Alexander Kirchner auf sie ausübte, wie faszinierend sie seine braunen Augen fand, die stets leicht amüsiert blickten.

»Was ist nur mit mir los?«, murmelte Lily vor sich hin, ungeachtet der Blicke, die ihr die beiden Frauen zuwarfen, an denen sie sich vorbeidrängte. Frauen, wie man sie im Westend erwarten konnte. Nach der neuesten Mode gekleidet, die Haare elegant frisiert, dezent geschminkt. Auf den jungen Gesichtern ein blasierter Ausdruck, mit dem sie Lily musterten und ihren alten Mantel und die abgelaufenen Schuhe abschätzten. Wie einen Stich spürte Lily die Blicke noch, selbst nachdem sie an den Frauen vorbeigegangen war. Deutlicher konnte man es kaum sagen, dass sie nicht in dieses Viertel gehörte. Dass es ein großer Fehler war, die Vertrautheit ihrer kleinen Wohnung zu verlassen und dass sich Alexander Kirchner bestimmt nur einen Spaß mit ihr erlauben wollte. Was sollte einen Mann wie ihn, der mit einem goldenen Löffel im Mund geboren wurde, an einer Frau wie ihr interessieren? Sicher hatte er noch nie in seinem Leben einen Gedanken an Politik oder das Leben der Menschen, die in Fabriken, Büros und Hotels arbeiteten, verschwendet.

Wahrscheinlich wollte er sie verführen, in der Gewissheit, dass ein Mädchen wie sie einem Mann wie ihm ohne große Anstrengungen verfallen würde. Sie wäre nicht das erste Arbeitermädchen, das dem Zauber einer fremden Welt erliegen würde. Einer Welt, in der es Champagner zu trinken und Kaviar zu essen gab. Delikatessen, von denen Lily nur träumen konnte, die sie mit großen Augen bei *Schade und Füllgrabe* bestaunt hatte, wohl wissend, dass sie sich diese Leckerbissen niemals leisten könnte. Nein, schwor sie sich, so oberflächlich war sie nicht, dass sie dem Glanz und schönen Schein erliegen würde. Zu wichtig war die Arbeit, die Georg und sie und ihre Familie leisteten. Niemals würde Lily zulassen, dass etwas sie von ihrem Weg abbrachte und sich ihren Zielen entgegenstellte, vor allem nicht jemand wie Alexander Kirchner. Nachdem ihre Gedanken zum wiederholten Mal zum gleichen Schluss gekommen waren, wurden ihre Schritte langsamer und langsamer, bis sie schließlich zum Stehen gekommen war. Genau vor der Adresse, die Alexander Kirchner ihr genannt hatte. Siesmayerstraße, in der Nähe des Palmengartens.

»Kätzchen, ich hoffe, er behandelt dich gut«, flüsterte Lily. Sie spähte zwischen den Gitterranken hindurch in den großen Garten, der selbst im Februar prachtvoll wirkte, und hob die Schultern. »Tut mir leid, Katze, aber ich könnte dir sowieso kein Zuhause geben.«

Nach einem letzten sehnsuchtsvollen Blick zu der wunderschönen Villa mit ihren hohen Fenstern und Erkern drehte Lily sich um. Sie senkte den Kopf, um dem Frühlingswind Paroli zu bieten, und eilte zurück. Zurück in ihre Welt, zurück in die Sicherheit ihres Zuhauses, ihrer Familie, ihres Lebens. Den Schauder des Bedauerns schüttelte sie ab wie den leichten Nieselregen, der begonnen hatte und sich in ihren Haaren und auf ihrem Gesicht niederließ. Lily schlug den Kragen ihres Mantels hoch und beschleunigte ihre Schritte.

»Fräulein Ennenbach«, hörte sie jemanden hinter sich rufen. Ihr Herz schlug schneller, aber sie blieb nicht stehen. »Fräulein Ennenbach. Bitte warten Sie.«

Sollte sie vorgeben, die Stimme nicht zu erkennen? Nein, entschied sich Lily, das würde doch etwas albern wirken. Also hielt sie an, um sich zu Alexander Kirchner umzudrehen, der ihr mit großen Schritten entgegenkam. In der rechten Hand trug er einen Schirm, was Lily zum Lachen brachte, weil er nicht einmal einen Mantel trug.

»Ich habe Sie vor der Tür stehen sehen«, sagte er, etwas außer Atem, nachdem er sie erreicht hatte. Mit einer kleinen Verbeugung hielt er den Schirm über sie, so dass Regentropfen auf seine dunklen Haare fielen. »Bei dem grauen Wetter wollte ich Sie nicht unbeschirmt nach Hause gehen lassen.«

85

»Nein. Nein«, stotterte Lily und schob seinen Arm zurück, mit dem Alexander Kirchner den Schirm schützend über sie hielt. »Sie werden nass. Ganz ohne Mantel.«

»Ich hatte Sorge, dass Sie mir davonlaufen, wenn ich mir Zeit nehme, den Mantel anzuziehen«, sagte er mit einem Lächeln und hielt den Schirm erneut über sie. »Warum sind Sie nicht ins Haus gekommen?«

»Ich … Ich …« Noch nie in ihrem Leben hatte Lily sich derart unbeholfen und naiv gefühlt. Wie sollte sie erklären, dass sie im letzten Moment der Mut verlassen hatte, so dass sie kopflos davongelaufen war? Ein Mann wie Alexander Kirchner würde ihre Zweifel niemals verstehen können. Also flüchtete Lily sich in eine Lüge. »Es erschien mir unhöflich, Sie unangemeldet zu besuchen. Bitte nehmen Sie den Schirm. Mich schützt mein Mantel.«

Inzwischen hatte der Regen aufgefrischt, so dass Alexander Kirchners Haare vor Nässe nahezu schwarz wirkten und kleine Bäche von seiner Stirn rannen. Die Schultern seines eleganten dunklen Anzugs waren ebenfalls dunkel durch die Feuchtigkeit, was Lily ein schlechtes Gewissen machte.

»Ich schlage Ihnen vor, dass Sie das Ende des Wolkenbruchs bei mir abwarten.« Mit der linken Hand wischte er sich den Regen von der Stirn. »Ich koche uns einen Kaffee. Was meinen Sie?«

»Echten Kaffee?«, fragte Lily ungläubig, was ihr sofort peinlich war, als er lächelte.

»Selbstverständlich«, antwortete er. »Ich habe auch Tee, wenn Ihnen das lieber ist. Earl Grey.«

»Kaffee wäre wunderbar.« Allein der Gedanke, seit Monaten wieder einmal den bitteren und unverwechselbaren Geschmack echten Kaffees zu spüren, ließ Lily das Wasser im Mund zusammenlaufen. »Danke.«

Wie selbstverständlich trat er etwas näher an sie heran, so dass sie beide durch den Schirm geschützt waren. Seite an Seite legten sie den Weg zurück, den Lily nun das zweite Mal an diesem Tag ging. Sie war sich seiner Nähe bewusst, was sie nicht so sehr irritierte wie das Gefühl, dass es richtig so war. Neben Alexander Kirchner durch den Regen zu gehen fühlte sich seltsam nah und angemessen an. Selbst das Schweigen zwischen ihnen erschien weder leer noch bedrohlich, sondern auf eine angenehme Weise vertraut.

»Bitte.« Höflich hielt er ihr die Gartentür auf, wobei er weiterhin darauf bedacht war, den Schirm über sie zu halten, als könnte der Regen sie erschlagen. »Ich freue mich, dass Sie hier sind.«

»Danke«, antwortete Lily, eingeschüchtert durch die zweigeschossige Villa mit den beiden imposanten Erkern und dem Garten, der eher einem Park ähnelte als den kleinen Grünflächen, die Lily aus dem Gallusviertel kannte. »Gehört das Haus Ihrer Familie?«

Sie folgte ihm über zwei Treppen, bis sie vor einer Haustür standen. Deren buntverglaste Fenster zeigten Blumenranken in Rot und Grün. Lily konnte nur staunend vor der Pracht stehen, die ihm nicht einmal einen Blick wert war.

»Oh nein.« Er schloss die Haustür auf, die in einen breiten Flur mündete. An der Garderobe hingen zwei dunkle Wollmäntel und mehrere Schals in bunten Farben. »Ich wohne hier zur Miete. Wenn ich bei meinen Eltern lebte, müsste ich mir nur ständig anhören, wie mein Vater sich meine Zukunft vorstellt.«

Obwohl sein Ton leicht klingen sollte, spürte Lily die Anspannung die sich hinter den Worten verbarg. Aber sie kannte Alexander Kirchner zu wenig, um ihn danach fragen zu können.

»Kommen Sie herein.« Mit der linken Hand vollführte er eine weit ausholende Geste, als wäre er ein Conférencier, der das Publikum zu einem heiteren Abend voller Überraschungen begrüßte. »Oder fürchten Sie sich davor, mit mir allein zu sein?«

»Natürlich nicht«, stieß Lily hervor und hoffte, dass er nicht bemerkte, dass sie ihn anlog. Sie hätte nicht sagen können, was genau ihr Angst machte, aber sie ängstigte sich mehr davor, mit Alexander Kirchner Kaffee zu trinken, als an der Universität Flugblätter zu verteilen.

»Geben Sie mir bitte Ihren Mantel.« Er führte sie in ein Zimmer, das beinahe so groß war wie die Wohnung, in der Lily und ihre Familie lebte. Sie reichte ihm ihren Mantel, von dem kleine Rinnsale auf das edle Parkett flossen. »Ich hole uns zwei Handtücher, und dann zeige ich Ihnen unseren Schützling.«

Nachdem er den Raum verlassen hatte, schaute Lily sich eingeschüchtert um.

Trotz des grauen Wetters flutete Helligkeit durch die großen Fenster und zeichnete ein Spiel aus Licht und Schatten in den großen Raum. Lily legte den Kopf in den Nacken, um die hohen Decken anzusehen, die beinahe doppelt so hoch waren wie die ihrer Wohnung im Gallusviertel. Weiße Stuckverzierungen, die verspielt aussahen, zogen sich über das gesamte Zimmer. Nur wenige Möbel standen im Raum. Ein kleiner Tisch, ein Barwagen, auf dem unterschiedliche Flaschen und drei Karaffen mit bernsteinfarbenen Flüssigkeiten sowie schwere Gläser standen. Ein bequem aussehender Sessel, mit rotem Stoff bezogen, und zwei Stühle, die eher elegant als bequem wirkten, sowie ein Sekretär, auf dem mehrere Briefbögen lagen, als warteten sie darauf, bearbeitet zu werden.

Obwohl sie sich nicht damit auskannte, konnte sie erkennen, dass der Sekretär, wie auch die anderen Möbelstücke in diesem Zimmer, von erlesener Qualität waren. Lily schaute an sich herab. In diesem dezent vornehmen Ambiente wirkte selbst ihr bestes Kleid abgetragen und altmodisch. Ihre Schuhe sahen noch ausgetretener aus als sonst, und zu allem Überfluss tropfte von ihrem Rock Regenwasser auf den buntgemusterten Teppich. Schnell trat Lily einen Schritt zur Seite, so dass das Wasser sich nun auf das Stabparkett ergoss. Wie es sich wohl anfühlte, in so einer Umgebung zu leben?, fragte sie sich. Wenn man in so einem Reichtum aufgewachsen war, nahm man dann überhaupt noch wahr, wie erlesen und edel das eigene Heim war?

Ihr Blick fiel auf das große Bild an der Wand, und sie stieß einen Laut des Erstaunens aus.

»Was haben Sie?«, hörte sie Alexander Kirchner fragen, der hinter ihr ins Zimmer getreten sein musste.

»Ist … Ist das ein Rembrandt?« Ehrfürchtig näherte sich Lily dem dunklen Gemälde, das an der Wohnzimmerwand den Blick auf sich zog. »Ich kenne das Bild.«

»Wahrscheinlich aus dem Städel.« Alexander Kirchner trat neben sie. Zu dicht für Lilys Geschmack. »Es ist eine Kopie, die die Eigentümer des Hauses in Auftrag gaben. Scheußlich, nicht wahr?«

»Ich mag das Gemälde.« Lily wandte sich zu ihm und zwang sich dazu, ihm in die Augen zu sehen. »Warum finden Sie es scheußlich?«

»Ach, der alte Schinken … Wenn man es mag.« Er zuckte mit den Schultern. »Aber sich eine Kopie in die gute Stube zu hängen, nun, das zeugt wirklich von schlechtem Geschmack.«

»Nicht jeder kann sich Originale leisten«, antwortete Lily spitz, denn seine Arroganz und Selbstsicherheit riefen sofort den Widerspruchsgeist in ihr wach.

»Da haben Sie wohl recht. Bitte schön.« Alexander Kirchner, dessen Haare in alle Richtungen strubbelten, reichte ihr ein flauschiges Handtuch. »Wenn Sie ein weiteres benötigen, sagen Sie mir einfach Bescheid.«

»Danke.« Lily spürte, wie ihr Gesicht heiß wurde, als sie seinen Blick bemerkte. Mit dem Handtuch, das noch viel weicher war, als sie es erwartet hatte, trocknete sie ihre Haare. Wie immer, wenn sie nass wurden, kringelten sie sich in wilden Locken. »Wohnen Sie schon lange hier?«

»Seit Beginn meines Studiums.« Er trat näher an sie heran, so dass sie den leisen Hauch eines exotischen Rasierwassers bemerkte, den sie im Regen nicht wahrgenommen hatte. »Warten Sie. Hier ist noch eine nasse Stelle.«

Vorsichtig nahm er ihr das Handtuch aus der Hand, um ihren Nacken damit zu trocknen. Lily hielt den Atem an und war sich seiner Nähe, seiner warmen Hände, die so behutsam über ihren Hals strichen, nur zu deutlich bewusst. Schließlich hielt sie die Spannung nicht mehr aus und trat zwei Schritte nach vorn an den Sekretär heran.

»Wer ist das?« Um ihre Unsicherheit zu überspielen, nahm Lily die Porträtaufnahme einer wunderschönen Frau in die Hand, die auf dem Sekretär stand. Ihre Finger zitterten so sehr, dass ihr der Rahmen beinahe aus der Hand gefallen wäre. Große, wie man so sagte, seelenvolle Augen schauten direkt in die Kamera. Das dunkle Haar war zu einer eleganten Frisur aufgetürmt. Der große Mund war zu einem etwas ironisch wirkenden Lächeln verzogen, als wüsste die Frau, dass sie jeden Blick auf sich zog. »Ihre Verlobte?«

»Meine Mutter. Sie war Schauspielerin.« Alexander Kirchner trat noch einen Schritt näher an Lily heran. Sie trat einen weiteren Schritt zurück und fühlte sich in einem Tanz gefangen, dessen Schrittfolge ihr unvertraut war. »Folgen Sie mir in die

Küche. Ich habe Ihnen einen Kaffee und eine Katze versprochen.«

»Sie wohnen hier wirklich allein?«, konnte Lily nicht umhin zu fragen. In dieser Küche hätte gut und gern ihre gesamte Familie und noch Oma Bertha und Opa Willy Platz gefunden. Allerdings wirkte der Raum nicht so, als ob er genutzt würde, sondern eher repräsentativ und extrem sauber. Sicher hatte Herr Kirchner eine Zugehfrau, die sich um alles kümmerte.

»Nun nicht mehr«, antwortete er mit einem Lächeln und deutete nach links.

Dort, neben dem großen Herd, der eine angenehme, sanfte Wärme ausstrahlte, entdeckte Lily einen halbrunden geflochtenen Korb, der mit Decken und Pullovern ausgepolstert war. Beinahe hätte sie die Katze übersehen, die sich tief in die Kleidungsstücke eingegraben hatte. Nur das grüne Funkeln der Augen verriet das Tier.

»Wie geht es ihr? Oder ist es ein Kater?« Lily ging vor dem Korb auf die Knie, was die Katze dazu veranlasste, aus tiefer Kehle zu grollen. »Oh. Ich scheine nicht erwünscht zu sein.«

»Ja. Vorsicht.« Alexander Kirchner lächelte. »Es ist eine Sie, und sie hat sehr eindeutige Vorstellungen davon, was ihr gehört. Ach ja, Dankbarkeit ist nicht ihre stärkste Eigenschaft.«

»Das habe ich gestern schon zu spüren bekommen.« Lily rollte den Ärmel ihres Kleides etwas hoch, um ihm die Kratzspuren zu zeigen, die über Nacht verblasst, aber immer noch deutlich sichtbar waren. »Aber nach dem, was ihr geschehen ist, kann ich ihr Misstrauen gegenüber Menschen verstehen. Auch wenn wir – zum Glück – nicht alle Nationalsozialisten sind.«

»Ich kenne einen Weg, wie Sie ihre Freundschaft gewinnen können.« Unter Lilys aufmerksamen Blick ging Alexander

Kirchner zum Kühlschrank und holte zwei Stückchen gekochten Schinken heraus. Der duftete so gut, dass Lily das Wasser im Mund zusammenlief. Es ging nicht nur ihr so. Sobald die Kühlschranktür sich öffnete, grub die Katze sich aus ihrem Versteck und strich dem Mann um die Beine. Laut maunzend forderte sie den Schinken ein.

»Hier, bitte.« Alexander Kirchner reichte Lily das Fleisch. Einen Augenblick war sie in Versuchung, davon zu kosten, doch mit einem Gefühl des Bedauerns hielt sie es der Katze hin. Schnell wie der Blitz schlug diese danach und zog sich mit ihrer Beute in den Korb zurück.

»Na, dir geht es besser als vielen Menschen«, konnte Lily sich nicht verkneifen zu sagen.

»Ich weiß.« Alexander Kirchner, der Kaffeebohnen in eine kleine Mühle füllte und Lily dabei den Rücken zugedreht hatte, wandte sich ihr zu. »Ich weiß, aber nach dem furchtbaren Erlebnis hat die Kleine es verdient, verwöhnt zu werden. Meinen Sie nicht?«

Lily konnte nur nicken, weil seine Worte die Erinnerung an die grausame Szene sofort hervorrief. Nachdem sie ihre trockenen Lippen mit der Zunge angefeuchtet hatte, gelang es ihr, eine Frage zu formulieren: »Wird sie wieder gesund?«

»Unsere Tierärztin, eine Freundin meiner Familie, sagt, dass die Kleine großes Glück hatte. Es wurden keine lebenswichtigen Organe verletzt.« Das Lächeln, das seine Worte begleitete, gab Lily ein warmes Gefühl, als hüllte er sie in eine kostbare Kaschmirdecke. »Sie wird überleben, wenn sie frisst. Und da kann ich mich auf keinen Fall beschweren.«

Mit dem Kopf deutete er in Richtung des Korbes, aus dem erwartungsvolle Augen ihn aufmerksam musterten.

»Sie hat noch keinen Namen?«, fragte Lily, während sie beobachtete, wie seine eleganten Hände mit den schmalen Fingern den Kaffee mahlten. Hände wie ein Pianist, dachte sie. Hände, mit denen er nie einen Tag arbeiten musste.

»Ich fand, Sie sollten ihr einen Namen geben.« Alexander Kirchner setzte Wasser in einem Topf auf, beobachtet von Lily und der Katze. »Schließlich haben Sie ihr das Leben gerettet. Fällt Ihnen etwas ein?«

»Hmm.« Lily sah die Katze an, die ihr neues Herrchen anstarrte, als könnte sie ihn dadurch dazu bewegen, ihr ein weiteres Stück Schinken zu geben. »Auf jeden Fall ist sie eine Prinzessin. Wenn auch eine zerlumpte. Eine Prinzessin inkognito. Wie die Gänsemagd.«

»Gänsemagd wäre ein ungewöhnlicher Name.« Alexander Kirchner lachte leise, während er das kochende Wasser auf das Kaffeepulver goss. Der Geruch frisch gebrühten Kaffees schwebte zu Lily, die ihre Augen schloss, um sich ganz diesem wunderbaren Duft hinzugeben. »Aber Prinzessin gefällt mir. Nehmen Sie Milch oder Zucker?«

»Schwarz, bitte.« Lily bemühte sich, nicht zu gierig zu wirken, als sie nach der Kaffeetasse griff, die er ihr hinhielt. Wie lange war es her, dass sie echten Kaffee geschmeckt hatte? Genießerisch ließ sie den ersten Schluck über ihre Zunge rollen, auch wenn das Getränk so heiß war, dass es sie beinahe verbrühte. »Vielen Dank. Was halten Sie von Prinzessin Mäusehaut?«

Erst schaute Alexander Kirchner sie erstaunt an, als hätte sie etwas sehr Dummes gesagt. Dann lachte er auf. Sein Lachen und der Geschmack des Kaffees – mehr brauchte sie nicht zum Glück, dachte Lily und erschrak über diesen Gedanken. »Prinzessin Mäusehaut – gibt es einen schöneren Namen für eine Katze?«, fragte er. Sein Lächeln wurde weicher, zärtlicher, beinahe wie ein Streicheln, als er zu Lily trat. Sanft nahm er ihr die Kaffeetasse aus der Hand, beugte sich vor und küsste sie. Zart, vorsichtig, wie eine Frage, spürte sie seine trockenen Lippen auf ihren. Ohne nachzudenken, schloss Lily die Augen und öffnete ihre Lippen dem Kuss, versank für einen Augenblick in dem Gefühl der Wärme, das damit einherging. Dann schreckte sie hoch, sah in seine braunen Augen mit dem grünen Schimmer, die so direkt vor ihr waren. Sie konnte den Ausdruck nicht lesen – war es Zärtlichkeit oder eher Spott?

Egal! Sie wollte es nicht erfahren. Sie wollte sich nicht Hals über Kopf in etwas stürzen, das von vornherein zum Scheitern verurteilt war und ihr nur die Kraft für ihren politischen Kampf nehmen würde. Niemals wollte sie eines der Mädchen werden, die kichernd die Aufmerksamkeit ihres Freundes suchten und sich dafür selbst aufgaben. Nein! Niemals. Unter Aufwendung all ihres Willens riss Lily sich aus Alexander Kirchners Umarmung los.

»Ich … Ich … Meine Familie wartet auf mich.« Lily stolperte auf den Flur, wo ihr suchender Blick auf ihren Mantel fiel. Ihre Finger zitterten so sehr, dass sie das Kleidungsstück fallen ließ.

»Warten Sie.« Mit formvollendeter Geste hielt er ihr den Mantel entgegen, als wäre dieser aus edelstem Kaschmir und nicht aus schlichter Wolle. »Bitte.«

»Danke.« Suchend tastete Lilys Hand nach dem Ärmel, wobei sie Alexander Kirchners Brust berührte. Erstarrt hielt sie inne und nahm kaum wahr, dass er ihr in den Mantel half.

»Auf Wiedersehen.«

Ohne sich umzudrehen, lief sie die Stufen hinab, öffnete die Haustür und stürzte sich in den Tag, der immer noch grau, doch ohne Regen war. Ihr Herz pochte, als wäre sie eine lange Strecke geflüchtet. Ob Alexander Kirchner an dem großen Fenster stand und ihr nachschaute? Obwohl alles in ihr sich dagegen wehrte, blieb Lily am Gartentor stehen und sah sich zum Haus um. Seine Silhouette war zu sehen, die Hand zum Gruß erhoben. Als er Lily sah, trat er näher ans Fenster heran, so dass sie ein Lächeln auf seinem Gesicht erkennen konnte. Ein Lächeln, das sie nicht deuten konnte. War es Spott oder Sehnsucht?

Mit brennend heißen Wangen hob sie ebenfalls die Hand zum Gruß, schlug den Mantelkragen hoch und eilte nach Hause. Sie schwor sich, niemals wieder Zeit mit ihm zu verbringen.

Wenn ihr euch einen kleinen Park vorstellen könnt,
der bunt aufstrahlt im Glanz der Frühsommerblumen [...],
dann brauche ich euch Cypress Hill – Zypressenhügel –
am Nachmittag des Gartenfestes, das für den Gouverneur
gegeben wurde, nicht zu beschreiben.

Kapitel 9

Mum, hat Großvater je von einer Frau namens Lily gesprochen?« Ich versuche bewusst, die Frage beiläufig zu stellen, damit meine Mutter nicht misstrauisch wird. Denn sobald es um ihren Vater geht, verschließt sie sich wie eine Auster, mehr als sonst, als hätte er selbst über den Tod hinaus noch die Macht, sie zu verletzen. »Sagt dir der Name etwas?«

»Nein«, antwortet sie, ebenso beiläufig wie ich, aber ich kenne sie gut genug, um zu bemerken, dass meine Frage sie in Alarmbereitschaft versetzt hat. »Wieso fragst du? Hast du etwas auf dem Dachboden gefunden?«

Mist.

Ich habe nicht erwartet, dass meine Mutter mit einer Gegenfrage reagiert. Jetzt fühle ich mich unter Zugzwang, muss schnell überlegen, was ich ihr sage. Kann ich *meiner Mutter* wirklich erzählen, dass ihr Vater einen Liebesbrief von einer deutschen Frau erhalten hat, als er mehr als achtzig Jahre alt war? Kann überhaupt jemand seiner Mutter so etwas erzählen? Leider fällt mir auf die Schnelle keine Ausrede ein, die auch nur annähernd wahr oder glaubwürdig klingen würde.

Und obwohl meine Mutter in so vielen Bereichen der un-
mütterlichste Mensch ist, den ich mir vorstellen kann, über
eines verfügt sie, genau wie ich auch: den Mütterradar für
eine Lüge. Daher entscheide ich mich für eine Halbwahrheit,
die sie hoffentlich nicht als solche erkennen wird.

»Ich habe einen Brief aus Deutschland gefunden. Von einer
Lily.« Da sie nichts sagt, rede ich weiter, damit zwischen uns
nicht das Schweigen wachsen kann, das uns zwar beiden unangenehm ist, aber das so oft zwischen uns steht. »Da bin ich
neugierig geworden, weil Großvater es ja mit Deutschland
nicht so hatte.«

»Du weißt doch, dass seine Familie flüchten musste«, tadelt
sie mich scharf. »Natürlich war es schwer für ihn, an Deutschland zu denken.«

Ihr Tonfall weckt meinen Widerspruchsgeist, obwohl ich es
besser wissen sollte. »Warum hat er dann einen Flugschein
bei seinen Unterlagen?«

Meine Mutter erstarrt. Sofort bereue ich es, dass mein Temperament mit mir durchgegangen ist. Wie oft habe ich mir
geschworen, entspannt und freundlich auf die spitzen Be-
merkungen meiner Mutter zu reagieren. Aber jedes Mal läuft
ein Programm bei mir ab, das ich nicht beherrsche, sondern
das stattdessen mich beherrscht. Hinterher tut es mir leid.
Vielleicht geht es meiner Mutter mit ihren Spitzen ähnlich.
Ich weiß es nicht, denn wir haben noch nie darüber geredet
und werden es bestimmt auch niemals. Schweigend starrt sie
mich an, bis ich den Blick abwende. Zutiefst beschämt.

»Einen Flugschein?«, fragt sie schließlich mit dünner Stimme. Am liebsten möchte ich sie in den Arm nehmen, mich
entschuldigen und meine Worte zurücknehmen. Stattdessen
nicke ich nur, was ihr nicht genügt. »Bist du sicher? Wirklich
sicher?«

»Ja.« Ich räuspere mich, weil meine Kehle sich rauh und trocken anfühlt. »Nur Hinflug. Von Portland nach Frankfurt.«

»Aus dem Jahr 1993?« Sie zögert, als fürchte sie die Antwort. »Nur für ihn? Nicht auch für Gran?«

Was habe ich nur angerichtet? Wenn ich nur einen Augenblick darüber nachgedacht hätte, was dieser Flugschein bedeutet, hätte ich meine Mutter niemals danach gefragt. Wie konnte ich nur vergessen, dass meine Großmutter 1993 noch lebte?

»Vielleicht ... Nein, bestimmt gibt es eine einfache Erklärung«, versuche ich abzuwiegeln. »Wahrscheinlich ist das Ticket für Gran nur verlorengegangen, als ihr damals ihre Sachen gepackt habt. Tut mir leid, dass ich damit angefangen habe.«

»Das muss es nicht.« Meine Mutter sieht mich nicht an. »Ich verstehe, dass du mehr über deinen Großvater erfahren möchtest ...«

»Erin! Pat!«, höre ich meinen Vater rufen. Mir fällt der sprichwörtliche Stein vom Herzen. Noch nie habe ich mich so gefreut, dass er nach mir sucht, wie heute. »Wollen wir in die Mall fahren? Mir ist nach einem Eis. So viel Zeit ist doch noch, bis dein Zug fährt?«

Er betritt das Zimmer und erkennt mit einem Blick, dass es wieder einmal dicke Luft zwischen Mum und mir gegeben hat. Meiner Mutter lächelt er zu, mir gegenüber deutet er mit einem leisen Kopfschütteln an, dass ich doch Frieden geben soll. Warum muss er immer auf ihrer Seite stehen? Warum bin ich mit mehr als vierzig Jahren immer noch nicht in der Lage, entspannt mit meiner Mutter umzugehen? Warum endet fast jedes Gespräch, das wir führen, mit Streit, Zorn oder Schmerzen? Ich hatte gehofft, dass es besser würde, wenn ich selbst erst Mutter wäre, aber leider hat Kyles Geburt nichts geändert. Noch immer habe ich das Gefühl, dass ich für Mum eine Enttäuschung bin und ihr nie etwas recht machen kann.

»Gern«, sage ich schnell zu meinem Vater, um dem Alleinsein mit Mum entfliehen zu können. »Ein Eis haben wir uns nach dem Aufräumen verdient. Mein Zug fährt erst in zwei Stunden.«

Weil meine Mutter und ich uns bemühen, den Anstrich von Normalität aufrechtzuerhalten, verbringen wir einen beinahe familiären Nachmittag. Vor allem jedoch, weil mein Vater als Puffer zwischen uns sitzt, der jede Spitze abfängt und jeden Stoß mildert. Ausnahmsweise sehne ich die Zeit bis zu meiner Rückfahrt nicht herbei, sondern bedauere beinahe, dass sie schon gekommen ist.

»Wenn ihr Hilfe beim Umzug braucht ...«, biete ich an, aber meine Eltern wehren ab. Nicht umsonst haben sie eine Firma beauftragt, die alles erledigen soll. »Unser Haus ... Es wird mir fehlen.«

»Wir werden es auch vermissen.« Mein Vater nimmt mich in die Arme. Täusche ich mich, weil ich von dem zweiten Herzinfarkt weiß, oder ist er wirklich kleiner und schmaler geworden? Es kommt mir vor, als wäre es erst ein paar Monate her, dass ich zu ihm aufschauen musste, weil er so ein Bär von einem Mann war. Heute kann ich ihm problemlos in die Augen sehen. Wenn ich mich strecke, bin ich sogar ein paar Zentimeter größer als er. Aber warum soll es ihm besser ergehen als mir? Kyle überragt mich um mehr als einen Kopf, genau wie Jeffrey. Als wir noch miteinander redeten, haben mein Ex-Mann und ich oft gescherzt, dass unser Sohn im Krankenhaus vertauscht worden sein muss. Mit dem Kind einer Giraffe. Ich lächele, als ich daran denke. Immer noch lächelnd umarme ich meine Mutter zum Abschied, was mir einen erstaunten Blick von ihr einbringt.

»Guten Einzug«, wünsche ich ihnen zum Abschied. Lange winke ich aus dem Zugfenster, während sie kleiner und kleiner werden, bis sie schließlich meinem Blick entschwinden, als der Zug eine Kurve fährt. Nachdem ich mich hingesetzt habe, nehme ich den Brief hervor. Obwohl es ein Liebesbrief ist, werde ich ihn lesen, habe ich mich endlich entschieden. Schließlich ist der Adressat seit sechs Jahren tot, und wahrscheinlich lebt auch die Absenderin nicht mehr. Vorsichtig falte ich das Papier auf und lese die Anrede: *Geliebter Alexander* ... Schnell falte ich den Brief wieder zusammen, weil ich mich wie eine Voyeurin fühle. Später vielleicht.

»Du hast den Brief immer noch nicht gelesen?« Charlotte starrt mich ungläubig an. Sie ist so fasziniert von den Dokumenten und dem Brief, dass sie sogar das Gemüse-Curry stehen lässt. »Willst du denn nicht wissen, was die Deutsche deinem Großvater geschrieben hat?«

Bevor ich antworten kann, spricht sie weiter. »Wie romantisch. Liebesbriefe für einen Achtzigjährigen. Das gibt Hoffnung.«

»Nur zu deiner Information«, entgegne ich widerborstig. »Der romantische Achtzigjährige war damals noch verheiratet. Mit meiner Großmutter, die ich sehr liebe.«

»Ach, Erin.« Sofort zeichnet sich ein schlechtes Gewissen auf Charlottes ausdrucksstarkem Gesicht ab. Sie nimmt meine Hand in ihre. »Tut mir leid, daran habe ich nicht gedacht.«

»Schon okay.« Ich zucke mit den Schultern. »Wird sich wahrscheinlich sowieso als etwas ganz Harmloses herausstellen. Irgendwie fällt es mir schwer zu glauben, dass meine Familie dramatische Geheimnisse verbirgt.«

»Ich liebe Familiengeheimnisse. Ich wünschte, meine Familie hätte welche …«

Wir schauen uns beide an und lachen lauthals heraus. Ausnahmsweise muss ich Charlotte zustimmen. Ihre Familie hat überhaupt keine Geheimnisse, weil Charlottes Mutter, die sich »Autumn Flowers« nennt und eine der letzten überlebenden Hippies ist, über alles – und wirklich alles – reden muss. Charlotte blieb daher gar nichts anderes übrig, als sich selbst ein Leben zu schaffen, in dem sie eher zuhört als spricht.

»Nein, im Ernst. Ein geheimnisvoller Brief. Eine Liebeserklärung …« Charlottes Augen leuchten, als wäre sie ein Jagdhund, der eine erfolgversprechende Fährte aufgenommen hat. »Du *musst* nach Deutschland fliegen und herausfinden, was es damit auf sich hat.«

Für meine Freundin ist alles immer so einfach. Manchmal frage ich mich, ob sie je von Zweifeln geplagt wird, ob sie sich je damit abmüht, eine Entscheidung zu treffen, ob sie – wie ich – Optionen in ihrem Kopf hin und her wälzt. Ob Charlotte je versucht, alle Konsequenzen ihres Handelns im vornherein abzuschätzen, damit sie die richtige Wahl treffen kann. Nein, natürlich nicht. So ist Charlotte nicht. Sie vertraut darauf, dass das Leben und die Menschen es gut mit ihr meinen und alles seinen Gang nehmen wird. Selbst jetzt, wo die Banken ihr den Kredit verweigern und *Books Charlotte loves* gefährdet ist, verliert meine Freundin nicht den Glauben daran, dass sich ein Ausweg finden wird, wenn sie nur fest genug darauf hofft. Wenn Charlotte einen geheimnisvollen Brief gefunden hätte, säße sie jetzt schon im Flugzeug nach Deutschland. Nur mit dem Brief und einem Namen bewaffnet würde sie sich auf die Suche machen und bestimmt fündig werden.

Ich kann das nicht. Ich muss alles planen und organisieren und durchdenken und Notfallpläne für alle Eventualitäten schmieden, bis ich mich auf den Weg mache. Und ich würde mich nur dann auf so ein Abenteuer einlassen, wenn es Erfolgsaussichten hätte – und im Fall meines Großvaters sind die höchstens minimal.

»Aber wo soll ich suchen?« Ich zucke mit den Schultern. Gestern auf der Zugfahrt habe ich das alles im Kopf bereits durchgespielt. »Es wird sicher niemand mehr leben, der meinen Großvater kannte.«

»Warum nicht?« Charlotte, die sich für jedes Buch begeistern kann, das auch nur die Ahnung eines Geheimnisses vermittelt, scheint nicht bereit, so schnell aufzugeben. »Dein Großvater ist 1914 geboren. Gut, er wäre jetzt fast fünfundachtzig Jahre alt, aber ...«

»Nur weil du das gern hättest, ist die Chance doch äußerst gering.« Natürlich bin auch ich neugierig, wer wohl die geheimnisvolle Lily ist, von der mein Großvater nie etwas erzählt hat, die ihm aber so wichtig war, dass er sie lange suchen ließ. Aber ich mag die Vorstellung nicht, dass ich nach Deutschland reise und einem Phantom hinterherjage. »Willst du mir einen neuen weißen Wal geben?«

»Eine schöne Idee, aber ich bin einfach neugierig.« Charlotte reibt sich die Nase, wie immer, wenn sie nachdenkt. »Dein Großvater hat auf mich nie ...«

»Sag es ruhig.« Ich muss lächeln, weil Charlotte kein Wort einfallen will, das meinen Großvater freundlich umschreibt. »Alexander war kein Mann, den man Opa nennen könnte oder der zu starken Gefühlen fähig schien. Wahrscheinlich gibt es eine ganz simple und furchtbar langweilige Erklärung für das alles.«

»Bist du überhaupt nicht neugierig?«

»Schon, aber ich wüsste nicht einmal, wo ich beginnen sollte. In Archiven etwa?« Ich schüttele den Kopf. Archivarbeit war der Grund für mich, das Studienfach zu wechseln. Sosehr Geschichte mich auch interessierte, ich bin einfach kein Mensch, der Freude daran hat, in staubigen Akten zu graben, nur um eine winzige Information zu finden. »Vielleicht ist es heute nicht mehr so staubig, wegen der ganzen Computerisierung, aber dafür habe ich weder Zeit noch Geld.«

»Also, ich finde ja, dass du das Geld, das dein Großvater dir hinterlassen hat, kaum besser ausgeben kannst.«

Ich hätte Charlotte nicht davon erzählen sollen. Aber es hatte mich damals sehr überrascht, wie viel Geld mein Großvater zu verteilen hatte und wem er etwas gegeben hat. Ganz zu schweigen, welche Bedingungen er an sein Erbe knüpfte. Kyle, damals war er gerade zwölf Jahre alt, am Beginn der Pubertät und ziemlich anstrengend, bekam einen Studienfond, was er total doof fand. Allerdings erhielt Kyle das Geld nur unter der Bedingung, dass er mindestens zwei Semester in Barcelona studieren würde, was ihm wiederum sehr gefiel, mir allerdings deutlich weniger.

Meine Mutter bekam ihr Geld nur unter der Voraussetzung, dass sie sich um die Katze und deren Kinder kümmerte. Inzwischen lebt die dritte Generation der Biester bei meinen Eltern, und ich gewinne den Eindruck, dass sie von Generation zu Generation undankbarer werden. Die verwöhnten Katzen betrachten all das Gute, was meine Mutter ihnen schenkt, als selbstverständlich.

Und schließlich bekam ich ein – in meinen Augen – kleines Vermögen. Allerdings ist es an die Klausel gebunden, dass ich es nur für mich und nicht für meine Familie ausgeben darf. Jeffrey war ziemlich sauer darüber, was ich gut verstehen konnte. Mir war nie bewusst gewesen, dass mein Großvater meinen Mann offensichtlich nicht sehr mochte. Ich hingegen habe ihm wohl mehr bedeutet, als er je zum Ausdruck gebracht hatte. Bisher allerdings habe ich nichts gefunden, was ich allein unternehmen wollte. Daher dümpelt das Geld nun auf einem Konto vor sich hin, ohne dass es in meinem Leben etwas zu bedeuten hatte. Charlotte hat recht. Gäbe es einen besseren Verwendungszweck für das Erbe, als das Geheimnis meines Großvaters zu entdecken? Andererseits …

»Wenn mein Großvater gewollt hätte, dass wir von Lily wissen, dann hätte er uns von ihr erzählt«, formuliere ich meine Bedenken. Irgendwie erscheint es mir unrecht, jemanden nach seinem Tod alle Geheimnisse zu entreißen, nur weil der Mensch nicht mehr in der Lage ist, sich dagegen zu wehren.

»Du würdest sicher auch nicht wollen, dass deine Erben hinter dir herschnüffeln.«

»Wenn ich tot bin, ist mir das bestimmt egal«, antwortet Charlotte in ihrem typischen Pragmatismus. »Und wenn es mir nicht egal ist, dann kehre ich als Geist zurück und spuke meinen Erben im Haus herum. Oder im Buchladen. Wie das Gespenst von Canterville.«

Die Vorstellung, wie Charlotte mit Ketten rasselt, um unliebsame Kunden zu verscheuchen, bringt mich zum Lachen. Sie stimmt mit ein. Gemeinsam kichern wir so laut, dass die anderen Gäste des indischen Restaurants sich zu uns umdrehen, was unser Lachen nur noch stärker anheizt. Endlich beruhigen wir uns wieder. Ich wische mir Tränen aus den Augen, und Charlotte schnaubt in ein großes Stofftaschentuch.

»Also gut«, gebe ich nach. Wie in so vielen Diskussionen mit meiner Freundin. »Ich denke drüber nach, ob ich nicht auf die Jagd nach der geheimnisvollen Briefschreiberin gehen werde. Auch wenn mein Großvater sie nie erwähnte.«

»Vielleicht war Lily deinem Großvater ja so wichtig, dass er nicht vor euch über sie reden konnte.«

»Bitte? Ich verstehe gerade nur Bahnhof.«

»Was wäre, wenn …«

»Oh nein«, unterbreche ich meine Freundin. »Manchmal denke ich, du solltest lieber Romane schreiben, als welche zu lesen.«

»Apropos. Hier ist dein Roman für die kommende Woche.« Charlottes Lächeln verrät mir, dass sie von Anfang an wusste, wie unsere Diskussion ausgehen wird. Als ich den Umschlag – quietschrosa mit einer *Hello Kitty*-Briefmarke – öffne, sagt sie: »Wahrscheinlich erkennst du es nicht, weil ich es gekürzt habe, damit du es nicht zu leicht hast. Und es hat nur wenig mit deinem Leben zu tun.«

Neugierig geworden lese ich den unvollständigen ersten Satz. Dann grinse ich breit. »Du unterschätzt mich, meine Liebe. Das ist ohne jeden Zweifel der Anfang von Louis Bromfields *Das Leben der Lily Shane*. Bisher waren deine Rätsel nicht sehr schwierig.«

Verblüfft schaut Charlotte mich an. Niemals werde ich ihr verraten, dass ich das Buch letzte Woche verkauft und neugierig hineingelesen habe.

»Wegen deiner Lily«, sagt sie.

»Sie ist nicht *meine* Lily«, antworte ich. »Wahrscheinlich war sie nicht einmal die Lily meines Großvaters.«

»Ich habe noch ein Exemplar bei *Books Charlotte loves*. Das kann ich dir geben, damit du es in den Koffer packen kannst.«

»So schnell packe ich nicht.« Ich schüttele den Kopf über den Enthusiasmus meiner Freundin. »Eine Reise über den großen Teich muss erst einmal organisiert werden.«

»Autsch«, stöhnt Charlotte, während sie theatralisch die Hand zur Stirn hebt wie eine Stummfilm-Diva. »Wie konnte ich nur auf die verrückte Idee kommen, dass du spontan verreisen würdest.«

»Nicht, wenn ich wirklich erfahren will, wer Lily war.« Gemeinsam stehen wir auf, weil unsere Mittagspause viel zu schnell vorbeigegangen ist. »Du erfährst es als Erste, wenn ich den Flug gebucht habe. Falls ich den Flug buche. Einverstanden?«

Sie lächelt nur. Wissend.

*Dorothy lebte bei ihrem Onkel Henry und seiner Frau Em,
ihrer Tante, auf einer Farm inmitten der weiten Prärie von Kansas.*

Kapitel 10

Zehn Tage später packe ich meinen Koffer zum dritten Mal aus und wieder ein, weil ich mich einfach nicht entscheiden kann, ob ich dem Wetterbericht vertrauen soll oder nicht. Der Herbst kann schöne Tage haben, aber auch bereits die Andeutung des Winters mit sich bringen. Außerdem kann ich durch das Hin- und Herpacken den Anruf noch aufschieben, vor dem ich mich schon seit einigen Tagen drücke. Aber langsam wird es Zeit. Schließlich werde ich übermorgen nach Barcelona fliegen.

Nach meinem Mittagessen mit Charlotte habe ich mich kurzentschlossen in ein Reisebüro begeben und dort überrascht festgestellt, dass Flüge nach Europa gar nicht so teuer sind, wie ich immer dachte. Die Frau im Reisebüro hat auf mich eingeredet, wie günstig Reisen aufgrund des guten Dollarkurses jetzt seien und wie einfach es für uns Amerikaner wäre, weil man in fast allen europäischen Ländern Englisch spreche.

»Man muss sich nicht mit einem Reiseführer und einer fremden Sprache abplagen, verstehen Sie.« Sie hat mir zugezwinkert, als teilten wir ein großes Geheimnis. »In Deutschland freuen sich die Menschen sogar, wenn sie mit Ihnen Englisch sprechen dürfen. Allerdings … Der deutsche Akzent ist grauenvoll.«

»Ich überlege noch«, habe ich mich aus dem Verkaufsgespräch gerettet. »Muss ich ein Visum beantragen?«

»Kein Visum. Keine Impfungen.« Ihr Lächeln war so strahlend, als hätte ich den Vertrag bereits unterschrieben. »Sie brauchen nur ja zu sagen. Morgen kann es losgehen. Ist das nicht großartig?«

»Ich … Ich melde mich«, bin ich vor ihrem Enthusiasmus in Plattitüden geflüchtet. Auch, weil es mich erschreckt hat, wie nah mir plötzlich die Möglichkeit gekommen ist, mehr über meinen Großvater herausfinden zu können. Vor der Tür habe ich tief Luft geholt und beschlossen, das Leben für mich entscheiden zu lassen. »Gut, wenn Kyle Zeit für mich hat, werde ich reisen.«

Kyle war überrascht, aber freute sich auch, dass ich ihn in Barcelona besuchen wollte. Also erfüllte ich mein Versprechen mir gegenüber und buchte den Flug, bevor ich es mir anders überlegen konnte. Charlotte war begeistert, ich selbst zweifele mehr und mehr, je näher mein Abreisetermin rückt, aber gebucht ist gebucht. Zurückzutreten wäre feige.

Schließlich nehme ich das Buch wieder heraus, das ich ohnehin bald beenden muss. Eines meiner Lieblingsbücher. Wie oft habe ich *Der Zauberer von Oz* bereits gelesen, aber auch jetzt, als ich es für Charlotte lese, liebe ich den Roman von L. Frank Baum. Den Mut, den Dorothy aufbringt, die Freundschaft, die sie mit dem Löwen, der Vogelscheuche und dem Blechmann verbindet – wahrscheinlich will Charlotte mir damit sagen, dass ich keinen Rückzieher machen und mich in das Abenteuer Europa stürzen soll. Ich werde auf meine Freundin hören.

Mit einem Knall klappe ich den Koffer zu. Falls ich etwas vergessen habe, werde ich es in Europa noch kaufen können. Jetzt kann ich dem Telefonat nicht länger ausweichen. Doch, erst koche ich mir einen Tee, bevor ich anrufe.

»Erin! Ist etwas passiert?«

Na prima. Das fängt ja gut an. Warum muss ausgerechnet meine Mutter ans Telefon gehen? Dad hätte ich alles einfacher und problemloser erklären können. Meine Mutter und ich hingegen haben gleich einen schlechten Start. Schon nach den ersten Worten fühle ich mich schuldig, weil ich – jedenfalls nach Meinung meiner Mutter – meine Eltern immer nur dann anrufe, wenn etwas geschehen ist. Bin ich wirklich eine derart schlechte Tochter?

»Nein, Mum, alles in Ordnung.« Gerade eben kann ich einen Seufzer unterdrücken, der unser Gespräch sicher nicht leichter machen würde. »Ich wollte mich verabschieden, weil ich nach Europa fliegen werde.«

Schweigen ihrerseits, was sofort Ärger in mir hochkochen lässt, weil ich daraus hundert Vorwürfe lese.

»Das kommt überraschend«, sagt meine Mutter endlich. »Warum hast du uns bei deinem Besuch nichts davon erzählt?«

»Weil ich mich erst danach zu der Reise entschlossen habe.« Noch bleibe ich ruhig, aber es fällt mir schwer. Wenn ich meine Mutter jetzt bitte, dass sie Dad ans Telefon holt, ist sie ganz sicher beleidigt. Das führt bei mir wieder zu Schuldgefühlen und so weiter und so fort. Inzwischen bin ich über vierzig und sollte in der Lage sein, aus diesem Kreislauf auszubrechen. Einfach ruhig und gelassen antworten und vorgeben, dass ich die hintergründigen Vorwürfe nicht bemerkt habe. Passiv-aggressiv agieren kann ich auch.

»Wann fliegst du?«

Warum komme ich mir vor wie in einem Verhör und nicht wie in einem Gespräch zwischen Mutter und Tochter? Hat Dad recht, wenn er meint, dass ich jedes Wort meiner Mutter auf die Goldwaage lege, es nach links und rechts und wieder nach links wende, um Hintergründiges aufzuspüren? »Wann fliegst du?« ist schließlich eine völlig angemessene Frage, wenn jemand eine längere Reise plant.

»Übermorgen«, antworte ich und halte den Atem an, weil ich mir die Litanei, die jetzt folgen wird, bereits ausmale.

»So früh schon. Hättest du uns nicht vorher Bescheid geben können?« Sie sagt genau das, was ich erwartet und weshalb ich nicht früher angerufen habe. »Und wenn es deinem Vater wieder schlechtergeht?«

Ich kralle mir die Fingernägel in die Handfläche, damit ich sie nicht anschreie. Wie kann sie nur so gemein sein und die Krankheit meines Vaters als Vorwand benutzen, um ihrem Unbehagen ein Mäntelchen von Tugendhaftigkeit umzuhängen? Im Kopf zähle ich bis zehn, bevor ich antworte.

»Ich besuche Kyle in Barcelona«, sage ich leichthin, als würde ich einer Kollegin im Buchladen von meiner Reise berichten. »Und damit sich der Aufwand lohnt, schaue ich mir Europa ein bisschen an.«

Meine Mutter schweigt, als wollte sie damit mehr Informationen aus mir herauskitzeln, so wie früher. Wenn ich etwas angestellt hatte und ihr das zu Ohren gekommen war, hat sie mich niemals direkt darauf angesprochen, sondern mir nur gesagt: »Was musste ich von dir hören?« Naiv, wie ich war, habe ich daraufhin wie ein Wasserfall alle Schandtaten der letzten Tage und Wochen gebeichtet, die mir einfielen. Jedenfalls, bis ich dreizehn Jahre alt wurde und das System meiner Mutter durchschaute und nicht mehr mit allem herausplatzte, was ich angestellt hatte.

Sie allerdings bleibt ihrem Schema treu und versucht auch jetzt noch, mich durch Schweigen zu zermürben. Das ärgert mich zwar, aber heute will und werde ich mich nicht streiten.

»Willst du mir keine gute Reise wünschen?«, frage ich betont munter. »Gib mir bitte mal Dad.«

»Pass auf dich auf.« Es ist wohl zu viel von ihr verlangt, mir alles Gute zu wünschen oder sich mit mir an dem Abenteuer zu erfreuen, zu dem ich mich nach langem Nachdenken endlich durchgerungen habe. Mit Charlottes Hilfe, natürlich.

»Sei auf der Hut vor Taschendieben und Terroristen.«

Nur meine Mutter kann diese beiden Aspekte problemlos in einem Satz unterbringen, als hätten sie den gleichen Stellenwert. Mühsam unterdrücke ich einen Seufzer.

»Ich werde vorsichtig sein und melde mich, sobald ich in Barcelona angekommen bin.«

»Grüß Kyle von mir.«

Ohne ein weiteres Wort für mich reicht sie den Hörer an meinen Vater weiter.

»Erin fliegt *übermorgen* nach Barcelona«, höre ich sie sagen.

»Hallo, Liebes.« Er klingt munter, so wie immer, aber mir scheint, als verbirgt er etwas vor mir. Vielleicht ist das auch nur das schlechte Gewissen, weil ich verreise, obwohl er gerade erst zwei Herzinfarkte überstanden hat. Dabei hat er selbst mir zugeredet, mehr an mich zu denken und zu machen, was gut für mich ist, aber die Sorge um ihn bleibt. »Ich freu mich für dich. Barcelona wollte ich auch immer mal sehen. Du musst ganz viele Fotos für mich schießen.«

»Komm doch mit«, biete ich ihm an und meine es ehrlich.

»Wer weiß, wann sich die nächste Gelegenheit ergibt.«

»Ach, weißt du«, antwortet er gelassen. »Manchmal ist es klüger, wenn Träume Träume bleiben. Wahrscheinlich würde Europa mich furchtbar enttäuschen, weil es so gar nicht dem entspricht, was ich mir vorstelle.«

»Nur weil Mum Angst vorm Fliegen hat, musst du doch nicht auf das Reisen verzichten«, sage ich, obwohl ich es besser wissen sollte. Niemals würde mein Vater zugeben, dass er seinen Traum wegen meiner Mutter aufgegeben hat. »Ich würde deinen Flug bezahlen.«

»Danke.« Schon an der Art, wie er das Wort ausspricht, erkenne ich, dass ich verloren habe. Mein Dad und ich werden nie gemeinsam nach Europa reisen. Er wird bei meiner Mutter bleiben, so, wie er sich immer an ihre Seite gestellt hat. »Aber ich fürchte, jetzt bin ich zu alt. Deine Mum und ich planen eine Reise nach Nevada. Wir beide wollten schon immer den Grand Canyon sehen.«

»Ich rufe an, wenn ich bei Kyle angekommen bin.« Zum ersten Mal versuche ich nicht, meine Enttäuschung zu verbergen. Ich weiß, es wäre sehr spontan, aber wie schön wäre es gewesen, wenn ich nicht allein nach Barcelona und nach Frankfurt reisen müsste! Erst hat mein Mann mich im Stich gelassen, dann mein Vater.

Auch Jeffrey und ich hatten gemeinsam nach Europa fliegen wollen, nur nie die Zeit dazu gefunden. Immerhin mein Sohn enttäuscht mich nicht. Er wird sich in Barcelona mit mir treffen und möglicherweise, wenn sein Studium es erlaubt, mit mir nach Frankfurt fliegen. Ist das der Lauf des Lebens?, frage ich mich. Eltern und Ehemänner verlassen dich, Kinder bleiben bei dir – oder habe ich einfach nur enormes Pech mit meiner Familie gehabt?

»Genieße die Zeit«, unterbricht mein Vater mein Grübeln. In seiner Stimme höre ich Sehnsucht nach Abenteuern und den Wunsch, mit mir zu reisen. »Lass dich von Kleinigkeiten nicht davon abbringen, ein glorreiches Abenteuer zu erleben.«

»Danke. Ich wünsche euch viel Spaß am Grand Canyon.« Das meine ich ernst. Wenn mein Vater schon nicht den Mut aufbringt, seine Wunschreise zu erfüllen, so gönne ich ihm eine wunderbare Zeit hier in den USA. Wer weiß, wie viel Zeit ihm noch bleibt. »Nimm deine Tabletten und halte deine Diät ein.«

»Manchmal hörst du dich an wie deine Mutter«, sagt er und lacht leise, weil er genau weiß, wie wenig mir dieser Vergleich gefällt. »Schreib mir viele bunte Karten. Ich hab dich lieb.«

»Ich dich auch. Grüße Mum.«

Nachdem ich aufgelegt habe, fühle ich mich ein wenig verloren. Jeder Abschied bringt mir die Reise ein bisschen näher und nährt die Zweifel, die sich immer wieder anschleichen. Jetzt bleibt mir noch ein Anruf, noch ein Abschied, noch eine letzte Chance, dass jemand sagt: »Bitte fahre nicht. Bitte bleibe hier. Ich möchte nicht ohne dich sein.«

»Fuller.« Als ich die vertraute, dunkle Stimme höre, fühlt sich mein Herz schwer an. Vielleicht war es keine so kluge Idee, ihn anzurufen, aber nun ist es zu spät. »Erin. Bist du das?«

»Jeffrey. Hallo.« Meine Kehle fühlt sich so eng an, dass ich jedes Wort einzeln herauspressen muss. »Leg nicht auf, bitte.«

Er antwortet mit Schweigen, was bei mir wieder zu Tränen führt. Himmel noch mal. Wir waren mehr als zwanzig Jahre verheiratet, da müsste er sich doch verpflichtet fühlen, wenigstens am Telefon mit mir zu reden, wenn er sonst schon alle Versprechungen, die wir einander gegeben haben, verraten hat. Er schuldet mir die wenigen Momente, die ich von ihm einfordere. Nicht nur für unsere Ehe, sondern auch, weil wir gemeinsam einen Sohn haben. Bedeutet ihm das alles gar nichts mehr?

»Erin.« Er seufzt, was mich wütend werden lässt. Wenn, dann habe doch *ich* alles Recht der Welt, zu seufzen. Schließlich hat er mich verlassen, ohne mir eine Chance zu geben, unsere Ehe zu retten. »Erin. Gib uns beiden noch etwas Zeit.«

Die Wut tut mir gut, weil sie den Drang zu weinen vertreibt. Wut macht mich stark und gibt mir Kraft, ihm zu antworten, ohne dass Tränen meine Stimme ersticken. Wut hilft mir dabei, die Stimme zum Schweigen zu bringen, die mich darauf hinweist, dass ich seit unserer Trennung alles nur Menschenmögliche getan habe, um Jeffrey für immer zu vertreiben. Dass ich mich benommen habe wie ein bockiges Kind, das egozentrisch nur seinen Wünschen folgt.

»Keine Sorge«, sage ich biestig. »Ich wollte mich nur verabschieden.«

Erst als ich den erschreckten Laut am anderen Ende des Telefons höre, bemerke ich, dass Jeffrey meine Worte falsch verstehen muss. Bevor ich etwas sagen kann, bevor ich meinen Fauxpas korrigieren kann, schreit er mich bereits an.

»Um Himmels willen, Erin, das ist selbst für deine Verhältnisse grässlich melodramatisch.« Zorn verzerrt seine Stimme, so dass ich fürchte, dass er gleich auflegen wird und ich keine Möglichkeit mehr erhalte, das dumme Missverständnis aus der Welt zu räumen. »Wie kannst du es wagen?«

»Jeff!«, brülle ich zurück, ein Schrei, geboren aus Wut und Ärger über mich selbst, da ich ein ohnehin schwieriges Gespräch durch eine falsche Wortwahl noch verschlimmert habe. »Jeff. Beruhige dich.«

Eisiges Schweigen antwortet mir. So schneidend kühl, dass ich den Wunsch verspüre, mich in eine weiche und bequeme Decke zu hüllen, die mich vor der Kälte des Mannes beschützt, der mir einmal sagte, dass ich die Liebe seines Lebens sei.

»Jeff. Es tut mir leid.« Ein Schmerz durchzuckt mich. Ohne dass es mir bewusst war, habe ich mit dem Nagel des Zeigefingers an der Haut des Daumens gekratzt und gezerrt, bis sie blutig war. »Ich … Ich … Es war dumm formuliert. Ich reise nach Barcelona.«

Das Schweigen bleibt. Warum legt er nicht einfach auf, wenn er nicht mit mir sprechen will? Sosehr ich es hasse, ich muss zugeben, dass mein Ex-Mann dieses Mal im Recht ist. Durch Unbedachtheit oder unbewusste Absicht habe ich einen Punkt getroffen, von dem ich nur zu gut weiß, wie sehr er Jeffrey schmerzt. Kann ich wirklich guten Gewissens sagen, dass ich nicht vorhatte, ihm damit weh zu tun?

»Tut mir leid«, sagt er schließlich nach einer Pause, in der wir uns angeschwiegen haben. »Ich habe überreagiert.«

»Nein«, presse ich hervor, obwohl es mir schwerfällt. »Ich hab mich blöd ausgedrückt. Du musstest an Brian denken.«

Brian, Jeffreys großer Bruder, Kapitän des Football-Teams, Traum aller Cheerleader, mit der Chance, an drei hochklassigen Universitäten ein Stipendium zu erhalten. Brian, der sich wenige Tage vor dem Abschlussball umgebracht hat, ohne vorher ein Signal gesetzt zu haben. Nur zu gut weiß ich, dass Jeffrey sich immer noch die Schuld daran gibt. Genau wie seine Eltern. Brians Selbstmord stand bei jeder Familienfeier im Raum, obwohl niemand jemals darüber gesprochen hat. Nach Kyles Geburt habe ich bemerkt, wie aufmerksam Jeffrey unseren Sohn beobachtete, als suchte er nach Anzeichen für einen bevorstehenden Freitod. Nur sehr langsam hat Jeffrey es geschafft, seine Angst zu überwinden und Kyle seinen eigenen Weg gehen zu lassen. All das weiß ich nur zu gut und habe trotzdem gesagt, dass ich mich verabschieden will. Scham spült in mir hoch.

»Schon gut.« Jeffrey klingt, als bohrte er seine Fingernägel in die Handfläche, um nicht wieder laut zu werden. »Ich bin im Augenblick zu angespannt. Es ist alles … nicht einfach.«

Wieder schweigen wir beide.

»Lass uns noch einmal von vorn anfangen«, sage ich schließlich, bemüht, leichthin zu klingen. Dabei beobachte ich in einer Mischung aus Faszination und Ekel, wie mein Zeigefinger weiterhin die Haut um meinen Daumennagel herum abreißt, als besäße er einen eigenen Willen. Der Schmerz tut gut, weil er mich von allem anderen ablenkt. »Ich rufe nur an, um dir tschüs zu sagen, bevor ich nach Barcelona fliege.«

Nach einer weiteren Schweigepause, während der ich fürchte, dass mein Ex-Mann auflegen wird, sagt Jeffrey schließlich: »Wie lange bleibst du?«, so als hätte es den verbalen Schlagabtausch vorher nicht gegeben.

»Ich weiß es noch nicht«, antworte ich wahrheitsgemäß. Noch habe ich mich nicht entschieden. Vielleicht bleibe ich nur ein, zwei Tage in Frankfurt, damit ich Charlotte gegenüber behaupten kann, alles versucht zu haben, dem Geheimnis meines Großvaters auf die Spur zu kommen. Vielleicht will ich das Rätsel wirklich lösen. »Ich fliege erst zu Kyle und dann nach Frankfurt. Auf den Spuren der Familie, sozusagen.«

Selbst in meinen Ohren klingt mein Lachen gekünstelt, aber Jeffrey scheint damit zufrieden zu sein. Wahrscheinlich ist er froh darüber, dass ich ihn nicht wieder mit Vorwürfen überschütte oder anbettele, zu mir zurückzukehren. Dafür nimmt man ein falsches Lachen gern in Kauf, kann ich mir vorstellen. Weil ich mich anstrenge, gelingt es uns sogar, fünf Minuten lang die Illusion eines normalen Small Talks aufrechtzuerhalten, bevor ich dieses Spiels müde werde.

»Ich werde Kyle von dir grüßen«, sage ich abrupt, bemüht, das fragile Gleichgewicht, das wir erreicht haben, nicht durch einen Vorwurf oder eine Anschuldigung zu zerstören. »Ich melde mich, wenn ich wieder in Berkeley bin.«

»Gute Reise«, antwortet Jeffrey, was sich falsch anfühlt. So wie jedes Telefonat mit ihm. Irgendetwas in mir hofft immer noch, dass wir wieder zueinanderfinden. Unbewusst suche ich immer noch nach Signalen und Indizien, dass ich für Jeffrey mehr bin als nur seine Ex-Frau. Ich wünsche mir, dass uns mehr verbindet als Kyle, dass Jeffrey seinen Fehler inzwischen eingesehen hat und zu mir zurückkehren möchte, allerdings nicht weiß, wie er diesen Wunsch formulieren soll.

»Ich freue mich, dass du etwas allein unternimmst. Es wird dir sicher guttun.«

»Ja. Tschüs«, sage ich kurz angebunden. Ich lege auf, weil ich spüre, dass seine Abschiedsworte Zorn hervorrufen, der nur zu neuem Streit führen würde, ohne dass sich meine oder seine Situation dadurch ändert. In Momenten wie diesen frage ich mich, ob es wirklich so ein Unglück war, dass Jeffrey eine neue Liebe gefunden hat. Würde ich ihn wirklich zurücknehmen? Ich muss kichern, weil ich diesen Begriff so albern finde. Ihn »zurücknehmen«, als wäre er eine Ware, die in der Garantiezeit zum Hersteller gebracht werden kann, ohne dass es den Käufer etwas kostet. Aber die Frage bringt mich ins Grübeln.

Bisher habe ich immer gedacht, dass ich Jeffrey großherzig verzeihen würde, einfach, weil ich mir unser Leben wieder zurückwünsche, aber heute gerate ich ins Zweifeln. War meine Ehe wirklich und wahrhaftig so erhaltenswert? Egal, wie meine Antwort auf die Frage lautet, das hat Zeit bis nach meiner Reise.

*In der Pan-Am-Maschine nach Wien befanden sich
117 Psychoanalytiker, und mindestens sechs von ihnen
hatten mich behandelt. Einen siebten hatte ich geheiratet.*

Kapitel 11

Nachdem ich mein Handgepäck in der Ablage verstaut habe, schließe ich den Gurt, der zerbrechlich wirkt. Seine Schnalle öffnet sich, wenn man nur kurz dagentippt. Wie soll er mich schützen, sollte das Flugzeug abstürzen? Meine Kehle ist so trocken wie meine Handflächen feucht. Um mich herum strömen unaufgeregte Menschen zu ihren Sitzen. Menschen, die sich anscheinend überhaupt keine Gedanken über die Gefahr machen, in die sie sich begeben.

»Entschuldigung.« Ich springe auf, öffne die Ablage und suche mein Buch für diese Woche, das mir während des Starts Ablenkung gewähren soll. Ich wische mir die Handflächen an meiner Hose ab, bevor ich den Roman aufschlage. Als ich spüre, dass mir das Schlucken schwerer fällt, konzentriere ich mich auf die Geschichte, die ich auf Charlottes Rat hin auf die Reise mitgenommen habe. Natürlich nicht auf ihren direkten Rat hin, sondern vermittelt durch einen ersten Satz, den sie mir auf purpurrotem Papier zugesteckt hat.

»Findest du nicht, dass ich durch die Reise beweise, dass ich mich ändere? Brauche ich deine Buchbetreuung wirklich noch?«, habe ich meine Freundin gefragt und mich bemüht, sie die Ambivalenz nicht spüren zu lassen, die ihre Aufmerksamkeit mir bringt. Einerseits freue ich mich, dass Charlotte sich so viel Mühe gibt und sich überlegt, welches Buch ihrer Ansicht nach passend ist, um mir in meiner aktuellen Lebenssituation zu helfen. Andererseits fühlt es sich irgendwie unangenehm an, auf diesem Weg zu erfahren, was sie von mir denkt, was ihre Meinung zu meinem Leben und auch meinen Handlungen ist. Ich muss lächeln, als ich erkenne, dass ich etwas mit meiner Mutter gemeinsam habe. Wir beide lassen uns ungern in die Karten schauen und möchten nicht wissen, was andere Menschen über uns denken. Daher ziehen wir eine Mauer aus Höflichkeit um uns, die die meisten Menschen aussperrt und auf Distanz hält. Etwas, das Jeffrey mir jedes Mal vorgeworfen hat, wenn wir uns gestritten haben.

»Obwohl wir so lange verheiratet sind, weiß ich immer noch nicht, wer du wirklich bist.« Auch zum Abschied hat er das noch einmal gesagt. »Ich will mich damit nicht entschuldigen, aber …«

Nein, ich will nicht darüber nachdenken, was ich falsch gemacht habe. Lieber konzentriere ich mich auf den Roman. Wieder eine leichte Aufgabe. Den Satz habe ich sofort erkannt; er ist derart typisch, dass ich nicht lange überlegen musste. *Angst vorm Fliegen* habe ich als Studentin dreimal gelesen und seitdem bestimmt noch vier- oder fünfmal. Ich mag Erica Jongs trockenen Humor, mag die Möglichkeiten und Chancen, die in dem Roman beschrieben werden, und natürlich das Happy End, auch wenn es ungewöhnlich ist. Ob Charlotte es deshalb ausgewählt hat? Oder einfach, weil meine beste Freundin weiß, wie wenig ich es mag zu fliegen? Noch vor dem Start überfallen mich Fragen und Ängste. Wie kann etwas so Großes wie ein Flugzeug am Himmel bleiben? Warum fällt es nicht wie ein Stein herab, von der Schwerkraft nach unten gerissen? Ganz zu schweigen davon, ob der Pilot wirklich weiß, was er tut, und ob die Wartungsmannschaft genügend Zeit hatte, alles anzusehen und zu prüfen. Außerdem hasse ich die Vorstellung, in einem Stahlgefäß gefangen zu sein. Tausende von Meilen über der Erde dahinzujagen in einer Geschwindigkeit, deren exaktes Ausmaß ich gar nicht erfahren möchte, lässt das Gefühl von Beklemmung in mir wachsen. Fünfzehn Stunden in der Luft zu sein, ohne dass ich Einfluss habe, macht mich nervös. Endlich heulen die Motoren auf. Sobald das Flugzeug Geschwindigkeit aufnimmt und schließlich von der Landebahn abhebt, bin ich bereit, mich in mein Schicksal zu finden. Solange wir am Boden sind, überlege ich wieder und wieder, aufzuspringen, mich an allen vorbeizudrängen und zu schreien: »Ich muss hier raus! Ich muss hier raus!«

Um dem vorzubeugen, habe ich vor dem Boarding Beruhigungstropfen und vor fünf Minuten eine Schlaftablette genommen. *Mother's Little Helpers*, höre ich die Rolling Stones singen. Die Mischung lässt mich selbst meinen Sitznachbarn entspannt betrachten, der ständig an seinem Gurt herumfummelt, den Sitz vor- und dann wieder zurückklappt und sich bereits dreimal an mir vorbeigedrängt hat, um auf die Toilette zu gehen oder etwas aus dem Ablagefach zu nehmen. »Ich werde gleich schlafen«, sage ich zu ihm und bemühe mich um ein freundliches Lächeln. Schließlich werden wir gezwungenermaßen knapp elf Stunden miteinander verbringen, bis wir in Paris landen, wo ich in ein weiteres Flugzeug umsteigen muss, das mich endlich nach Barcelona bringen wird. »Falls Sie noch öfter herausmüssen, sollten wir die Plätze tauschen.«

»Ich habe extra den Fensterplatz gebucht«, antwortet er in einem Ton, als hätte ich ihm ein unverschämtes Angebot unterbreitet. »Das lasse ich mir nicht nehmen.«

»Gute Nacht«, erwidere ich und ärgere mich nur einen Augenblick über seine Unhöflichkeit. Zu stark halten die Tabletten mich in ihrem Griff. Meine Gedanken werden langsamer. Ich spüre, wie Müdigkeit nach mir greift, und schließe die Augen.

Ich erwache, als jemand meinen Kopf berührt. Nein, nicht berührt, sondern mit Kraftanstrengung zur Seite schiebt. Empört fahre ich auf und benötige ein paar Sekunden, um mich zu orientieren, bevor ich meiner Entrüstung Ausdruck verleihen kann. Endlich erkenne ich, wo ich bin und was geschehen ist.

»Entschuldigen Sie bitte«, sage ich zu meinem Nachbarn, dem ich im Schlaf näher gekommen bin, als es mir in wachem Zustand einfallen würde. »Das wollte ich nicht.«

»Schon gut. Darf ich mal durch, bitte?«

Immer noch im Halbschlaf erhebe ich mich, um meinen Nachbarn auf den Gang zu lassen. Da er ohnehin bald zurückkehren wird, bleibe ich stehen und sehe mich um. Der größte Teil der Passagiere schläft; nur einige schauen auf die Mini-Bildschirme in den Sitzen. Ein paar Unermüdliche haben Notebooks dabei, auf die sie eintippen. Was macht mein Sitznachbar nur so lange? Das Besetzt-Schild leuchtet rot durch das gedämmte Licht des Flugzeugs. Langsam mildert sich die tablettenbedingte Müdigkeit, ohne dass ich wirklich wach werde. In dem Halbgefühl setze ich mich wieder auf den Sitz, um einen Blick nach draußen zu werfen. Vor dem Fenster zeichnen sich einige tiefgraue Wolken vor dem dunklen Nachthimmel ab. Kurz überlege ich, meine Kamera zu suchen, um ein Foto zu machen, aber ich möchte die schlafenden Passagiere nicht stören. Außerdem werden meiner Erfahrung nach Nachtbilder nie so beeindruckend wie die Wirklichkeit.

Also schaue ich weiter hinaus, während meine Zunge gegen den pelzigen Geschmack in meinem Mund ankämpft. Eine Nebenwirkung der Tabletten, die ich nur zu gut kenne. Wenn mein Nachbar endlich zurückgekehrt ist, werde ich eine Stewardess suchen und sie um etwas Wasser bitten.

Wo wir wohl sind? Ich schalte den kleinen Bildschirm vor mir ein und suche den Informationskanal. Ah, da ist er. Die halbe Strecke nach Frankreich haben wir bereits bewältigt. Soll ich wach bleiben und auf das Essen warten oder lieber weiterschlafen? Soll ich Erica Jong eine Chance geben oder hoffen, dass die Tablette stark genug ist, um mich wieder in eine wohlige, sich wie wattiert anfühlende Müdigkeit zurückzubringen?

»Darf ich?« Mein Nachbar steht vor unserem Sitz, seine Haltung strahlt Ungeduld und Gereiztheit aus, wohl weil ich ihn nicht wahrgenommen habe und einfach so stehen lasse. »Danke.«

Als ich für ihn aufstehe, mustere ich ihn. Etwa zehn Jahre jünger als ich, in die Karriere-Uniform eines grauen Anzugs gekleidet, der überraschenderweise keine Knitterfalten aufweist. Kurzgeschnittene dunkelblonde Haare, solariumgebräunte Haut, Muskeln aus dem Fitnessstudio – alles an ihm entspricht so sehr meiner Klischeevorstellung eines erfolgreichen Geschäftsmanns, dass ich mir ein Lächeln nicht verkneifen kann, was ihn sichtlich irritiert. Wie wirke ich wohl in seinen Augen? Eine mittelalte Frau, die weder Wert auf ihre Kleidung noch ihre Frisur legt und damit auf keinen Fall seinem Beuteschema entspricht. Das habe ich an dem extrem flüchtigen Blick erkannt, mit dem er mich kurz scannte, bevor er seinen Platz einnahm. Ein Blick, der so desinteressiert wirkte, dass ich mich ärgerte, obwohl ich einen Mann wie ihn ebenfalls uninteressant finde. Aber es lag derartig viel versteckte Verachtung in seinem Blick, dass es mich tief getroffen hat. Vielleicht sollte ich wieder mehr Wert auf mein Äußeres legen.

Statt mich weiter zu ärgern, stehe ich auf, um mir von der Flugbegleiterin etwas zu trinken geben zu lassen und mich ein wenig frisch zu machen.

In dem winzigen Toilettenraum putze ich mir die Zähne. Die künstliche Beleuchtung, die gleichzeitig grell und gedämpft wirkt, lässt meine Haut grau und schlaff aussehen. Die Falten um meine Augen wirken viel tiefer, als ich sie in Erinnerung habe, und die Linien um meine herabgezogenen Mundwinkel stechen scharf heraus. Die Spitzen meiner Haare sind gespalten, die Frisur herausgewachsen. So unangenehm ich meinen Sitznachbarn auch erlebt habe, ich muss zugeben, dass er recht hat, mich als unattraktiv einzuordnen. Ich sehe aus wie eine Frau, die sich selbst aufgegeben hat. Warum musste ich erst auf dreitausend Meilen Höhe steigen, damit mir das bewusst wird?

Begleitet von dem Vorsatz, mich wieder mehr um mein Äußeres zu kümmern, kehre ich auf meinen Platz zurück. Mein Nachbar hat den Kopf an die Nackenstütze gelehnt und schnarcht leise. Dass ein kleiner Speichelfaden aus seinem linken Mundwinkel hängt, tröstet mich ein bisschen. Da die Wirkung meiner Schlaftablette beinahe vollkommen verschwunden ist, setze ich die Kopfhörer auf und schalte den Fernseher wieder ein. Die Spielfilmauswahl interessiert mich nicht; bei den Musikkanälen werde ich fündig. Die fliegertypische Mischung bekannter Klassikstücke dient mir als Begleitung für meine Gedanken.

Nun, wo ich etwas zur Ruhe komme, frage ich mich, warum ich die Tortur eines Fluges überhaupt auf mich nehme. Wenn meine Eltern nicht alles hätten hinter sich lassen wollen, wenn

Charlotte nicht so auf mich eingeredet hätte, wenn Jeffrey nicht so erfreut gewesen wäre, dass bald der Atlantik zwischen uns liegen wird, dann hätte ich mir die Zeit genommen, noch einmal gründlich über alles nachzudenken und mich sicher gegen die Reise entschieden. Für jemanden wie Charlotte, die Abenteuer liebt und sich nichts Schöneres vorstellen kann, als Detektivin zu spielen, mag es eine gute Idee sein, Tausende von Meilen zu fliegen, nur auf die vage Idee hin, mehr über die eigene Familie zu erfahren. Für mich jedoch ...

»Ist etwas?«, fragt mein Nachbar ungehalten und schüttelt meinen Oberarm, damit ich ihm Aufmerksamkeit widme. Sein Blick ist beleidigt, als hätte ich es mir zum Ziel gesetzt, ihm die Reise zu erschweren. »Schnarche ich oder was?«

»Nein, Entschuldigung«, stammele ich. Vor lauter Nachdenken habe ich ein Schnauben ausgestoßen, das mein Sitznachbar wohl für ein Anzeichen von Verärgerung gehalten hat. »Ich habe nur laut gedacht.«

Ich möchte meinen Gedanken weiter nachhängen. Was hat mich nur geritten? Je größer die Entfernung nach Berkeley wird, desto herrischer werden meine Zweifel an der Reise. Innerlich schüttele ich den Kopf über mich. Wenn es wenigstens um ein Geheimnis meiner Großmutter ginge oder um eines von Grandma und Grandpa, den Eltern meines Vaters, auf deren Farm ich wundervolle Ferien als Kind verbracht habe. Wenn ich ehrlich bin, konnte ich meinen Großvater nicht einmal gut leiden, was nach seinem überraschenden Tod zu einem immens schlechten Gewissen führte, das ich eigentlich überwunden zu haben glaubte.

Großvater.

Niemals wäre ich auf die Idee gekommen, ihn Grandpa oder Gramps zu nennen oder mit einem anderen freundlichen Begriff zu belegen. Dafür war er viel zu distanziert, beinahe schon kalt. Selbst als Kind konnte ich nicht verstehen, was meine liebevolle, stets fröhliche und in allen Menschen nur das Beste sehende Großmutter mit diesem Mann verband. Ihrem Ehemann, der am liebsten für sich allein blieb oder mit einer seiner vermaledeiten Katzen spielte. Obwohl es mir nie in den Sinn gekommen wäre, ein Tier absichtlich zu quälen, fühlte ich mich bei jedem Besuch bei meinen Großeltern versucht, die Haustür zu öffnen und die Katzen auf die Straße zu jagen. Wahrscheinlich erhoffte ich mir, dass Großvater mir – und vor allem Gran – dann endlich die Zeit und die Aufmerksamkeit gewähren würde, die er nur seinen Stubentigern zugestand. Niemals hätte ich mir eingestanden, dass ich eifersüchtig auf die Katzen war, aber ich konnte nicht begreifen, warum der Vater meiner Mutter sich so wenig für mich interessierte.

Schließlich war ich das erste Enkelkind und hatte damit das Anrecht, verwöhnt und verhätschelt zu werden. So, wie ich es von den Eltern meines Vaters kannte. Über Gran konnte ich mich auch nicht beschweren. Sie kochte mir meine Lieblingsessen, überlegte sich für jeden Besuch etwas Besonderes, was wir gemeinsam unternehmen konnten, und überraschte mich jedes Mal mit kleinen Geschenken, so, wie ich es mir nur wünschte. Doch anstatt mich darüber zu freuen und dankbar zu sein, blieb die Indifferenz meines Großvaters ein Stachel, der mich von Besuch zu Besuch mehr plagte. Vielleicht ist es ja zutiefst menschlich, sich nach der Wertschätzung und Anerkennung desjenigen zu sehnen, der sie nicht geben kann oder will. Als Kind wusste ich das nicht und litt unter dem mangelnden Interesse meines Großvaters, weil ich schließlich zu glauben begann, dass es meine Schuld wäre. Dass mit mir etwas nicht stimmte, so dass Großvater mich nicht so lieben konnte, wie ich es mir wünschte.

Lange Zeit bemühte ich mich wie ein gut dressiertes Hünd-
chen, seine Aufmerksamkeit durch Kunststückchen zu gewinnen. Nachdem ich bemerkt hatte, wie wichtig meinem
Großvater seine Bücher waren, brachte ich mir als Fünfjähri-
ge das Lesen bei, in der Hoffnung, ein Lob von ihm zu erhalten.

»Schön, schön. Hauptsache, du liest etwas Vernünftiges«,
war sein einziger Kommentar.

Glücklicherweise ist es mir trotzdem gelungen, eine tiefe
Liebe zu Büchern zu entwickeln, unabhängig davon, ob mein
Großvater mich dafür schätzte oder nicht. Später, als mir
Großvaters Anerkennung nicht mehr so wichtig war, fragte
ich mich, wie das Zusammenleben mit ihm wohl für meine
Großmutter und meine Mutter gewesen sein muss. Gran, die
Liebe aus jeder Geste ausstrahlte, war gefangen mit einem
Mann, der nur seinen Büchern oder seinen Katzen gegenüber
zu Gefühlen fähig schien. Kein Wunder, dass meine Mutter
zu der Frau wurde, die sie heute ist. Obwohl ich mir das oft
sage, gelingt es mir nicht, den Graben zu überbrücken, der
zwischen meiner Mutter und mir mit den Jahren nur gewachsen ist, als höhle ihn ein stetiger Fluss aus ungewollten
Verletzungen und Missverständnissen aus.

Vielleicht finde ich in Deutschland und in der Vergangenheit
eine Erklärung, warum mein Großvater der Mann geworden
ist, als den ich ihn kannte. Eine Erklärung, die mit einer Frau
namens Lily und einer großen Liebe zusammenhängt. Es ist
die richtige Entscheidung, mich auf die Spurensuche zu begeben. Vielleicht gelingt es mir, mit meiner Vergangenheit
Frieden zu schließen, wenn ich die Vergangenheit meines
Großvaters erst kenne. Begleitet von dem tröstlichen Gedanken, schlafe ich wieder ein.

*Nicht lange nachdem meine Frau und ich uns getrennt hatten,
traf ich Dean zum ersten Mal.*

Kapitel 12

Barcelona. Mein erster Eindruck der Hauptstadt Kataloniens ist kein besonders positiver, sicher bedingt durch die Müdigkeit, die mich dank des unterbrochenen Schlafs immer noch in ihren Klauen hält, und die Verspanntheit, die sich über Rücken und Nacken zieht. Außerdem lösen Flughäfen, selbst meiner begrenzten Erfahrung nach, bei mir eine seltsame Mischung aus Sentimentalität und Frustration aus. All die Aufbrüche und Abschiede, die sich hier in extrem knapper Zeit vollziehen, all die Erwartungen und Enttäuschungen, die an Orten wie diesen zu spüren sind, vermitteln mir das unangenehme Gefühl, dass ich stillstehe und mich nicht weiterentwickle, während die Welt um mich herum in Bewegung ist.

Als ich Kyle in der Menge der Wartenden entdecke, verfliegt meine düstere Stimmung und weicht purer Freude. Erst jetzt, wo ich meinen Sohn, hochgewachsen und voller Lebensfreude, winken sehe, bemerke ich, wie sehr ich ihn vermisst habe. So schnell ich laufen kann, eingeschränkt durch einen Rollkoffer, der die unerfreuliche Angewohnheit hat, das Gleichgewicht zu verlieren, eile ich Kyle entgegen.

»Mum!« Er schließt mich in seine Arme, hält mich fest, so wie ich ihn. Tief atme ich seinen Geruch ein. Er muss erst vor kurzem geduscht haben, der Limonenduft des Duschgels liegt immer noch auf seiner Haut. »Wie schön, dass du da bist. Wie war der Flug? Wie lange bleibst du? Was willst du dir alles ansehen?«

»Immer langsam.« Mit einem Lächeln auf den Lippen löse ich mich aus seiner Umarmung und trete einen Schritt zurück. »Lass dich erst einmal anschauen. Ich möchte erfahren, wie dir Barcelona bekommt.«

Mein Sohn grinst mich an und dreht eine Pirouette, damit ich ihn von allen Seiten betrachten kann. Vielleicht liegt es daran, dass ich ihn lange nicht mehr gesehen habe, aber Kyle kommt mir schlanker und schmaler vor. Seine Schultern, bisher kräftig vom Schwimmen, wirken untrainiert. Mein Sohn sieht aus wie ein erwachsener Bücherwurm, nicht mehr wie der schlaksige, sportliche Junge, als den ich ihn in Erinnerung habe.

Sein Gesicht trägt nur noch Reste der kalifornischen Bräune. Seine Haare, die er schon in Berkeley länger trug, sind inzwischen auf Schulterlänge gewachsen und nachgedunkelt. Wahrscheinlich fehlen ihnen die kalifornische Sonne und das ausbleichende Meerwasser. Mein Junge, der mich als Surferboy verlassen hat, hat sich in Europa zu einem Studenten entwickelt, wie ich sie von der UC Berkeley kenne. Schlank, energiegeladen, aber durchgeistigt und übernächtigt, was hoffentlich auf das Studium und nicht auf zu viele Partys zurückzuführen ist.

»Du bist dünn geworden«, höre ich mich sagen und stöhne innerlich auf, dass ich etwas derart Abgedroschenes von mir gebe. »Isst du genug? Schläfst du genug?«

»Mum!« Kyle ächzt gequält auf, erschlagen von den typischen Mütterfragen. Er wirft einen Blick nach links, was mich irritiert, so dass ich ebenfalls dorthin sehe. Ein bisschen abseits von uns steht ein auffallend hübsches Mädchen –

sehr schlank, sehr zierlich, mit großen dunklen Augen und einem eleganten Pagenkopf. Sie lächelt mich an. Automatisch lächele ich zurück. Bevor ich noch etwas sagen kann, greift Kyle nach meinem Ellbogen und schiebt mich näher an das Mädchen heran, das mich mit einer Mischung aus Unsicherheit und Souveränität mustert, die ich als sehr europäisch empfinde.

»Mum, das ist Laura.« Kyle wirkt unsicher. Er beobachtet mich, sichtbar auf der Hut, wie ich wohl auf das Mädchen reagieren werde. »Laura, das ist meine Mum.«

»Ich freue mich, Sie kennenzulernen«, sagt Laura in einem Englisch, das von einem charmanten Akzent begleitet wird. »Kyle hat schon so viel von Ihnen erzählt.«

»Dafür hat er überhaupt noch nichts von Ihnen erzählt«, antworte ich, was mit einem Aufwallen von Scham und Ärger einhergeht. Nun ist es also passiert. Nun höre ich mich genauso an wie eine der Klischee-Mütter, die ich nie werden wollte. Eine der Frauen, die nichts Besseres wissen, als die Freundin ihres Sohnes eifersüchtig zu beäugen. »Das gibt mir die Gelegenheit, Sie unvoreingenommen kennenzulernen. Ich freue mich.«

Erleichtert atmet Kyle hörbar aus. Mein Sohn sollte mich eigentlich besser kennen und mir nach einem fünfzehnstündigen Flug nicht überraschend seine neue Freundin präsentieren. Vielleicht ist sie ihm so wichtig, dass er nicht warten konnte. Die Ungeduld hat Kyle von seinem Vater geerbt.

»Könnt ihr mich zu meinem Hotel bringen, bitte?«, wende ich mich Kyle zu. »Ich brauche noch ein paar Stunden Schlaf und eine Dusche. Heute Abend würde ich euch gerne zum Essen einladen.«

»Das ist nett. Danke«, antwortet Laura. Sie lächelt erst mich an, dann Kyle, wobei ihre Augen leuchten. Er scheint ihr viel zu bedeuten, was mich freut, aber auch eine Urangst in mir auslöst. Die Furcht, meinen Sohn zu verlieren. »Aber Kyle und ich dachten, dass Sie beide den heutigen Abend gemeinsam verbringen. Ohne mich. Weil …«

»Ja«, sage ich freundlich. Laura, die nun doch nervös ist, weil sie mir gegenübersteht, gefällt mir, weil sie klug genug ist, zu wissen, wann sie stört. »Sie wollen uns Zeit füreinander schenken?«

Sie nickt, sichtlich erleichtert, dass sie nicht mehr erklären muss. »Danke«, sage ich und meine es ehrlich. Zu sehr habe ich mich darauf gefreut, meinen Sohn wiederzusehen, als dass ich ihn teilen wollte. »Entschuldigt, ich bin so müde.«

Im Auto, in dem zu meiner Überraschung Laura das Steuer ergreift, plaudern wir über den Flug, das Wetter in Barcelona, den überbordenden Verkehr und meine Urlaubspläne. Bald haben wir das Hotel erreicht. Ich habe mir ein Hotelzimmer genommen, weil ich nicht in die Privatsphäre meines Sohns eindringen möchte. Ich wollte nie so werden wie meine Mutter, die niemals darüber nachdachte, was ihre Handlungen für mich bedeuteten. Außerdem fühle ich mich zu alt, um in einer Studentenbude auf der Couch zu schlafen. Und auf gar keinen Fall möchte ich in die Versuchung kommen, die Zimmer meines Sohnes zu putzen.

»Ich muss hier in zweiter Reihe stehen bleiben. Einen Parkplatz in Barcelona zu finden …« Laura wendet sich nach hinten und ergreift meine Hand zum Abschied. »Bis morgen. Willkommen in Barcelona.«

Kyle ist bereits ausgestiegen und hat meinen Koffer auf den Bürgersteig gestellt. »Ich bringe dich in dein Zimmer.«

»Danke«, antworte ich, »das ist lieb von dir.«

»Ach, Mum.« Er nimmt mich in die Arme, eine Geste, die mich überrascht, weil er sonst eher auf körperliche Nähe verzichtet. Ganz Mann eben. »Ich ... ich hätte dir von Laura erzählen sollen, aber ich wollte unbedingt, dass du sie kennenlernst.«

Ich nicke, hin- und hergerissen zwischen wechselhaften Gefühlen. Was ist nur geschehen, dass mein Sohn mir eine Frau, die ihm so wichtig ist, dass er sie mit zum Flughafen bringt, bisher verschwiegen hat? Doch dann schüttele ich den Kopf über mich selbst. Ich sollte mich darüber freuen, dass mein Sohn Laura mitbrachte, zeigt das doch, wie wichtig ich ihm bin. Also streiche ich Kyle mit der Handfläche über die Wange und zwinkere ihm zu. Er zwinkert zurück, und alles ist gut. Für den Moment auf jeden Fall.

Das Einchecken erledigt Kyle für mich. Mein Sohn begleitet mich durch einen anonymen Flur, den der immer gleiche graue, strapazierfähige Teppichboden bedeckt und an dessen Wänden die klassischen Seerosenbilder hängen, bis zu meiner Zimmertür.

»Ich hole dich gegen acht Uhr ab, wenn du einverstanden bist.« Aufmerksam sieht er mich an, als suchte er in meinem Gesicht eine Antwort. Ich kenne Kyle gut genug, um zu erkennen, wie sehr ihn meine Veränderung hin zu formloser Frisur und Falten schockiert und wie sehr er sich bemüht, sich das nicht anmerken zu lassen. Ich werde versuchen, einen Termin bei dem Hotelfriseur zu bekommen, bevor ich meinen Sohn zum Essen ausführe. Schließlich möchte ich nicht, dass er sich für mich schämt.

»Acht Uhr ist gut. Ich freue mich.« Wir stehen uns gegenüber, als wüssten wir beide nicht genau, was wir sagen oder tun sollten. Ich schiebe die Schlüsselkarte ins Schloss und öffne die Tür. »Grüß Laura von mir. Bis nachher.«

Im Zimmer angekommen, packe ich den Koffer aus, hänge meine Kleidung in den Schrank, putze mir die Zähne und lege mich ins Bett. Obwohl die Müdigkeit bleischwer auf mir lastet, kann ich nicht in den Schlaf finden. Zu viele Gedanken kreisen in meinem Kopf und betteln um meine Aufmerksamkeit, so dass ich es schließlich aufgebe, mich ausruhen zu wollen. Stattdessen lasse ich mir bei einer glücklicherweise schweigsamen Friseurin die Haare schneiden, gönne mir ein ausgiebiges Wannenbad und blättere in meinem Reiseführer, bis es endlich acht Uhr ist. In der Vorbereitung meines Besuchs habe ich einiges angestrichen, was ich mir gerne ansehen möchte. Hoffentlich hat Kyle Interesse, mich zu begleiten, damit ich nicht zu den mittealten Frauen gehören muss, die – ausgerüstet mit festem Schuhwerk und dem aktuellsten Reiseführer – allein von Sehenswürdigkeit zu Sehenswürdigkeit wandern, umgeben von dem Ruch von Ernsthaftigkeit und Kulturbeflissenheit. Jeffrey und ich haben uns über diese Sorte Frauen immer freundlich mokiert, und nun gehöre ich selbst zu dieser Spezies.

Obwohl ich es nicht will, beginnt meine Unterlippe zu zittern. Meine Nase schwillt an, und Wasser füllt meine Augen. Mit tränenüberströmtem Gesicht öffne ich die Tür, nachdem Kyle mehrfach geklopft und meinen Namen gerufen hat.

»Es … Es tut mir leid«, stammele ich, bevor ich mich in seine Arme werfe. »Du solltest mich so nicht sehen.«

Mein Sohn hält mich fest, während ich meine Trauer und meinen Zorn in sein T-Shirt schluchze. Das Weinen schüttelt mich, so, wie ich es nur aus meiner Kindheit kenne. Als Erwachsene weint man anders – gesetzter und ruhiger. Selbst an dem Tag, an dem Jeffrey ausgezogen ist, habe ich nicht so viele Tränen vergossen.

»Komm.« Sanft löst sich mein Sohn aus meinen Armen und führt mich zum Bett, wo ich mich brav hinsetze. »Ich besorg dir jetzt erst einmal etwas zu trinken.«

»Kein Alkohol«, schniefe ich. Zu gut erinnere ich mich an die vielen Nächte mit Rotwein, die nur zu einem Anruf bei meinem Ex-Mann und furchtbaren Kopfschmerzen und moralischen Katern führten. »Gib mir einen Moment. Es wird schon.«

Nachdem ich mir mit dem Handrücken die Nase abgewischt habe, gehe ich ins Bad. Der Spiegel ist wenig freundlich zu mir. Meine elegante neue Frisur wirkt wie ein Kontrapunkt über meinem rotgeweinten, angeschwollenen Gesicht, in dem die verschmierte Wimperntusche meine Augen mit einem dunklen Rand überzieht. Es sieht aus, als hätte ich Tinte geweint. Mit Abschminkpads und viel Wasser säubere ich mein Gesicht, aber die geschwollene Nase und die geröteten Augen lassen mich immer noch unglücklich und verheult aussehen. Wie kann ich meinem Sohn so etwas nur zumuten? Nachdem ich tief Luft geholt habe, öffne ich die Badezimmertür. Kyle schaut mir aufmerksam entgegen.

»Es tut mir leid«, sage ich wieder, während ich wieder gegen Tränen ankämpfe. »Aber seitdem ich hier bin, muss ich daran denken, dass dein Vater und ich …«

Mehr kann ich nicht sagen, weil ich sonst wieder anfangen würde zu weinen. Mein Sohn schüttelt den Kopf.

»Ach, Erin.« Den Blick, den Kyle mir zuwirft, kenne ich nur zu gut von seinem Vater. Jeffrey hat mich auch immer so angesehen, wenn ich während unserer Streits in Tränen ausgebrochen war. Wann hat mein Sohn aufgehört, mich Mum zu nennen? Ist das ein gutes Zeichen oder ein schlechtes? Hätte er mich auch Erin genannt, wenn ich nicht vor ihm in Tränen ausgebrochen wäre?

»Ach, Erin«, wiederholt Kyle. Mein Sohn schüttelt den Kopf, als hätten wir die Rollen getauscht. Als sei ich ein rebellischer Teenager, der nicht bereit ist, auf die Ratschläge der Erwachsenen zu hören. »Jeffrey wird nicht zu dir zurückkommen, egal, wie sehr du dir das wünschst.«

»Das weiß ich«, murmele ich und schwanke zwischen Weinen und Lachen, weil ich so verstockt klinge. »Das musst du mir nicht sagen.«

»Doch«, antwortet er mit harter Stimme, aber sein Gesicht ist weich. Der Blick, mit dem er mich mustert, liebevoll. »Mum, du musst Dad aufgeben. Es ist so schon schwer genug.«

»Ja, das sagen mir alle«, entgegne ich bitter. Wie oft habe ich mir das schon anhören dürfen?

»Mum«, sagt Kyle. Er nimmt meine Hand und drückt sie. Leicht, aber fühlbar. »Ich kann verstehen, dass du traurig und verletzt bist, aber …«

Mit der anderen Hand streicht er sich durch die Haare, so, wie er es schon als Kind getan hat, wenn er nicht die richtigen Worte finden konnte. Der Anblick schneidet mir ins Herz. Was bin ich nur für eine Mutter, dass ich meinen Sohn in so eine Situation bringe?

»Entschuldige«, sage ich und meine es so. Ich wollte meinen Sohn nie mit in die Trennung hineinziehen. Ich wollte und will, dass es Kyle möglich bleibt, beide Eltern zu lieben. Mein Kind dazu zu zwingen, Stellung zu beziehen, erscheint mir unfair. »Ich … Das ist etwas, das ich allein klären muss.«

Wieder drückt er meine Hand. »Ich war auch wütend auf Dad, weil er alles zerstört hat. Aber seit ich Laura habe, weiß ich …«

»Ja?«

»Ich weiß, wie wichtig es ist, jemanden zu lieben. Seiner Liebe zu folgen.« Ernst sieht er mich an. »Hast du Dad wirklich noch geliebt? So richtig?«

Erst will ich ihm mit einem erbosten Ja antworten, empört darüber, dass mein Sohn mir so eine Frage stellt. Dann beginne ich zu überlegen. Liebe ich Jeffrey noch? Was ist von unserer Liebe geblieben, nach zwanzig Jahren Ehe? Kyle hat mir eine Frage gestellt, die sich so einfach anhört und so schwierig zu beantworten ist.

»Ich weiß es nicht«, antworte ich schließlich. »Darüber muss ich nachdenken. Was ist überhaupt Liebe?«, versuche ich einen Scherz, der sich selbst in meinen Ohren hohl anhört. Ich lächle Kyle an, der mein Lächeln erwidert und erleichtert wirkt.

Mein Sohn steht auf und blickt sich im Zimmer um, als suche er etwas, um das Thema zu wechseln. Sein Blick fällt auf den Roman *Unterwegs*, den ich mir am Flughafen gekauft habe, nachdem ich den regenbogenfarbigen Umschlag geöffnet habe, einen der vielen, die Charlotte mir mitgegeben hat. In ihrer kräftigen, klaren Schrift hat sie auf jeden das Datum geschrieben, an dem ich ihn spätestens öffnen soll. »Obwohl ich fest davon ausgehe, dass du im Urlaub mehr Zeit zum Lesen findest«, hatte sie gesagt.

»Was sind denn das für Umschläge?«, fragt Kyle erstaunt.

»Ach die«, antworte ich. Endlich kann ich wieder lächeln. »Die gehören zu einem Projekt, das mir Charlotte aufgegeben hat.«

*Es zieht mich stets dorthin zurück, wo ich einmal gelebt habe,
zu den Häusern, der Gegend.*

Kapitel 13

Nervös sehe ich auf die Uhr. Beinahe, als hätte ich ein Date nach all den Jahren der Ehe, in denen ich mich nie um meine Wirkung auf das andere Geschlecht sorgen musste. Dabei treffe ich mich nur mit der Freundin meines Sohnes. Das erste Mal, dass wir beide allein sein werden. In den vergangenen drei Tagen waren es stets nur Kyle und ich, die gemeinsam so viele Bauwerke von Gaudí angesehen haben, wie es nur möglich war. Immer wieder stehe ich staunend vor der Formen- und Farbenvielfalt, die dieser außergewöhnliche Architekt und Künstler entworfen hat. Das *Casa Milà* mit seinen ungewöhnlichen Balkonen und deren individuell gestalteten Eisengittern hat mich so beeindruckt, dass ich für einige Momente überlegte, Berkeley zu verlassen, um in Barcelona zu leben, umgeben von den Häusern, Parks und Gebäuden, die mein Lieblingsarchitekt erdacht hat.

Aber nein, so verführerisch die Überlegung auch ist, alles und vor allem jede Erinnerung an meine Ehe in Berkeley hinter mir zu lassen, so kann ich mir nicht vorstellen, in Barcelona heimisch zu werden. Charlotte würde mir fehlen, meine anderen Freundinnen und vor allem die Stadt, die ich so gut kenne und liebe. Es kommt mir vor, als hätte ich Berkeley mit diesem Gedanken betrogen. Also habe ich ihn schnell wieder verworfen und stattdessen die Tage in dieser einzigartigen, vom *Modernisme* geprägten Stadt genossen.

Heute nun durchbrechen wir unser Schema. Erst sind Laura und ich verabredet, bevor wir dann gemeinsam mit Kyle den Höhepunkt meiner Barcelona-Reise aufsuchen werden. Der Gedanke an das, was mich heute erwartet, versetzt mich in eine Stimmung aus Aufregung, aber auch Angst, dass meine hohen Erwartungen enttäuscht werden.

Wird es mir heute gelingen, die Kluft zwischen Laura und mir zu überwinden, die ich immer noch spüre? Ich weiß nicht, wie es ihr geht, aber ich habe den Eindruck gewonnen, dass auch sie unsicher ist, wie sie mit mir umgehen soll, was sich auch auf Kyles Beziehung zu mir auswirkt. Anstatt dass mein Sohn und ich uns durch meinen Besuch nähergekommen sind, haben wir uns weit voneinander entfernt. Wir tanzen auf Zehenspitzen umeinander herum, wissen beide, dass wir uns auf dünnem Eis bewegen und jederzeit in den See aus Vorwürfen und Schuldzuweisungen einbrechen können. Ich habe mich wirklich bemüht, Laura zu mögen, habe mich bemüht zu akzeptieren, dass Kyle sich auf Jeffreys Seite geschlagen hat, habe mich bemüht, meinen Sohn nicht spüren zu lassen, dass ich mich von ihm verraten fühle.

Meine Bemühungen sind kläglich gescheitert. Seit meinem tränenreichen Ausbruch an unserem ersten gemeinsamen Tag ist die Spannung zwischen Kyle und mir gewachsen und gewachsen wie Elektrizität, die sich zu einem Gewitter zusammenbraut, dessen Wolkenbruch alles in seinem Weg mit sich reißen wird. Weil ich das weiß, vermeide ich jedes Thema, das zu einem Ausbruch der Spannungen führen könnte. Mein Sohn hält es ebenso, so dass unsere Gespräche sich um das Wetter, Touristenmassen, Kunstwerke und Museen und meine weitere Reiseplanung drehen. Die Oberflächlichkeit lässt mir das Herz schwer werden, aber noch habe ich keinen Ausweg gefunden.

Kyle scheint es ebenso zu gehen. Jeden Tag teilt er seine Zeit gerecht zwischen Laura und mir auf, was mich traurig macht, weil es so typisch für Scheidungskinder ist, wie ich gelesen habe. Immer müssen sie jedem Elternteil das Gefühl vermitteln, wie wichtig Vater oder Mutter sind. In einem der wenigen Momente von Selbsterkenntnis wird mir klar, dass ich es niemals so weit kommen lassen wollte. Und doch zwinge ich meinen Sohn nun in diese absurde Situation, fordere ihn ständig auf, Entscheidungen zu fällen, die er nicht treffen möchte. Dein Vater oder ich, gebe ich ihm implizit zu verstehen, deine Freundin oder ich, sagen meine Handlungen, während meine Worte vorgeben, dass ich Laura schätze.

Gestern habe ich beschlossen, dass es so nicht weitergehen kann, dass ich so eine Frau und Mutter nicht sein will, und habe mich direkt an Laura gewandt, die Kyle und mich zum Miró-Museum gefahren hat.

»Was kann ich meiner Freundin Charlotte aus Barcelona mitbringen?«, fragte ich Laura, um mit ihr ins Gespräch zu kommen. Zwischen uns schlägt Fremdheit einen Graben, den wir beide immer wieder mit kleinen Brücken zu überwinden versuchen, die bisher jedoch nicht stabil genug waren, als dass wir uns auf sie wagten, um auf die andere Seite zu gelangen. »Etwas Typisches, etwas Besonderes.«

»Ich hole dich morgen Nachmittag ab, so gegen eins«, antwortete sie. Ihr Lächeln ließ ihr Gesicht leuchten, so dass ich in dem Moment gut verstehen konnte, warum mein Sohn sie liebt. »Lass dich überraschen. Wenn du einverstanden bist.«

Ich mag keine Überraschungen, wollte ich antworten, aber besann mich eines Besseren. »Ich werde auf dich warten.«

Pünktlich um ein Uhr klopft Laura an meine Tür. Gemeinsam gehen wir in die Carrer Petritxol, die Schokoladenstraße, wie Laura mir verraten hat. Mehr will sie nicht sagen.

Endlich haben wir die Straße erreicht, und ich staune mit großen Augen wie ein kleines Kind, das unvermutet dem Weihnachtsmann gegenübersteht. Das Wasser läuft mir im Mund zusammen, als ich mit Laura vor dem Schaufenster der *La Pallaresa* stehe und Torten, *crema catalana* und dickflüssige Schokolade sehe, die ein Mann in einer weißen Jacke mit einer großen Kelle in Tassen füllt.

»Lass uns hier einen *suizo* trinken. Mit *churros*, die sind hier am leckersten«, schlägt Laura vor, deren Augen ebenso leuchten wie meine. »Einen Schweizer. Eine Schokolade mit Sahne.«

Ich nicke. Innen wirkt das kleine Café eher schlicht mit gelbbeigefarbenen Wänden, an denen bunte Gemälde mit Palmen, Stadtansichten oder Porträts hängen. Die Tische sind grau und eher praktisch als schön, aber ich vertraue Laura, dass es hier nicht auf das Äußere, sondern auf die inneren Werte ankommt. Bei einem Kellner, auch er in weißer Jacke und schwarzer Fliege, bestellen wir Schokolade mit Sahne und *churros*.

Als mein *Schweizer* kommt, muss ich lächeln. Wenn man in Barcelona etwas mit Sahne bestellt, dann bekommt man es *mit* Sahne geliefert. Wie ein Pilzkopf sitzt die dicke Sahnehaube auf der weißen Tasse, die unter ihr verschwindet. Die nächste Überraschung ist die Schokolade. Kein dünner Kakao, wie ich es von zu Hause kenne, sondern eine dickflüssige Masse, deren Kalorienzahl ich nicht einmal erahnen möchte. Aber hier und heute darf ich sündigen.

Laura und ich teilen uns die Portion *churros*, das längliche Fettgebäck, das man auch in Berkeley kaufen kann. Aber hier schmeckt es mir besser, weil ich das frische Gebäck in die zähe Schokoladenmasse tauche. Der *suizo* ist weniger süß als erwartet, aber so mächtig, wie er aussieht. Sicher zählt er als eigene Mahlzeit. In einträchtigem Schweigen genießen wir die Leckerei. Viel zu schnell haben wir die Schokolade aufgegessen und stehen auf, damit die Wartenden unseren Platz einnehmen können. Für Charlotte kaufe ich Schokoladenpulver, das ich ihr morgen per Post schicken werde, mit dem Tipp, die Schokolade mit Churros zu verzehren.

»Komm mit. Ein paar Häuser weiter gibt es ein Café mit wunderbaren Leckereien, die deiner Freundin bestimmt schmecken werden.« Laura ist sichtlich erfreut, dass es mir im *La Pallaresa* so gut gefallen hat. Ich hake mich bei ihr unter, und gemeinsam gehen wir ein paar Schritte zum *Café Petritxol*. Als ich dort ins Schaufenster blicke, bedauere ich, den *suizo* getrunken oder gegessen zu haben, einfach weil die Pralinen und Kleingebäcke zu verführerisch aussehen. Für Charlotte kaufe ich Pralinen und Orangenstäbchen. Für Kyle, Laura und mich erwerbe ich Mandelbällchen und Mohrenköpfe, die wir essen können, nachdem wir endlich das Bauwerk gesehen haben, das ich mir als krönenden Abschluss aufgehoben habe.

Staunend wie ein Kind stehe ich vor dem *Temple expiatori de la Sagrada Família*, der riesigen, immer noch unvollendeten Kirche, die Gaudís Lebenswerk ist. Der unaussprechliche, überlange Name passt perfekt zu diesem unglaublichen Bauwerk.

Trotz meiner Höhenangst habe ich mit Kyle und Laura eine Stunde angestanden, um mit einem winzigen Fahrstuhl in einen der Türme zu fahren. Nachdem ich allerdings an einem hohen Fenster vorbeigekommen bin, das nur mit einem

Kreuz aus Metallstäben gesichert ist, hat mich die Panik übermannt.

»Ich … Ich muss nach unten«, habe ich noch herausbringen können und mir ein Lächeln abgequält, um Laura und Kyle nicht zu ängstigen. »Es ist mir zu hoch.«

Ich habe ihnen keine Möglichkeit zur Antwort gelassen, sondern mich unhöflich an den anderen Touristen vorbeigedrängt, um in die Sicherheit des Fahrstuhls und zurück auf den Boden zu gelangen. Unten angekommen und in Sicherheit, schlägt mein Herz immer noch schneller.

Kurz nach mir kehren Kyle und Laura ebenfalls wieder auf den Boden zurück.

»Alles in Ordnung?« Kyles Blick sagt mir, dass er sich Sorgen um mich macht.

»Es geht schon.« Selbst in meinen Ohren klingt meine Stimme schwach und zittert. Was soll mein Sohn nur denken, der mich immer noch prüfend ansieht. »Ich habe meinen Mut wohl überschätzt.«

»Mir ging's auch nicht besser.« Laura setzt sich neben mich und nimmt meine Hand. »Die *Sagrada Família* bewundere ich lieber weiter vom Boden aus.«

»Ob wir wohl noch erleben werden, dass die Kirche fertiggestellt ist?«, wechsele ich das Thema, aber drücke Lauras Hand, um ihr meine Dankbarkeit zu zeigen. »Oder wird die Kathedrale ewig unvollendet bleiben? Seit wann wird an ihr gebaut?«

Wie erwartet ist mein Sohn Feuer und Flamme für das Thema.

»1882, im März, ist die Grundsteinlegung gewesen«, antwortet Kyle so schnell, als hätte er auf meine Frage gewartet. »Gaudí starb leider 1926 bei einem Unfall, so dass er die Arbeiten nicht zu Ende führen konnte. Danach ging der Bau mehr oder weniger zögerlich weiter. Bis zum Bürgerkrieg, in dem die Baupläne verschwanden. Alles musste aus bereits Gebautem, Skizzen und Berichten mühsam rekonstruiert werden.«

»Danke, aber bitte nicht noch mehr Informationen.« Man sollte einen Architekturstudenten eben nicht nach Gebäuden fragen, wenn man nicht bereit ist, sich einen Vortrag anzuhören. »Sag mir nur, wie die gewaltige Arbeit finanziert wird.«

»Du ahnst gar nicht, wie besonders dieser Bau ist«, muss Kyle betonen. »Alles muss von Hand angefertigt werden. Jeder Stein muss eingepasst werden. Ganz große Baukunst.«

Bevor er weitere Ausführungen machen kann, unterbricht ihn Laura. »Spenden und Eintrittsgelder. So finanziert sich der Fortschritt an der *Sagrada Família*.«

»Kommt.« Inzwischen zittern meine Hände nicht mehr, und mein Herz hat sich auch beruhigt. »Auf den Schrecken lade ich euch zu einem Kaffee ein. Und zu den Leckereien aus der Schokoladenstraße.«

Am nächsten Tag bereite ich langsam die Abreise nach Frankfurt vor. Übermorgen erst geht es los, aber schon habe ich begonnen, meinen Koffer zu packen, meine Kleidung zusammenzulegen und mich einem wehmütigen Gefühl hinzugeben, weil ich diese wunderschöne Stadt verlassen muss. Für heute habe ich eine Abschiedstour geplant – nur Barcelona und ich.

»Bevor ich abreise, möchte ich noch einmal in den *Park Güell*. Ihr braucht mich nicht zu begleiten.« Ich habe gelächelt, damit Kyle und Laura verstehen, dass ich es ernst meine. Sosehr ich mich freue, dass die beiden mir Gesellschaft leisten, so sehr fühle ich mich verpflichtet, ihnen nicht zu viel zuzumuten, so dass ich mich bemühe, mich ihnen anzupassen und nicht zu lange bei den Sehenswürdigkeiten zu verweilen. Vor allem, weil es an dem Tag geregnet hat, als wir uns den Park angesehen haben. »Zum Abschied will ich mir viel Zeit lassen.«

Kyle und Laura wechseln einen Blick, dann nicken sie, als hätten sie sich wortlos abgesprochen. So wie Jeffrey und ich früher. Dieser Gedanke schmerzt nicht mehr so sehr wie vor einem Jahr, aber durch das Glück meines Sohnes, das ich ihm von Herzen gönne, merke ich erneut, wie einsam ich manchmal bin.

»Wir fahren dich auf jeden Fall zum Park.« Laura nickt mir zu, als könnte sie meine Gedanken lesen. »Und holen dich ab.«

»Auf keinen Fall.« Abwehrend hebe ich die Hände. »Lasst mir mein Abenteuer.«

Nach einem kurzen Wortwechsel haben sie mir zugestimmt, so dass ich nun allein vor dem Eingang des Parks stehe, ohne dass ich mich einsam und verlassen fühle. Das Wetter meint es heute ausnehmend gut mit mir. In der Oktobersonne glitzert die Farbenpracht der Mosaiken, als wären sie erst vor kurzem erstellt worden und nicht vor beinahe einhundert Jahren. Was wird wohl aus unserer Zeit bleiben und so viel Staunen und Bewunderung hervorrufen wie die *Sagrada Família* oder dieser wunderschöne Park? Antoni Gaudí muss ein besonderer Mensch gewesen sein, gesegnet mit Phantasie und Vorstellungskraft, die ihn dieses Wunder erschaffen ließen. Und mit Glück, dass er Eusebi Güell i Bacigalupi als Freund und Förderer fand, dessen Geld den *Park Güell* ermöglichte.

Von der großen Terrasse aus schaue ich auf die Stadt, die Kyle, Laura und ich übermorgen verlassen werden, um gemeinsam ein paar Tage in Frankfurt zu verbringen. Damit

haben die beiden mich überrascht, was mich zu Tränen rührte. Was mich dort wohl erwartet? Frankfurt wird es schwer
haben, gegen die Schönheit Barcelonas anzukommen.

Hinter meinem Rücken ertönt eine wehmütige Weise, gespielt auf einer Geige. Ich drehe mich um. Obwohl die Sonne
bald untergeht, hat sich eine junge Musikerin hier eingefun-
den. Mit geschlossenen Augen verliert sie sich in dem Stück,
das ich erkenne, aber dessen Name mir nicht einfällt. Ich
wende mich wieder der Stadt zu, begleitet von den sanften
Klängen. Nun wird es Zeit für mich, zu gehen. Ich werfe der
jungen Frau einige Münzen in den Geigenkasten, den sie geöffnet zu ihren Füßen stehen hat.

»*Gràcies*«, sagt sie, öffnet die Augen und lächelt mich an.

»*Si us plau*«, antworte ich, wie ich es von Laura gelernt habe.
Die Musikerin nickt mir zu, bevor sie die Augen wieder
schließt und eine weitere Melodie spielt.

Nachdem ich weiter durch den Park gewandert bin, immer
wieder stehen blieb, um Fotos zu schießen, denen es nicht
gelingt, die Schönheit des Parks und der riesigen Treppe ein-
zufangen, werde ich müde. Zum Abschied lege ich einem der
Gaudí-Drachen eine Hand auf den Kopf und verspreche
ihm, dass ich ihn bestimmt noch einmal besuchen werde.

Einen Besuch habe ich noch vor mir, bevor ich mich endgültig von Barcelona verabschieden kann. Ein letztes Mal führen
meine Schritte mich zum *Casa Batlló*, das ich als das schönste Gebäude betrachte, das Gaudí entworfen hat. Die *Sagrada
Família* ist imposanter, aber das *Casa Batlló* wirkt für mich
lebendig. Mich erinnert das Haus mit seinen Balkonen, die
aussehen wie die Knochen gestrandeter Wale oder Urzeitfi-
sche, und seinen blau-grünen Mosaiken an einen Ozean einer
fremden Welt. Die grünlichen Fenster mit ihren durchbro-
chenen Mustern in unterschiedlichen, leuchtenden Blau- und

Grüntönen schimmern wie die Meeresoberfläche an einem Sommertag. Man ahnt, dass sich in ihren Tiefen Geheimnisse und auch Gefahren verbergen, aber man kann sich ihrer Schönheit nicht entziehen.

Ob mein Großvater hier auch gestanden hat? Ob er ebenso begeistert wie ich den geschwungenen Linien mit seinem Blick gefolgt ist? Oder hat er Gaudís Stil als zu verspielt und unpassend abgelehnt? Ich erinnere mich an meinen Großvater als eher praktischen Mann, der wenig Wert auf schöne Dinge legte. Selbst seine Fotos, nein, vor allem seine Fotos zielten nicht auf Gefälligkeit ab, sondern – so hat er einmal gesagt – sollten die Wahrheit zeigen, die Welt, so, wie sie ist, und nicht, wie wir sie uns wünschen.

Trotzdem glaube ich, dass er das *Casa Batlló* ebenso geschätzt hat wie ich. Vielleicht, weil ich es glauben will, weil ich ihm endlich nahekommen möchte, weil ich die weite Reise auch deshalb auf mich genommen habe, um ihn etwas besser kennenzulernen.

Während ich als Touristin durch die Straßen Barcelonas schlendere, erinnere ich mich an eine Reise mit Jeffrey und Kyle. Kyle war damals etwa fünf Jahre alt. Kaum zu glauben, dass dieser schlaksige Riese einmal ein Junge war, den selbst ich auf den Armen tragen konnte. Nach Florida hat es uns gezogen, aber nicht ins *Walt Disney World Resort*, schließlich lag das »Magic Kingdom« nur sieben Fahrstunden entfernt und damit beinahe vor der Haustür.

Nein, Jeffrey wollte unserem Sohn das *Kennedy Space Center* auf Merritt Island zeigen, weil er hoffte, Kyle für eine Astronautenkarriere begeistern zu können. Ich habe mich zu der Reise nur unter der Bedingung überreden lassen, dass wir auch nach Miami fahren, damit ich mir die Art-déco-Häuser dort ansehen konnte.

Obwohl die Villen und Bauten Floridas für meinen Geschmack etwas zu bunt sind, was durch die grelle Sonne noch hervorgehoben wird, konnte ich mich an den geschwungenen Formen nicht sattsehen. Damals habe ich bereut, dass ich nicht Architektur studiert habe, aber später habe ich das vergessen.

Doch hier erinnere ich mich wieder an meinen alten Traum. Es muss unglaublich sein, in dieser Stadt zu leben. Mein Sohn hat eine kluge Wahl getroffen, als er sich für Barcelona entschieden hat, so, wie mein Großvater es vorgesehen hatte. Und ich habe eine kluge Wahl getroffen, als ich mich dafür entschied, ihn hier zu besuchen. Was mag meinen Großvater nur mit dieser Stadt verbinden?, frage ich mich zum hundertsten Mal und fürchte, dass ich nie eine Antwort erhalten werde.

»Drachen habe ich gesehen und grüne Papageien, die frei wie Tauben herumflattern«, schreibe ich auf die Postkarte, die ich Charlotte in ihr Schokoladenpaket legen werde. »In den Palmen der *Plaça Reial*. So viel Gaudí habe ich bewundert, dass mein Wunsch, Architektur zu studieren, wieder erwacht ist. Eine tolle Stadt. *Wish you were here.*«

Die Postkarte ist meine Antwort auf das Telegramm, das ich von Charlotte erhalten habe. »Du musst dieses Buch lesen. Stell die anderen zurück.«

Sie hätte mir auch eine Mail senden können, aber manchmal lebt meine Freundin ihren Hang zum Drama gern aus. Nach etwas Recherche habe ich das Buch erkannt – *Frühstück bei Tiffany*. Erst habe ich mich gefragt, was Charlotte mir damit sagen will, doch dann erkannte ich, wie viel in dem Roman zu mir, die ich Barcelona erst langsam genießen kann, passt. Ohne es zu wollen, habe ich meiner Freundin in unseren kurzen Telefonaten wohl mehr von mir verraten, als mir lieb war. Brav, wie ich bin, bin ich gleich in einen Buchladen gegangen, um mir das Buch zu bestellen. Zu meiner Überraschung hatten sie es auf Lager, so dass es jetzt auf dem Schreibtisch in meinem Hotelzimmer liegt und mich vorwurfsvoll anstarrt. Mein personifiziertes schlechtes Gewissen in Romanform. Danke, Charlotte. Ich fühle mich wie Holly Golightly, verloren, und wie Truman Capotes Heldin schöpfe ich langsam Hoffnung, dass sich alles zum Besseren wenden wird.

Abends holt Kyle mich ab. Laura und er haben ein winziges Restaurant entdeckt, in das sie mich führen wollen. Ich überlege, ob ich unsere Verabredung nicht auf morgen verschiebe, weil ich nach dem Tag des Herumlaufens müde bin. Außerdem wäre ich gern allein mit meinen Eindrücken der Stadt.
»Mum?« Kyles Stimme klingt genervt, als hätte er mich bereits mehrmals angesprochen. »Mum, hast du mir überhaupt zugehört?«
»Entschuldige. Ich bin in Gedanken wohl schon bei der Abreise. Du weißt ja, dass ich nicht gern fliege.«
»Dann bleib doch noch etwas. Laura und ich würden uns freuen.« Sein Angebot macht mich glücklich, aber ich kann nicht aus meiner Haut. Noch bin ich nicht so weit, dass ich spontan einen einmal gefassten Plan über den Haufen werfen kann. »Barcelona hat noch einiges zu bieten.«
»Das glaube ich.« Vielleicht sollte ich ihm erzählen, dass ich heute Nachmittag sogar überlegt habe, in Barcelona zu leben. »Aber Frankfurt ist bestimmt auch interessant. Auf den Spuren der Familie wandeln, verstehst du.«
»Wusstest du, dass Urgroßvater hier einige Monate gelebt hat?« Kyle sieht mich fragend an. »Wenn du schon die Familiengeschichte bemühst …«

»Ich bin davon ausgegangen, dass er nur ein paar Tage hier lebte. Auf Durchreise.« So vieles weiß ich über meinen Großvater nicht. Sosehr ich mich auch bemühe, ich kann mich nicht daran erinnern, dass mein Großvater je etwas aus seinem Leben erzählt hätte. Großmutter hingegen sprudelte immer über vor Geschichten über das Leben auf der Farm, über den Umzug in die große Stadt, über ihre Erfahrungen als Sekretärin bei einer Tageszeitung. Darüber, wie sie Großvater kennengelernt hat und sofort wusste, dass dieser Mann der Richtige für sie ist, auch wenn er sie kaum eines Blickes würdigte, weil er so sehr mit seinen Fotos und Reportagen beschäftigt war. Über ihre Angst, nachdem Großvater mit den amerikanischen Truppen nach Deutschland zurückging und sie allein mit ihrer dreijährigen Tochter zurückblieb.

Vielleicht ist es mir deshalb niemals aufgefallen, dass Großvater nichts über seine Vergangenheit preisgegeben hat. Dass er kein geborener Amerikaner war, verriet sein Akzent, sosehr er sich auch bemühte, sein Englisch zu verbessern. Aber er schien es darauf anzulegen, ein besserer Amerikaner als die meisten Einheimischen zu werden. Niemals hätte er sich einem der deutschsprachigen Vereine in Oregon angeschlossen oder darauf bestanden, dass jemand von uns die deutsche Sprache lernt.

»Woher weißt du das?« Ich habe nicht erwartet, dass mein Sohn sich für seinen Urgroßvater interessiert, an den er sicher nur wenige Erinnerungen haben kann. Sehr oft haben wir meine Großeltern nicht besucht, die beide starben, als Kyle zwölf Jahre alt war.

»An das Studiumsgeld war noch eine Bedingung geknüpft.« Kyle verzieht das Gesicht, als wäre es ihm peinlich. Ich kenne ihn gut genug, um zu erkennen, dass er mir etwas verschweigt. »Ich sollte eine Familie in Barcelona ausfindig machen und mich bei ihnen in Großvaters Namen bedanken.«

»Hast du sie gefunden?« Meine Neugier ist geweckt. Mein Großvater scheint viel mehr Geheimnisse gehegt zu haben, als ich je erwartet habe. Was er wohl mit meinem Sohn teilt, der weder seine Freundin noch die Bedingung bisher erwähnt hat. Vielleicht kann meine Suche schon hier enden. Mein kluger Sohn hat die Antworten auf alle Fragen gefunden, bevor ich sie gestellt habe. »Heißt jemand von ihnen Lily?«

»Lily?« Kyle sieht mich überrascht an. »Nein, von einer Lily weiß ich nichts. Wer ist das?«

Schade, es wäre auch zu leicht gewesen, wenn meine Reise so schnell enden würde. Außerdem hätte es Charlotte sicher unglaublich enttäuscht, wenn sich so spielend eine Lösung gefunden hätte. Ich bin sicher, dass meine Freundin bestimmt noch mindestens dreißig Bücher für mich ausgewählt hat, mit denen sie mein Leben begleiten möchte.

»Das weiß ich auch nicht.« Einen Moment lang überlege ich, ob ich ihm die Wahrheit darüber sagen soll, was der Anlass meiner Reise ist, oder ob ich die Geschichte für mich behalte. »Ich habe einen Brief auf dem Dachboden gefunden. Unterschrieben von einer Lily, der dein Großvater sehr viel bedeutete. Das ist jetzt mein Projekt. Herauszufinden, wer Lily ist.« Obwohl ich mich bemühe, leichthin zu sprechen, als wäre mir Lily nicht wichtig, kann ich in Kyles Gesicht lesen, wie sehr es ihn verwundert, dass ich mich auf so einen vagen Hinweis hin auf die Reise begeben habe.

»Ich habe die Familie gefunden, die Urgroßvater kannte«, sagt er. »Eigentlich hat Laura sie gefunden. Wir wollten dich damit überraschen.«

»Hast du mit ihnen gesprochen?«, frage ich. Meine Stimme zittert vor Aufregung und der Hoffnung, Lily vielleicht auf diesem Weg zu finden. Es musste mit ihr zu tun haben, dass mein Großvater Kyle nach Barcelona schickte. »Wie habt ihr … Wie hat Laura sie gefunden?«

»Es ist nur noch eine Sie.« Gedankenverloren blättert Kyle in *Frühstück bei Tiffany*. »Eine Dame – eine *Senyora*, wie man in Katalonien sagt. Sie ist interessiert, uns kennenzulernen.«

Ich schlucke. Auf einmal kommt mir die Vergangenheit nah. Bisher war meine Suche nach der Lebensgeschichte meines Großvaters abstrakt, sollte erst in Frankfurt beginnen, so dass mir immer noch die Möglichkeit blieb, kurzfristig die Reißleine zu ziehen und alles abzusagen, falls mich der Mut verlassen sollte. Nun auf einmal hat sich die Suche scheinbar verselbständigt und zwingt mich dazu, mich mit ihr zu beschäftigen. Wenn ich jetzt ja sage, kann ich nicht mehr zurück. Bin ich dafür wirklich bereit? Mein Blick fällt auf Charlottes Wochen-Roman, was meine Entscheidung erleichtert.

»Danke. Ich fände es spannend, mit ihr zu reden.« Jetzt, wo die Worte ausgesprochen sind, wo ich nicht mehr flüchten kann, verspüre ich Erleichterung. Ich habe eine Entscheidung getroffen und freue mich sogar ein wenig, mehr über meine Familie herauszufinden. Freue mich, dass Kyle sich für seine Familie interessiert und Nachforschungen anstellte. »Meinst du, wir können sie morgen besuchen?«

Ich habe meiner Mutter einen neuen Wagen gekauft.
Das hat Tante Louise fast umgehauen.

Kapitel 14

Bin ich deiner Ansicht nach Wheeze oder Juts?«, frage ich Charlotte, die ich angerufen habe, weil ich so nervös bin und mich vor dem Treffen mit der Dame aus Barcelona fürchte. So ungern ich es mir selbst eingestehe, ich habe Angst vor dem, was sie mir über meinen Großvater verraten könnte.

Als sie mir den ersten Satz aus Rita Mae Browns *Jacke wie Hose* zumailte, habe ich mich gefreut, weil ich das Buch sehr gern gelesen habe. Nun kann ich es wiederentdecken.

»Gute Frage.« Ein Augenblick des Schweigens, als müsste Charlotte intensiv nachdenken. »Ich glaube, du hast mehr von Wheeze in dir. Oder von Juts. Oder von beiden.«

»Entscheide dich!«

»Nein. Für mich geht es in der Geschichte vor allem um Familienzusammenhalt. Darum, Dinge miteinander zu teilen.«

»Oh«, antworte ich, wieder einmal überrascht davon, wie gut meine Freundin mich kennt. Könnte ich ihr ebenso kluge Tipps geben? »Danke.«

»Ich hoffe, du überraschst mich nicht mehr mit so großen Änderungen. Sonst habe ich mir die Mühe mit den vorbereiteten Umschlägen ganz umsonst gemacht.«

»Keine Sorge. Aber eigentlich musst du Kyle das vorwerfen. Schließlich hat er mir bisher Laura unterschlagen.«

»Grüß die beiden von mir. Genieß Barcelona. Ich möchte Tausende von Fotos von Gaudís Schaffen sehen. Bye.«

»Bye. Grüß Sarah und deine Menagerie von mir.«

Heimweh greift nach mir, nachdem ich den Hörer aufgelegt habe. Was mache ich hier eigentlich? Will ich wirklich und wahrhaftig nach Frankfurt weiterreisen, auf der Jagd nach einem Geheimnis, dessen Auflösung niemandem helfen wird? Ich fühle mich versucht, ins nächstgelegene Reisebüro zu gehen, um meinen Flug umzubuchen. Anstatt Zeit in Frankfurt zu verplempern, könnte ich Charlotte in Berkeley helfen, ihren Laden zu retten.

Aber erst einmal warte ich auf Laura und Kyle, warte angespannt und hoffnungsvoll darauf, dass sie an die Tür zu meinem Zimmer klopfen.

Endlich.

»Vielen Dank.« Ich ziehe Laura in eine Umarmung. »Du ahnst nicht, wie sehr ich mich freue, dass du jemanden gefunden hast, der mir von meiner Familie erzählen kann.«

»Ich hoffe, du denkst nicht, dass ich mich einmischen wollte …« Sie erwidert meine Umarmung etwas zögerlich, als fürchte sie, dass ich ihr ihre Einmischung übelnehmen könnte. »Aber als Kyle mir sagte, dass sein Urgroßvater hier lebte …«

»Deshalb bin ich auch nach Europa gekommen«, antworte ich schnell, um ihr die Sorge zu nehmen, dass sie mich verärgert haben könnte. »Um mehr über meine Familie zu erfahren. Es ist wunderbar, dass ihr beide mir dabei helft.«

Ich strecke meine Hand nach Kyle aus, um ihn mit in unsere Umarmung zu ziehen. Sosehr ich es mir wünschte, ich kann meine Gefühle nicht in Worte fassen, weil ich so viel erklären und entschuldigen müsste. Wieder muss ich erkennen, dass ich meiner Mutter ähnlicher bin, als mir lieb ist. Auch sie spricht nie über Gefühle oder die Vergangenheit oder bittet um Verzeihung. Wenn sie sich entschuldigen will, was selten genug vorkommt, backt sie einen Kuchen oder kocht ein aufwendiges Essen. So wollte ich nie werden und muss ein weiteres Mal erkennen, dass ich auf dem besten Weg dorthin bin.

»Wir müssen los«, bricht Kyle schließlich das Schweigen. »So, wie Laura *Senyora* Ribalta beschrieben hat, sollten wir besser pünktlich sein.«

»Warum?«, frage ich und schaue Laura an. »Wird sie sonst nicht mit uns reden?«

»Das vielleicht schon.« Lauras Lachen klingt nervös. »Aber ... Na, du wirst es gleich sehen. Mir macht sie etwas Angst.«

Obwohl Laura lächelt, spüre ich, dass sie ihre Worte ernst meint, was mich neugierig auf unsere Gesprächspartnerin macht. Was ist das wohl für eine Frau, die einem klugen und mutigen Mädchen wie Laura Angst einjagt? Aber ich frage nicht weiter danach, sondern erkundige mich, wie Laura überhaupt auf *Senyora* Ribalta gestoßen ist. Während der Autofahrt erzählt sie mir die Geschichte.

»Nachdem Kyle von seinem Urgroßvater und dessen Bedingung erzählte, haben wir erst im Telefonbuch nach der Familie gesucht und natürlich niemanden gefunden. Warum ist es niemals einfach?« Sie hebt die Hände in einer Geste, einer Mischung aus Entschuldigung und gespielter Verzweiflung. »Da habe ich mich in Archiven auf die Suche gemacht. So bin ich eben. Wir Historiker können nicht aus unserer Haut.«

»Ich dachte, im Krieg wäre alles zerstört worden?« Erschüttert erkenne ich, wie wenig ich doch über den Krieg und dessen Folgen weiß. In der Schule konzentrierten wir uns auf Pearl Harbor und die Folgen, hörten mit Grauen über den Holocaust, aber der Zweite Weltkrieg blieb stets etwas Abstraktes, etwas, das weit entfernt geschehen war und lange zurücklag. Für Laura hingegen ist der Krieg und die Zeit des Nationalsozialismus viel präsenter, in den Geschichten, die ihre Familie erzählt, aber auch durch ihr Studium. »Es ist mir ja peinlich, aber auf wessen Seite stand Spanien?«

Vor meiner Reise habe ich mir Bücher über den Zweiten Weltkrieg aus der Universitätsbibliothek geholt, um mich ein bisschen vorzubereiten. Allerdings habe ich mich auf Deutschland konzentriert und Spanien vernachlässigt.

»Vorgeblich war Spanien neutral.« Laura stößt ein bitteres Lachen aus. »Aber da Hitler sich in den Spanischen Bürgerkrieg einmischte, unterstützte ihn Franco. Es ist kompliziert.«

»Ich sollte Hemingway lesen«, antworte ich. »Und mich mehr mit Geschichte beschäftigen. Ist Barcelona im Bürgerkrieg zerstört worden?«

So peinlich es ist, über den Spanischen Bürgerkrieg weiß ich nur, dass Hemingway darin kämpfte. Keinem meiner Highschool-Lehrer ist es gelungen, in mir auch nur ansatzweise ein Interesse für die Vergangenheit zu wecken. Doch jetzt, auf der Suche nach der Geschichte meiner Familie, fange ich an, sie spannend zu finden.

»1938 gab es schlimme Kämpfe und schwere Luftangriffe. Auch von Deutschen. Der Legion Condor.« Laura wendet sich mir zu. »Davon hast du bestimmt gehört, weil sie Guernica zerstörten.«

»Ich erinnere mich dunkel. Auch an das Bild von Picasso.« Dann wechsele ich das Thema, weil mich ehrlich interessiert, wie Laura die Frau gefunden hat. »Gibt es noch viel Archivmaterial?«

»Nicht so viel, wie ich mir wünsche.« Erneut wendet sie mir ihr Gesicht zu, lächelt, bevor sie wieder auf die Straße blickt. »Einiges konnte gerettet werden, und seit den 1970er Jahren sammeln Wissenschaftler Zeitzeugenberichte, damit das

Wissen nicht verlorengeht. Das Projekt, an dem ich arbeite, gehört dazu.«

»Aha«, antworte ich, um dann in Gedanken zu versinken. Warum bin ich nie auf die Idee gekommen, meinen Großvater nach seinem Leben zu fragen? Nein, das stimmt nicht. Ich habe mehrfach versucht, mit ihm über Deutschland und seine Emigration zu reden, was mir nicht leichtgefallen ist, weil wir uns nie nahestanden. Jeden Versuch hat er abgewehrt. Nicht harsch oder böse, aber so eindeutig, dass ich Jahre brauchte, bis ich den Mut für einen erneuten Anlauf fand, nur um wieder an der Mauer seines Schweigens zu zerschellen. »Reden die Menschen gern über diese Zeit?«

»Unterschiedlich.« Laura zuckt mit den Schultern, während sie sich auf das Fahren konzentriert. Mich macht der Verkehr nervös, aber sie wirkt gelassen und kompetent. »Viel hängt davon ab, was sie erlebt haben. Je entsetzlicher die Erfahrungen sind, desto geduldiger muss man in den Interviews sein. Wir bemühen uns, respektvoll und achtsam mit unseren Gesprächspartnern umzugehen.«

»Laura ist eine der besten Interviewerinnen«, sagt Kyle mit Stolz in der Stimme. Er beugt sich zu ihr, um ihr über die Wange zu streichen. »Weil sie mitfühlend und beharrlich ist. Und weil sie wirklich interessiert ist an dem, was die Menschen ihr sagen.«

»Ach, hör auf«, wehrt sie ab, aber ich kann hören, wie wichtig ihr das Lob meines Sohns ist, wie viel ihr an seiner Meinung liegt. »Wir haben sehr viele gute Leute. Ich bin stolz, dass ich dabei sein kann.«

Laura erzählt so spannend und liebevoll von ihrem Projekt, dass ich kaum bemerke, wie weit wir gefahren sind, und überrascht bin, als sie abbremst. Das Haus, vor dem wir halten, erinnert an eine feine Dame, die im Alter verarmt ist.

Noch kann man seine Majestät erkennen, aber der Zahn der Zeit hat einige Breschen in seine Schönheit geschlagen. Dennoch bleibt der Eindruck von Grazie und Vornehmheit, den selbst eine ergraute Fassade nicht gänzlich rauben kann. Seine Fassade ist klassischer spanischer Jugendstil, der *Modernisme*, allerdings mit verblassten Farben und großen Stellen, an denen der Putz abbröckelt.

»Steig du aus. Ich suche einen Parkplatz.« Kyle rückt auf den Fahrersitz, nachdem Laura ausgestiegen ist. »Beeilt euch.«

Auch ich steige aus. Dann sind Laura und ich allein und beobachten, wie das Auto die Straße entlangfährt.

»Komm«, sagt sie. »Wir wollen *Senyora* Ribalta nicht warten lassen.«

Nachdem Laura geklingelt hat, öffnet uns eine alte Dame die Tür. Gekleidet in ein schlichtes dunkles Kleid, die blaugetönten Haare zu sanften Wellen gelegt, wirkt sie elegant, aber nicht so respekteinflößend, wie ich es nach Lauras Worten erwartet habe. Ein kritischer Blick mustert uns beide von oben bis unten, so dass ich froh bin, eine Bluse und eine Stoffhose zu tragen anstatt Jeans und T-Shirt wie sonst.

»Bitte folgen Sie mir in den Salon«, sagt die Frau. »Madame wird Sie gleich empfangen.«

Wie peinlich. Das kann auch nur mir passieren, die Haushälterin mit der Dame des Hauses zu verwechseln. Laura grinst. Wahrscheinlich hat sie mir angesehen, wie falsch ich mit meiner Einschätzung gelegen habe. Ohne etwas zu sagen, folgen wir der Frau, die eigentlich schon in Rente sein müsste, in ein großes Zimmer. Sie deutet auf ein zierliches, mit tiefblauem Stoff bespanntes Sofa.

»Bitte, nehmen Sie Platz.« Wenn bereits die Haushälterin so hoheitsvoll wirkt, wie muss ich mir dann die Hausherrin vorstellen? »Wünschen Sie Tee oder Kaffee?«

»Kaffee, bitte«, antworten Laura und ich gleichzeitig, was uns zum Lachen bringt und uns einen bösen Blick der Haushälterin einbringt.

Während wir auf Kaffee oder die Hausherrin warten, schaue ich mich in dem Zimmer um. So habe ich mir einen Salon immer vorgestellt, wenn ich in französischen oder russischen Romanen darüber gelesen habe. Hohe Wände mit hellen Stofftapeten, auf denen sich filigrane Muster ranken, die ich erst auf den zweiten Blick als Vögel und Blumen erkenne. Uns gegenüber steht ein zweites Sofa, ebenfalls mit Stoff bespannt, allerdings in einem hellen Taubenblau. Die Sofas und zwei Stühle, die so zierlich und zerbrechlich wirken, dass ich mich niemals auf sie setzen würde, gruppieren sich um einen niedrigen Tisch, auch er balanciert auf dünnen, gebogenen Beinen. Auf einem niedrigen Sideboard aus dunklem Holz stehen grüne Vasen mit prachtvoller Verzierung. Ich fühle mich wie in einem Museum und wage kaum zu atmen.

»Sehr beeindruckend«, flüstere ich Laura zu. »Man traut sich kaum, laut zu reden.«

Bevor sie antworten kann, öffnet sich die große Tür, und eine kleine Gestalt kommt herein. Bereits nach dem ersten kurzen Blick erkenne ich, warum Laura und Kyle so auf Pünktlichkeit drängten. Obwohl die Frau, deren Gesicht ich im Gegenlicht, das mit ihr ins Zimmer kommt, nicht erkennen kann, zierlich und beinahe zerbrechlich aussieht, ist ihre Körperhaltung so gerade und energisch, dass sie keinen Zweifel daran lässt, dass diese Dame durchsetzungsstark ist. Automatisch erhebe ich mich, um ihr Respekt zu zollen. Aus den Augenwinkeln sehe ich, dass auch Laura aufgestanden ist. Wir wechseln einen schnellen Blick des Einverständnisses, bevor wir unserer Gastgeberin entgegengehen.

Von nahem erinnert sie mich an eine russische Ballerina, schmal, wie sie ist. Auch die Kopfhaltung und der aufrechte Gang lassen vermuten, dass sie eine Tänzerin war. Nein, nicht nur eine einfache Tänzerin, sondern eine Primaballerina.

Bon dia«, sagt sie, während sie sich leicht auf die Zehenspitzen stellt, um Laura zwei Küsschen neben die Wangen zu hauchen. »Erfreut, dich wiederzusehen, meine Liebe. Und Sie sind die Mutter von Lauras Amerikaner?«

Ihr Englisch ist nahezu perfekt, nur mit einem Hauch eines Akzents, der es exotisch wirken lässt.

»Ja. Ich freue mich, dass Sie Zeit für uns haben. Kyle sucht noch einen Parkplatz und freut sich sehr darauf, Sie kennenzulernen.«

Lächelnd hebt sie eine Augenbraue, die so gezupft ist, dass sie wie ein Strich wirkt, den jemand mit einem hauchfeinen Pinsel gezogen hat. Ich betrachte dies als Zeichen ihres Respekts und lächle. Sie antwortet mit einem Kopfnicken und deutet auf das Sofa. Ich setze mich wieder hin, während sie vor mir stehen bleibt. Dieses Spielchen amüsiert mich.

»Sie sind die Enkelin von Alexander?« Mit zwei Fingern greift sie mein Kinn, um meinen Kopf nach rechts und links zu drehen, als wäre ich eine Porzellanpuppe, die sie begutachtet. »Ja, Sie haben seine Augen und seine Nase. Er ist tot, hat Laura gesagt?«

Zu meiner Überraschung klingt ihre Stimme traurig, so dass ich sie erstaunt ansehe. Irre ich mich oder hegte diese unzugänglich wirkende Dame Gefühle für meinen Großvater? So wie Lily, die ihm einen sehnsuchtsvollen Liebesbrief schrieb. Ich schüttele den Kopf, weil es mir so schwerfällt, sich meinen Großvater als Herzensbrecher vorzustellen. Andererseits – durch seine Distanziertheit hat er meiner Großmutter tatsächlich das Herz gebrochen.

»Sie kannten ihn, *Senyora* Ribalta?«, frage ich, was eine dumme Frage ist, weil wir sonst nicht hier wären, aber noch scheint es mir zu früh, nach Lily zu fragen. »Wann war das? Mein Großvater hat nie viel aus seinem Leben erzählt.«

»Nennen Sie mich *Senyora* Isabella.« Ihre Augen werden dunkler, als berge die Erinnerung immer noch Schmerzen. »1933, nachdem Hitler die Macht an sich gerissen hat. Alexander und seine Eltern mussten fliehen. Die Nazis sahen seine Mutter als Halbjüdin an, was ihr Leben gefährdete.«

Meine Kehle fühlt sich wie zugeschnürt an. Selbst mit viel Phantasie kann ich mir nicht vorstellen, was es bedeutet haben muss, um Leib und Leben fürchten zu müssen, die Heimat von einem Tag auf den anderen verlassen zu müssen, nur weil ein Verrückter seine irrigen Vorstellungen durchsetzen wollte.

»Mein Vater und Alexanders Vater waren befreundet.« Sie lächelt, was sie jünger aussehen lässt und mir eine Ahnung vermittelt, wie schön sie früher gewesen sein muss. »Alexander. Er war so … Ich war jung. Fünfzehn Jahre. Nicht mehr Kind, noch nicht Frau, und er war so attraktiv. Groß, dunkel, geheimnisvoll und leidend. Er und seine bissige Katze.«

»Leidend?«, fragen Laura und ich gleichzeitig. Wir sehen uns an und nicken uns zu. Die Tür öffnet sich, und die Haushälterin begleitet Kyle herein, der uns erstaunt ansieht.

Nach einer kurzen Begrüßung erzählt die alte Dame ihre Geschichte weiter.

»Ja, Alexander litt sehr. Unter dem Verlust seiner großen Liebe.« Sie seufzt, als wäre alles erst vor kurzem geschehen und nicht vor mehr als sechzig Jahren. »Ich habe nie erfahren, ob sie in Deutschland zurückblieb oder ob seine Eltern ihn gezwungen haben, sie zu verlassen. Ich weiß nur, dass ich sie damals hasste. Aus tiefstem Herzen. Mit dem intensiven Gefühl, zu dem eine Fünfzehnjährige fähig ist, die von dem Mann, in den sie verliebt ist, zurückgewiesen wird. Wieder und wieder.«

Gerade als ich nach der großen Liebe meines Großvaters fragen will, öffnet sich die Tür erneut. Die Haushälterin bringt Kaffee und Gebäck, was mir Zeit gibt, nachzudenken. Dann komme ich mir etwas albern vor zu erwarten, dass die Frau namens Lily die große Liebe meines Großvaters war. Was für eine naive Vorstellung, dass jemand seine Liebe über sechzig Jahre lang behalten und gepflegt hat. Nur weil mich Charlotte überredet hat, sitze ich in Barcelona und fühle mich von Minute zu Minute lächerlicher. Nun gut, versuche ich, mich zu beruhigen, selbst wenn ich nichts über Lily herausfinde, so erfahre ich mehr über meinen Großvater. Möglicherweise etwas, das mich ihm näherbringt, das mir hilft, ihn zu verstehen. Endlich haben alle Kaffee eingeschenkt bekommen und sich Gebäck genommen. Kyle hat seinen Stuhl nahe ans Sofa gerückt, so dass er Lauras Hand halten kann, wie ich bemerke.

»Nicht, dass Alexander grausam gewesen wäre. Oder abweisend«, fährt *Senyora* Isabella mit ihrer Erzählung fort. »Eher im Gegenteil. Er schenkte mir viel Aufmerksamkeit, interessierte sich für meine Träume und Wünsche. Einer der wenigen Erwachsenen, der einer Fünfzehnjährigen zugestand, dass ihre Ziele nicht nur alberne Hirngespinste waren.«

Als sie spricht, wirkt sie auf einmal, als fiele die Last der Jahre von ihr. Hinter der starken, aufrechten Frau entdecke ich ein schlaksiges, unsicheres Mädchen, das jedes Wort meines Großvaters aufgesogen hat wie die Steppe den Regen nach einer langen Dürre. Nur zu gut verstehe ich sie. So wie jede Frau, die als Teenager unglücklich verliebt war.

»Dass er so freundlich zu mir war, machte alles noch viel, viel schwerer.« Sie seufzt, was sie mit einer eleganten Geste begleitet, die den Seufzer ironisiert. »Mit ihm zu reden und dabei zu wissen, dass es von seiner Seite nie mehr als eine Freundschaft werden würde. Wie habe ich sie gehasst, ohne dass ich sie überhaupt kannte. Lily.«

»Lily?«, frage ich ungläubig. Der erste Gedanke, der mir durch den Kopf schießt, ist, dass Charlotte mir ewig vorhalten wird, dass ihre Einschätzung die richtige war. Sicherheitshalber frage ich noch einmal nach: »Die große Liebe meines Großvaters hieß Lily?«

»Ja.« Geziert trinkt die alte Dame einen Schluck Kaffee, während ich auf ihre Antwort warte. »Er hat auf ein Zeichen von ihr gewartet. Jeden Tag. Ohne eine Nachricht von Lily wollte Alexander nicht aufbrechen, weigerte sich, die Reise nach Amerika anzutreten, sosehr seine Eltern auch darauf beharrten.«

Ich schweige, obwohl so viele Fragen in mir brennen, aber ich will *Senyora* Isabella nicht aus ihren Erinnerungen zerren, da ich fürchte, dass sie sonst etwas Wichtiges vergessen könnte.

»Er muss Lily sehr geliebt haben«, sagt sie nun. Ich spüre das leise Bedauern in ihrer Stimme, weil es ihr nicht gelungen ist, meinen Großvater für sich zu gewinnen. »Obwohl er nur wenig von ihr erzählte, war sie immer anwesend, immer in seinen Gedanken, in seinem Herzen.«

Nur eine katalanische Dame kann so etwas sagen, ohne dass es kitschig klingt.

»Warum ist Lily nicht mit ihm nach Barcelona gereist? Warum ist er nicht bei ihr geblieben?«, stelle ich die Fragen, die mich am meisten beschäftigen. Wenn ihre Liebe so groß war, warum haben sie sich getrennt? »Hat er eine Nachricht von ihr erhalten?«

»Alexander hat mir nie verraten, warum er Lily verlassen hat oder sie ihn. Aber er wartete bis zum Tag der Abreise darauf, dass sie sich meldet.« Sie runzelt die Stirn. »Ich habe mich schon damals gefragt, wie Lily ihn finden sollte. So viele Liebende haben einander in der dunklen Zeit verloren.«

»Wissen Sie, wie Lily mit Nachnamen hieß? Oder wo die beiden sich kennenlernten?«

»Ich kenne sie nur als Lily.« Sie überlegt einen Augenblick. »An der Universität. Denke ich.«

»Dann sollte es nicht so schwer sein, Lily ausfindig zu machen«, sagt Laura. Ich bin ihr wirklich dankbar, dass sie *Senyora* Isabella gefunden hat. »In den 1930er Jahren studierten nicht viele Frauen.«

Meine Aufregung wächst von Minute zu Minute. »Ich danke Ihnen sehr für Ihre Offenheit, *Senyora* Isabella!«

»Das habe ich gern getan.« Ihr Blick wirkt versonnen, als lebte sie mehr in der Erinnerung als im Heute. »Ihr Großvater war ein besonderer Mann, wissen Sie das? Aber warum wollen Sie nach Lily suchen? Schließlich hat sie ihm das Herz gebrochen.«

Kapitel 15

Frankfurt am Main, 11. April 1933

Ich werde morgen früh vor der Bibliothek auf dich warten.« Alexander beugte sich vor, um Lily einen Kuss zu geben, was sie mit einer Hand abwehrte. Was würden ihre Kommilitonen denken, wenn sie sahen, dass Lily und Alexander sich küssten? Obwohl es bereits früher Abend war, gingen etliche Studenten und eine Handvoll Studentinnen auf dem Campus ihrer Wege. »Versprich mir, dass du mich nicht sitzenlässt. Schlimm genug, dass du mich heute Abend allein lässt. Einsam.«

Das letzte Wort deklamierte er und zog es so dramatisch in die Länge, dass Lily lachen musste, obwohl es ihr peinlich war, dass Alexanders Szene so viel Aufmerksamkeit auf sich zog. Einige Studenten waren bereits stehen geblieben, um zu sehen, was sich dort abspielte. Lily schüttelte den Kopf, was Alexander mit einem Lächeln quittierte.

»Du weißt, dass ich noch zu einem Treffen muss. Das habe ich versprochen.« Lily seufzte, als er vor ihr auf die Knie ging, die Hände wie im Gebet erhoben. Sie zog und zerrte an seinem Ellbogen, aber Alexander blieb vor ihr knien, als wollte er ihr einen Antrag machen. »Steh auf. Bitte. Oder ich lasse dich hier stehen. Ja, ich werde zur Bibliothek kommen. Um dort zu lernen.«

»Nicht zu spät«, sagte er, sprang auf und stahl sich einen Abschiedskuss, was die Umstehenden mit Applaus belegten.

Obwohl alles in Lily sich gegen diese öffentliche Zurschaustellung ihrer Gefühle sträubte, konnte sie seinem Kuss nicht widerstehen. »Es ist kühl, und du willst doch nicht, dass ich mir den Tod hole, während ich auf dich warte.«

»Geh!«, scheuchte Lily ihn davon. Sie sah seiner hochgewachsenen Gestalt nach, als er sich unter die Studierenden mischte. Unverkennbar war er – für sie. Unter Hunderten hätte sie ihn erkannt. Seine schlanke Silhouette, seine dunklen, ein wenig zu langen Haare, seine Art, sich zu bewegen. Wie ein Tänzer. Als spürte er ihren Blick, drehte Alexander sich elegant um, um ihr eine Kusshand zuzuwerfen. Ihr Herz tat einen Sprung. Noch immer konnte sie nicht glauben, dass dies wirklich und wahrhaftig geschah, dass sie und Alexander Kirchner seit zwei Monaten miteinander … Ja, was teilten sie? Hatten sie eine Affäre, eine Liebelei, oder war es mehr? Was hatte damals begonnen, nachdem sie gemeinsam das Kätzchen gerettet hatten, das nun bei Alexander lebte. Inzwischen hatte Prinzessin Mäusehaut sich zu einer verwöhnten Diva entwickelt, die in Lily nicht ihre Retterin, sondern eine Konkurrentin um Alexanders Wertschätzung sah. Erst gestern hatte die Katze versucht, auf Lilys Schuhe zu pinkeln, was Alexander im letzten Augenblick hatte verhindern können.

Alexander. Erneut winkte er ihr zu. Lily winkte zurück, unfähig, sich umzudrehen und zu gehen, solange ihr Geliebter zu sehen war. Obwohl er sie erst vor wenigen Augenblicken verlassen hatte, fühlte Lily sich bereits einsam, vermisste die Wärme seiner Stimme, das Glitzern seiner Augen, wenn er wieder etwas ausgeheckt hatte, mit dem er sie überraschen konnte. Was war nur los mit ihr? Wie war es ihm gelungen, sie derart zu verzaubern? Wo sollte das nur enden?

Noch immer war Lily überrumpelt von der Tiefe der Gefühle, die sie mit Alexander verbanden, so dass sie es nicht wagte, ihm diese Fragen zu stellen oder ihre gemeinsame Zukunft zu planen. Als wäre ihre Zukunft planbar, nun, wo die Nationalsozialisten die Macht an sich gerissen hatten und alle, die sie zu politischen Feinden erklärten, mit ihrem Hass und der geballten Staatsgewalt verfolgten. Anfang des Monats hatte die deutsche Studentenschaft zu einer vierwöchigen »Aktion wider den undeutschen Geist« aufgerufen, die morgen beginnen sollte. Lily spürte einen schalen Geschmack im Mund, weil sie sich so entsetzlich hilflos alldem gegenüber fühlte. Ihr Herz wurde schwer, als sie an die Freunde und Kampfgefährten dachte, die nachts aus ihren Betten gerissen und verschleppt worden waren, als gäbe es kein Recht und kein Gesetz mehr, das sie schützen konnte. Wie konnte sie sich Gedanken über eine Zukunft mit Alexander machen, wenn so viel mehr auf dem Spiel stand? Wie konnte sie auf ihrem kleinen Glück bestehen, wenn sie wusste, dass Freunde gefoltert wurden und ihnen der Tod drohte? Wie konnte sie an Liebe denken, wenn die Nationalsozialisten Frankfurt immer mehr beherrschten?

Noch jetzt fühlte Lily sich, als würde ihr jemand die Kehle zudrücken, so dass sie kaum noch Luft bekam, als sie sich an den 23. Februar erinnerte. Den Tag, an dem Alexander sie das zweite Mal geküsst hatte. Und den Tag, an dem Hitler in der Frankfurter Festhalle aufgetreten war. Nicht einmal die Erinnerung an den Kuss konnte sie unbeschwert genießen. Lilys Hand fuhr zu ihrer Kehle, als spürte sie immer noch die Bedrohung, die sie an jenem Tag begleitet hatte. Nicht genug Luft, um frei atmen zu können, aber auch nicht genug Druck, so dass sie in eine erlösende Ohnmacht fliehen konnte. Warum nur hatte sie auch den Weg an der Festhalle entlang gewählt? Nun gut, wenn sie ehrlich war, hatte die Neugier sie getrieben. Lily hatte die Hoffnung nicht aufgeben wollen, dass ihre Frankfurter Mitbürger zur Vernunft kämen und Adolf Hitler die kalte Schulter zeigten. Doch bisher entwickelte sich zu ihrem Schrecken ein anderes Bild. Je näher sie der Festhalle kam, desto mehr Menschen traf sie auf ihrem Weg, bis sie sich von den Braunhemden der SA umzingelt fühlte und nach Atem rang. Bereits jetzt, am frühen Nachmittag, hatten die Nationalsozialisten Massen ihrer Anhänger auffahren lassen, in Lastwagen, die immer noch auf den Veranstaltungsort zuströmten. Doch damit nicht genug, es pilgerten nun Frankfurter Bürger, Männer, Frauen, selbst Kinder, zur Festhalle, als erwartete sie dort ihr Seelenheil. Nein, das konnte sie nicht ertragen. Lily wandte sich um und rannte davon, nur weg von den Menschen, die gekommen waren, um Adolf Hitlers Rede zu hören. Rannte davon, ziellos, wie sie dachte, nur um sich vor Alexanders Haus wiederzufinden.

»Was ist mit dir?«, hatte er gefragt, nachdem er ihrem stürmischen Klingeln geöffnet hatte. »Brauchst du einen Kaffee? Einen Cognac?«

»Kaffee, bitte.«

Obwohl Alexander nicht begreifen konnte, was Lily derart in Angst und Rage versetzt hatte, so fühlte sie sich geborgen, als er ihr Kaffee kochte, eine Stulle schmierte und einfach zuhörte, als die Worte aus ihr hervorbrachen. Schließlich hatte er sie in seine Arme gezogen, ihr Halt gegeben und dann geküsst, was Lily so folgerichtig erschienen war, dass sie überhaupt nicht zweifeln konnte. Doch bald sollten der Alltag und dessen Schrecken sie einholen, bald sollte die Politik sich zwischen sie schieben.

Am Tag der Reichstagswahl, dem 5. März, hatte Lily noch gehofft, dass der gesunde Menschenverstand siegen würde, dass die Menschen nicht weiterhin Adolf Hitler hinterherliefen, als wäre er der Rattenfänger mit einer magischen Flöte, die jeden Verstand ausschaltete. Georg hatte Lily davor gewarnt, in die Innenstadt zu gehen, weil dort SA und SS das Straßenbild beherrschten. Aber sie musste sich mit eigenen Augen davon überzeugen, dass ihre geliebte Heimatstadt verloren war. Dass ihr Frankfurt in die Hände derer gefallen war, die weder vor Terror noch Gewalt zurückschreckten, um ihre Ziele durchzusetzen. Das Ergebnis der Wahl hatte sie zutiefst getroffen, hatte sie in eine Bitterkeit verfallen lassen, deren Mauern selbst Alexander kaum durchbrechen konnte. Den Rest des März hatte Lily alle politischen Versammlungen ausgelassen, sich ins Private geflüchtet, weil sie die Enttäuschung kaum ertragen konnte. Nur zögernd war sie wieder zu ihren Treffen gegangen, hatte Flugblätter geschrieben, um dann auf Vorwürfe und Zorn zu stoßen.

»Seitdem du auf ihn hereingefallen bist, können wir nicht mehr auf dich zählen«, hatte Georg ihr vor ein paar Tagen vorgeworfen, als Lily zu spät zu einer geheimen Versammlung erschienen war. Verspätet, weil sie sich nicht aus Alexanders Armen lösen konnte, weil er sie nicht gehen lassen wollte. »Vielleicht sollten wir besser ganz auf dich verzichten. Wir haben uns Sorgen gemacht, dass sie dich geholt haben und du ...«

Fassungslos vor Wut hatte Georg nicht weitersprechen können. Seine schroffen Worte hatten Lily tief getroffen, weil sie in ihm einen ihrer besten Freunde sah. Georg teilte ihre politischen Ziele, und sie hatte sich bisher stets auf ihn verlassen können. Warum nur war Georg so wütend auf sie?, hatte sie sich gefragt und diese Frage gleich selbst beantwortet. Georg war zu Recht verärgert. Niemals kam er zu spät zu einem ihrer Treffen, niemals ließ er zu, dass seine Gedanken sich von ihrem wichtigen politischen Ziel wegbewegten und auf etwas so Persönliches und – in Georgs Augen – Unwichtiges wie eine Liebe richteten. Nicht Georg hatte sich verändert, sie war es, die in den vergangenen zwei Monaten eine andere geworden war. Schleichend, nach und nach hatte sie zugestimmt, dass Alexander wichtiger und wichtiger wurde und alles andere zurückgetreten war.

Sosehr es Lily schmerzte, es zugeben zu müssen, so sehr erkannte sie, dass in Georgs Vorwürfen ein wahrer Kern verborgen lag. Seitdem sie sich nicht mehr dagegen gewehrt hatte, dass Alexander sich in sie verliebte und sie sich in ihn, teilte sie ihr Leben noch mehr auf als vorher. Auf der einen Seite forderten ihre Familie, ihre Freunde und der politische Kampf Lily und ihre spärliche Zeit. Alexander und ihre Liebe standen auf der anderen Seite und stahlen sich immer wieder in ihre Gedanken, selbst wenn Lily sich bemühte, sich ganz auf ihre politische Arbeit zu konzentrieren. Dazwischen gab es noch das Studium, für das Lily so hart gekämpft hatte und für das sie nun kaum noch Ruhe und Zeit aufwenden konnte.

An manchen Tagen fühlte Lily sich vollkommen zerrissen und erschöpft und wünschte sich nichts sehnlicher, als sich nicht ständig entscheiden zu müssen. Wusste sie doch, dass sie mit jeder Entscheidung jemanden enttäuschte, der ihr wichtig war. Jede gestohlene Minute, die sie mit Alexander verbrachte, erschien ihr wie ein Betrug an ihren politischen Zielen und ihrer Familie, ihren Freunden, die sie ihr Leben lang begleitet hatten. Jede Minute, die sie auf einer Versammlung verbrachte oder mit politischen Aktionen füllte, dachte sie an Alexander und vermisste seine Nähe. Warum nur konnte sie diese beiden Welten nicht miteinander verbinden? Wenn sie sich in einen Genossen verliebt hätte, wie einfach wäre ihr Leben gewesen! Gemeinsam wären sie zu Versammlungen gegangen, gemeinsam hätten sie Aktionen des Widerstands gegen das Unrechtsregime geplant, gemeinsam hätten sie Freunden geholfen, die von Verhaftung und Folter bedroht waren. Stattdessen fand sich Lily zwischen zwei Welten gefangen, keiner ganz zugehörig, aber auch nicht in der Lage, eine von beiden für immer zu verlassen.

Georg und auch Lilys Familie konnten nicht begreifen, warum ihr die Liebe auf einmal wichtig war, und dann noch die Liebe zu einem Bohemien wie Alexander Kirchner, den alle Freunde voller Misstrauen und mit Argusaugen betrachteten. Alexander hingegen konnte oder wollte nur begrenzt verstehen, wie wichtig Lily ihre politische Arbeit war, gerade jetzt, wo das Unrecht an jeder Ecke hervorblitzte und die meisten Menschen die Köpfe einzogen, damit sie nicht darunter leiden mussten.

»Wenn die Zeit wirklich so schlimm ist, wie du meinst, mein Liebes …«, pflegte Alexander zu sagen, wenn Lily mit ihm über Politik sprechen wollte. Manchmal wünschte Lily sich nichts mehr, als ihn zu schütteln, bis er endlich bereit war, zu sehen, wie die Welt um ihn herum sich zum Düsteren veränderte. »Wenn die Zeiten dunkel sind, muss man das Leben erst recht zelebrieren. Niemand weiß, wie viel Glück und Freude uns noch bleibt.«

»Genieße jede Minute« – diesem Motto folgten Alexander und seine Freunde, die Lily inzwischen, wenn auch mit Augenrollen und äußerst zögerlich, als Alexanders Freundin akzeptiert hatten. Alexanders beste Freunde, die schwarzhaarige Louise und der blonde Robert, lächelten sie zwar an, aber Lily meinte auf ihren Gesichtern lesen zu können, wie wenig sie von ihr hielten. Das galt auch umgekehrt. Sowenig wie Lilys Freunde verstehen konnten, warum sie sich – wenn

sie sich schon verliebte – auf Alexander Kirchner eingelassen
hatte, so wenig verstanden Alexanders Freunde, was ihn mit
Lily verband. Insbesondere Louise, deren Mutter – eine
Stummfilm-Liebhaberin – sie nach Louise Brooks genannt
hatte und die darauf bestand, dass man sie Lou nannte, ließ
Lily bei jeder Gelegenheit spüren, dass sie nicht zu ihren
Kreisen gehörte. Geschickt brachte Lou das Gespräch stets
auf ein Theaterstück oder einen Film oder eine Ausstellung
oder ein Buch, von dem sie sicher sein konnte, dass Lily es
nicht gelesen oder gesehen hatte. Lous Lebenszweck schien
es zu sein, Lily vorzuführen, wie wenig diese wusste und wie
wenig sie zu Alexander passte, der sich in der Theater- und
Kunstszene auskannte wie kein Zweiter.

Jedes Mal, wenn sie einen Abend mit Alexanders Kreis verbrachten, fühlte Lily sich unwissend und dumm und schwor
sich, Alexander zu verlassen, weil ihre Liebe keine Zukunft
haben konnte. Sobald sie mit ihm allein war, sobald er ihr
voller Begeisterung von einem Theaterstück erzählte, von
dem sie nie zuvor gehört hatte, oder mit ihr gemeinsam in
eine Kunstausstellung ging und ihr mit so viel Liebe die Bilder nahebringen wollte, dann konnte Lily nicht mit ihm brechen. Dann spürte sie wieder, wie stark ihr Herz für ihn
schlug, wie er eine Saite in ihr zum Klingen brachte, von der
sie bis kurzem noch nicht einmal gewusst hatte, dass es sie in
ihr gab. Wie sollte sie Georg oder ihren Eltern und Großeltern, geschweige denn ihrem Bruder erklären können, was
Alexander für sie bedeutete? Wie sollte sie in Worte fassen,
dass sie nur das Gefühl hatte, ein ganzer Mensch zu sein,
wenn sie mit ihm zusammen war? Dass alle Zweifel und Fragen von ihr abfielen und sie sein konnte, wer sie wirklich war.
Dass die Liebe, die sie in Alexanders Augen sah, sie zu dem
Menschen werden ließ, der seine Liebe verdiente. All dies

spürte Lily, sobald sie mit Alexander zusammen war. Doch sobald seine Freunde dabei waren, verlor sie die Sicherheit, die seine Liebe ihr gab. Sobald Lily allein oder mit ihren Genossen und ihrer Familie zusammen war, krochen die Bedenken auf sie zu wie Gewitterwolken, die einen Sonnentag zerstören wollten.

Ich werde mich von ihm trennen müssen, sagte Lily wieder zu sich selbst, während sie sich beeilte, nach Hause zu kommen. Heute Morgen hatte sie ihrer Mutter versprochen, dass sie zum Abendessen nach Hause käme, bevor sie gemeinsam mit Karl zur Versammlung gehen wollte. Ich muss ihn verlassen, redete sie sich ein, wie so oft in den letzten Tagen und Wochen. Und wie jedes Mal schmerzte der Gedanke sie so sehr, dass sie stehen bleiben musste und eine Hand an ihr Herz legte, das schneller schlug vor Angst, ein Leben ohne Alexander zu führen. Vielleicht, wenn sie sich nur bemühte, es ihnen begreiflich zu machen, wenn sie offen zu ihnen sprechen würde, wenn sie ihnen Alexander so beschriebe, wie sie ihn sah …

Vielleicht würde es Lily dann gelingen, ihren Lieben zu erklären, warum sie weniger Zeit für sie hatte, warum es in ihrem Leben nun etwas gab, was für sie genauso wichtig war wie die Politik.

Ich habe es bisher nicht versucht, erkannte Lily. Es ist meine Schuld, dass alle in Alexander nur den oberflächlichen, verwöhnten Jungen aus gutem Haus sehen, der keinerlei Verständnis für unsere Werte und unsere Arbeit aufbringt. Wie sollen sie mich verstehen und meine Liebe begreifen können, wenn ich schweige, wenn ich Alexander nicht einmal erwähne, sobald ich unter meinen alten Freunden bin? Der Gedanke, dass es in ihrer Hand lag, die unterschiedlichen Welten, in die das Schicksal sie geführt hatte, zu verbinden, beflügelte Lily.

Zum ersten Mal seit langem sah sie ihre Zukunft in einem freundlicheren Licht, erhoffte sich Stärke daraus, ihre Liebe zu Alexander mit ihren Pflichten der Familie und den Freunden gegenüber zu verbinden. Ich werde nicht länger schweigen und vorgeben, dass Alexander zu einer anderen Lily gehört, einer Lily, die nicht politisch aktiv ist, sondern ihrem Gefühl folgt. Wenn sie es nicht verstehen wollen oder können, ist es ihre Schuld, ihr Versagen, aber ich habe wenigstens alles mir Mögliche versucht, sagte sie sich.

Gab es eine bessere Gelegenheit, ihre neue Erkenntnis in die Tat umzusetzen, als den heutigen Abend? Noch lief Lilys Herz über voller Freude über den wunderbaren Nachmittag, den Alexander und sie in der Ausstellung im Städel-Museum verbracht hatten. Alexander hatte ihr sein Lieblingsbild gezeigt – *Das Nizza in Frankfurt am Main*. Auch wenn sie das Gemälde von Max Beckmann ebenfalls mochte, konnte Lily sich stundenlang den *Weißen Hund* von Franz Marc ansehen, der wiederum Alexander nicht ganz so gut gefiel. Die Diskussion, die sich zwischen ihnen entspann, hatte Alexander mit einem Kuss beendet, was Lily erst verärgert, dann jedoch gefreut hatte. Selbst die Braunhemden, die vor dem Museum gestanden und etwas von entarteter Kunst geschrien hatten, hatten Lily den Nachmittag nicht verderben können. Das musste ihre Familie doch verstehen können, vor allem, da Alexander sich nicht gescheut hatte, den Nationalsozialisten entgegenzutreten.

»Um etwas als entartete Kunst bezeichnen zu können, müssten sie erst einmal verstehen, was Kunst überhaupt ist«, hatte ihr Geliebter sich dem schreienden Mob entgegengestellt, was die Braunhemden so verwundert hatte, dass sie Lily und Alexander ziehen ließen.

»Bitte, bring dich nie wieder derart in Gefahr«, hatte Lily ihm zugeflüstert, nachdem sie in der Sicherheit des Museums verschwunden waren. »Ich habe Männer wie diese schon oft erlebt. Sie schrecken vor Gewalt nicht zurück.«

»Nein.« Alexander hatte den Kopf geschüttelt. Zorn hatte seine ebenmäßigen Züge verdunkelt. »Wie können sie es nur wagen, Kunst als entartet zu bezeichnen?«

Mit dieser Frage schloss Lily ihre Geschichte, die sie begonnen hatte, nachdem sie ihrer Mutter geholfen hatte, das Essen – Pellkartoffeln mit Leinöl – auf den Tisch zu bringen. Erwartungsvoll schaute sie in die Gesichter ihrer Lieben, erhoffte sich Zustimmung für Alexander und dessen Mut, aber ihre Eltern und auch ihre Großmutter schwiegen.

Nur Karl, der das Gesicht voller Ekel verzogen hatte, öffnete den Mund. »Während wir arbeiten, verbringst du deine Nachmittage also im Museum. Vertrödelst deine Zeit wie eine vornehme Dame.«

»Nein.« Lilys Augen füllten sich mit Tränen, weil sie sich diesem unerwarteten Angriff hilflos ausgeliefert fühlte. »So ist das nicht. Alexander sagt …«

»›Alexander sagt, Alexander sagt‹«, äffte ihr Bruder sie bösartig nach. »Was der Herr von sich gibt, ist dir wohl wichtiger als alles, was wir reden. Wir sind ja nur hart arbeitende Menschen, nicht solche … solche Parasiten wie dein Alexander.«

»Karl«, mischte sich Lilys Vater ein. »Mäßige dich.«

»Ich wusste von Beginn an, dass du uns verraten wirst.« Karl stand auf, sein Gesicht rot vor Zorn. Nahe kam er an Lilys Gesicht heran, so dass sie die unbeherrschte Wut in seinen Augen erkennen konnte. »Unsere Eltern hätten nie erlauben sollen, dass du studierst.«

»Karl!« Nun sprang auch Gottfried auf. Obwohl seine Stimme ruhig blieb, konnte Lily erkennen, dass ihr Vater nicht bereit war, ihren Bruder mit diesen bösen Worten davonkommen zu lassen. »Du entschuldigst dich bei Lily.«

173

»Eher friert die Hölle zu.« Karl stieß den Stuhl so heftig zur
Seite, dass dieser umfiel. »Wartet bei der Versammlung nicht
auf mich.«

»Ich ... Es tut mir leid«, stammelte Lily, nachdem ihr Bruder
türenschlagend die Wohnung verlassen hatte. »Das wollte ich
nicht. Ich ... ich wollte doch nur, dass ihr wisst, wie wichtig
Alexander mir ist.«

»Komm, hilf mir«, sagte ihre Mutter, nachdem sie aufgestanden war, um den Tisch abzuräumen.

Lilys Vater und Oma Alwine nutzten die Gelegenheit, um
vor die Tür zu gehen, wo sie gemeinsam eine Zigarette rauchten, so dass Lily mit ihrer Mutter allein blieb.

»Was habe ich falsch gemacht?«, fragte Lily kleinlaut und
kämpfte immer noch gegen die Tränen an. »Ich will mich
nicht zwischen euch entscheiden müssen.«

»Kind, wenn du ihn liebst, dann halte dich daran fest«, sagte
ihre Mutter zu Lily. »Es gibt wenig Gutes in dieser Zeit. Lass
es dir nicht nehmen.«

»Danke.« Lily umarmte ihre Mutter, dankbar dafür, dass we-
nigstens ein Mensch, den sie liebte, sie zu verstehen schien.
Doch etwas wollte ihr nicht aus dem Kopf gehen. Etwas, das
Georg vor wenigen Tagen zu ihr gesagt hatte. »Es gibt kein
Recht auf persönliches Glück, Lily. Nicht jetzt. Nicht in die-
ser dunklen Zeit. Und wenn du auch nur ein bisschen die
Frau bist, die ich zu kennen meinte, wirst das auch du einse-
hen.«

Kapitel 16

Frankfurt am Main, 5. Mai 1933

Lily, wir brauchen dich.« Paul Stunz, der immer einge-
fallener und düsterer wirkte, seitdem die Nationalsozialisten seinen Zwillingsbruder verhaftet hatten, schaute
Lily drängend an. Seine Augen glänzten fiebrig. Dunkle
Schatten umrahmten sie und ließen ihn um Jahre gealtert aussehen. »Oder kann mer nicht mehr uff dich zähle, seitdem du
diesen vornehmen Freund hast?«

»Paul!« Georgs Stimme klang scharf. Er trat neben Lily, als
ob er sie gegen jeden Angriff beschützen wollte, was Lily
freute. Trotz seiner Vorbehalte gegen Alexander stand Georg
wohl noch auf ihrer Seite. Gleichzeitig spürte sie eine
Aufwallung von Ärger, weil Georg meinte, dass sie ihre
Kämpfe nicht allein ausfechten könnte, als wäre sie ein
schwaches Mädchen, das männliche Hilfe benötigte. »Paul!
Lily können wir immer vertrauen. Sie wird uns niemals verraten.«

»Was soll ich tun?«, fragte Lily brüsk und trat zwischen die
beiden Männer, die sich mit geballten Fäusten gegenüberstanden wie zwei Hähne, deren Kämme kampfeslustig ge-
schwollen waren. »Wäre es nicht klüger, ihr spart eure Kraft
für den Kampf gegen die wahren Feinde?«

»Tut mir leid.« Paul strich sich eine dunkle Haarsträhne aus
der Stirn, die ihm wieder ins Gesicht fiel. »Lily, es ... es ...«

175

»Schon gut«, unterbrach sie ihn, um ihm die Schmach einer weiteren Entschuldigung zu ersparen. Ihr Mitgefühl ließ nicht zu, dass Paul sich vor ihr erniedrigte. Wie furchtbar musste es für ihn sein, dass die Familie immer noch nichts von Werner gehört hatte und jeder das Schlimmste annahm, ohne es auszusprechen. »Gibt es irgendeine Nachricht?«

»Nein.« Pauls Augen glänzten verdächtig, bevor er sich abwandte. »Wir wissen nichts. Das Einzige, was hilft, ist unser Kampf.«

»Sag mir, was ich tun soll. Ich bin auf jeden Fall dabei.« Lily legte ihm eine Hand auf den Arm. Mehr konnte und wollte sie nicht sagen, um Paul nicht in Verlegenheit zu bringen. Jedes Wort schien ihr schal und leer und konnte nicht ausdrücken, was sie empfand. Wenn Alexander nur begreifen könnte, welche Risiken Lilys Freunde eingingen, um für ihre Ziele zu kämpfen. Noch hoffte sie, dass er ihr eines Tages zur Seite stehen würde. »Was plant ihr?«

»Den Liebespaar-Koffer.« Paul, der sich inzwischen wieder gefangen hatte, drehte sich zu Lily um, auf seinem Gesicht ein schräges Lächeln, das jedoch seine Augen nicht erreichte. »Dafür brauchen wir jede Frau, die wir finden können.«

»Liebespaar-Koffer?« Lily wollte sich nicht anmerken lassen, dass sie davon noch nie gehört hatte. Außerdem zweifelte sie daran, dass Alexander begeistert wäre, wenn sie ihm erzählte, dass sie Teil eines Liebespaars sein würde. Aber damit müsste er sich abfinden. Wenn er Lily wirklich liebte, musste er akzeptieren, dass sie Opfer für den politischen Kampf brachte. »Was ist meine Aufgabe?«

»Eine geniale Idee.« Langsam kehrte das Leben in Pauls Stimme zurück. »Ein Koffer-Stempel. Wenn das Liebespaar ihn auf dem Boden absetzt, stempelt er ›Nieder mit Hitler‹ auf den Asphalt. Die Farbe ist sehr beständig.«

»Wie funktioniert das?«, fragte Lily, immer wissbegierig.
»Mit Stempelfarbe?«

»Mit Silbernitrat. Man sieht es erst, wenn Sonnenlicht darauf
scheint.« Zum ersten Mal seit langem erschien ein echtes Lächeln auf Pauls Gesicht. »Wir haben Buchstaben aus Schaumstoff ausgeschnitten und unter den Koffer geklebt.«

»Natürlich in Spiegelschrift«, mischte sich Georg ein, als
wollte er Lily auf seinen Anteil an der Aktion hinweisen.
»Sonst könnte man es ja nicht lesen.«

»Warum Paare?«, lautete Lilys nächste Frage. »Sind zwei
Menschen nicht zu auffällig?«

Paul schüttelte den Kopf. »Wir haben es ausprobiert. Wenn
es eine Frau allein ist, kommt garantiert immer jemand, um
ihr den schweren Koffer zu tragen.«

»Es gibt zu viele Kavaliere in Deutschland«, sagte Lily mit
einem Lächeln. »Aber nur dann, wenn man sie nicht brauchen kann.«

»Ein Mann allein, der seinen Koffer abstellt, erregt sofort
Misstrauen«, ergänzte Georg, der zornig wirkte, wie so oft in
letzter Zeit. Was ihrem Freund wohl über die Leber gelaufen
war, fragte sich Lily, aber wagte nicht, mit Georg zu reden,
weil er sicher nur gegen Alexander wetterte.

»Denunzianten gibt es noch mehr als Kavaliere.« Paul sah
derart müde und traurig aus, dass Lily ihm tröstend über den
Arm strich. Er nickte ihr zu. »Aber ein engumschlungenes
Paar, das immer wieder stehen bleibt, um sich zu küssen …«

»Das kann jeder verstehen und sieht darüber hinweg.« Lily
nickte. Immer wieder überraschte es sie, auf was für ausgefal-
lene Ideen die Widerstandskämpfer kamen, um der wachsenden Bedrohung durch die Nationalsozialisten ein Schnipp-
chen zu schlagen. »Wann geht es los? Gehe ich mit dir oder
mit Georg?«

»Mit keinem von uns beiden. Wir stehen zu sehr unter Beobachtung.« Pauls Stimme klang wieder flacher, als erinnerte er sich an die Schrecken, die sein Leben heimsuchten. »Für dich habbe wir eine blonde Perücke, damit man dich net erkennt. Außerdem, du weißt ja, von Frauen hält sie net so viel.«

Lily nickte. Dem Widerstand kam entgegen, dass die Nationalsozialisten sich nicht vorstellen konnten, dass Frauen dort eine zentrale Rolle spielten. So gelang es Kämpferinnen, Erfolge zu erzielen, die Männern kaum möglich gewesen wären. Wie Johanna Kirchner, die Mitgliedskarten der Frankfurter Gewerkschaft in ihrer Kleidung versteckt und so an den Braunhemden vorbeigeschmuggelt hatte. Viele Menschen hatte sie dadurch vor dem Zugriff der Nationalsozialisten gerettet.

»Wer ist es?«, fragte sie mit einem nervösen Lachen. Die Vorstellung, mit einem unbekannten Mann das Risiko auf sich zu nehmen, ›Nieder mit Hitler‹ auf die Straßen Frankfurts zu stempeln, gefiel ihr nicht. Noch weniger schätzte sie den Gedanken, dass sie einen Fremden umarmen und küssen sollte. »Ich könnte Alexander fragen.«

»Nein!«, antwortete Georg mit einer derartigen Vehemenz, dass Lily zurückzuckte. Auch Paul Stunz schaute Georg verwundert an. »Nein. Wir brauchen jemanden, dem wir vertrauen können.«

»*Ich* vertraue Alexander.« Lily schob das Kinn vor und hob den Kopf an, bereit, für ihren Geliebten den Streit mit Georg zu suchen. Ältester Freund hin oder her. »Und du hast keinerlei Anlass, an ihm zu zweifeln. Gibt es etwas, das du mir sagen willst?«

»Es ist zu riskant«, antwortete Georg, sichtlich bemüht, seinen Zorn zu zügeln. »Du brauchst jemand an deiner Seite, der die Aktion kennt und weiß, worauf er achten muss.«

»Ja«, stimmte Paul ihm zu. Wieder strich er sich die Haarsträhne aus der Stirn, was Lily rührte, weil ihr die Geste so seltsam vertraut und gleichzeitig fremd war. Nach einigem Überlegen erkannte sie, weshalb. Paul hatte die Haare kurz getragen, während sie Werner in die Stirn gehangen hatten. Nun sah es aus, als hätte Paul die Frisur und auch die Geste seines Bruders übernommen, um die Erinnerung an Werner am Leben zu erhalten. Der Gedanke schnitt ihr ins Herz. »Lily. Es ist net ungefährlich. Für euch beide.«

»Ich weiß. Wo treffen wir uns?« Nach außen gab sie vor, ganz ruhig zu sein, aber ihr Herz schlug heftig. Mit der Zunge befeuchtete Lily ihre trockenen Lippen. Blieb ihr noch die Zeit, sich mit Alexander zu treffen, bevor sie sich mit dem ihr unbekannten Mann auf die Straßen Frankfurts begab? Würde sie ihrem Geliebten gegenüber schweigen können? »Passt jemand auf uns auf?«

»Ich werde Schmiere stehen.« Paul versuchte ein ermutigendes Lächeln, aber er brachte nur eine traurige Grimasse zustande, die Lily an den einzigen Zirkusbesuch ihres Lebens erinnerte, bei dem sie über die Clowns nicht lachen konnte, weil einer von ihnen furchtbar traurig schaute. »Wir treffe uns um sieben Uhr am Steinweg. In unserer Gaststätte. Zieh dir am besten einen dunklen Mantel an.«

»Ich habe nur einen Mantel«, antwortete sie. Eine letzte Frage blieb noch. »Wohin sollen wir gehen?«

»Über den Eisernen Steg. Dort hält die Farbe am längsten, und viele Menschen werden sie sehen.«

»Gut. Dann sehen wir uns in zwei Stunden.« Lily nickte zum Abschied.

»Ich begleite dich nach Hause.« Georg wollte sich bei Lily unterhaken, aber sie wehrte ihn mit einem Kopfschütteln ab. Er sollte nicht wissen, dass sie die verbleibende Zeit mit Alexander verbringen wollte.

»Danke, aber ich muss noch in die Bibliothek.« Die Lüge ging ihr zu glatt von den Lippen. Lily schämte sich, als Georg sie arglos anlächelte. Vom schlechten Gewissen getrieben umarmte sie ihn schnell, was sein Gesicht erhellte. »Wir sehen uns später.«

Angetrieben von Sehnsucht und dem Wunsch, Alexander zu umarmen, eilte sie durch die Straßen Frankfurts. Bald ärgerte sie sich, dass aus immer mehr Fenstern die Fahnen der Nationalsozialisten im Wind flatterten. So, wie sie sich am 1. Mai geärgert hatte, als sie viele bekannte Gesichter in der großen Mai-Demonstration der Nationalsozialisten hatte entdecken müssen. Genossen und Freunde, die sich überraschend auf die Seite der Braunhemden geschlagen hatten.

Wie konnte es sein, fragte sich Lily, dass die Bäume blühten und die Vögel sangen, als wäre es ein Jahr wie jedes andere, als hätte die Welt sich nicht auf einen Schlag geändert und wäre ein düsterer Ort geworden? Aber ging es ihr nicht ähnlich, fühlte sie sich nicht frei und so glücklich, seit sie Alexander liebte? Gelang es ihr nicht auch, in den Momenten des Glücks die Welt draußen zu vergessen – und wäre es nur für einige wenige gestohlene Stunden? Der Gedanke an ihren Geliebten ließ sie laut auflachen, was ihr einige verwunderte Blicke einbrachte, die jedoch an Lily abperlten. Zu sehr floss ihr Herz über bei dem Gedanken, sich Zeit für einen Nachmittag mit Alexander stehlen zu können.

Als sie am Zeitungskiosk vorbeikam, überlegte Lily, ob sie es sich leisten könnte, die *Volksstimme* und die *Frankfurter Zeitung* zu kaufen, oder ob sie, so wie jeden Tag, die Zeitungen in der Bibliothek lesen sollte. In letzter Zeit hatte sie oft warten müssen, bis andere Studenten die Zeitungen gelesen hatten. So hatte sie kostbare Zeit vergeudet, die sie lieber mit Alexander verbracht hätte. Er hatte ihr angeboten, die

Zeitungen für sie zu kaufen, aber das ließ Lilys Stolz nicht zu. Als sie auf den Kiosk zusteuerte, fiel ihr Blick auf den *Frankfurter Beobachter*, die – wie er selbst behauptete – einzige nicht dem Kapital dienende Zeitung Frankfurts. Das Wochenblatt der Nationalsozialisten. Nein, einem Kiosk, der dieses Schundblatt vertrieb, würde sie ihr mühsam erarbeitetes Geld nicht in den Rachen werfen. Ein Blick auf die Uhr zeigte Lily, dass keine Zeit mehr für die Bibliothek blieb. Also würde sie heute keine Zeitung lesen, nur damit sie jede Minute mit ihrem Geliebten nutzen könnte. Ohnehin gab es nur Nachrichten, die Lily die Stimmung verderben würden.

»Wo sind deine Gedanken?« Alexander, dessen Finger über Lilys nackten Rücken streichelten, musterte sie mit gespielt ernster Miene. »Langweile ich dich bereits?«

»Nein.« Lily beugte sich vor, um ihm einen Kuss zu geben. Dabei geriet das hellblaue Seidenlaken in Unruhe und rutschte von ihrem Körper. Noch vor kurzem hätte sie panisch danach gegriffen, um ihre Nacktheit zu bedecken, doch durch Alexanders Liebe fühlte sie sich schön und in seiner Gegenwart beschützt und geborgen. »Du könntest mich niemals langweilen.«

Sie schauderte, nicht, weil es in dem durch einen Ofen geheizten Zimmer kalt war, sondern weil sie an die Aufgabe dachte, der sie entgegensah. Für die Momente des Glücks, die ihr die Liebe zu Alexander brachte, hatte sie vergessen können, was sie erwartete. Doch nun war der Abend in das Zimmer getreten wie ein ungebetener Gast, der Lily daran erinnerte, dass sie nicht wirklich frei war und allein ihrem Herzen folgen konnte. Sondern dass sie Verpflichtungen eingegangen war, die sie von Alexanders Seite zerrten. Er sah ihr

Schaudern und griff nach dem Laken, um Lily zu bedecken, doch sie wehrte ab und setzte sich auf.

»Ich muss gehen.« Ein letztes Mal beugte sie sich zu ihm, um in einem Kuss zu versinken, bevor die Pflicht sie rief. »Auch wenn ich es mir anders wünschte.«

»Dann bleib.« Fest hielt er sie in seinen Armen, sanft strichen seine Lippen über ihr Haar, ein Hauch nur, aber dennoch spürbar. »Vergiss die Uni, vergiss deine Familie, lass uns heute nur an uns denken. Lass uns essen und trinken und uns lieben.«

Einen Moment lang fühlte Lily sich versucht, seinem Vorschlag zu folgen, alles zu vergessen, was noch zu ihrem Leben gehörte. Einfach die Liebe zu leben, ohne sich von anderen Menschen oder Verbindlichkeiten ablenken zu lassen. Ein Abend mit Alexander. Ein Abend mit blutrotem Wein und voller Zärtlichkeit – wie verführerisch der Gedanke sich in Lilys Kopf festsetzte, auf sie einflüsterte, sie zu überreden versuchte.

»Ich kann nicht«, flüsterte sie, mehr um sich als um Alexander zu überzeugen. »Ich muss gehen.«

»Dann verrate mir wenigstens, mit wem ich dich teilen muss«, sagte er leichthin, aber Lily kannte ihn gut genug, um die Ernsthaftigkeit zu erkennen, die sich hinter seinen Worten verbarg. »Wer ist so wichtig, dass du einen Abend mit Wein und Brot und mir ausschlägst?«

Sie schwieg, überlegte, ob sie ihm die Wahrheit sagen durfte, ohne ihren Auftrag zu gefährden. Ihren Geliebten zu belügen, um ihre Freunde und ihre politische Arbeit zu beschützen, erschien Lily falsch, als erster Schritt auf einen Weg, der Alexander und sie letztlich trennen würde, weil sie das Vertrauen ineinander verlieren würden. Getrennt durch Notlügen, Halbwahrheiten und den Wunsch, es beiden Seiten ihres Lebens recht machen zu wollen. Nein, das durfte nicht geschehen. Auch wenn Georg und Paul nicht glaubten, dass Alexander jemand war, der ihr Vertrauen verdiente, Lily war sich sicher, dass sie ihm alles sagen konnte, ohne dass er sie verraten würde.

»Paul hat mich gebeten, ihnen heute Nacht zu helfen«, antwortete Lily, bemüht, ihre Stimme ruhig zu halten, als hätte Paul sie nur um Unterstützung für etwas Harmloses gefragt und nicht um ihre Hilfe bei einer Aktion, die sie alle ins Gefängnis bringen konnte. »Etwas Wichtiges. Ich konnte nicht nein sagen.«

Sie löste sich aus seinen Armen, um mit den Zehen nach ihrer Unterwäsche zu angeln, die vor dem Bett lag, eilig dorthin geworfen, nachdem Alexander sie Lily vom Körper gestreift hatte. Lily beugte sich vor, um einen Strumpf zu finden, der unter dem Bett gelandet war, was ihr nur recht war, da sie so seinen Blick meiden konnte. Prinzessin Mäusehaut funkelte Lily aus der Sicherheit ihres Verstecks an. Lily griff vorsichtig nach dem Strumpf, skeptisch, ob die Katze ihn zerfetzt hätte. Schließlich konnte sie nicht länger vorgeben, ihre Kleidung zu suchen, richtete sich auf und sah Alexander an.

»Was ist es?« Sein Gesicht war bleich; in seinen Augen meinte Lily Sorge lesen zu können. »Bitte, Lily, bitte, schließ mich nicht aus deinem Leben aus.«

Er wirkte so gequält, dass sie sich wieder aufs Bett setzte und eine Hand an seine Wange legte. Er drückte sich an sie, legte seine Hand über ihre und sah sie flehend an. »Geht es wieder um Flugblätter? Bitte, sag mir die Wahrheit.«

»Nein. Keine Flugblätter.« Lily zog ihre Hand zurück, um ihre Haare aufzustecken. Noch immer vermochte sie Alexander nicht in die Augen zu sehen. Zu gut wusste sie, dass er ihre Aktion niemals gutheißen würde. Auch wenn Alexander

der festen Überzeugung war, dass die Braunhemden sich nicht lange halten würden, so war er doch klug genug, die Gefahren zu erkennen, die ihre wachsende Präsenz in der Stadt mit sich brachte. Schon mehrfach hatte er sie gebeten, vorsichtiger zu sein.

»Gib auf dich acht, weil ich dich brauche«, hatte Alexander gesagt, was ein Lächeln auf Lilys Gesicht zauberte. Noch nie hatte sie jemandem so viel bedeutet. Trotz alledem konnte sie ihre Freunde nicht im Stich lassen, konnte ihnen und ihrer gemeinsamen Sache nicht die Treue brechen. So viele Jahre hatten sie für eine gerechtere Welt gekämpft.

»Lily?« Alexander strich ihr die Haarsträhne, die sich wieder einmal vorwitzig aus Lilys Frisur gelöst hatte, hinter das Ohr. »Bitte, wenn du willst, komme ich mit dir.«

»Das habe ich bereits vorgeschlagen.« Sie lächelte und konnte nur hoffen, dass er nicht darauf bestünde, sie zu begleiten.

»Aber unsere Aktion erfordert jemand mit Erfahrung.«

»Was ist es? Ist es sehr gefährlich?«

»Heutzutage ist alles gefährlich«, wiegelte sie ab, wobei sie sich sofort dafür schämte, ihren Liebsten mit einer Plattitüde abspeisen zu wollen. »Ich weiß es nicht. Wenn wir Glück haben, ist es ganz einfach.«

Mit dürren Worten beschrieb sie ihm den Plan, darauf bedacht, die mögliche Bedrohung herunterzuspielen.

»Wer wird der Mann an deiner Seite sein? Vertraust du ihm?« Zu Lilys Erleichterung klang keine Eifersucht aus Alexanders Stimme, nur Sorge um ihre Sicherheit. »Ich könnte euch helfen.«

»Danke. Es wird alles gutgehen. Georg und Paul würden mich nie einer Gefahr aussetzen, die ich nicht bewältigen kann.« Sie schloss den letzten Knopf an ihrer Bluse und zog sich die Jacke über. »Ich muss los.«

Überraschend griff er nach ihr, zog sie wieder zu sich aufs Bett und küsste sie. Hart und fordernd, nicht sanft und zärtlich, wie sie es kannte. Erst versuchte Lily, sich aus Alexanders Umarmung zu befreien, doch dann gab sie seinem Kuss nach, erwiderte ihn mit mehr Kraft und Wildheit, als sie von sich je erwartet hätte.

»Bitte. Ich bin um sieben Uhr verabredet«, zog sie sich schwer atmend aus seinen Armen. »Bis zum Steinweg ist es ein Stück zu laufen. Wir sehen uns morgen.«

»Ja«, antwortete er, ein Glitzern in den Augen, das Lily nicht zu deuten wusste. »Ich warte auf dich. Jeden Tag.«

Es war einmal ein alter Mann, der allein in einem kleinen Boot im Golfstrom fischte, und er war jetzt vierundachtzig Tage hintereinander hinausgefahren, ohne einen Fisch zu fangen.

Kapitel 17

Ich mag Frankfurt«, sagte Laura, nachdem ich sie und Kyle in die Kleinmarkthalle eingeladen habe. »Es ist weltstädtisch und gleichzeitig überschaubar.«

»So vielfältig«, ergänzt Kyle. »Ich würde mir heute Nachmittag gern das Deutsche Architekturmuseum oder den Maintower ansehen. Kommt ihr mit?«

Ihm als Architekturstudenten hat es besonders das Bankenviertel mit seinen Hochhäusern und modernen Gebäuden angetan, während Laura und ich uns mehr für die Zeugnisse der Vergangenheit interessieren. Vom Frankfurter Römer, diesem Nachbau einer vergangenen Epoche, sind wir alle drei enttäuscht, er erinnert uns an Disneyland in seiner künstlichen Pracht. Aber vielleicht liegt es auch daran, dass ich inzwischen die Hoffnung aufgegeben habe, meine Suche zu einem guten Ende zu bringen.

»Nur schade, dass so viel von Frankfurt im Krieg zerstört wurde.« Ein wenig enttäuscht bin ich schon, dass nur wenige Spuren der Vergangenheit zu finden sind. In den vergangenen vier Tagen sind wir zu dritt an den unterschiedlichsten Orten gewesen, die uns auf die Fährte von Lily bringen sollten, aber leider kein Ergebnis brachten. »Zu ärgerlich, dass das Universitätsarchiv uns nicht helfen konnte.«

»Wir finden schon noch heraus, wer Lily war.« Kyle drückt mich und zwinkert mir aufmunternd zu. »Ein bisschen Geduld gehört zur Erforschung der Vergangenheit hinzu. Wir suchen heute einfach weiter. Jeder Mensch hinterlässt eine Spur.«

»Nein, schau du dir an, was du sehen möchtest. Ich gehe ins Hotel.« Ich bemühe mich um ein Lächeln, das aber eher kläglich ausfällt, wenn ich Kyles und Lauras Mienen richtig deute.

Ja, mir mangelt es an Geduld und Ruhe. Nachdem wir in Barcelona einen großen Schritt weitergekommen sind, habe ich gehofft, dass wir in Frankfurt sofort auf Lilys Spuren stoßen. Stattdessen sind wir von einer Sackgasse in die nächste geraten. Die Universitätsarchive sind unvollständig. Entweder im Krieg zerstört oder nach der Machtergreifung durch die Nationalsozialisten vernichtet. Vielleicht war ich zu naiv in meiner Erwartung, dass ich in Deutschland nur in ein Archiv spazieren muss und sofort die Geschichte erfahre, die sich hinter Lilys Brief und ihrer Liebe zu meinem Großvater verbirgt. Aber dass wir so gar keinen Schritt weitergekommen sind, trifft mich sehr. Die Zeit läuft uns davon. Laura und Kyle können nur noch zwei Tage bleiben, dann müssen sie nach Barcelona zurückkehren. Und ich bin nicht sicher, ob ich allein den Mut haben werde, weiter nach meinem Großvater und seiner großen Liebe zu suchen.

Im Hotel reicht mir der Portier einen Zettel. Charlotte hat angerufen und bittet um meinen Rückruf. Nachdem ich mir einen Cappuccino geholt und meine Schuhe und die elegante Hose gegen etwas Bequemeres getauscht habe, wähle ich ihre Nummer. An die Kosten will ich nicht denken, weil ich jetzt den Trost meiner besten Freundin benötige.

Nachdem sie mir gesagt hat, wie es um *Books Charlotte loves* steht – leider ist noch immer keine Besserung in Sicht –, bringe ich sie auf den neuesten Stand, was meine Suche angeht.

»Gar nichts. Überhaupt nichts. Absolut nichts«, fasse ich die Ergebnisse meiner Anstrengungen für sie zusammen. Obwohl ich mich bemühe, positiv zu denken, kann ich meinen Frust nicht zurückhalten. »Wenn Kyle und Laura abreisen, komme ich zurück nach Hause.«

»Du wirst ja wohl so kurz vor dem Ziel nicht aufgeben!«, ruft Charlotte. »Hast du ernsthaft erwartet, dass gleich die erste Spur zur Lösung aller Rätsel führt? Das klappt höchstens im Kino.«

»Ja, schon. Aber ich fühle mich, als sollte ich den Kilimandscharo besteigen, ohne die richtige Ausrüstung dabeizuhaben.«

»Ah, du hast Hemingway erkannt.« Ich kann das Lächeln in Charlottes Stimme förmlich sehen. Ihr scheint es einen Heidenspaß zu machen, sich die Bücher für mich auszusuchen. Nur jemand, der Literatur wirklich liebt, kann so viel Freude darin finden. Umso bitterer ist es, dass sie ihren Buchladen verlieren wird, wenn nicht von irgendwoher Geld kommt. Und den Glauben an Wunder habe ich verloren. »Was meinst du, warum ich dir gerade *Der alte Mann und das Meer* geschickt habe?«

»Das erinnert jetzt sehr an die Universität, meinst du nicht?«, frage ich mit sanftem Spott, weil ich weiß, dass Charlotte mich versteht. Wir beide haben es im Studium gehasst, wenn die Frage gestellt wurde, was uns der Autor sagen wollte. Aber um sie und mich von unseren Sorgen abzulenken, gehe ich auf das Spiel ein. »Dir geht es eher nicht um den Kampf des Menschen gegen die Natur, sondern um den Kampf an sich. Darum, eine Herausforderung als solche zu begreifen, ohne auf die Belohnung zu hoffen. Nicht aufgeben und so weiter und so fort.«

»Sehr schön, sehr, sehr schön«, lobt Charlotte und imitiert unsere Literatur-Professorin so treffend, dass ich vor Lachen Schluckauf bekomme. »Dann halte dich auch daran.«

»Wenn du jetzt noch solche Weisheiten wie ›Der Weg ist das Ziel‹ von dir gibst, rufe ich dich nie wieder an.« Der Schluckauf zerhackt meinen Satz. »Ich freue mich auf dich. Tschüs.«

»Ich warte auf Ansichtskarten. Bunte. Sehr bunte. Goodbye.«

Noch lange, nachdem ich aufgelegt habe, muss ich lächeln. Glück, dass ich eine Freundin wie Charlotte habe, durchströmt mich und lässt mich selbst die Misserfolge der letzten Tage weniger trübselig sehen. Es muss möglich sein, einen Hinweis auf Großvaters erste Liebe zu finden, wenn ich schon vor Ort bin. Ich muss einfach abwarten, meine Ungeduld zügeln, auch wenn mir das sehr schwerfällt.

Wo kann ich nach Lily suchen?, beginne ich eine Liste in meinem Notizbuch, das bereits voller Listen und Tagespläne ist. Eine Angewohnheit, die ich von meiner Mutter übernommen habe und über die Jeffrey sich stets mit sanftem Spott belustigt hat. »Du und deine To-do-Listen. Ohne ein Notizbuch wirst du doch nervös.«

Damit hat er recht. Zur Sicherheit schleppe ich immer mindestens drei Hefte und fünf Stifte in meiner Handtasche mit mir herum. Um ehrlich zu sein, habe ich in jeder meiner Handtaschen zwei Notizbücher und Stifte als Reserve liegen, damit ich nicht unvermutet ohne sie dastehe. Mich beruhigt es, wenn ich die Tages- oder Wochenaufgaben niedergeschrieben habe. Ich habe das Gefühl, dass ich dann alles erledigen und systematisch nacheinander abarbeiten kann und nicht ständig von neuen Gedanken und Aufgaben abgelenkt werde. Nur in der Zeit, nachdem Jeffrey sich von mir getrennt hatte, habe ich keine Notizbücher geführt, habe keinerlei Arbeitsaufgaben aufgeschrieben, weil ich mich nicht in der Lage fühlte, an die Zukunft zu glauben. Darüber will ich nicht weiter nachdenken, sondern widme mich meiner Liste: *Stadtarchiv* – da waren wir schon, und die Menge an Material dort hat uns erschlagen. Es lohnt sich nur, erneut dorthin zu gehen, wenn ich mehr Informationen habe, wie Lilys Nachnamen zum Beispiel.

Universität / Forschung – da sind Laura und Kyle aktiv und haben ihre Kontakte genutzt, aber bisher haben wir nichts gehört.

Verwandtschaft / Familie – man sollte meinen, dass es irgendwelche Großtanten, Großonkel oder Großcousinen von mir in Frankfurt gäbe, aber diese Spur führte ins Nirwana. Mein Großvater war ein Einzelkind, und seine Eltern waren aus unterschiedlichen Orten nach Frankfurt gezogen, so dass diese Suche mich viel Zeit und Fahrerei kosten würde, ohne dass die Aussichten auf Erfolg vielversprechend wären.

Annonce in der Zeitung – aber in welcher? Und was sollte ich schreiben? Wie groß sind die Chancen, dass noch jemand lebt, der sich an meinen Großvater erinnert?

Mit dem Stift klopfe ich an meine Zähne, so wie immer, wenn ich nachdenke. Soll das alles gewesen sein? Habe ich zu wenig Phantasie oder Forschungserfahrung, um mir die notwendigen Schritte vorstellen zu können? Oder – der Gedanke will einfach nicht verschwinden – fehlt mir der Ansporn, mich intensiver mit den Fragen zu beschäftigen? Wo sucht man denn? Archive, Universitäten, Museen …

Das Klopfen an der Zimmertür überrascht mich, weil ich nichts beim Zimmerservice bestellt habe. Vorsichtig öffne ich, die Warnung meiner Mutter vor Taschendieben und Terroristen im Hinterkopf. Vor mir steht Laura, die aufgeregt von einem Fuß auf den anderen tippelt. Ihr Lächeln ist so breit, dass ich sofort Hoffnung schöpfe, doch noch das Geheimnis meines Großvaters entschlüsseln zu können.

»Erin.« Laura wedelt mit einem Stück Papier. »Ein Durchbruch. Endlich habe ich eine Mail von dem Berliner Professor bekommen.«

Laura hat durch ihr Projekt in Barcelona ein paar lose Kontakte nach Deutschland, über die sie hofft, jemanden in Frankfurt finden zu können, der mir bei meiner Suche hilft. Aber bisher gab es noch keine Antwort. Nun endlich scheint sich das Blatt zu wenden.

»Was ist es?«, frage ich, während ich versuche, meine Erwartungen nicht zu hoch zu schrauben, damit ich nicht enttäuscht werde. »Ein Kontakt? Komm doch rein.«

»Viel besser.« Sie wirkt so begeistert, dass mich ihre Aufregung ansteckt. Wie gut, dass sie und Kyle mich auf der Reise begleitet haben. »Ein Zeitzeugenprojekt hier in Frankfurt. Ich habe da eben schon angerufen …«

»Und?« Mehr bringe ich nicht heraus, weil meine Kehle sich trocken anfühlt.

»Sie haben Dutzende von Interviews mit Frankfurtern geführt, vor allem mit Menschen aus dem Widerstand.«

Ihre Worte dämpfen meine Stimmung. »Dutzende von Interviews« klingt nach viel Arbeit, vor allem wenn sie auf Deutsch sind. Und dass mein Großvater im Widerstand tätig war, kann ich mir eigentlich nicht vorstellen. Was Laura für eine wunderbare Nachricht hält, sieht in meinen Augen eher wie eine weitere Sackgasse aus, die mich nirgendwohin führen kann.

»Wie sollen wir meinen Großvater oder Lily finden?« Obwohl ich mich bemühe, meine Enttäuschung zu verbergen, muss Laura sie bemerkt haben. »Wir wissen doch immer noch nicht, wie sie mit Nachnamen heißt. Wie sollen wir uns durch Dutzende von Interviews wühlen?«

»Ein Hoch auf die Technik.« Lauras Grinsen wirkt ansteckend. »Die Tonbandaufnahmen sind transkribiert und bereits aufgearbeitet. Sie haben ein PC-Programm, mit dem wir nach Textstellen suchen lassen können, die uns weiterhelfen.«

Soll es wirklich so simpel sein? Soll das der Durchbruch sein, von dem ich eben noch gewiss war, dass wir ihn nicht erreichen werden?

»Lily war kein seltener Name«, wende ich ein, spiele den Advocatus Diaboli, damit Laura mir die Zweifel nimmt, die mich schon wieder überfallen. »Woher willst du wissen, dass wir die richtige Lily gefunden haben, wenn wir denn überhaupt eine finden?«

»In ein paar Stunden sind wir schlauer.« Freude über die gelungene Überraschung zeichnet sich auf ihrem hübschen Gesicht ab. »Du, Kyle und ich sind in einer halben Stunde dort verabredet. Ich dachte, dass wir zu dritt schneller zu Ergebnissen kommen. Wenn dir das recht ist?«

»Danke.« Ich umarme Laura und frage mich, warum ich ihr gegenüber anfangs so skeptisch war. »Das ist wunderbar. Wirklich.«

Nachdem sie gegangen ist, ziehe ich mich wieder straßenfein an, kämme mir die Haare und lege zur Feier des Tages sogar etwas Mascara auf. Mein Spiegelbild wirkt jünger und fröhlicher als noch auf dem Flug nach Barcelona. Gewappnet mit zwei Notizbüchern gehe ich zu Kyle und Laura, die mich bereits vor der Tür ihres Hotelzimmers erwarten. Sie stehen eng beieinander; ihre Liebe zeigt sich in kleinen Gesten und einer Vertrautheit, um die ich sie beneiden könnte. Waren

Jeffrey und ich je so verliebt? Ich erinnere mich nicht mehr, aber ich freue mich für meinen Sohn, dass er sein Glück gefunden hat.

»Hier ist etwas.« Kyle klingt aufgeregt. Nach zwei Stunden Suche am PC-Bildschirm sind wir alle erschöpft und frustriert, weil wir bisher zwar drei Lilys gefunden haben, die sich jedoch alle als nicht passend erwiesen, weil sie zu jung oder zu alt waren. Wobei ich hoffe, dass wir uns nicht irren und mein Großvater eine deutlich ältere Frau liebte. Dann müssten wir noch einmal von vorn anfangen, wofür ich auf keinen Fall mehr die Kraft aufbringen könnte. »Hier spricht jemand von einer Lily und einem Alexander. Das kann doch kein Zufall sein.«

»Lass sehen.« Gleichzeitig springen Laura und ich von unseren Stühlen auf und eilen zu Kyle, um über dessen Schultern auf den Bildschirm zu starren. Mein Herz schlägt schneller. Ich beiße mir auf die Unterlippe, um meine Aufregung in den Griff zu bekommen. Nur nichts heraufbeschwören.

»Hier.« Kyle deutet auf Namen, die gelb orange unterlegt sind. »Lily. Ihr Name kam schon mehrfach vor, aber jetzt taucht auch noch Alexander auf. Soweit ich es verstehe, gab es wohl Ärger.«

Ärger? Die Buchstaben tanzen vor meinen Augen, so angestrengt starre ich auf den Bildschirm. Aber es will mir nicht gelingen, den Worten einen Sinn zu geben.

»Können wir es ausdrucken lassen?« Bittend schaue ich Laura an, die sich sofort mit der Wissenschaftlerin verstanden hat, die uns begrüßt und eine kurze Einweisung in das PC-Programm gegeben hat. »Dann können wir es in Ruhe im Hotel lesen.«

»Welches Interview ist es?«

»Es ist Interview Nummer FfM-W-312.« Kyle reibt sich mit Daumen und Zeigefinger die Augenwinkel. »Aus dem Jahr 1997.«

Es ist erst zwei Jahre alt! Vielleicht habe ich Glück und der Interviewte lebt noch. Mit fliegenden Fingern blättere ich durch die Interviewliste. »Ein Paul Stunz. Widerstandskämpfer, der im KZ war.«

Ich muss schlucken, als mir klarwird, mit was für Schicksalen ich es zu tun haben werde. Bisher ist mir noch nicht in den Sinn gekommen, dass Lily möglicherweise ebenfalls von den Nationalsozialisten verfolgt, ja vielleicht sogar ermordet wurde. Nein, rufe ich mich zur Ordnung. Lily hat überlebt. Schließlich hat sie meinem Großvater vor sechs Jahren noch den Liebesbrief geschrieben. Das muss die Aufregung sein, die mich durcheinanderbringt. Um mich abzulenken, starre ich auf den Bildschirm. Was ich dort lese, ist nicht gerade geeignet, mich zu beruhigen.

Ich erinnere mich nur zu gut an die Nacht, in der Lily, Alexander und Robert beinahe ihr Leben verloren hätten.

Im Juni 1933, eine Woche nach der Promotion,
wurde Kay Leiland Strong, Vassar Jahrgang 1933,
mit Harald Peterson, Reed Jahrgang 1927,
in der Kapelle der episkopalischen St.-George-Kirche,
die Pfarrer Karl F. Reiland unterstand, getraut.

Kapitel 18

Ob wir jemanden finden, der es uns ins Englische übersetzt?«, frage ich mit zitternder Stimme. Ich muss mich getäuscht haben. Meine Deutschkenntnisse sind eingerostet, so dass ich mich entweder verlesen oder aber die Worte fehlinterpretiert habe. »Wie viele Seiten sind es?«

»Siebenunddreißig«, antwortet Laura, die einen Papierausdruck und eine Diskette von der Wissenschaftlerin bekommen hat. Im Gegenzug haben wir ihr versprochen, dass wir ihr alles mitteilen, was wir herausfinden. »Nur für das Jahr 1933. Sonst gibt es noch viel mehr.«

»Vielleicht ist es nicht so schlimm, wenn man die ganze Geschichte erst kennt.« Kyles Deutsch reicht so weit, dass er mitbekommen hat, dass sein Urgroßvater in etwas sehr Gefährliches verwickelt war. Und nicht als Held, sondern als Opfer, wie es scheint. Mit so einem Ergebnis habe ich nicht gerechnet. »Für die Übersetzung habe ich eine Idee. Das wird zwar nicht hundertprozentig, aber für den Hausgebrauch reicht's. Dafür müssen wir ins Internet.«

Gut, dass mein Sohn mich begleitet. Ich allein wäre vollkommen überfordert damit, so schnell so etwas zu organisieren.

Nach einem kurzen Gespräch mit der Wissenschaftlerin führt Kyle, der mir nicht verraten will, was er vorhat, Laura und mich zu einem Internetcafé. Einem Ort, den ich allein sicher nicht aufgesucht hätte. Im Hintergrund des Cafés jaulen und blinken Spielautomaten, vor denen eine einsame Gestalt steht und flucht. Rauchschwaden hängen über den Computern, die auf Plastiktischen aufgereiht stehen, durch graue Plastikwände voneinander getrennt, damit man ein wenig Privatsphäre hat.

»Was wollt ihr trinken?« Hinter dem Tresen sitzt eine gelangweilt dreinblickende Frau, die kaum aufschaut, als Kyle, Laura und ich vor ihr stehen. »Internet kostet die halbe Stunde 'ne Mark fuffzich. Ab zwei Stunden wird's billiger.«

»Können wir Daten von einer Diskette einlesen?«, fragt Kyle.

»Klar.« Sie zuckt mit den Schultern. »Werdet ja wohl keinen Virus haben, oder? Amerikaner?«

»Ja.« Ich nicke, bemüht, mir die Anspannung nicht anmerken zu lassen. »Einen Cappuccino für mich, bitte.«

»Ist aber aus der Tüte.«

»Macht nichts«, antworte ich. Das Getränk ist mir egal, ich will endlich an den Computer und herausfinden, was Kyle plant.

»Und ihr?«, wendet sie sich an Laura und Kyle.

Beide bestellen Cola, die sie ihnen hinstellt, während sie das Wasser für meinen Cappuccino aufsetzt. Endlich teilt sie uns einen PC zu.

»Was für eine alte Gurke.« Kyle verdreht die Augen. »Das kann dauern.«

Ich nippe an meinem Cappuccino, der süßlich schmeckt und kaum nach Kaffee, während ich beobachte, wie zielsicher mein Sohn mit dem PC umgeht. Er sucht eine Internetseite namens *Altavista* und dort etwas, das sich *Babelfish* nennt.

»Funktioniert«, sagt er, nachdem er Textstellen von der Diskette kopiert hat. Mit einem Lächeln wendet er sich mir zu. »Mum, das wird wahrscheinlich eine Weile brauchen, weil die Leitung nicht die schnellste ist. Wenn du mir über die Schulter guckst, dauert es nur länger.«

»Schon kapiert.« Obwohl ich am liebsten neben ihm sitzen bleiben würde, stehe ich auf und greife nach dem Papierausdruck. »Du willst, dass ich ins Hotel gehe.«

»Wäre klasse«, murmelt Kyle, den Blick starr auf den Bildschirm gerichtet. »Danke, Mum.«

»Laura?«, frage ich.

»Ich hole ihm was zu essen«, antwortet sie.

»Bis nachher.« Einen Augenblick zögere ich noch, möchte Teil der Suche sein, aber die Vernunft siegt. Auf dem Weg ins Hotel kaufe ich mir ein Wörterbuch Deutsch–Englisch und das Buch, das mir Charlotte für diese Woche als Rätsel aufgegeben hat.

»Nur für's Lesevergnügen«, hat sie mir am Telefon gesagt. »Und für die Freundschaft.«

Die Clique von Mary McCarthy. Vor zwanzig Jahren habe ich es gelesen und erinnere mich kaum noch. Vielleicht sagt es mir heute ja mehr.

Im Hotel angekommen, spüre ich Hunger, aber ich bin zu aufgeregt, um im Restaurant etwas zu essen, und bestelle mir ein Sandwich und einen Salat aufs Zimmer. Die Wartezeit nutze ich, um das Interview zu lesen, was bessergeht, als ich erwartet habe. Worte, die ich nicht verstehe, schlage ich nach und schreibe sie in den Text. Vielleicht bin ich ja sogar schneller als der Computer. Mein Ehrgeiz und meine Neugier treiben mich an, so dass ich das Sandwich nebenbei verschlinge, ohne etwas zu schmecken. Nach eineinhalb Stunden allerdings habe ich erst fünf Seiten übersetzt, mein Kopf schmerzt, und ich bin noch lange nicht an der Stelle angelangt, wo es um Lily und Alexander geht. Selbstverständlich habe ich dort begonnen, aber der Text ergab kaum Sinn, so dass ich beim Anfang startete, nur um jetzt frustriert und müde aufzugeben.

Ich ziehe die Vorhänge zu und lege mich aufs Bett, um einen Moment die Augen zu schließen, bis ich wieder so viel Energie getankt habe, dass ich mich der Übersetzung widmen kann.

Das Klopfen an der Tür weckt mich auf. In der Dunkelheit des Zimmers bin ich verwirrt und brauche einige Momente, um mich zu erinnern, wo ich bin. Nachdem meine tastenden Finger den Lichtschalter gefunden haben, erhebe ich mich, immer noch im Dämmer des Schlafs gefangen, und gehe zur Tür. Mein Nacken schmerzt, weil ich unglücklich gelegen habe, und in meinem Mund stößt meine Zunge an pelzigen Belag auf den Zähnen. Eigentlich müsste ich erst ins Bad gehen, bevor ich jemanden empfangen kann.

»Wir sind mit der Übersetzung fertig.« Kyle hält mir einen Papierausdruck entgegen. »Du wirst es nicht glauben.«

»Entschuldige«, antworte ich und kämpfe vergebens gegen ein Gähnen an. »Ich mach mich schnell frisch, lese es, und dann reden wir beim Abendessen darüber. Einverstanden?«

»Wie lange brauchst du?« Wahrscheinlich hat mein Sohn wieder Hunger. Es ist erstaunlich, was für gewaltige Portionen er verdrückt und kurz darauf bereits wieder etwas essen kann. »Wir können dir auch das Wichtigste erzählen.«

Obwohl es mich freut, dass er so interessiert daran ist, mir die Ergebnisse der gemeinsamen Arbeit mit Laura zu erzählen, möchte ich mich Großvaters Leben lieber allein nähern.

»Gib mir ein bisschen Zeit. Wir sehen uns in einer Stunde. Okay?«

»Okay.« Er beugt sich vor, um mir einen flüchtigen Kuss zu geben, und geht davon.

Ich putze mir die Zähne, koche einen Tee und beginne zu lesen. Die ersten Seiten überfliege ich, weil ich sie bereits kenne, dann werde ich langsamer und langsamer, weil die Worte mich in ihren Bann ziehen. Die Übersetzung ist erstaunlich gut. Manchmal ist der Satzbau seltsam, aber ich kann den Sinn verstehen. Endlich bin ich an der Stelle angekommen, die mich interessiert:

An den Abend erinnere ich mich noch gut. Wir haben uns immer in der vegetarischen Gaststätte getroffen, der von Anna Beyer. Kochen konnte die eins a, auch wenn's ohne Fleisch war.

FRAGE DES INTERVIEWERS: Die Gaststätte am Steinweg?

Ja. War schon was Besonderes, die Kneipe. Hier hat keiner den »Heil Hitler« gegeben. Auf dem Grammophon lief nur Klassik – Mozart und so. Und an den Wänden hingen nur Bilder, die von den Nazis als »entartete Kunst« beschimpft wurden. Die Sonnenblumen von dem, der sich ein Ohr abgeschnitten hat, und so Zeug.

FRAGE DES INTERVIEWERS: Und an dem Abend ...

Georg und ich hatten Lily gefragt, weil wir eine Frau brauchten. Einmal haben wir das mit dem Koffer durchgezogen, allerdings mit einem verkleideten Mann. Das hat gar nicht geklappt. Und Lily, die kannte ich schon, als sie so klein war. [Hinweis des Interviewers: macht Geste mit der Hand, etwa in einem Meter Höhe.] Georg war nicht angetan davon. Ich bin sicher, weil er die Lily für sich wollte und niemandem gönnte, vor allem nicht ihm. Alexander. Georg hatte recht damit. Alexander gehörte nicht zu uns. Er war einer aus dem Westend, aus dem Villenviertel, ein Studierter.

FRAGE DES INTERVIEWERS: Gab es keine aus dem Westend beim ISK?

Nur wenige. Mit denen hatten wir kaum zu tun. Aber wir kannten auch nicht alle. Zu unsicher, verstehste. [Pause von 128 Sekunden, als *der Interviewte nachdenkt.]* Es war gefährlich. Damals. Alles. Heute könnt ihr euch das nicht vorstellen, aber damals. Immer mit einem Bein im Knast oder Schlimmeres. Meinen Bruder, den Werner, haben sie 1933 geholt, und wir haben ihn nie wiedergesehen. Hat Mutter das Herz gebrochen.

FRAGE DES INTERVIEWERS nach 186 Sekunden Pause: Der Abend, an dem Sie die Kofferparolen schrieben …

Ach ja. 'tschuldigung. Alles klappte wie am Schnürchen. Lily war pünktlich, aber es gab gleich Ärger mit Georg. Weil Lilys Jacke zu dünn war, weil sie so müde aussah. Wirkte, als suchte er nur einen Grund. Na ja, war wohl auch wütend, weil nicht er derjenige war, der mit Lily …

FRAGE DES INTERVIEWERS: Warum gingen nicht Lily und Georg als Paar? [Schulterzucken des Interviewten, nervöses Trommeln gegen die Kaffeetasse] Anweisung. Wir sollten dem Neuen zeigen, wie's geht. Weißte, was das Beste war? Der Neue, er war einer von denen. Einer aus dem Westend. Und einer … Na ja … Also heute, ihr jungen Leute, ihr redet da ja offen von, aber damals, das war selten. Oder jedenfalls sprach man nie davon.

Hier lasse ich das Papier sinken, weil mich die Erzählung des alten Mannes verwirrt. Oder liegt es an dem Computerprogramm, das zu meiner Beruhigung eben doch nicht so klug ist wie ein Mensch?

FRAGE DES INTERVIEWERS: Äh, tut mir leid. Ich verstehe nicht.

[Kopfschütteln. Weiteres Trommeln gegen die Kaffeetasse.] Na ja, der Robert, der … Also, der interessierte sich wohl nicht für Mädchen. Der spielte für das andere Team, verstehste. Und nicht nur das. Warten ließ er uns auch. Georg wurde immer saurer, was zu einem handfesten Krach zwischen ihm und Lily führte. Ich hab versucht zu schlichten, aber die beiden haben mich überhaupt nicht gehört. Ge-

rade als der Georg, der ja mit mir den Aufpasser spielen sollte, abhauen wollte, kam der Robert. Mit ihm die nächste Überraschung. Lily, die hat den Robert angestarrt, als wär er 'ne Kuh mit zwei Köpfen. Der Robert, der hat nur gegrinst und gesagt: »Na, mit mir hast du nicht gerechnet, was?«

FRAGE DES INTERVIEWERS: Wie heißt der Robert mit Nachnamen?

Robert Hartmann. Hätt man nicht gedacht, dass jemand mit so einem Namen ... *[Leises Lachen]* Also, Robert, der sah aus wie aus 'nem Modemagazin, was die Mädchen so gern gelesen haben, oder wie aus einem Kinofilm. Immer elegant, immer schick. Das sah man schon von weitem, wo der hingehörte. Dass Lily und er sich kannten, hätt' mich nicht wundern sollen. Schließlich war Robert ein Freund von Alexander. Aber ich war damals nicht ganz mit dem Herzen dabei, verstehen Sie. Wo mein Bruder doch abgeholt war und niemand wusste, was mit ihm war. *[260 Sekunden Schweigen]* Aber uns blieb nicht die Zeit, alles zu klären. Der Plan war eng gestrickt. Also gingen Lily und Robert als Paar umschlungen hinaus, liefen ein paar Schritte, blieben stehen, stellten den Koffer ab, zählten bis zehn, nahmen Koffer hoch und gingen weiter. Georg und ich hinter ihnen her, mit sicherem Abstand, immer im Blick, ob Braunhemden sich näherten.

Sie können das nicht verstehen, wie das damals war. Wenn die SA oder ein Trupp von Nationalsozialisten uns entdeckt hätte, die hätten uns totschlagen können, ohne dass es wen gestört hätte. Einfach so. Weil wir Sozialdemokraten waren. Weil ihnen unsere Nase nicht passte. Weil jemand uns verpfiffen hatte. Immer auf der Hut musste man sein. Vor allem, wenn die Braunhemden wussten, wer man war und zu wem man gehörte. Vor '33 war das schon schlimm, aber nachdem Hitler die Macht an sich gerissen hatte ... *[600 Sekunden Schweigen]* Na ja, jedenfalls schienen Lily und Robert Spaß an der Sache zu finden. Immer öfter blieben sie stehen und setzten den Koffer ab. Bald hatten sie den Eisernen Steg mit unsichtbaren »Nieder mit Hitler«-Parolen gestempelt. Dann fing der Robert an, so herumzualbern. Ging vor Lily auf die Knie: »Oh, meine Herzallerliebste mein.« Lily musste so laut lachen, dass Georg und ich es hören konnten.

Aber wie das immer so ist, wenn man anfängt, unvorsichtig zu werden. Beim sechsten oder siebten Haltepunkt kam unerwartet ein Trupp von Braunhemden. Nicht mehr ganz nüchtern. Wie so oft nahmen sie die ganze Brücke für sich ein, als gehörte ihnen die Welt. Was sie damals auch tat. Blöd nur, dass Lily und Robert gerade den Koffer abgestellt hatten. Wenn sie ihn hochnahmen, dann würden die Nazis vielleicht den Schaumstoff sehen, und beide wären verloren. Aber wenn sie einfach stehen blieben, könnte es sein, dass die Braunhemden verärgert wären, weil man ihnen nicht Platz machte.

Georg und ich schauten uns an. Wie gelähmt standen wir da, wussten nicht, was wir tun sollten. Wir hatten vorher so vieles überlegt, und jetzt wollte uns nichts davon einfallen. Wie Anfänger standen wir da und rührten keinen Finger, um unsere Freunde zu retten. Das …

Das sehe ich heute noch vor mir. Manchmal träume ich davon, wache schweißgebadet auf und wünschte, ich könnte etwas ändern.

Das schrille Klingeln des Weckers unterbricht meinen Lesefluss. Verwundert sehe ich auf die Uhr. Ist wirklich schon eine Stunde vergangen? Schnell greife ich zum Telefon, rufe das Zimmer von Laura und Kyle an, um unser Essen um eine halbe Stunde zu verschieben. Ich muss jetzt wissen, wie die Geschichte ausging und was für eine Rolle mein Großvater darin spielte.

»Lily«, flüsterte Georg. Schiere Panik stand ihm ins Gesicht geschrieben. »Wir müssen Lily helfen.«

Bevor er oder ich noch einen Schritt tun konnten, sprang jemand aus einer Seitenstraße, rempelte einen der Braunhemden an und rief so laut, dass wir jedes Wort verstanden. »Braun und dumm wie Schifferscheiße.«

Dann rannte er davon und die Nazis ihm hinterher, nachdem sie ihren ersten Schreck überwunden hatten. Meine Erleichterung war nur kurz, weil Lily »Alexander! Nein!« schrie und den Braunhemden hinterherrannte, genau wie Robert Hartmann. Den Koffer ließen sie stehen. Georg und ich liefen dorthin, schnappten uns den Koffer und wollten ihnen hinterherjagen, aber überlegten es uns anders.

Falls etwas schiefging, wollten wir uns im Steinweg wieder treffen, lautete die Verabredung. Gemeinsam gingen Georg und ich dorthin, ohne ein Wort zu sagen. Auch dort schwiegen wir. Ich fühlte mich schuldig und dumm und kam fast um vor Sorge. Endlich, nach beinahe zwei Stunden, stieß jemand die Tür auf.

Robert.

Er sah überhaupt nicht mehr elegant aus. Sein Mantel zerrissen, das Gesicht blutig, die Haare zerrauft.

»Lily?«, fragte Georg sofort.

Robert schüttelte nur den Kopf. »Ich weiß es nicht. Sie haben Alexander erwischt. Lily und ich gingen dazwischen. Irgendwann konnte ich abhauen.«

Mit zitternden Händen steckte er sich eine Zigarette an, bot Georg und mir auch eine an. Gemeinsam rauchten wir, wagten nicht, etwas zu sagen.

Nach der dritten Zigarette sagte Georg: »Ich geh morgen zur Polizei. Ich kenn da wen. Vielleicht hilft er uns.«

Wie auf ein Stichwort ging die Tür auf. Lily kam herein, ihr Haar aufgelöst, aus einer Wunde an der Stirn lief Blut, das ihr Haar verklebte. Sie ging sehr langsam, weil Alexander sich auf sie stützte. Er hinkte. Ein dickes Veilchen zierte sein Auge, von seinem Mantel fehlte der Ärmel, und sein Atem ging pfeifend. Ich kannte das. Wenn sie dich in die Rippen treten, kannst du eine Weile nicht atmen.

»Ihr habt es geschafft!« Georg sprang auf.

»Aber nicht dank euch.« Zorn blitzte aus Lilys Augen. »Wo wart ihr? Schöne Aufpasser seid ihr gewesen! Ohne Alexander ...«

»Braucht ihr einen Arzt?«, fragte Robert dazwischen, aber Lily und Alexander wehrten ab.

»Nur einen Mantel, damit sie uns nicht erkennen«, sagte Alexander und versuchte zu lächeln. Aber ich konnte sehen, dass die Braunhemden ihn ganz schön zugerichtet hatten. Von dem Tag an hatte er unseren Respekt. Nur Georg, der mochte ihn nie …

[ANMERKUNG ZUM TRANSKRIPT: Interviewer war so fasziniert von der Geschichte, dass er vergaß, nach den Nachnamen von Lily und Alexander zu fragen. Leider verstarb der Interviewpartner kurze Zeit später, so dass wir nur Robert Hartmann und Georg Baum kennen. Georg Baum verstarb 1991. Robert Hartmann hat jegliche Bitte um ein Interview barsch abgelehnt.]

Es war Mitte Oktober, gegen elf Uhr vormittags –
ein Tag ohne Sonne, mit der Aussicht auf einen harten,
scharfen Regen in der Klarheit der Vorberge.

Kapitel 19

Ich werde euch vermissen. Euch beide«, sage ich bestimmt zum zehnten Mal und umarme Kyle und Laura. Tränen laufen mir übers Gesicht, und ich muss schniefen, was mich zum Lachen und dann wieder zum Weinen bringt. Normalerweise wäre es mir peinlich, so viel Gefühl in der Öffentlichkeit zu zeigen, aber inzwischen schert es mich viel weniger, was wohl die Leute denken. Wichtig ist, was ich denke und die Menschen, die mir etwas bedeuten. »Meldet euch bitte sofort, wenn ihr heil und gesund in Barcelona angekommen seid.«

»Mum!« Kyle verdreht im Spaß die Augen, woraufhin Laura ihm ihren Ellbogen in die Rippen stößt. »Mum. Du hörst dich an wie Oma.«

»Tue ich nicht«, widerspreche ich spontan, aber nach kurzem Überlegen muss ich ihm recht geben. Wahrscheinlich hören sich alle Mütter gleich an. »Außerdem weißt du doch, wie sehr Fliegen mich ängstigt.«

»Wir rufen an, wenn wir gelandet sind.« Laura zwinkert mir zu. »Aber jetzt müssen wir wirklich zum Gate. Sonst rufen sie uns noch aus. *Adéu*, Erin.«

»Halte uns auf dem Laufenden, was du über Urgroßvater herausfindest.« Kyle umarmt mich flüchtig. Als Mann ist es ihm wohl immer noch etwas peinlich, wenn ich mich zu mütterlich benehme. »Viel Glück für die Suche. Ich glaube, du bist auf der richtigen Spur. Bye, Mum.«

»Macht's gut, ihr beiden.«

Ich schaue Laura und Kyle nach, wie sie den Gang des Flughafens entlanggehen und langsam von der Menschenmenge aufgesogen werden. So viele Frauen und Männer und wenige Kinder, die alle im Aufbruch sind und zielstrebig die langen Gänge entlangeilen. Auf dem Weg zu ihrem Ziel. Nur ich weiß noch nicht, wo mein Weg mich hinführen wird, aber vielleicht ist das auch nicht so wichtig. Vielleicht reicht es ja bereits, wenn man die nächsten Schritte der Reise planen kann, ohne zu wissen, wie der Zielort heißt. Werde ich auf meine alten Tage noch so spontan, wie Charlotte sich das immer für mich gewünscht hat? Nein, bestimmt nicht. Ich habe nur im letzten Jahr lernen müssen, dass Pläne nicht immer funktionieren, wie ich es mir vorstellte oder wünschte.

Dabei muss ich an Brechts *Dreigroschenoper* denken. Ob mein Großvater sie wohl in Frankfurt im Theater gesehen hat? Möglicherweise sogar mit Lily. Ich verspüre Bedauern darüber, dass ich ihn nicht mehr danach fragen kann, dass er mir – selbst wenn meine Suche erfolgreich ist – in vielem fremd bleiben wird, weil ich nur über Dritte seine Geschichte hören werde. Wie schade, dass er kein Tagebuch geführt oder mehr Briefe geschrieben hat. Während die S-Bahn mich in wenigen Minuten zum Frankfurter Hauptbahnhof bringt, blättere ich geistesabwesend in dem Buch, das Charlotte mir für diese Woche zugedacht hat. Raymond Chandlers *Der große Schlaf*, weil ich mit meiner Suche unter die Detektive gegangen bin, wie meine Freundin meint. Mich überrascht, dass Charlotte diesen *hard-boiled*-Krimi mag. Ich muss mich erst einlesen.

Obwohl die Geschichte mich interessiert, kann ich mich nicht auf den Roman konzentrieren. Stattdessen hänge ich meinen Erinnerungen nach. Erneut versuche ich, mein Bild von Großvater mit dem jungen Mann in Einklang zu bringen, der Lily so sehr liebte, dass er sein Leben für sie riskierte. Es will mir nicht gelingen, weil ich niemals die gefühlvolle Seite meines Großvaters gesehen habe. Ihn immer nur als distanzierten Mann kannte, für den ich höchstens am Rande Bedeutung hatte.

Lange haben Kyle, Laura und ich über das Interview geredet, das mir eine Facette meines Großvaters zeigte, die ich nie mit ihm in Verbindung gebracht hätte. Doch nicht nur das – durch die Worte von Paul Stunz, den ich leider nie kennenlernen werde, ist mir erst bewusst geworden, was es bedeutete, im Frankfurt der Nazizeit zu leben. Wir später Geborenen können nur versuchen zu begreifen oder ansatzweise zu verstehen, wie viel Mut es erforderte, sich gegen die Übermacht des nationalsozialistischen Terrors zu stellen. Wäre ich so mutig gewesen? Hätte ich die Zivilcourage aufgebracht, den Braunhemden Einhalt zu bieten? Nur zu gerne würde ich aus vollem Herzen ja sagen, aber wenn ich ehrlich bin, weiß ich es nicht.

Ich war bisher nie besonders mutig, habe mich niemals durch Taten hervorgetan und bin glücklicherweise nie in der Situation gewesen, Zivilcourage zeigen zu müssen. Auch wenn es mir immer noch nicht gelingt, meinen Großvater liebenswert zu finden, beginne ich ihn dafür zu bewundern, dass er Lily beschützte, dass er sein Leben aufs Spiel setzte, um ihres zu retten. Was kann nur geschehen sein, dass die beiden sich trennten und ihre eigenen Wege gingen? Wer hat wohl wen verlassen? Ich tippe auf meinen Großvater, der wohl irgendwann feststellte, dass Lily doch nicht seine große Liebe war.

Schließlich hat sie ihm 1993 einen überwältigenden Liebesbrief geschrieben. Obwohl – Großvater wollte nach Frankfurt fliegen. *One Way*. Kein Rückflug, was dafür spricht, dass ihm Lily nach all den Jahren noch sehr viel bedeutete. Hätte er Gran einfach so vergessen? Das Nichtwissen, das Raum für viele Spekulationen lässt, macht mich verrückt.

Im Hotelzimmer angekommen, schreibe ich eine Liste der Namen auf, die mir weiterhelfen können.

> *Paul Stunz – verstorben, aber vielleicht leben Familienangehörige noch?*
> *Robert Hartmann – im Interview genannt, vielleicht Adresse über das Archiv des Widerstands?*

Im Archiv werde ich übers Wochenende wahrscheinlich niemanden erreichen. Bis Montag zu warten, dafür fehlt mir die Geduld. Es muss einen anderen Weg geben, Robert Hartmann zu finden. Endlich fällt mir etwas ein. Am Empfang steht ein freundlicher junger Mann, dessen Schlaksigkeit mich an meinen Sohn erinnert.

»Wir werden uns bemühen, Ihrem Wunsch nachzukommen.« Der Rezeptionist, etwa in Kyles Alter, aber viel erwachsener wirkend, verschwindet in dem Büro, das ich von der Rezeption aus sehen kann.

Während ich auf seine Rückkehr warte, kommen mir erste Zweifel, ob die Idee wirklich so gut ist und ich nicht den leichteren Weg gehen und bis Montagmorgen warten sollte. Glücklicherweise kehrt der Mann zurück, bevor ich einen Rückzieher machen kann.

»Bitte sehr. Das aktuelle Telefonbuch von Frankfurt.« Obwohl ich ihm ansehe, dass er zu gerne wüsste, was ich damit will, ist er zu höflich, um mich direkt zu fragen. »Falls jemand anders danach fragt, rufe ich Sie an.«

»Vielen Dank«, antworte ich überschwenglich. Muss ich ihm ein Trinkgeld geben, oder gehört das zum normalen Service? Wieder einmal bemerke ich, wie selten ich in Hotels übernachtet habe. Außerdem hat Jeffrey sich immer um diese Fragen gekümmert, so dass ich vieles neu lernen muss. Ich entscheide mich dafür, bei der Abreise ein großzügiges Trinkgeld zu geben. »Einen schönen Tag.«

»Ihnen auch.« Er nickt mir zu.

Das Telefonbuch wie einen Schatz vor mir hertragend, kann ich es kaum erwarten, in mein Zimmer zu kommen. Bitte, bitte, lass es nicht zu viele Robert Hartmanns geben, murmele ich ein stummes Mantra vor mir her, während der Fahrstuhl mich nach oben bringt. Im Zimmer angekommen, schleudere ich die Schuhe von meinen Füßen und setze mich in den bequemen Sessel, die Füße ziehe ich unter mich. Mit flatternden Fingern blättere ich durch das dicke Buch.

Hartmanns gibt es viele, aber keinen Robert. Nur dreimal R. – hoffentlich sind das nicht Frauen, die ihre Vornamen abkürzen, um nicht belästigt zu werden. Zwei der Hartmanns wohnen in Sachsenhausen, einer im Ostend.

Sachsenhausen ist ein Stadtteil mit vielen Apfelweinkneipen und einer Brauerei, sagt mein Reiseführer. Eine Touristenfalle, scheint mir, so dass ich Schwierigkeiten habe, mir Robert Hartmann dort vorzustellen.

Das Ostend war und ist – wenn ich meinem Reiseführer Glauben schenken kann – ein Arbeiterviertel. Vor dem Zweiten Weltkrieg lebten hier viele jüdische Frankfurter.

Ich hatte getippt, dass Robert Hartmann im Westend wohnt, aber laut Telefonbuch finde ich dort nur eine Frau namens Regula. Ene, mene, muh – und raus bist du. Dreimal spiele ich das Spiel, weil ich mich nicht überwinden kann, jemand Fremdes in einer für mich fremden Sprache anzurufen, um ihn nach seiner Vergangenheit zu befragen. Ene, mene, muh – ich beginne in Sachsenhausen.

R. Hartmann Nummer eins ist eine Frau namens Rosemarie, die nicht sonderlich begeistert ist, als ich sie frage, ob sie einen Robert Hartmann kennt. Vielleicht war sie auch nur irritiert, weil ich immer wieder ins Englische glitt und stammelte. Von zwei Möglichkeiten ist es stets die andere, hat mein Chemielehrer an der Highschool gesagt. Das ist das Einzige, das ich in Chemie fürs Leben gelernt habe. Und er hat wieder recht behalten. Ich beschließe, die anderen Nummern einfach anzurufen. Was habe ich schon zu verlieren?

Am liebsten gäbe ich auf, aber wie soll ich das Kyle und Laura und Charlotte gegenüber erklären? »Tut mir leid, es war so schwierig, deutschen Menschen klarzumachen, was ich von ihnen will.« Alle drei wären entweder empört oder enttäuscht von mir – beides nichts, womit ich mich herumärgern möchte. Aber das nächste Gespräch führe ich besser vorbereitet. Ich schreibe mir auf, was ich sagen will, und spreche es fünfmal laut aus, damit ich ein Gefühl für die Worte bekomme und sie nicht mehr fremd für mich klingen. Nachdem ich dreimal tief durchgeatmet habe, wage ich den zweiten Versuch.

»Hartmann.« Kurz und knackig. Eine Altmännerstimme, was in mir die Hoffnung weckt, dass ich die richtige Person erreicht habe.

»Hallo. Ich heiße Erin Fuller, nein, Erin Mitchell.« Ich hole tief Luft. Am Telefon ist Deutsch schwieriger zu sprechen, als wenn man jemandem gegenübersteht. Wie konnte ich mich nur mit Jeffreys Namen melden, obwohl ich ihn schon abgelegt habe? Ich schaue auf meinen Zettel. »Sie kennen mich nicht, aber …«

»Ich kaufe nichts«, unterbricht er mich barsch. »Nur weil ich alt bin, falle ich nicht auf jeden Trick herein. Ich brauch weder Wein noch ein Handy noch eine Versicherung.«

»Nein, nein«, sage ich schnell, damit er nicht auflegt. Noch einmal fände ich heute nicht den Mut, einen derart unfreundlichen Menschen anzurufen. »Ich will Ihnen nichts verkaufen. Ich suche jemanden. Meinen Großvater und seine Freundin. Alexander und Lily.«

Ein Husten antwortet mir. Ein Husten, das sich nach einem langen Leben mit vielen Zigaretten anhört.

»Lily und Alexander«, sagt er schließlich, unterbrochen von einem weiteren Hustenanfall. »Ja, natürlich kenne ich beide. Ihr Großvater? Sie klingen amerikanisch.«

»Ja. Sie haben recht und ein gutes Gehör«, versuche ich ihm zu schmeicheln, damit er nicht auflegt. »Ich lebe in Berkeley. Bei San Francisco. Geboren bin ich aber in Salem. Nicht dem mit der Hexenverfolgung. Das liegt in Massachusetts. Ich bin aus dem Salem in Oregon.«

Immer wenn ich aufgeregt bin, beginne ich zu plappern, und es kostet mich auch dieses Mal gewaltige Anstrengung, ein Ende zu finden und zu schweigen. Glücklicherweise scheint es Robert Hartmann nicht zu stören.

»Alexander und Lily. Ich kannte sie gut.« Er hört sich an, als versinke er in Erinnerungen, was mir nur recht sein kann. Schließlich hoffe ich, von ihm etwas über meinen Großvater und dessen große Liebe Lily zu erfahren. »Aber ich habe nicht erwartet, ihre Namen je wieder zu hören. Alexander Kirchner. Damals mein bester Freund und …«

»Oh nein. Tut mir leid«, unterbreche ich ihn. Mein Herz wird schwer. Das kann doch nicht wahr sein! Alle meine Anstrengungen, alles umsonst. Mir kommen die Tränen vor Enttäuschung und Hoffnungslosigkeit. »Ich habe mich geirrt. Mein Großvater hieß nicht Kirchner, sondern Woodward. Tut mir leid, dass ich Sie belästigt habe.«

Ein Moment des Schweigens auf seiner Seite, den ich nutze, um meine Fassung wiederzugewinnen. Ich möchte dem alten Herrn am Telefon nicht schluchzend in Erinnerung bleiben. Dann kommt eine Antwort, mit der ich nicht gerechnet habe. Der Mann am anderen Ende des Telefons lacht leise, was mich aufbringt. Er muss doch bemerkt haben, wie enttäuscht ich von seiner Antwort bin. Ein bisschen Mitgefühl sollte ihm möglich sein. Stattdessen lacht er mich aus, wohl, weil ich so naiv erwartete, dass es nur einen Alexander und eine Lily in Frankfurt 1933 gegeben hat. Am meisten ärgert mich, dass der Alte recht hat. Wenn ich etwas nachgedacht hätte, wäre ich auf die Idee gekommen, dass selbst Alexander kein seltener Name ist. Wie ärgerlich, dass meine einzige Spur nun gestorben ist. Na ja, wie konnte ich auch erwarten, dass ich einen schnellen Erfolg erziele? In letzter Zeit hat das Glück nicht gerade meinen Weg beschienen.

»Kein sehr deutsch klingender Name, oder?«, sagt Robert Hartmann in seiner raschelnden Altmännerstimme. »Ist Ihnen nie der Gedanke gekommen, dass Ihr Großvater seinen Namen in Amerika geändert hat?«

»Nein!«, platze ich heraus, weil ich mich so dumm fühle. Bisher ist mir wirklich nie aufgefallen, wie amerikanisch der Name meiner Familie mütterlicherseits ist, vor allem für jemand aus einem Bundesstaat wie Oregon, in dem man an jeder Ecke deutsche Nachnamen findet. »Nein. Darüber habe ich noch nie nachgedacht. Ich versuche, etwas rauszufinden, und rufe Sie wieder an. Wenn ich darf?«

»Selbstverständlich. Ihr Anruf ist das Interessanteste, was mir in den letzten fünf Jahren passiert ist.« Wieder das leise Lachen, das ihn mir sympathisch werden lässt. Möglicherweise der beste Freund meines Großvaters, von dem ich nie etwas wusste. »Es wäre schön, wenn Ihr Alexander auch mein Alexander wäre.«

Aufgeregt, wie ich bin, will ich sofort meine Mutter anrufen. Mein Blick fällt auf meine Uhr, und ich muss überlegen, wie spät es zu Hause sein wird. Glück gehabt. Wenn ich mich nicht irre, ist es in Salem kurz nach neun Uhr morgens. Eine Uhrzeit, zu der meine Eltern garantiert wach sind. Nun stehe ich vor der nächsten Hürde: Wie soll ich meiner Mutter erklären, dass ich wissen will, ob Großvater seinen Namen geändert hat? Sicher wird sie mich fragen, warum mich das interessiert …

Das macht alles schwierig, weil ich ihr nicht von Lily erzählen will, solange ich so wenig weiß und auf Vermutungen angewiesen bin. Meine Mutter anzulügen fällt mir schwer, aber ich rede mir ein, dass ich nicht lügen werde, sondern nur nicht hundertprozentig die Wahrheit sage.

»Leonard Mitchell«, meldet sich mein Vater.

»Hi, Dad, hier ist Erin. Wie geht es dir?«

»Gut. Rufst du aus Deutschland an? Aus dem Hotel?« Ich kann mir vorstellen, wie er den Kopf schüttelt. »Lass es uns nicht so teuer machen.«

»Okay. Viele Grüße von Kyle. Er hat eine wunderbare Freundin, die Laura heißt.«

»Deshalb rufst du an?«

»Nein. Ist Mum da?«

»Sie ist in die Mall gefahren. Kann ich dir helfen?«

Ach, Mist. Muss denn alles schiefgehen? Obwohl ich nicht mal sicher bin, ob meine Mum weiß, dass ihr Vater seinen Namen änderte.

»Ich suche nach Großvaters Spuren, aber niemand kennt seinen Namen.«

»Das wundert mich nicht«, antwortet mein Vater. Ich kann sein Lächeln über den Atlantik hören. »Eine gute Forscherin wärst du nicht geworden. Mums Dad hat seinen Namen geändert, nachdem er in die USA kam.«

»Warum? Wie hieß er vorher? Wieso weißt du das?«

»Deine Mum hat sich doch mal für Genealogie interessiert. Ich mich auch.« Dunkel erinnere ich mich an eine Frau, die über Familienwappen und Ähnliches schwafelte. »Warum Großvater nicht mehr Kirchner heißen wollte, weiß ich nicht.«

Vor Aufregung bringe ich kaum ein Wort heraus.

»Kirchner. Bist du ganz sicher?«, quetsche ich endlich hervor. »Hundertprozentig?«

»Ja. Mein Körper mag nicht mehr so wollen wie früher, aber der Kopf funktioniert noch.«

»Danke, Dad. Danke.« Endlich eine Spur! »Ich schreibe euch eine Karte und einen Brief.«

»Du kannst uns auch mailen. Wir sind jetzt nämlich online«, sagt er mit Stolz in der Stimme. »Über Yahoo. Vorname, Punkt, Nachname. Viel Spaß in Frankfurt, Liebes.«

»Danke, Dad, für alles. Grüß Mum.«

»Ja!«, rufe ich, so laut ich kann, nachdem ich aufgelegt habe. »Ja!«

Ich bin so aufgeregt, dass ich drei Anläufe benötige, bis ich endlich die richtige Nummer gewählt habe. Nach dem fünften Klingeln fürchte ich, dass ich mich schon wieder verwählt habe, und will auflegen.

»Hartmann.« Etwas kurzatmig, als habe das Telefonklingeln ihn dazu gezwungen, einen Sprint durch die Wohnung einzulegen.

»Erin Mitchell hier. Ich hatte vorhin angerufen.«

»Ich weiß. Ich bin alt, aber nicht senil.«

Durch meinen Anruf bei Dad ist meine Stimmung so gut, dass ich mich von seiner schroffen Art nicht abschrecken lasse. Bevor ich den Mut verliere, sage ich schnell: »Alexander Kirchner war mein Großvater. Ich würde Sie gerne besuchen, um mit Ihnen über ihn zu reden. Über ihn und Lily. Was die beiden verbunden hat.«

Kapitel 20

Frankfurt am Main, 10. Mai 1933

Wie kannst du mit Gisela Freund befreundet sein, ohne dich für Politik zu interessieren?« Lily schüttelte fassungslos den Kopf. Schließlich wusste jeder, der die Doktorandin und Fotografin kannte, wie links ihr Herz schlug. Lily hatte den Mut der Frau bewundert, die mit ihrer Leica die Straßenschlachten zwischen den Nationalsozialisten und Kommunisten fotografiert hatte, immer mitten im Geschehen, als fürchtete sie sich vor nichts. »Redet ihr denn nie über Politik?«

»Nein.« Alexander lächelte, bevor er sich zu Lily herüberbeugte, um sie zu küssen. »Gisela und mich verbindet die Liebe zur Fotografie. Das reicht uns.«

Mir aber nicht, dachte Lily, doch sie schwieg, weil sie wusste, dass sie Alexander nicht auf ihre Seite ziehen konnte. Vielleicht war es gerade das, was sie anzog. Dass er ein Leben lebte, das ganz anders war als das, was Lily kannte. Dass sie bei ihm einfach nur Lily sein konnte, ohne für oder gegen etwas kämpfen zu müssen. Ja, wenn sie ehrlich war, das zog sie zu ihm hin. Aber, so hatte sie sich gefragt, was würde sein, wenn die erste Anziehungskraft überwunden war? War ihre Liebe zu Alexander tief genug, um die Unterschiede zwischen ihnen, die Lily tiefer als der Main erschienen, zu überwinden?

Nein, schob sie diese düsteren Gedanken beiseite. Heute, hier und jetzt wollte sie nur den Tag mit ihrem Geliebten genießen, ohne sich zu fragen, was ihr die Zukunft brachte. Denn, dachte sie traurig, wer konnte schon sagen, ob es überhaupt eine Zukunft gab, so, wie die Welt sich entwickelte.

»Was verbindet euch?«

»Gisela und ich reden über ihre Doktorarbeit oder über Bilder.« Alexander zuckte mit den Schultern. »Über die neueste Kameratechnik. Ob wir uns die Leica III anschaffen wollen. So etwas halt.«

»Sie schreibt über Fotografie, nicht wahr?« Obwohl sie in mehreren Seminaren und Vorlesungen mit Gisela Freund gesessen hatte, hatte Lily es nicht gewagt, die herb wirkende Frau mit den kurzgeschnittenen dunklen Haaren und dem intensiven Blick anzusprechen. Unter den Studenten war Gisela Freund legendär wegen ihres Mutes und ihrer Zielstrebigkeit, aber auch wegen ihrer klaren Worte. »Etwas Kunstsoziologisches?«

»Die Geschichte der Fotografie im 19. Jahrhundert.« Nun war Alexander in seinem Element. »Über die Anfänge der Fotografie und deren Bedeutung für die Gesellschaft.«

»Wie kannst du das alles nur hinnehmen? Wie kannst du nur so tun, als gäbe es die Nationalsozialisten nicht?« Lily kämpfte gegen Tränen der Verzweiflung an. Warum musste ausgerechnet sie einen Mann lieben, der ihre Leidenschaft für eine gerechtere Welt nicht teilte? Oder war es ihr Fehler, weil sie versuchte, Alexander davon zu überzeugen, dass er sich ihrem politischen Kampf anschließen musste? Dabei hatte der Tag vielversprechend begonnen.

»Komm!«, hatte Alexander zu ihr gesagt und sie aus der Vorlesung gezogen. Einer Vorlesung, der Lily ohnehin nur mit halbem Herzen gefolgt war, weil viele der von ihr geschätzten Professoren inzwischen nicht mehr lehren durften. Denn die Nationalsozialisten hatten ihnen das Unterrichten verboten. »Lass uns den schönen Tag genießen.«

»Wo siehst du hier einen schönen Tag?«, hatte sie lächelnd gefragt und auf den grauverhangenen Himmel gezeigt. Von den anderen Dingen, die ihr den Mai trist und düster machten, wollte sie nicht reden, wusste sie doch nur zu gut, dass Alexander davon nichts hören wollte. »Es wird gleich regnen, und wir werden nass.«

»Auf keinen Fall. Das Wetter meint es gut mit uns.« Alexander zog sie in seine Arme, um sie zu küssen. Inzwischen wehrte Lily sich nicht mehr gegen seine Gefühlsbezeugungen in der Öffentlichkeit. Sollten die anderen doch denken, was sie wollten. Lily scherte sich nicht um die Meinung von Studenten, die keinen Mut hatten, sich den Nationalsozialisten zu widersetzen oder – schlimmer noch – diese unterstützten. »Und wenn nicht, kaufe ich uns einen Schirm.«

»Ich sehe schon, du hast alles perfekt geplant.« Wie gut es sich anfühlte, glücklich und an der Seite des Mannes zu sein, den sie liebte. »Wo wollen wir hin? Ins *Café Laumer*? Auf die *Zeil*?«

»Lass dich überraschen.« Er schüttelte den Kopf, so dass Lily sicher war, kein Wort aus ihm herausbekommen zu können. Auch wenn sie seine kleinen Überraschungen liebte, heute stand ihr der Sinn nicht nach Abenteuern, aber sie brachte es nicht übers Herz, ihn zu enttäuschen. Nicht, wenn er sie spitzbübisch anlächelte und sich so sehr über seine Planungen freute. Als sie am Hauptgebäude der Johann-Wolfgang-Goethe-Universität vorbeigingen, konnte Lily nicht mehr vorgeben, unbeschwert zu sein. Ihr blutete das Herz, als sie die unzähligen Studenten entdeckte, die mit Büchern auf den Armen zum Hauptgebäude strebten.

»Heute ist der Tag der Säuberung, wie sie es nennen«, sagte Lily mit belegter Stimme. Sie konnte und wollte nicht verstehen, warum die Nationalsozialisten Bücher zu ihren Feinden erklärten, die vernichtet werden mussten. Sonst hielten die Braunhemden doch so viel von Traditionen, aber sie scheuten sich nicht davor, Kultur zu zerstören, nur weil ihnen die Ideen der Autoren nicht gefielen. »Undeutsches Gedankengut nennen sie so viele der wunderbarsten und klügsten Werke, die je geschrieben wurden.«

»Eben deshalb möchte ich, dass du mit mir kommst.« Alexander nahm sie in seine Arme, um sie an den Studenten vorbeizuführen, die unter Gejohle und Gelächter weitere Bücher zur Sammelstelle schleppten. »Ich kann das genauso wenig ertragen wie du, aber wir können nicht zu zweit gegen diesen Mob ankämpfen.«

»Vielleicht sollten wir es versuchen«, antwortete sie leidenschaftlich. »Irgendjemand muss damit anfangen, ihnen Einhalt zu gebieten. Für mich …«

Sie kämpfte gegen Tränen an, woraufhin er sie noch enger in die Arme schloss. Obwohl sie sich geborgen fühlte, konnte selbst Alexander Lily nicht darüber hinwegtrösten, dass vor ihren Augen Bücher der Vernichtung preisgegeben werden sollten. Bücher von Autoren wie Heinrich Mann, Stefan Zweig, Lion Feuchtwanger und Alfred Döblin, von Erich Maria Remarque und Erich Kästner. Alles, was die Nationalsozialisten als undeutsch betrachteten, weil es klug und kritisch war oder weil es von Menschen jüdischen Glaubens geschrieben wurde.

»Wo soll das noch hinführen?«, fragte sie mit kläglicher Stimme und wandte sich um, um einen letzten Blick auf den johlenden Mob zu werfen, dem es einen Heidenspaß machte, Romane und Schriften zu zerstören. »Was erwartet uns für eine Zukunft?«

»Menschen, die Bücher vernichten, werden nicht lange an der Macht bleiben.« Alexander beschleunigte seine Schritte, so dass Lily sich anpassen musste und gemeinsam mit ihm davoneilte. »Wir müssen nur abwarten.«

»Nein!«, protestierte Lily. »Wenn wir nicht kämpfen, haben wir jetzt schon verloren.«

»Bitte.« Alexander blieb stehen. »Bitte, lass uns nicht wieder darüber streiten. Lass unsere Liebe ein Fanal gegen ihre Dummheit und Grausamkeit setzen.«

Obwohl Lily aufbegehren und mit ihm diskutieren wollte, schwieg sie. Zu oft hatten sie diese Debatte geführt, was nur darin endete, dass sie beide sich schlecht und traurig fühlten, ohne dass sie einander verstehen konnten oder sich ihre Positionen annäherten. Man muss den Menschen, den man liebt, so nehmen, wie er ist, dachte sie. Sonst liebt man ihn nicht, sondern nur die Vorstellung, die man von ihm hat. Wenn ich ihn ändere, ist er nicht mehr der Mann, in den ich mich verliebt habe. Obwohl sie das wusste, fiel es Lily oft schwer, Alexander nicht auf ihre Seite ziehen zu wollen.

Je weiter ihr Weg sie von der Universität wegführte, desto leichter wurde Lily ums Herz, bis es ihr beinahe gelang, alles andere zu vergessen und den unvermutet freien Nachmittag mit Alexander zu genießen. Als sie erkannte, wohin sie gingen, jauchzte sie voller Freude auf.

»Der Palmengarten. Bitte sag mir, dass wir in den Palmengarten gehen.«

»Warst du schon einmal hier?«, fragte er, sichtbar erfreut darüber, dass ihr seine Überraschung gefiel.

»Wenn ich es mir leisten konnte«, antwortete Lily. »Ich liebe das große Palmenhaus und die Vögel dort. Die Freiheit, die sie besitzen, umherzufliegen. An einem so schönen und friedlichen Ort.«

»Aber sie haben nicht die Freiheit, das Palmenhaus zu verlassen.« Auf einmal wirkte Alexander ernst, wie Lily ihn noch nie erlebt hatte. »Vielleicht verstehen wir immer nur die Freiheit der anderen und niemals unsere eigene.«

Dann schüttelte er den Kopf, als wollte er den Augenblick der Ernsthaftigkeit vertreiben. »Komm mit. Bevor der Regen beginnt, möchte ich bei den Gewächshäusern sein.«

Hand in Hand schlenderten sie unbeschwert durch den Palmengarten, über die breiten Wege, die sie nahezu für sich allein in Anspruch nehmen konnten, weil es die meisten Frankfurter nur bei Sonnenschein zu den Pflanzen und Blumen zog. Immer wieder blieb Alexander stehen, um eine ungewöhnliche Blume zu fotografieren oder Lily zu überreden, für ihn Modell zu stehen.

»Nein«, wehrte sie ab. »Du weißt, dass ich es nicht mag, fotografiert zu werden. Wenn du mich nicht in deinem Herzen in Erinnerung trägst, helfen dir Fotos von mir auch nicht.«

Erste Regentropfen fielen auf sie herab, so dass Alexander seine Jacke auszog, um mit ihr ein Dach zu bilden, unter dem Lily und er Schutz finden könnten. Sobald der Regen stärker wurde, flüchteten Lily und Alexander in eines der Gewächshäuser oder suchten Schutz unter dem Vordach des großen Gesellschaftshauses.

»Ich mochte das alte Gesellschaftshaus lieber«, sagte Lily, die sich schüttelte, weil ihr Regen den Kragen entlanggelaufen war und nun über ihren Rücken rann. »Das hier ist mir viel zu kantig.«

»Mir ist egal, wie es aussieht, solange ich nur bei dir bin.« Alexander küsste sie. Von seinen nassen Haaren tröpfelte Regen auf Lilys Gesicht, ohne dass es sie störte. »Aber wenn du es so gar nicht leiden kannst, dann flüchten wir eben wieder zu den Kakteen. Oder doch lieber in die tropischen Regenwälder?«

»Von Regen habe ich fürs Erste genug.« Lily griff sich mit beiden Händen in den Nacken, unter die kurzen Haare, um sie auszuschütteln. »Lass uns ins große Treibhaus gehen. Zum Wasserfall.«

»Typisch Frau«, neckte Alexander sie. »Erst will sie kein Wasser. Dann kann sie nicht genug davon bekommen.«

»Wer zuletzt dort ankommt, ist ein Verlierer.« Lily rannte los, so schnell sie konnte, doch Alexander holte sie mit seinen langen Beinen mühelos ein.

»Der Preis für den Sieg«, sagte er atemlos, zog Lily an sich und drehte sich mit ihr im Kreis. »Der Preis ist ... ein Kuss.« Glücklich lachend traten sie ins Treibhaus, küssten sich, sobald sie einen Vogel entdeckten, und genossen jede Minute des unvergleichlich schönen Nachmittags.

»Komm, wir setzen uns vor den Musikpavillon und geben vor, dem besten Konzert unseres Lebens zu lauschen.« Alexander zog Lily hinter sich her, nachdem der Regen aufgehört hatte. »Béla Bartóks *Piano Concerto No. 2*, zum Beispiel.«

»Das kenne ich nicht.« Lily spürte eine Mischung aus Bedauern und Scham, dass sie so wenig von der Kultur wusste, die ihm so viel bedeutete.

»Aber du musst doch davon gehört haben. Das Stück hatte am 23. Januar in Frankfurt Premiere.«

»An dem Tag habe ich Flugblätter verteilt und bin von einer Kommunistin als Verräterin beschimpft worden«, antwortete Lily schmallippig. »Und von vielen braven Frankfurter Bürgern. Verzeih, dass mir das Konzert entgangen ist.«

»Ach, Lily«, sagte Alexander und sah sie flehend an. »Ich wollte dich nicht verärgern. Ich weiß doch, wie wichtig dir deine Politik ist.«

»Es ist nicht *meine* Politik. Vielen Menschen ist Politik wichtig. Deiner Fotografenfreundin Gisela, zum Beispiel.«

So kam es zu dem Streit, der darin gipfelte, dass sie schweigend nebeneinander durch die Straßen gingen, ohne sich zu berühren, ja selbst ohne sich anzublicken. Lily bereute ihren Zorn, aber sie konnte nicht über ihren Schatten springen und vorgeben, dass ihr ihre Arbeit nicht wichtig wäre, nur weil Alexander es nicht begreifen konnte. Wenn er sie wahrhaftig liebte, dann müsste er sie doch verstehen.

Je näher sie Alexanders Wohnung kamen, desto mehr hörten sie Gesang und Gejohle, das lauter und lauter aus Richtung der Universität erklang.

»Lily, verzeih. Bitte, komm mit zu mir. Du solltest jetzt nicht auf der Straße sein.«

Obwohl sie einsah, wie richtig seine Bedenken waren, wehrte sich etwas in ihr gegen seine Worte. »Ich will nicht vor ihnen davonlaufen. Ich will ihnen diesen Sieg nicht gönnen.«

»Bitte, Lily.« Vorsichtig griff Alexander nach ihrer Hand, als fürchtete er, dass Lily ihn zurückweisen würde. »Ich stimme dir zu, aber es wäre nicht tapfer, gegen diese Bande anzutreten, sondern unvernünftig und sinnlos.«

Sie nickte nur und ließ ihm ihre Hand. Mit gesenktem Kopf eilte sie neben ihm zu seiner Wohnung, froh, als das eiserne Gittertor hinter ihnen zuschlug und sie sich in Sicherheit wähnen konnte. Doch erst als sie in seinem Wohnzimmer stand, die Türen hinter sich verschlossen, fiel die Anspannung von Lily ab. Aber nur kurz, weil der Krach der Menge selbst hier zu hören war. Schlimmer noch, es klang, als kämen sie näher und näher.

»Möchtest du Kaffee?«, fragte Alexander, der Prinzessin Mäusehaut auf den Arm gehoben hatte, nachdem die Katze versucht hatte, Lily ins Bein zu beißen. »Oder lieber Wein?«

»Kaffee wäre schön.« Gedankenverloren trat Lily ans Fenster, von dem aus sie über den Garten hinaus auf die Straße sehen konnte. Der Anblick war mehr, als sie ertragen konnte. Ohne nachzudenken, drehte sie sich um und lief zur Haustür.

Doch Alexander war schneller. Er setzte die Katze zu Boden und erreichte Lily, kurz bevor diese die Tür öffnen konnte. Mit beiden Armen umschlang er sie und schob sie zurück ins Wohnzimmer.

»Wir müssen hinaus. Wir müssen etwas unternehmen.« Mit aller Kraft versuchte Lily, sich aus Alexanders Armen zu befreien. »Wir können nicht tatenlos zusehen, wie sie Bücher verbrennen. Bücher!«

»Lily. Liebes.« Alexander zog sie enger an sich, was Lilys Widerstand nur wütender werden ließ. »Bitte. Bleib hier. Schau es dir an.«

Obwohl sie immer noch versuchte, sich ihm zu entwinden, bugsierte er sie zum Fenster, um ihr die Horde zu zeigen, die johlend und grölend zum Römerberg marschierte. Voran marschierte eine Kapelle in der verhassten SS-Montur, gefolgt von Professoren und Studenten des Nationalsozialistischen Deutschen Studentenbundes, die Uniform trugen und Fahnen schwangen. Erst dann kam der Bücherwagen, ein Karren, gezogen von Ochsen. Lily schluchzte vor Empörung und Wut laut auf, als sie erkannte, dass der Wagen sonst dazu diente, Mist auf die Felder zu fahren.

»Wie können sie nur?«, fragte sie kopfschüttelnd, fassungslos vor Entsetzen über das Geschehen. »Wie können sie es nur wagen, die klügsten und besten Denker undeutsch zu nennen? Wie kannst du es nur ertragen?«

Sofort nachdem ihr die zornigen Worte entglitten waren, schämte sie sich, sah sie doch, wie tief sie Alexander trafen.

»Du und deine Familie und Freunde – ihr seid nicht die Einzigen, die unter den Braunhemden leiden.« Seine Stimme klang kühler, als er jemals mit ihr gesprochen hatte. »Sie nennen Kunst und Musik entartet und wollen uns verbieten, das zu sehen oder zu hören, was uns wichtig ist. Oder zu lesen.« Lily schwieg. Ihr Herz wünschte sich, Alexander in den Arm zu nehmen, aber ihr Verstand weigerte sich anzuerkennen, dass Alexander ebenfalls unter den Nationalsozialisten litt wie sie und ihre Freunde. Immerhin musste er nicht jedes Klopfen an der Tür fürchten, musste sich nicht sorgen, eines Nachts heimlich abgeholt zu werden, nur weil man Sozialdemokrat oder Gewerkschafter war. Aber Lily fühlte sich zu müde und zu erschöpft, um diese Debatte jetzt zu führen. Sie wollte nicht mit ihm streiten, wollte den Tag, der so hoffnungsfroh begonnen hatte, nicht in bösem Blut enden lassen.

»Immerhin werden die Bücher nicht gut brennen«, sagte Lily bitter. »Schau zum Himmel. Es bleibt ein feuchter, trister Tag.« Sie wandte sich ab, um ihre Tränen zu verbergen. Sanft hielt er sie in seinen Armen, berührte mit den Lippen ihre Haare, aber sagte kein Wort.

»Ich … Ich kann nicht in einem Land leben, in dem Bücher auf Scheiterhaufen enden.« Lily löste sich aus Alexanders Armen. »Meine Großeltern sprachen schon vom Exil.«

»Verlass mich nicht!« Seine Worte waren ein Aufschrei, voller Leid, so dass Lily erschrak. »Bitte, bitte, geh nicht.«

»Nein«, antwortete sie. »Du kennst mich. Ich laufe nie weg.« Schweigend schauten sie aus dem Fenster, bis der endlos erscheinende Zug an ihnen vorbeimarschiert war wie ein Spuk in der Nacht.

»Ich möchte, dass du meine Eltern kennenlernst.« Alexander drehte Lily sanft, damit sie ihn anschaute. »Meinst du nicht, dass es dafür langsam Zeit ist?«

Mit vielem hatte Lily rechnen können, doch diese Bitte kam unvermutet. Seine Eltern treffen, von denen sie bisher nur gehört hatte, die sie bisher nur durch Alexanders Beschreibungen und Worte kennengelernt hatte. Es passte gar nicht zu Alexander, dass er Lily seinen Eltern vorstellen wollte. Seine Mutter liebte er abgöttisch und fand nur warme Worte, um sie für Lily zum Leben zu erwecken. Schauspielerin war Amanda gewesen, bis sie sich in Ferdinand Kirchner verliebt hatte und dieser sich in sie. Alexanders Vater kam aus gutem Hause; seine Familie verfügte über beides – Wohlstand und Kultiviertheit, so dass es sie wie ein Schock traf, als Ferdinand, der einzige Sohn und Erbe, ihnen eine Schauspielerin als zukünftige Schwiegertochter vorstellte und nicht bereit war, von diesem unsäglichen Gedanken Abstand zu nehmen.

»Man sollte meinen, dass ein Mann wie mein Vater, der sich für die Liebe so weit von seiner Familie entfernt hat und sogar bereit war, auf sein Erbe zu verzichten, ein Mann ist, der neuen Ideen gegenüber zugänglich ist«, hatte Alexander einmal bitter gesagt, nachdem er von einer der sonntäglichen Familienmahlzeiten zurückgekehrt war. »Aber nein. Er fordert von mir, dass ich so werde wie er. Nur noch steifer und verbitterter.«

Und diesem Mann wollte Alexander nun Lily präsentieren, die sicher genauso wenig wie eine Schauspielerin den Vorstellungen davon entsprach, wie die passende Frau an Alexanders Seite zu sein hatte. Selbst Lilys Eltern, die diese für weltoffene und freundliche Menschen gehalten hatte, verbargen mehr schlecht als recht, dass sie sich einen anderen Mann als Alexander für Lily gewünscht hätten.

»Einen, der besser zu uns passt, der unsereins versteht«, wie Oma Alwine es ausgedrückt hatte. »Nicht, dass dein Alexander nicht nett ist. Aber ...«

Aber er gehörte einfach nicht ins Gallusviertel, das hatte Lily sehr wohl verstanden und es seit dem Tag vermieden, Alexander mit zu ihrer Familie zu nehmen. Warum auch? Schließlich besaß er eine wunderbare Wohnung, in der er, Lily und Prinzessin Mäusehaut wie auf der einsamen Insel Robinson Crusoes oder auf einem verwunschenen Schloss leben konnten, unbehelligt von der Welt und deren Erwartungen und Vorstellungen. Warum also musste Alexander ihren Frieden und ihre Zweisamkeit stören, indem er Lily diese Frage stellte?

»Wieso? Willst du mich etwa heiraten?«, fragte sie schließlich in leichtem Ton, während sie krampfhaft überlegte, wie sie Alexander diese Idee ausreden sollte. Wenn Lily ehrlich zu sich selbst war, fürchtete sie sich davor, seinen Eltern entgegenzutreten. Schlimm genug, dass es Lou immer wieder gelang, Lily das Gefühl zu geben, nichtsahnend und ungebildet zu sein. Die Idee, dass Alexanders Eltern sich über sie mokieren würden, weil sie nicht wusste, dass Béla Bartóks *Piano Concerto No. 2* am 23. Januar dieses Jahres in Frankfurt seine Premiere erlebt hatte, versetzte Lily in Schreckensstarre. Niemals würde Alexander ihr all das beibringen und erklären können, was er über Musik und Theater wusste. Und warum auch, dachte sie auf einmal trotzig. Sie kamen nun einmal aus unterschiedlichen Welten, auch wenn sie sich liebten. Selbst wenn Lily sich nicht mit Kultur in dem Maße auskannte wie Alexander, so kannte sie andere Dinge, die für ihn fremd und unvorstellbar waren.

»Ja.«

In ihren Gedanken echauffierte Lily sich so sehr über die Unterschiede zwischen ihnen und die Anforderungen, die seine Eltern wahrscheinlich an eine Schwiegertochter stellten, dass sie Alexanders Antwort erst überhörte.

»Ja, ich möchte dich heiraten.« Sein Lächeln wirkte gleichzeitig liebevoll und bekümmert. »Obwohl ich den Antrag romantischer geplant hatte. Sagst du ja zu mir?«

Kapitel 21

Frankfurt am Main, 18. August 1933

»Du bist schwanger?«
Lily zuckte zurück, weil sie den Ausdruck auf dem Gesicht ihrer Mutter nicht deuten konnte. War es Entsetzen oder nur Überraschung? Vielleicht hätte sie ihre Mutter nicht einfach mit der Nachricht überfallen sollen, doch die Verzweiflung hatte Lily nach Hilfe suchen lassen. Wer wäre dafür besser geeignet als ihre Mutter, auf die sich Lily immer verlassen konnte und die ihr als Einzige zugeraten hatte, Alexander zu lieben. Alexander. Lilys Herz wurde schwer bei dem Gedanken, ihrem Geliebten von der Schwangerschaft erzählen zu müssen. Seit jenem verhängnisvollen Tag im Mai, dem Tag, an dem sie seinen übereilten Heiratsantrag abgelehnt hatte, schwang ein deutlicher Misston in ihrer Liebe. Auch wenn sie beide sich das nicht eingestehen wollten und bisher kein Wort darüber verloren hatten.
»Ich … Ich kann nicht«, hatte Lily Alexander geantwortet, unter Tränen, aber dennoch mit der sicheren Gewissheit, dass sie die richtige Entscheidung getroffen hatte. »Ich kann dich nicht heiraten. Nicht in dieser entsetzlichen Zeit, in der niemand von uns weiß, welche Schrecken uns noch erwarten.«
»Das ist kein Grund, sein eigenes Leben zu opfern«, hatte Alexander vehement widersprochen. »Du hilfst niemandem,

wenn du dir dein Glück versagst. Manchmal fürchte ich, dass du eine Märtyrerin der sozialdemokratischen Partei werden willst. Warum bestrafst du dich und mich?«

»Du würdest es niemals verstehen«, war Lily herausgerutscht, geboren aus Überraschung und Aufregung über seinen unerwarteten Antrag. »Du interessierst dich nur für dich.«

»So also siehst du mich. Bin ich für dich nur ein Zeitvertreib, bis du schließlich einen braven Sozialdemokraten heiratest?« Es hatte so viel Bitterkeit in Alexanders Stimme gelegen, dass es Lily für einige Augenblicke die Sprache verschlagen hatte.

»Bin ich dir nicht gut genug als Ehemann?«

Empört war Lily aufgesprungen, hatte ihren Mantel ergriffen und war hinausgeeilt. Hinaus in den grauen Vorabend, dessen Regen ihr die Tränen vom Gesicht wusch. Davongelaufen wie das erste Mal, als sie vor Alexanders Haus gestanden hatte. Doch dieses Mal folgte er ihr nicht, sosehr sie sich das im tiefsten Innern ihres Herzens auch wünschen mochte. Unter Tränen lief sie die Bockenheimer Landstraße entlang, blind für die Braunhemden und Studenten, die die nationalsozialistische Fahne schwenkten, taub für deren Parolen, eingesponnen in einen Schmerz, so intensiv und reißend, dass er ihr das Herz zu brechen drohte.

Bereits am nächsten Morgen stand Alexander vor Lilys Tür, um sich wortreich zu entschuldigen. Übernächtigt sah er aus, bleich, mit dunklen Ringen unter den Augen, die verdächtig gerötet waren. Genau wie Lily schien er die vergangene Nacht nicht geschlafen zu haben. Sie hatte wach gelegen und sich wieder und wieder gefragt, ob sie eine falsche Entscheidung getroffen hatte. Eine Entscheidung, die ihr den Mann genommen hatte, den sie liebte. Obwohl ihr die Vorstellung, dass ihre Ablehnung Alexander so tief verletzt hatte, dass er sich von ihr trennen würde, jedes Mal die Tränen in die Augen trieb, war Lily nach langem Grübeln schließlich zu dem Schluss gekommen, dass sie ihrem Herzen folgen musste. Ihrem Herzen, das Alexander liebte, aber gleichzeitig wusste, dass Lily ihn nicht heiraten konnte. Zu viel trennte sie.

»Lily. Liebes. Es tut mir unendlich leid.«

Als sie Alexander so vor sich sah, leidend und unglücklich, konnte Lily nicht anders, als ihn in die Arme zu schließen und ihm ihre Liebe zu versichern. Weil sie ihn liebte, hatte sie sich dazu überwunden, an einem der sonntäglichen Mittagessen im Hause Kirchner teilzunehmen, das sich zu genau dem Desaster entwickelt hatte, das Lily befürchtet hatte. Bereits auf dem Weg zu Alexanders Eltern hätte sie am liebsten in einer der Heckenwirtschaften haltgemacht, um sich mit Äppelwoi ein wenig Mut für die Begegnung zu machen, aber sie fürchtete, dass es keinen guten Eindruck vermitteln würde, sollte sie bereits zur Mittagszeit nach dem sauren Wein riechen.

Alexander schien ihre Nervosität zu spüren und wies Lily immer wieder auf etwas in Sachsenhausen hin, wohl, um sie abzulenken.

»Sieh nur.« Sein Lächeln sollte sie beruhigen, aber seine Bemühungen steigerten Lilys Sorge vor der Begegnung noch.

»Das Haus zu den drei Rindern.«

Erst begriff Lily nicht, was er ihr zeigen wollte, doch dann entdeckte sie die Aufschriften an der Häuserwand.

Hier übernachteten
Im Jahre 1782 der Dichter Friedrich von Schiller
Im Jahre 1790 der Ton-Dichter Wolfgang Amadeus Mozart

Trotz ihrer Nervosität musste sie lächeln. »Nun ja, immerhin waren es bedeutende Männer, oder?«

»Und was sind schon einhundertfünfzig Jahre, wenn man die Weltgeschichte betrachtet.« Alexander griff nach ihrer Hand. »Wenn es gar nicht zum Aushalten ist, flüchten wir sofort nach dem Essen.«

Je näher sie Alexanders Elternhaus in der Forsthausstraße kamen, desto größer wurde Lilys Wunsch, umzudrehen und in die Sicherheit ihrer Welt im Gallusviertel zurückzulaufen, so schnell es ihr möglich war. Die Villen hier wirkten noch imposanter und pompöser als die im Westend. Ausgedehnte Parks, die die Häuser voneinander trennten, sorgten dafür, dass man unbehelligt von nachbarlicher Neugier leben konnte.

Lily fühlte sich unscheinbar, billig gekleidet und so fehl am Platz wie noch nie in ihrem Leben.

»Was meinen Sie, Lily?«, fragte Alexanders schöne Mutter. »Ist Magda Spiegel wirklich der Sutter-Kottlar vorzuziehen?«

»Ich … Ich …« Verlegen schaute Lily auf das blütenweiße Tischtuch mit den edlen Stickereien und betrachtete die vielen Gläser vor sich, die für Getränke vorgesehen waren, deren Namen Lily nicht einmal kannte. »Ich gehe selten in die Oper.«

Was gelogen war. Bisher war Lily noch nicht einmal in der Oper gewesen, einfach, weil die Eintrittspreise sie abgeschreckt hatten. Und weil sie viel zu wenig von klassischer Musik verstand, als dass es die exorbitanten Eintrittspreise gerechtfertigt hätte. Das einzige klassische Konzert, das ihre ganze Familie besucht hatte, war die riesige Aufführung der *Ode an die Freude* in der Frankfurter Festhalle gewesen. Gemeinsam mit vielen Freunden und Genossen hatten sie das Konzert aufgesucht, das der sozialdemokratische Kultur-

dezernent Dr. Max Michel und das Kulturkartell der Arbei-
terbewegung auf die Beine gestellt hatten, um Beethovens
9. *Symphonie* für alle Frankfurter erschwinglich zu machen.
Achtzehntausend Menschen waren dem Aufruf gefolgt, wie
die Frankfurter Zeitung am nächsten Tag berichtet hatte,
weitere fünftausend hatten vor den Toren bleiben müssen.
Lily und ihre Familie hatten zu den Glücklichen gehört, die
Karten und einen Platz erhalten hatten. Noch heute erinnerte
Lily sich an das Gefühl ihrer Gänsehaut, als die einhundert
Musiker und siebenhundert Sänger die *Ode an die Freude*
anstimmten. Ihr waren die Tränen über die Wangen gelaufen,
so sehr hatte die Musik sie ergriffen. Auch ihren Eltern und
Großeltern war es ähnlich ergangen, nur Karl hatte sich der
Musik verwehrt.
Sollte sie mit Alexanders Eltern darüber reden? Versuchen,
diesen Menschen, die sich über Opernsängerinnen unterhiel-
ten, begreiflich zu machen, was das Konzert vor mehr als
zwei Jahren für Lily bedeutet hatte, wie sehr es den tristen
November für sie erhellt hatte? Nein, entschied Lily, das war
eine Geschichte, die sie nicht mit den Kirchners teilen wollte.
Daher lächelte sie und fragte: »Halten Sie die beiden Sänge-
rinnen denn für vergleichbar?«
Dass Magda Spiegel eine wunderbare Altstimme hatte, während Beatrice Sutter-Kottlar Sopransängerin war, das wusste
Lily aus der *Frankfurter Zeitung.* Daher fühlte sie sich den
Fragen von Alexanders Eltern, die Lily an ein Examen erinnerten, nicht völlig hilflos ausgeliefert. Dennoch konnte sie
den Ärger nur schlecht verhehlen, den diese Art der Unter-
haltung in ihr auslöste. Ihre Eltern waren Alexander gegenüber deutlich freundlicher gewesen, obwohl Lily ihnen angesehen hatte, dass sie sofort bemerkten, dass Alexander aus
einer anderen Welt kam.

Zäh zog sich das Mittagessen dahin. Viele Fragen, die Alexanders Eltern ihr stellten, vermittelten Lily das Gefühl, dass sie einer Prüfung unterzogen wurde. Gewogen und zu leicht befunden. Weder Alexanders Mutter noch sein Vater machten einen Hehl daraus, dass sie Lily nicht als passende Partie für ihren Sohn ansahen. Das war der Anlass zu einem erbitterten Wortgefecht zwischen Alexander und seinen Eltern, was wiederum dazu führte, dass Lily und er überstürzt aufbrachen. Wortreich entschuldigte Alexander sich für seine Eltern, bis Lily ihm sagte, dass es für sie nicht von Bedeutung wäre, weil sie ihn liebte und nicht seine Familie.

Wenn Alexander und sie glücklich miteinander gewesen wären, so wie in der Zeit vor der Bücherverbrennung, hätte dieses misslungene Essen Lily sicher getroffen und an sich zweifeln lassen, aber sie hätte es irgendwann vergessen und abschütteln können. In der neuen Situation, dem gescheiterten Antrag, über den sie beide schwiegen, war die Ablehnung seitens Alexanders Familie ein weiterer Stich, der Lily schmerzte und sie von Alexander entfernte. Wie bei vielen Paaren, die Lily kannte, war nun auch bei Alexander und ihr die Zeit angebrochen, wo man Geheimnisse mit sich trug und Unausgesprochenes bewahrte. Ereignisse, von denen beide wussten. Aber niemand wagte es, ein Wort darüber zu verlieren, aus Angst, sich damit endgültig zu verlieren.

Zum ersten Mal in ihrer Liebe behandelten Lily und Alexander einander mit Samthandschuhen, schlichen auf Zehenspitzen durch den Alltag, immer darauf bedacht, nur nichts anzusprechen, was erneut einen Streit hervorrufen könnte. Gleichzeitig fühlten beide sich unwohl, einander auf einmal so fremd und fern zu sein, dass Lily sich manches Mal wünschte, sie hätte seinem Antrag ein ehrlich gemeintes »Ja« entgegnen können.

Und nun auch noch das! Bereits im Juli hatte Lily gefürchtet, dass Alexanders und ihre Liebe Folgen tragen könnte, doch sie hatte versucht, ihre Übelkeit mit den steigenden Sorgen zu erklären. Täglich erreichten sie schlimme Nachrichten. Die SPD war verboten worden, und viele ihrer Freunde und Genossen wurden bei Nacht und Nebel verhaftet. Neben die täglich wachsende Angst, die Furcht vor jedem Klopfen an der Tür, vor geflüsterten Neuigkeiten, die selten Gutes verhießen, waren zwei Abschiede getreten, die Lily und ihre Familie unvermutet überfallen hatten. Oma Alwine war eines Morgens nicht mehr aufgewacht, als wollte sie nicht mehr Teil einer Welt und einer Zeit sein, in der ihre politischen Überzeugungen mit Füßen getreten wurden und ihre Familie bedroht war, ohne dass Alwine etwas dagegen unternehmen konnte. Bald nach der Beerdigung, einer stillen Trauerfeier, nur von wenigen engen Freunden begleitet, hatten Willy und Bertha verkündet, dass sie Deutschland verlassen würden, solange es ihnen noch möglich war.

Erst hatten Lily und ihre Familie diese Ankündigung für einen Zornausbruch von Oma Bertha gehalten, deren Wut seit dem SPD-Verbot wie eine dunkle Wolke über ihr hing, doch wenige Tage später stand das Abreisedatum fest. Bertha und Willy packten ihre Kleidung und viele Erinnerungsstücke in zwei Koffer, verabschiedeten sich und machten sich auf den Weg nach Schweden. Dorthin, wo Katharina, die ältere Schwester von Lilys Vater, seit Jahren lebte, weil sie einem Mann aus Stockholm gefolgt war, in dessen gletscherblaue Augen sich die damals Achtzehnjährige verliebt hatte.

»Warum kommt ihr nicht mit?«, fragte der sonst so stille Willy mit lauter Stimme. »Niemand, dessen Herz links schlägt, kann es guten Gewissens in diesem Land aushalten. Der Hitler wird uns länger erhalten bleiben, als uns lieb ist.«

Nach dieser für Willy ausufernden Rede versank er in dumpfem Brüten und überließ das Reden wieder seiner Frau.

»Vor allem der Junge muss raus aus Deutschland.« Bertha nickte bedeutungsschwer. »Wenn Karl zu den Kommunisten geht, ist er seines Lebens nicht mehr sicher.«

»Wir haben Freunde hier, die uns brauchen.« Gottfried drückte die Hand seiner Mutter. »Vielleicht folgen wir euch später nach. Aber erst einmal müssen wir hier retten, wer zu retten ist.«

»Wartet nur nicht zu lange.« Bertha stand auf. »Ich fürchte, der Hitler wird irgendwann die Grenzen schließen. Vielleicht sogar einen Krieg anfangen.«

»Pass auf dich auf, Kind.« Opa Willy zog Lily in seine Arme. »Dein junger Mann ist schon richtig, glaub mir. Folge deinem Herzen.«

»Danke.« Lily kämpfte gegen die Tränen an, weil sie fürchtete, ihre Großeltern nie wiederzusehen. Bereits Oma Alwine fehlte jeden Tag; die Wohnung wirkte stiller und leerer ohne sie. Wenn nun nicht einmal mehr Bertha und Willy zu Besuch kämen, fühlte Lilys Leben sich noch ein Stück einsamer und dunkler an. »Meldet euch. Alles Gute.«

Nachdem Bertha und Willy in den Zug gestiegen waren, der sie nach Stockholm bringen sollte, war Lily zu Alexander geflohen, in dessen Armen sie sich in den Schlaf geweint hatte. Für eine kurze Weile hatte Lilys Trauer um Oma Alwine und ihre Sorge um Oma Bertha und Opa Willy sie Alexander nähergebracht. Zögernd war in Lily die Hoffnung gewachsen, dass sie doch noch einen gemeinsamen Weg finden könnten, den sie nebeneinander beschreiten konnten, ungeachtet ihrer Unterschiedlichkeit und der Welt, die sich um sie herum entwickelte. Alles deutete auf einen zaghaften und leisen Neuanfang hin, weil sie es sich beide so sehr wünschten, wie Lily hoffte. Weil sie beide einander nicht aufgeben wollten, trotz der Verletzungen, die sie sich in den letzten Wochen zugefügt hatten. Beinahe war es Lily gelungen, das Glück der ersten Tage und Wochen ihrer Liebe wieder zu verspüren … Nun traf sie die Gewissheit, dass ihre Übelkeit nicht der Sorge und Trauer geschuldet war, sondern einem neuen Leben, das in ihr heranwuchs.

»Lily. Kind.« Ida nahm ihre Tochter in den Arm. »Ich weiß nicht, was ich sagen soll, weil ich nicht weiß, ob du dich freust oder nicht.«

»Es ist keine Zeit, ein Kind zu bekommen.« Lily weinte, nachdem sie die Worte ausgesprochen hatte, die ihr bereits auf die Zunge drängten, seitdem der Arzt ihre Schwangerschaft festgestellt hatte.

»Ach, Lily, Kind«, sagte ihre Mutter mit einem Lächeln. »Es gibt immer einen Grund, warum die Zeit schlecht ist für ein Kind, aber es gibt auch immer einen Grund, ein Kind zu bekommen. Du bist selbst mitten in einem Krieg geboren …«

»Daran habe ich nie gedacht. Ich erinnere mich kaum an den Krieg.«

»Du warst noch zu klein. Aber dein Vater und ich, wir haben alle Schrecken des Krieges erlebt und trotzdem keinen Augenblick daran gezweifelt, dass es ein Wunder war, dass du auf die Welt kommen würdest.«

»Danke.« Lily bedachte ihre Mutter mit einem Blick voller Liebe, froh, dass Ida so war, wie sie war, und nicht so eine ausnehmend kühle Frau wie Alexanders Mutter Amanda. Bei dem Gedanken daran, dass Amanda und Ferdinand die Großeltern ihres Kindes werden sollten, wurde Lily ganz schummrig, so dass sie sich hinsetzen musste.

»Lily. Was hast du? Du bist ganz bleich.«

»Alexanders Familie. Sie … sie werden denken, ich … Danke.« Mit zitternden Fingern griff Lily nach dem Glas Milch, das ihre Mutter ihr hinstellte. Kaum hatte sie ausgetrunken, fühlte sie sich, als ob sie die Milch wieder herauswürgen wollte. Beruhigend legte sie eine Hand auf ihren Bauch. »Seine Eltern werden glauben, dass ich ihn mit dem Kind zu einer Heirat zwingen will.«

»Wissen sie nicht, dass er dir bereits einen Antrag gemacht hat?«

Ihre Mutter war die Einzige, der Lily von dem unglücklichen Tag erzählt hatte, weil Ida mit einem Blick erkannt hatte, dass Lily und Alexander sich schlimm gestritten hatten. Ebenso wie sie gesehen hatte, dass es bei der Auseinandersetzung um mehr gegangen war als um ein harmloses Missverständnis unter Frischverliebten. Zu Lilys Beruhigung hatte ihre Mutter Lilys Entscheidung verstehen können und akzeptiert. Allerdings war Ida der Ansicht, dass Lily gerade in dieser schlimmen Zeit ihrer Liebe treu bleiben sollte, um ein klein wenig Helligkeit im Dunkel, das sie umgab, zu finden.

»Ich glaube nicht. Alexander hat es sich damals spontan überlegt.« Lily schüttelte den Kopf. »Beim besten Willen kann ich mir nicht vorstellen, dass er vorher mit seinen Eltern darüber gesprochen hat.«

Sie schauderte, als sie sich an die prüfenden Blicke erinnerte, die ihr während der gemeinsamen Mahlzeit gefolgt waren, als erwarteten Alexanders Eltern, dass Lily sich wie eine Barbarin mit bloßen Händen auf das Essen stürzte, anstatt wie zivilisierte Menschen Besteck zu benutzen. Wobei Lily allerdings eingestehen musste, dass sie die Vielzahl der unterschiedlich großen Messer, Gabeln und Löffel verwirrt hatte und sie froh gewesen war, dass Alexander ihr vorher verraten hatte, in welcher Reihenfolge das Besteck zu benutzen war.

»Er ist der Vater deines Kindes«, sagte Ida sehr ruhig und sanft, als fürchtete sie, dass ihre Worte Lily erschrecken könnten. »Und er liebt dich. Sehr. So, wie ich mir immer für dich gewünscht habe, dass jemand dich liebt. So, wie du es verdienst.«

»Danke«, flüsterte Lily, der Tränen in die Augen traten. Rührung verhinderte, dass sie mehr sagen konnte. Was war nur mit ihr los? Sonst hatte sie doch nicht so nah am Wasser gebaut. Ob das der Schwangerschaft geschuldet war? Sie räusperte sich. »Ich … Ich liebe ihn auch. Manchmal fürchte ich, dass ich ihn zu sehr liebe.«

Ida lächelte. »Ich glaube nicht, dass man jemanden zu sehr lieben kann. Hör auf dein Herz, mein Schatz.«

»Wie war das damals, als du dich in Vati verliebt hast?«, fragte Lily, weil sie die Geschichte so gern hörte und auch, weil sie nicht über das nachdenken wollte, was ihre Mutter gesagt hatte.

»Alwine war nicht sehr angetan von Gottfried.« Idas Augen wurden feucht, als sie den Namen ihrer Mutter aussprach. Auch wenn Alwine laut und polternd gewesen war, so hatte Ida ihre Mutter sehr geliebt und vermisste sie jeden Tag, wie Lily sehr wohl wusste. »Aber sie wäre von keinem Mann begeistert gewesen, der mich ihr ›weggenommen‹ hätte, wie sie es nannte.«

»Aber du hast nicht aufgegeben.«

»Natürlich nicht. Obwohl wir kaum Geld hatten und nicht wussten, wovon wir leben sollten, war uns beiden klar, dass wir nur miteinander leben wollten, dass wir gemeinsam stärker und glücklicher würden als allein.«

»Ihr habt aber auch die gleichen Überzeugungen geteilt, Vati und du.« Lily spürte, wie der Kloß in ihrer Kehle wuchs und sie am Atmen hinderte. »Nicht so wie Alexander und ich.«

»Die Gemeinsamkeiten sind das Mehl in der Suppe einer Liebe«, sagte Ida, als hätte sie lange über diese Frage nachgedacht. »Das, was die Liebe zusammenbindet, die Würze, den Geschmack, das Salz – das erhält die Liebe erst durch die Unterschiede zwischen den beiden, die sich lieben. Ohne Salz nützt dir das beste Mehl nichts. Du erhältst eine gut gebundene Suppe, die aber nach nichts schmeckt.«

»Jetzt habe ich Hunger.« Lily hörte ihren Magen knurren. »Wie kannst du Liebe nur mit einer Suppe vergleichen?«

»Weil sie dich nährt und wärmt und weil sie reicht, damit du zufrieden und satt bist.« Ida lachte leise. »Da, schau nur, was du angerichtet hast. Ich höre mich an wie … Wie …«

»Wie die beste Mutter, die ich mir wünschen kann.« Lily stand auf, um ihre Mutter zu umarmen.

»Jetzt ist genug«, wehrte Ida scherzhaft ab. »Ich habe auch Hunger bekommen. Magst du eine Käsestulle?«

Lily nickte. Ihre Gedanken begannen wieder zu wandern.

»Ich werde es Alexander erst einmal nicht sagen.« Noch mehr Geheimnisse, die sich zwischen sie und ihre Liebe drängten. »Der Arzt meinte, in den ersten Monaten könnte ich es noch … verlieren.«

Obwohl ihre Mutter nickte und Lily sanft übers Haar strich, hörten sich die Worte für Lily an wie das, was sie waren: eine Ausrede, um sich nicht mit der Frage beschäftigen zu müssen, was es für ihre Liebe bedeutete, wenn sie Alexander ihr gemeinsames Kind verschwieg.

Kapitel 22

Frankfurt am Main, 20. September 1933

Meine Eltern wollen nach Amerika.« Alexander war bleich; immer wieder fuhren seine Hände fahrig durch seine Haare, als brauchte er etwas, um sich festzuhalten. »Nein, nicht wollen. Sie *müssen* aus Deutschland weg, meinen sie.«

»Wie? Warum?« Lily, noch in Hut und Mantel, stand verwirrt im Flur seiner Wohnung, wie immer argwöhnisch beobachtet von Prinzessin Mäusehaut. Die Tigerkatze brachte ihrer Retterin keinerlei Dankbarkeit entgegen, sondern behandelte Lily weiterhin als Rivalin um Alexanders Aufmerksamkeit. »Was meinst du?«

»Entschuldige.« Er half ihr aus dem Mantel, den er mit mechanischer Geste an die Garderobe hängte. »Lass uns in die Küche gehen. Ich koche Kaffee oder Kakao, was immer du willst. Es ist … Mein Vater hat gerade angerufen. Schlimme Neuigkeiten.«

Auch Lily hatte eine Neuigkeit, die sie ihm eben noch unbedingt mitteilen wollte und die nun wohl würde warten müssen, was ihr nur recht war. Nach einem langen Gespräch hatte Ida Lily schließlich davon überzeugen können, dass sie Alexander von ihrer Schwangerschaft erzählen musste. Gleichgültig, welche Schwierigkeiten und Hindernisse aktuell zwischen ihnen beiden standen. Doch er hatte sie bereits an der Tür abgepasst, verwirrt und zappelig, so dass Lily es nicht übers Herz brachte, Alexander von ihrem gemeinsamen Kind zu erzählen. Erst wollte sie erfahren, was ihn, der immer so beherrscht und souverän wirkte, derart durcheinanderbringen konnte. Nur weil seine Eltern nach Amerika reisen wollten, konnte er doch nicht so verzweifelt sein, oder?

In der Küche ließ Alexander zuerst den Beutel mit Kaffeebohnen fallen und dann eine der schönen Porzellantassen mit dem hellen Rosenmuster, so dass Lily ihm sanft, aber bestimmt befahl, sich hinzusetzen und sie Kaffee kochen zu lassen. Prinzessin Mäusehaut strich um Lilys Beine, weil sie sich wohl erhoffte, dass in der Küche etwas zu fressen für sie abfallen würde. Nachdem Lily der Katze eine halbe Scheibe Schinken gegeben und zwei Tassen mit Kaffee für Alexander und sich auf den Tisch gestellt hatte, setzte sie sich.

»Was hat dein Vater gesagt?«

»So ganz habe ich es nicht begriffen. Er wirkte vollkommen aus dem Häuschen, konnte vor Aufregung kaum sprechen.« Alexander atmete tief ein, nachdem er einen Schluck Kaffee getrunken hatte. »Es muss ihn schwer getroffen haben.«

Lily legte ihre Hand auf die seine. Für sie war es nahezu unmöglich, sich Ferdinand Kirchner, den sie als kühlen und harten Mann kennengelernt hatte, erschüttert vorzustellen. Es musste etwas Furchtbares hinter allem stecken, wenn Alexanders Vater die Contenance nicht mehr bewahren konnte.

»Irgendetwas mit Ahnenforschung und unseren Vorfahren.« Alexander trank einen weiteren Schluck Kaffee, als benötigte er kleine Pausen, um seine Geschichte zu erzählen. Langsam kam er zur Ruhe und wirkte nicht mehr so erschüttert wie vor einigen Minuten. »Wenn ich es richtig verstanden habe, ist meine Mutter Halb- oder Vierteljüdin. Jedenfalls reicht es, um sie in den Augen der Nationalsozialisten als undeutsch erscheinen zu lassen.«

»Das ist entsetzlich.« Erschrocken zog Lily die Hand vor den Mund. Ihr fielen kaum passende Worte ein, um das Grauen zu beschreiben, das Alexanders Worte in ihr hervorgerufen hatten. Nur zu deutlich erinnerte sie sich an den 1. April, den die Nationalsozialisten den »Tag des organisierten Boykotts« genannt hatten. Ein Aufruf an alle Frankfurter, jüdische Geschäfte, Rechtsanwälte und Ärzte zu boykottieren. Viele, viele Menschen waren diesem Appell gefolgt, was Lily zutiefst bekümmert hatte. Seither hatte es noch mehrere Aktionen, die an Schärfe und Boshaftigkeit gewonnen hatten, gegen Menschen jüdischen Glaubens gegeben.

»Wie können wir deinen Eltern helfen?«

»Vater ist vollkommen panisch. Er fürchtet, dass sie Mutter verhaften, und will sofort fliehen.« Alexander sah Lily an. Verzweiflung zeichnete sich auf seinem schönen Gesicht ab, was ihn düster, aber auch begehrenswerter erscheinen ließ. »Erst nach Barcelona. Zu Freunden. Dann nach Amerika. Dort haben wir entfernte Verwandte.«

Beide schwiegen, während sie ihren Gedanken nachhingen.

»Ich ... Ich fürchte, dein Vater hat recht. Auf Dauer ist es in Deutschland zu gefährlich. Für alle, die keine Braunhemden sind oder sein wollen. Für alle, die von den Nationalsozialisten zu deren Feinden erklärt werden.«

»Also auch für dich. Und deine Familie.« Alexander senkte den Blick, als wollte er etwas vor Lily verbergen. »Deine Großeltern sind nach Schweden gegangen. Wie lange wollt ihr warten, bis ihr ihnen endlich folgt?«

»Eine Weile noch. Falls wir überhaupt gehen«, antwortete Lily, die sich über die Richtung wunderte, die ihr Gespräch

242

auf einmal einschlug. »Bisher sind wir nicht allzu gefährdet und können den Genossen helfen, die fliehen müssen.«

»Auch wenn du mich nicht heiraten willst, bitte ich dich inständig, komm mit uns nach Amerika.«

»Du auch?« Lily glaubte, nicht richtig zu hören. »Du willst mit deinen Eltern reisen? Du willst, dass ich mitkomme? Hast du denn gar nichts verstanden?«

Wie konnte er nur erwarten, dass sie Hals über Kopf davonlief, ihre Freunde, denen gegenüber sie ohnehin wegen ihrer Liebe zu ihm ein schlechtes Gewissen mit sich trug, im Stich ließ, um mit Alexander nach Amerika zu reisen, wo sie niemanden kannte und auf Gedeih und Verderb Alexanders Eltern und deren Großzügigkeit ausgeliefert wäre.

Der Gedanke daran, sich so vollkommen von Alexander und seiner Familie abhängig zu machen, schnürte Lily die Kehle zu. Begriff er denn nicht, was es für sie bedeutete, ihre Freiheit aufzugeben, sich in eine Abhängigkeit zu begeben, die sie einengen und fesseln würde? Sie sollte in einem fremden Land leben, dessen Sprache sie nur begrenzt beherrschte, allein, ohne ihre Mutter, ohne ihren Vater. Lilys Kind würde nur Alexanders Eltern als Großeltern kennenlernen und erst spät, wenn überhaupt, erfahren, dass es auch auf Lilys Seite eine Oma und einen Opa gab, die ihr Enkelkind sicher vergöttern würden. Von Alexanders Eltern konnte sich Lily beim besten Willen nicht vorstellen, dass diese sich über einen Enkel sehr freuen würden und Lilys Kind so lieben würden, wie sie oder er es verdiente. Nicht Amanda und Ferdinand Kirchner. Kühle, abweisende Menschen, die mehr Wert auf Höflichkeit als auf Herzlichkeit legten. Auf keinen Fall! Sie wollte, dass ihr Kind in einer Atmosphäre der Liebe aufwuchs und nicht in kühlem Reichtum. Beinahe wären ihr diese Worte herausgerutscht, doch im letzten Moment konnte sie sich bremsen.

Jetzt war auf keinen Fall der Augenblick, Alexander darüber zu informieren, dass er Vater wurde.

»Lily«, sagte Alexander eindringlich und nahm ihre Hände in seine, so dass sie sich bereits gefangen fühlte. »Lily, wenn die Nationalsozialisten meine Mutter undeutsch nennen, dann auch mich. Ich … Ich muss fliehen. Aber nicht ohne dich.«

»Nein!« Lily schrie auf und entzog ihm ihre Hände. Panisch rang sie nach Luft, fürchtete zu ersticken an der Entscheidung, die Alexander von ihr forderte, ohne ihr Zeit zu lassen, sich alles in Ruhe zu überlegen. »Bitte. So schnell … So schnell …«

»Wenn du mich liebst …« Er schaute sie nur an, was widerstreitende Gefühle in Lily weckte. Nichts wünschte sie sehnlicher, als ihn in den Arm zu nehmen und ihrer Liebe zu vergewissern, ihm deutlich zu verstehen zu geben, dass er der wichtigste Mensch auf der Welt für sie wäre. Gleichzeitig fühlte sie sich erpresst, ihrer Freiheit beraubt und spürte, wie Zorn in ihr aufstieg, dass er es wagte, sie dermaßen unter Druck zu setzen.

»Zweifelst du an meiner Liebe?«, fragte sie mit mehr Kälte in der Stimme, als sie beabsichtigt hatte. Doch seine heimliche Anklage, hinter der sie immer noch den Vorwurf ahnte, dass sie sich seinem Heiratsantrag entzogen hatte, traf sie tief. Seine Worte rührten an alles, was zwischen ihnen ungesagt stand und ihr Glück bedrohte. »Muss ich jetzt einen Beweis meiner Liebe erbringen? Ist es das, was du von mir einforderst?«

»Nein. Lily, bitte.« Auch Alexander war aufgestanden und streckte die Arme nach ihr aus, doch sie hob abwehrend die Hände, wünschte nicht, dass er sich ihr weiter näherte. »Ich glaube an deine Liebe, aber ich habe Angst, dass uns nicht viel Zeit bleibt. Wenn meine Eltern fliehen … Erwartest du, dass ich mich gegen sie entscheide?«

»Wenn ich mit dir komme, entscheide ich mich gegen *meine* Eltern. Hast du daran gedacht?«

Wie von einem Hieb getroffen zuckte er zurück, ging zum Fenster und starrte hinaus. Schweigend. Auch Lily sagte kein Wort, sondern beobachtete Alexander, der ihr seinen Rücken zugedreht hatte, als wollte er ihr nicht ins Gesicht sehen. Die Sonne schien durch das Fenster und tauchte Alexander in einen Lichtschimmer. Beinahe wie ein Heiligenschein, was völlig unpassend für ihn war, dachte Lily. Sie erschrak über den Sarkasmus, der sich in ihre Gedanken geschlichen hatte. Immer noch fühlte sie sich hin- und hergerissen zwischen ihrer Liebe zu ihm und der Liebe zu ihrer Familie und ihrer politischen Arbeit. Sicher hatte sie gewusst, dass der latente Konflikt sich eines Tages manifestieren und eine Entscheidung von ihr erzwingen würde, aber sie hatte gehofft, dass ihr mehr Zeit bliebe. Zeit, in der sie Alexander lieben konnte, ohne an das Morgen zu denken, das sie beide trennen würde. Was ihm wohl durch den Kopf ging, fragte sich Lily. Seine Schultern wirkten angespannt, seine ganze Haltung drückte Ablehnung und gleichzeitig Traurigkeit aus. Als spürte sie Alexanders Stimmung, schlich Prinzessin Mäusehaut zu ihm und strich ihm um die Beine. Gedankenverloren beugte er sich hinab, um die Katze auf seine Arme zu heben und zu streicheln. In diesem Augenblick beneidete Lily die Katze, die derart einfach ihre Zuneigung ausdrücken konnte, ohne dass sie sich mit schwerwiegenden Entscheidungen herumschlagen musste.

»Alexander«, flüsterte Lily, ihre Stimme nur ein Hauch, weil sie fürchtete, dass sie sonst in Tränen ausbrechen würde. »Bitte, lass uns reden.«

»Es gibt nichts zu bereden. Entweder du kommst mit mir mit, oder du bleibst in Deutschland.« Er drehte sich um, sein geliebtes Gesicht eine starre Maske aus Härte und Abwehr. »Also, wie entscheidest du dich?«

»Stell mir kein Ultimatum.« Lily ballte die Hände zu Fäusten. Ihr Herz schlug schneller, als der Zorn die Traurigkeit verdrängte. »Dazu hast du kein Recht.«

»Lily. Mein Leben steht auf dem Spiel. Da kann ich nicht erst alle Argumente abwägen wie in einer Debatte, da muss ich mich entscheiden. Und du dich auch.«

»Du verstehst es nicht.« Lily seufzte. »Nicht nur dein Leben steht auf dem Spiel. Sondern das Leben vieler Menschen. Wenigstens einigen von ihnen können meine Freunde und ich helfen.«

»Also entscheidest du dich für deine politische Arbeit und gegen mich.« Die Traurigkeit, die Alexanders attraktive Züge überschattete, schnitt Lily ins Herz. Sie konnte es kaum ertragen, dass sie die Verantwortung dafür trug, dass ihr Geliebter so leiden musste. »Bitte, denk noch einmal darüber nach. Du musst dich nicht heute entscheiden.«

»Doch. Lieber ein Ende mit Schrecken als ein Schrecken ohne Ende.« Lilys Antwort kam heftiger heraus, als sie beabsichtigte, aber sie musste ihr Herz wappnen, musste es mit eisernen Ketten umgürten wie Eisenhans, damit sie nicht schwach wurde und alles aufgab, was ihr wichtig war. Nun, wo sie nicht mehr nur für sich allein entscheiden musste, sondern für das neue Leben, das in ihr heranwuchs.

»So also sichst du mich … Siehst du uns. Als einen Schrecken, dem du entkommen willst.« Alexander verzog den Mund zu einem bitteren Lächeln. Seine Anspannung übertrug sich auf die Katze, die zu zappeln begann und sich aus seinen Armen wand. Mit einem eleganten Satz sprang Prinzessin Mäusehaut auf den Boden, fauchte Lily an und verschwand in ihrem Korb neben dem Herd. »Lily, bedeute ich dir wirklich nicht mehr?«

Schweigend starrte Lily ihn an. Wie konnte er so etwas fragen? Wusste er nicht, wie viel sie für ihn aufgegeben hatte, wie sehr sie sich verändert hatte, seitdem sie ihn liebte? Spürte er nicht, wie tief ihre Liebe zu ihm war? Konnte er überhaupt begreifen, was sie alles für ihn aufgeben würde, aber dass es eine Grenze der Selbstaufopferung geben musste, weil er sie nicht mehr lieben würde, wenn sie nicht die wäre, die sie nun einmal war? All das und noch vieles mehr ging Lily durch den Kopf, aber nichts davon konnte sie in Worte fassen, die sie Alexander sagen konnte oder wollte. Wenn er nicht spürte, was sie fühlte, würde sie es ihm auch nicht begreiflich machen können, egal, was für wohlgesetzte Worte sie finden würde.

»Du weißt, dass ich dich liebe«, sagte sie schließlich. Ihre Kehle fühlte sich rauh und trocken an. Sie ging zur Spüle, um sich Wasser in ein Glas zu lassen, das sie auf einen Zug austrank. »Wie kannst du so etwas fragen? Aber du weißt auch, wie wichtig meine politische Arbeit ist. Ich habe dich nie belogen.«

»Nein, hast du nicht.« Er klang kleinlaut und enttäuscht, als wären alle Wünsche und Hoffnungen gestorben. »Aber ich habe immer gedacht, dass wir zusammen …«

Alexander beendete den Satz nicht, als könnte er selbst nicht mehr daran glauben, dass er noch vor kurzem auf ein gemeinsames Leben mit Lily gehofft hatte, das nun in unendliche Ferne gerückt schien. Lily wünschte, dass sie etwas sagen oder tun könnte, um die Hoffnungslosigkeit zu vertreiben, die ihn zeichnete. Aber sie sah keinen Weg, Alexander glücklich zu machen. Keinen Weg, den sie gehen konnte, ohne sich selbst zu verlieren. Also trat das Schweigen wieder zwischen sie, das ihnen nun schon seit dem verunglückten Heiratsantrag folgte und stets im Hintergrund lauerte.

»Wann wollen deine Eltern abreisen?«, fragte Lily, als sie die Stille nicht mehr ertragen konnte. »Wie viel Zeit bleibt deiner Familie noch in Deutschland?«

»Nicht mehr sehr lange. Du kennst meinen Vater. Er ist ein Mann schneller Entschlüsse.« Alexanders Gesicht wurde weicher, als er an Lily herantrat, um ihr die Hand an die Wange zu legen. »Du meinst, wie viel Zeit uns noch bleibt.«

»Nein!« Lily schrie beinahe, was Prinzessin Mäusehaut zu einem empörten Maunzen veranlasste. »Das könnte ich nicht ertragen. Dich jeden Tag zu sehen, im Wissen, dass es bald das letzte Treffen sein könnte. Das … das kann ich nicht.«

»Lily, du musst dich heute nicht entscheiden. Bitte. Bitte, gib uns nicht auf. Nicht so schnell.«

»In einer anderen Zeit, in einer besseren Zeit …« Lily kämpfte gegen Tränen an. Sie wollte nicht weinen, wollte ihm und ihr den Abschied nicht schwerer machen, als er ohnehin werden würde. »Da hätten wir glücklich werden können.«

»Ja«, stimmte Alexander ihr zu. »Aber selbst in dieser schlimmen Zeit treffen *wir* die Entscheidungen, die unseren Weg bestimmen.«

»Als ob ich das nicht wüsste.« Lily wandte sich ab, holte tief Luft und ging an ihm vorbei in den Flur, wo sie ihren Mantel von der Garderobe nahm. »Es tut mir leid. Aus tiefstem Herzen. Aber ich kann nicht anders.«

»Ich weiß.« Alexander war ihr in den Flur gefolgt, doch er hielt Abstand zwischen ihnen, als wagte er nicht, sie zu berühren. »Ein Teil von mir liebt dich dafür, ein anderer Teil hasst dich.«

»Mir geht es ebenso.« Trotz ihrer Trauer musste Lily lächeln, weil sie einander in manchen Aspekten so ähnlich waren, während sie sich in anderen so sehr unterschieden. »Ich wünsche dir und deinen Eltern alles Gute. Denk an mich.«

Als sie die Hand an die Türklinke legte, bereit, die Wohnung und Alexander für immer zu verlassen, rief er: »Lily, warte.«

»Ja?« Sie wandte sich ihm zu.

»Ich respektiere deine Entscheidung, aber …« Alexander holte tief Luft. Er ließ sie nicht aus den Augen. »Ich … ich gebe uns nicht auf und werde auf dich warten. Jeden Tag, um 17:00 Uhr, im *Café Laumer*.«

»Warte nicht auf mich«, antwortete Lily und öffnete die Tür. Erst nachdem sich die Tür hinter ihr geschlossen hatte, wagte sie zu sagen, was ihr auf der Seele brannte. »Warte nicht auf mich, auch wenn ich dich mehr liebe, als du je wissen wirst.«

Kapitel 23

Frankfurt am Main, 13. Oktober 1933

Hast du viel zu tun?« Gottfried war leise in Lilys Kammer getreten, eine Tasse in der Hand, aus der es angenehm schokoladig duftete. »Lily, hier, für dich. Kakao hilft.«

»Danke«, antwortete Lily und streckte ihre Hand nach der Tasse aus. Sie wagte es nicht, ihrem Vater ins Gesicht zu sehen, weil sie den Ausdruck von Mitleid fürchtete, den seine Miene sicher zeigen würde. Mitleid konnte Lily im Augenblick nicht ertragen. »Ich muss noch lernen.«

Gottfried nickte, wie Lily aus dem Augenwinkel sehen konnte. Ihr Vater stand in der Tür, unschlüssig, ob er gehen oder bleiben sollte, ob er schweigen oder etwas sagen sollte. Ein wenig tat es Lily leid, dass sie ihn in so eine Bredouille brachte, aber zu sehr hielt sie ihr eigenes Leid gefangen, als dass sie Mitgefühl entwickeln konnte. Zu sehr schmerzte die Trennung von Alexander, zu sehr brannte der Wunsch, alles zu vergessen und zu ihm zu laufen, um ihre Liebe wieder aufleben zu lassen. Nur indem sie sich vergegenwärtigte, was alles gegen ihre Liebe sprach, vermochte Lily diesem Impuls zu widerstehen.

Stattdessen weinte sie beim kleinsten Anlass. Der Geruch von Kaffee führte zu bitteren Tränen, weil er sie an Alexander denken ließ. Das Maunzen einer Katze im Hinterhof rief Schluchzen hervor, da es die Erinnerung an Prinzessin Mäusehaut und den Tag, an dem Alexander Lily und das Kätzchen gerettet hatte, erweckte. Doch am schlimmsten war es, wenn jemand seinen Namen sagte. Dann flossen Lilys Augen über vor Tränen, und es dauerte lange, bis sie sich beruhigen konnte. Irgendwann wird es leichter, hatte sie sich gesagt. Irgendwann werde ich den Schmerz überwunden haben, aber dieser Tag schien noch unendlich weit entfernt.

»Vielleicht ist es ja besser so«, sagte Gottfried mit einem Räuspern. Lily sah ein wenig hoch, gerade so weit, dass sie sehen konnte, wie ihr Vater seine Finger nervös ineinander verknotete, als wäre es ihm sehr unangenehm, ihr das zu sagen, aber als wollte er dennoch seinen Vaterpflichten nachkommen. »Dein Alexander ist ein guter Mann, aber für dich ... Also, ihr kamt doch aus zwei unterschiedlichen Welten.«

Nun schaute Lily auf und blickte ihren Vater nur an, ohne ein Wort zu sagen. Tränen tropften von ihrem Gesicht auf das Buch, das sie aufgeschlagen auf dem Tisch liegen hatte und in dem sie vorgab zu lesen. Ihre Unterlippe zitterte, als sie sich bemühte, Worte zu finden, um Gottfried zu antworten. Doch ihr Vater wartete nicht auf ihre Antwort, sondern drehte sich um und lief aus der Kammer, als ob sie ihn lautstark hinausgeworfen hätte.

»Ida! Ida!«, hörte Lily ihn rufen. »Ida, du musst kommen. Das Kind weint.«

Obwohl ihr hundeelend zumute war, konnte Lily sich eines Lächelns nicht erwehren über die Panik, die aus der Stimme ihres Vaters zu hören war. Der kurze Moment der Ablenkung verging, um der allgegenwärtigen Traurigkeit Raum zu geben, die sie einhüllte wie ein vertrauter Mantel. Erneut starrte sie in das Buch, setzte die Buchstaben zu Worten zusammen, die für sie jedoch keinen Sinn ergaben. Den ersten Satz hatte sie bestimmt schon siebenmal gelesen, ohne ihn verstanden zu haben. Aber wenn sie nicht wenigstens versuchte, etwas über die Geschichte der Arbeiterbewegung zu lesen, würden ihre Gedanken sich nur weiterhin mit der Frage beschäftigen, ob sie nicht zu Alexander zurückkehren sollte. Wenn sie nicht studierte, würde ihr untreues Herz ihr Erlebnisse ihrer gemeinsamen Zeit in Erinnerung bringen, die im Nachhinein bittersüß schmeckten.

»Lily, es reicht!« Ida, sonst die Ruhe selbst und liebevoll, erhob die Stimme, als sie in die Kammer trat, in der Lily still vor sich hin weinte. »Ich kann das nicht mehr mit ansehen. Genug ist genug.«

Erstaunt wischte Lily sich die Nase am Handrücken ab und starrte ihre Mutter an, einen stummen Vorwurf im Blick. Sie litt und trauerte, da konnte sie wohl etwas Verständnis und Rücksichtnahme von ihrer Mutter erwarten.

»So nicht, mein Fräulein!« Ida stemmte die Hände in die Hüften und schüttelte den Kopf. »Komm mir nicht mit diesem seelenvollen Blick, sondern komm endlich zur Vernunft. Etwas mehr Verstand kann ich von einer Studentin ja wohl verlangen.«

»Mutti!« Empört sprang Lily auf. Wie konnte ihre Mutter nur so … so mitleidlos sein? »Ich bin unglücklich.«

»Woran du selbst schuld bist.« Ida trat auf Lily zu, um ihr über die Wange zu streichen, was die Schärfe ihrer Worte abmilderte. »Lily, was hätte Alexander denn noch unternehmen müssen, damit du erkennst, wie wichtig du ihm bist?«

»Aber … Aber er hat nie verstanden, was die politische Arbeit mir bedeutet. Er hat verlangt, dass ich mit ihm nach Amerika gehe.«

»Lily!« Erneut der strenge Blick und Ton. »Sicher ist nur, er muss hinaus aus Deutschland. Sonst ist sein Leben gefährdet. Ihr könntet gemeinsam nach Spanien gehen oder nach Schweden. Wir alle könnten gemeinsam gehen.«

»Nein. Alexander ist nicht einmal auf die Idee gekommen, mit euch und mir irgendwohin zu fliehen.«

»Der arme Junge war wahrscheinlich vollkommen durcheinander, was kein Wunder ist.« Missbilligend schüttelte Ida den Kopf. »Du selbst nimmst dir die Möglichkeit, ein ganzer Mensch zu sein. Wann erkennst du endlich, dass es kein Entweder-oder gibt, dass du beides haben kannst, nein, haben *musst*?«

»Warum muss ich beides haben?« Trotzig wie ein kleines Kind schob Lily die Unterlippe vor. Sie weigerte sich, auch nur über die Möglichkeit nachzudenken, dass ihre Mutter recht haben könnte. »Alexander hat mich vor die Wahl gestellt: er oder die SPD.«

»Du hast ihn gezwungen, dir ein Ultimatum zu stellen. Ich kenne meine Tochter.«

Lily senkte den Kopf, weil sie sich ertappt fühlte, aber was sollte sie tun? Alexander hatte zwar versprochen, dass er warten würde, aber nach drei Wochen hatte er sicher aufgegeben, was Lily ihm nicht einmal vorhalten könnte. Wenn sie ehrlich zu sich war, hatte er ihr viele Angebote gemacht, die sie alle ausgeschlagen hatte.

Oder – schlimmer noch – Alexander und seine Eltern waren bereits in Spanien, auf dem Weg nach Amerika, und damit für Lily endgültig und unwiederbringlich verloren.

»Was soll ich nur machen?« Wieder bebte Lilys Unterlippe, dieses Mal vor Verzweiflung. »Ich habe ihn verloren. Was tue ich nur, wenn er nicht auf mich wartet?«

»Los, geh, lauf. Er wird auf dich warten. Bestimmt.« Ida gab Lily einen schnellen Kuss auf die Wange, bevor sie zur Seite trat, damit ihre Tochter an ihr vorbeieilen konnte. »Sei vorsichtig. Morgen kommt der Hitler nach Frankfurt. Da werden sie noch frecher sein als sonst.«

Lily rannte in den Flur und griff nach ihrem Mantel, den sie im Hinauslaufen überzog. Zwanzig Minuten blieben ihr, vom Gallusviertel zum *Café Laumer* in der Bockenheimer Landstraße zu gelangen, wenn sie pünktlich um 17:00 Uhr dort eintreffen wollte. Es kam, wie es kommen musste. Die Straßenbahn fuhr ihr vor der Nase davon, so dass Lily laufen musste. Mit der Hand hielt sie den Mantel zusammen, um gegen den Oktoberwind geschützt zu sein. Zeit, den Mantel zuzuknöpfen, hatte sie nicht, wollte sie rechtzeitig das Café erreichen. Trotz der Eile jagten ihr die unterschiedlichsten Gedanken durch den Kopf: Freude, Alexander wiederzusehen, wechselte sich ab mit Sorge, dass er nicht auf sie warten würde. Gefolgt von Zweifeln, ob es wirklich klug wäre, ihre Liebe aufleben zu lassen, die Lily in den letzten Wochen so viel Leid beschert hatte. Doch der Zweifel blieb nur kurz, verjagt von der Sehnsucht, ihren Geliebten endlich wieder in ihre Arme schließen zu können. Lily lief schneller und schneller, störte sich nicht an den erstaunten Gesichtern der Menschen, an denen sie vorbeirannte, sondern dachte nur an eins: das *Café Laumer* zu erreichen, bevor die Uhren fünf schlugen.

Keuchend riss sie die Tür zum Café auf und stürzte hinein. Lilys Herz schlug rasend, nicht nur, weil sie so schnell gerannt war, sondern in freudiger Erwartung, Alexander zu sehen. Ihr suchender Blick entdeckte Studenten, die sie kannte und die ihr grüßend zunickten, und einige Professoren, nur Alexander war nirgends zu sehen. Hektisch schaute Lily auf ihre Armbanduhr – 17:17 Uhr –, doch so schnell würde Alexander nicht aufgegeben haben, oder? Sie würde auf ihn warten, eine halbe Stunde, bevor sie zugeben würde, dass alles vorbei wäre. Vorbei, weil sie eine falsche Entscheidung getroffen hatte.

Nein. Lily atmete tief durch. Noch war nicht alles verloren. Vielleicht war Alexander etwas dazwischengekommen, so dass er sich verspätete, so, wie sie sich verspätet hatte. Eine halbe Stunde, dreißig Minuten, eintausendachthundert Sekunden würde sie noch hoffen. Zielsicher steuerte Lily auf einen Tisch zu, von dem aus sie die Tür im Blick behalten konnte.

»Guten Tag. Was möchten Sie trinken?«

Erschrocken sah Lily auf. Sie war so auf die Eingangstür konzentriert, dass sie die Kellnerin im schwarzen Kleid mit weißer Schürze nicht gesehen hatte, die von links auf Lily zugekommen war. Erst als die Frau vor ihr stand, fiel Lily siedend heiß ein, dass sie ihr Portemonnaie zu Hause hatte liegen lassen, dem eiligen Aufbruch geschuldet.

»Danke, danke«, stotterte sie. »Erst einmal nichts. Ich … ich warte auf jemanden.«

Da beugte sich die Kellnerin etwas nach vorn und flüsterte. »Eine halbe Stunde kann ich Sie sitzen lassen, dann wird der Chef misstrauisch.«

»Vielen, vielen Dank.« Lily spürte erneut einen Kloß im Hals und blinzelte gegen die Tränen an.

Die Kellnerin ging davon, Zielstrebigkeit in den Schultern und den Schritten. Kurze Zeit später kehrte sie an Lilys Tisch zurück, um ihr ein Glas Wasser hinzustellen.

»Sie sehn aus, als würdense das brauchen.«

Gerührt von der Geste konnte Lily nur dankbar nicken, weil jedes Wort die Tränen hervorgebracht hätte. Gierig trank sie einen großen Schluck des kühlen Wassers, das ihr besser schmeckte als Wein, als sich die Eingangstür öffnete. Lily erhob sich von ihrem Sitz, aber es war nur ein junges Paar, das nur Augen füreinander hatte, was Lily an gute Zeiten erinnerte.

Immer wieder schaute sie auf die Uhr, deren Zeiger sich viel zu schnell bewegten.

17:48 Uhr.

»Sie müssten jetzt etwas bestellen«, sagte die Kellnerin.

»Danke«, antwortete Lily und stand auf, langsam und schwerfällig wie eine Greisin, als hätte das Warten sie alle Kraft gekostet, die sie noch aufbringen konnte. »Ich werde gehen.«

»Weinen Sie net, Kleines. Kein Mann ist es wert, dass man seinetwegen Tränen vergießt.«

Lily lächelte, den Tränen nahe. »Meiner schon.«

Draußen traf sie die kühle Abendluft und ließ sie frösteln. Mechanisch setzte sie einen Fuß vor den anderen, erschöpft und so traurig, dass sie nicht einmal mehr weinen konnte. Du hast ihn vertrieben, du allein, schienen ihre Schritte auf das Pflaster zu stampfen. Deine Schuld allein, deine Schuld allein, schienen die Bäume ihr zuzuraunen. Gedankenverloren ging Lily die Brentanostraße entlang, als Johlen und Pfeifen durch die dumpfe Wand aus Traurigkeit drangen, die jeder Schritt, der sie vom *Café Laumer* entfernte, in ihr aufbaute. Obwohl Lily sich sehnlich wünschte, nach Hause zu gehen, sich in ihrem Bett zu verkriechen und ihrer Trauer freien Lauf zu lassen, trieb ein Gefühl sie in Richtung des Lärms.

Als sie um die Ecke auf die Guiollettstraße bog, stockte ihr für einen Moment der Atem. Ein entsetzliches Bild bot sich ihren ungläubigen Augen dar. Sechs junge Männer, augenscheinlich nationalsozialistische Studenten, schubsten abwechselnd eine alte Frau zwischen sich hin und her, als wäre die Greisin ein Spielzeug, ein Kreisel, den man aufzog und kreiseln ließ, bis er sich nicht mehr drehte. In den verwaschenen braunen Augen der Alten stand die schiere Panik, als sie Lily flehend ansah.

»Judendreck. Judendreck. Mach dich von der Straße weg!«, intonierte einer der Männer, ganz offensichtlich der Anführer, der das grausame Spiel dirigierte. »Wie kannst du es wagen, uns nicht aus dem Weg zu gehen?«

»Ich habe nichts getan«, stieß die alte Frau keuchend hervor. Ihr schwarzes Kopftuch hatte sich gelöst und gab den Blick auf eisengraues Haar frei, das zu einem festen Knoten geschlungen war, der sich langsam auflöste. Tiefe Falten im Gesicht und aufgesprungene Hände deuteten auf ein arbeitsreiches Leben hin. »Bitte, lassen Sie mich gehen.«

»Sprich uns nicht an.«

Wieder schubste ein Student die Greisin, so hart, dass sie stolperte und zu Boden ging. Mühsam fing die Frau den Sturz mit Händen und Knien ab, wobei sich ihr Gesicht vor Schmerzen verzog. Ihr Aufschrei regte die Männer zu erneuten Pfiffen und Gegröle an. Schwer ließ die Frau sich auf das Straßenpflaster sinken; ihr Atem kam pfeifend. Hilfeheischend schaute Lily sich um, doch die anderen Passanten eilten mit gesenkten Köpfen an den Männern vorbei, sichtlich bemüht, nicht deren Aufmerksamkeit zu erregen.

»Lasst die Frau in Frieden. Sie hat euch nichts getan.« Ohne einen Gedanken an ihre eigene Sicherheit zu verschwenden, eilte Lily zu der Alten, um ihr auf die Beine zu helfen. Ihr Eingreifen überraschte die Nationalsozialisten offensichtlich, so dass sich keiner von ihnen Lily in den Weg stellte. Mit aller Kraft zerrte Lily am Arm der Jüdin, doch diese schien zu erschöpft und verängstigt, um ihr entgegenzukommen. Lily hatte sich halb aufgerichtet und die Greisin mit sich gezogen, als ein Student neben sie trat und sie aus kalten Augen musterte.

»Ich kenne die. Ein Weib, das studiert.« Voller Hass spuckte der blonde Mann die Worte aus. Auch Lily erinnerte sich dunkel an ihn. Einer von denen, die nachplapperten und auswendig lernten, aber nicht selbständig denken wollten. »Und eine Rote noch dazu.«

»Eine Rote und eine Jüdin. Pack zu Pack.« Der Anführer boxte Lily in die Seite, als sie der alten Frau aufhelfen wollte. »Wie kann sich eine deutsche Frau nur auf die Seite einer Jüdin schlagen, selbst wenn du eine von den Roten bist?«

Obwohl ihre Rippen von dem Hieb schmerzten, richtete Lily sich sehr gerade auf. So konnte sie dem Anführer, der in seiner dunkelhaarigen Schmächtigkeit an seinen Führer erinnerte, in die Augen sehen, was ihn sichtlich irritierte.

»Lassen Sie uns gehen. Wir haben Ihnen nichts getan«, sagte Lily mit mehr Mut in der Stimme, als sie wirklich fühlte.

»Du hast uns gar nichts zu sagen, dreckige Rote.« Unvermutet schlug einer der Studenten Lily in den Bauch, woraufhin sie sich vor Schmerzen krümmte. Mein Kind, mein Kind, war ihr einziger Gedanke. Schützend rollte sie sich zusammen, so dass der nächste Schlag sie an der Schläfe traf und zu Boden warf. Alexander. Mein Kind – mehr konnte Lily nicht denken, bevor sie in Bewusstlosigkeit versank.

*Im Folgenden ein Bericht über einige Jahre im Leben von Quoyle,
geboren in Brooklyn und aufgewachsen in einem Sammelsurium
öder Städte im Norden des Staates New York.*

Kapitel 24

lexander und Lily.« Der alte Mann lächelt, was seinem Gesicht einen Anflug vergangener Attraktivität schenkt. Sein Englisch ist von einem britischen Akzent begleitet, was perfekt zu seinem Habitus passt. Auf mich wirkt er wie ein Gentleman oder wie jemand, der sich sehr bemüht, wie einer auszusehen. Angefangen von der Kleidung über die akzentuierte Sprache bis hin zur extrem geraden Haltung. »Zu Beginn hat keiner von uns verstanden, wie diese beiden zusammenkommen konnten. Aber sobald man sie zusammen sah, erkannte man, dass sie eine Liebe verband, die für die Ewigkeit gedacht war.«

Dann schweigt er. Seine blassen Augen schließen sich. Ich fürchte, dass er einschlafen wird und meine Fragen weiterhin unbeantwortet bleiben. Ich nutze die Gelegenheit, ihn zu mustern. Nach unseren Telefonaten hatte ich mir einen herben alten Mann vorgestellt und bin überrascht, wie schmal Robert Hartmann wirkt. Obwohl er in einem bequemen Lehnstuhl sitzt, hält er sich sehr gerade, als weigerte er sich, dem Alter nachzugeben. Seine immer noch vollen Haare sind von einem Grau, das sicher nicht der Natur geschuldet ist, sondern Chemie und Eitelkeit. Als Erstes jedoch sind mir seine Hände aufgefallen – Pianisten- oder Chirurgenhände.

Schmal mit langgliedrigen Fingern, die förmlich darauf warten, über die Tasten eines Klaviers zu gleiten. Nur wenige Altersflecken sind zu sehen, was ich ebenfalls auf Kosmetik zurückführe. Robert Hartmann ist ein Mann, dem sein Erscheinungsbild viel wert ist. Gutes Aussehen, guter Duft – sein Rasierwasser riecht dezent und teuer – und gute Kleidung. Obwohl es ein schlichter Werktag ist, trägt der Greis einen dunklen Anzug und eine blaue Krawatte mit schmalen grauen Streifen. Muster und Farbe seiner Krawatte finden sich auch in seinem Einstecktuch. In Jeans und Bluse fühle ich mich Robert Hartmann gegenüber underdressed, aber er ist höflich darüber hinweggegangen.

Ungeduldig trommele ich mit den Fingern auf die Lehne des Holzstuhls, der bequemer ist, als er aussieht. Inzwischen habe ich nicht nur Robert Hartmann ausgiebig in Augenschein genommen, sondern auch das Zimmer, in das er mich geführt hat. Genauso wie sein Bewohner ist der Raum stilvoll und elegant. Nur wenige Möbel, aber diese sind – soweit ich das beurteilen kann – echte Schätzchen im Bauhausstil. Auf dem dunklen Stäbchenparkett liegen zwei Teppiche mit bunten Mustern. Sie glänzen seidig, aber niemand wird Seidenteppiche auf den Boden legen, oder? Andererseits musste ich die Schuhe ausziehen, als ich die Wohnung betrat. Vielleicht ist es Seide. Nein, ich mag meine Gedanken nicht mehr mit solchen Fragen beschäftigen, nur um einem alten Mann gegenüber höflich zu sein.

Endlich, endlich habe ich eine Spur, die mich zu Lily führen könnte – und sie schläft. Was soll ich tun? Soll ich gehen und ihn in Ruhe schlafen lassen oder ihn ansprechen? Bevor ich eine Entscheidung getroffen habe, schlägt er die Augen wieder auf und sieht mich an. Etwas an seinem Lächeln sagt mir, dass er mich auf die Probe gestellt hat. Was er damit bezweckt, bleibt für mich im Verborgenen, aber ich mag es nicht, so behandelt zu werden. Noch bleibe ich freundlich. Schließlich bin ich hier, um etwas über meinen Großvater und Lily zu erfahren. Wenn ich dafür die Spielchen eines wahrscheinlich einsamen alten Mannes mitspielen muss, dann tue ich das eben.

»Ich habe mich oft gefragt, was wohl aus den beiden geworden wäre, hätten sie in einer besseren Zeit gelebt.« Zum ersten Mal, seitdem er mich begrüßt hat, wirkt Robert Hartmann ernst und nicht, als wäre alles nur ein Spiel. »Wie viele Lieben mögen den Nazis zum Opfer gefallen sein?«

Er erwartet sichtlich keine Antwort von mir, worüber ich froh bin, weil seine Frage mir seltsam aufstößt. Vielleicht, weil ich sie niemals so gestellt hätte. Darf man nach Liebe, nach individuellem persönlichen Glück fragen in einer Zeit, die Millionen Menschen das Leben gekostet hat? Oder ist gerade in so einer dunklen, furchtbaren Zeit die Liebe zweier Menschen das Einzige, das Licht in die Düsternis bringen kann? Ich weiß es nicht, aber es sind Überlegungen, mit denen ich mich weiter beschäftigen möchte. Charlotte – sie ist der Mensch, mit dem ich über diese Fragen sprechen kann, ohne dass ich mich naiv und politisch unerfahren fühle. Kaum habe ich diesen Gedanken gefasst, muss ich lächeln. Meine Freundin war wieder einmal schneller als ich. Erst begriff ich nicht, was sie mir mit *Schiffsmeldungen* sagen wollte, doch nun, wo ich den Roman beinahe beendet habe, ist mir klar, dass Charlotte auf einen Neuanfang hinauswill. Einen Neubeginn, der nicht spektakulär sein muss, aber für mich einen großen Schritt darstellt. E. Annie Proulx hat mir in diesem Augenblick meines Lebens mehr sagen können als vor zehn Jahren, als ich sie das erste Mal las. Manchmal braucht es den richtigen Zeitpunkt für ein Buch.

Ja, ich habe mich auf der Reise verändert: Inzwischen fällt mir nicht mehr als Erster und Einziger Jeffrey ein, wenn ich mit einem anderen Menschen reden möchte. Charlotte, Kyle, mein Vater, selbst Laura sind an die Stelle meines Ex-Mannes getreten, was mich zufrieden macht. Ein deutliches Räuspern gibt mir zu verstehen, dass Robert Hartmann es überhaupt nicht schätzt, dass ich ihm meine Aufmerksamkeit entzogen habe.

»Möchten Sie Kaffee oder Tee?«

»Kaffee, bitte.«

Anstatt aufzustehen, wie ich es erwartet habe, greift der alte Herr hinter sich, wo ein Glöckchen steht, so eines, mit dem man Kinder zum Christbaum ruft, und läutet es. Nein, das darf nicht wahr sein. Sollte jetzt ein Dienstmädchen in einem schwarzen Kleid mit weißer Schürze ins Zimmer kommen, werde ich kichern, fürchte ich. Glücklicherweise ist es ein achtzehnjähriges Mädchen, gekleidet in eine ausgeblichene Jeans und ein pinkfarbenes *Hello-Kitty*-T-Shirt, das die Tür öffnet.

»Ach, Opa, du sollst doch nicht *Brideshead Revisited* spielen.« Als sie sich mir zuwendet, lächelt sie und zwinkert mir zu. »Hallo, ich bin Hannah, seine Enkelin, die er gern als Dienstmädchen benutzt. Möchten Sie Kaffee oder stilvoll britischen Tee? Mit Silberkännchen und so.«

Auch sie spricht Englisch. Wahrscheinlich hat Robert Hartmann ihr von mir erzählt.

»Kaffee, bitte.« Dann zwinkere ich zurück. »*Brideshead Revisited*?«

»Britische Fernsehserie über Liebe und Leid einer Adelsfamilie. Vor allem Leid. Nach dem Roman *Wiedersehen mit Brideshead*. Raten Sie mal, wer der größte Fan davon ist?«

»Husch, husch, bring uns Kaffee. Tee für mich. Und ein paar Kekse, bitte.« Obwohl Robert Hartmann sich bemüht, böse zu schauen, sehe ich ihm an, wie sehr er seine Enkelin liebt. Moment mal – Enkelin? Er muss meine Verwirrung wahrgenommen haben, denn bevor ich eine Frage stellen kann, sagt er: »Eigentlich Stief-Enkelin, aber das ist ein furchtbares Wort. Man muss sofort an die bösen Stiefmütter der Brüder Grimm denken, finden Sie nicht?«

Ich nicke gedankenverloren, weil mich die Frage bewegt, ob Paul Stunz eine falsche Einschätzung getroffen hat, die ich nach dem ersten Anschein sofort übernommen habe. Auch wenn es sich albern anhört, für einen heterosexuellen Mann seiner Generation sieht Robert Hartmann einfach zu elegant und gepflegt aus. Aber vielleicht sind deutsche Männer anders als Amerikaner. Außerdem ist es nicht wichtig für mich. Schließlich geht es um Lily.

Als ich Robert Hartmann anschaue, grinst er breit. Mit strahlend weißen Zähnen, die echt aussehen.

»Ich bin schwul«, sagt er, als hätte er meine Gedanken gelesen. »Aber nach dem Krieg herrschte Männermangel. Meine Sophie war überglücklich, einen Mann zu finden, der ihr half, die Kinder aufzuziehen und im Nachkriegsdeutschland Fuß zu fassen.«

Er steht auf, um ein Foto von dem zierlichen Mahagoni-Schreibtisch zu holen, dessen geschwungene Eleganz ich vorhin bewundert habe. Ein attraktiver Mann um die dreißig, der seinen Arm um eine zierliche Frau gelegt hat, die lächelnd zu ihm aufschaut. Sie trägt ein helles Kleid und einen Blumenstrauß, er einen eleganten dunklen Anzug. Vor ihnen stehen wie die Orgelpfeifen drei Kinder: zwei Jungen, die sehr ernst schauen, und ein Mädchen, das breit in die Kamera grinst, so dass man den fehlenden Vorderzahn sehen kann. »Hagen, Hans und Helga. Die Namen hat ihnen ihr Vater gegeben. Ich war dankbar, dass sie nicht Adolf, Joseph und Eva hießen.«

Sein Lachen ist so ansteckend, dass ich ebenfalls kichern muss, was uns verbindet und die Atmosphäre deutlich auflockert.

»Was ist aus Sophies Ehemann geworden?«, frage ich, obwohl ich mich eigentlich für Lily interessiere. Aber Robert Hartmanns Lebensgeschichte erscheint mir überaus ungewöhnlich, so dass ich es schade fände, nicht mehr über ihn zu erfahren. »Ist er im Krieg gefallen?«

»Russland.« Er nickt. »Sophie hat lange auf ihn gewartet, weil sie hoffte, er wäre unter den Gefangenen, die nach und nach zurückkehrten. 1948 haben wir Gewissheit erhalten, dass er am 5. März 1943 gestorben ist. Da haben wir dann geheiratet.«

»Eine hübsche Frau«, sage ich, weil mir nichts Besseres einfällt. »Sie waren ein schönes Paar.«

»Bevor Sie fragen oder zu höflich sind, die Frage zu stellen, aber vor Neugier fast umkommen – ja, wir waren glücklich. Beide.« Robert Hartmann lächelt versonnen. »Ich habe Sophie sehr geliebt. Das mag für Sie seltsam klingen, aber man kann einen Menschen auf mehr als eine Weise lieben. Als Sophie vor sechs Jahren starb, habe ich mich beinahe aufgegeben. Wenn die Kinder nicht gewesen wären …«

Wieder schweigen wir beide. Dieses Mal einträchtig und freundlich, beinahe freundschaftlich. Als Hannah mit Kaffee und Keksen ins Zimmer kommt, fahren Robert und ich auseinander wie beim heimlichen Rauchen ertappte Schulkinder. Wir setzen uns an den Tisch und beobachten, wie Hannah Kaffee einschenkt.

»Wenn ihr noch etwas braucht, sagt mir einfach Bescheid. *Sagen*, nicht mit dem Glöckchen klingeln.« Wieder zwinkert sie mir zu.

»Vielen Dank«, antworte ich. In ihrer Frische und ihrem Charme erinnert Hannah mich an Laura, die ich beinahe so sehr vermisse wie meinen Sohn. Ich habe schon überlegt, noch einmal zu ihnen nach Barcelona zu fliegen, aber ich möchte die Gastfreundschaft der beiden nicht überstrapazieren.

»Sie sind nicht hier, um etwas aus meinem Leben zu erfahren.« Robert Hartmann rührt in seinem Kaffee. »Sondern von Ihrem Großvater. Und von Lily.«

»Was für ein Mensch war Lily?«, frage ich. Was für ein Mensch mein Großvater war, weiß ich schließlich. Jedenfalls habe ich geglaubt, dass ich ihn kannte, inzwischen muss ich meine Vorstellung von ihm wohl revidieren. Aber noch fürchte ich mich etwas davor und frage daher nach Lily. Da ich mit ihr nicht verwandt bin, ist alles, was ich über sie erfahren werde, weniger bedrohlich oder erschreckend für mich. »Bisher kenne ich nicht einmal ihren Nachnamen.«

»Lily hieß Ennenbach. Aber ich glaube, sie hat in Schweden geheiratet. In der Emigration. Aber den Namen ihres Mannes weiß ich nicht. Tut mir leid.«

»Geheiratet?« Die große Liebe meines Großvaters hat einen anderen Mann geheiratet, kaum dass er Deutschland verlassen hatte. Seltsamerweise fühle ich mich enttäuscht. Obwohl ich nur den Brief kenne, den Lily geschrieben hat, habe ich erwartet, dass sie meinem Großvater treu geblieben ist. »In Schweden?«

»Dazu komme ich noch.« Robert Hartmann genießt es sichtlich, mich ein wenig auf die Folter zu spannen. »Ich bin alt, und wenn ich die Geschichte nicht chronologisch erzähle, vergesse ich bestimmt die Hälfte.«

Ich nicke nur, lehne mich zurück, trinke einen Schluck Kaffee, der sehr stark ist, und gebe dem alten Mann die Bühne, die er sich wünscht.

»Auf den ersten Blick hat niemand von uns verstanden, was Alexander in ihr gesehen hat.« Er lächelt, als seine Gedanken in die Vergangenheit wandern. »Wir waren ein wilder Haufen. Junge Männer und Frauen, die ihre Freiheit genossen und sich auf jede mögliche Weise von anderen abgrenzen und schockieren wollten. Lily dagegen wirkte so … so bodenständig. Wenn sie mit uns zusammen war, fiel sie auf wie ein bunter Hund, gerade weil sie so wenig bunt war.«

Einen Augenblick versinkt er in seinen Erinnerungen, und sein Blick geht durch mich hindurch, als wäre ich nicht da.

»Ich erinnere mich noch an den Abend des Liebespaar-Koffers.«

»Als sie in Gefahr gerieten …?«, frage ich, atemlos und wissbegierig. »… und Lily viel Mut bewies?«

»Ja, aber das ist mir nicht in Erinnerung geblieben.« Er nickt.

»Als wir durch die Altstadt gingen, kam ich Lily das erste Mal etwas näher. Sie lächelte, als wir durch die engen Gassen wanderten. Die Altstadt damals. Sie war anders als heute. Winzige Häuser, dunkel, stinkend, voller Ungeziefer.«

Er schüttelt sich. Mich überkommt der Wunsch, mich zu kratzen.

»Lily aber lächelte. Ganz versunken. In schöne Erinnerungen, wie sie sagte, als ich sie neugierig fragte.« Er schüttelt den Kopf, als könnte er es auch heute nicht glauben. »Schöne Erinnerungen an die dreckige Altstadt, habe ich ungläubig gefragt und mich umgesehen. Da war nichts, was schön war.«

»Ich habe Bilder gesehen«, sage ich, aber er hört mich nicht.

»An Geburtstagen ist Lilys Familie in die *Schirn* gegangen, hat dort Fleischwurst und Semmeln geholt, die sie mit in die *Aal Eul*, die Alte Eule nahmen.« Sein Lächeln wird breiter.

»Das war eine Schankwirtschaft.«

Mein Gesichtsausdruck muss so fragend sein, dass er meine unausgesprochene Frage beantwortet.

»In diesen Gaststätten standen Teller und Besteck bereit, für die Gäste, die ihr Essen mitbrachten. Der Wirt schenkte Äppelwoi aus und Apfelmost.« Robert Hartmann schließt wieder die Augen. »Ich wollte mit Lily in die *Aal Eul*, wollte das Puppenspiel sehen, von dem sie erzählt hatte.«

»Ein Puppenspiel?«, frage ich. »In einer Gaststätte?«

»Kein richtiges Theater«, antwortet Robert Hartmann. »Eher eine große Spieluhr. Für einen Groschen konnte man die Puppen zum Tanzen bringen, sagte Lily. Aber sie wollte nicht mit mir in die Alte Eule gehen. Als ich darauf bestand, hat sie mich scharf angepfiffen. Die Schankwirtschaft sei kein Zoo, in dem ich Elend und Armut angaffen könnte.«

»Lily war eine starke Persönlichkeit?« Hinter meinen Worten verberge ich die Sorge, dass Lily anstrengend und dogmatisch gewesen sein könnte. »Kamen Sie gut mit ihr aus?«

»Ich war ihr nicht wichtig. Für sie zählte nur die Politik.« Er überlegt. »Und Alexander natürlich. Einen Augenblick. Ein Bild sagt mehr als tausend Worte.«

Mühsam erhebt er sich aus seinem Sessel, geht auf steifen Beinen zu dem Schreibtisch und öffnet die schmale Schublade.

Ich betrachte seinen gebeugten Rücken, während er in dem Schubfach wühlt, und versuche mir den alten Herrn als jungen Lebemann vorzustellen. Es will mir nicht gelingen. Endlich hat er gefunden, was er gesucht hat, und kehrt zu mir zurück.

»Hier.« Er drückt mir ein Foto in die Hand. Eine Schwarzweißaufnahme, auf der vier Männer und vier Frauen zu sehen sind, alle um die zwanzig Jahre alt, gekleidet in der Mode der 1930er Jahre. Sie haben sich vor der Frankfurter Universität postiert, um etwas zu feiern, wie die Sektflaschen in ihren Händen verraten. »Raten Sie, wer Alexander und Lily sind.«

Ich brauche nur einen Augenblick, um meinen Großvater zu erkennen. Etwas von dem schlaksigen Jungen, der in die Kamera schaut, als ob ihm die ganze Welt gehörte, hat er sich bis ins hohe Alter bewahrt. Genauso schnell wie ihn erkenne ich Lily. Sie fällt auf, weil sie anders ist als die Menschen um sie herum. Die Männer in ihren gut geschnittenen Anzügen, die Frauen in dunklen Kleidern von erlesenem Schnitt. Alle wirken wohlhabend bis auf eine, die sehr schlicht gekleidet ist. Selbst auf dem alten, bereits verblassten Bild kann ich erkennen, dass ihre Kleidung abgetragen, aber gepflegt ist, dass ihre Frisur eher praktisch als modisch ist.

Man sollte meinen, dass sie neben den gut gekleideten Frauen und Männern zurücksteht, aber genau das Gegenteil ist der Fall. Sie sticht heraus, weil sie leuchtet. Anders kann ich es nicht nennen. Etwas in ihren Augen, in ihrem Lächeln lässt die Frau lebendig und strahlend wirken. Allerdings schaut sie nicht in die Kamera, sondern lächelt meinen Großvater an, der ebenfalls nur Augen für sie hat. Ja, dieses Bild sagt mehr als tausend Worte, wie sehr mein Großvater und Lily sich geliebt haben, obwohl sie aus zwei unterschiedlichen Welten kamen.

»Ich sehe, Sie haben beide erkannt.« Sein Lächeln verschwindet, als brächte das Foto nicht nur angenehme Erinnerungen mit sich. »Damals glaubten wir noch, dass wir die Welt erobern könnten, dass alles, was sich politisch abzeichnete, nichts mit uns zu tun hätte.«

Ich wage es kaum, die naheliegende Frage zu stellen, aber es nicht zu tun erscheint mir feige. »Waren Sie ...« Ich kann es nicht aussprechen. Zu grausam ist die Vorstellung, dass der Greis, der nun wieder so friedlich in seinem Sessel sitzt, verfolgt wurde, nur weil er Männer liebt.

»Nein.« Seine blassen Augen mustern mich aufmerksam. »Ich bin rechtzeitig entkommen. Sehr früh schon. Es erschien mir klüger, Deutschland zu verlassen. Damals, nachdem ...«

Seine Hand tastet nach dem Glas Wasser. Es ist leer. Ich stehe auf und schenke ihm nach, froh darüber, dass ich etwas tun kann und nicht über die Schrecken reden muss, die die Vergangenheit mit sich bringt.

»Danke«, sagt er. »Ich bin geflohen, kurz nachdem Ihr Großvater mir geholfen hat. Und ich bin schuld, dass er Lily verloren hat.«

Scarlett O'Hara war nicht eigentlich schön zu nennen.

Kapitel 25

Es kam, wie es kommen musste. Lily trennte sich von Alexander. Aus ihrer Sicht waren die Unterschiede zwischen ihnen wohl zu bedeutend.« Robert Hartmann schweigt, um versonnen an mir vorbeizublicken. Ich frage mich, wie es sein wird, wenn ich alt bin. Welche Erinnerungen werden derart stark sein, dass sie mich bis ins hohe Alter begleiten? »Es hat ihn tief getroffen.«

Ich gebe ein zustimmendes Brummen von mir, weil ich seinen Redefluss nicht unterbrechen möchte und gespannt darauf warte, wann endlich die Geschichte kommt, in der mein Großvater Robert Hartmanns Leben rettete.

»Ich habe es sehr bedauert, weil ich Lily damals bei der ISK-Aktion, die Sie ja kennen, schätzen lernte. Aber Lou, Louise Fischer, sie war glücklich, dass Alexander endlich wieder ihr gehörte. Nicht, weil Lou ihn liebte. Nein, weil sie es nicht ertrug, von einer Frau wie Lily verdrängt worden zu sein.«

Er stockt, um einen Schluck Kaffee und Wasser zu trinken. Bevor er mit seiner Geschichte fortfährt, räuspert er sich.

»Sie werden es kaum glauben, so, wie ich aussehe, aber damals wurde ich immer politischer. Von Monat zu Monat verbrachte ich mehr Zeit im ISK, um gemeinsam gegen Hitler zu kämpfen. Sicher auch aus Eigennutz. 1933 war schon absehbar, dass die Nazis nicht nur politische Gegner und jüdische Menschen verfolgen würden, sondern alle, die ihnen nicht in den Kram passten. Ich war prädestiniert als Opfer – ein schwuler Mann aus dem Theatermilieu. Also machte ich aus der Not eine Tugend und begann mich zu wehren. Hätte ich die Folgen geahnt, wäre ich emigriert. Aber – das muss ich zugestehen – die Aktionen des ISK waren aufregend für mich. Nie wieder habe ich mich so lebendig gefühlt wie damals, immer in Angst, entdeckt zu werden. Immer bemüht, klüger zu sein als die Nazis. Wenn wir erfolgreich waren, fühlte es sich besser an als ein Champagnerrausch. Und dann kam der verhängnisvolle Tag …«

Robert Hartmanns Körper bebt, so tief atmet er ein. Selbst heute noch scheint die Vergangenheit Schrecken zu bergen, die ihn verfolgen. Ich würde lügen, wenn ich sage, dass ich das nachvollziehen kann. Obwohl ich die Zeitzeugenberichte in einigen Fachbücher gelesen habe, bleibt mein Wissen angelesen und kann das Grauen und Entsetzen kaum begreiflich machen. Daher schweige ich, weil jedes Wort mir fehl am Platz vorkäme, falsch und hohl klingen kann. Es scheint das Richtige zu sein, denn nach einer kurzen Pause spricht Robert Hartmann weiter.

»Wir waren stets vorsichtig, trafen uns immer nur in kleinen Gruppen, achteten darauf, ob uns jemand folgte … Vielleicht hatten die Erfolge der letzten Aktionen uns leichtfertig werden lassen. Plötzlich standen zehn von ihnen in dem Raum, in dem wir uns trafen und wo wir gerade eine Verteilerliste für die ›Neuen Politischen Briefe‹ erstellten. Ganz zu schweigen von den Flugblättern, die dort lagen und uns überdeutlich verrieten. Meine vier ISK-Freunde und ich erstarrten, unfähig zu handeln im Angesicht der braunen Übermacht. Zu meinem Glück stand ich nahe am Fenster. Ohne zu überlegen, bin ich rausgesprungen. Ein Stockwerk tief. Beim Landen habe ich mir den Knöchel verletzt, so dass ich nur weghumpeln konnte. Weg von dem Geschrei, das sich hinter mir erhob. Ich habe unglaubliches Glück gehabt, dass die Nazis erst auf meine Freunde und die Möbel einprügeln wollten, bevor sie mich jagten.«

Wieder weiß ich nicht, was ich sagen soll.

»Manchmal frage ich mich heute noch, ob ich nicht hätte bleiben und meinen Freunden hätte beistehen müssen. Ich fühle mich wie ein Feigling, weil ich davongelaufen bin.« Das sagt er leise, so dass ich ihn kaum verstehe.

»Sie haben nur reagiert«, antworte ich mit weicher Stimme. Ich meine, was ich sage. »Niemandem wäre geholfen, wenn Sie ebenfalls ein Opfer geworden wären.«

»Das sage ich mir auch. Aber warum klingt es wie eine Ausrede?« Er atmet schwer ein und sieht in diesem Moment viel, viel älter aus als der elegant-gepflegte Herr, der mir die Tür öffnete. Dann lächelt er, was wie eine Maske wirkt, die er sich aufsetzt, um seine Gefühle zu verbergen. »Genug davon. Sie möchten von Alexander hören. Ihr Großvater war der erste Mensch, der mir einfiel. Möglicherweise, weil seine Wohnung unserem Treffpunkt am nächsten lag. Also humpelte ich, so schnell mich mein Knöchel trug, zu Alexander, versuchte, die stechenden Schmerzen zu ignorieren und zu vergessen, was die Nazis wohl meinen Freunden antaten. Jedes Geräusch, das hinter mir ertönte, spornte mich zu schnellerem Humpeln an. Jeder Schatten, der auf mich fiel, ließ mein Herz einen Schlag lang aussetzen, doch durch Glück, Schicksal oder Zufall gelangte ich zu Alexanders Wohnung, ohne behelligt zu werden. Er öffnete, und ich war gerettet. Fürs Erste.«

Wieder ein Moment des Atemholens für ihn, in dem mir bewusst wird, dass ich mich nach vorne gebeugt habe, weil seine Geschichte mich gefangen nimmt.

»›Was ist mit dir passiert?‹, fragte Alexander, nachdem er nur einen Blick auf mich geworfen hatte, sichtbar erstaunt darüber, wie derangiert ich aussah. Vollkommen erschöpft brach ich zusammen, und es dauerte eine halbe Ewigkeit, bis ich in der Lage war, ihm nach und nach alles zu beichten. Meine Aktivitäten im ISK, der Überfall, meine feige Flucht …

Je mehr ich erzählte, desto stärker wuchs meine Angst. Alexander war der Erste, der mir eingefallen war, aber nun, wo ich in seiner Küche saß, argwöhnisch beäugt von seiner Katze, und mich um Kopf und Kragen redete, begann ich mich zu fragen, ob er auch der Richtige war. Sicher, er war mit einer Sozialdemokratin liiert, er hatte uns bei der Liebespaarkoffer-Aktion geholfen, aber der Alexander, den ich kannte, war ein unpolitischer Mensch, jemand, der sich auf keinen Fall einmischen wollte. Konnte ich ihm wirklich vertrauen, dass er mich nicht verraten würde?«

»Oh«, sage ich unbewusst, weil es mich schmerzt, dass mein Großvater in diesen schlimmen Zeiten versucht hatte, außen vor zu bleiben und neutral sein wollte, eine Art menschliche Schweiz. Wie hatte er das nur leben können – seine Liebe zu Lily, die, soweit ich bisher wusste, ein sehr politischer und vor allem sehr engagierter Mensch war, und seine apolitische Haltung? »Das tut mir leid.«

»Das braucht es nicht.« Robert Hartmann tätschelt mir beruhigend die Hand. »Verstehen Sie, ich war dermaßen aufgeregt, dass ich nicht klar denken konnte. Selbstverständlich hätte er mich nie verraten. Auch wenn er niemand war, der sich gegen die Nazis stellte, so war er jemand, der absolut loyal zu seinen Freunden stand. Und vergessen wir nicht, wer mit Lily zusammenlebte, der musste sich einfach mit Politik beschäftigen, ob er wollte oder nicht. Aber das fiel mir alles erst hinterher ein. Ich weiß nur, dass ich in der Küche saß, Kaffee trank und teuren Cognac herunterstürzte, als wäre er Wasser, bis ich mir endlich alles von der Seele geredet hatte.

Währenddessen schaute Alexander ständig auf die Uhr, als erwartete er jemanden. ›Was sollen wir nun tun?‹, fragte er mich schließlich. ›Du kannst natürlich hierbleiben …‹

›Kannst du bitte dort vorbeigehen und herausfinden, was aus meinen Freunden geworden ist?‹ Nun, in der Sicherheit von Alexanders Wohnung drückte mich die Schuld meiner Flucht schwer. Alles, was ich denken konnte, war, dass ich meine Freunde im Stich gelassen hatte und nicht einmal erfahren konnte, was aus ihnen geworden war.

›Das mache ich.‹ Wieder schaute Alexander auf die Uhr. ›Aber erst muss ich ins *Laumer*. Auf Lily warten.‹

›Nein!‹ Ich war so verzweifelt, dass ich meinen besten Freund am Revers seiner Jacke packte und ihn schüttelte. ›Nein. Nichts kann wichtiger sein als das Schicksal meiner Kameraden. Lily ist bisher nicht ins *Laumer* gekommen, warum heute. Bitte. Bitte. Wenn du mein Freund bist …‹

›Also gut.‹ Sanft befreite sich Alexander aus meinem Griff. ›Ich schaue erst nach deinen Kameraden, dann gehe ich ins *Laumer*. Warte auf mich. Hier wird dich niemand suchen. Aber lass sicherheitshalber die Lichter aus und meide die Fenster.‹

Ich konnte nur nicken, erleichtert darüber, dass er mich nicht im Stich ließ. Stunden saß ich in der Wohnung, während es draußen dunkel wurde, und spielte die schreckliche Szene in Gedanken wieder und wieder durch, fragte mich, wie ich hätte handeln müssen, wie ich meine Freunde hätte retten können. Nur die Katze leistete mir Gesellschaft. Nachdem ich ihr Schinken gegeben hatte, legte sie ihre Vorbehalte mir gegenüber ab.

aber Großvater war nun wirklich niemand, der viel von sich preisgegeben hat. »Haben Sie ihn auch mal besucht?«

»Wir haben uns bis in die 1950er Jahre hinein geschrieben. Dann kam eine Nachricht von ihm, dass er endgültig mit Deutschland abgeschlossen hätte und auch von mir nichts mehr hören wollte.« Selbst nach all den Jahren klingt Robert Hartmann noch zornig und traurig über die Zurückweisung, die er von meinem Großvater erfahren hat, was ich nachvollziehen kann. »Auch von Lily habe ich nichts mehr gehört. Allerdings habe ich nicht sehr intensiv nach ihr gesucht. Ich hatte mein eigenes Leben. Tut mir leid, dass ich Ihnen nicht mehr helfen kann.«

»Sagen Sie das nicht. Sie haben mir bereits sehr geholfen. Immerhin kenne ich nun Lilys Nachnamen und weiß, dass sie nach Schweden emigrierte. Mit den ganzen modernen Möglichkeiten wie dem Internet müsste ich doch etwas herausfinden können.«

»Großvater?« Hannah schaut wieder zur Tür herein. »Mach nicht mehr so lange. Entschuldigen Sie, aber er sollte ein bisschen auf sich aufpassen. Da er das nicht tut, muss ich das übernehmen.«

»Schon in Ordnung. Danke. Ich wollte ohnehin gehen.« Ich stehe auf, um Robert Hartmann zum Abschied die Hand zu geben. Er erhebt sich und verbeugt sich formvollendet. »Vielen Dank für Ihre Zeit und Ihre Hilfe.«

»Ich danke Ihnen, dass Sie sich für mich und die Zeit damals interessieren. Auf Wiedersehen.«

»Auf Wiedersehen.«

Kurz bevor ich die Tür öffne, sagt er: »Falls Sie Lily finden, geben Sie mir bitte Bescheid. Ich würde gerne mit ihr Kontakt aufnehmen. Schließlich hat Alexander uns beiden sehr viel bedeutet.«

»Selbstverständlich, das ist das mindeste, was ich für Ihre Mühe tun kann«, antworte ich. Erst als ich auf der Straße stehe, kommt mir die Doppeldeutigkeit seiner Botschaft in den Sinn. War Lou etwa nicht die Einzige, die auf Lily eifersüchtig war, weil sie Alexander für sich haben wollte?

Zu Fuß mache ich mich auf den Weg ins Hotel. Ich habe heute Nachmittag so viel Neues erfahren, dass ich den Weg nutzen möchte, um meine Gedanken zu sortieren. Also hat mein Großvater damals wie ein Held gehandelt, als er seinen Freund bei sich aufnahm und nach dessen Kameraden suchte, was ihn seine große Liebe kostete. Es tut mir leid um ihn, um Lily und auch um mich und meine Mutter, die wir Alexander Kirchner, später Woodward, nur als unglücklichen Menschen kannten, der seiner großen Liebe nachtrauerte, die er für immer verloren glaubte. Was wäre er für ein Mann geworden, wenn Lily und er geheiratet hätten? Eine müßige Spekulation, da ich dann ja nicht auf die Welt gekommen wäre.

Im Hotel angekommen, überreicht mir der Portier die Post. Auch meine Buchbestellung ist dabei: *Vom Winde verweht* von Margaret Mitchell. Ebenfalls ein Buch, das ich vor Jahren, nein, vor Jahrzehnten gelesen habe. Ich freue mich darauf, die Geschichte wiederzuentdecken und mich von der traurigen Geschichte meines Großvaters ablenken zu können. Nur Lily bin ich immer noch nicht nähergekommen. Die ungreifbare Frau, verschollen in der Emigration in Schweden. Vielleicht sollte ich die Suche aufgeben und nach Hause zurückkehren.

Nein, das will ich nicht. Ich würde mich die ganzen kommenden Jahre fragen, ob ich nicht etwas Wichtiges vergessen und nicht zu früh kapituliert habe. Ich bin ein Mensch, der sehr lange an etwas festhält. Manchmal zu lange, wie an meiner Ehe, aber oft hat mir mein Durchhaltevermögen gute Dienste erwiesen. Heute werde ich keine Entscheidung treffen. Heute halte ich es mit Scarlett O'Hara – ich schlage das Buch auf der letzten Seite auf und lese den letzten Satz, was nach Charlottes Ansicht ein Sakrileg ist. Bücher liest man von vorne nach hinten, aber ausnahmsweise und bei *Vom Winde verweht* darf ich das: *Schließlich, morgen ist auch ein Tag.*

Kapitel 26

Frankfurt am Main, 15. Oktober 1933

Wir müssen es ihr sagen«, hörte Lily eine Stimme, die ihr bekannt vorkam. Doch weil ihr Kopf sich anfühlte, als wollte er jeden Moment platzen, benötigte sie einen Moment, bis sie ihre Mutter erkannte, deren Ton sorgenvoll klang. »Uns bleibt nicht mehr viel Zeit.«

»Erst einmal muss unsere Kleine aufwachen«, sagte eine zweite Stimme. Ihr Vater. Seine Stimme hörte sich rauh an, als plagten ihn Sorgen. »Die Ärzte haben gesagt, dass es nicht mehr lange dauern sollte.«

Schritte näherten sich dem Bett, in dem Lily lag. Da öffnete sie die Augen. Das Licht, das durch die schmalen Scheiben fiel, schmerzte in ihren Augen. Vorsichtig schaute Lily sich um. Vor dem Fenster stand ein weiteres schmales Bett, in dem eine Frau ihres Alters lag und leise schnarchend schlief. Neben ihr stand ein Ständer mit einem Tropf, von dem ein Schlauch in den Arm der Frau führte. Sie wirkte ausgezehrt. So blass, dass ihre Haut sich kaum von dem Weiß der Bettwäsche abhob. Ein Krankenhaus. Wie war sie nur in ein Krankenhaus gekommen? Tapfer gegen ihre Kopfschmerzen ankämpfend, versuchte Lily, sich zu erinnern.

»Was ist geschehen, was ihr mir sagen müsst und nicht wollt? Wo bin ich? Was ist mit mir passiert?« Bereits als sie die Fragen stellte, fielen ihr einige Antworten ein. Sie erinnerte sich an den Angriff, den Schlag in die Seite – automatisch zog sie ihre Hand auf den Bauch und sah ihre Mutter angstvoll an.

»Mein Kind? Was ist mit meinem Kind?«

»Die Ärzte sind sich noch nicht sicher.« Ida trat an Lilys Bett heran, um ihrer Tochter die Außenseite der Hand an die Wange zu legen. »Es entscheidet sich in den nächsten Stunden, ob ...«

Abwehrend schüttelte Lily den Kopf. Plötzlich gefangen im Aberglauben, dass Worte Wirklichkeit schafften, wünschte sie nicht, dass ihre Mutter das Undenkbare, das Furchtbare aussprach und es so ins Leben rief.

»Was ist passiert?«

Ida und Gottfried wechselten einen Blick, den Lily nur zu gut kannte. So verständigten ihre Eltern sich stets, wenn schwerwiegende Entscheidungen zu treffen waren oder wenn etwas geschehen war, was ihr Leben völlig auf den Kopf stellte. Ihr stockte der Atem vor Angst, dass Alexander und seine Familie von den Nationalsozialisten abgeholt worden waren.

»Alexander?«, konnte sie mit kleiner Stimme mühsam ausstoßen, nahezu sprachlos vor Sorge um den Geliebten. »Ist er ... Geht es ihm gut ...?«

»Das wissen wir nicht. Wir haben nichts von ihm gehört.« Gottfried nahm Lilys Hand in seine. Sie spürte die Schwielen an seinen Fingern, das Ehrenzeichen lebenslanger harter Arbeit. »Es ist Karl. Die Nationalsozialisten haben die Kommunisten verhaftet, als Karl auf deren Versammlung war. Sie haben ihn mitgenommen.«

»Karl?« Die kurzlebige Erleichterung, die Lily verspürt hatte, weil Alexander nichts geschehen war, wich erneutem Schrecken. Karl gefangen von den Faschisten. Ihnen auf Gedeih und Verderb ausgeliefert. Mit Schaudern dachte Lily

281

an die Gerüchte, die über die sogenannten »wilden Konzentrationslager« im Umlauf waren. Auch wenn ihr Bruder, seitdem Lily studierte, meistens hart und gemein zu ihr gewesen war, erinnerte sie sich voller Liebe an ihre Kindheit, als Karl sie stets beschützt hatte. Während anderen Kindern ihre kleinen Geschwister lästig waren, hatte Lily sich bei ihrem Bruder aufgehoben und geborgen gefühlt.

»Können wir etwas tun? Kennen wir jemanden, der uns helfen kann?«

»Wir haben alle um Hilfe gebeten, die wir kennen.« Beruhigend drückte Gottfried Lilys Hand. »Mit etwas Glück bekommen wir Karl wieder frei, aber …«

Hilflos schaute er seine Frau an, die einen Seufzer ausstieß. Ida fuhr sich mit der Hand durch die Haare, so wie immer, wenn ihr etwas auf der Seele brannte.

»Wenn Karl freikommt, werden wir gehen. Es ist alles vorbereitet.« Lilys Mutter hob die Hände in einer Geste der Entschuldigung und Hilflosigkeit. »Erst der Angriff auf dich und dann Karls Verhaftung. Wir müssen emigrieren.«

Lily schluckte. Diese Neuigkeit musste sie erst einmal verdauen. Nicht nur, dass ihre Eltern Deutschland verlassen wollten, sondern dass die Pläne wohl so weit gediehen waren, dass sie in den nächsten Tagen aufbrechen würden. Warum auch nicht? Was hielt Lily noch in diesem Land, in dem die Nationalsozialisten die Macht übernommen hatten und ihr Geliebter nicht auf sie gewartet hatte?

»Wo wollen wir hin? Wie bin ich hierhergekommen? Wie lange habe ich geschlafen?«

»Bevor Ihre Eltern Ihre Fragen beantworten, bekommen Sie erst einmal Ihre Medizin.« Die Schwester, die ohne anzuklopfen ins Krankenzimmer getreten war, reichte Lily auf einem grauen Tablett eine Handvoll bunter Pillen und ein

282

Glas mit Wasser. »Auch wenn Sie wach sind, sind Sie noch lange net übern Berg.«

»Danke«, sagte Lily, die die Tabletten misstrauisch beäugte. Warum musste sie so viele davon nehmen? »Wie lange muss ich noch hierbleiben?«

»Mindestens drei Tage.« Das Gesicht der kräftigen Schwester wurde weicher, ihre Stimme sanfter. »Sollten Sie Ihr Kleines verlieren, was der Herrgott verhüten möge, noch länger.«

Nachdem die Schwester gegangen war, vergewisserte sich Ida, dass Lilys Zimmernachbarin schlief, bevor sie fortfuhr: »Eine alte Frau und ein Mädchen haben die Ambulanz gerufen, die dich hierhergebracht hat. Aber keine von beiden wollte sagen, was geschehen ist.«

»Braunhemden haben die Frau angegriffen, weil sie Jüdin war«, rekapitulierte Lily. »Als ich eingriff, sind sie auch auf mich losgegangen. Einer muss mich am Kopf getroffen haben.«

»Beinahe zwei Tage warst du ohne Bewusstsein.« Das erklärte die dunklen Augenringe ihrer Mutter, die sich neben Lilys Bett stellte, als wollte sie ihre Tochter beschützen. »Ich muss jetzt gehen und mich um Karl kümmern. Gottfried bleibt bei dir.«

Lily wunderte sich nicht, dass ihre Mutter es in die Hand genommen hatte, Karl aus den Fängen der Nationalsozialisten zu befreien. Schließlich hatte es Ida immer besser als Gottfried verstanden, Menschen für sich einzunehmen und Verbündete zu gewinnen. Lily konnte nur hoffen, dass ihrer Mutter auch jetzt Erfolg beschieden sein würde. Sie konnte und wollte sich nicht vorstellen, dass ihr Bruder nie wieder aus nationalsozialistischer Gefangenschaft zurückkehren würde.

»Wohin wollen wir flüchten?«, fragte sie ihren Vater, um ihre Gedanken von Karls Schicksal abzulenken. »Folgen wir Oma und Opa nach Schweden oder …?«

Obwohl sie sich schämte, dass sie selbst jetzt, in diesem Augenblick, wo so viel für ihre Familie auf dem Spiel stand, immer noch an Alexander dachte, konnte Lily nicht umhin zu hoffen, dass sie ebenfalls nach Spanien gehen würden. Dort könnte sie vielleicht, mit sehr viel Glück, ihren Geliebten wiedersehen. Selbst wenn alle Wahrscheinlichkeiten dagegen sprachen, ließ die Hoffnung sich nicht zum Schweigen bringen. Es durfte einfach nicht vorbei sein. Lily strich sich mit der Hand über den Bauch, während sie ihrem Kind stumm versprach, seinem Vater zu verzeihen, dass er sein Versprechen gebrochen und nicht im *Café Laumer* auf sie gewartet hatte. Was immer sie auch unternehmen müsste, um Alexander wiederzusehen und ihm ihren Irrtum zu gestehen, sie würde sich nicht scheuen, diese Wege zu gehen. Nichts wünschte sie sich mehr, als ihn um Verzeihung dafür zu bitten, dass ihr Eigensinn ihnen beinahe das Glück geraubt hatte. Ob von Schweden oder Spanien aus. Lily würde ihren Geliebten wiederfinden oder wenigstens die Suche niemals aufgeben.

Sechs Tage später

»Guten Tag. Ich möchte zu den Ennenbachs.« Nachdem er eine halbe Stunde vor der Tür des Hauses gewartet hatte, in dem Lily und ihre Familie wohnte, hatte Alexander bei den Nachbarn geklingelt. Nach drei vergeblichen Versuchen öffnete ihm eine ältere Frau, die ihn misstrauisch durch die Tür musterte, die sie nur einen Spalt geöffnet hatte. »Wissen Sie, wann die Familie wiederkommt?«

»Gar net mehr«, antwortete die Nachbarin ruppig und kurz angebunden. »Die sind abgehauen.«

Nach den Worten knallte sie ihm die Tür vor der Nase zu und ließ ihn stehen. Nachdem er endlich begriffen hatte, was ihre Worte bedeuteten, fühlte Alexander sich, als würde seine Welt in Scherben zerfallen. Wie konnte Lily ihn verlassen, ohne sich zu verabschieden? Hatte er ihr wirklich so wenig bedeutet? Nein, das konnte nicht sein. Trotz aller Differenzen liebte Lily ihn genauso sehr, wie er sie liebte. Es musste eine Erklärung geben, warum sie überstürzt und ohne Lebewohl aufgebrochen war. Nur – wen konnte er fragen?

Ein Blick auf die Uhr zeigte Alexander, dass ihm noch zwei Stunden blieben, bis der Zug fuhr, der seine Familie nach Barcelona bringen würde. Zwei Stunden, in denen er eine Spur von Lily finden musste. Einhundertzwanzig Minuten, um ihr Reiseziel zu erfahren und eine Möglichkeit zu schaffen, ihr seine Übergangsadresse in Barcelona mitzuteilen. Warum nur hatte er bis zum Tag seiner Abreise gewartet, bis er den Mut gefunden hatte, Lily aufzusuchen? Weil sie nicht ins *Café Laumer* gekommen war, wo er auf sie gewartet hatte? Jeden Tag, bis auf einen. Weil er gefürchtet hatte, dass sie ihn erneut zurückweisen würde, dass sie nicht bereit gewesen wäre, gemeinsam mit ihm einen Weg zu suchen, den sie als Paar beschreiten konnten. Nun war es zu spät. Lily war abgereist, ohne dass er davon erfahren hatte. Wer konnte ihm helfen, wer würde wissen, wohin es die Ennenbachs gezogen hatte?

Georg Baum oder Paul Stunz waren die einzigen von Lilys sozialdemokratischen Freunden, die Alexander je kennengelernt hatte. Beide Männer hatten ihm nicht den Eindruck vermittelt, dass sie ihn besonders schätzten. Einige Minuten wog Alexander in Gedanken ab, welcher von Lilys Freunden ihm eher Informationen über Lily geben könnte. Schließlich entschied er sich für Georg Baum, der ja – wie Lily zu sagen pflegte – beinahe ein Teil der Ennenbach-Familie war. Wo würde er Georg finden? Mehrere Möglichkeiten fielen Alexander ein, die er nicht alle in der verbleibenden Zeit würde aufsuchen können. Er musste sich für eine entscheiden und beten und hoffen, dass er nicht die falsche Wahl treffen würde. Erneut schaute Alexander auf die Uhr. Der Zeiger schien ihm einen Streich spielen zu wollen und war viel weiter vorgerückt, als es ihm möglich schien.

»Also gut. Auf ins *Café Metz* in der Sandgasse«, sprach er sich Mut zu, bevor er in leichtem Trab die Straße entlanglief. Wenn er sich beeilte, sollte er das Café, das ein Treffpunkt der Frankfurter Sozialdemokraten war, in einer halben Stunde erreichen, so dass ihm sogar Zeit bliebe, einen anderen Ort aufzusuchen, sollte er Georg Baum nicht finden. Obwohl Alexander über eine gute Kondition verfügte, erschien ihm der Weg bis in die Sandgasse endlos lang. Vielleicht hätte er sich ein Taxi nehmen sollen, aber die Idee war ihm erst gekommen, als er bereits die halbe Strecke gelaufen war. Die Angst, Lily auf immer und ewig verloren zu haben, lähmte sein Denken, so dass ihm die simpelsten Lösungen nicht einfielen.

Endlich, endlich hatte er das *Café Metz* erreicht. Vor der Tür blieb Alexander stehen und atmete tief ein und aus, bis sich sein Atem wieder beruhigt hatte. Auch wenn er selbst nicht sagen konnte, warum, wollte er Georg Baum nicht atemlos gegenübertreten. Endlich fühlte Alexander sich ruhig genug, die Tür zum Café zu öffnen.

Zu seinem Glück saß Georg Baum an einem der hinteren Tische, vor sich eine Tasse Kaffee, in eine Zeitung vertieft. Überrascht schaute er auf, als Alexander ihn begrüßte.

»Guten Tag, Herr Baum.« Während Lily und ihre Freunde Wert auf das sozialdemokratische und gewerkschaftliche

»Du« legten, hatte Georg Baum stets darauf bestanden, Alexander weiterhin zu siezen. Selbst nach dem Abenteuer mit dem Liebespaar-Koffer hatte Georg Baum seine Vorbehalte Alexander gegenüber offensichtlich nicht ablegen können oder wollen. Daher hatte Alexander lange überlegt, wie er seine Bitte am geschicktesten formulierte. »Ich war gerade bei den Ennenbachs und habe erfahren, dass …«

»Die sind weg«, unterbrach ihn Baum harsch, ohne Alexander einer Begrüßung zu würdigen. Er bot Alexander nicht einmal an, sich zu ihm zu setzen, sondern ließ ihn vor dem Tisch stehen wie einen Schuljungen, der abgekanzelt wurde. »Seit gestern.«

Nur ein Tag. Um einen verdammten Tag hatte er Lily verpasst, weil ihm der Mut gefehlt hatte, sich ihr zu stellen und eine erneute Abfuhr zu kassieren. Seitdem Lily seinen Heiratsantrag abgelehnt hatte, hatte Alexander stets gefürchtet, dass sie sich gegen ihn entscheiden würde, sollte er sie je zu einer Wahl zwingen. Hätte der Anruf seines Vaters und die Sorge um seine Mutter ihn nicht so erschüttert, hätte er es an dem Tag niemals zu einem Ultimatum kommen lassen. Hätte, hätte – zu spät. Nun musste er versuchen, zu retten, was noch zu retten war. Mit klopfendem Herzen setzte er sich und bestellte zwei Kaffee, was Georg Baum mit einem leichten Kopfnicken akzeptierte.

»Wo sind sie hin?«, fragte Alexander, nachdem die Kellnerin die Getränke vor sie hingestellt hatte. Seine Stimme klang bemüht ruhig, um Georg Baum nicht spüren zu lassen, wie wichtig ihm die Antwort war. Unauffällig schaute Alexander auf die Armbanduhr. Noch etwas mehr als eine Stunde, bis er am Bahnhof sein musste.

»Das hat Lily Ihnen wohl nicht verraten, was?« Baum gab nicht einmal vor, seine Häme zu verbergen, dass Lily Alexander ohne Abschied verlassen hatte. »Dann sollen Sie es wohl auch nicht wissen, oder?«

Es wäre klüger gewesen, mit Paul Stunz zu sprechen, erkannte Alexander in diesem Augenblick. Die Feindseligkeit, die ihm Georg Baum entgegenbrachte, entsprang nicht nur dem Misstrauen gegenüber dem Angehörigen einer Georg Baum fremden Klasse, sondern rührte aus der Rivalität um Lily. Fieberhaft überlegte Alexander, ob er es schaffen könnte, Paul Stunz und seinen Zug zu erreichen. Selbst wenn er rennen könnte wie Arthur Jonath, der im vergangenen Jahr Gold bei den Olympischen Spielen in Los Angeles geholt hatte, würde es ihm nicht gelingen, den Zug und Paul Stunz zu erwischen. Also musste er sich wohl oder übel mit Georg Baum arrangieren und hoffen, dass dieser verständig genug wäre, Lilys Gefühle und Interessen wahrzunehmen, selbst wenn er Alexander als Rivalen betrachtete.

»Lily konnte es mir nicht sagen, weil wir uns nicht gesehen haben.« Es kränkte und schmerzte Alexander, dass er vor Georg Baum eingestehen musste, dass zwischen Lily und ihm nicht alles zum Besten gestanden hatte. »Doch ich bin mir sicher, dass sie wollen würde, dass ich weiß, wohin sie mit ihrer Familie emigriert ist.«

»Dahin, wo es viele von uns zieht. In die Sowjetunion.« Georg Baum schaute Alexander offen an, aber dieser konnte sich des Gefühls nicht erwehren, dass sein Gegenüber ihm etwas verschwieg. »Ich werde im nächsten Monat auch dorthin fahren. In Deutschland ist es nicht mehr sicher.«

»Aber …« Alexander überlegte. Das konnte nicht sein. Wenn er sich nicht täuschte, waren Lilys Großeltern nach Schweden emigriert und nicht nach Russland. »Sind Willy und Bertha nicht nach Schweden gegangen?«

288

»Nur übergangsweise«, antwortete Georg, für Alexanders Geschmack etwas zu schnell und zu glatt. »Von Schweden aus reisten Bertha und Willy nach Moskau. Dort wollen wir uns alle treffen.«

Nun musste Alexander über seinen Schatten springen und Georg Baum um Hilfe bitten. Unbewusst ballte er seine Hände zu Fäusten, aber blieb ansonsten gelassen.

»Meine Eltern und ich reisen heute nach Barcelona«, sagte Alexander, den Blick fest auf Georg Baum gerichtet, damit er sein Gegenüber einschätzen konnte. Georg Baums Gesicht blieb unbewegt. »Dort werden wir sicher einige Tage oder Wochen bleiben. Hier ist die Adresse. Können Sie die Lily bitte geben, wenn Sie sie sehen oder ihr schreiben?«

Georg Baum beobachtete schweigend, wie Alexander einen Füllfederhalter aus der Tasche seines Jacketts zog und die Adresse auf einen Bierdeckel schrieb, der auf dem Tisch lag. Ebenfalls wortlos schob Alexander den Bierdeckel über den Tisch.

»Gute Reise. Barcelona. Dort wird es sicher wärmer sein als in Moskau.«

Alexander vermochte nicht zu erkennen, ob Georg Baum seine Worte ernst meinte oder ob sie Ausdruck von Sarkasmus waren. Ein Blick auf die Armbanduhr zeigte, dass ihm die Zeit davonlief, aber er wollte nicht gehen, bevor Georg Baum ihm versichert hatte, dass er Lily den Bierdeckel geben würde.

»Haben Sie es etwa eilig?« Baum begleitete seine Frage mit einem sarkastischen Lächeln, als wüsste er, dass Alexander auf heißen Kohlen saß und schon vor fünf Minuten hätte aufbrechen müssen. »Warum sollte ich Ihnen diesen Gefallen tun?«

»Nicht für mich«, antwortete Alexander. »Für Lily. Damit sie eine Entscheidung treffen kann.«

»Hat sie das nicht längst?« Baums Lächeln wurde breiter, aber er griff nach dem Bierdeckel, um ihn in der Tasche seiner Strickjoppe verschwinden zu lassen. »Ich werde ihn Lily geben, aber ich kann nicht versprechen, dass Sie von ihr hören werden.«

»Das erwarte ich auch nicht«, sagte Alexander knapp, winkte nach der Kellnerin, zahlte und stand auf, weiterhin angestrengt bemüht, ruhig zu wirken. »Vielen Dank und gute Reise für Sie.«

Georg Baum nickte und widmete sich demonstrativ seiner Zeitung. Gemessenen Schrittes verließ Alexander das Lokal. Erst vor der Tür begann er zu laufen. Sein suchender Blick konnte kein Taxi entdecken, so dass ihm nur eins blieb – zu laufen, wie er noch nie gelaufen war, wenn er noch rechtzeitig zur Abfahrt des Zuges nach Barcelona am Hauptbahnhof sein wollte.

Terry betrachtete den Ärmelaufschlag ihres Wollpullovers,
als sich Roberta näherte.

Kapitel 27

Gesendet: Mittwoch, 3. November 1999 um 13:51 Uhr
Von: »Erin« <Erin.Mitchell@aol.com>
An: »Charlotte« <Boss@bookscloves.com>
Betreff: Der Bestseller?
Meine Bald-nicht-mehr-beste-Freundin,
was willst Du mir damit sagen?
(Mal abgesehen davon, dass es mich Stunden gekostet hat, den Titel
herauszufinden.)
Soll ich ein Buch schreiben?
Lily bleibt verschwunden. Jede Spur, die ich gefunden habe, löst sich
in Wohlgefallen auf. Überlege, ob ich nach Hause kommen soll.
Vermisse Dich und den Buchladen, selbst die Kunden ;-).
Liebe Grüße
Erin

Gesendet: Mittwoch, 3. November 1999 um 14:17 Uhr
Von: »Charlotte« <Boss@bookscloves.com>
An: »Erin« <Erin.Mitchell@aol.com>
Betreff: AW: Der Bestseller?
Erin!
Reduziere Romane nicht immer auf das Offensichtliche.
Olivia Goldsmith schreibt darüber, wie wenig im Leben – und im
Schreiben – planbar ist. Dass selbst die größten Anstrengungen oder

Intrigen nicht zum gewünschten Erfolg führen müssen. Entweder zum Bestseller oder zu *der* Spur zu Lily.

Will sagen: Hör auf, alles planen zu wollen, und vertraue dem Leben.

Kuss, Charlotte

PS: Gruß von Sarah

PPS: Intermezzo ist immer noch geschlossen, und auch der Inder nebenan macht dicht!

PPPS: Vermisse Dich, aber wage nicht, ohne Lily nach Hause zurückzukommen.

Gesendet: Mittwoch, 3. November 1999 um 14:41 Uhr

Von: »Erin« <Erin.Mitchell@aol.com>

An: »Charlotte« <Boss@bookscloves.com>

Betreff: AW: AW: Der Bestseller?

Liebe Charlotte,

ich habe verstanden. Oooohhhhmmm.

Neue Spur hat sich aufgetan. In Stockholm. Muss erst einmal über Yahoo oder dieses neue Google danach suchen. Wie konnten wir nur ohne das Internet studieren?

Gruß & Kuss, Erin

Gesendet: Mittwoch, 3. November 1999 um 15:01 Uhr

Von: »Charlotte« <Boss@bookscloves.com>

An: »Erin« <Erin.Mitchell@aol.com>

Betreff: AW: AW: AW: Der Bestseller?

Liebe Erin,

»Wie konnten wir nur ohne das Internet studieren?«

Langsamer und intensiver.

Freue mich, dass es vorangeht.

Muss zur Bank!!!!

Eilige Grüße

Charlotte

Ich sehe auf die Uhr – wieder habe ich drei Stunden im Internetcafé verbracht, die mir vorkommen wie drei Minuten. Immerhin war ich erfolgreich und bin mit den Ergebnissen meiner heutigen Suche so zufrieden, dass ich mir den Rest des Tages freinehmen und mir den Palmengarten ansehen will. Schon mit Kyle und Laura habe ich dort einen Nachmittag verbracht, aber ich entdecke bei jedem Besuch etwas Neues und belohne mich damit für meine Erfolge.

Noch immer habe ich wenig vorzuweisen. Nach dem Gespräch mit Robert Hartmann war ich mir sicher, dass ich nur wenige Schritte benötige, bis ich Lily Ennenbach gefunden habe, aber alle Versuche endeten in Sackgassen. Manchmal kommt es mir vor, als hätte Lily in Schweden ihre Identität gewechselt wie in einem Zeugenschutzprogramm. Doch wahrscheinlich ist die Erklärung viel einfacher und naheliegender: Lily hat geheiratet, wie ich inzwischen weiß, und den Namen ihres Mannes angenommen. Wie ich sie nun finden soll, dafür konnte ich noch keine Idee entwickeln, die mir sinnvoll und umsetzbar erscheint. Gestern Nacht ist mir endlich eine Lösung eingefallen. Nur fehlt mir noch der Mut, sie auch umzusetzen.

Außerdem fühle ich mich von Lily getäuscht, die dermaßen schnell in Schweden geheiratet hat. Nach allem, was ich bisher von ihr gehört habe, erscheint sie mir eigentlich nicht als der Aus-den-Augen-aus-dem-Sinn-Typ. Vielleicht hatte sie einen guten Grund für die Ehe, wie die schwedische Staatsbürgerschaft. Wenn ich mich nicht endlich aufraffe, werde ich die Wahrheit nie erfahren. Vor allem, weil in Frankfurt so wenig an die Vergangenheit erinnert.

Gestern habe ich versucht, die Orte zu finden, an denen Lily und mein Großvater sich begegnet sind. Auch wenn es sich seltsam anhören mag, ich hatte gehofft, dass ich den beiden auf diesem Weg etwas näherkomme. Eine Art Begegnung über die Zeiten hinweg, indem ich auf ihren Spuren wandele. Nur leider haben die Zeit und der Krieg jede Spur verwischt. Dort, wo 1933 das vegetarische Restaurant des ISK gestanden hat, stehen heute moderne Gebäude mit Büros und Geschäften. Nicht einmal eine Plakette oder Gedenktafel weist darauf hin, dass sich hier einst Menschen getroffen haben, die Widerstand gegen das nationalsozialistische Regime geleistet haben. Das wundert mich, weil ich erwartete, dass in Deutschland mehr Erinnerung und Gedenken herrscht.

Auch unter der Adresse, wo vor mehr als sechzig Jahren das *Café Metz* war, steht nun ein Haus, das deutlich nach Ende des Zweiten Weltkrieges erbaut wurde. Hier finden sich keinerlei Hinweise auf die Geschichte des Ortes. Meine schöne Idee, Lilys und Alexanders Spuren zu folgen, läuft leider ins Leere.

Die Enttäuschung über die fehlenden Spuren hat mich ins historische Museum der Stadt geführt, wo ich mir Fotos erhoffe, die mir eine Idee davon vermitteln, wie die Stadt ausgesehen hat, als mein Großvater jung und verliebt war. Ich entdecke mehr als das. Im Museum finden sich zwei Modelle der Altstadt, geschaffen von den Brüdern Treuner aus Frankfurt, wie ich auf Informationstafeln lese. Ein dreidimensionales Bild der Frankfurter Altstadt, wie sie vor dem Zweiten Weltkrieg aussah. Und das Trümmermodell, das die Frankfurter Altstadt nach den Bombenangriffen 1943 und 1944 zeigt. Ich stehe vor diesem Abbild und muss schlucken. Zwar hatte ich gelesen, dass Frankfurt zu neunzig Prozent zerstört worden war, aber eine Zahl, selbst wenn sie so hoch ist, bleibt abstrakt, nicht fühlbar. Dieses Modell hingegen, in dem die gesamte Innenstadt in Trümmern liegt und nur die Ruinen zweier Kirchtürme alles überragen, treibt mir Tränen in die

Augen. Mein Großvater hat diese Zerstörung gesehen, da bin ich mir sicher. Wenn ich mich richtig erinnere, ist er 1945 als Fotograf nach Deutschland geflogen.

Mit mehr Fragen als Antworten habe ich das historische Museum schließlich wieder verlassen.

»Möchten Sie noch einen Cappuccino?« Die Frau hinter der Theke, die mir inzwischen zunickt, wenn ich das Internetcafé betrete, steht plötzlich neben mir. »Denn jede Stunde müssen Se was verzehren. So sind die Regeln.«

»Ja, bitte.« Wenn ich noch etwas trinke, kann ich auch die Mail nach Schweden schreiben. Es kostet mich einige Überwindung, einen fremden Menschen, noch dazu einen schwedischen Geschichtsprofessor, anzuschreiben und um Hilfe zu bitten. Wie meine Mutter frage ich nicht gern nach Unterstützung. Ich entwerfe den dritten Text für die Mail und verwerfe ihn, genau wie seine beiden Vorgänger. Vielleicht wäre ich weniger nervös, wenn der schwedische Professor ein alter und gesetzter Herr wäre, aber seinem Internetfoto nach ist er jünger als ich. Das Bild entspricht so gar nicht meiner Vorstellung eines Professors. Obwohl ich Jeffrey und seine Kollegen oft genug bewirtet habe, bekomme ich meine altbackene Idee, wie ein europäischer Professor auszusehen hat, nicht aus dem Kopf. Ein Herr mit grauen Schläfen, gekleidet in Tweed, der Pfeife raucht und hinter seinem riesigen Schreibtisch, auf dem sich Bücher stapeln, nahezu verschwindet. Meine Vorstellung passt überhaupt nicht zu dem Foto auf der Internetseite der Universität, deren Seiten glücklicherweise ins Englische übersetzt sind. Als ich das Bild von Professor Magnus Lundgren gesehen habe, ist mir sofort eines meiner Lieblingskinderbücher in den Sinn gekommen. So würde Emil aus Lönneberga aussehen, wenn er erwachsen wäre und eine Brille trüge.

Meine Güte, so schwer kann es nicht sein, ein paar Zeilen zu entwerfen, in denen ich mein Anliegen schildere und den Professor um Hilfe bitte. Vielleicht habe ich auch nur Angst, dass diese Spur, die meine letzte Hoffnung ist, sich ebenfalls als Sackgasse erweisen wird. Dass am Ende all die Arbeit der vergangenen Tage und Wochen umsonst gewesen ist. Dass ich nie herausfinde, warum mein Großvater und seine große Liebe in ihrer Jugend nicht zueinanderfanden, aber sich sechzig Jahre später innige Liebesbriefe schrieben. Immer vorausgesetzt, dass mein Großvater Lily geantwortet hat. Aber sonst hätte er doch kein Flugticket gekauft? Ich drehe mich im Kreis. Frustriert tippe ich Worte in den Computer und sende die Mail ab, bevor ich es mir anders überlegen kann.

Gesendet: Mittwoch, 3. November 1999 um 15:51 Uhr
Von: »Erin« <Erin.Mitchell@aol.com>
An: Magnus.Lundgren@historia.su.se
Betreff: Ihr Forschungsprojekt
Sehr geehrter Herr Professor Lundgren,
aus dem Internet habe ich erfahren, dass Sie zu deutschen Emigranten in Schweden forschen.
Ich suche – aus persönlichen Gründen – eine deutsche Sozialdemokratin, die 1933 von Frankfurt aus nach Schweden auswanderte, dort wahrscheinlich geheiratet hat und möglicherweise immer noch lebt. Ihr Name ist Lily Ennenbach (vor der Heirat).
Ich weiß, dass meine Bitte ungewöhnlich ist, aber ich würde mich sehr freuen, wenn Sie mir Hinweise geben könnten, wie ich Lily finden kann.
Vielen Dank im Voraus und freundliche Grüße aus Frankfurt am Main, auf der Spur von Lily Ennenbach
Erin Mitchell

Nachdem die Mail abgeschickt ist, lese ich sie mir noch einmal durch, was mich unzufrieden macht, weil der Text steif und förmlich klingt. *Ich* würde auf eine derart nichtssagende Anfrage wahrscheinlich mit einem höflichen Standardtext reagieren; ich kann nur hoffen, dass Professor Lundgren freundlicher ist als ich. Da ich nicht auf eine schnelle Antwort hoffe, schließe ich das Internet und trinke den chemisch schmeckenden Cappuccino. Nachdem ich bezahlt habe, mache ich mich auf den Weg in den Palmengarten. Inzwischen habe ich das Frankfurter Straßenbahnnetz einigermaßen verstanden und fürchte mich nicht mehr davor, mich zu verfahren. Während ich aus dem Fenster sehe und die Stadt an mir vorbeigleitet, überlege ich mir, wie viel Zeit ich dem schwedischen Professor geben werde.

Mehr als eine Woche kann und will ich nicht auf seine Antwort warten. Zwar habe ich noch genügend Geld, weil das Hotel billig ist und ich mich bemühe, kostengünstig zu leben, aber langsam wächst mein schlechtes Gewissen, weil ich das Erbe meines Großvaters so verplempere, ohne dass ich ein Ergebnis erziele. Außerdem habe ich inzwischen alle Museen und Sehenswürdigkeiten Frankfurts, die ich mir im Vorfeld herausgesucht hatte, angesehen und weiß nicht, was ich mit meiner freien Zeit anfangen soll. Ganz zu schweigen davon, dass ich mich einsam fühle. Mit Kyle und Laura zusammen verging die Zeit wie im Flug. Enttäuschungen bei der Suche teilten wir, was sie weniger frustrierend machte. Jetzt ziehen sich die Tage zäh dahin, und jeder Rückschlag bei der Recherche ist für mich ein Anlass, das ganze Projekt »Lily finden« in Frage zu stellen. Selbst wenn Charlotte mir am Telefon oder per Mail Geduld empfiehlt und auch Kyle und Laura immer wieder betonen, dass sie an ein glückliches Ende glauben, bleiben Zweifel. An manchen Tagen denke ich, mein Großvater wollte mit aller Macht verhindern, dass ich seinem Geheimnis auf die Spur komme.

Der Besuch im Palmengarten hat meine Stimmung verbessert, so dass ich mir nach dem Abendessen überlege, ob ich den Internetzugang im Hotel nutzen soll. Vielleicht habe ich ja bereits eine Antwort aus Schweden erhalten. Nachdem ich dreimal an dem Hotel-Computer vorbeigeschlichen bin, was den Mann, der dort sitzt, überhaupt nicht stört, überlege ich es mir schließlich anders und gehe auf mein Zimmer. Bald nimmt mich der Roman gefangen, so dass es mir nicht schwerfällt, der Versuchung, es doch mit dem Internet zu versuchen, zu widerstehen.

Am nächsten Morgen sitzt erneut jemand vor dem hoteleigenen Computer, so dass mir nichts anderes übrigbleibt, als mich auf den Weg zum Internetcafé zu machen. Vorher besuche ich eine Ausstellung im Städel, auf die ich mich gefreut habe. Heute habe ich kein Glück – die Sonderausstellung »Mehr Licht. Europa um 1770« ist überfüllt, so dass ich nur einen Blick darauf werfe und mir stattdessen die reguläre Sammlung des Städels ansehe. Lange bleibe ich vor dem Bild *Liegender Hund im Schnee* stehen, das Franz Marc gemalt hat. Ein Maler, den ich sehr schätze. Unfassbar, dass die Nationalsozialisten dieses Kunstwerk als entartet bezeichnet haben.

Auf einmal fällt es mir wieder ein: Mein Großvater war der Erste, der mir Gemälde von Franz Marc zeigte und mein Interesse am *Blauen Reiter* und dem Expressionismus weckte, obwohl er Max Beckmann mehr schätzte als Franz Marc.

Seltsam, dass ich mich erst jetzt daran erinnere. Vielleicht sollte ich mein Bild von Großvater überdenken. Aber ich bin nur halbherzig in meinen Überlegungen, weil ich am liebsten sofort meine Mails abrufen würde, selbst auf die Gefahr hin, dass ich danach enttäuscht bin. Nachdem ich mich das dritte Mal im Museum verlaufen habe und erst nach mehreren Minuten bemerke, dass ich diese Bilder bereits gesehen habe, schüttele ich den Kopf über mich. Ich benehme mich wie eine Süchtige, die den Zeitpunkt, an dem sie sich ihre Droge zuführt, hinauszögert und hinauszögert, als erhöhte das den Kick.

Also gut, ich gebe auf. Tut mir leid, Städel, wir finden heute nicht zusammen.

»Wieder da.« Keine Frage, sondern eine Feststellung. Die Frau hinter der Theke nickt mir zu. »Cappuccino?«

»Ja bitte.«

»Es kann heute länger dauern. Vorhin gab's ein paar Probleme mit der Internetleitung.«

Das fehlt mir gerade noch. Nachdem ich mir endlich eingestanden habe, dass mir meine E-Mails wichtiger sind als die Ausstellung im Städel-Museum, spielt das Internet mir einen Streich. Mit bangem Herzen beobachte ich, wie sich quälend langsam eine Verbindung aufbaut. Endlich bin ich auf der Seite von AOL, logge mich ein und trommele mit den Fingern auf die graue Tischplatte, während sich die Internetseite formt. Endlich, endlich sehe ich das Zeichen, dass ich elektronische Post habe.

Ruhig, Erin, ruhig. Einmal tief durchatmen und die Hoffnung zurückschrauben.

Zu meiner Überraschung habe ich über zwanzig Mails, die meisten davon Spam, was mich normalerweise kaltlässt, aber heute ärgert, weil sie Zeit fressen, die ich besser nutzen könnte. Vor Missmut hätte ich sie beinahe übersehen – die Antwort, auf die ich hoffte, mit der ich nicht gerechnet habe. Wenn er so schnell geantwortet hat, kann das nur eine freundliche Abfuhr sein. Wenn Professor Lundgren mir etwas über Lily sagen könnte, hätte er erst recherchieren müssen, was zu einer späteren Mail geführt hätte. Ich kann mir noch stundenlang Gedanken machen, ohne zu einem Ergebnis zu kommen. Solange ich die Nachricht nicht öffne, bleiben beide Möglichkeiten nebeneinander bestehen: eine positive und eine negative. Wie bei *Schrödingers Katze*. Seltsam, dass Charlotte mir dieses Buch noch nicht empfohlen hat.

Mein Finger kreist über der Tastatur, meine Gedanken suchen sich Abwege, nur damit ich mich nicht dem stellen muss, was mich erwartet. Nein, ich sollte nicht länger um die Frage herumtanzen. Wie beim Abreißen eines Pflasters ist Schnelligkeit alles.

Gesendet: Mittwoch, 3. November 1999 um 19:38 Uhr
Von: Magnus.Lundgren@historia.su.se
An: »Erin« <Erin.Mitchell@aol.com>
Betreff: AW: Ihr Forschungsprojekt
Liebe Erin Mitchell,
wie interessant – endlich einmal eine spannende Anfrage.
Gerne helfe ich Ihnen bei der Suche nach Lily Ennenbach. In meiner Datenbank, die noch viel zu klein ist, habe ich sie allerdings nicht gefunden.
Können Sie mir noch ein paar Angaben machen?
Wann emigrierte Lily?
Wohin emigrierte Lily?
Was sind Ihre Gründe, Lily zu suchen?

Ich freue mich auf Ihre Mail und sende viele Grüße aus dem kalten und dunklen Stockholm
Magnus

Magnus Lundgren
Stockholm University
Department of History
SE-106 91 Stockholm
Sweden
Telephone: +46 8 16 20 2223
Magnus.Lundgren@historia.su.se
Find us:
Universitetsvägen 10D, floor 9
Building D in Södra huset
Campus Frescati, Stockholm

Ich kann kaum glauben, was ich lese. Sollte es wirklich so einfach sein? Mit fliegenden Fingern tippe ich eine Antwort.

Mira versteckte sich in der Damentoilette. Für sie war es
immer noch die Damentoilette, obwohl jemand
auf dem Schild an der Tür das Wort Damen durchgestrichen
und Frauen darunter geschrieben hatte.

Kapitel 28

Gesendet: Montag, 8. November 1999 um 10:27 Uhr
Von: Magnus.Lundgren@historia.su.se
An: »Erin« <Erin.Mitchell@aol.com>
Betreff: Lily was here
Hej Erin,
ich freue mich immer über Deine Mails und habe ein schlechtes Gewissen, weil ich Dir immer noch keine guten Nachrichten über Lily überbringen kann.
Lass uns telefonieren – vielleicht »brainstormen« wir gemeinsam etwas heraus ;-)).
(Außerdem bin ich neugierig auf Deine Stimme.)
Oder – noch besser – Du kommst nach Stockholm? Hier ist's schön – selbst im November. Nur früh dunkel.
Melde Dich!
Liebe Grüße
Magnus

Magnus Lundgren
Stockholm University
Department of History
SE-106 91 Stockholm
Sweden
Telephone: +46 8 16 20 2223

Magnus.Lundgren@historia.su.se
Find us:
Universitetsvägen 10D, floor 9
Building D in Södra huset
Campus Frescati, Stockholm

Ich soll ihn anrufen? Oder nach Stockholm reisen? Wie kommt er nur auf so eine Idee? Bisher haben Professor Lundgren, der mir schon in der zweiten Mail anbot, ihn »Magnus« zu nennen, und ich uns zehn oder elf Nachrichten in den vergangenen vier Tagen geschickt, die sich überwiegend mit Lily und der Suche nach ihr beschäftigten. Gut, ich habe bemerkt, dass seine Mails einen flirtenden Unterton bekamen, aber da ich nicht darauf reagierte, weil ich nicht wusste, wie, wurden unsere elektronisch unterstützten Gespräche wieder zielgerichteter. Magnus fragte mich, was ich über Lily wüsste, und ich suchte alle Informationen zusammen, die ich bisher gesammelt habe, was weniger ist, als ich mir wünsche.

Magnus hat vor Ort versucht, Lily zu finden, aber leider ohne Erfolg. Wie ärgerlich, dass Frauen ihren Nachnamen wechseln und damit verschwinden, wenn sie heiraten. Der Roman, den Charlotte mir diese Woche als Rätsel gestellt hat, passt perfekt dazu. *Frauen* von Marilyn French. Wie ich die Geschichte allerdings mit mir und meiner vergeblichen Suche in Einklang bringen soll, habe ich bisher nicht herausgefunden. Wobei ich zugeben muss, dass ich nicht ganz bei der Sache war. Die Nachrichten von Magnus haben mich stärker abgelenkt, als ich mir eingestehen möchte. Ich habe jede Mail bestimmt zehnmal gelesen, sie von links nach rechts und wieder zurück gedreht, um sie nach versteckten Botschaften und Hinweisen zu durchforsten. Und heute nun die Einladung nach Schweden.

Automatisch öffnet meine Hand die Internetseite mit seinem Foto. So attraktiv, wie Magnus aussieht, wage ich nicht, ihn zu besuchen. Er wäre sicher enttäuscht von mir, obwohl ich mich nicht mehr so gehenlasse wie in den Monaten nach der Trennung. Ein Erfolg – endlich finde ich einen anderen Mann als Jeffrey attraktiv. Aber muss es jemand auf einem anderen Kontinent sein? Und ein Mann, der jünger ist als ich und bestimmt von Studentinnen umschwärmt wird, so, wie ich das von Jeffrey kannte. Vielleicht sollte ich Magnus einfach ein Foto von mir mailen oder per Post schicken; dann erledigt sich seine Einladung bestimmt von selbst. Warum denke ich überhaupt darüber nach? Natürlich werde ich nicht nach Schweden reisen, selbst für Lily nicht. Nicht mit meiner Flugangst.

Fast wie von selbst tippen meine Finger die Worte »Anreise« und »Schweden« in die Suchmaschine ein. Zu meiner Überraschung kann man mit der Fähre nach Schweden reisen und im nächsten Jahr sogar problemlos mit der Bahn, wenn die Öresundbrücke erst fertiggestellt ist. Aber Fliegen ist leider die schnellste und effektivste Möglichkeit, von Frankfurt nach Stockholm zu gelangen. Gut, das habe ich nun herausgefunden und kann jetzt wieder nach Hause, wie ich mein Hotelzimmer inzwischen nenne, gehen. Den Roman weiterlesen, der mich gestern Nacht schon wachgehalten hat. Ich erinnere mich noch gut daran, wie ich *Frauen* zum ersten Mal gelesen habe. Eine Freundin an der Universität, zu der ich später den Kontakt verlor, gab mir das Buch mit den Worten: »Hier, das *musst* du lesen. Gerade du mit deinen Heiratsplänen.«

Damals war ich beleidigt über die Art, wie sie meine Zukunftswünsche herabsetzte, habe trotzdem brav den Roman gelesen und war tief beeindruckt. Allerdings habe ich die Geschichte damals eher als Lehrstück über die Vergangenheit verstanden; mit meinem Leben als erfolgreiche Studentin und gerade frisch in Jeffrey verliebte Frau hatte das nichts zu tun. Heute finde ich mehr von mir in den Geschichten der *Frauen*, als mir lieb ist. Ach, Mist, das habe ich Charlotte mailen wollen und es vergessen, weil ich über Magnus Lundgren und dessen unvermutete Einladung nachdachte.

»Gibt es Neues von deiner Lily?« Charlotte hält sich nicht mit großen Vorreden auf. Kaum bin ich in meinem Hotelzimmer angekommen, klingelte das Telefon. Meine Freundin scheint zu spüren, wenn ich Redebedarf habe. »Oder von deinem nordischen Professor?«

»Magnus hat …«

»Aha, aus Professor Lundgren ist also schon Magnus geworden.« Ich sehe Charlotte vor mir, wie sie bedeutungsschwer mit dem Kopf nickt, während sie wie ein Bluthund auf der Fährte bleibt. »Du wolltest mir das Bild von ihm mailen.«

»Entschuldige, habe ich vergessen …« Ich zögere einen Moment, bis ich schließlich mit der Wahrheit herausrücke. »Heute bin ich etwas neben der Spur. Magnus hat mich nach Stockholm eingeladen.«

»Oha!« Mehr muss meine Freundin nicht sagen. Wir kennen uns so gut, dass ich genau verstehe, was sie mit dem Ausruf meint.

»Ich werde natürlich nicht dorthin reisen, obwohl es eine sehr schöne Stadt sein soll. Denn was soll ich dort finden, was Magnus nicht allein entdecken kann?«

»Also hast du über die Reise nachgedacht?«

»Du weißt, dass ich Angst vorm Fliegen habe.«

»Also hast du *schon* über die Reise nachgedacht?« Beim zweiten Mal stellt Charlotte die Frage energischer, und ich weiß, dass ich sie jetzt nicht mehr mit Ausreden abspeisen kann.

»Irgendwie fühle ich mich hier im Moment nutzlos. Alle Spuren sind kalt, niemand kann mir weiterhelfen.« Ich seufze. »Entweder sind die Menschen tot oder 1933 emigriert, so dass sich ihre Spur verliert. Und mein Großvater hat den Briefumschlag leider nicht aufgehoben, so dass ich keine Ahnung habe, wie Lily nach ihrer Heirat heißt. Echt doof, dass Frauen ihre Namen aufgeben.«

»So wie du.« Ein bisschen Genugtuung schwingt in Charlottes Tonfall mit, weil sie mich damals überreden wollte, meinen Namen trotz Ehe zu behalten, aber ich keinen Sinn darin sah. »Da passt *Frauen* doch wunderbar, findest du nicht?«

»Eigentlich hätte ich *Herland* erwartet, wenn du auf der frauenbewegten Schiene reist. Bisher kam noch nichts von Perkins Gilman, was mich sehr wundert«, sage ich. Schließlich hat meine beste Freundin ihren Namen nach dieser Autorin gewählt. Nach Charlotte Perkins Gilman und Charlotte Brontë, was sie allerdings bestreitet, da die Brontë Engländerin ist. Ihre Mutter hat Charlotte nämlich April Dawn getauft, was diese ihr nie verziehen hat. Das verbindet Charlotte und mich: Unsere Mütter sind – gelinde gesagt – eigen.

»Oder kommt das noch? Dorothy Parker vermisse ich auch.« Schließlich weiß ich nur zu gut, dass Charlotte die beiden Autorinnen verehrt. Bei Marilyn French hingegen dachte ich immer, dass meine Freundin die Autorin für politisch interessant, aber literarisch für irrelevant hält. So kann man sich täuschen.

»Leider hat die gute Dorothy nur Kurzgeschichten geschrieben. Wenn auch wunderbare.« Charlotte spricht voller Überzeugung, wie immer, wenn es um ihr Lieblingsthema geht. Ich freue mich, dass sie sich trotz ihrer Geldsorgen immer noch für Bücher begeistert. »Themawechsel: Was ist mit dir und Magnus?«

»Gar nichts. Er wollte bestimmt nur höflich sein«, setze ich an. Dann entscheide ich mich für die Wahrheit, weil Charlotte sie verdient. »Na ja, ich glaube, er hat schon ein bisschen mit mir geflirtet. Per E-Mail. Ist das zu glauben?«

»Das sind eben die neuen Technologien. Irgendwann verlieben wir uns alle per Computer.« Ich kann Charlotte vor mir sehen, wie sie den Kopf schüttelt. »Und du? Hast du zurückgeflirtet?«

»Ich …« Ich überlege, wie ich am besten erkläre, was geschehen ist. »Ich fürchte, ich bin aus der Übung. Zu meiner Schande habe ich mich nicht besonders flirtend angestellt. Ich war zu lange verheiratet.«

»Ach, Flirten ist wie Radfahren – das verlernst du nie. Ruf ihn einfach mal an.« Charlotte kichert, was ich mit einem gequälten Aufstöhnen quittiere. »Bestimmt hat er einen wunderbaren Akzent.«

»Wärst du an meiner Stelle, würdest du doch bestimmt darüber nachdenken, nach Stockholm zu fliegen.«

»Nein.« Charlottes Antwort überrascht mich. Ich hätte wetten können, dass sie sich so eine Chance nicht entgehen lässt. »Natürlich nicht. Ich säße nämlich längst im Flugzeug.«

Gemeinsam lachen wir. Es tut gut, so eine Freundin wie Charlotte zu haben, die mir in allen Lebenslagen zur Seite gestanden hat und steht. Langsam muss mir etwas Gutes einfallen, wie ich mich bei ihr revanchieren kann.

»Ich trau mich kaum, dich zu fragen, aber …«, beginne ich, was die schöne Stimmung zwischen uns zerstört.

»Frag besser nicht.« Auf einmal klingt Charlotte ernst, nein, erschöpft. So, wie ich es befürchtet habe. Hinter ihrer guten Laune schwingt eine latente Traurigkeit mit, die ich spüre.

»Die Bank hat mir drei Monate Aufschub gewährt, aber ohne ein Wunder …«

»Soll ich zurückkommen?« Meine Frage ist ernst gemeint. Sobald Charlotte mich braucht, würde ich hier alles stehen und liegen lassen. Lily kann warten, meine beste Freundin nicht. »Nach Lily kann ich später suchen.«

»Auf gar keinen Fall!« Nun hört sie sich energisch wie immer an. Meine Charlotte. »Wag es ja nicht, ohne Lilys Lebensgeschichte nach Berkeley zurückzukehren. Was meinst du, wie lange brauchst du noch?«

»Keine Ahnung«, antworte ich wahrheitsgemäß. »Falls Magnus nicht erfolgreich ist, habe ich keine Spur mehr. Dann muss ich trotz deiner Drohung meine Zelte hier abbrechen.«

»Das hoffe ich nicht! Ich setze darauf, dass du einen Weg findest.«

»Schlägt sich das in der Auswahl des nächsten Romans nieder?«

»Lass dich überraschen.« Ich bin sicher, dass Charlotte hämisch lächelt. »Du hast den Satz in der Mail. Viel Spaß.«

»Solange es nicht *Moby Dick* ist, nehme ich jedes Buch. Danke dir für alles und tschüs!«

Nachdem ich aufgelegt habe, droht mir die Decke auf den Kopf zu fallen. Ich fühle mich einsam und allein, gefangen in einer fremden Stadt, die ich auf der Jagd nach etwas durchstreife, das sich mir entzieht und nicht gefunden werden will. Habe ich eine Obsession entwickelt, mit der ich mich von meinem tristen, leeren Dasein ablenken will? Draußen vor dem Fenster zeigt sich Frankfurt als betongraue Stadt vor einem hellgrauen Himmel, den kein Sonnenstrahl durchdringt, was meine Laune nicht verbessert. Um mich abzulenken, beginne ich eine Liste.

Was bleibt mir zu tun, um Lily zu finden?
– Robert Hartmann fragen, wen Lily geheiratet haben
  könnte (Georg irgendwas)
– SPD-Mitglieder 1933 in Frankfurt recherchieren und
  nach Mann in passendem Alter suchen (Problem: Es
  werden Hunderte sein / Warum sollte sie Frankfurter
  geheiratet haben?)
– In Schweden suchen

Wie ist das denn auf die Liste gekommen? Das muss an dem
Gespräch mit Charlotte liegen, die mich oft auf abstruse Ideen
bringt. Robert Hartmann könnte eine Spur sein, aber ich meine mich zu erinnern, dass er nicht wusste, wen Lily geheiratet
hat. Die Suche nach Frankfurter SPD-Mitgliedern erscheint
mir aussichtslos – da müsste ich verzweifelter sein, als ich es
ohnehin schon bin, weil die Erfolgschancen noch geringer liegen als bei der sprichwörtlichen Suche nach der Nadel im
Heuhaufen. Egal, wie ich es drehe und wende, meine vielver-
sprechendste Spur führt mich nach Schweden, zu Magnus.
Ach, was soll's!
Ich greife zum Telefon mit der Absicht, das Leben entscheiden zu lassen. Wenn Magnus nicht im Büro ist, schreibe ich
ihm morgen eine freundliche Mail und gebe auf. Wenn er
noch arbeitet, telefonieren wir. Es ist ja nicht das erste Gespräch meines Lebens, das ich mit einem fremden Mann führe – warum also fühlt sich meine Kehle trocken an?
Erst beim dritten Anlauf gelingt es mir, die richtige Nummer
zu wählen. Es tutet. Einmal, zweimal, dreimal, viermal. Es
hat nicht sollen sein.
»Magnus. Hej.« Er hört sich an, als hätte er zum Telefon laufen müssen. Der Klang seiner Stimme, voll und dunkel, überrascht mich, da ich gerade auflegen wollte.

»Hallo. Erin hier. Erin Mitchell.«

»So viele Erins kenne ich nicht.« Er lacht leise, auch das volltönend und angenehm. Wenn sein Foto ihm auch nur annährend gerecht wird, müssen die Studentinnen ihm zu Füßen liegen. »Du hast Glück. Ich wollte gerade nach Hause gehen. Hier ist es bereits dunkel.«

»Hier ist es grau. Hellgrau. Störe ich?«

»Nein, gar nicht. Ich freue mich, dass du anrufst.«

Das klingt so ehrlich, dass es mir die Sprache verschlägt. Vielleicht bin ich Opfer eines kulturellen Missverständnisses. Magnus ist schwedisch-höflich, und ich interpretiere es amerikanisch-flirtend, was zu peinlichen Situationen führen kann. Es war eine dumme Idee, ihn anzurufen. Ich rette mich in das Naheliegende.

»Magnus, hast … du eine Spur von Lily gefunden?« Die vertrauliche Anrede geht mir immer noch etwas holprig von den Lippen. Wenn das Telefonat so weitergeht, wird der duzende Professor mit dem umwerfenden Lächeln mich möglichst schnell abwimmeln, weil er mich für eine gelangweilte, nicht sehr kluge Hausfrau halten muss, die ihm kostbare Forschungszeit stiehlt. »In Frankfurt komme ich nicht weiter.«

»Ich hier leider auch nicht. Wir stehen gerade erst am Anfang, die Daten zu sammeln und aufzubereiten.« Jetzt klingt er geschäftsmäßig, was ich bedauere, obwohl es mich gleichzeitig beruhigt. »Ich habe Informationen über Willy und Bertha Ennenbach gefunden, aber leider nichts über Lily. Du hast keine Idee, wie sie nach der Heirat geheißen hat?«

»Nicht die Spur.« Ich seufze. Sind Willy und Bertha möglicherweise Lilys Eltern? Ich muss noch einmal mit Robert Hartmann sprechen. »Ich versuche, mehr herauszufinden, habe aber nicht viel Hoffnung.«

»Ach, als Historiker ist man Stillstand und Rückschläge gewohnt. So schnell gebe ich nicht auf.« Seine Zuversicht wirkt ansteckend. »Wie hast du eigentlich von Lily erfahren? Das hast du mir nie geschrieben.«

»Eine längere Geschichte.« Wenn ich weiter derart eloquent antworte, wird er sie bestimmt nicht hören wollen. Warum stehe ich mir selbst im Weg? »Mein Großvater starb vor sechs Jahren. Beim Dachbodenaufräumen habe ich einen Brief von einer gewissen Lily gefunden. Einen Liebesbrief. In Frankfurt habe ich ihre Spur verloren … War vielleicht ohnehin eine dumme Idee.«

»Nein, war es nicht. Das klingt romantisch.« Ich kann sein Lächeln durch das Telefon hören. »Dachbodenfunde sind oft wunderbare Quellen für Historiker. Ruf mich an, wenn du mehr weißt. Oder komm nach Stockholm. Es ist eine wunderschöne Stadt. Ich muss los.«

»Äh. Ja. Danke für die Einladung. Ich denk drüber nach. Bye.«

Nachdem er aufgelegt hat, halte ich den Hörer noch ein wenig in der Hand, lausche auf das Tuten und gehe unser Gespräch im Kopf durch. Ob er seine Einladung ernst meint?

Das Unglück mit dem Arm passierte kurz vor Jems 13. Geburtstag.

Kapitel 29

Gesendet: Montag, 8. November 1999 um 23:23 Uhr
Von: »Charlotte« <Boss@bookscloves.com>
An: »Erin« <Erin.Mitchell@aol.com>
Betreff: Was kommt nach den Frauen?
Liebe Erin,
»Das Unglück mit dem Arm passierte kurz vor Jems 13. Geburtstag.«
Das sollte selbst jemand so Eurochauvinistisches wie Du sofort erkennen.
Lies es (wieder) und genieß es! (So wie Deinen Schweden!)
Umarmung
Charlotte

Nach dem aus meiner Sicht unglücklichen Telefonat fühlte ich mich heute Morgen versucht, das Internetcafé zu meiden, aber schließlich war ich neugierig, was Charlotte mir dieses Mal zugedacht hat. *Wer die Nachtigall stört* – Harper Lees Roman habe ich das erste Mal vor ungefähr dreißig Jahren gelesen. Jetzt fühle ich mich alt! Auch wenn ich mich nicht mehr an die Details des Romans erinnere, weiß ich noch gut, wie sehr mich die Geschichte gefangen genommen hat. Damals hat Harper Lees Held Atticus Finch mich in seiner Geradlinigkeit tief beeindruckt. Ob Charlotte den Roman deshalb ausgewählt hat? Kein Wunder, dass sie und ich uns so gut verstehen. Wir haben einen sehr ähnlichen

Buchgeschmack, auch wenn sie die Europäer weniger schätzt als ich.

Keine Nachricht von Magnus, was sofort panische Fragen auslöst: Hätte ich freundlicher sein sollen? Hätte ich wortgewandter sein müssen? Warum habe ich ihn nur unvorbereitet angerufen? Bevor ich mich vollkommen verrückt mache, schließe ich das Mail-Programm und bezahle für die heutige kurze Sitzung. Die Frau hinter der Theke hebt fragend eine Augenbraue, sagt aber nichts.

Bis zu meinem Termin bei Robert Hartmann bleibt mir noch etwas Zeit, die ich auf dem Frankfurter Wochenmarkt zubringe. Hier gibt es einen Kräuterstand, der mich durch sein exotisches Angebot fasziniert: Honigmelonen-Salbei, Rosen-Thymian – allein die Namen der Kräuter wecken Appetit. Jedes Mal kämpfe ich gegen den Wunsch an, mir einige der Kräutertöpfe zu kaufen und sie mit nach Hause zu nehmen. Ich fürchte, dass es nicht erlaubt ist, Pflanzen in die USA einzuführen. Also verabschiede ich mich auch heute ohne einen Kauf und mache mich auf den Weg zu Robert Hartmann.

»Guten Tag.« Hannah öffnet mir die Tür. Ihr frisches junges Gesicht sieht besorgt aus. »Es geht ihm heute nicht gut. Bitte bleiben Sie diesmal nicht *so* lange.«

»Guten Tag.« Sofort fühle ich mich schuldig, weil ich beim letzten Mal zu viel Zeit hier verbracht habe und deshalb an Robert Hartmanns schlechtem Gesundheitszustand schuld bin. »Wenn es nicht passt, komme ich an einem anderen Tag wieder.«

»Hannah!«, erklingt Robert Hartmanns Stimme aus den Tiefen der Wohnung. »Sei nicht immer so überfürsorglich und erschrecke meine Gäste nicht. Ich bekomme viel zu selten Besuch.«

»Glauben Sie ihm nicht.« Hannah schüttelt den Kopf und tritt zur Seite, damit ich den Flur betreten kann. »Kaffee? Oder Tee?«

»Dieses Mal nehme ich gern Tee.«

Als ich ins Wohnzimmer komme, erkenne ich sofort, wovor Hannah mich warnen wollte. Robert Hartmann sitzt zusammengesunken auf seinem Lehnstuhl und wirkt mindestens fünf Jahre älter als bei unserer letzten Begegnung. Dank Hannahs Worten gelingt es mir, mein Erschrecken zu verbergen und stattdessen ein Begrüßungslächeln aufzusetzen.

»Guten Tag, Herr Hartmann.« Ich strecke die rechte Hand aus. »Danke, dass Sie noch einmal Zeit für mich haben.«

Mühsam erhebt er sich und drückt mir kraftlos die Hand. Ob er krank ist, dass er zwischen meinen beiden Besuchen dermaßen abgebaut hat? Da Robert Hartmann sich sehr bemüht, sich seine Schwäche nicht anmerken zu lassen, wage ich es nicht, ihn danach zu fragen. Stattdessen plaudere ich über das graue Wetter, bevor ich auf den Anlass meines Besuchs zu sprechen komme. Hannah bringt Tee und gießt ihn ein.

»Ich brauche Ihre Hilfe. Können Sie mir ein paar Männer aus Lilys Umfeld nennen, die sie geheiratet haben könnte?«

Robert Hartmann überlegt, während er an seinem Tee nippt, den er stilecht aus einer hauchfeinen Porzellantasse trinkt. Seine Finger zittern kaum merklich.

»Da kommt nur Georg Baum in Frage«, sagt er schließlich mit leiser Stimme. Als er die Tasse absetzt, verfehlt er die Untertasse, so dass das feine Porzellan auf dem Tisch anstößt und zu kippen droht. Ich springe auf und rette, was zu retten ist, was mir einen bösen Blick des alten Herrn einträgt, den ich mit einem verlegenen Lächeln quittiere. »Sonst fällt mir niemand ein, der 1933 nach Schweden ging. Paul Stunz blieb noch lange in Frankfurt. Georg habe ich in Stockholm getroffen, aber wir kamen nie gut miteinander aus. Er war in Lily verliebt und hasste Alexander, und ich …«

Wenn er mir schon diese Vorlage bietet, kann ich nicht einfach vorgeben, dass ich nicht weiß, worauf er hinauswill.

»Sie waren in Alexander verliebt und hassten Lily?« Mein Lächeln mildert die Worte ab, aber ich beobachte genau, wie Robert Hartmann auf meine Frage reagiert.

»Ja, ich liebte Ihren Großvater. Aber Lily zu hassen brachte ich nicht übers Herz.« Verschwörerisch beugt er sich nach vorn. »Dafür war sie einfach zu wunderbar als Mensch. So kämpferisch, so voller Elan. Sie haben nicht zufällig eine Zigarette?«

»Nein«, antworte ich perplex. »Ich rauche nicht.«

»Opa!«, ertönt es aus Richtung Küche, wo Hannah mit den Tellern klappert. »Du weißt, dass du nicht rauchen darfst.«

»Ich bin über achtzig, als ob eine Zigarette mir schadet.« Er schneidet eine Grimasse in Hannahs Richtung, was mich zum Lachen bringt. »Kann ich Ihnen sonst helfen?«

»Sie sind meine letzte Hoffnung«, sage ich zu ihm. »Sonst muss ich nach Schweden reisen. Ich habe furchtbare Panik, sobald ich ein Flugzeug besteige.«

»Das verstehe ich gut. Ich traue den Dingern auch nicht.« Er lacht auf, was in einen kurzen Hustenanfall mündet. »Außerdem führt Schweden im Winter zu einer Depression. Das Land ist furchtbar dunkel. Fahren Sie lieber im Mai. Das ist die schönste Reisezeit.«

»So lange wollte ich nicht mehr in Frankfurt bleiben.«

Als Hannah hereinkommt, die ein buntes Geschirrtuch in der Hand hält, erkenne ich, dass es an der Zeit ist, mich von Robert Hartmann zu verabschieden.

»Vielen Dank.« Ich stehe auf und beuge mich vor, um ihm die Hand zu schütteln. »Ich gebe Ihnen auf jeden Fall Bescheid, wie meine Suche endet. Oder schreibe Ihnen eine Karte aus Schweden.«

»Beeilen Sie sich. So viel Zeit bleibt mir nicht mehr. Auf Wiedersehen.«

»Opa! So etwas sollst du doch nicht sagen.«

Hannah begleitet mich zur Tür. Die Besorgnis auf ihrem Gesicht ist tiefer geworden, so dass ich mich verpflichtet fühle, etwas zu sagen.

»Entschuldigen Sie. Ich wollte nicht so lange bleiben.«

»Schon gut. Er freut sich immer, wenn Sie zu Besuch kommen, aber …« Verzweifelt hebt sie die Hände und schüttelt den Kopf. »Er will nicht einsehen, dass er sich schonen sollte. Und er ist der einzige Großvater, den ich habe.«

Was kann ich antworten? Ich, die nur wenige schöne Erinnerungen mit ihrem Großvater verbindet. Ein wenig beneide ich Hannah darum, dass sie ein inniges Verhältnis zu Robert Hartmann hat. Ist das die Normalität und die Distanz, die zwischen meinem Großvater und mir herrschte, die Ausnahme, oder sind Hannah und Robert Hartmann eher ein ungewöhnliches Team? Als ich die Tür öffne, fällt mir die Frage ein, die ich Robert Hartmann nicht gestellt habe, weil ich überrascht war, wie schwach er wirkte.

»Entschuldigen Sie«, wende ich mich an Hannah. »Eine Frage habe ich noch. Darf ich?«

»Selbstverständlich.« Sie nickt mir zu. »Wenn er stirbt, dann gibt es niemanden mehr, der mir von früher erzählen kann. Und er würde mir fehlen.«

Wir lächeln uns zu und gehen nebeneinander ins Wohnzimmer.

»Entschuldigen Sie«, sage ich. »Willy und Bertha Ennenbach – sind das Lilys Eltern?«

Robert Hartmann überlegt einen Moment.

»Nein, die Eltern ihres Vaters. Ihre Eltern hießen Ida und Gottfried.« Er verzieht den Mund. »Das Gedächtnis ist schon seltsam. Manchmal weiß ich nicht, welcher Tag ist, aber erinnere mich an jeden Namen von damals. Lilys Bruder hieß Karl. Ein wilder Junge, der mit den Kommunisten liebäugelte.«

»Danke schön«, sage ich, während ich Ida, Gottfried und Karl Ennenbach in mein Notizbuch eintrage. »Bis bald. Alles Gute.«

Dieses Mal begleitet Hannah mich nicht, sondern setzt sich ihrem Großvater gegenüber, nachdem sie ein Schachspiel aus einer Schublade des Sekretärs geholt hat. Wieder durchfährt mich ein Stich des Neides, als ich sehe, wie die beiden sich so vertraut gegenübersitzen und Schach spielen. Sicher, die Eltern meines Vaters waren wunderbare Großeltern, aber leider wohnten sie weit entfernt von uns, so dass ich sie nur zwei- oder dreimal im Jahr gesehen habe. Obwohl ich inzwischen mehr von seinem Leben weiß und langsam mehr Verständnis für ihn entwickele, schmerzt es immer noch, dass Großvater Alexander und ich uns nicht nahestanden.

Draußen hat es inzwischen begonnen, leise zu nieseln, was meiner grauen Stimmung weiteren Auftrieb gibt. Beinahe automatisch lenke ich meine Schritte in Richtung des Internetcafés. Wenn Magnus mir geantwortet hat und wenn er auch nur den Hauch einer Fährte gefunden hat, dann … ja, dann raffe ich meinen Mut zusammen und fliege nach Schweden. Aber höchstens für drei Tage. Als ich mir diesen Eid schwöre, kann ich förmlich Charlotte vor mir sehen, die ihren Daumen hebt und mir bewundernd zulächelt.

»Einen Cappuccino, bitte«, sage ich zu der Frau am Tresen, die mich erstaunt mustert. »Heute Morgen hatte ich einen Termin.« Sie nickt nur, was mich über mich selbst ärgern lässt, weil ich mich ihr gegenüber gerechtfertigt habe. Wie komme ich nur auf die Idee, dass es eine Fremde interessieren könnte, womit ich meine Tage in Frankfurt verbringe? Die Frau hat bestimmt ein eigenes Leben und genug damit zu tun. Einen Augenblick bin ich versucht, mich ihr vorzustellen, aber das erscheint mir doch übertrieben, so dass ich das Internet öffne.

Sie haben Post. 35 Mails.

Natürlich wieder unglaublich viele Spammails, aber auch ein Gruß von meinem Vater, der Internet und E-Mails mit Begeisterung nutzt. Ich antworte ihm mit wenigen Worten, bevor ich die Mail öffne, die mein suchender Blick als Erstes entdeckt hat. Die Nachricht von Magnus. Eine Spur von Lily bedeutet eine weitere Reise für mich.

Gesendet: Dienstag, 9. November 1999 um 14:18 Uhr
Von: Magnus.Lundgren@historia.su.se
An: »Erin« <Erin.Mitchell@aol.com>
Betreff: News from Lily?
Hej Erin,
ich will Dir nicht zu viel versprechen, aber es gibt eine Spur zu Lily. Über Bertha und Willy Ennenbach. Hast Du mittlerweile etwas herausgefunden?
Beste Grüße
Magnus

Magnus Lundgren
Stockholm University
Department of History
SE-106 91 Stockholm
Sweden
Telephone: +46 8 16 20 2223
Magnus.Lundgren@historia.su.se

Ich hole tief Luft. Obwohl ich vorhin eine »Wenn dann«-Kausalkette aufgestellt habe, die mich direkt nach Schweden bringen müsste, greift die Feigheit nach mir und hält mich in ihren Klauen. Also gut, beruhige ich mich. Erst einmal schreibe ich eine Antwort. Wenn Magnus innerhalb der nächsten halben Stunde antwortet, *dann* fliege ich wirklich. Vorausgesetzt, ich bekomme einen günstigen Flug in den nächsten Tagen.

Gesendet: Dienstag, 9. November 1999 um 16:16 Uhr
Von: »Erin« <Erin.Mitchell@aol.com>
An: Magnus.Lundgren@historia.su.se
Betreff: AW: News from Lily?
Lieber Magnus,
ich habe noch ein paar Ennenbachs mehr – Lilys Eltern Ida und Gottfried und ihren Bruder Karl.
Und einen möglichen Ehemann: Georg Baum – hilft Dir das?
Vielleicht sollte ich wirklich nach Schweden kommen, um vor Ort zu sein?!?
Liebe Grüße aus Frankfurt im Regen
Erin

So. Noch dreißig Minuten, bis sich entscheidet, ob ich nach Schweden in ein völlig unplanbares Abenteuer reise oder ob ich aufgebe und in die Sicherheit von Berkeley zurückkehre. Ich beginne eine Mail an Charlotte, damit ich mich ablenke und nicht auf das Fenster fixiert bin, das mir sagt, ob es neue Nachrichten gibt.

Nach zwanzig Minuten speichere ich den Mail-Entwurf ab. Zu viele Tippfehler. Ich kann mich einfach nicht konzentrieren. Entscheiden kann ich mich auch nicht. Was wäre mir lieber? Wenn Magnus innerhalb der verbleibenden zehn Mi-

nuten antwortet und ich zu ihm reise oder wenn er sich nicht
meldet und ich ihn weiterhin aus der Ferne anschwärmen
kann wie eine seiner Studentinnen? Glücklicherweise kann
keiner der anderen Anwesenden, die üblichen Jugendlichen,
die schon vor dem PC saßen, als ich hereinkam, meine Gedanken lesen.
Ich muss verrückt sein, mein Leben von so etwas Zufälligem
abhängig zu machen, sage ich mir jetzt. Magnus muss arbeiten, hat Vorlesungen, Seminare, Verwaltungsarbeit zu leisten
und wartet sicher nicht vor seinem PC auf eine Mail von mir.
Noch fünf Minuten.

Sie haben Post.

Mein Mund fühlt sich trocken an, als ich das E-Mail-Fach
öffne. Wieder nur ein Angebot, meinen Penis vergrößern zu
lassen. Ich stehe auf, um mir einen Cappuccino zu holen, als
erneut das charakteristische »Ping« ertönt.

Sie haben Post.

Ich setze mich wieder hin. Wage kaum, das Mail-Fach anzusehen. Mein Hals ist so rauh, dass ich mich räuspern muss.
Die Nachricht ist tatsächlich von Magnus!

Gesendet: Dienstag, 9. November 1999 um 16:44 Uhr
Von: Magnus.Lundgren@historia.su.se
An: »Erin« <Erin.Mitchell@aol.com>
Betreff: AW: AW: News from Lily?
Hej Erin,
je mehr Namen, desto besser.
Komm nach Stockholm – wann?

Liebe Grüße
Magnus

Magnus Lundgren
Stockholm University
Department of History
SE-106 91 Stockholm
Sweden
Telephone: +46 8 16 20 2223
Magnus.Lundgren@historia.su.se

Noch zwei Minuten, bis die halbe Stunde vollendet ist. Ich werde nach Schweden fliegen. Anfang kommender Woche scheint mir ein guter Zeitpunkt zu sein.

Garnet Cameron verließ im Sommer 1844
Miss Waynes Institut für junge Damen
mit dem Abschlusszeugnis.

Kapitel 30

»Du überraschst mich immer wieder«, sage ich zu Charlotte. Weil ich trotz Stimmungsaufheller-Tabletten furchtbar nervös bin, habe ich sie vom Flughafen aus angerufen. »*Kalifornische Sinfonie?* Siehst du dich als Florinda und mich als Garnet?«

»Immer willst du die Hauptrolle spielen.« Meine Freundin lacht, was sich anhört, als ob sie nur ein paar Meilen von mir entfernt ist. Ich vermisse Charlotte. Telefonate und Mails sind nur ein schwacher Ersatz für unsere Mittagessen und gemeinsamen Abende mit Rotwein, Käse und Charlottes Findeltieren, die uns stets empört anstarren, weil wir kein Fleisch essen. »Aber dieses Mal muss ich dir recht geben. Als Florinda wärst du eine echte Fehlbesetzung. Viel zu brav.«

»Na, dann musst du deren Part übernehmen. Schließlich hättest du nicht lange gezögert, nach Schweden zu reisen.«

Charlotte schmunzelt amüsiert. Das erkenne ich an ihrer Stimme. »Gwen Bristow habe ich dir geschickt, weil es in dem Buch darum geht, etwas zu wagen, sich ins Abenteuer zu stürzen und gleichzeitig man selbst zu sein.«

»Also wenn das hier nicht abenteuerlich ist, dann weiß ich auch nicht«, antworte ich. »In zwei Stunden fliege ich nach Stockholm, zu einem Mann, den ich bisher nur per E-Mail kenne. Und von einem Foto. Das musst selbst du anerkennen.«

»Vielleicht steckt doch mehr Florinda in dir, als ich ahne.« Im Hintergrund höre ich Stimmen, die nach Charlotte rufen. »Sorry, ich muss nach vorn. Viel Spaß mit deinem Wikinger.«

»Mach's gut. Grüß die anderen.«

Wenige Minuten später wird mein Flug aufgerufen. Die letzte Gelegenheit, es mir anders zu überlegen, aber nachdem ich tief durchgeatmet habe, begebe ich mich an Bord. Der Flug dauert nur zwei Stunden, so dass sich eine Schlaftablette nicht lohnt. Langsam wirken die Stimmungsaufheller, und ich greife – für meine Verhältnisse – entspannt nach dem Roman von Gwen Bristow. Niemals hätte ich erwartet, dass Charlotte mir diesen Schmöker, den schon meine Mutter gelesen hat, empfehlen wird. Mit zwölf oder dreizehn Jahren habe ich *Kalifornische Sinfonie* gelesen und mir damals eine Freundin wie Florinda gewünscht. Ein bisschen ist dieser Wunsch in Erfüllung gegangen, obwohl Florinda und Charlotte sich überhaupt nicht ähnlich sehen.

Obwohl ich fürchte, mich wegen der Flugangst nicht auf die Geschichte konzentrieren zu können, zieht sie mich bald in ihren Bann. Als der Pilot verkündet, dass wir uns im Landeanflug auf Stockholm befinden, schaue ich überrascht auf. Nur noch wenige Stunden und ich lerne Magnus kennen, »meinen Wikinger«, wie Charlotte ihn nennt. Weil ich mir nicht sicher bin, ob es wirklich eine gute Entscheidung war, nach Stockholm zu reisen, und weil ich fürchtete, nach dem Flug ein zitterndes Nervenbündel zu sein, habe ich unser erstes Treffen auf morgen verschoben. Heute ist mein Anreisetag. Neue Stadt, neues Hotel.

Endlich habe ich meinen Koffer am Gepäckband bekommen. Er ist furchtbar schwer, weil ich alle Informationen über Lily

sicherheitshalber ausgedruckt und kopiert habe, falls mein
Notebook abstürzen sollte. Als ich aus dem Flughafenge-
bäude heraustrete, verschlägt es mir einen Moment lang die
Sprache. Magnus hat mich zwar vorgewarnt, aber mit eigenen Augen zu sehen, dass es so früh am Nachmittag bereits
so dunkel sein kann, ist dennoch eine Überraschung. In einem Land mit derart düsteren Wintern könnte ich nicht leben. Ich bin die kalifornische Wärme und vor allem Sonne
gewohnt, die ich schon in Frankfurt sehr vermisse.
Mein Hotel, das mir das Reisebüro empfohlen hat, sieht genauso aus wie versprochen. Es ist klein, liegt in einer ruhigen
Seitenstraße und kostet erstaunlich wenig. Das Zimmer ist
nicht hübsch, eher funktional, aber da ich nur zwei oder drei
Tage bleiben will, brauche ich nicht mehr Komfort. Nachdem ich meinen Koffer ausgepackt habe, stelle ich mich ans
Fenster, um einen ersten Eindruck von Stockholm zu gewinnen. Eine Stadt mit vielen Lichtern. Von meinem Zimmer aus
kann ich das Wasser nicht sehen. Das werde ich morgen
nachholen. Morgen Vormittag treffe ich Magnus, für den
Nachmittag habe ich eine Liste der interessantesten Sehenswürdigkeiten erstellt. Mal sehen, was ich mir in den wenigen
Stunden Tageslicht anschauen werde.
Da es zu früh ist, um schlafen zu gehen, erstelle ich eine Liste
mit allem, was ich von Lily weiß.

- *1933 studierte sie Soziologie (vielleicht setzte sie das
  Studium in Schweden fort?)*
- *Im Oktober 1933 wanderte Lilys Familie nach Schweden aus: Willy, Bertha, Gottfried, Ida, Karl und Lily –
  einer davon muss doch eine Spur hinterlassen haben?
  Vor allem, wenn sie bis zum Kriegsende in Schweden
  lebten*

- *November / Dezember 1933: Georg Baum folgt Lily nach Schweden*
- *1933 / 1934: Lily heiratet. Georg Baum ist der wahrscheinlichste Kandidat*
- *1993 schrieb sie meinem Großvater; wohl aus Frankfurt (Indiz ist das Flugticket)*

Für die lange Zeit, die ich mit der Suche nach Lily Ennenbach verbracht habe, sind das bisher nur wenige Ergebnisse. Vielleicht hätte ich doch eine Anzeige in einer der Frankfurter Zeitungen schalten oder mich ans Fernsehen wenden sollen. Die mögen solche Geschichten. Große Lieben, die nach Jahrzehnten wieder aufleben, und Ähnliches. Aber da ich nicht weiß, was meinen Großvater und Lily verbunden und auseinandergetrieben hat, wage ich es nicht, zu viele Menschen mit hineinzuziehen. Außerdem bin ich, wie meine Mutter, kein Mensch, der gern im Rampenlicht steht, so dass diese Alternative die wirklich letzte Möglichkeit für mich ist. Ich schließe die Vorhänge, lasse mir ein Bad ein und nehme eine Schlaftablette. Sonst käme ich nie zur Ruhe, da das Treffen mit Magnus seine Schatten vorauswirft.

Am nächsten Morgen reißt mich das Klingeln des Weckers aus dem Schlaf. Ich erwache wie zerschlagen mit einem pelzigen Geschmack im Mund und dem Bedürfnis, noch mindestens vier Stunden zu schlafen. Es wäre klüger gewesen, auf die Schlaftablette zu verzichten, aber nun muss ich versuchen, ihre Folgen zu korrigieren, bevor ich mich mit Magnus treffe.

Nach einer kalten Dusche und viel Kaffee zum Frühstück mache ich mich mit Herzklopfen auf den Weg zum Historischen Seminar, wobei ich bedaure, dass wir uns nicht an einem neutraleren Ort treffen. So kommt es mir vor, als würde ich Magnus' Zuhause besuchen – und dafür ist es einfach zu früh. Ein erstes Treffen, *kein* Date in einem Café oder Restaurant.

Ach, was denke ich da nur für einen Blödsinn! Schließlich bin ich nicht nach Stockholm geflogen, um mich mit dem Mann namens Magnus Lundgren zu treffen, sondern um gemeinsam mit Herrn Professor Lundgren nach Spuren von Lily und ihrer Familie zu suchen. Da ist es nur logisch, dass wir uns an seinem Arbeitsplatz treffen. Je näher ich der Universität komme, desto mehr schüttele ich innerlich den Kopf über meine Gedanken. Man merkt wirklich, dass ich sehr lange verheiratet war. Natürlich habe ich mich auch in der Zeit, als Jeffrey und ich noch zusammenlebten, ab und zu mit fremden Männern getroffen, aber das hatte immer strikt berufliche Gründe und ich fühlte mich so gut wie nie von ihnen angezogen. Meine Ehe wirkte wie ein Schutzpanzer, der mich vor jeder Irritation bewahrte. Dummerweise führt das jetzt dazu, dass ich überhaupt nicht weiß, wie ich Magnus begegnen soll, dass meine Gedanken um das Treffen kreisen. Inzwischen habe ich die siebzehnte Begrüßungsvariante ausprobiert und verworfen. Am liebsten möchte ich umdrehen und nach Frankfurt zurückflüchten. Gleichzeitig ist es mir unglaublich peinlich, wie ich mich aufführe.

Nur noch wenige Meter bis zur Universität. Noch könnte ich einen Rückzieher machen, könnte zum Hotel zurückgehen, Magnus von dort aus anrufen und eine Erkältung vorschützen oder mich gar nicht melden. Nein, das brächte ich nicht übers Herz, weil es meiner Höflichkeit diametral entgegensteht. Außerdem bin ich hierhergereist, um endlich herauszufinden, was meinem Großvater und Lily geschehen ist. Da werde ich mich nicht von den Neurosen, die ich mir im Laufe meines Lebens zugelegt habe, aufhalten lassen. Außerdem darf ich Charlotte nicht enttäuschen, die der Ansicht ist, dass mehr Abenteuerin in mir steckt, als ich selbst ahne. Also strecke ich meinen Rücken durch, wickele den Schal gegen den kühlen Stockholmer Wind etwas fester um mein Gesicht und folge der Wegbeschreibung, die Magnus mir gegeben hat und die gut nachvollziehbar ist.

Vor dem Gebäude, in dem die historische Fakultät untergebracht ist, schaue ich auf die Uhr – ich bin mehr als eine Viertelstunde zu früh. Soll ich mir eine Cafeteria suchen oder hier in der Kühle auf und ab laufen und hoffen, dass niemand mich als verdächtiges Subjekt betrachtet und die Campuspolizei ruft, damit ich entfernt werde? In meinem Kopf formt sich ein Bild, wie zwei stämmige Männer, gekleidet in schwarze Uniformen, mich vom Campus zerren. Wild strampelnd wehre ich mich und weise immer wieder darauf hin, dass ich einen wichtigen Termin mit Professor Lundgren habe. Mein Kopfkino funktioniert so gut, dass ich leise zu kichern beginne.

»Erin?« Woher ist er nur aufgetaucht? Eben stand ich noch einsam und allein vor dem Gebäude, jetzt plötzlich steht Magnus vor mir und schaut mich fragend an. Live und in Farbe sieht er noch besser aus als auf dem Foto im Internet. »Bist du Erin?«

Die Variante, dass Magnus mich hysterisch kichernd aufgreift, war in meinen Begrüßungsszenarien nicht vorgesehen. Bestimmt bin ich knallrot angelaufen. Gut, dass der Wollschal so viel von meinem Gesicht verdeckt. Wie kann ich mich nur aus dieser Situation herausretten? Ich könnte vorgeben, nicht Erin, sondern eine Touristin zu sein, die nur Bulgarisch oder Finnisch oder Spanisch spricht, aber *das* ist selbst mir zu peinlich.

327

»Ja. Ich bin Erin. Und sonst wirklich nicht so.« Ich strecke ihm die Hand entgegen. »Danke, dass du Zeit für mich hast. Entschuldige, ich bin zu früh.«

»Oh, ich bin auch immer überpünktlich.« Er lächelt, was mich alle Zweifel und Sorgen vergessen lässt, weil sein Lächeln warm und freundlich ist. »Möchtest du erst einen Kaffee trinken, oder wollen wir gleich zu mir gehen?«

Als ich ihn irritiert ansehe, bemerkt er, was er gerade gesagt hat, und seine Wangen beginnen zu glühen. Nun bin ich beruhigt, weil ich anscheinend nicht die Einzige bin, die vor unserem Treffen nervös ist.

»Also, ich meine in mein Büro. Nicht zu mir.«

Wir schauen uns an und brechen in Gelächter aus, das Fremdheit und Nervosität überwindet.

»Ein Kaffee wäre schön. Stockholm ist noch kälter, als ich erwartet habe.«

»Dabei haben wir dieses Jahr einen milden November, aber da du aus Sunny California kommst, muss dir Schweden wie die Antarktis erscheinen.«

»Oh, bei uns ist der November auch kalt. So um die acht Grad.«

»Hier ist das Café.« Er hält mir die Tür auf. »Suchst du bitte einen Platz für uns? Ich hole uns etwas zu trinken. Was möchtest du?«

»Cappuccino. Und ein Glas Wasser, bitte.«

Während er sich in die Schlange der Wartenden einreiht, sehe ich mich um und fühle mich alt. Nahezu alle Menschen, die hier bei Kaffee, Tee oder Cola sitzen, sind mindestens zwanzig Jahre jünger als ich. Weniger blonde Menschen, als ich hier in Nordeuropa erwartet habe. Jung, gutaussehend und mit sich zufrieden sitzen die Studenten in kleinen Gruppen und scherzen miteinander, als ob ihnen die Welt gehörte. Nur an ein paar Tischen sitzen einsame Jungen oder Mädchen, die ein Notebook vor sich stehen haben, auf dessen Tastatur sie mit großem Ernst eintippen. Ab und zu kommt jemand vorbei, den sie kennen, wofür sie ihre Arbeit unterbrechen und sich angeregt auf Schwedisch unterhalten. Neben all diesen jungen und glücklich wirkenden Menschen komme ich mir vor, als habe ich die beste Zeit meines Lebens hinter mir und könne die Jugend nur noch um ihre Freiheit und ihr Unwissen über das, was kommt, beneiden.

Ich beobachte, wie Magnus von Studentinnen angesprochen wird, während er wartet. Bewundernd schauen sie ihn an, genau wie ich es erwartet habe. Soweit ich es erkennen kann, antwortet er freundlich, aber distanziert. Als er merkt, dass ich ihn beobachte, winkt er mir zu, so dass die Studentinnen sich zu mir umdrehen. Ich lasse es mir nicht nehmen und winke zurück.

Nachdem Magnus die Getränke geholt und seinen dicken Mantel und den Schal ausgezogen hat, plaudern wir über das Wetter, meine Anreise, die Universität, seine Arbeit, und bald fühlt es sich an, als ob wir uns schon ewig kennen würden. Am liebsten würde ich hier sitzen bleiben, mit ihm weiter Kaffee trinken, Mandeltorte essen, die sehr verführerisch aussieht, und so tun, als wäre ich im Urlaub und er eine Urlaubsbekanntschaft.

»Wollen wir jetzt nach Lily suchen?«, fragt Magnus, nachdem wir die zweite Runde Kaffee getrunken haben, die diesmal ich geholt habe. »Ich habe heute leider nur bis zwei Uhr Zeit, weil ich ein Seminar geben muss.«

Ich schaue auf die Uhr. Oh, es ist mehr Zeit vergangen, als ich erwartet habe. Bis zwei Uhr bleiben uns drei Stunden. Überrascht springe ich auf und greife nach Mantel und Schal.

»Dann sollten wir uns beeilen.«

Magnus' Büro entspricht nicht meinen Erwartungen, jedenfalls nicht allen. Irgendwie hatte ich mir vorgestellt, dass er

hinter einem gewaltigen Holzschreibtisch residiert, der voll
mit Papieren und Büchern liegt, umgeben von weiteren Bü-
cherstapeln in Holzregalen, die bis zur Decke reichen. Stattdessen erwartet mich ein eher funktionaler Raum mit grauen
Kunststoffregalen, die jedoch – meinen Erwartungen ent-
sprechend – mit Büchern gefüllt sind. Auf dem Schreibtisch,
der überraschend leer und aufgeräumt wirkt, stehen ein
Computer und die üblichen Büroutensilien. Die Bilder an
den Wänden – gerahmte Poster von Ausstellungen, einmal
Monet, einmal Munch – verleihen dem Raum ein wenig Indi-
vidualität.

»Ich habe gestern zwei Stunden aufgeräumt«, sagt Magnus
mit breitem Grinsen, als er bemerkt, wie ich mich unauffällig
umschaue. »Nicht ganz das, was du bei einem Professor erwartest?«

»Hmmm«, antworte ich. »Ich sah dich mehr in dunklem
Holz …«

»Mit einem Tweedjacket und Pfeife etwa?« Sein Lächeln vertieft sich, und ich weiche seinem Blick nervös aus. »Wir
Schweden sind moderner. Einen Moment.«

Nachdem er den Mantel ausgezogen und auf einen unbe-
quem aussehenden Stuhl geworfen hat, setzt er sich an den
Schreibtisch, vor dem zwei Stühle nebeneinanderstehen, und
schaltet den Computer ein.

Ich ziehe meinen Mantel ebenfalls aus, lege ihn über den
Stuhl und stehe etwas verloren im Zimmer, bis Magnus es
bemerkt und mit der Hand auf den Stuhl neben seinem deutet. Ich setze mich, seiner Gegenwart sehr bewusst. Er riecht
nach Holz und Rasierwasser.

»Wenn wir Glück haben, erfahren wir heute mehr über deine
Lily. Ich habe gestern einen Kollegen per Mail um Hilfe gebeten.«

330

Konzentriert blickt er auf den Bildschirm; all das Charmante, Flirtende, das ihn eben noch umgab, ist jetzt einer seriösen geschäftsmäßigen Haltung gewichen. Ein Mann mit vielen Facetten. Ich beobachte, wie zielsicher seine schlanken Finger über die Tastatur laufen. Achtzehn neue Mails befinden sich in seinem Postfach. Obwohl ich nicht neugierig sein will, kann ich meinen Blick nicht abwenden.

»Ah, da ist sie.« Magnus öffnet die Mail. Automatisch beginne ich, sie zu lesen, und breche enttäuscht ab, weil sie auf Schwedisch ist. Stattdessen beobachte ich Magnus, dessen Blick über die Nachricht fliegt. Erst verdüstert sich sein Gesicht, dann lächelt er, was mein Herz schneller schlagen lässt.

»Wir haben Glück.«

Jetzt sah Amanda die Tänzerin.

Kapitel 31

Lily Schlösinger also.« Zu meiner Überraschung spüre ich Enttäuschung, weil Lily so leicht zu finden gewesen ist. Dafür hätte ich nicht nach Stockholm reisen müssen, sondern einfach eine E-Mail von Magnus bekommen können. Außerdem finde ich es traurig, wie schnell Lily meinen Großvater vergessen hat. Anfang 1934 hat sie einen Benno Schlösinger geheiratet. »Sind sie in Schweden geblieben?«

Das würde meiner überstürzten Reise eine Rechtfertigung geben, die ich mir wünsche. Meine Enttäuschung muss sich deutlich auf meinem Gesicht abzeichnen, denn Magnus sieht mich fragend an.

»Das wusste mein Kollege nicht. Aber jetzt, wo wir Lilys Namen kennen, sollten wir schnell herausfinden, was aus ihr und ihrer Familie geworden ist.« Mein Schweigen lässt ihn zögern. »Sag mal, ist alles in Ordnung?«

»Ich weiß, ich sollte mich freuen, aber …« Mir wollen keine Worte einfallen, mit denen ich meine gemischten Gefühle beschreiben kann. Außerdem ist es mir ein wenig peinlich, dass ich mich derart anstelle, obwohl Magnus sich so bemüht hat, Lily zu finden. »Irgendwie ist es so … so wenig. Ein Name, eine Heirat – aber ist das wirklich meine Lily?«

»Solche Gefühle kenne ich.« Er beugt sich vor, um mir über die Wange zu streichen, was sich tröstlich anfühlt. »»Forscher-Blues‹, wenn man endlich herausgefunden hat, womit man sich die letzten Wochen, Monate, manchmal sogar Jahre beschäftigt hat. Ich wage es kaum zu sagen, aber oft ist der Weg …«

»… das Ziel«, unterbreche ich ihn. Wir sehen uns an und brechen in lautes Lachen aus, was meine Stimmung sofort verbessert. »Es gibt einen Begriff dafür? ›Forscher-Blues‹?«

»Ja.« Automatisch erwidere ich sein Lächeln, einfach weil es so ansteckend ist. »Den habe ich erfunden. Klingt beeindruckend, oder?«

»Ich hätte es sofort geglaubt.« Anstatt mich weiter über die Leichtigkeit zu ärgern, mit der wir Lily gefunden haben, sollte ich mich freuen, dass meine Suche sich langsam dem Ende nähert. Vielleicht ist es auch das, was mir die Laune verhagelt. Was ist mein nächstes Ziel, wenn ich Lily gefunden habe? In was für ein Leben kehre ich zurück, wenn meine Deutschland- und Schweden-Reise beendet ist? Die Trennung von Jeffrey habe ich inzwischen akzeptiert, aber was tritt an die Stelle meiner Ehe? Meinen Job wird es bald nicht mehr geben, wenn Charlotte ihren Buchladen dichtmachen muss. Nein! Das sind alles Überlegungen für später. Jetzt will ich erst einmal das Projekt Lily abschließen. »Also, was machen wir nun, um Lily endgültig zu finden?«

»Wir nutzen das Internet.« Magnus tippt Buchstaben in eine Suchmaske ein. Ich halte den Atem an vor Sorge, dass wir keine oder zu viele Ergebnisse erhalten werden. »Schau. Mehr als tausend Seiten zu Benno Schlösinger. Die meisten auf Deutsch.«

Ich beuge mich über seine Schulter, um auf den Computerbildschirm sehen zu können, und bin mir seiner Gegenwart sehr bewusst, obwohl ich vorgebe, nur an den Ergebnissen seiner Recherche interessiert zu sein.

333

Benno Schlösinger. Widerstandskämpfer, Gewerkschafter. 1986 in Ost-Berlin gestorben.

Ob das der richtige Benno ist?, frage ich mich, während ich beobachte, wie Magnus weitere Worte eintippt, um unsere Suche einzugrenzen. Aber es bleiben immer noch mehr als fünfhundert Seiten, für die wir Stunden benötigen werden.
»Kennst du Bilder von Lily?«, fragt Magnus, was mich überrascht.
»Ja. Eines. Warum?«
»Schau.« Er öffnet eine Internetseite, auf der mehrere, äußerst seriös wirkende Männer und einige wenige Frauen zu sehen sind, die den Fotografen und damit uns mit ernster Miene ansehen. »Hier steht: Benno Schlösinger und seine Frau Lily, 1949. Ist sie es? Könnte sie es sein?«
Magnus wendet sich zu mir um, so dass unsere Gesichter sich beinahe berühren. Ich gebe vor, das nicht zu bemerken, und konzentriere mich auf das Bild. Ja, die Frau könnte meine Lily sein. Die Frisur ist anders, und sie sieht älter und auch trauriger aus, aber die hellen Augen und die schmale Nase sind unverkennbar. Ich habe sie gefunden. Endlich.
»Verstehe ich das richtig, dass Lily in der DDR gelebt hat?«
Kein Wunder, dass ich sie in Frankfurt nicht finden konnte. Wie bin ich nur auf die Idee gekommen, dass Lily nach der Emigration in die alte Heimat zurückkehren würde? »Werden wir überhaupt Informationen über sie finden?«
»Seit der Wiedervereinigung werden die Archive der ehemaligen DDR, wie es so schön heißt, aufgearbeitet. Lilys Mann scheint politisch aktiv gewesen zu sein, so dass wir sicher eine Spur finden werden. Mission nahezu erfüllt. Wir haben uns eine Belohnung verdient.«
»Haben wir?«

»Auf jeden Fall. Ich weiß auch schon, was.« Täusche ich mich, oder hat er das alles geplant? Was hätte Magnus sich wohl einfallen lassen, wenn wir keinen Erfolg gehabt hätten? Ein Trostpflaster? »Wir unternehmen eine Schären-Fahrt.«

»Mir würde ein Kaffee reichen. Oder ein Abendessen. Ich lade dich ein«, sage ich und hoffe, dass er sich damit nicht zufriedengibt, sondern auf der Einladung beharrt. Gespannt warte ich auf seine Antwort.

»Du kannst nicht in Stockholm gewesen sein, ohne eine Schären-Fahrt zu unternehmen.« Magnus schüttelt den Kopf. »Das wäre wie … New York ohne Freiheitsstatue, San Francisco ohne Golden Gate Bridge, Los Angeles ohne Disneyland …«

»Ich habe verstanden.« In einer Geste der gespielten Ergebung hebe ich die Hände. »Musst du nicht arbeiten?«

»Nein, ich bin Professor. Abgesehen von meinen Vorlesungen arbeite ich, wann ich will.«

»Da ist das schwedische System freier als bei uns. Mein Mann … Mein Ex-Mann«, korrigiere ich mich schnell. »… er hatte viele Termine, an denen er teilnehmen musste. Und seine Forschungsprojekte.«

»Die habe ich natürlich auch. Aber morgen habe ich freigenommen. Für dich.«

»Gut für mich«, sage ich, bevor mich der Mut verlässt.

»Gut für uns. Komm.« Wie selbstverständlich greift er nach meiner Hand. Wie selbstverständlich überlasse ich sie ihm. »Wir trinken Kaffee, und ich zeige dir die Möglichkeiten.«

Nachdem wir einen Platz gefunden haben und Magnus für uns beide Cappuccinos und Mandeltorte – zur Feier des Tages – geholt hat, legt er mir bunte Prospekte auf den Tisch, die auf Englisch Werbung für unterschiedliche Tagestouren machen. Begleitet von seinen wachsamen Blicken blättere ich durch die Papiere und kann mich nicht entscheiden. Für mich sieht alles ähnlich aus, nur dass die Fahrten unterschiedlich lang sind.

»Was empfiehlst du?«, frage ich schließlich. »Welche Tour ist am besten geeignet, uns zu belohnen?«

»Leider«, sagt Magnus mit einem unwiderstehlichen Blitzen in seinen unglaublich blauen Augen, die ich so gern einmal ohne Brille sehen würde. »Leider gibt es im Winter nur die kleine Schären-Rundfahrt. Lohnt sich kaum. Nur drei Stunden.«

»Wie lange dauert die große Rundfahrt?«, frage ich, noch etwas skeptisch, ob ich wirklich mit diesem Mann, den ich kaum kenne, eine Bootstour machen will. Schließlich hat man keine Chance, sich auf einem Schiff aus dem Weg zu gehen, sollte sich herausstellen, dass wir uns nichts mehr zu sagen haben. »Habe ich das überlesen?«

»Oh. Richtig lang. Wunderschön.« Jetzt grinst er so breit, dass ich meinen Blick abwenden muss, weil ich Szenen aus den Emil-aus-Lönneberga-Folgen vor mir sehe. Die Szenen, in denen Emil Holzmännchen schnitzen muss, weil er wieder etwas angestellt hat, was ihn jedoch nicht davon abhalten wird, noch mehr anzustellen. »Elf Stunden. Du musst im Juni wiederkommen. Dann unternehmen wir das.«

»Elf Stunden?« Wie peinlich! Meine Stimme kiekst wie die von Kyle, als er sich mitten im Stimmbruch befand. An der Art, wie Magnus die Mundwinkel verzieht, erkenne ich, dass er sich nur mühsam das Lachen verkneifen kann, was dazu führt, dass meine Wangen sich heiß anfühlen. Bestimmt bin ich rot wie der Mantel vom Weihnachtsmann, aber die Idee, elf Stunden mit Magnus auf einem kleinen Boot zu verbringen … Ich weiß nicht, ob sie mir Angst macht oder mich begeistert; auf jeden Fall verwirrt mich die Vorstellung. »Das ist lang. Sehr lang.«

»Und schön.« Magnus zwinkert mir zu. »Aber nicht im Winter, weil es zu früh dunkel wird. Also: Bist du dabei?«

»Habe ich eine Wahl?« Ich bemühe mich um einen gleichmütigen Gesichtsausdruck und kann nur hoffen, dass er mir gelingt. »Wann geht es los?«

»Zu einer zivilisierten Zeit. Um 12:00 Uhr.« Er schaut auf die Uhr und springt auf. »Entschuldige. Ich habe Sprechstunde. Morgen früh hole ich dich im Hotel ab. Um 11:00 Uhr, ja?«

»Ja. Ich freue mich.«

Genüsslich trinke ich meinen Cappuccino aus, während ich mich in Gedanken der Frage widme, was ich morgen anziehen werde. Was trägt man zu einer Schären-Rundfahrt mit einem attraktiven Mann? Da gibt es nur eine Lösung – ich muss Charlotte fragen. Von ihr habe ich gestern eine Mail mit dem ersten Satz für diese Woche bekommen, die mich zum Lächeln brachte. Heute schreibe ich ihr eine Antwort, die ich gleich mit der Kleidungsfrage verbinden kann.

Gesendet: Montag, 15. November 1999 um 17:01 Uhr
Von: »Erin« <Erin.Mitchell@aol.com>
An: »Charlotte« <Boss@bookscloves.com>
Betreff: Zu leicht!
Liebe Charlotte,
viel zu einfach.
Wenn der erste Satz den Titel des Buchs mehr oder weniger wiederholt, muss selbst ich nicht lange rätseln. Ich soll mich ins Abenteuer stürzen?!
Schrödinger ist eine sympathische Katze.
Lily ist enttarnt.
Andere Frage: Der Wikinger und ich machen morgen eine dreistündige Bootstour. Mit vielen anderen Menschen. Was ziehe ich an?

Gibt es gute Neuigkeiten?
Alles Liebe
Erin, von schwedischer Dunkelheit umgeben

Gesendet: Montag, 15. November 1999 um 17:21 Uhr
Von: »Charlotte« <Boss@bookscloves.com>
An: »Erin« <Erin.Mitchell@aol.com>
Betreff: AW: Zu leicht!
Liebe Erin,
ja, wage etwas, sei spontan und mutig – wollen Carol Hill und ich Dir
sagen. Aber zieh Dich trotzdem warm an. Gesundheit vor Schönheit!
Schreib mir einen langen Brief, in dem Du alles über den Wikinger
erzählst. Und über Lily.
Nichts Neues – die Bank lässt mich warten.
Eilige Umarmung; es geht auf Weihnachten zu – alle kaufen Bücher
Charlotte

Nachdem ich fünf verschiedene Outfits anprobiert und verworfen habe, entschließe ich mich schließlich, Charlottes Rat
zu folgen und mich lieber wettergerecht als sexy anzuziehen.
Die Entscheidung war nicht schwer, weil meine Garderobe
sowieso eher nach praktischen als nach Attraktivitätsaspek-
ten zusammengestellt ist.
Bereits um Viertel vor elf sitze ich in einem Sessel in der Lobby und gebe vor, das Buch zu lesen, das ich vor einer halben
Stunde aus dem Buchladen hier in der Nähe abgeholt habe.
Aber immer wieder schweifen meine Gedanken ab zu dem
Tag, der vor mir liegt. Was ist, wenn ich Magnus' Signale
falsch deute? Wenn er nur schwedisch-freundlich ist und ich
dahinter ein Interesse an mir als Frau vermute? Das kann zu
heiklen Situationen führen, die auf einem Schiff sicher doppelt und dreifach peinlich sind. Was, wenn ich seine Anspie-

lungen richtig verstehe und darauf eingehe? Bin ich wirklich über Jeffrey hinweg? Warum muss ich mir immer über alles so viele Gedanken machen und alles vorplanen? Charlotte hat mir doch deutlich zu verstehen gegeben, dass ich spontan sein und mich einfach vom Leben überraschen lassen sollte. Also gut, dann nehme ich mir für heute vor, mir nichts vorzunehmen.

Als ich vom Roman aufschaue, entdecke ich Magnus, der mit großen Schritten auf das Hotel zugeht. Ich stecke das Buch in meine Handtasche und stehe auf, als er in die Lobby kommt. Nachdem er mich entdeckt hat, winkt er mir zu und lächelt. Verflucht, ich bin sicher, dass ich diese Signale nicht falsch verstehe. Das ist auf jeden Fall mehr als nur reine Höflichkeit.

»Hallo«, sage ich und strecke meine rechte Hand aus, obwohl ich ihn lieber umarmen würde, aber noch wage ich das nicht. »Ich bin reisefertig.«

»Hej. Was ist das?« Magnus deutet auf das Buch, das aus meiner Handtasche herausragt, weil diese umgefallen ist. »Hast du dir etwas zu lesen mitgenommen, falls ich dich langweile?«

»Nein«, antworte ich empört, als wäre mir das nicht in den Sinn gekommen. »Ich habe den Roman gerade erst aus der Buchhandlung geholt.«

»Was liest du?« Bittend streckt er mir die Hand entgegen, so dass ich ihm den Roman überreiche. Mal sehen, was er dazu sagen wird. »Ah. *Amanda. The Eleven Million Mile High Dancer* – lange nicht mehr gesehen.«

»Du hast es gelesen?« Der Mann zeigt immer neue, spannende Facetten, was mich so verwirrt, dass ich am Verschluss meiner Handtasche herumfummele, als fände ich dort die Lösung für alle Fragen.

»Ich lese nicht nur historische Sachbücher.« Magnus runzelt die Stirn, als hätte ich ihn beleidigt, was ein wunderbarer Beginn für eine gemeinsame Bootsfahrt wäre. »Ich mag Douglas Adams, und jemand sagte, dass *Amanda* eine Art weiblicher Anhalter durch die Galaxis wäre.«

»Ich habe mich nur gewundert, weil *Amanda* als Frauenbuch gilt«, antworte ich wahrheitsgemäß. »Du bist der erste Mann, den ich kenne, der es gelesen hat.«

»Dann hast du bisher nur die falschen Männer getroffen.« Er zwinkert mir verschmitzt zu, bevor er nach meiner Hand greift. »Komm. Das Schiff wartet nicht auf uns.«

Karsamstag in einer Ölboom-Stadt und keine Versicherung.

Kapitel 32

Obwohl ich noch Zeit habe, hat Charlotte es sich nicht nehmen lassen, mir einen neuen Anfangssatz als ihren Kommentar zu meinem schwedischen Abenteuer zu schicken. Nicht per Mail, sondern per Telegramm, das mir der Portier überreichte. Erst bekam ich einen Riesenschreck – Telegramme verbinde ich mit schlechten Nachrichten –, bis ich es öffnete und die sieben Worte las, die von der Unterschrift »Genieß es! Charlotte« begleitet wurden.

Dieses Mal ist es schwer, den Roman herauszufinden, weil der Einstieg überhaupt keine Erinnerung in mir weckt. Gleichzeitig bin ich neugierig, was Charlotte mir sagen will. Also habe ich ein wenig geschummelt und im Internet gesucht, ohne fündig zu werden. Heute Abend werde ich Magnus fragen, dem ich während unserer äußerst kalten, aber dennoch wunderbaren Rundfahrt von Charlotte und ihrem Projekt erzählt habe.

»Deine Freundin muss ich kennenlernen. Ich liebe amerikanische Literatur«, hat er spontan gesagt. »Und ihre Buchhandlung muss einfach wunderbar sein. Wie schön, nur die Bücher zu verkaufen, die man selbst mag.«

»Nur leider kann man davon nicht leben.«

»Bitte nicht traurig werden. Nicht auf unserer Lily-Schären-Fahrt.« Magnus hat mein Gesicht in seine Hände genommen und mich geküsst, einfach so. Ohne Vorwarnung. Obwohl er mich damit überrascht hat, hat es sich richtig angefühlt.

Gleichzeitig hat mich sein Kuss derart aus der Bahn geworfen, dass ich mich erst einmal in Geplauder geflüchtet habe, um meine Gedanken zu ordnen.

Von den Schären habe ich viel weniger gesehen, als ich mir gewünscht hätte, weil Magnus und ich die Zeit genutzt haben, uns voneinander zu erzählen, uns zu küssen und besser kennenzulernen, was man eben so macht, wenn man die Grenze von Freundschaft zum ersten Kuss überschritten hat. Viel zu schnell endete die Rundreise durch die Inselwelt um Stockholm. Wenn es nach mir gegangen wäre, hätten wir noch Stunden auf dem Boot verbringen können, obwohl der Wind pfiff und es bereits dunkel zu werden begann, als wir den Hafen wieder erreichten.

»Ich muss zur Uni, aber heute Abend habe ich frei.« Magnus reichte mir seine Hand, damit ich einigermaßen elegant von Bord gehen konnte. »Wollen wir essen gehen?«

»Ein Date?«, antwortete ich, bemüht, meine Stimme scherzhaft klingen zu lassen, damit ihm ein Ausweg blieb, falls er es sich anders überlegte. »Noch eines. Oder zählt unsere Schifffahrt nicht?«

Aber Magnus sah mich nur ernst an, küsste mich und sagte »Ja«. »Um 19:00 Uhr hole ich dich ab.«

Ich schaue auf die Armbanduhr. Immer noch zwei Stunden, bis ich ihn wiedersehe. Zwei Stunden, in denen ich mich auf das Wiedersehen freuen und mich gleichzeitig davor fürchten kann. Was, wenn er in den vergangenen Stunden erkannt hat, dass er sich nur aus Mitleid zu mir hingezogen fühlte? Was soll ich nur anziehen? Wie regeln schwedische Frauen und Männer die Frage der Bezahlung im Restaurant? Bevor ich vollends der Panik verfalle, entschließe ich mich, es mir gutgehen zu lassen. Ich gönne mir ein ausgiebiges Bad, was wirklich guttut, weil die Schifffahrt mich durchfroren zurückgelassen hat. Danach bleibt mir noch viel Zeit, mir Gedanken über die passende Garderobe zu machen und mich zu schminken.

Obwohl mir nun noch zwanzig Minuten bleiben, halte ich es im Zimmer nicht mehr aus. Wenn ich jetzt nicht in die Hotel-Lobby gehe, fange ich nur an, erneut über meine Kleidung zu grübeln und mich wieder und wieder umzuziehen. Meinen dicken Mantel nehme ich in die Hand; ihn will ich jetzt noch nicht anziehen.

Zu meiner Überraschung sitzt Magnus bereits in einem der roten Sessel, und ich muss lächeln. Gleichzeitig schlägt mein Herz ein weniger schneller, weil er so unglaublich gut aussieht, gekleidet in eine schlichte dunkle Hose, ein weißes Hemd und ein schwarzes Jackett. Einen dicken Parka, der dem Stockholmer Wetter angemessen ist, hat er ausgezogen und auf den zweiten Sessel gelegt. Einen Moment verweile ich, um seinen Anblick in mein Herz aufzunehmen, bevor ich ihn anspreche.

»Hallo. Du bist früh.« Etwas unsicher bleibe ich stehen. Soll ich ihn umarmen? Ihm einen Kuss auf die Wange geben? Durch die langen Jahre meiner Ehe habe ich ganz vergessen, wie unsicher man sich zu Beginn einer neuen Liebe oder Affäre, oder was immer Magnus und ich auch haben, fühlt.

»Ich konnte nicht länger warten.« Magnus steht auf, zieht mich in seine Arme und küsst mich. »Du siehst … unglaublich aus.«

»Danke. Du auch.« Warum fällt mir keine klügere Antwort ein? »Wo gehen wir hin? Ist es weit? Dann müsste ich mir Stiefel anziehen.«

»Es sind nur ein paar Schritte.« Während er mir in den Mantel hilft, flüstert er mir ins Ohr: »Dein Parfüm riecht wunderbar. Oder bist du das?«

343

Wieder fällt mir keine schlagfertige Erwiderung ein. Dafür spüre ich, wie meine Wangen warm werden und sicher ein gesundes Rot tragen. Hoffentlich gelingt es mir, mich etwas besser in den Griff zu bekommen, bis wir im Restaurant sind, sonst könnte es sehr peinlich werden.

Draußen nimmt Magnus wie selbstverständlich meine Hand. Ist das normal für verliebte Erwachsene? Wenn ich geahnt hätte, dass meine Suche nach Lily mich zu einem neuen Mann führte, hätte ich Charlotte oder Sarah gefragt, was sich in den letzten fünfundzwanzig Jahren in dieser Hinsicht geändert hat. Ist es wahrhaftig so lange her, dass ich verliebt war? Der Gedanke erschüttert mich, und ich stoße ein Schnauben aus.

»Ist dir kalt?«, fragt Magnus. Er sieht mich besorgt an. »Soll ich dir meinen Schal geben?«

»Nein danke.« Ich drücke seine Hand. Kenne ich ihn gut genug, um ihm die Wahrheit zu sagen? Will ich ihn überhaupt so gut kennenlernen, dass ich ihm meine Vergangenheit beichten muss? Kann ich nicht einfach den Tag genießen, ohne allzu viel zu planen oder nachzudenken? »Langsam gewöhne ich mich an die schwedische Frische.«

»Hier ist es.« Magnus deutet auf die Tür eines Häuschens, an dem ich bestimmt schon zehnmal vorbeigegangen bin, ohne zu bemerken, dass sich darin ein Restaurant verbirgt. »Vegetarisch, nicht wahr?«

Wie schön, dass er sich daran erinnert, obwohl ich es nur einmal erwähnt habe. Mein Kopf fühlt sich so leicht an, als hätte ich Sekt getrunken oder nach langen Jahren wieder eine Zigarette geraucht. Bin ich verliebt? Nein. Aber ich bin abenteuerlustig und gespannt, was mir der Abend noch bringen wird. Die Inneneinrichtung des winzigen Restaurants ist glücklicherweise eher gemütlich als edel, und ich fühle mich sofort wohl. Weiße Wände, dunkelgebeizte Dielen und dunkle

344

Holzmöbel sowie zwei Sofas, die mit dunkelrotem Samt bezogen sind. Die Bedienung begrüßt Magnus wie einen alten Bekannten, was mir einen Stich versetzt, weil sie so jung und blond und hübsch ist, aber er ist nur freundlich zu ihr. Glaube ich jedenfalls, da sie beide Schwedisch miteinander reden.

»Möchtest du auf eins der Sofas oder lieber auf richtigen Stühlen sitzen?«, fragt er mich.

»Ein Sofa.« Gar keine Frage. Ich liebe roten Plüsch.

Nachdem Magnus mir aus dem Mantel geholfen und ihn der Blondine überreicht hat, führt er mich zum Tisch. Seine Hand liegt leicht auf meinem Rücken, was ich durch den Stoff meiner dünnen Bluse spüre. Viel zu schnell haben wir den Tisch erreicht, so dass er seine Hand von meinem Rücken nimmt, um auf das Sofa zu deuten.

»Bitte schön.« Für sich zieht er einen Stuhl heran und stellt ihn wie selbstverständlich dicht neben mich, etwas schräg, damit wir uns ansehen können. Wieder sagt er etwas auf Schwedisch zu der Kellnerin, die nickt und geht. »Ich habe uns Wasser bestellt und hoffe, dass es dir recht ist?«

Ich nicke nur, weil mir nichts einfällt, was ich sagen könnte. Schon immer habe ich Frauen bewundert, denen Small Talk mit Leichtigkeit über die Lippen geht. Gestern noch hätte ich Magnus einfach nach Lily fragen können, aber unsere Schären-Fahrt hat alles verändert. Das Einzige, was mich etwas beruhigt, ist, dass es ihm anscheinend ähnlich geht. Auch er wirkt erleichtert, als die Bedienung uns eine Flasche Wasser auf den Tisch stellt und uns die Speisekarten überreicht, die erfreulicherweise auch in Englisch geschrieben sind. Magnus und ich verständigen uns über einen Vorspeisenteller und die Hauptgerichte sowie eine Flasche Weißwein als Begleitung. Während ich weiterhin überlege, was ich sagen könnte, lächelt Magnus mich an und nimmt meine Hand in seine.

»Erst das Geschäftliche, bevor ich es vergesse«, sagt er, wobei er die Worte mit einem Lächeln begleitet. »Lily und ihre Familie gingen nach Kriegsende wieder nach Deutschland zurück, obwohl ihr Mann in Schweden gute Arbeit gefunden hatte.«

»Wohin gingen sie?« Ich kann mich kaum auf seine Worte konzentrieren, weil seine Finger über meinen Handrücken streicheln. »Nach Berlin?«

»Erst nach Leipzig. Dort ist Benno Schlösinger geboren.« Magnus trinkt einen Schluck Wasser. Sofort vermisse ich das Gefühl seiner streichelnden Finger. Wäre ich eine Katze, würde ich ihn jetzt fordernd anstupsen. Stattdessen übe ich mich in Geduld und höre ihm weiter zu. »Von dort aus gingen die Schlösingers nach Ost-Berlin, um den FDGB, den Freien Deutschen Gewerkschaftsbund, mitzugestalten.«

»Weißt du, warum sie in der DDR blieben?« So, wie Robert Hartmann mir Lily beschrieben hat, habe ich sie für eine Frankfurterin mit Leib und Seele gehalten und hätte erwartet, dass sie nach dem Krieg in ihre Geburtsstadt zurückkehrt. »War Lily dort auch politisch aktiv? In Frankfurt hatte sie an Widerstandsaktionen teilgenommen. Ich kann mir einfach nicht vorstellen, dass so eine Frau ihr Glück als Hausfrau und Mutter findet.«

Allerdings habe ich auch nicht ahnen können, dass jemand wie Lily ihre große Liebe so einfach aufgibt, um einen anderen Mann zu heiraten, dem sie dann an dessen Geburtsort folgt. Vielleicht wollte sie ja nic ctwas anderes sein als Ehefrau und Mutter? Nein. Das mag ich nicht glauben. Nicht meine Lily. Es fällt mir schwer, zu akzeptieren, dass sie meinen Großvater einfach vergessen hat und nie nach ihm suchte.

»Lily wird immer nur als Ehefrau von Benno Schlösinger genannt.« Magnus verzieht den Mund und hebt die Schultern. »Benno ist – wie wir wissen – 1986 gestorben. Lilys Spur verliert sich danach. Im Internet habe ich auf die Schnelle nichts auftreiben können. Tut mir leid.«

»Schlösinger ist kein häufiger Name«, überlege ich laut. »Ich werde in Deutschland versuchen, sie zu finden. Danke, du hast mir sehr geholfen.«

»Dann habe ich eine Belohnung verdient?« Sein Lächeln nimmt mir alle Unsicherheit. »Für meine gute wissenschaftliche Arbeit.«

»Erst wenn du dieses Rätsel löst. Kannst du mit dem Satz etwas anfangen?« Ich schiebe das Telegramm über den Tisch zu Magnus, nachdem wir uns geküsst haben. »Ich habe bereits im Internet danach gesucht, aber bin nicht fündig geworden.«

Er nimmt die Brille ab, um das Telegramm zu lesen, so dass ich seine Augen das erste Mal ohne Glas davor sehen kann. Sie sind wirklich unglaublich blau, selbst jetzt, wo er sie kurzsichtig zusammenkneift, um die Worte entziffern zu können. Ich ertappe mich bei dem Gedanken, dass ich das Essen streichen und stattdessen mit ihm in seine Wohnung, von der ich nicht einmal weiß, wo sie in Stockholm ist, gehen möchte.

»Wenn ich mich nicht täusche, was ich eigentlich nicht glaube, ist das ein Roman von Louise Erdrich.« Er setzt die Brille auf und schiebt sie mit dem Zeigefinger nach oben. Sein Lächeln wird breiter. »*Liebeszauber.* Was will dir deine Freundin wohl damit sagen?«

Na prima, Charlotte, vielen Dank auch!, denke ich, während ich spüre, wie meine Wangen heiß werden. Aber Magnus' Lächeln ist einfach so ansteckend, dass ich mich nicht schäme, sondern gemeinsam mit ihm lache.

»Ich habe keine Ahnung, warum Charlotte gerade dieses Buch gewählt hat«, sage ich mit so tiefem Ernst, dass Magnus

überrascht aufschaut. Erst als ich ihm zuzwinkere, erkennt
er, dass ich einen Witz gemacht habe. Mich beruhigt es, dass
er anscheinend genauso wenig vertraut mit Dates ist wie ich.
Erst jetzt bemerke ich, wie wenig ich von ihm weiß, so dass
ich herausplatze: »Warst oder – schlimmer noch – bist du
verheiratet?«

»Weder noch«, antwortet er, sichtlich irritiert über meine
plötzliche Attacke. »Zu viel Wissenschaft, zu wenig Zeit zum
Leben. Nie die richtige Frau. Bindungsangst. Such dir etwas
aus. Also keine Sorge. Es gibt niemanden, der zu Hause auf
mich wartet und sich die Augen aus dem Kopf weint, weil ich
untreu bin.«

»Entschuldige.« Wieder spüre ich, dass ich rot werde. Ich
hätte mehr Make-up auflegen sollen. »Ich weiß gar nichts
von dir. Außer natürlich, dass du Professor bist und Schwe-
de.«

»Magnus Lundgren, geboren 1964 in Helsingborg, Stadt mit
Badestränden und viel Fußball. Nie Fußball gespielt, sondern die Nase immer im Buch gehabt.« Er kratzt sich demonstrativ überlegend am Kopf. »Das erste Mal verliebt mit
zwölf in Malin Ingvarson. Ging unglücklich aus, weil Malin
sich nur für Fußballer interessierte.«

»Ich sehe schon, ein Fußball-Trauma aus frühester Kindheit
und Jugend. Da musstest du ja Professor werden.«

Endlich haben wir die Unsicherheit überwunden, die zwischen uns stand, und reden miteinander, als würden wir uns
ewig kennen. Magnus erzählt mir von seiner Schulzeit ohne
Fußball, von der Befreiung, die es war, endlich nach Stockholm gehen und dort studieren zu können. Von der Zeit der
Suche, bis er zu seiner Überraschung erkannte, dass Geschichte das ist, was ihn wirklich fasziniert. Ich berichte von
meinem Studium, davon, wie ich Charlotte kennenlernte und

sofort wusste, dass sie die Freundin fürs Leben werden könnte. Von Jeffrey, ohne dass es schmerzt, von Kyle und Laura,
von meiner Arbeit.

Wir reden und reden, trinken Wasser und Wein, bis die Bedienung uns freundlich, aber bestimmt darauf aufmerksam
macht, dass das Restaurant bald schließt. Ertappt zahlen wir,
jeder die Hälfte, ohne dass wir lange darüber diskutieren
müssen, ziehen uns an und schlendern zu meinem Hotel.
Ohne dass Magnus es sagt, weiß ich, dass es meine Entscheidung sein wird, wie dieser Abend endet. Während ich noch
überlege, haben wir mein Hotel erreicht.

Ich muss mich zweimal räuspern, bis ich die Worte heraus-
bringe. »Ich habe einen wunderbaren Tüten-Cappuccino in
meinem Zimmer. Als Abschluss, wenn du möchtest.«

»Bist du sicher?« Magnus sieht mich fragend an. »Es wäre
auch ein schöner Abend, wenn …«

»Wir wollen Charlotte doch nicht enttäuschen«, antworte
ich mit einem Grinsen. Ja, ich bin mir sicher, dass ich die heutige Nacht mit Magnus verbringen will, ohne darüber nachzudenken, was morgen oder übermorgen oder in drei Wochen sein wird. Heute will ich den Augenblick genießen, mit
diesem wundervollen Mann, den mir die Suche nach Lily
geschenkt hat. »Oder beschleichen dich Zweifel?«

»Auf keinen Fall!« Er küsst mich, bis mir die Luft wegbleibt.
Dann zieht er mich an der Hand hinter sich her, am Portier
vorbei, der uns beiden indigniert nachschaut, so dass Magnus
und ich zu kichern beginnen wie Teenager, die ihren Eltern
einen Streich spielen.

Kapitel 33

Frankfurt am Main, Juni 1945

Ich muss Gewissheit bekommen.« Obwohl Lily sich um ein Lächeln bemühte, wusste sie nur zu gut, dass Benno die Ernsthaftigkeit hinter ihren Worten verstand. Gern hätte sie ihrem Ehemann den Schmerz erspart, aber sie wusste keine Möglichkeit, wie sie ihm schonend ihre Pläne beibringen sollte. Benno war klug genug, Lily zu durchschauen, so dass sie sich entschlossen hatte, ihm die Wahrheit zu sagen. »Es tut mir leid. Du weißt, ich wollte dich nicht heiraten. Seinetwegen.«

»Ich weiß.« Benno runzelte die Stirn, wie stets, wenn er ernsthaft nachdachte. Diese Geste liebte Lily besonders an ihm, weil er selbst sich ihrer nicht bewusst war. »Aber du verstehst hoffentlich, dass ich mir wünschte, du hättest ihn vergessen können.«

»Natürlich. Das tue ich auch, aber ...« Sie brauchte den Satz nicht zu beenden, weil sie beide wussten, dass Lily sich nicht aufhalten lassen würde. Sie musste endlich erfahren, was aus ihrer großen Liebe geworden war. »Ich würde euch nicht verlassen. Selbst wenn ich ihn finde.«

»Aber du wirst immer an ihn denken. Ich weiß nicht, ob ich das ertrage.« Benno schaute an Lily vorbei, als könnte er an der grauen Wand des Bahnhofs die Lösung für ihr gemeinsames Dilemma finden. »Aber ich weiß auch nicht, ob ich es aushalten könnte, ohne dich zu leben.«

»Kannst du es nicht ein bisschen verstehen?« Obwohl sie sich vorgenommen hatte, ruhig zu bleiben, entfuhr Lily ein Seufzer. Sie wollte diese Diskussion nicht führen, sie wollte nicht mit Benno streiten, aber sie wollte ihren Plan auch nicht aufgeben. Weitere Jahre der Ungewissheit wären mehr, als sie ertragen könnte. Selbst für ihre Kinder konnte sie nicht auf die Suche nach ihm verzichten. »Ich werde auch an ihn denken, wenn ich nicht weiß, was aus ihm geworden ist.«

»Ach, Lily.« Benno seufzte. Mit der Hand fuhr er sich durch das kurzgeschnittene blonde Haar, bis es ihm vom Kopf abstand. Seine hellblauen Augen wichen ihrem Blick immer noch aus. »Reichen zwölf Jahre denn nicht aus, um ihn zu vergessen? Zwölf Jahre und drei Kinder.«

In einer Geste der Hilflosigkeit hob Lily die Hände. Auch wenn Benno es ihr nicht glauben würde, sie hätte sich auch gewünscht, dass die vergangenen zwölf Jahre im schwedischen Exil ihre Liebe zu Alexander hätten erkalten lassen. Stattdessen war sie nur tiefer geworden, vielleicht weil Lily nicht wusste, was aus ihrem Geliebten geworden war, ob er aus Deutschland hatte fliehen können und ob er den furchtbaren Krieg überlebt hatte. Niemand von ihrer Familie vermochte zu verstehen, warum Lily an Alexander festhielt und erst bereit war, ein neues Leben in Deutschland zu beginnen, wenn sie nichts unversucht gelassen hatte, um ihn wiederzufinden.

»Lily. Lass die Vergangenheit ruhen. Gemeinsam mit Benno hast du eine eigene Zukunft vor dir. Du und eure Kinder«, hatte Lilys Mutter gesagt, nachdem Lily ihr von ihrem Plan berichtet hatte. »Oder willst du alles aufgeben? Für einen Mann, den du nicht einmal ein Jahr kanntest?«

»Ich muss erfahren, was mit ihm geschehen ist«, hatte Lily so ruhig und selbstverständlich erwidert, dass ihre Mutter es schließlich aufgegeben hatte, Lily weiter ins Gewissen reden zu wollen. Ohnehin weilten Idas Gedanken oft in der Ferne, trauerten um Karl, der im Krieg gefallen war, und erinnerten sich an Gottfried, der vor zwei Jahren gestorben war. »Du hättest auch wissen wollen, wie es Vater ergangen ist, falls das Leben euch getrennt hätte.«

»Ja.« Ida hatte ihre Tochter in die Arme genommen und Lily voller Ernst angesehen. »Aber versprich mir, dass du ihn vergisst, falls du ihn nicht findest.«

»Vergessen kann ich Alexander nicht«, hatte Lily geantwortet, mit einem feinen Lächeln. »Aber ich werde nie wieder über ihn sprechen.«

»Das ist genug.« Ida hatte Lily fest an sich gedrückt, noch immer kräftig, obwohl ihre Haare inzwischen vollständig grau waren und ihr Körper sich langsam beugte. »Was sagt Benno?«

»Er versteht mich nicht, aber er wird mir nicht im Weg stehen.«

Genau wie Lily es prophezeit hatte, gab Benno schließlich nach. Manchmal wünschte Lily sich, dass Benno ihr mehr Widerstand entgegengebracht, ja, ihr verboten hätte, nach Alexander zu suchen, dass sie sich mit ihm streiten und wütend auf ihn sein könnte. Bennos stille Traurigkeit schmerzte schlimmer als ein Zornesausbruch. Wie oft hatte Lily sich in den vergangenen zwölf Jahren vorgeworfen, dass sie Benno geheiratet hatte, obwohl sie wusste, dass sie ihn niemals so lieben könnte wie Alexander. So eine Liebe gab es nur einmal für jeden Menschen, da war Lily sich sicher. Nach der Heirat hatte sie in Schweden ein stilles Glück gefunden, mit einem Mann, der sie mehr liebte, als sie ihn lieben konnte, und drei Kindern, an denen Lily aus vollem Herzen hing. Doch der

352

Gedanke an Alexander hatte sie stets begleitet – durch die Zeit des Exils, durch die furchtbare Zeit des Krieges mit all seiner Ungewissheit, wie er enden und wie viele Opfer er fordern würde. Dann endlich war es eingetreten, das Ende des Krieges, das auch das Ende der Schreckensherrschaft der Nationalsozialisten mit sich brachte und Lily die Möglichkeit gab, nach Frankfurt zurückzukehren, um Alexander zu suchen.

Eine vergebliche Suche, die heute enden würde. Nun blieb ihr nur noch eines. Als sie das ruhige Atmen der Kinder und Bennos leises Schnarchen hörte, schlug Lily die Decke zurück, um aus dem Bett zu schlüpfen. Sie zog sich eine Strickjacke über, bevor sie sich an den Schreibtisch setzte und den Brief schrieb, den sie schon hundertmal im Kopf formuliert hatte.

Geliebter Alexander,

ich schreibe Dir, weil ich niemandem sagen kann, was ich fühle. Heute ist der letzte Tag meines Aufenthaltes in Frankfurt, und ich habe keine Spur von Dir finden können. Gestern habe ich mit Benno gestritten, dem Mann, den ich in Schweden geheiratet habe, habe ihn angebettelt und angefleht, dass er mir noch zwei oder drei Tage hier schenkt, damit ich Dich finde, aber Benno sagte nein. Das erste Mal, dass er mir gegenüber derart strikt war.

Ich muss mich an unsere Vereinbarung halten: zwei Wochen, um Dich zu suchen, danach gehe ich mit Benno, unseren Kindern und meiner Mutter nach Leipzig, dorthin, wo Benno vor 1933 gelebt hat. Wir wollen Deutschland in der SBZ aufbauen, ein besseres Deutschland als das, was wir beide kennen und erleben mussten. Für unsere Kinder. Drei sind es: Elke, Alfred und Hanne. Ich müsste Dir so vieles erzählen, was ich bisher nur den Sternen oder dem Nachthimmel anvertraut habe. Von meinem Leben in Stockholm, warum ich Benno geheiratet habe, der ein guter Mann ist, Du würdest ihn mögen. Von den Kindern.

Davon, dass ich auf Dich gewartet habe, dass ich jeden Deutschen, der nach Stockholm kam, nach Dir gefragt habe, nach einer Nachricht, nach Deinem Verbleib. Niemand wusste etwas, bis auf Robert Hartmann, der mir davon erzählte, dass Du ihm geholfen hast. An dem Tag, an dem ich endlich erkannt habe, wie sehr ich Dich liebe, wie einsam und trist mein Leben ohne Dich wäre. Das Schicksal scheint uns zu hassen.

Bevor wir nach Schweden gingen, wollte ich noch einmal nach Dir suchen, aber wir mussten Frankfurt Hals über Kopf verlassen, weil die Nazis auf der Suche nach Karl waren.

Als wir in Schweden ankamen, fühlte es sich an, als hätte ich mein Herz herausgerissen und es in Frankfurt zurückgelassen. Wäre nicht meine Familie, ich wäre verloren gewesen. Vater hat mich zurückgeholt, als ich in den Zug nach Deutschland steigen wollte. Schließlich durfte ich nicht nur an mich denken, sondern auch an Elke. Unsere Tochter. Beinahe hätte ich sie verloren, nachdem die Braunhemden mich angegriffen haben. Ohne sie hätte ich mich aufgegeben, wäre verhungert, weil Deine Liebe mir fehlte.

Für Elke und mich hoffte ich auf eine Nachricht von Dir. Georg, der ein halbes Jahr nach uns nach Schweden kam, war meine große Hoffnung, aber auch er wusste nichts von Dir zu berichten. Georg konnte mir nicht einmal sagen, ob Du überlebt hast. Da habe ich Bennos Heirats-

antrag angenommen, damit meine Familie und ich in
Schweden bleiben konnten.

Schweden war gut zu uns, aber wir wollten dort nicht
bleiben, nachdem der Krieg zu Ende war, nachdem die
Nazidiktatur endlich endete. Zwei Wochen habe ich von
Benno erbeten, um Dich finden zu können. Zwei Wochen, in denen ich durch unser Frankfurt irrte, erschüttert von den Zerstörungen, die der Krieg meiner geliebten Stadt gebracht hat. Zwei Wochen, in denen ich
Furchtbares erfuhr, das bittere Schicksal so vieler Freunde und Genossen, die den Faschismus nicht überlebten.
Und doch galt all mein Trachten und Sinnen in den zwei
Wochen nur einem Ziel – Dich zu finden.

Ich muss Dir doch sagen, wie sehr ich mich damals geirrt
habe. Man muss sich nicht entscheiden zwischen Politik
und Liebe – ohne die Liebe bleibt die Politik nur tote
Theorie, ein Kampf gegen etwas, nicht für etwas. Nur
mit Liebe findet man die Kraft, für etwas Gutes einzu-
stehen, für ein Ziel, das sich zu erreichen lohnt. Warum,
Geliebter, musste ich Dich verlieren, um das zu erkennen? Obwohl ich innerlich weine, weil ich Dich nicht
gefunden habe, muss ich gestehen, dass ein Teil von mir
erleichtert ist, dass meine Suche erfolglos blieb. Ich weiß
nicht, wie ich mich entschieden hätte, hätte ich zwischen
Dir und meiner Familie gestanden. Zwischen Dir und
dem Leben, das Benno mir verspricht. Benno, der genau
der richtige Mann für mich wäre, wenn das Leben nicht
Dich gebracht hätte.

Nein, das ist gelogen. Ich weiß, wie meine Entscheidung
ausgefallen wäre. Ich hätte sie alle verlassen, um Dir zu
folgen, und das macht mir Angst. Niemals hätte ich erwartet, dass ich einen anderen Menschen so lieben könn-

te, dass ich mich in Gedanken jeden Tag nach ihm ver-
zehre, dass ich Hals über Kopf alles stehenlassen würde,
auf ein Wort von Dir.
Ich liebe Dich und warte auf Dich, jeden Tag.

Deine Lily

Lily legte den Füllfederhalter zur Seite, um sich die Tränen
abzuwischen, die auf das Papier tropften. Sie hatte gehofft,
dass ihr Herz sich leichter fühlen würde, wenn sie einen Abschiedsgruß an Alexander schrieb, doch der Schmerz blieb
bestehen, harsch und schneidend seit dem Tag, an dem sie ihn
im *Café Laumer* gesucht und nicht gefunden hatte. So bei-
ßend war der Schmerz, dass Lily beschloss, dass Benno nicht
so leiden sollte, wie sie gelitten hatte. Also weinte sie, bis keine Tränen mehr kamen, nahm das durchweichte Papier, auf
dem die Worte kaum noch lesbar waren, und zerriss es in
winzige Schnipsel, die sie aus dem Fenster in den dunklen
Himmel steigen ließ.

»Auf Wiedersehen, Geliebter«, flüsterte sie. »Ich werde dich
nie vergessen.«

Nachdem sie das Fenster geschlossen hatte, ging sie nach nebenan in die Kammer, in der Benno und die Kinder schliefen.
Vorsichtig schlüpfte sie neben ihren Ehemann unter die Decke und schmiegte sich an ihn. Im Halbschlaf legte er seinen
Arm um sie, als wollte er sie für immer festhalten.

»Solltest du nicht zu Hause sein?« Gut gelaunt zog Lloyd,
der Berichterstatter, dessen Texte mit Alexanders Fotos in
amerikanischen Zeitschriften erschienen, Alexander auf.
»Wenn ich mich nicht irre, erwartet deine Frau das zweite
Kind. Oder bist du deshalb nach Deutschland geflohen?
Kannst wohl kein Blut sehen.«

»Ich konnte dich nicht allein lassen. Wo du nicht einmal drei Worte Deutsch sprichst. Oder so schlecht aussprichst, dass du den nächsten Krieg anzetteln wirst.« Gutmütig erwiderte Alexander den Spott. Ohne Humor, ohne Lachen hätten die Männer nicht ertragen können, was sie in den letzten Tagen und Wochen gesehen hatten, seitdem sie nach Deutschland gekommen waren, um über das besiegte Land zu berichten. Sicher hatten sie Gerüchte über die Konzentrationslager gehört, in denen die Nationalsozialisten Menschen einsperrten, folterten und ermordeten. Doch Gerüchte zu hören und das unsagbare Grauen mit eigenen Augen zu sehen …

Trotz all der Schrecken, trotz all seines Entsetzens, hatte ein Gedanke Alexander weitergetrieben, vorangetrieben durch das Land, das der Krieg zerstört hatte, so, wie deutsche Bomben viele europäische Länder in Schutt und Asche gelegt hatten. Erst hier, in Frankfurt, hatte Alexander verstanden, was der Krieg angerichtet hatte, wie viel Tod und Zerstörung durch die Nationalsozialisten gekommen war, so, wie Lily und ihre Freunde es befürchtet hatten. Hätte er sich doch damals nur Lily und ihrem Kampf angeschlossen. Hätte er nur seiner Liebe zu ihr vertraut.

So war ihm nur geblieben, nach Kriegsende nach Frankfurt zurückzukehren und Spuren seiner großen Liebe zu suchen. Sieben Tage war er durch Frankfurt gelaufen, vorbei an Trümmern und Zerstörung, auf der Suche nach Lily, auf der Suche nach gemeinsamen Freunden, auf der Suche nach Orten, die sie gemeinsam aufgesucht hatten und wo er sie zu finden hoffte. Alle Anstrengungen waren vergebens, alle Hinweise führten ins Leere, so dass ihm nur noch eines blieb.

»Ich lass dich in Ruhe deine Maschine malträtieren«, sagte Alexander mit rauher Stimme, als er das Zimmer verließ, in dem er mit Lloyd über die Bilder gesprochen hatte. »Ich entwickele noch einen Film.«

Die Fotos hingen bereits zum Trocknen in dem Zimmer, das ihm als Dunkelkammer diente, aber sie gaben ihm eine Ausrede, um sich dorthin zu begeben und sich von Lily zu verabschieden. Alexander legte einen schlichten weißen Bogen auf den Schreibtisch und beugte sich nach vorn, um Lily ein letztes Mal zu schreiben.

Liebste Lily,

seit vier Wochen bin ich nun in Deutschland, seit einer Woche in Frankfurt, aber Dein Verbleib verliert sich immer wieder im Nirgendwo. Mein Herz kann keine Ruhe finden, bis ich nicht weiß, ob es Dir gutgeht, ob das Schicksal Dir freundlich gesinnt war. Aber das Leben will offensichtlich nicht, dass wir uns wiedersehen. Keiner von den wenigen überlebenden alten Freunden hat etwas von Dir gehört, seitdem Du 1933 aufgebrochen bist. Robert Hartmann hat Dich in Schweden gesehen, aber dann Deine Spur verloren. Er berichtete, dass Du geheiratet hast, was es mir leichter macht, von meiner Ehe zu erzählen.

Obwohl ich auf Dich warten wollte, habe ich Lilian geheiratet. Ich kann Dir nicht einmal erklären, warum. Weil sie es sich so sehr wünschte und weil ich mir gar nichts mehr in meinem Leben erhoffte.

Ich habe in Frankfurt auf Dich gewartet, ich habe in Barcelona auf Dich gewartet, obwohl ich kaum noch daran glaubte, von Dir zu hören. In New York habe ich das Warten aufgegeben, um stattdessen eine Amerikanerin zu heiraten. Ich fühlte mich einsam und verloren und hoffte, dass Lilian mich stützen könnte. Nun fühle ich mich wie ein Verräter an Dir, an uns, weil ich nicht stark genug war, an unsere Liebe zu glauben, da ich fürchtete, dass Du Dich für den politischen Kampf und gegen mich entschieden hättest. Weil ich mich hasste, dass ich Dich vor diese Wahl gestellt hatte, weil ich zu egoistisch war, um zu verstehen, wie wichtig Dir die Politik war. Nun werde ich Dir niemals sagen können, wie leid es mir tut, mich niemals dafür entschuldigen zu können, dass ich Dich drängte, als es Zeit gewesen wäre, Dir beizustehen. Ich habe Dich verraten, in Frankfurt und in New York und muss damit leben. Jeden Tag, wenn ich in den Spiegel blicke, sehe ich das Gesicht eines Mannes, der nicht genug liebte und die Traurigkeit verdient hat, die ihn niederdrückt.

Aber ich konnte Dich nie vergessen. Obwohl meine Frau und ich unser zweites Kind erwarten, habe ich mich freiwillig gemeldet, um als Kriegsfotograf nach Frankfurt zurückzukehren. Alles nur, um Dich zu finden. Ich hätte Lilian und unsere Kinder verlassen, für Dich. Mit schlechtem Gewissen, doch ich hätte nicht noch einmal zugelassen, dass mein Kopf über mein Herz siegt, dass Zweifel und Fragen unsere Liebe zerstören.

Alle Fäden habe ich gezogen, die ich ziehen konnte, Gefallen eingefordert und Gefallen versprochen, um Dich zu finden, um nur eine winzige Spur von Dir zu entdecken. Alles vergeblich.

In den letzten Tagen und Wochen habe ich so viel Schreckliches gesehen, das mich an den Menschen zweifeln lässt. Nur an Dir und meiner Liebe zu Dir habe ich nie zweifeln müssen. Aber nun kann ich nicht länger nach Dir suchen. Gestern kam ein Telegramm von meinen Schwiegereltern. Lilian ist krank, so dass ich zurück-

359

kehren muss. Zurück nach New York, ohne dass ich um Dein Schicksal weiß. Ich gebe die Hoffnung nicht auf. Jedes Jahr werde ich beim Roten Kreuz eine Suchanfrage stellen, bis ich Gewissheit habe. Ich denke immer, ich müsste spüren, wenn Du tot wärst, aber nach all dem Grauen, das ich gesehen habe, frage ich mich, ob ein einzelner Tod überhaupt noch zu merken ist.

Ich wünschte, ich könnte Dich noch einmal in die Arme schließen, könnte Dir sagen, wie sehr Du Dich geirrt hast. Gerade in dunklen Zeiten hätten wir an unserer Liebe festhalten sollen. Wie sehr ich mich geirrt habe. Ich hätte Dich nie vor die Wahl stellen sollen – 1933 konnte man nur beides wählen: Politik und Liebe.

Ich werde nicht aufgeben und weiter auf Dich warten.

In Liebe

Alexander

»Hast du eine Zigarette?« Alexander klopfte Lloyd, der vornübergebeugt an seiner Reiseschreibmaschine saß und wild auf die Tastatur einhämmerte, leicht auf die Schulter. »Und ein Feuerzeug.«

»Hier, bitte.« Mit dem geistesabwesenden Gesichtsausdruck, den er immer trug, wenn er seine Reportagen schrieb, schob Lloyd Alexander die Zigarettenschachtel und das Sturmfeuerzeug zu. »Was machen die Bilder? Etwas Gutes dabei?«

»Viel Entsetzliches, aber ja, es wird sich gut verkaufen lassen.« Alexander nahm Zigaretten und Feuer und ging zurück in sein Zimmer. Dort zündete er sich eine Zigarette an, obwohl er für Lilian vor sieben Jahren das Rauchen aufgegeben hatte, damals, als sie mit Patricia schwanger war. Aber heute brauchte er das brennende Gefühl auf der Zunge, den tiefen Atemzug, mit dem er den Rauch in seine Lungen beförderte.

Alexander setzte sich an das geöffnete Fenster und starrte in den dunklen Nachthimmel. Nur wenige Sterne blinkten zwischen den Wolken hindurch. Seine Hoffnung auf eine Sternschnuppe, der er seinen sehnlichsten Wunsch anvertrauen könnte, blieb unerfüllt. Sein Blick folgte dem Lichtpunkt der brennenden Zigarette, als er sie nahm, um ein Loch in den Brief an Lily zu brennen. Mit ruhiger Hand hielt er das Papier, während sich der glühende Kreis, den die Zigarette gebrannt hatte, langsam ausweitete und die Worte, die er für Lily geschrieben hatte und die Lily niemals erreichen würden, auffraß. Er konnte den Brief nicht aufheben, konnte ihn nicht mit zurück nach New York nehmen. Zu groß war die Gefahr, dass Lilian ihn eines Tages finden würde. Seiner Frau noch mehr Schmerz zuzufügen, als er bereits tat, weil er Lilian nicht so lieben konnte, wie sie es sich wünschte, brachte Alexander nicht über sich. Also musste er den Brief an seine große Liebe verbrennen und mit der Asche seine Erinnerungen in den Nachthimmel hinaus ziehen lassen. Vielleicht würde es ihm damit gelingen, jegliche Hoffnung auf ein Wiedersehen ebenfalls auszulöschen.

*An einem kalten, windigen Februartag
steigt eine Frau in die Zehnuhrmaschine nach London,
auf den Fersen gefolgt von einem unsichtbaren Hund.*

Kapitel 34

Vierzehn Inseln und siebenundfünfzig Brücken bilden die Stadt, habe ich im Reiseführer gelesen. Nicht dass ich sie alle nachzählen werde, aber es fällt auf, wie oft man in Stockholm auf eine Brücke trifft. Das Venedig des Nordens, denke ich und ärgere mich über mich, dass ich mir zu wenig Zeit für meine Europareise genommen habe. Venedig werde ich nicht sehen, aber das gibt mir die Chance, einmal nach Europa zurückzukommen. Nach Europa und zu Magnus, vielleicht. Zum ersten Mal seit langem plane ich nicht, denke nicht voraus, brauche nicht mehr die Sicherheit einer vermeintlich feststehenden Zukunft, sondern kann dem Leben gelassen entgegenblicken und mich auf das Ungewisse einlassen. Charlotte wäre sicher stolz auf mich.

Den Vormittag, wenn Magnus arbeitet, nutze ich, um wenigstens einen Eindruck von Stockholm zu gewinnen, bevor ich heute Nachmittag nach Frankfurt fliege. Viel zu schnell sind die Tage vorbeigegangen. Ich mag nicht an den Abschied denken, der mir bevorsteht, und gebe vor, eine Touristin zu sein, die Stockholm erkundet. Das *Stadshuset* will ich mir ansehen, den Ort, an dem der Nobelpreis verliehen wird, aber die Schlange dort ist so lang, dass ich zu viel kostbare Zeit verlieren würde. Also schlendere ich mit meinem Reiseführer in der

Hand durch *Gamla Stan*, die Altstadt Stockholms. Wie es wohl ist, hier zu wohnen, in diesen Häusern, die aussehen wie Puppenstuben, mit ihrer langen Geschichte, in diesen verwinkelten Gässchen, in denen ich mich verlaufe? Ein wenig beneide ich die Schweden um ihre Geschichte, als ich die Köpmangatan entlanggehe, die älteste Straße Stockholms. Umgeben von Häusern, die im Mittelalter erbaut wurden, fällt mir auf, wie jung mein Heimatland ist, wie wenig Tradition und Geschichte wir weißen Siedler haben. Bald jedoch lenken mich die Galerien und Läden voller Kunsthandwerk und Antiquitäten von meinen trüben Gedanken ab, obwohl ich mir nichts kaufe. In einen Stuhl verliebe ich mich auf den ersten Blick, aber wage nicht, ihn zu kaufen, weil ich nicht weiß, wie ich wohnen werde, wenn ich erst wieder in Berkeley angekommen bin. Vielleicht beim nächsten Mal.

»Du musst auf jeden Fall noch einmal nach Stockholm kommen«, schlug mir Magnus heute Morgen mit einem charmanten Lächeln vor. »Du hast ja kaum etwas von meiner Stadt gesehen.«

»Weil ich meine Zeit mit dir verbracht habe«, habe ich neckend geantwortet. »Deinetwegen habe ich auf *Skansen* und *Junibacken* verzichtet.«

»*Junibacken* ist etwas für Kinder.«

»Nein, für alle Menschen, die von Astrid Lindgren verzaubert wurden. Mein Reiseführer schwärmt in höchsten Tönen von dem Park«, habe ich beharrt. »Ich möchte Madita treffen und Emil und die Kinder aus Bullerbü.«

»Glaub mir, du wärst enttäuscht.« Nicht auf meinen scherzhaft gemeinten Vorwurf eingehend, gab Magnus mir einen langen Kuss, der jede Diskussion beendete, bevor er zu seiner Vorlesung aufbrechen musste. »Weil sie nicht so aussehen werden wie in deiner Vorstellung. So, wie Filme auch nie den

Geist und die Kraft von Büchern erreichen. Schau dir lieber meine schöne Stadt an.«

Also bin ich seinem Wunsch gefolgt und laufe jetzt durch die Straßen der Stadt Stockholm, die mein Herz ebenso gefangen genommen hat wie Barcelona, wenn auch aus anderen Gründen. Obwohl es unglaublich früh und schlagartig dunkel wird, habe ich mich in die Stadt verliebt, was sicher auch an einem gewissen schwedischen Professor liegen mag, aber nicht nur. Ich liebe die entspannte Freundlichkeit der Menschen, obwohl Magnus behauptet, dass der Winterschwede deutlich düsterer gelaunt wäre als der Sommerschwede. Manchmal weiß ich nicht, ob er mich aufzieht oder es ernst meint, aber ich nehme es hin, ohne mich zu ärgern.

Ich mag die beeindruckenden Häuser Stockholms, Zeichen davon, dass hier reiche Händler lebten, mag den Geruch des Meeres, der mich begleitet, das weiche Licht, das am Tag über der Stadt liegt, und selbst die dunkle Nacht, die von Tausenden von Lichtern durchbrochen wird, wie ich aus dem Fenster von Magnus' Wohnung sehen kann.

Magnus. Ich werde ihn vermissen, das Gefühl von Lebendigkeit, das er mit sich bringt. In einem versteckten Winkel meines Herzens bin ich allerdings froh, dass ich ihm und den überaus starken Emotionen, die er in mir auslöst, erst einmal entkommen kann. Ich muss meinen Kopf frei bekommen, um mir zu überlegen, was ich mir wünsche und wie ich mir meine Zukunft vorstelle. Verliebt bin ich, ja, aber ob ich ihn liebe? Ich wage es nicht, weil mein dummer Kopf mir immer einredet, dass wir keine gemeinsame Zukunft haben können. Er in Stockholm, ich in Berkeley, er ein Professor, ich eine bald arbeitslose Buchhändlerin. Aber mein Herz wehrt sich gegen diese Zweifel, und ich nehme mir vor, die verbleibende Zeit einfach zu genießen. Mit Erich Fried sagt mein Herz mir: Es ist, was es ist …

Ich starre aus dem winzigen Fenster des Flugzeugs, als könnte ich Magnus erkennen, der mich bis zum Terminal begleitet und versprochen hat, mir zu winken, bis die Maschine vom Boden abhebt. Meine Augen brennen, nicht weil ich Angst vor dem Flug habe, sondern weil ich nicht aus Stockholm abreisen und aus dem Flugzeug rennen möchte, zurück zu Magnus. Die vergangenen drei Tage sind viel zu schnell vergangen, weil über ihnen das Damoklesschwert meines Rückreisetickets schwebte. Einige Male habe ich überlegt, den Flug umzubuchen, meine Rückkehr nach Frankfurt auf einen späteren Zeitpunkt zu verschieben, aber letztlich hat die Vernunft gesiegt. Oder die Angst. Obwohl ich jede Minute mit Magnus genossen habe, konnte ich mich nicht davon befreien, dass er jünger ist als ich, dass ich einen Sohn habe, einen Ex-Ehemann, eine ganz andere Vergangenheit als Magnus, und vor allem, dass ich ein Leben in Berkeley habe und Eltern in Salem. Ich habe Magnus nichts davon sagen wollen, weil ich den Zauber unserer gemeinsamen Zeit nicht mit meinen Zweifeln und Ängsten überschatten wollte, sondern habe meinen Abflug damit begründet, dass ich in Deutschland mehr über Lily herausfinden müsste, bevor ich in die USA zurückfliegen würde.

Gestern hat Magnus gefragt, ob er mich nach Frankfurt begleiten soll, was mich vollkommen überrascht hat. Obwohl wir beinahe jede Stunde der vergangenen Tage miteinander verbracht und viel miteinander gesprochen haben, haben wir über zwei Themen nicht geredet: unsere Gefühle füreinander und die Frage, ob wir eine gemeinsame Zukunft haben könnten. Es war, als würden wir beide um diese Themen herumtanzen, sie aussparen aus Sorge, was der andere wohl darüber denkt.

»Ich würde mich freuen, mit dir in Frankfurt nach Lily zu suchen«, habe ich Magnus gesagt. »Aber du hast Lehrveranstaltungen, und ich … Ich …«

Ich konnte keine Worte finden, aber glücklicherweise hat Magnus verstanden, dass ich Zeit für mich brauche, dass ich einfach nicht impulsiv vom Herzen her leben kann, sondern alles, was ich erlebe, mit dem Verstand begreifen muss, bevor ich entscheiden kann, was ich weiter tun will. Manchmal sehne ich mich nach den Zeiten zurück, als ich einfach gelebt habe, ohne ständig an die Konsequenzen zu denken. Vielleicht kam dieses gewachsene Verantwortungsgefühl mit der Mutterschaft, vielleicht ist es eine Folge des Alters – auf jeden Fall bin ich noch nicht so weit, dass ich über meinen Schatten springen kann und vollkommen spontan handele. Jedenfalls nicht länger als ein paar Tage. Tage in Stockholm im Herbst, die mich glücklich gemacht haben. So glücklich, dass ich Magnus bereits jetzt vermisse.

Als das Anschnallzeichen aufblinkt, muss ich akzeptieren, dass ich nun nicht mehr zurückkann. Aber ich kann Magnus sofort anrufen, wenn ich in Frankfurt gelandet bin. Der Gedanke bringt mich zum Lächeln. Immer noch lächelnd öffne ich den Roman, wieder eine äußerst subtile Wahl von Charlotte. *Affären. Eine transatlantische Liebesgeschichte.* Deutlicher geht es kaum noch. Gestern habe ich ihr eine protestierende E-Mail geschrieben, weil sie die Zeiten zwischen den Romanen willkürlich verkürzt, so dass ich mit dem Lesen kaum nachkomme.

»Das liegt daran, dass die Ereignisse in deinem Leben, die ich kommentieren muss, sich so überschlagen«, lautete ihre Antwort. Ich muss zugeben, dass meine Freundin wieder einmal recht behält.

In den vergangenen Wochen habe ich mehr erlebt als in den vorausgehenden Jahren und fühle mich so lebendig wie schon lange nicht mehr. Selbst meine Angst vorm Fliegen habe ich etwas in den Griff bekommen. Zwar darf ich noch immer nicht zu intensiv darüber nachdenken, was bei einem Flug alles schiefgehen könnte, aber ich bin in der Lage, mich ohne Tabletten zu entspannen, wenn es mir gelingt, mich abzulenken. Der Roman von Alison Lurie, sosehr ich ihn schätze, reicht dafür nicht aus. Also beschäftige ich mich mit einer weiteren »Lily finden«-Liste:

Welche Möglichkeiten gibt es, das Schicksal von Lily Schlösinger, geborene Ennenbach, nachzuvollziehen?
– Internet (Magnus hatte keinen Erfolg)
– Telefonbücher Dresden / Berlin (herausfinden, ob diese im Internet stehen)
– Nach Berlin reisen, um Freunde oder Arbeitskollegen von Benno Schlösinger zu finden (sehr aufwendig!)
– An der Uni nachfragen, ob sie in den Interviews auf den Namen Schlösinger gestoßen sind

Mit dem Stift klopfe ich gegen meine Schneidezähne, während ich überlege, ob es noch weitere Möglichkeiten geben könnte, aber mir will nichts einfallen. Stattdessen überkommt mich das Gefühl, die Suche langsam leid zu sein. Jedes Mal, wenn ich Lily Schlösinger-Ennenbach einen Schritt nähergekommen bin, hat sich ein neues Problem aufgetan. Aufgeben will ich aber nicht. Doch ich muss mir einen Schlusspunkt geben, damit ich nicht den Rest meines Lebens mit der Suche nach der großen Liebe meines Großvaters verbringe. Einer Frau, die ihm nicht treu geblieben ist. Ich werde mir einen Termin setzen, an dem ich nach Berkeley zurückfliege. In Frankfurt angekommen, kaufe ich das Flugticket und schaffe Fakten.

»Lange net hier gewesen. Cappuccino?« Die Frau hinter dem Tresen des Internetcafés erwartet sichtlich keine Antwort auf ihre Feststellung, so dass ich sie nur anlächele.

»Ja, bitte einen Cappuccino.« Heute kann ich es kaum erwarten, vor den Computer zu kommen, weil ich auf eine Nachricht von Magnus hoffe, aber erst suche ich nach Lily. Sonst wird das nichts. Sobald ich etwas von Magnus lese, werde ich ihm antworten wollen und alles andere zurückstellen. »Ist Nummer acht frei?«

Sie nickt und wendet sich ab, um Wasser für den Cappuccino aufzusetzen.

Ich setze mich vor den Bildschirm und widerstehe der Versuchung, ins E-Mail-Programm zu schauen, sondern öffne stattdessen eine Suchmaschine. Ich habe Glück. Man kann Telefonbücher tatsächlich online einsehen. Ich atme tief durch, weil es sich gleich entscheiden wird, ob ich Erfolg haben werde oder ob ich mir das Scheitern meiner Suche eingestehen muss.

Nachdem ich einen Schluck meines Cappuccinos getrunken habe, tippe ich ein: »Schlösinger, Berlin«. Nur ein Eintrag wird angezeigt – leider nicht Lily Schlösinger, sondern Alfred, aber immerhin ein Treffer, von dem aus ich mich weiterhangeln kann. Sorgfältig übertrage ich die Telefonnummer in mein Notizbuch. Soll ich mich damit zufriedengeben oder sicherheitshalber nach weiteren Schlösingers in Leipzig suchen? Unschlüssig verharren meine Finger über der Tastatur. Einiges spricht dafür, mich nicht mit nur einem Namen zu begnügen. Auf der anderen Seite würden mich zwanzig oder gar mehr Schlösingers überfordern, weil ich dann wiederum entscheiden müsste, wen ich als Erstes anrufe.

»Schlösinger« und »Frankfurt am Main« tippe ich ein, obwohl ich mir nichts von der Suche verspreche. Ausgerechnet

368

in diesem Moment geht der Computer in einen extrem langsamen Modus über.

»Noch einen Cappuccino, bitte.« Ich stehe vor dem Tresen, weil ich das Warten und Starren auf den Bildschirm nicht mehr ertragen kann. »Könnten Sie bitte mal schauen, ob mit dem Computer etwas nicht stimmt? Er ist so langsam.«

»Gibt Netzprobleme«, sagt sie in einem Tonfall, der keinen Widerspruch zulässt.

Also warte ich auf mein Getränk, bevor ich mich an den Bildschirm setze, auf dem sich das Bild Pixel für Pixel aufbaut. Mist, ich hätte erst meine Mails abrufen sollen. Wenn der Computer gleich gänzlich in Streik tritt, werde ich heute nicht mehr erfahren, ob Magnus so viel an mich denkt wie ich an ihn. Alternativ könnte ich mir ein anderes Internetcafé suchen – ein Aufwand, der mich abschreckt.

Endlich hat das Programm seine Suche beendet und spuckt ein Ergebnis aus. Ein Ergebnis, so unverhofft, dass ich mich an dem übersüßen Cappuccino verschlucke.

Schwarz auf weiß steht es vor mir:

Schlösinger, L.

Bleib ruhig, rede ich mir ein. Das L muss nicht für Lily stehen, es kann auch eine Lucie oder ein Leopold sein, aber obwohl ich mich zu beruhigen versuche, schlägt mein Herz schneller. Ich übertrage die Telefonnummer in mein Notizbuch, bevor die Internetverbindung zusammenbricht. Erst dann tippe ich die Adresse meines Mail-Providers ein.

Dreiundsechzig Mails – überwiegend Spam, aber auch zwei Nachrichten von Magnus, eine von Charlotte und eine von meinen Eltern. Der Wochengruß, den sie mir regelmäßig senden, seitdem sie die Freuden der E-Mail entdeckt haben. Ich schreibe eine kurze Antwort, bevor ich mich Charlottes Nachricht widme.

Gesendet: Freitag, 19. November 1999 um 00:39 Uhr
Von: »Charlotte« <Boss@bookscloves.com>
An: »Erin« <Erin.Mitchell@aol.com>
Betreff: Dein Leben lebt sich so schnell
Liebe Erin,
danke für Deinen langen Brief aus Schweden (wann hast Du dafür
Zeit finden können??!??) und die Postkarten. Ich bin enttäuscht, dass
Du nicht auf Strindbergs Ferieninsel warst, verstehe aber, dass Du
abgelenkt warst.
Hoffe auf viele, viele, viele Fotos.
Neuer Satz kommt per Postkarte – damit Du Berkeley vor lauter
Europe-Hopping nicht vergisst.
Grüße von Sarah und den Kunden und Umarmung
Charlotte

Wieder keine Neuigkeiten über die Verhandlung mit den
Banken. Ich kann nur hoffen, dass alles gut für sie ausgehen
wird. Eilig sende ich ihr einen Antwortgruß, dessen Kürze
ich mit dem zusammenbrechenden Internet begründe.
Dann endlich öffne ich die erste Mail aus Schweden, mit po-
chendem Herzen, wie ein frischverliebter Teenager, was sich
ungewohnt, aber auch gut anfühlt.

Gesendet: Freitag, 19. November 1999 um 16:11 Uhr
Von: Magnus.Lundgren@historia.su.se
An: »Erin« <Erin.Mitchell@aol.com>
Betreff: You are always on my mind!
Hej Erin,
ich bin nicht gut in Liebesbriefen oder E-Mails, aber ich vermisse Dich.
Hätte mit nach Frankfurt fliegen sollen.
Stockholm ist noch kälter ohne Dich.
Was hast Du gemacht? Bei mir ist alles durcheinander im Kopf!

Verwirrte Grüße und Küsse
Magnus

Magnus Lundgren
Stockholm University
Department of History
SE-106 91 Stockholm
Sweden
Telephone: +46 8 16 20 2223
Magnus.Lundgren@historia.su.se

Wieso meint er, dass er keine Liebesbriefe schreiben könnte? Sind wir überhaupt in einem Status, dass wir uns Liebesbriefe schreiben? Unser Abschied war voller Küsse, aber wir haben kein Wort darüber gesprochen, wie oder ob es mit uns – was immer »uns« auch heißen mag – weitergehen wird. Obwohl ich ihm am liebsten sofort eine Antwort schreiben möchte, die sich nahezu von selbst formuliert, öffne ich erst die zweite Mail, weil ich fürchte, dass er darin alles zurückgenommen hat, was er in der ersten versprochen hat.

Gesendet: Freitag, 19. November 1999 um 16:19 Uhr
Von: Magnus.Lundgren@aol.com
An: »Erin« <Erin.Mitchell@aol.com>
Betreff: Mail und Lily?
Hej Erin,
ganz schnell meine private Mail – Du kannst mir Tag und Nacht und Nacht und Tag schreiben.
Küsse
Magnus
PS: Hast Du etwas über Lily erfahren?

Sehnsucht nach Magnus überfällt mich. So stark, dass ich zum Flughafen fahren möchte, um den nächsten Flieger nach Stockholm zu nehmen. Natürlich bin ich dafür zu vernünftig, worüber ich mich ärgere, doch ich kann nun einmal nicht aus meiner Haut.

So bleibt mir nichts anderes übrig, als ihm eine E-Mail zu schreiben. Denn irgendwie hat das Warten auf einen Brief, das tägliche Dem-Postboten-erwartungsvoll-Entgegenlaufen etwas Romantisches. Außerdem bin ich altmodisch – für mich zählt das handgeschriebene Wort mehr als eine Nachricht im PC. Das bringt mich auf eine Idee. Nachher werde ich mir schönes Briefpapier kaufen, um Magnus und auch Charlotte Briefe zu schreiben. Doch zuerst erhält mein Wikinger eine Antwort auf elektronischem Wege. Vier Entwürfe schreibe ich und verwerfe sie wieder, da sie sich nicht richtig anhören, nicht das bedeuten, was ich ausdrücken möchte, und ich nicht die Worte finde, die ich Magnus sagen möchte. Als wäre das allein nicht bereits schwierig genug, meint das Internet es heute wirklich schlecht mit mir. Daher tippe ich schnell eine kurze Antwort, bevor das World Wide Web mich gänzlich im Stich lässt.

Gesendet: Samstag, 20. November 1999 um 12:13 Uhr
Von: »Erin« <Erin.Mitchell@aol.com>
An: Magnus.Lundgren@aol.com
Betreff: Lily und Sehnsucht
Lieber Magnus,
das Internet ist gegen uns. Daher nur schnell: vermisse Dich. Frankfurt allein ist trist und grau.
Würde liebend gern mit Dir die große Schären-Tour fahren.
Neue Spur von Lily. Ich berichte Dir, wenn ich mehr weiß und das Internet stabil ist.

Ich habe Sehnsucht, Dich zu umarmen.
Kuss
Erin

Nachdem die Mail endlich beim dritten Versuch abgeschickt ist, schließe ich das Programm, schalte den Computer aus und bezahle. Der Weg zum Hotel kommt mir unendlich lang vor, weil ich es nicht erwarten kann, L. Schlösinger endlich anzurufen. Ich nehme mir kaum Zeit, Mantel und Schuhe auszuziehen, bevor ich zum Telefonhörer greife. Zweimal tief durchatmen und wählen. Nach dem dritten Klingeln hebt jemand ab.

»Beyer. Hallo.«

Es war Morgen, und die neue Sonne flimmerte golden
über dem Wellengekräusel der stillen See.

Kapitel 35

ch habe Lily gefunden«, schniefe ich ins Telefon. »Sie
stirbt.«

»Ach, Liebes.« Nur Charlotte gelingt es, mich mit zwei Worten aufzumuntern. Sofort nachdem ich mit Frau Beyer, hinter deren fremden Namen sich Lilys Tochter Hanne verbirgt,
telefoniert habe, musste ich meine Freundin anrufen. »Wein
dich erst einmal aus.«

Darum wird Charlotte immer der Mensch sein, an den ich mich
in Krisen- aber auch in Glücksmomenten als Erstes wende. Die
meisten anderen hätten auf mich eingeredet, dass ich mich beruhigen soll oder dass alles gut werden wird. Oder sie hätten mich
gefragt, warum ich mich derart echauffiere, obwohl ich Lily
noch nicht einmal getroffen habe. Nur meine beste Freundin ist
in der Lage, etwas so Kluges und Passendes zu sagen. Ich weine
und schluchze und schniefe, bis keine Tränen mehr kommen.

»Erzähl mir von Lily«, sagt Charlotte mit ihrer beruhigen-
den Stimme. »Wie hast du sie gefunden?«

»Es ist verrückt. Verrückt und unglaublich. Lily war die ganze Zeit in Frankfurt, da, wo ich sie nie vermutet hätte.«

»Aber?«

»Sie heißt nun Schlösinger, nicht mehr Ennenbach. Deshalb
musste ich erst nach Stockholm reisen, um sie hier ausfindig
machen zu können. Und jetzt stirbt sie.«

»Woher weißt du das? Erzähl von Anfang an.«

»Hast du überhaupt Zeit?«

»Mach dir darüber keine Sorgen. Wie hast du Lily Schlösinger – was für ein Name – entdeckt?«

»Ganz einfach, ich habe im Telefonbuch nachgesehen und angerufen. Eine Hanne Beyer hat sich gemeldet. Erst dachte ich, ich hätte mich verwählt oder Lily wohnt dort nicht mehr. Nachdem ich mich vorgestellt habe, hat sie mir gesagt, wer sie ist.«

Was im Erzählen so leicht klingt, war in Wahrheit ein äußerst zähes Gespräch. Hanne Beyer wirkte zunächst alles andere als freundlich und vermutete, dass ich versuchen wollte, ihre alte Mutter auszunehmen wie einen Thanksgiving-Truthahn. Ein Stück weit war es meine Schuld, weil ich herumdruckste und nicht sagen wollte, jedenfalls nicht am Telefon, dass Lily meinem Großvater einen Liebesbrief geschrieben hatte. Ich würde so etwas über meine Mutter auf keinen Fall am Telefon von einer Fremden erfahren wollen, die sich mir nur kurz vorgestellt hat. Trotz der Überraschung, nicht Lily, sondern deren Tochter am Telefon zu haben, behielt ich so viel gesunden Menschenverstand, dass ich nur andeutete, dass Lily und mein Großvater sich 1933 sehr gut gekannt hatten.

Hanne Beyer blieb weiterhin misstrauisch und fragte mich bestimmt zehnmal, warum ich nach Frankfurt gekommen wäre, was ich von ihrer Mutter wollte und überhaupt, warum mein Großvater sich nicht gemeldet hätte, wenn ihm etwas an Lily gelegen hätte. Je länger unser Gespräch dauerte, desto mehr stotterte ich, bis ich kurz davor war, den Hörer auf die Gabel zu werfen und Lily und ihre Familie als unfreundlich und bösartig abzuschreiben. Stattdessen schlug ich Hanne Beyer vor, uns persönlich zu treffen, weil es für mich als Amerikanerin schwierig wäre, mich auf Deutsch am Telefon gut auszudrücken. Nach langem Zögern hat sie einem Treffen zugestimmt. Allerdings in der Krankenhaus-Cafeteria. Ganz en passant habe ich so erfahren, dass Lily im Krankenhaus liegt, ohne Aussicht darauf, dass sie lebend wieder herauskommt. Da konnte ich nur auflegen, um Charlotte anzurufen.

»Vor zehn Tagen ist Lily ins Krankenhaus gekommen«, erzähle ich weiter. »Die Ärzte geben ihr nicht mehr viel Zeit. Ich … Ich fühle mich betrogen.«

Und ich fühle mich entsetzlich kleingeistig, weil Lily Schlösinger sterben wird und ich nur an mich denke. Doch ich kann und will nicht akzeptieren, dass alle meine Bemühungen, die große Liebe meines Großvaters zu finden, zu einem Ende kommen, ohne dass ich für mich wirklich einen Abschluss finden kann.

»Warum besuchst du sie nicht einfach?« Während ich immer nur Hindernisse auf meinem Weg ausmachen kann, sieht Charlotte Türen, die sich öffnen lassen. »Damit du sie wenigstens einmal gesehen hast. Möglicherweise ist sie ja glücklich, dich kennenzulernen.«

»Warum sollte sie?« Vor mir türmt sich ein gewaltiger Berg aus Enttäuschung, Zorn und schlechtem Gewissen auf, den ich nicht bewältigen werde. Jedenfalls nicht allein. »Sie hat meinen Großvater anscheinend vergessen. Hat einen Mann namens Benno geheiratet und mit ihm drei Kinder bekommen. Wieso sollte sie auch nur einen Funken Interesse aufbringen, mich zu treffen?«

»Erin!« Oh, jetzt kommt wieder die Lehrerin-Stimme. Wenn ich ehrlich bin, habe ich auch nicht erwartet, dass Charlotte mir meine Selbstmitleids-Arie durchgehen lässt. »Ich finde, du bist es Lily schuldig, ihr vom Tod deines Großvaters zu erzählen. Wahrscheinlich weiß die Arme es noch nicht einmal. Außerdem bist du nur *deshalb* nach Europa gereist.«

Daran habe ich bisher nicht gedacht. Mein Großvater ist vor sechs Jahren gestorben. Ich bin fest davon ausgegangen, dass Lily von seinem Tod gewusst hat. Nun, wo ich darüber nachdenke, stellt sich mir natürlich die Frage, wie sie es hätte erfahren sollen. Was für ein schrecklicher Gedanke – sechs Jahre lang auf den Geliebten zu warten und nicht zu wissen, warum er sein Versprechen nicht eingehalten hat.

»Du hast recht«, sage ich nach einigen Momenten des Schweigens. »Ich werde mich mit Lilys unfreundlicher Tochter treffen und kann nur hoffen, dass Lily ein freundlicherer Mensch ist.«

»Das ist der Spirit, den ich sehen will. Deshalb habe ich dir einen meiner absoluten Schätze für diese Woche geschickt.«

»Ja, ja. Ich habe es gleich erkannt. *Die Möwe Jonathan.*« Ebenfalls eines meiner Lieblingsbücher. Genau wie *Der kleine Prinz.* Beide habe ich entdeckt, als ich ein Teenager war, beide haben mich seitdem begleitet, und ich finde immer wieder etwas Neues, wenn ich sie lese. »Ein Plädoyer, an sich selbst zu glauben und seinen eigenen Weg zu gehen. Aber ich weiß nicht, ob Richard D. Bach so eine Situation wie meine wirklich meinte.«

»Aus wirklich guter Literatur kann man für jede Lebenslage etwas ziehen«, antwortet Charlotte kategorisch. »Und jetzt geh endlich zu Lily. Ich möchte wissen, was für ein Mensch sie ist und ob die Liebesgeschichte wirklich so wunderbar war, wie ich mir vorstelle.«

»Wahrscheinlich ist sie eine böse alte Frau, die Amerikanerinnen hasst.« Von irgendwem muss Hanne Beyer ihre Unfreundlichkeit ja geerbt haben. »Aber ich werde – wie immer – machen, was du verlangst. Bye. Grüß alle von mir. Ich komme bald nach Hause.«

»Ja, komm nach Hause. Bye.«

Nachdem ich aufgelegt habe, frage ich mich, warum ich dermaßen um Lily, die ja noch lebt, geweint habe. Mehr als um meinen Großvater, und das, obwohl ich sie noch nicht einmal getroffen habe. Ich habe nicht gewagt, es Charlotte zu erzählen, aber mir wäre es lieber, wenn ich Lilys Grab hätte besuchen können. In der Zeit, die ich mit der Suche nach ihr verbracht habe, habe ich mir so viele Gedanken über sie gemacht und eine sehr genaue Vorstellung von ihr entwickelt, dass die wirkliche Frau mich eigentlich nur enttäuschen kann. Ich habe um die Lily meiner Imagination geweint, um die große Liebe meines Großvaters, auf die er sein Leben lang gewartet hat. Was werde ich tun, wenn die wirkliche, lebende Lily eine griesgrämige Frau ist oder, schlimmer noch, langweilig und hartherzig?

Obwohl ich ein schlechtes Gewissen dabei habe, suche ich den Brief, den Lily vor sechs Jahren an meinen Großvater geschrieben hat, um ihn nun endlich zu lesen. Ich hoffe, dadurch mehr über die Person zu erfahren, die ich gesucht habe, und über das Lesen ihrer Worte vielleicht herauszufinden, was für eine Frau sie ist. Ich setze Wasser für einen Tee auf, warte, bis der Tee gezogen ist, setze mich auf den Sessel und beginne.

Mein geliebter Alexander,
so vieles möchte ich Dir sagen und schreiben, um die Zeit wettzumachen, die uns gemeinsam fehlt. Gleichzeitig finde ich keine Worte, die wirklich ausdrücken können, was ich empfinde und Dir so unbedingt sagen möchte. Je länger ich überlege, je mehr ich nachgrübele, desto deutlicher wird mir, dass es alles auf eine einfache Entscheidung hinausläuft. Auf die Antwort auf die drei Fragen, die Du mir – und auch Dir – in Portland gestellt hast. Kann man sechzig Jahre Leben ungeschehen machen?

Kann man mit achtzig Jahren noch so lieben wie mit zwanzig?

Und kann man all die Missgeschicke und Widrigkeiten vergessen, die uns auseinanderbrachten und zwei Leben lang auseinander hielten?

In Portland konnte ich Dir keine Antwort geben, weil auch mich diese Fragen bewegten und etliche mehr, wie, ob es nicht angeraten wäre, unseren – wie man so schön sagt – Lebensabend in Ruhe mit unseren Familien zu verbringen. Ob wir das Recht haben, unsere Lieben zu verlassen, nur weil wir dort weiterleben wollen, wo uns das Schicksal 1933 trennte. Und schließlich, ob wir wirklich uns lieben oder nicht – wie Bertolt Brecht seinen Herrn Keuner so wunderbar sagen ließ – den Entwurf voneinander und ihn auf ein Podest stellen, auf das wir alte Menschen nicht gehören.

Den ganzen Rückflug habe ich über diese Fragen und Entscheidungen nachgedacht, ohne wirklich eine Antwort finden zu können.

Doch heute, nachdem ich zurück in Frankfurt bin, der Stadt, die ich immer mit Dir und mir und uns verbinde, nachdem mir unsere gemeinsame, viel zu kurze Zeit in Portland erscheint wie ein Traum, heute kann ich Dir Deine Fragen beantworten.

Ja, man kann sechzig Jahre ungeschehen machen, solange man liebt.

Ja, man kann mit achtzig Jahren intensiv lieben, weil die Liebe nicht an ein Alter gebunden ist.

Ja, man kann alles vergessen, weil nur eines wichtig ist – eine Zukunft, in der wir uns lieben.

Vor sechzig Jahren war ich zu jung und zu ängstlich, um mich für Dich und unsere Liebe zu entscheiden. Heute habe ich den Mut gefunden, zu Dir und unserer Liebe aus vollem Herzen ja zu sagen. Wenn Du es über das Herz bringst, Lilian zu verlassen, bin ich hier.

Ich wollte den Brief mit diesen Worten enden lassen, wollte mich großherzig und edelmütig zeigen, wollte Deiner Ehefrau eine faire Chance geben, aber ich kann es nicht. Ich kann es einfach nicht. Ich bin nicht großherzig und edelmütig und verzichtsbereit, wenn es um Dich geht. Ich will kämpfen, mit allem, was ich habe, um Dich für mich zu gewinnen. Nie wieder will ich so einen großen Fehler begehen und Dich verlieren.

Ich habe Dich 1933 geliebt und dennoch verlassen. Seitdem habe ich jeden Tag an Dich gedacht und gehofft, dass das Leben eines Tages wiedergutmacht, was es uns genommen hat. Ich habe die Hoffnung nie aufgeben wollen, obwohl die Jahre vergingen, ohne dass ich herausfinden konnte, ob Du noch lebst. Jetzt will ich nicht mehr hoffen und harren, jetzt will ich diese wundervolle, großartige, einzigartige Chance nutzen, die das Leben uns geschenkt hat. Ich liebe Dich.

Komm zu mir nach Frankfurt, komm zu mir in unsere Stadt, die uns so viel genommen, aber noch mehr gegeben hat.

Ich warte auf Dich, jeden Tag.

Lily

Nun bin ich beruhigt. Die Frau, die diesen wunderbaren Brief geschrieben hat, entspricht exakt dem Bild, das ich mir von Lily gezeichnet habe, dass ich das Gefühl habe, die Liebe meines Großvaters beinahe so gut zu kennen wie meine Freundin Charlotte. Wieder treten mir Tränen in die Augen, dieses Mal vor Rührung und auch ein wenig aus Neid. Wie wunderbar muss es sein, mit achtzig Jahren die Gewissheit zu haben, dass die Liebe das Wichtigste im Leben ist? Nachdem ich ein wenig geweint habe, schaue ich auf die Uhr und springe auf. Mir bleibt nicht einmal mehr eine Stunde, bis ich mich mit Hanne Beyer treffe. Dieser Frau kann ich auf keinen Fall mit rotgeweinten Augen begegnen. Eilig versuche ich im Badezimmer, die Spuren meiner Tränen zu beseitigen. Allzu viel Zeit bleibt mir nicht mehr, denn ich will auf keinen Fall unpünktlich sein. Nach unserem Telefonat habe ich nicht den Eindruck gewonnen, dass Hanne Beyer ein Mensch ist, der großzügig über Verspätungen hinwegsieht.

Aber ich werde mich von ihr nicht abschrecken lassen. Egal, was Hanne Beyer mir zu sagen hat, ich will die Frau kennenlernen, die meinen Großvater so sehr liebte, dass sie ihr Leben für ihn aufgeben wollte. Die Frau, die mein Großvater so sehr liebte, dass er für sie nach Deutschland zurückkehren und seine Familie in Amerika zurücklassen wollte. Ich möchte von Lily erfahren, was mein Großvater für sie bedeutete, was sie an ihm liebte und wie sie es geschafft hat, diese Liebe über sechzig Jahre hinweg aufrechtzuerhalten, ohne dass sie an meinem Großvater zweifelte. Ich freue mich darauf, Lily endlich zu treffen, um mit ihr über den Mann zu sprechen, den sie ein Leben lang so sehr liebte und der mir ein Leben lang so unbekannt geblieben ist.

Kapitel 36

Nein.« Hanne Beyer schüttelt so vehement den Kopf, dass ihre dunkelblonden Haare, die sie als Pagenkopf trägt, ihr Gesicht verdecken. Ein Gesicht, das sicher nicht unattraktiv wäre, wenn es nicht einen dermaßen verbissenen Ausdruck trüge. Ein wenig erinnert sie mich an das Jugendfoto von Lily, älter, mit einer schärferen Nase und tiefen Falten um die Mundwinkel. »Auf keinen Fall werden Sie mit meiner Mutter sprechen. Es geht ihr nicht gut.«

Ich bin enttäuscht. Wie kann ein Mensch so stur sein? Bereits mehrfach habe ich ihr dargelegt, warum ich Lily unbedingt kennenlernen muss und wie wichtig sie für meinen Großvater war. »Ich will ja nicht lange mit Ihrer Mutter reden. Ich ... Ich würde sie einfach gerne sehen.«

»Haben Sie es nicht begriffen?« Ihr Englisch, das sie freundlicherweise spricht, ist sehr gut, obwohl der deutsche Akzent nicht zu überhören ist. »Meine Mutter ist todkrank. Das Letzte, was sie nun braucht, ist eine vorwitzige Amerikanerin, die wegen einer angeblichen Jugendliebe meiner Mutter neugierig geworden ist.«

Das ist genug. Ich habe mich wirklich bemüht, rücksichtsvoll zu sein. Ich wollte verschweigen, dass Lily meinem Großvater vor sechs Jahren einen romantischen Brief geschrieben hat, in dem sie ein gemeinsames Leben mit ihm plant, weil ich der Ansicht bin, so etwas sollte Lily ihren Töchtern selbst erzählen können. Aber nun lässt mir Hanne Beyer keine andere Wahl. Mit vor Zorn bebenden Fingern greife ich nach meiner Handtasche, um den Brief herauszuholen, den ich eigentlich mitgenommen habe, um ihn Lily zurückzugeben. Doch bevor ich das Schreiben mit großer Geste auf den grauen Tisch der Krankenhauskantine knallen kann, bemerke ich, dass Hanne Beyer an mir vorbei zur Tür sieht und sich Überraschung auf ihrem Gesicht abzeichnet. Sie steht auf und winkt einer Frau zu, die im Eingang steht und sich suchend umblickt. Ich blinzele mit den Augen, weil ich nicht glauben kann, was ich dort sehe.

Als die Frau an unseren Tisch tritt, kann ich sie nur mit offenem Mund anstarren. Im ersten Moment denke ich, meine Mutter wäre mir nach Frankfurt gefolgt. Dann erkenne ich, dass die Frau älter ist als Mum, doch die Ähnlichkeit ist verblüffend. Bis auf die Augen, deren Farbe ein auffallendes Grau ist, könnte man sie tatsächlich für die ältere Schwester meiner Mutter halten. Irgendwo habe ich gelesen, dass jeder Mensch einen Doppelgänger auf der Welt hat, aber das ist unheimlich. In ihrem Blick kann ich erkennen, dass auch sie irritiert darüber ist, wie ähnlich sie und ich uns sehen, aber sie spricht mich nicht an, sondern mustert mich nur von oben bis unten.

»Guten Tag«, sagt sie, ebenfalls auf Englisch, als wüsste sie, dass ich Amerikanerin bin. »Mein Name ist Elke Fürth. Ich bin Hannes Schwester.«

»Guten Tag«, antworte ich, nachdem ich mich wieder gefangen habe. »Schön, Sie kennenzulernen.«

»Ich hole mir einen Kaffee. Möchten Sie auch etwas? Hanne, du?«

Hanne Beyer und ich lehnen dankend ab. Schweigend sitzen wir uns gegenüber, bis Elke Fürth zu uns zurückkehrt. Ich schiebe den Brief in meine Handtasche zurück. Erst will ich abwarten, was Lilys zweite Tochter sagen wird.

»Sie sind also extra aus Kalifornien gekommen, um unsere Mutter zu sehen?« Ihre Stimme klingt dunkel und angenehm, als wäre sie eine geschulte Sprecherin. Ihr Englisch ist nahezu akzentfrei.

»Aus Berkeley, ja. Ich habe diese Reise unternommen, um Ihre Mutter kennenzulernen. Sozusagen an Stelle meines Großvaters, der …«

»Der vor mehr als sechzig Jahren mit Mutti befreundet war«, unterbricht mich Hanne Beyer harsch. Ihre braunen Augen funkeln mich an. »Ich habe gesagt, dass ich strikt dagegen bin, Mutti damit zu belästigen.«

»Hanne, bitte. Noch kann Mutti allein entscheiden, ob sie jemanden sehen möchte oder nicht.« Elke Fürth legt ihrer Schwester beruhigend eine Hand auf den Unterarm. Mir lächelt sie zu, was die frappierende Ähnlichkeit mit meiner Mutter vertieft, so dass es mir nicht leichtfällt, zurückzulächeln. »Wenn Frau Mitchell sich schon die Mühe macht, nach Frankfurt zu kommen, sollten wir Mutti wenigstens fragen, ob sie mit ihr reden möchte.«

»Nein!«, faucht Hanne Beyer auf Deutsch. »Auf keinen Fall.«

Dem anschließenden Wortwechsel der Schwestern, ebenfalls auf Deutsch, kann ich nicht folgen, weil die Worte wie scharf gespielte Tennisbälle durch die Luft fliegen, von einer Schwester zur anderen geschossen, wobei beide allerdings niemals laut werden. Weil mir die gezischte Diskussion unangenehm ist, stehe ich auf und stelle mich an die Schlange der Selbstbedienungstheke. Statt für einen weiteren Kaffee entscheide ich mich für eine heiße Schokolade, die hoffentlich meine Laune heben wird. In einer spontanen Eingebung stelle ich zwei weitere Becher mit heißem Kakao auf das Tablett, zahle und kehre an den Tisch zurück.

»Nervennahrung«, sage ich. »Bitte schön.«

Erstaunt sehen die Schwestern mich an. Ich entdecke Ähnlichkeiten in ihren Gesichtern, die schmale Nase, die hohen Augenbrauen und die ausgeprägten Wangenknochen, was mich erneut an das Jugendfoto von Lily erinnert. Es strengt mich an, dass ich Lily endlich nahe bin und doch keine Chance bekomme, sie zu sehen, um mein Bild von ihr mit der wirklichen Frau, dem lebenden Menschen zu vergleichen.

»Meine Schwester ist, gelinde gesagt, verwundert, dass Sie die weite Reise auf sich genommen haben, nur weil Ihr Großvater vor so langer Zeit unsere Mutter liebte.« Elke Fürth mildert ihre Worte mit einem Lächeln ab. Meine Vorstellungskraft ist ausgeprägt genug, dass ich mir die harschen Worte ausmalen kann, mit denen Hanne Beyer mich bedacht hat. Sie sieht mich ein letztes Mal böse an, bevor sie aufsteht.

»Ich gehe zu Mutti«, sagt sie, unhöflich wieder auf Deutsch.

»Und ich bin immer noch dagegen, dass die Amerikanerin Mutti sehen darf.«

»Hanne!« Ein scharfes Wort, begleitet von einem ebenso scharfen Blick, der Wirkung zeigt. Hanne Beyer lässt uns allein. »Entschuldigen Sie. Meine Schwester … Sie leidet sehr darunter, dass unsere Mutter sterben wird. Aber nun ehrlich, warum sind Sie hier?«

Inzwischen fühle ich mich zu müde, um noch groß um den heißen Brei herumzureden. »Mein Mann hat mich vor einem Jahr nach mehr als zwanzig Jahren Ehe verlassen, weil er seine große Liebe gefunden hat. Meine Eltern haben das Haus meiner Kindheit verkauft. Und mein Job ist akut gefährdet«, fasse ich kurz zusammen, was mich in den letzten Monaten und Wochen getroffen hat. »Beim Ausräumen meines

Elternhauses habe ich einen Brief Ihrer Mutter an meinen Großvater gefunden. Hier.«

Ich hole das Schreiben aus meiner Handtasche, reiche es ihr und beobachte, wie sie das Papier auffaltet und zu lesen beginnt. Beobachte, wie ihre Augen größer werden und sie nach wenigen Worten abbricht.

»Das ... Das ist überraschend«, sagt sie, nachdem sie verständlicherweise einige Augenblicke benötigte, um sich zu sammeln. »Aber warum interessieren Sie sich dafür? Es ist entweder sechzig oder sechs Jahre her, also in beiden Fällen schon eine Weile.«

Nun ist es an mir zu schweigen, während ich versuche, meine Gedanken zu sortieren. Ich bin eigentlich nicht bereit, vor einer Fremden mein ganzes Leben auszubreiten, aber was habe ich zu verlieren. »Mein Großvater war ein unzugänglicher Mensch. Ich konnte mir nicht vorstellen, dass er jemanden so lieben konnte ...« Mehr mag ich ihr im Augenblick nicht sagen, ich habe ohnehin das Gefühl, schon viel zu viel von mir offenbart zu haben.

Sie lächelt. »Meine Mutter war ... ist eine liebevolle Frau, aber ich hatte immer das Gefühl, sie hütet ein Geheimnis. Manchmal, wenn sie sich unbeobachtet fühlte, glitt eine solche Traurigkeit über ihr Gesicht, als hätte sie etwas Wichtiges verloren. Ich dachte immer, es hätte mit ihren Eltern oder ihrem Bruder zu tun, aber was Sie erzählen ...«

Sie zuckt mit den Schultern, was mich so stark an meine Mutter erinnert, dass ich mir auf die Zunge beißen muss, um nicht damit herauszuplatzen.

»Ich werde mit meiner Schwester reden.« Dann zwinkert sie mir zu. »Außerdem fährt Hanne morgen für drei Tage wieder nach Berlin. Spätestens dann können Sie meine Mutter kennenlernen.«

»Danke«, sage ich aus vollem Herzen. »Es bedeutet mir wirklich viel. Ich weiß nicht, ob Sie es verstehen können.«

»Ich denke schon. Kommen Sie. Wir gehen zu meiner Mutter.«

Ich bin unsicher, aber frage trotzdem. »Was hat Ihre Mutter denn?«

»Herzinsuffizienz, also ein schwaches Herz«, antwortet sie mit rauher Stimme. »Das einzig Gute ist, dass wir uns verabschieden dürfen. Mein Vater starb vollkommen überraschend.«

Ich nicke nur, weil mir keine wirklich treffende Antwort einfällt. In einträchtigem Schweigen gehen wir gemeinsam die Krankenhausflure entlang, deren Wände in einem hellen Grün gestrichen sind, das sicher frisch wirken soll, aber mich eher deprimiert. Noch kann ich es nicht fassen, dass es gleich so weit sein wird.

»Warten Sie bitte. Ich muss Hanne erst überzeugen.« Elke Fürth zieht einen Mundwinkel hoch, eine Geste, die meine Mutter nie machen würde, was mich seltsamerweise beruhigt. »Keine Sorge, das gelingt mir schon.«

Vor der Tür laufe ich auf und ab wie ein werdender Vater in den 1950er-Jahre-Filmen. Mir fehlen nur die Zigarette und die guten Freunde, die den armen Mann unterstützen, um das Bild vollständig zu machen. Als ich kurz davor bin zu klopfen, weil ich das Warten nicht mehr aushalte, öffnet Elke Fürth die Tür und winkt mich herein. Ich bin furchtbar aufgeregt und würde am liebsten auf der Stelle kehrtmachen. Aber ich habe diese Reise nicht auf mich genommen, nur um im letzten Augenblick einen Rückzieher zu unternehmen. Selbst wenn Lily sich unerwartet als harsche Greisin entpuppen sollte, so hat sich das Abenteuer für mich gelohnt. Ich bin meinem Sohn wieder nahegekommen, habe ein schwedisches Abenteuer erlebt, das ich mir niemals erträumt hätte, und habe erkannt, dass ich allein leben, sogar zufrieden und gut allein leben kann. Selbst wenn sie nicht die Frau ist, die ich mir wünsche, schulde ich es mir und meinem Großvater, Lily kennenzulernen.

Als sich die Tür öffnet, sehe ich eine schmale Gestalt im Bett liegen. Ein faltenreiches Gesicht unter beinahe weißen Haaren wendet sich mir neugierig zu. Als die Frau mich anlächelt, sind alle Zweifel wie weggeblasen. Das muss Lily sein, genauso, wie ich sie mir vorgestellt habe – nur deutlich älter. »Guten Tag. Sie sind Alexanders Enkelin«, sagt sie und erhebt sich ein wenig aus den Kissen, um mich zu mustern. »Sie sehen ihm ähnlich, wissen Sie das?«

Gesendet: Sonntag, 21. November 1999 um 08:57 Uhr
Von: »Charlotte« <Boss@bookscloves.com>
An: »Erin« <Erin.Mitchell@aol.com>
Betreff: Habe lange überlegt …
… ob ich Dir wirklich diesen Roman empfehlen soll/kann, aber kein anderer erscheint mir passend. Eine Weile spielte ich mit dem Gedanken an Faulkner, aber Du kennst mich – die Frauen sind mir näher.
Mit Carson McCullers möchte ich Dir aus der Ferne beistehen, Dir eine Perspektive zeigen, ach, ich weiß auch nicht, warum gibt es nie die Worte, die man benötigt, wenn man sie wirklich braucht?
In Gedanken bin ich bei Dir und umarme Dich
Charlotte

Im ersten Moment bin ich schockiert, dass Charlotte mir in meiner ohnehin deprimierten Stimmung auch noch *Uhr ohne Zeiger* zu lesen empfiehlt. Während meine Freundin Carson McCullers zutiefst verehrt und für eine der unterschätztesten Autorinnen hält, bin ich mit der leisen Südstaatlerin nie richtig warm geworden. Zu deprimierend fand ich ihre Romane;

die Erzählungen liegen mir mehr, jedenfalls einige davon. Empört setze ich zu einer Antwort-Mail an, doch dann lese ich Charlottes Nachricht ein weiteres Mal. Erst beim zweiten Lesen bemerke ich die tiefe Sorge und Zuneigung, die aus ihren Zeilen spricht. Wenn meiner Freundin die Worte fehlen, ist das ein deutliches Zeichen, dass sie sich sehr viele Gedanken um mich gemacht hat. Daher verdient sie eine Antwort, die nicht einer ersten Reaktion entspringt, sondern wohldurchdacht und genauso ehrlich ist wie ihre Mail.

Gesendet: Sonntag, 21. November 1999 um 19:12 Uhr
Von: »Erin« <Erin.Mitchell@aol.com>
An: »Charlotte« <Boss@bookscloves.com>
Betreff: AW: Habe lange überlegt …
Liebe Charlotte,
spontan wollte ich Dir eine erschütterte und zornige Antwort schreiben, die auch dem Umstand geschuldet ist, dass ich so lange kämpfen musste, bis ich Lily endlich sehen durfte. Und das nur für kurze Zeit, weil ihre Töchter mit Argusaugen unsere Begegnung überwachten.
Nun wirst Du wissen wollen, wie Lily wirklich ist … Und ich kann Dir noch nicht antworten, weil wir uns nur einen Moment lang sahen und sprachen. Sie wusste bereits, dass mein Großvater gestorben ist, so dass ich ihr diese traurige Nachricht nicht überbringen musste.
Obwohl sie schwer krank ist, wirkt sie lebendig – anders kann ich das nicht nennen. Sie strahlt etwas aus, eine innere Zufriedenheit oder Stärke, die mich überrascht, weil ich erwartet hatte, dass sie ähnlich unglücklich ist wie mein Großvater. Ich weiß nicht, ob mich das freuen oder ärgern soll. Du siehst, ich bin noch nicht viel weiter, aber sehr, sehr neugierig, mit Lily zu reden, von ihr zu erfahren, wie mein Großvater und sie sich wiedertrafen, wie man eine Liebe so lang am Leben hält …

Ich habe so viele Fragen, die ich bestimmt nicht zu stellen wage, weil sie schwer krank ist, aber ich möchte es so gern wissen … Auch, was vor sechs Jahren geschehen ist.

Obwohl ihre Töchter das nicht wollen, besteht Lily darauf, dass ich sie morgen besuche und ihr erzähle, was mich nach Frankfurt getrieben hat. Ich werde sehen, wie es ihr geht, bevor ich ihr meine Fragen stelle.

Bin leider völlig durcheinander, das Internet ist langsam, und dem Wikinger muss ich auch noch schreiben.

Danke für alles.

Erin

Kapitel 37

Frankfurt am Main 1993

Sehr geehrte Frau Schlösinger,
sechzig Jahre nach der nationalsozialistischen Machtübernahme
möchten wir uns in einer Konferenz mit dem deutschen Widerstand
1933 beschäftigen. Hierfür würden wir Sie als Witwe Benno Schlösingers und Zeitzeugin gern einladen.
Selbstverständlich übernehmen wir Ihre Reisekosten und Hotelübernachtung und können Ihnen ein kleines Honorar in Aussicht stellen,
sobald wir alle Sponsoren gewonnen haben.
Wir würden uns freuen, wenn wir Sie als geschätzten Gast gewinnen
können.

Lily legte den Brief zur Seite, ohne die letzten Gruß-
formeln zu lesen. In den letzten Jahren hat sie eine
Vielzahl derartiger Einladungen erhalten. Seit der Wiedervereinigung Deutschlands schien es, als wäre die westliche
Welt auf einmal auf sie als Witwe von Benno aufmerksam
geworden, als hätte der sogenannte »Eiserne Vorhang« Lily
vorher vor den Blicken der Wissenschaftler verborgen gehalten.
Bisher hatte sie jede Einladung höflich, aber bestimmt abge-
sagt, weil sie in ihrem Alter keine langen Reisen unternehmen wollte. Außerdem, gestand Lily sich ein, ärgerte es sie,
dass man sie stets als Witwe Benno Schlösingers betrachtete.

Niemand war bisher auf die Idee gekommen, dass auch Lily sich aktiv gegen die nationalsozialistische Terrorherrschaft gewandt hatte, dass sie – wie ihr Ehemann – Deutschland hatte verlassen müssen, um in Schweden zu leben. Auch in der DDR war Lily weiterhin politisch aktiv gewesen, aber sie hatte das Rampenlicht nicht in dem Maße gesucht wie Benno.

Der Gedanke an ihren Ehemann machte sie traurig. Obwohl er bereits im Mai 1986 gestorben war, vermisste sie ihn immer noch, vermisste ihre Gespräche und das gemeinsame Frühstück, bei dem sie sich über das Tagesgeschehen austauschten, nachdem sie in einvernehmlichem Schweigen die Zeitung gelesen hatten. Sie vermisste die Ruhe und Stabilität, die Benno in ihr Leben gebracht hatte, das Wissen, dass es einen Menschen gab, der sie in vielen Facetten kannte und liebte. Noch heute ertappte sie sich dabei, dass sie morgens von der Zeitung hochsah und sagte: »Findest du es nicht unglaublich, dass ...«, nur um zu bemerken, dass niemand da war, mit dem sie ihre Empörung oder Überraschung teilen konnte.

Die Kinder lebten ihre eigenen Leben, verteilt über die Bundesrepublik, obwohl sie sich bemühten, den Kontakt zu ihr lebendig zu halten. Auch wenn Lily sich ehrenamtlich engagierte und viel Zeit mit Lesen verbrachte, musste sie sich eingestehen, dass sie sich in den letzten Jahren langweilte, seitdem sie sich aus der politischen Arbeit zurückgezogen hatte, um Platz für jüngere Menschen zu schaffen. Gedankenverloren nahm Lily die Einladung erneut zur Hand, der eine Liste der bisher angeschriebenen Menschen beilag. Vielleicht kannte sie ja jemanden. Vielleicht wäre die Konferenz in den USA die Möglichkeit, alte Freundschaften wieder aufleben zu lassen. Vielleicht wäre ...

Nein, den Gedanken wollte Lily nicht zulassen. Vor fast fünfzig Jahren hatte sie sich entschlossen, die Hoffnung aufzugeben, Alexander jemals wiederzusehen, obwohl ihr Herz bereits schneller schlug, wenn sie nur seinen Namen dachte. Inzwischen hatte sie sich eingestehen müssen, dass Alexander entweder den Nationalsozialismus und den Krieg nicht überlebt oder aber ein neues Leben begonnen hatte, ein Leben, in dem Lily höchstwahrscheinlich nur eine ferne Erinnerung war.

Nachdem sie ihre Lesebrille aufgesetzt hatte, huschte ihr Blick über die Namen, die dort standen. Niemand sagte ihr etwas, bis sie beinahe am Ende der Liste angekommen war. Dort stand er, der Name, den sie insgeheim gesucht hatte – Alexander. Lily ließ den Brief sinken, bis ihr Herz sich wieder beruhigt hatte. Sie war nicht mehr in dem Alter, in dem sie einen Schreck gut verkraftete. Tief durchatmen und ruhig bleiben, sagte sie zu sich selbst. Dann hob sie das Papier erneut an, rückte die Brille nach vorn, so dass sie darüber hinwegblicken konnte. Enttäuschung trat an Stelle von Freude und Hoffnung. Ja, es gab einen Alexander, allerdings hieß er Alexander Woodward, kam aus Portland und war 1945 als Kriegsfotograf in Deutschland gewesen.

Sentimentale alte Frau, schimpfte Lily sich, als die Worte vor ihren Augen verschwammen, weil ihr die Tränen gekommen waren. Wie konnte es nur sein, dass sie nach all der langen Zeit die Hoffnung nicht hatte aufgeben können? Hoffnung, die doch nur zu Schmerz und Enttäuschung führte. Verfluchte Hoffnung, die selbst jetzt, nachdem Lilys Verstand begriffen hatte, dass der Alexander nicht ihr Alexander sein konnte, nicht sterben wollte, sondern darauf beharrte, dass es ja vielleicht doch noch eine winzige Chance gab, dass ihr Alexander noch lebte und sie genauso sehr vermisste wie sie ihn.

»Ich muss mich ablenken«, sagte Lily zu sich selbst. Sie griff nach dem Telefon, um die Nummer ihrer Tochter zu wählen.

»Fürth.« Elke klang bereits bei diesem einen Wort energisch und entschlossen. So, wie sie ihr ganzes Leben angegangen und erfolgreich bewältigt hatte. Manchmal fragte sich Lily, ob ihre Tochter Hoffnungen und Träume hegte, die sich nicht erfüllt hatten. Oder hatte sich Elkes Leben ihrer Effizienz gebeugt, so dass sie zufriedener und glücklicher lebte als Lily? »Hallo?«

»Hier ist deine Mutter.« Nun, wo sie mit Elke sprach, begann Lily an ihrem Plan zu zweifeln. »Du wolltest doch immer nach Amerika.«

»Ja?«

»Ich bin eingeladen. Zu einer Konferenz am Reed College in Portland. Sie zahlen Flug und Hotel und sogar ein Honorar.«

Weil Elke schwieg, redete Lily weiter, um ihre Tochter und auch sich selbst davon zu überzeugen, dass es eine gute Idee wäre, die Einladung anzunehmen. »Hast du Lust, mich zu begleiten?«

Kurzes Schweigen, bis Elke ein schnaubendes Lachen ausstieß.

»Portland? Warum nicht New York oder San Francisco oder meinetwegen Chicago, aber Portland ...« Ihre Tochter gab einen kleinen Seufzer von sich. »Außerdem kann ich das nächste halbe Jahr nicht weg. Zu viel zu tun. Entschuldige. Und bist du nicht zu alt für einen derart langen Flug?«

»Danke sehr.«

»Ach, Mutti, du weißt, dass ich das nicht so gemeint habe. Schließlich bist du bisher noch nie so lange Strecken geflogen.«

»Anneliese aus der Amnesty-Gruppe ist mit sechsundachtzig Jahren nach Australien geflogen. Das ist wirklich lang. Der Flug nach Amerika ist dagegen ein Katzensprung.«

»Was willst du dort? Haben sie dich eingeladen oder dich als Witwe von Papa?«

394

»Das ist doch egal«, antwortete Lily, obwohl sie sich darüber ärgerte, dass Frauen selbst heute noch immer in Beziehung zu einem Mann gedacht werden – Tochter, Ehefrau, Mutter, Witwe … »Wenn ich jetzt nicht reise, wann dann?«

»Schlaf eine Nacht darüber. Und frag Alfred oder Hanne. Vielleicht haben die Zeit.«

»Mach ich. Tschüs.«

»Mach's gut, Mutti.«

Noch bevor sie den Hörer aufgelegt hatte, fasste Lily den Entschluss, nach Portland zu reisen. Nicht, weil es wahrscheinlich die letzte Gelegenheit zu einer transatlantischen Reise war oder weil ihre Tochter sie alt genannt hatte. Nein, weil Lilys törichtes Herz die Hoffnung einfach nicht aufgeben konnte, dass sie Alexander noch einmal in ihrem Leben sehen würde. Selbst wenn er sie nicht genug geliebt hatte, um nach ihr zu suchen, selbst wenn er mit einer anderen Frau glücklich verheiratet war, sie musste ihn finden, um ihm endlich sagen zu können, wie sehr sie es ihr Leben lang bedauert hatte, seinen Heiratsantrag abgelehnt zu haben. Aus Angst vor der Macht ihrer Gefühle war Lily damals geflohen, was sie sich bis heute nicht verzeihen konnte. Selbst wenn Alexander nicht auf dieser Konferenz wäre, sicher würde sie dort jemanden finden, der ihr von ihm berichten könnte. Ja, diesen letzten Versuch wollte sie wagen.

Mit klopfendem Herzen nahm Lily den Telefonhörer wieder auf, um im Reisebüro anzurufen und sich zu erkundigen, wie teuer eine Reise nach Portland wäre. Eine Reise für sie allein. Sie würde weder Alfred noch Hanne bitten, sie zu begleiten. Ihre Kinder wussten ohnehin nichts von Lilys Liebe zu Alexander, und wenn es nach Lily ginge, sollte das so bleiben.

* * *

395

Great Falls, Oregon, 1993

Sehr geehrter Herr Woodward,

sechzig Jahre nach der nationalsozialistischen Machtübernahme möchten wir uns in einer Konferenz mit dem deutschen Widerstand 1933 beschäftigen. Als einer der Ersten gingen Sie nach 1945 als Berichterstatter nach Deutschland, so dass wir Sie gern als Zeitzeugen gewinnen würden.

Selbstverständlich übernehmen wir Ihre Reisekosten und Hotelübernachtung und können Ihnen auch ein kleines Honorar in Aussicht stellen, sobald wir alle Sponsoren gewonnen haben.

Wir würden uns freuen, wenn wir Sie als geschätzten Gast gewinnen können.

»Was ist das für ein Brief?«, fragte Lilian, die ihre gemeinsame Post – überwiegend Werbung und Rechnungen sowie eine Urlaubskarte von Patricia und Leonard – bereits durchgesehen hatte. »Er sieht offiziell aus.«

»Ist er auch.« Alexander kniff die Augen zusammen, um die Schrift besser zu erkennen. Wo hatte er nur seine Brille hingelegt? »Eine Konferenz in Portland, zu der ich eingeladen bin.«

»Du? Wissen sie nicht, dass du schon lange in Rente bist?«

»Es ist etwas Historisches. Über den deutschen Widerstand.« Alexander gab vor, nicht besonders interessiert zu sein, obwohl er sofort an Lily hatte denken müssen, sobald er die Worte »deutscher Widerstand« gelesen hatte. Schon verrückt, dass sie ihm nach der unendlich langen Zeit immer noch im Kopf herumspukte. »Sie wollen mich als Zeitzeugen auf einer Konferenz in Portland.«

»Ach, das wäre schön. Wir könnten Patricia und Leonard in Salem besuchen. Vielleicht kommt sogar Erin.« Seine Frau lächelte. Ihr zartes Gesicht war noch immer schön, auf eine gesunde Art, wie Menschen es sind, die viel Zeit an der frischen Luft zubringen. Lilian gehörte nicht zu denen, die ihr Alter leugneten, indem sie das Haar färbten oder sich Operationen unterzogen. Ihr Haar war inzwischen weißgrau und wirkte ausgeblichen wie ihre wasserblauen Augen, mit denen sie ihn voller Vorfreude auf die Reise ansah. »Wann findet die Konferenz denn statt?«

»In drei Monaten«, antwortete Alexander schmallippig. Auch wenn er seine Frau liebte, auf eine ruhige, beinahe kameradschaftliche Art, nicht so tief und alles überragend wie seine Liebe zu Lily, so wollte er sich von ihr nicht zu dieser Tagung überreden lassen, die nur alte Wunden aufreißen würde. »Ich überlege es mir. Du weißt, wie wenig ich davon halte, immer wieder als Deutscher angesprochen zu werden. Nach all den Jahren.«

»Ich weiß, Lieber.« Sanft strich sie ihm über die Wange. »Du bist amerikanischer als ich. Aber es wäre schön, Pat und Erin und Kyle wiederzusehen.«

»Und den Nichtsnutz von Jeffrey. Glaub mir, er wird Erin eines Tages das Herz brechen«, versuchte Alexander, seine Frau abzulenken. Lilian glaubte an das Gute in jedem Menschen und würde Jeffrey sicher sofort zur Seite springen. Doch als er die Enttäuschung sah, die das Gesicht seiner Frau überschattete, überfiel ihn das schlechte Gewissen. »Ich sehe mal, ob ich Zeit habe.«

Den Brief in der Hand, ging Alexander in sein Arbeitszimmer, um dort die Informationen in aller Ruhe zu lesen und um seinem klopfenden Herzen zu sagen, dass es sich grundlos aufregte. Obwohl er wenig Hoffnung hegte, dass er eine Spur von Lily entdecken könnte, bebten seine Finger, als er das Programm und die Liste der bisher angefragten Teilnehmer überflog. Niemand mit Namen Ennenbach, wie er sich insgeheim gewünscht, aber nicht erwartet hatte. Doch, da – eine Lily. Alexanders Herz setzte einen Schlag aus, so dass er seine linke Hand beruhigend auf seinen Brustkorb legte. Lily Schlösinger. Das klang nach Süddeutschland, nicht nach Frankfurt. Wie konnte er nur glauben, dass es einen Zufall gäbe, der groß genug wäre, sie beide zusammenzuführen? Nach all den Jahrzehnten. Nachdem all seine Suchanfragen keinen Erfolg gezeitigt hatten, wie konnte er da immer noch hoffen und glauben, dass Lily lebte?

Nein, er würde nicht zu dieser Konferenz reisen, weil dieser Schritt der unsäglichen und unsinnigen Hoffnung nur weiter Vorschub leistete, was die Enttäuschung nur umso schmerzlicher werden ließe. Nein, er hatte sich in seinem kleinen ruhigen Leben eingerichtet, das wenig Höhepunkte, aber auch wenige Anlässe zu Bitterkeit und Traurigkeit bot. Lilian, ihre gemeinsamen Kinder, die Katzen und seine Erinnerung – mehr brauchte er nicht, um zufrieden zu sein. Die Hoffnung auf Glück hatte er an dem Tag aufgegeben, an dem er von Georg Baum erfahren hatte, dass Lily in die Sowjetunion gereist war, ohne sich von ihm zu verabschieden. Obwohl Lilys Verrat Alexander tief getroffen hatte, hatte er nie aufgehört, sie zu lieben. Lilian hatte er geheiratet, weil er hoffte, Lily vergessen zu können, wenn er in den USA ein neues Leben begann.

Wie naiv er doch gewesen war. Als könnte man die einzige Liebe einfach streichen oder ersetzen. Erst Jahre später war ihm aufgefallen, dass er eine Frau geheiratet hatte, deren Namen dem seiner großen Liebe ähnelte. Beinahe als wollte er sich die Erinnerung bewahren, indem er weiterhin eine Frau »Lily, Liebes« nennen konnte.

Lilian – sie war ihm eine gute Frau, obwohl sie spürte, dass er sie nicht so liebte, wie sie es sich wünschte. Alexander hatte ihr bereits so viel Schmerz und Traurigkeit zugefügt, dass er es einfach nicht übers Herz brachte, sie ein weiteres Mal zu verletzen. Falls er auf die Konferenz nach Portland fahren würde, würde das erneut alles aufrühren, was er so mühsam in den letzten Jahren und Jahrzehnten hinter einem ruhigen Alltag verborgen hatte.

Fünfundzwanzig Jahre lang hatte er jedes Jahr eine Suchanfrage gestellt, jedes Jahr versucht, die Erwartungen gering zu halten, damit die Enttäuschung nicht zu groß wäre. Jedes Jahr war er gescheitert, hatte gehofft und gebangt, nur um erneut einen Fehlschlag hinnehmen zu müssen. 1970 hatte er sich endlich gesagt, dass er im Hier und Jetzt leben müsste, damit seine Familie nicht noch weiter auseinanderfiele.

Nur zu gut erinnerte er sich an die schwierige Zeit, die Pat und Leonard damals mit Erin durchlebten, die gerade in die Pubertät gekommen war. Nach einem langen Gespräch mit seiner Tochter hatte Alexander die Suchanfragen aufgegeben und jeden Gedanken an Lily verbannt, um seiner Familie beizustehen, so gut es ihm möglich war. Erfolgreich, wie er fand. Schließlich hatte Erin sich gefangen, Jeffrey geheiratet, auch wenn Alexander den jungen Mann nicht mochte, und war nun selbst Mutter eines Sohnes. Das alles wollte Alexander nicht aufs Spiel setzen für die vage Möglichkeit, eine Spur von Lily auf der Tagung zu finden. Nein, das hatten seine Frau und seine Kinder nicht verdient. Schwungvoll warf er die Einladung in den Papierkorb.

Das Einhorn lebte in einem Fliederwald, und es lebte ganz allein.

Kapitel 38

Heute Morgen begrüßt mich der Portier mit einem strahlenden Lächeln, als er mir das Telegramm von Charlotte in die Hand drückt. »Sie müssen jemandem sehr viel bedeuten. Telegramme schickt man heute kaum noch.«

»Aber dafür weiß man die wenigen, die man erhält, zu schätzen.«

Er nickt mir zu. Um mich zu fragen, wer mir die Telegramme schickt, ist er zu höflich, obwohl ich ihm ansehen kann, dass er sich Gedanken über mich macht. Erst war ich ein unauffälliger Gast, der zwar für eine längere Zeit im Hotel wohnte, aber keinerlei Besonderheiten mit sich brachte.

Inzwischen erhalte ich Telegramme und geheimnisvolle Päckchen. Samstag hat Magnus mir eine – wie er es in dem beiliegenden Brief nannte – Notration schwedischer Lakritze und Gummitiere geschickt, weil er gesehen hat, mit welch großen Augen ich die Kästen voller Leckereien bestaunte, die Riesenauswahl an bunten Süßigkeiten, die es überall zu kaufen gab. Aber ich habe nur einmal der Versuchung nachgegeben und mir eine bunte Mischung zusammengestellt, deren Farben an exotische Schmetterlinge erinnerten. Was der Inhalt des Pakets war, hat der Portier nicht erahnen können, doch seine Neugier haben wahrscheinlich Magnus' Aufschriften »Wichtig, zerbrechlich, eilt, für jemand Besonderen« geweckt, die mich zwar freuten, mir aber auch ein bisschen peinlich waren, da ich diese Form der Aufmerksamkeit nicht gewohnt bin.

Während ich nun frühstücke, liegt das Telegramm ungeöffnet auf dem Tisch. Ich will es mir aufheben und es nicht einfach so zwischen Kaffee und Orangensaft lesen, sondern mir Zeit dafür nehmen. Ich bin mir sicher, dass es diesmal von Charlotte ist, eine Antwort auf meine gestrige Mail. Was sie mir schreibt, das ahne ich nur, so dass ich die Spannung noch ein wenig wachsen lasse, während ich mir einen zweiten Cappuccino bestelle. Außerdem muss ich Zeit totschlagen, weil ich erst heute Nachmittag um zwei Uhr mit Lily Schlösinger verabredet bin. Natürlich bin ich aufgeregt und freue mich so sehr auf unser Treffen, dass ich bereits um sieben Uhr heute Morgen aufgewacht bin und nicht wieder in den Schlaf zurückfinden konnte.

Endlich übermannt mich die Neugier. Ich wende den Umschlag hin und her, als könnte ich durch das Papier sehen und als würde sich mir der Inhalt erschließen, wenn ich nur lange und intensiv genug auf das Telegramm starre. Schließlich öffne ich den Umschlag.

»Das Einhorn lebte in einem Fliederwald, und es lebte ganz allein.«
Vielleicht passender als der Tod.
Kuss
Charlotte

Ich lächele, während mich gleichzeitig Tränen der Rührung überkommen, die ich schniefend bekämpfe. *Das letzte Einhorn* – entdeckt habe ich den Roman von Peter S. Beagle erst, als ich ihn Kyle vorgelesen habe. Mein Sohn hatte nach der Dinosaurier-Phase eine Einhorn-Phase, was Jeffrey irritierte, weil mein Ehemann der Ansicht war, Einhörner wären etwas für Mädchen. Kyle und ich haben das Buch geliebt, die wunderbare Mischung aus Poesie, Abenteuer und Liebe. Mir kommt eine Idee. Damit ich die Zeit bis zu meiner Verabredung sinnvoll verbringe, werde ich in dem kleinen Buchladen, in dem ich bisher jeden Roman gekauft habe, drei Exemplare von *Das letzte Einhorn* bestellen; eines für Kyle, eines für Magnus und eines für mich. Außerdem kann ich mich dort nach einem Geschenk für Lily umsehen. Aber – und nun wird mein Herz schwer – was bringt man jemandem mit, der zum Sterben im Krankenhaus liegt?

Lange habe ich den Gedanken, dass Lily schwer krank ist, zur Seite schieben können, weil ich sie nicht als achtzigjährige Frau sah. Stattdessen habe ich stets das lächelnde Jugendfoto, das mir Robert Hartmann gezeigt hat, vor Augen, wenn ich an Lily denke. Bis ich gestern die Tür zu ihrem Krankenzimmer öffnete, war Lily für mich zwanzig Jahre alt. Ach, Robert Hartmann – ich habe ihm ja versprochen, ihn über das Ergebnis meiner Suche zu informieren. Das kann ich gleich noch erledigen.

Im Laufschritt eile ich zum Krankenhaus. Wie oft an Tagen, an denen man gefühlt viel zu viel Zeit hat, ist sie mir schließlich zwischen den Fingern davongelaufen. Erst hat das Gespräch mit Robert Hartmann länger gedauert, als ich geplant hatte, dann war der Buchladen in der Innenstadt brechend voll, und schließlich habe ich knapp die Straßenbahn verpasst, so dass ich auf die nächste warten musste. Es waren zwar jedes Mal nur wenige Minuten, die ich von meiner Zeitplanung verloren habe, aber schließlich haben sie sich so summiert, dass ich mich nun sputen muss.

Mit rotem Kopf und außer Atem, aber pünktlich, stehe ich um zwei Uhr vor der Tür von Lilys Krankenzimmer. Nachdem ich geklopft und ein paar Sekunden gewartet habe, trete ich ein. Obwohl ich Lily Schlösinger bereits gestern gesehen habe, gelingt es mir erst auf den zweiten Blick, die alte Frau mit dem lebenslustigen Mädchen, das sie in meiner Vorstellungswelt ist, in Einklang zu bringen. Sie wirkt viel kleiner, als ich erwartet habe, was daran liegen kann, dass sie im Bett liegt. Vor der weißen Krankenhausbettwäsche wirkt ihr kurzgeschnittenes Haar eher grau als weiß und ihre Haut überraschend braungebrannt, nicht wie die eines Menschen, der im Sterben liegt. Hinter Falten und Altersflecken erkenne ich die Züge der Studentin, die sich mir eingeprägt haben. Als Erstes sind mir gestern ihre grauen Augen aufgefallen, die ihre älteste Tochter von ihr geerbt hat. Lily lächelt, als ich sie mustere, was mir mein unhöfliches Benehmen deutlich vor Augen führt.

»Guten Tag, Frau Schlösinger. Bevor ich es vergesse: Ich soll Sie von Robert Hartmann herzlich grüßen«, sage ich und schlage die Augen nieder, damit sie sich nicht weiter beobachtet fühlt. »Am liebsten wäre er sofort mitgekommen, um Sie wiederzusehen.«

»Robert.« Das Lächeln erhellt ihr Gesicht und lässt sie unglaublich sympathisch wirken. Kaum vorstellbar, dass ich Sorge hatte, Lily wäre so unfreundlich wie ihre Tochter Hanne. »Wie schön, dass er noch lebt. Ich würde mich über seinen Besuch freuen, aber er muss sich beeilen.«

Das verschlägt mir die Sprache. Wie kann sie einen Scherz darüber machen, dass sie nicht mehr lange leben wird? Man muss mir mein Erstaunen ansehen, denn Lily richtet sich etwas auf. »Ich weiß, dass ich sterben werde. Ich hatte ein gutes Leben.« Aus ihrem Mund klingt das logisch und überhaupt nicht tragisch. »Außerdem würde ich mich freuen, wenn wir uns duzen. Schließlich bist du Alexanders Enkelin.«

»Danke. Ich … Ich habe so viele Fragen«, platze ich heraus, obwohl ich mir vorgenommen habe, Lily nicht sofort zu überfallen, sondern ihr die Gelegenheit zu geben, die Geschichte so zu erzählen, wie sie sie erzählen möchte. »Wann habt ihr euch wiedergesehen? Wie hast du von seinem Tod erfahren? Hast du ihn immer geliebt? Warum?«

»Fangen wir mit dem Schwierigsten an, das auch das Einfachste ist«, antwortet sie, während ihr Lächeln sich vertieft. »Warum ich Alexander liebe. Wer kann schon sagen, warum man gerade diesen Menschen liebt?«

Sie zuckt mit den Schultern. Dann richtet sie sich ein wenig auf, um nach einem gelben Plastikbecher zu greifen, in dem Wasser ist. Ich springe auf, um ihr den Becher zu geben. Dankbar nickt sie mit dem Kopf. Ich bleibe stehen, bis sie ausgetrunken hat, um ihr den Becher abzunehmen.

»Deine Großmutter Lilian hat mir geschrieben, dass Alexander unerwartet verstorben ist«, sagt sie ruhig, während ich sie nach dieser Eröffnung nur mit offenem Mund anstarren kann. Gran wusste von Lily? »Sie ist auch schuld daran, wenn man es so nennen kann, dass Alexander und ich uns erneut begegneten.«

Ich fühle mich wie als Kind in einer Zaubervorstellung, in der der Magier immer wieder etwas Neues aus dem Hut zaubert, gerade wenn man erwartet, dass nun wirklich überhaupt nichts mehr kommen kann. Zwar hat Lily meine Fragen beantwortet, aber so viele neue aufgeworfen, dass ich gar nicht weiß, wo ich anfangen soll.

»Du bist verwirrt.« Jetzt grinst sie. »Da fange ich am besten ganz am Anfang an. 1993 bekam ich eine Einladung nach Portland, zu einer Tagung am Reed College über den deutschen Widerstand.«

»Ich habe das Programm unter den Sachen meines Großvaters gefunden und mich gefragt, warum er es aufgehoben hat. Nein, eigentlich habe ich mich gewundert, dass er überhaupt dorthin gefahren ist. Ihr habt euch also dort verabredet?«

»Das College bot mir an, Flug und Unterkunft zu bezahlen, so dass ich dachte, es wäre meine letzte Chance, ein Abenteuer zu erleben. Schließlich wurde auch ich nicht jünger.« Ihr Blick schweift ab, als wolle er ihren Gedanken in die Vergangenheit folgen. »Erst wollte ich eines meiner Kinder bitten, mich zu begleiten, aber dann entschied ich mich, allein zu reisen. Vielleicht, weil ich immer noch hoffte, Alexander wiederzusehen. In Begleitung von Hanne wäre das kein Erfolg geworden. Du hast sie ja kennengelernt.«

Wir beide schauen uns an und nicken in stummem Einvernehmen. Die Vorstellung, dass die achtzigjährige Lily meinem zweiundachtzigjährigen Großvater sehnsüchtig in die Arme sinkt, beobachtet von den Argusaugen ihrer Tochter Hanne, bringt mich zum Schmunzeln. Lily geht es ähnlich, nur dass ihr Kichern in ein Husten übergeht. Schnell gieße ich Wasser in den Plastikbecher, den ich ihr dann reiche.

»Danke.« Sie trinkt und räuspert sich, bevor sie weitererzählt. »Ich greife ein wenig vor, damit du verstehst, welche Rolle deine Großmutter gespielt hat. Alexander wollte nicht an der Tagung teilnehmen, weil er Deutschland vergessen wollte. Aber Lilian bestand darauf, dass er sich dort anmeldete, damit sie gemeinsam zu deinen Eltern fahren können.« Als sie mich auffordernd ansieht, sage ich: »Ich erinnere mich. Meine Familie und ich sollten auch zu Besuch kommen, aber wir hatten eine Reise nach Acapulco gebucht, von der Jeffrey nicht zurücktreten wollte. Großvater und er verstanden sich nicht besonders gut.«

»So, wie Alexander von dir sprach, wäre kein Mann je gut genug für dich gewesen«, sagt sie, was mich vollkommen überrascht. Erst einmal wundert es mich, dass Lily und mein

Großvater über ihre Familien gesprochen haben. Noch viel mehr verblüfft mich, dass mein Großvater etwas von mir gehalten zu haben scheint. »Mein Benno war ebenfalls selten mit den Männern einverstanden, die Elke und Hanne mit nach Hause brachten. Aber du hättest ihn mal hören sollen, als Sabine, Elkes Tochter, ihren ersten Freund vorstellte.«

Lächelnd schüttelt Lily den Kopf, während ich gegen das Erstaunen ankämpfe, wie es ihr möglich ist, so unbefangen über ihren Ehemann und meinen Großvater gleichzeitig zu reden. Ich bin davon ausgegangen, dass mein Großvater Lilys große Liebe war, für den sie ihre Familie verlassen wollte. Wie passt das nur mit ihren Worten zusammen? Erst einmal möchte ich herausfinden, wie sie einander fanden. Ich habe mir schon einige Male überlegt, wie das Wiedersehen wohl ausgesehen haben könnte, allerdings bin ich gescheitert, weil ich meinen Großvater als alten Mann und Lily als junge Frau gesehen habe, was ich in meinem Kopf nicht zusammenbekam.

»Wie habt ihr euch wiedergetroffen? Habt ihr euch verabredet?«, frage ich daher und stelle alle weiteren Fragen zurück. »Woher kanntet ihr eure Adressen?«

»Wir kannten gar nichts.« Lily schüttelt den Kopf, als könne sie selbst nicht glauben, wie sich ihr Leben gefügt hat. »1933 und 1945 haben Alexander und ich uns verpasst, obwohl wir uns so sehr gesucht haben. Und sechzig Jahre später, als er in Amerika lebt und ich hier in Frankfurt, da finden wir uns durch Zufall wieder. Da muss man doch ans Schicksal glauben.«

Unruhig hampele ich auf dem unbequemen Stuhl hin und her, weil ich es kaum erwarten kann, endlich die Geschichte zu hören. Lily, deren aufmerksamem Blick nichts entgeht, zwinkert mir zu.

»Leider war unser Wiedersehen gänzlich unromantisch.« Lily hebt die Hände. »Ich stand in der Schlange, um mich für die Tagung anzumelden. Dein Großvater stand ein paar Menschen vor mir. Obwohl wir uns sechzig Jahre nicht gesehen hatten, habe ich ihn sofort erkannt. Selbst mit weißen Haaren, Falten und Brille. Ihm ging es genauso. Aber erst einmal haben wir beide ein paar Minuten gebraucht, um wirklich zu glauben, was wir gesehen haben. Nach all den Jahren konnte ich mir nicht vorstellen, dass ich Alexander in diesem Leben noch einmal treffe.«

Selbst heute noch leuchten ihre Augen auf, als sie sich an ihr Wiedersehen erinnert, obwohl es sechs Jahre her ist. Kurz überlege ich, ob ich mich so gut und vor allem so liebevoll an mein erstes Treffen mit Jeffrey erinnern kann, aber dann entscheide ich, dass ich das, was Lily und mein Großvater miteinander teilten, nicht mit dem vergleichen kann, was Jeffrey und ich lebten. So eine Liebe wie Lilys Liebe gibt es nur selten. Jedenfalls glaube ich das.

»Drei Tage hatten wir Zeit, uns alles zu erzählen, uns zu erklären, wie wir uns verlieren konnten, ohne uns wiederzufinden. Drei Tage, um sechzig Jahre Leben zu beschreiben und miteinander zu teilen.« Ein Husten schüttelt sie, so dass ich ihr erneut den Wasserbecher reiche. Sie trinkt, räuspert sich, aber ihre Stimme klingt leiser. Unauffällig schaue ich auf die Uhr. Mehr als eine Stunde bin ich nun schon bei Lily und habe dennoch das Gefühl, ich müsste noch Tage bleiben, um sechzig Jahre Lebensgeschichte erfahren zu können. »Nach den drei Tagen wussten wir, dass wir die Zeit, die uns noch bleibt, nicht weiterhin getrennt voneinander verbringen wollten.«

Lily seufzt. Tränen glänzen in ihren Augen, was auch mich zu Tränen rührt.

»Aber warum seid ihr nicht zusammengeblieben? Wieso habt ihr nicht alle Brücken hinter euch abgebrochen?«

»Weil wir beide dachten, dass uns noch genug gemeinsame Zeit bleibt.« Eine einzelne Träne rollt über ihre Wange. Lily wischt sie mit einer brüsken Handbewegung ab. »Es erschien uns falsch, unsere Familien mir nichts, dir nichts zu verlassen. Böses Karma, verstehst du. Also flog ich nach Frankfurt, um meinen Kindern alles zu erklären. Alexander wollte mit Lilian sprechen und die Operation hinter sich bringen, die schon so lange terminiert war. Wir konnten ja nicht ahnen ...«

»Niemand konnte das«, antworte ich mit rauher Stimme.

»Die Ärzte haben gesagt, dass es ein Routineeingriff ist ...«

»Lilians Brief hat mich überrascht.« Lily schluckt. »Ich rechne ihr hoch an, dass sie mich benachrichtigt hat.«

»Sie hat uns nie etwas von dir erzählt.« Noch bin ich fassungslos, dass Gran dieses Geheimnis mit sich tragen konnte, ohne es zu teilen, wo sie sonst ihr Herz auf der Zunge trug.

»Aber sie ist auch kurz nach Großvater gestorben. Was habt ihr geplant gehabt? Wo wolltet ihr leben?«

Lily setzt zu einer Antwort an, wird jedoch durch ein lautes Klopfen an der Tür unterbrochen.

»Hallo, Mutti.« Elke Fürth kommt herein. Hinter ihr steht eine Frau in meinem Alter, die Elke und damit auch mir ähnlich sieht, was sie im gleichen Augenblick wie ich feststellt, wie ich an ihrem verwirrten Gesichtsausdruck ablesen kann.

»Sabine und ich wollen dich besuchen.«

»Dann mache ich mich jetzt auf den Weg.« Ich beuge mich vor, um Lily einen Kuss auf die Wange zu geben, was mir als der einzig passende Abschied erscheint. Elke Fürth und ihre Tochter hingegen mustern mich kritisch, als wollte ich die Ersparnisse von Lily rauben. Ich gebe vor, das nicht bemerkt zu haben, und nicke ihnen zu. »Auf Wiedersehen.«

»Wenn du morgen wiederkommst, bring bitte den Robert mit«, ruft Lily leise, aber mit fester Stimme. »Falls er mag. Komm ruhig früher.«

»Noch mehr Besuch?«, höre ich eine fremde Stimme, die wohl Lilys Enkelin gehört, bevor ich die Tür hinter mir schließe. »Wird das nicht zu viel für dich, Omi?«

Es war einmal ein weißer Hengst an einem stillen Wintermorgen.

Kapitel 39

Nachdem Elke und Sabine die Tür hinter sich geschlossen haben, schließt Lily die Augen. Sie lächelt, versunken in ihrer Erinnerung. Das, was sie Erin über ihre Begegnung mit Alexander erzählt hat, war nicht die ganze Wahrheit, sondern eine beschönigte Kurzfassung. Aber wie sollte sie einem anderen Menschen erklären, was für Emotionen einen überwältigen, wenn man nach sechzig Jahren den Mann wiedersieht, den man immer geliebt hat? Wie hätte sie Erin, die sicher auf Seiten ihrer Großmutter stünde, deutlich machen können, wie viele Gefühle, wie viel Ambivalenzen mit dem Wiedersehen einhergingen? Wie schön wäre es gewesen, wenn sie sich in die Arme gefallen wären, wenn sie einander die ewige Liebe erneut geschworen hätten. Stattdessen …

Lilys Gedanken wandern zurück zu jenem Augusttag vor sechs Jahren, wie so oft in den vergangenen Tagen, als müsste sie die Zeit, die ihr bleibt, nutzen, um die Erinnerung festzuhalten.

Der Jetlag hielt sie in den Fängen, so dass sie die Reise, das Hotel und nun das wirbelnde Durcheinander der Konferenz wie in einem Traum wahrnahm, wie etwas, das nicht real sein konnte. Da ihr Flug Verspätung hatte, blieb ihr keine Zeit, Schlaf nachzuholen, den sie vor Aufregung, endlich über den Atlantik zu fliegen, versäumt hatte. Mit ihren schütteren

Englischkenntnissen fragte sie sich durch, bis sie endlich das Gebäude gefunden hatte, in dem die Tagungsteilnehmer sich registrieren sollten. Seitdem sie den Campus betreten hatte, war ihr Kopf von rechts nach links gewandert, einer Tennis-match-Zuschauerin gleich, weil Lily keinen Eindruck verpassen wollte. Außerdem suchte sie nach jemandem, sosehr ihr Verstand ihr auch sagte, wie verschwindend gering die Wahrscheinlichkeit war, Alexander zu treffen. Aber ihr Herz beharrte stur darauf, dass es ihre letzte Chance wäre, die sich ihr nur böte, wenn sie nur fest genug an ein Wiedersehen glaubte.

Obwohl sie nur eine leichte Handtasche trug und ihre Kleidung den sommerlichen Temperaturen Oregons angepasst war, fühlte Lily sich matt und verschwitzt, als sie das helle Haus betrat, in dem sich das Konferenzbüro befand. Ihr suchender Blick fiel auf eine Menschenschlange, hinter die sie sich einreihte. Um sie herum unterhielten sich die Konferenzteilnehmer mit fröhlichen und lauten Stimmen in breitem, amerikanischem Englisch, von dem Lily nicht einmal jedes dritte Wort verstand. Übermüdet und erschöpft erschien ihr die Idee, mit achtzig Jahren erstmals in die USA zu reisen, auf einmal gar nicht mehr so attraktiv. Was wohl Benno gesagt hätte, für den die Amerikaner Imperialisten gewesen waren? Sie lächelte, als sie sich an ihren Mann erinnerte. Genau in diesem Moment fiel ihr Blick auf einen hochgewachsenen Alten ein paar Plätze vor ihr, der sich sehr gerade hielt. Etwas an seiner Haltung, etwas, das sie nicht genau bestimmen konnte, kam ihr so vertraut vor, dass sie aus der Reihe ausscherte, um zu ihm zu gehen, angezogen von einer Geste und einer Gewissheit, die aus der Vergangenheit schimmerten. Als ob auch er ihre Gegenwart spürte, wandte er sich zu ihr um.

Die Jahre waren nicht spurlos an ihm vorbeigegangen, aber hinter den Falten, den verblassten Augen und weißen Haaren erkannte sie sofort den Mann, der ihr vor sechzig Jahren versprochen hatte, dass er auf sie warten würde. Auch in seinen Augen, verborgen hinter einer Brille, meinte sie ein Wiedererkennen zu entdecken.

»Alexander?«

»Lily?«

Gleichzeitig nickten sie beide, wie um sich zu versichern, dass sie es wirklich waren, dass sie sich nach all den Jahren wiedergefunden hatten. Aber die Jahre standen zwischen ihnen. Die Jahre und die offenen Fragen, die sie einander hatten nie stellen können. Die Frage, warum er damals nicht auf sie gewartet hatte im *Café Laumer*, wie er es ihr versprochen hatte. Die Frage, warum er nicht nach ihr gesucht hatte, so wie sie nach ihm. Und die entscheidende Frage – ob er auf sie gewartet hatte oder sie vergessen hatte, um ein eigenes Leben zu führen? Mit einer anderen Frau und einer eigenen Familie, so, wie sie sich für eine eigene Familie entschieden hatte, damit seine Tochter, von der er nichts wusste, einen Vater hatte. Einen Vater und Sicherheit und Geborgenheit; gerade in der schlimmen Zeit schien ihr das nötig gewesen zu sein. In einem fremden Land, unsicher, ob sie je in ihre Heimat zurückkehren könnten.

Georg Baum und Benno Schlösinger hatten sich angeboten, Lily in Schweden beizustehen und gemeinsam mit ihr das Kind eines anderen Mannes großzuziehen. Lily hatte sich für Benno entschieden, was Georg tief getroffen hatte. Er hatte sie und ihre Familie verlassen, um niemals wieder zu ihnen zurückzukehren. Vielleicht hätte sie versuchen sollen, Georg ihre Beweggründe begreiflich zu machen, ihm zu erklären, dass Benno einen Neuanfang versprach, während Georg sie stets an Frankfurt und damit an Alexander erinnern würde, so dass ihr Herz nie zur Ruhe käme. All das ging Lily in den Augenblicken durch den Kopf, in denen Alexander und sie sich schweigend gegenüberstanden, beide sichtlich zu bewegt, um Worte zu finden.

»Wie geht es dir?«, brach Alexander schließlich das Schweigen, bevor es zu tief würde und sie es nicht mehr überbrücken könnten. »Lebst du hier in Amerika?«

»Ich lebe wieder in Frankfurt. Mit meiner Familie.« Lily wollte ihn nicht belügen, aber dennoch dachte sie, dass sie vielleicht nicht sofort von ihren Angehörigen hätte erzählen sollen. Ein Schatten glitt über sein Gesicht. Ein Schatten, der Distanz zwischen ihnen schuf und es Lily nahezu unmöglich machte, etwas zu sagen, was über oberflächlichen Small Talk hinausging. So war er früher nicht gewesen. Oder sie erinnerte sich nicht mehr so gut. Auf jeden Fall raubte ihr die Kühle, die sein Blick zeigte, den Mut, ihn mehr zu fragen, Persönliches anzusprechen. »Und du? Bist du ... damals nach Amerika gegangen?«

»Nach New York. Aber jetzt leben meine Frau und ich in Great Falls.« Täuschte sie sich, oder hatte er sie genau beobachtet, als er von seiner Frau sprach? »Lilian ist mit mir nach Portland gereist und besucht unsere Tochter in Salem. Hast du Kinder?«

»Ja«, antwortete Lily, die sich auf die Unterlippe biss, damit die Dinge, die sie ihm eigentlich sagen wollte, nicht aus ihr herausdrängten, sondern versteckt blieben. Dem distanzierten Fremden konnte sie nicht sagen, dass sie ihn immer noch liebte, dass sie nie aufgehört hatte, auf ihn zu warten. Diesem Alexander gegenüber konnte sie nur freundlich-höflich bleiben, ohne sich zu verraten. Vor Enttäuschung hätte sie am liebsten geweint. Sie hatte sich ihr Wiedersehen, auf das sie sechzig

Jahre lang gehofft hatte, in den buntesten Farben ausgemalt, nicht derartig distanziert. »Zwei Töchter und einen Sohn. Der Junge lebt in Berlin, die Mädchen in Frankfurt. Noch, aber ihr Beruf wird Hanne wohl nach München führen.«

Was rede ich da nur?, dachte sie. *Haben wir uns wirklich nichts anderes zu sagen? Ich ertrage es nicht, ihn zu sehen und vorzugeben, dass er nur ein Freund von früher ist.*

Sie schaute zu Boden und studierte das Muster der Fliesen, nur um seinem kalten Blick ausweichen zu können. Ihre Kehle schnürte sich zu, ihr Herz fühlte sich an, als wollte es aufgeben, aber mit letzter Kraft zwang sie sich dazu, ihn anzusehen.

»Ich … Ich muss mich wieder einreihen«, sagte sie schließlich, die Stimme rauh von ungeweinten Tränen. »Was für ein schöner Zufall, dass wir uns getroffen haben.«

»Ja, was für ein Zufall«, antwortete er, seine Stimme ebenfalls rauh und leise. »Alles Gute. Vielleicht sehen wir uns ja später noch.«

»Vielleicht. Auf Wiedersehen.« Sie drehte sich um. Jeder Schritt, der sie von ihm wegbrachte, führte durch einen Morast unausgesprochener Worte, fühlte sich schwer und schmerzhaft an, als würde sie ihr Leben verschenken. Endlich hatte sie das Ende der Schlange erreicht, doch sie konnte sich nicht einreihen. Mit einem kleinen Schluchzer drehte sie sich um, lief, so schnell sie ihre müden, alten Beine trugen, zurück zu ihm. Sollte er sie doch davonjagen. Noch einmal würde sie sich nicht die Chance entgehen lassen, ihm zu sagen, dass sie ihn liebte, immer noch. Aus vollem Herzen, ohne jede Vorbehalte.

Er kam ihr entgegen, langsam, zögernd, als könnte er nicht glauben, dass sie einander gefunden hatten und alle Widerstände und Hindernisse, all die Jahre des Wartens und der

Einsamkeit, überwinden könnten. Endlich erreichten sie einander, öffneten die Arme und hielten sich fest, in einer Umarmung, die alle anderen Menschen ausschloss. Nur ihre Vergangenheit und ihre Liebe zählte.

»Ich habe nie aufgehört, auf dich zu warten«, flüsterte er in ihr Haar, küsste ihren Scheitel und hielt sie so fest, dass es beinahe schmerzte. »Ich habe nie aufgehört, dich zu lieben.«

»Ich weiß«, antwortete sie. »Ich habe dich gesucht. In Frankfurt. 1933 und 1945. Ich wusste, dass ich dich wiedersehe. Ich liebe dich.«

»Ich habe dich auch gesucht.« Er lächelte. Tränen glitzerten in seinen Augen. »Als Robert mir sagte, dass er dich in Schweden getroffen hat, lebte die Hoffnung wieder auf. Ich habe so vieles unternommen, um dich oder deine Familie zu finden, aber ihr wart verschwunden, als ich endlich Nachricht aus Europa erhielt.«

Das ganze Wochenende verbrachten sie miteinander, in ihrem Hotelzimmer oder auf der Tagung. Dort saßen sie nebeneinander, hielten sich an den Händen oder berührten sich, als wollten sie sich beide vergewissern, dass sie wirklich da waren, dass sie einander nicht wieder verlieren würden, dass nichts sie trennen konnte. Nur zu gut erinnerte Lily sich an die freundlichen, nur selten belustigten Blicke, mit denen die vielen jungen Menschen Alexander und sie bedachten.

»Ob wir uns noch so lieben werden, wenn wir so alt sind?«, hörte Lily ein Mädchen ihrem Freund zuflüstern, dessen Hand sie verliebt streichelte. »Einfach süß, die beiden.«

Wenn du wüsstest, dachte sie. *Wenn du ahntest, was unsere Liebe uns bedeutet.*

In den Nächten schliefen sie kaum, weil sie so viel zu bereden hatten, weil sie sechzig Jahre nachholten. Als wüssten sie bereits, dass ihnen nicht viel gemeinsame Zeit bliebe. Schon in der ersten Nacht sagte Alexander, dass er seine Frau und seine Familie verlassen wollte, auch wenn er Lilian liebte, sehr, aber nicht genug, wie er nur zu gut wusste. Es schmerzte ihn, seiner Frau weh tun zu müssen, aber manchmal müsste man eben egoistisch sein.

»Jetzt, wo ich dich – gegen alle Chancen – wiedergefunden habe, werde ich dich nicht wieder gehen lassen. Ich werde nicht warten. Ich will dich in meinem Leben. Für immer.«

»Ich dich doch auch. Ich hätte niemals gehen sollen.« Obwohl sie sich nichts sehnlicher wünschte, als den Rest ihres Lebens mit ihm gemeinsam zu verbringen, den Rest ihres Lebens sofort zu beginnen, fürchtete Lily, dass ihr Leben unter keinem guten Stern stünde, wenn es damit begänne, Leid über seine Familie zu bringen. »Ich folge dir. Wohin du auch gehen wirst.«

»Es ist egal, wo wir leben. Solange wir nur zusammen sind.«

Noch immer ist die Erinnerung daran so frisch, so farbig, so schön, dass Lily in ihrem Krankenzimmer leise seinen Namen ausspricht: »Alexander, ich liebe dich.«

Mit dem Lächeln auf den Lippen, das sie immer begleitet, wenn sie sich an Alexander erinnert, beginnt Lily einzuschlafen.

* * *

Aufgewühlt von meinem Gespräch mit Lily rufe ich Magnus an, der leider wenig Zeit hat. Er ist auf dem Weg zu einem Symposium, was – nach seiner Aussage – viel bedeutender klingt, als die Veranstaltung tatsächlich ist. Er freut sich mit mir, dass mein Treffen mit Lily erfolgreich war, dass mir Lily sympathisch ist und dass sie sich bereit erklärt hat, meine Fragen zu beantworten. Zu meinem Erstaunen können Magnus und ich am Telefon über alles reden, ohne dass sich unangenehmes Schweigen einschleicht oder wir stottern oder uns ins Wort fallen. Noch größer ist mein Erstaunen darüber, dass ich mich von Tag zu Tag mehr darauf freue, von Magnus zu hören, eine E-Mail von ihm zu erhalten oder ein Päckchen. Alles, ohne dass ich Pläne schmiede, wie es mit uns weitergehen wird oder wie um Himmels willen wir eine Beziehung auf zwei Kontinenten leben wollen. Zum ersten Mal in meinem Leben plane oder zweifele ich nicht und stehe mir vor allem nicht selbst im Weg, sondern lasse mich überraschen.

Nach einem schnellen Blick auf die Uhr entscheide ich, dass ich Charlotte um diese Uhrzeit noch anrufen kann. Außerdem bin ich mir sicher, dass sie neben dem Telefon auf meinen Anruf warten wird, weil sie wissen will, was mein Nachmittag mit Lily ergeben hat und was ich über meinen Großvater und seine große Liebe herausgefunden habe. Daher koche ich mir einen Tee, bevor ich zum Telefon greife.

»Charlotte hier.«

»Auf einmal hast du es aber mit Pferden«, sage ich ohne weitere Begrüßungsfloskel und hoffe, dass Charlotte mein Lächeln hören kann. »Erst *Das letzte Einhorn* und jetzt der weiße Hengst aus *Wintermärchen*. Dir ist schon klar, dass ich es nicht schaffe, einen Roman pro Tag zu lesen?«

»Ist es meine Schuld, dass die Ereignisse deines Lebens sich plötzlich überschlagen?«, entgegnet meine Freundin mit gespieltem Vorwurf. »Außerdem wollte ich dir etwas schicken, was romantisch ist. Fürs Herz halt.«

»Und Mark Helprin passt, weil …«

»Na, na, na, so leicht mache ich es dir nicht. Die Verabredung lautet, ich sende dir Bücher, die zu deinem Leben passen, du findest heraus, was ich meinen könnte.«

»Puuuh«, mache ich. Mir gefällt unser spaßiger Schlagabtausch. »Dann solltest du vielleicht dünnere Bücher wählen, mit weniger Inhalt, so dass ich schneller die Lösung finde.«

»Ach, komm. So schwer ist es nicht. Was macht übrigens der Wikinger? Hat er bereits das Ticket von Stockholm nach Frankfurt gekauft?«

»Der Wikinger schreibt Mails, sendet Päckchen mit Süßigkeiten und muss an der Uni unterrichten.« Obwohl ich das weiß, wünsche ich mir heimlich, dass Magnus überraschend vor meiner Tür steht. »Also gut, *Wintermärchen*. Ich verstehe es so, dass es Magie und Wunder in der Welt gibt, die man nur sehen muss. So ein Wunder wie Lilys und Alexanders Liebe, die mehr als sechzig Jahre bestanden hat.«

»Wusste ich doch, dass du dahinterkommst. Was hast du herausgefunden?«

Damit die Telefonrechnung mich nicht in den Ruin treibt, fasse ich meine Begegnung mit Lily knapp zusammen.

»Hach, ist das schön.« Charlotte seufzt. »Das geht so richtig ans Herz. Sorry, ich muss nun wirklich ins Bett. Bye, Liebes.«

»Ich drück dich.«

Charlotte – ihr Lebenswerk ist vom Bankrott bedroht, aber sie kann sich für eine romantische Geschichte so begeistern, dass sie alles andere vergisst. Vor einem Jahr hätte ich gesagt, dass sie nur verdrängt, doch jetzt denke ich langsam, dass Charlottes Art, die Welt zu sehen, die bessere ist.

*Wenn ihr das Buch über Tom Sawyer gelesen habt,
dann wisst ihr ungefähr, wer ich bin.*

Kapitel 40

»Sind Sie sicher, dass Lily mich sehen will?« So aufgeregt und kleinlaut habe ich Robert Hartmann bisher nicht erlebt. Seine Haare strubbeln in alle Richtungen, als habe er gerade erst den dunklen Pullunder angezogen. Bisher hat er mich immer picobello gekleidet empfangen. Der Kontrast zwischen dem nervösen Mann von heute und dem eleganten Gentleman der vorangegangenen Besuche könnte kaum größer sein. »Wie sehe ich aus?«

»Opa!« Hannah steht hinter ihm, so dass er ihr Kopfschütteln nicht sehen kann. »Du sahst auch in den vorherigen sieben Outfits gut aus. Man könnte fast meinen, du bist in diese Lily verknallt. Obwohl wir alle wissen, wie unwahrscheinlich das ist.«

»Die Jugend von heute.« Robert Hartmann schüttelt ebenfalls den Kopf, aber sein Lächeln zeigt, wie sehr er Hannah liebt. »Kein Verständnis dafür, wie wichtig das Äußere ist.«

»Ich möchte nicht drängeln, aber Lily wartet«, mische ich mich ein, nachdem ich zum wiederholten Mal auf die Uhr geschaut habe. Wenn ich geahnt hätte, wie schwierig es werden würde, Robert Hartmann zum Aufbruch zu bewegen, hätte ich mich mit ihm im Krankenhaus verabredet. »Sie sehen perfekt aus. Ehrlich.«

»Entschuldigen Sie, aber Lily … Wir haben uns das letzte Mal vor sechsundsechzig Jahren gesehen …«

»Opa. Sie wird auch nicht jünger geworden sein. Und jetzt ab mit dir. Ich hole dich in einer Stunde ab.«

»Wie sieht Lily aus?«, fragt Robert Hartmann mich, als wir vor der Haustür stehen und auf das Taxi warten, auf das er bestanden hat. »Haben Sie sie gleich erkannt?«

»Ja. Dank Ihres Fotos.«

Im Auto gebe ich erneut die Kurzfassung meines gestrigen Gesprächs zum Besten, immer wieder von Robert Hartmann unterbrochen, der mir mehr Fragen stellt als ich Lily. Je näher wir dem Krankenhaus kommen, desto stiller wird er, was dazu führt, dass auch ich nicht mehr rede.

»Vielleicht ist es besser, wenn ich nicht mitkomme«, bricht er endlich das Schweigen. »Lily und ich … damals … es war nicht einfach.«

»Übertreiben Sie nicht!« Ich klinge harscher, als ich beabsichtige, aber das scheint die richtige Art zu sein, weil er wieder lächelt. »Das alles ist ewig her. Lily hat betont, dass sie Sie gerne sehen würde.«

»Also gut. Es ist ja nur für eine Stunde.«

Obwohl er versucht hat, sich Mut einzureden, geht Robert Hartmann in unbehaglichem Schweigen neben mir die Krankenhausflure entlang, deren Weite mir heute endlos vorkommt. »Ich mag den Geruch von Krankenhäusern nicht.« Er hüstelt. »Außerdem hat man in meinem Alter immer Angst, dass sie einen gleich hierbehalten wollen.«

Ich lache und bin froh, dass er seinen schwarzen Humor nicht verloren hat. Endlich erreichen wir Lilys Zimmer. Mit aller Kraft muss ich Robert Hartmann hineinschieben, den im entscheidenden Augenblick wieder der Mut verlässt. Erst als Lily sich ein wenig aus dem Bett erhebt, lächelt und freundlich sagt: »Robert, wie schön«, löst sich seine Anspannung merklich auf.

»Lily, ich würde gerne sagen, dass du keinen Tag älter aussiehst, aber wir beide wissen, dass das gelogen wäre.« Vorsichtig beugt er sich zu ihr hinab, um sie auf die Wange zu küssen. Lilys Gesicht hat deutlich mehr Farbe als gestern und wirkt viel lebendiger. »Ist es nicht unglaublich – wir beide leben in Frankfurt und sind uns nie über den Weg gelaufen?«

»Ich ... Ich ...« Lily zögert. »Nach Alexanders Tod wollte ich dich anrufen, aber irgendwie fand ich nie den richtigen Zeitpunkt.«

»Ich verstehe.« Robert Hartmann nimmt Lilys Hand in seine und hält sie. »Manche Erinnerungen kann man nicht teilen.«

»Sag, wie ist es dir ergangen?«, fragt Lily, als wäre es erst ein paar Tage her, dass sie einander zuletzt gesehen haben. »Erin hat erzählt, dass du eine tolle Enkelin hast? Und eine Frau?«

Ich ziehe mir einen Stuhl heran, setze mich und höre Lily und Robert Hartmann zu, wie sie einander auf den Stand der jeweiligen Leben bringen, bis sie sich an den Menschen herantasten, der sie verbindet und der auch mich mit ihnen verbindet. Meinen Großvater.

Obwohl mir noch so viele Fragen auf der Seele brennen, möchte ich die beiden nicht unterbrechen und ihnen die Gelegenheit lassen, ihre Erinnerungen miteinander zu teilen. Auf diesem Weg erfahre ich etwas über den mir völlig unbekannten Mann, der dann mein Großvater wurde. Wie bei einem Puzzle setze ich aus unseren Erinnerungen ein neues Bild meines Großvaters zusammen. Langsam bekomme ich die Erklärungen und Hintergründe, die ich mir immer erhofft habe. Die Vergangenheit kann ich nicht ändern, meine Erinnerungen werde ich behalten, aber es hilft mir, wenn ich verstehen kann, warum mein Großvater war, wie er war. Doch ich werde wohl immer bedauern, dass ich nie den

Mann kennenlernte, an den Lily und Robert sich liebevoll erinnern.

Ich verliere mich in ihren Worten und meinen Gedanken, so dass ich aufschrecke, als ein Klopfen ertönt.

»Guten Tag.« Hannah schaut herein. Sie winkt mir und Lily zu und geht dann zu Robert Hartmann, dem sie eine Hand auf den Arm legt. »Opa. Du musst zum Arzt.«

»Ich weiß.« Mühsam steht er auf. Ich meine, Tränen in seinen Augen glitzern zu sehen, als er sich nach vorne beugt, um Lily zum Abschied zu küssen. »Ich komme bestimmt noch einmal vorbei. Es war schön, dich wiederzusehen, meine Liebe.«

»Danke, gleichfalls.« Lily setzt sich noch ein wenig aufrechter. Sie hebt die Hand, um ihm die Wange zu tätscheln. »Pass auf dich auf.«

Nachdem Hannah und Robert Hartmann sich von mir verabschiedet haben, frage ich Lily, ob auch ich gehen soll und sie nicht zu erschöpft ist, um mir weitere Fragen zu beantworten.

»Auf keinen Fall. Über Alexander zu reden gibt mir Energie.« Sie nimmt eine Tablette, die sie mit Wasser herunterspült. »Frag mich alles, was du wissen willst.«

»Warum bist du in der DDR geblieben? Wusstest du nicht, dass du meinen Großvater so wohl nie wiedersehen würdest?«

»Ach, Erin, mein Benno hat gehofft, dass wir in der DDR eine bessere Welt aufbauen, eine, in der keine nationalsozialistischen Funktionäre in ihren Ämtern bleiben, so wie im Westen.« Ihr Gesicht wird ernst. Nun kann ich mir gut vorstellen, wie energiegeladen sie als junge Frau ihrer politischen Arbeit nachgegangen ist. »Ein bisschen habe ich seinen Traum geteilt. Außerdem war ich ihm dankbar, wegen Elke …«

»Ist sie …?« Ich brauche die Frage eigentlich nicht zu stellen, weil man die Ähnlichkeit deutlich sieht, aber ich möchte es trotzdem von ihr hören. »Weiß sie, dass …?«

»Nein.« Lily schüttelt den Kopf, so heftig, dass sie zu husten beginnt. Nach einigen Schlucken Wasser schöpft sie wieder Atem. »Ich wäre dir dankbar, wenn sie es nicht erfährt. Elke war immer Bennos Liebling. Ich möchte sie nicht enttäuschen.«

»Ich werde nichts sagen, aber glaubst du nicht, die Ähnlichkeit ist ihr aufgefallen?«

»Selbst wenn, sie wird nicht danach fragen. Elke war immer gut darin, nur das zu sehen, was sie sehen wollte.«

»Was hast du an meinem Großvater geliebt?«, wechsele ich das Thema. »Alles, was ich bisher erfahren habe, hat mir gezeigt, dass ihr aus zwei Welten kamt.«

»Das stimmt, was es uns nicht leichtmachte. Alexander hat nie verstehen können, warum mir meine politische Arbeit so wichtig war. Und ich habe nie nachvollziehen können, wie man so leicht durchs Leben gehen konnte.« Lily lächelt, wohl in Erinnerungen versunken. »Aber trotz aller Unterschiede haben wir auch Gemeinsamkeiten gehabt und neue gefunden, die uns verbunden haben. Er hat mir das Städel nahegebracht, und ich habe mich sofort in die moderne Kunst verliebt, mit Haut und Haaren. Ich habe ihn mit Romanen versorgt, die er nicht kannte, bin mit ihm in die *Dreigroschenoper* gegangen, die seine Eltern niemals besucht hätten.«

»›Und der Haifisch, der hat Zähne‹«, singe ich. Falsch, aber begeistert. Die Dreigroschenoper kann ich auswendig. Mein Großvater hat sie mir das erste Mal vorgespielt, als ich acht Jahre alt war, und ich habe mich sofort für die ungewöhnliche Musik begeistert, auch wenn ich die Texte erst viel, viel später verstanden habe. »Mein Großvater hat die Oper an mich weitergegeben.«

»Aber was am wichtigsten war – das klingt vielleicht pathetisch, aber mir fällt kein besseres Wort ein –, ist, dass wir grundlegende Wertvorstellungen teilten.« Lily fährt sich mit einer zerbrechlich wirkenden Hand, auf der die blauen Adern deutlich zu sehen sind, durch ihre feinen Haare. »So haben wir uns kennengelernt. Beim Retten einer Katze, denn man darf niemanden quälen. Vor allem vergreift man sich nicht an Schwächeren.«

»Einer Katze. Einer arroganten graugetigerten, schlichten Hauskatze?« Ich kann nicht glauben, was ich von Lily erfahre. »Ja. Warum?«

»Mein Großvater hat diese Katze mit nach Amerika genommen«, sage ich und weiß nicht, ob ich lachen oder weinen soll. »Ihre Ururenkelin lebt bei meinen Eltern und hat gerade Junge bekommen. Großvater hat immer eine Katze behalten, die dann Junge bekam, von denen er wieder eine Katze behielt. Als Kind habe ich die Katzen gehasst, weil er sie so liebte.«

»Einen Mann, der etwas so Verrücktes, etwas so Romantisches tut, muss man einfach lieben.« Lily lächelt, während Tränen ihre Wangen herabrinnen. »Von der Katze hat er mir nichts erzählt, als wir uns wiedergetroffen haben.«

»Vielleicht wollte er dich überraschen.« Mein Großvater, einer der letzten Romantiker – an diesen Gedanken muss ich mich erst gewöhnen. »Wahrscheinlich hatte er auch anderes im Sinn.«

Erst als Lilys Lächeln sich in ein breites Schmunzeln verwandelt, bemerke ich, was ich da eben gesagt habe. Doch damit nicht genug. Ich spüre, wie meine Wangen warm werden, was Lily zum Kichern bringt.

»Wie war er, Alexander? Wie war er als dein Großvater?«, fragt sie zu meiner Überraschung. »Weißt du, er war sehr

424

verändert, als ich ihn wiedersah. Kälter, trauriger, ein wenig, als hätte er die Hoffnung aufgegeben.«

Soll ich ihr die Wahrheit sagen? Einige Augenblicke überlege ich, ob Lily wirklich wissen möchte, was für ein distanzierter Mann ihr geliebter Alexander geworden ist. So einfach ist es nicht, es gibt nicht nur Schwarz und Weiß, wie ich früher dachte, sondern nur Schattierungen von Grau. Mein Großvater war nicht kühl, weil er es wollte, sondern weil er sich schützte, weil er seine Erinnerungen und Hoffnungen verbergen musste, um ein neues Leben führen zu können. Daher kann ich Lily auch sagen, wie es war, ihren Alexander als meinen Großvater zu haben.

»Er war nicht der klassische Großvater, kein Opa. Ich habe immer versucht, seine Liebe zu gewinnen, aber hatte immer das Gefühl, es reicht nicht.«

Mehr will ich nicht sagen, weil es zu lange dauern würde, alles zu erklären und zu beschreiben. Aber Lily scheint mich auch so zu verstehen. Sie schweigt.

»Es tut mir leid«, sagt sie. Ihre Augen sind traurig. »Wenn ich damals mit Alexander gegangen wäre, dann ...«

»Dann wäre ich nicht auf der Welt«, antworte ich, weil ich nicht möchte, dass sie die Schuld dafür auf sich nimmt. »Niemand kann etwas dafür. Es war die Zeit, Schicksal, ich weiß es nicht.«

»Wie sagt man so schön, wer weiß, wofür es gut war?« Lily hebt hilflos die Hände. »Wie heißen die Katzen?«

Dankbar für den erneuten Themenwechsel antworte ich ihr: »Nach Märchenprinzessinnen. Snowwhite. Cinderella. Beauty. Warum, weiß ich nicht.«

»Die erste hieß Prinzessin Mäusehaut.« Lilys Lächeln ist zurückgekehrt. »Sie mochte mich nie, obwohl ich ihr das Leben gerettet habe. Aber Alexander, ihn liebte sie vom ersten Moment an.«

»Das haben alle ihre Töchter und Enkelinnen geerbt. Sie mögen keine Frauen.« Nur zu gut erinnere ich mich an meine erste Begegnung mit Snow, die für mich mit blutigen Kratzern und einer Strafpredigt meiner Mutter endete, dass ich der Katze Zeit lassen müsste, sich an mich zu gewöhnen. »Es tut mir gut, dass du mir von einer anderen Seite meines Großvaters erzählst. Glaubst du, ihr wärt glücklich geworden?«

Endlich habe ich es gewagt, die Frage zu stellen, die mich umtreibt, seitdem ich den Brief und das Flugticket gefunden habe. Die Frage, ob man einen Neuanfang leben kann, egal, wie alt man ist, die Frage, ob es niemals zu spät für die wahre Liebe ist. Gespannt warte ich auf Lilys Antwort. Da öffnet sich die Tür.

»Mutti. Wie geht es dir?« Hätte Elke Fürth nicht zehn Minuten später kommen können? Jetzt, wo ihre Tochter zu Besuch gekommen ist, wird Lily mit mir nicht mehr offen reden können. »Hallo, Frau Mitchell.«

»Guten Tag.« Ich beuge mich zu Lily, um sie zum Abschied zu küssen. »Darf ich morgen wiederkommen?«

»Ich bestehe darauf«, antwortet sie, während ihre Tochter mir einen besorgten Blick zuwirft. »Auf Wiedersehen.«

Unser Gespräch hat mich so berührt, dass ich zu Fuß zum Hotel gehe. Auf dem Weg dorthin sehe ich ein Internetcafé, an dem ich nicht vorbeigehen kann. Drei Nachrichten von Magnus, eine E-Mail von Charlotte, die nur einen Satz enthält. Nicht nur, dass ich – wie zu erwarten war – Charlottes neueste, verschlüsselte Nachricht an mich sofort erkannt habe, dieses Mal weiß ich auch sofort, wie ich den Roman verstehen soll, weil Charlotte und ich als Studentinnen eine längere Diskussion darüber führten, wie man *Huckleberry Finn* interpretieren kann oder sollte. Während ich Mark Twains Geschichte als klassischen Coming-of-Age-Roman betrachtete, garniert mit etwas Abenteuer, plädierte meine beste Freundin dafür, dass er der amerikanische Roman schlechthin wäre, weil er sich mit der Suche nach Glück beschäftigt.

Dem Glück, das Lily und meinem Großvater vergönnt war, auch wenn sie es nur kurz genießen konnten. Obwohl Lily meinen Großvater verloren, gefunden und wieder verloren hat, wirkt sie glücklich und zufrieden. Glücklicher als die meisten Menschen, die ich kenne, außer vielleicht Kyle und Laura, die frisch verliebt sind, und Charlotte, die zu den wenigen Menschen gehört, die ihren Platz im Leben gefunden haben.

Selbst Jeffrey, der seine große Liebe gefunden hat, erschien mir bei den wenigen Gelegenheiten, zu denen wir uns sahen, angespannt und auf der Hut. Und ich? War ich mit Jeffrey jemals bedingungslos, zweifellos, fraglos glücklich? Ich fürchte, nein. Vielmehr glaube ich, dass ich zu den Frauen gehöre, die stets versuchen, ihren Mann zum Besseren, wie sie es verstehen, zu ändern. Eigentlich verrückt, nicht wahr, dass man immer wieder versucht, den Menschen umzumodeln, den man liebt, obwohl man sich in ihn verliebt hat, gerade weil er ist, wie er ist.

Je länger ich darüber nachdenke, desto klarer wird mir, dass ich mit Magnus glücklicher bin als mit Jeffrey. Weil ich nichts von ihm erwarte, weil ich nichts für die Zukunft plane, weil mir überhaupt nicht in den Sinn kommt, ihn zu verändern, weil ich von Anfang an überrascht davon war, dass Magnus sich für mich interessierte, dass ich nur meine Zeit mit ihm genossen habe und das auch durch die Entfernung immer noch tue. Vielleicht ist das das Geheimnis der Liebe?

Noch immer fällt es mir schwer, zu begreifen, dass mein distanzierter, kühler Großvater so viel Liebe in anderen Menschen hervorbringen konnte. Lily, die ihn mehr als sechzig

Jahre liebte. Robert Hartmann, der, obwohl er wissen musste, wie aussichtslos seine Schwärmerei war, im Jahr 1999 immer noch voller Liebe an meinen Großvater dachte. Meine
Gran, die während ihrer Ehe wohl nie die Hoffnung aufgegeben hat, dass Großvater sie eines Tages genauso lieben würde
wie sie ihn, wenn sie nur lange genug und intensiv genug
liebte. Ja, wenn ich ehrlich bin, selbst ich, die ich so lange um
Anerkennung durch meinen Großvater kämpfte – um Anerkennung, die nichts anderes ist als ein Ausdruck von Liebe.
Und schließlich meine Mutter, die ich, wie ich mir inzwischen eingestehen kann, immer als Konkurrentin um Liebe
betrachtet habe – um die Liebe meines Vaters und meines
Großvaters, ohne dass mir das bewusst gewesen ist. Heute,
wo ich Lily kennengelernt und durch die Gespräche mit ihr
ein bisschen mehr über meinen Großvater erfahren habe, ja,
eine ganz andere Seite von ihm kennengelernt habe, kann ich
meinen eigenen Anteil zugeben, meinen Anteil daran, dass
meine Mutter und ich uns nie als Freundinnen betrachtet
haben, sondern immer als Konkurrentinnen. Jetzt kann ich
Dad nur dafür bewundern, wie es ihm gelungen ist, uns beiden das Gefühl zu vermitteln, dass wir ihm wichtig sind.
Habe ich ihm je gesagt, wie viel er mir bedeutet?

Es war Herbst. Sie fuhren durch üppige Felder,
durch putzige alte Städte, durch Straßen,
deren Bäume sich prächtig zu färben begannen.

Kapitel 41

Als ich am Morgen ins Krankenhaus komme, erwartet mich eine böse Überraschung. Den Arm voller Rosen, hellgelb mit rotem Rand, so, wie Lily sie liebt, betrete ich ihr Krankenzimmer und sehe sofort, dass das Bett leer ist. Vor Schreck lasse ich die Blumen fallen, die sich auf dem grauen Boden zu einem farbenfrohen Fächer ausbreiten. Mühsam unterdrücke ich einen Schrei. Ich bin zu spät.

»Sie haben sie weggebracht«, flüstert die hagere Frau, die nun allein im Zimmer liegt.

Obwohl ich kaum die Kraft zu sprechen finde, frage ich: »Wohin?«

»Zum Sterben. Fragen Sie die Schwestern.« In ihren Augen glitzert es, als freue sie sich, dass der Tod zuerst eine andere holt. »Oder die Familie.«

»Danke.« Nachdem ich die Zimmertür hinter mir geschlossen habe, lehne ich mich an die hellgrün gestrichene Wand. Ich muss zur Ruhe kommen, muss Atem holen, bevor ich die Ärztin oder Lilys Familie anspreche. Noch klammere ich mich mit aller Kraft an die Hoffnung, dass die Bettnachbarin sich geirrt hat, dass Lily nur zu einer weiteren Untersuchung gefahren wurde. Doch das abgezogene Bett spricht eine andere Sprache.

Nachdem ich den ersten Schrecken überwunden habe, gehe ich zum Schwesternzimmer, wo ich niemanden antreffe. Ich wage es nicht, in die anderen Zimmer zu gehen, um dort nach dem Pflegepersonal zu suchen. Dafür fehlt mir der Mut. Also setze ich mich auf einen der unbequemen Stühle und warte. Warte und hoffe, dass jemand kommt, der mir sagen kann, wohin man Lily verlegt hat und wie es ihr geht. Ich weigere mich, zu akzeptieren, dass sie bereits gestorben sein könnte. Noch habe ich zu viele Fragen an Lily, die nur sie beantworten kann. Immer wieder schaue ich den Gang entlang, der wie ausgestorben wirkt. Kein Patient und keine Krankenschwester sind zu sehen. Nur das Ticken der großen Uhr stört die Stille, die auf mir lastet und mich niederdrückt.

Um mich abzulenken, blättere ich in *Ich habe dir nie einen Rosengarten versprochen*, auf dessen Spur Charlottes Satz mich brachte.

Es tut mir gut, die Geschichte für mich wiederzuentdecken, die bei all dem Schrecken, den sie beschreibt, mit der Hoffnung auf Heilung endet. Eine Hoffnung, die Lily nicht hat. Nur noch zehn Seiten muss ich lesen. Trotz allem, was mich ablenkt, bemühe ich mich, alle Romane zu lesen, die meine Freundin mir aussucht. Ich bilde mir ein, damit die Verbindung zu Charlotte und zu meinem Leben in Berkeley zu halten. Heute Abend wird meine Freundin mir einen neuen Satz mailen, der mir deutlicher als jede Mail sagen wird, wie sie mein Leben einschätzt.

Endlich höre ich, wie eine Tür zuschlägt, und springe auf.

»Oh, Hannah Green«, sagt die Ärztin und blinzelt mich durch ihre schwarze Brille an, die sie streng aussehen lässt. »Ein wundervolles Buch, das ich schon dreimal gelesen habe.«

»Ja«, antworte ich, froh über das unverfängliche Thema und unfähig, die Frage zu stellen, die mir auf der Seele brennt.

Wie kann ich nur so feige sein? Das hat Lily nicht verdient.

»Lily Schlösinger … wo … wo ist sie?«

»Oh.« Sie hebt die Hand zum Mund, als wollte sie mir keine Antwort geben. »Sind Sie eine Verwandte?«

»Nein. Doch. Es ist kompliziert.«

Nachdem sie mich einen Augenblick prüfend gemustert hat, sagt die Ärztin: »Frau Schlösinger bleiben nur noch wenige Stunden.«

Als tröstende Geste legt sie mir eine Hand auf den Arm. Ich kann nichts sagen, weil ich sonst weinen würde, und muss darauf vertrauen, dass die Ärztin das versteht.

»Kommen Sie. Ich bringe Sie zu Frau Schlösinger.« Mit energischen Schritten geht sie voraus. »Nutzen Sie die Gelegenheit, sich zu verabschieden.«

»Danke«, flüstere ich, nachdem sie mich zu Lilys Sterbezimmer geführt hat. Sie nimmt meine Hand und drückt sie fest, bevor sie sich umdreht, um nach ihren Patienten zu sehen. Allein bleibe ich zurück. Das Zimmer liegt etwas abgelegen. Man muss wissen, wo es ist. Obwohl Lilys Familie mir einigermaßen freundlich begegnet ist, bin ich unsicher, ob es mir zusteht, Lily in ihrem Sterbezimmer aufzusuchen. Schließlich weiß niemand von Lilys Angehörigen, dass ich quasi zur Familie gehöre, und nach Lilys Wunsch soll das so bleiben. Warum ist das Leben dermaßen unfair?, denke ich. Ich fühle mich betrogen, dass Lily und mir nur wenig Zeit vergönnt ist.

Als ich ihre Enkelin Sabine sehe, die bleich und übernächtigt aus Lilys Zimmer kommt, schäme ich mich. Ich darf traurig sein, aber den wahren Verlust trägt Lilys Familie. Erneut öffnet sich die Tür. Lilys Tochter Elke tritt auf den Flur. Mit dem Handrücken wischt sie sich Tränen vom Gesicht. Sabine schließt ihre Mutter in die Arme. Aneinandergelehnt geben die beiden Frauen sich Stärke. Darf ich es wagen, sie in diesem Moment zu stören? Ich, eine Fremde, die Lily in den letzten Augenblicken ihres Lebens mit längst vergessenen Erinnerungen behelligt. Einen Moment überlege ich, einfach zu gehen, um der Familie ihren Frieden zu lassen. Doch da sieht mich die Enkelin. Sie nickt mir zu, stupst ihre Mutter an, und beide Frauen kommen auf mich zu, die Augen rotgeweint.

»Entschuldigung. Ich möchte nicht aufdringlich erscheinen«, beginne ich, aber ich kann den Satz nicht beenden, weil er sich wie eine Lüge anfühlt. Natürlich möchte ich nicht aufdringlich sein, aber gleichzeitig ist es mir wichtig, mich von Lily verabschieden zu können. Ob ihre Tochter und ihre Enkelin das verstehen werden? »Ich ... Die Ärztin ...«

»Ja«, sagt Sabine, als wäre es mir gelungen, einen Satz zu formulieren. »Großmutter wird sterben. Heute noch.«

Sie wendet sich ab und schluchzt. Elke Fürth streicht ihr sanft über die Schulter.

»Wir sind seit gestern Nacht hier«, sagt sie zu mir, als könnte das alles erklären.

»Sind Sie damit einverstanden, wenn auch ich mich von Lily verabschiede?« Ich bringe die Worte kaum heraus, weil sich nicht geweinte Tränen als Kloß in meinem Hals festsetzen. »Ich weiß, Sie kennen mich kaum ...«

»Ihre Besuche haben meine Mutter glücklich gemacht«, antwortet Elke Fürth. Sie lächelt mich unter Tränen an. »Nehmen Sie sich die Zeit, die sie beide brauchen. Wir gehen eine Weile in die Cafeteria.«

»Danke.« Mehr bringe ich nicht heraus. Nachdem die Familie gegangen ist, suche ich die Toilette auf und schließe mich dort ein, um zu weinen. Vor Lily will ich stark sein. Es käme mir falsch vor, wenn ich in Tränen ausbräche, wo ich weiterleben werde. Endlich habe ich meine Fassung wiedergewonnen und mein Gesicht mit kaltem Wasser in Form gebracht. Zaghaft klopfe ich an der Tür, kurz davor, erneut zu weinen. Ich fühle mich hilflos und traurig und schäme mich dafür, dass ich nicht in der Lage bin, Lily Mut zu machen, selbst wenn das verlogen wäre. Warum können wir mit Tod und Sterben so schlecht umgehen?

Ich warte noch einen Augenblick, um mich zu sammeln, bevor ich eintrete. Bin auf alles gefasst, so hoffe ich. Doch der Anblick, der mich erwartet, überrascht mich.

Lily schläft. Friedlich. So sieht sie klein und älter aus. Sobald Lily redet, vergisst man, dass sie mehr als achtzig Jahre alt ist. Ganz so, wie Robert es beschrieben hat – Lily wirkt durch ihre Persönlichkeit. Ich kann verstehen, dass mein Großvater sie liebte, obwohl es mich schmerzt, dass er meine Großmutter nicht so lieben konnte.

Alles wegen Georgs Lügen, denke ich, als ich mich vorsichtig auf den Stuhl neben Lilys Bett setze, leise, damit ich sie nicht aufwecke. Aber Georg hat Lily aus Liebe belogen, aus Liebe und weil er sie beschützen wollte. Gute Absichten führen nicht immer zu guten Ergebnissen. Ein wenig bedauere ich Georg auch, denn was hat er alles aufgegeben, um Lilys Liebe zu gewinnen, und ist am Schluss allein geblieben. Obwohl er schwere Schuld auf sich geladen hat, kann ich ihn nicht hassen. Wenn nicht einmal Lily ihn hasst, dann sollte auch ich ihm verzeihen können. Aber es fällt mir unendlich schwer. Georgs Lüge hat den beiden Liebenden jede Möglichkeit genommen, gemeinsam zu leben, einander in der dunklen Zeit beizustehen und einen Neuanfang zu wagen. Durch ihn musste Lily an meinem Großvater zweifeln und er an ihr. Und trotzdem. Trotz der Flucht, der Angst und der Lügen haben Lily und mein Großvater einander niemals aufgegeben. Er hat sie gesucht und bis zu seinem letzten Atemzug auf sie gewartet, war sich stets sicher, dass sie ihn genauso liebte wie er sie.

Und Lily?

Auch sie hat auf die Liebe meines Großvaters vertraut. Selbst als er am verabredeten Treffpunkt nicht auf sie wartete, hat sie nicht an seiner Liebe gezweifelt. Selbst als er vor sechs Jahren nicht nach Deutschland kam, wie er es versprochen hatte, hat Lily darauf vertraut, dass er einen guten Grund dafür haben musste. Ohne ihn und seine Liebe in Frage zu stellen hat sie auf ihn gewartet. So viel Liebe und Vertrauen habe ich nie für Jeffrey empfunden. Bei dem Gedanken kommen mir die Tränen. Ich beiße mir in den Handrücken, damit mein Schluchzen Lily nicht weckt, doch zu spät.

»Warum weinst du?« Lilys Stimme klingt ruhig und klar, so dass ich mich schäme. Denn selbst jetzt ist Lily stark und beherrscht. »Weißt du etwas, das ich nicht weiß?«

»Es tut mir leid«, sage ich schließlich, nachdem ich mir die Nase geschnaubt und meine Fassung wiedergewonnen habe. »Es ist unfair, dass Alexander und du nicht glücklich werden konntet. So unvorstellbar, dass ihr euch nach all den Jahren wiedergefunden habt ...«

Wieder kommen mir die Tränen. Und ein Gefühl von Neid beschleicht mich, für das ich mich noch mehr schäme. Aber sosehr ich auch dagegen ankämpfe, ich beneide Lily darum, dass mein Großvater sie so sehr geliebt hat, auch wenn ihre Liebe sich nie erfüllen konnte. Vielleicht müssen alle großen Lieben unglücklich sein, um nicht an den Klippen des Alltags zu zerschellen, versuche ich mich zu trösten. Vielleicht kann man nur eine kurze Zeit intensiv und vorbehaltlos lieben. Vielleicht bleibt eine Liebe in Erinnerung die stärkste und schönste, weil sie sich nicht der grauen Wirklichkeit von

434

Zahnpastatuben, Haushalt und Midlife-Crisis stellen muss. Obwohl ich mir das wieder und wieder einzureden versuche, bleibt Traurigkeit. Etwas sagt mir, dass es bei Lily und Alexander anders gewesen wäre, dass sie füreinander bestimmt waren und dass sie ihre Liebe nicht dem Alltag geopfert hätten. Das, was mein Großvater und Lily hatten, ist so einmalig und so schön, dass ich es umso schlimmer finde, dass das Schicksal sie zweimal auseinandergerissen hat.

Wie konnte ich nur glauben, dass Jeffreys Trennung von mir bitter war? Sicher, sie traf mich unvermutet und brachte meine Lebenspläne aus dem Gleichgewicht, aber immerhin habe ich mit Jeffrey mehr als zwanzig Jahre leben können, überwiegend glücklich. Nein, wohl eher zufrieden. Unsere Gefühle füreinander waren moderat und stabil, nicht intensiv und leuchtend wie die von Lily und Alexander. Umso tragischer finde ich, dass die beiden ihre Liebe nur kurz leben konnten.

Lily muss mir meine Gedanken angesehen habe, denn sie lächelt. »Ich war glücklich. Nein. Ich *bin* glücklich. Denn ich habe in meinem Leben aufrichtig geliebt.«

Erstaunt sehe ich sie an. Lily erhebt ihren Oberkörper ein wenig, was ihr sichtlich schwerfällt, damit sie nach meiner Hand greifen kann. Ihre Haut fühlt sich rauh und dünn an, ihr Griff ist überraschend stark. »Erin, wenn ich eines in meinem Leben mit Sicherheit weiß, dann: Ich habe geliebt, und ich wurde geliebt. Von einem einmaligen Mann.«

Ich drücke ihre Hand und bin überwältigt von der Stärke dieser unglaublichen Frau.

»Nicht nur von Alexander. Auch Benno hat mich geliebt. Zusammen haben wir eine wunderbare Familie.«

»Hast du …«, beginne ich, aber die Frage erscheint mir zu persönlich, so dass ich schweige.

»Habe ich meinen Mann geliebt?« Lily richtet sich weiter auf, damit sie mir in die Augen sehen kann. »Ja, natürlich.« Überrascht schaue ich sie an.

»Habe ich ihn so sehr geliebt wie Alexander?« Als sie den Namen meines Großvaters sagt, gleitet ein Lächeln über ihre Lippen. »Nein, natürlich nicht. So kann man nur einmal im Leben lieben.«

Ich fühle einen Kloß in meinem Hals, als ich überlege, dass ich meine eine Liebe vielleicht schon verloren habe.

»Aber ...« Lilys Worte unterbrechen mein Selbstmitleid. »Ich habe ihn ausreichend geliebt, um mit ihm und meinen Kindern glücklich zu werden.«

»Ich ... Ich ...« Wie kann ich das in sanfte Worte fassen, was mich so sticht? »Wie geht das, wenn mein Großvater deine große Liebe gewesen ist?«

»Es gibt nicht nur eine Liebe. Nur eine große, überwältigende«, antwortet sie schlicht. »Ich habe gelernt, dass auch kleine Lieben ihre Berechtigung haben. Dass man sich nicht entscheiden muss, sondern dass es nur wichtig ist, überhaupt zu leben und lieben zu können.«

Noch vor wenigen Augenblicken hat es sich angefühlt, als müsste Lily die unglücklichste Frau der Welt sein, doch nun spüre ich ein Aufdämmern des Begreifens. Obwohl Lily und mein Großvater nur wenig gemeinsame Zeit vergönnt war, hat sie beide eine Gewissheit durch ihr Leben begleitet – dass sie *den* einen Menschen getroffen haben, der ihnen bestimmt gewesen ist. Nachdem ich das verstanden habe, lösen sich alle bitteren Gefühle, der Neid auf Lilys Liebe, der Zorn auf Jeffrey, die Traurigkeit über Lilys und Alexanders verlorenes Leben – all das löst sich auf in stille Freude. Ich beuge mich vor, um Lily einen Kuss auf die Wange zu geben. Ihr Lächeln zeigt mir, dass sie auch ohne Worte verstanden hat, was ich ihr sagen will.

In einträchtigem Schweigen sitzen wir nebeneinander und halten uns an den Händen.

»Früher habe ich die Idee des Jenseits abgelehnt«, sagt Lily. Ihre Stimme wirkt schwächer, als brächte sie nur noch die Kraft für einige wenige Abschiedsworte auf. Mir schnürt sich die Kehle zu bei dem Gedanken, dass ich sie bald verlieren werde. »Aber jetzt wünsche ich mir Gewissheit, hoffe, dass es einen Ort gibt, wo all die Menschen warten, die ich geliebt habe. Glaubst du an den Himmel?«

Ich überlege einen Moment. Glaube ich an ein Leben nach dem Tod? Ist es wichtig, was ich glaube? Ist es nicht wichtiger, Lily den Tod zu erleichtern, soweit mir das überhaupt möglich ist?

»Ja«, antworte ich. »Ich bin mir sicher, dass unser Leben mit dem Tod nicht endet. Ich bin sicher, dass wir die Menschen, die wir lieben, wiedersehen werden.«

Wieder schweigen wir beide. Lilys Atem ist so leise, dass ich mich anstrengen muss, ihn zu hören. Bald muss ich sie verlassen, um ihre Tochter und ihre Enkelin zu holen, damit diese Lily in ihren letzten Minuten begleiten können. Wieder spüre ich Tränen aufsteigen, die ich nun nicht unterdrücke. Tränen gehören zum Leben wie die Liebe, sind zwei Seiten des Glücks.

»Versprich mir etwas«, flüstert Lily. So leise, dass ich mich zu ihr beugen muss, um sie zu verstehen. »Bitte, versprich mir etwas. Schreib es auf deine Listen. Drei Punkte – für mich, bitte.«

Lieber Gott, ich bin vierzehn Jahre alt.

Kapitel 42

Obwohl mich einige der Trauergemeinde erstaunt mustern, kann ich die Tränen nicht zurückhalten. Ich weine nicht nur um die große Liebe meines Großvaters, die mir in den wenigen Tagen, die wir uns kannten, so vertraut wurde. Ich weine auch um den fröhlichen, verliebten Alexander Kirchner, den ich nie kennengelernt habe, weil er zu einem distanzierten, in der Vergangenheit versunkenen Mann herangewachsen ist. Ich weine auch um meine Gran, die diesen distanzierten Mann so sehr geliebt hat und so wenig dafür zurückerhalten hat. Ich weine um die Ungerechtigkeit, darum, dass diese beiden Liebenden das Pech hatten, in einer Zeit zu leben, die wenig Rücksicht auf das Schicksal Einzelner genommen hat. Ich weine um meine Ehe, die ich trotz aller Mühe nicht retten konnte, und um meine Liebe zu Jeffrey, die nur ein Schatten der tiefen Liebe war, die Lily und mein Großvater füreinander empfunden haben.

Bevor ich noch weitere irritierte Blicke auf mich ziehe, trete ich zur Seite neben Robert Hartmann, dahin, wo ich hingehöre. Schließlich bin ich mit Lily nicht direkt verwandt, so dass ich auf ihrer Beerdigung nur am Rand stehen darf, auch wenn Lily mir sehr geholfen hat, ohne zu ahnen, wie viel mir unsere Gespräche bedeuteten.

In diesem Moment nehme ich die Begegnung mit Lily dankbar als ein Geschenk an. Denn dank Lilys Erzählungen habe ich nun eine freundlichere Erinnerung an meinen Großvater erhalten. Durch sie habe ich den Mut gefunden, endlich etwas mit meinem Leben anzufangen.

Schweigend lauschen wir den Worten des Trauerredners. Einen Pastor an ihrem Grab hat Lily in ihrem Letzten Willen deutlich abgelehnt, obwohl sie in ihren letzten Stunden die Hoffnung auf ein Leben im Jenseits nicht aufgeben wollte. Der Redner hat eine angenehme Stimme, die mich von meinem Kummer etwas ablenkt. Allerdings verstehe ich nur wenige Worte, so dass ich die Trauerrede wie einen Fluss an mir vorbeirauschen lasse, bis der Name Alexander Kirchner fällt. Erstaunt sehe ich auf. Elke Fürth nickt mir zu. Meine Nase kribbelt, weil ich wieder weinen möchte, so gerührt bin ich von der Geste. Lilys Familie hat meinen Großvater nicht verschwiegen, sondern ihm einen Platz in Lilys Leben eingeräumt.

Gemeinsam singen wir das Lied, das Lily sich ausgesucht hat. Zu meiner Überraschung ist es kein Arbeiterlied, sondern ein Schlager. *Irgendwo auf der Welt gibt's ein kleines bisschen Glück*, den Lilian Harvey 1932 gesungen hat. Ich kenne es gut, weil auch mein Großvater dieses Lied gern und häufig gehört hat, obwohl er sonst »Deutschtümelei«, wie er es nannte, ablehnte. Ob es ihr gemeinsames Lied ist? Das werde ich nie erfahren. So wie vieles andere ebenfalls nicht. Doch das ist nicht mehr von Bedeutung. Das, was wirklich zählt, hat Lily mir erzählen können – von ihrer Liebe zu meinem Großvater, die alle Zeit und Bitterkeit überstanden hat. Von ihrem Wiedersehen, von den drei Tagen des Glücks, die sie beide als alte Menschen erleben durften.

Vier Männer in schwarzen Mänteln treten neben den Sarg. Die Bestatterin, die in ihrer zierlichen Eleganz eher an ein Model erinnert als an eine Frau, die beruflich mit Toten arbeitet, räumt Kränze, Kerzen und Blumenschmuck zur Seite, damit die Sargträger nicht stolpern. Die Männer heben den Sarg auf und gehen gemessenen Schrittes aus der Kapelle. Gleich hinter ihnen reihen sich Familie und Freunde ein; ich warte bis zum Schluss, bis ich mich ihnen anschließe. Der kurze Weg bis zur Grabstätte kommt mir unendlich vor. Vor mir höre ich Elke Fürth schluchzen. Sie lehnt sich an ihre Tochter, die ihre Mutter in den Arm nimmt. Hanne Beyer, die mich selbst an diesem Tag voller Skepsis ansieht, geht neben ihrem Bruder, der mir zur Begrüßung kurz die Hand schüttelte, aber mich nicht wirklich wahrgenommen hat. Zu sehr scheint er in seine Trauer versunken zu sein.

Endlich haben wir den Erdhügel erreicht, neben dem das Grab ausgehoben ist. Neben dem großen Hügel ist ein kleiner Erdhaufen aufgeschüttet, in dem eine Schaufel steckt.

Vorsichtig lassen die Träger den Sarg in die Erde hinab. Ob der Unwiderrufbarkeit dieses Augenblicks muss ich erneut schlucken. Erst jetzt begreife ich voll und ganz, dass ich Lily nie wiedersehen werde. Das Ritual des Begräbnisses hat dabei etwas Tröstendes. Ein paar letzte Worte des Redners, dann tritt Lilys Familie an das Grab. Jeder von ihnen hält eine gelbe Rose in der Hand, die er auf den Sarg wirft, gefolgt von drei Schaufeln voll Erde, die sie aus dem kleineren Hügel nehmen. Zu meiner Verwunderung treten weitere Trauergäste an das Grab, um Erde auf den Sarg fallen zu lassen. Schließlich ist die Reihe an mir.

»Mögest du Alexander finden und mit ihm glücklich werden«, murmele ich zum Abschied, so leise, dass es niemand hören kann. »So, wie es euch zusteht.«

Nachdem ich mich umgedreht habe, sehe ich, dass Lilys Familie sich etwas vom Grab entfernt aufgestellt hat, damit sie sich von allen Trauergästen verabschieden kann.

»Mein Beileid«, wünsche ich der Familie, bedauernd, dass Worte manchmal so wenig aussagen. Mit gepresster Stimme, weil immer noch Tränen ungeweint sind. »Lily war ein besonderer Mensch.«

»Ja, das war sie.« Elke Fürth nickt mir zu. »Wenn Sie mögen, wir halten im *Café Laumer* noch eine kleine Trauerfeier.«

»Danke, aber mein Flieger …«

Nach einem letzten Abschiedsgruß verlasse ich den Friedhof. Es erscheint mir unpassend, der Einladung zu folgen, denn bereits auf der Beerdigung fühlte ich mich fremd. So gern ich mehr über Lily erfahren würde, die Totenfeier ist nicht der richtige Ort und Zeitpunkt dafür. Und weiß ich nicht bereits genug über sie, was ich als Erinnerung im Herzen tragen und mit mir nach Hause nehmen kann? Daheim werde ich zum Grab meiner Großeltern gehen, um meinem Großvater zu sagen, dass Lily auf ihn gewartet und stets an seine Liebe geglaubt hat.

Ich habe mich entschieden, Lilys Wunsch zu folgen und ihrer Familie nichts davon zu sagen, dass wir miteinander verwandt sind. Lange habe ich überlegt, ob ich dieses Wissen für mich behalten oder das Geheimnis offenbaren sollte. Aber es würde nichts ändern, oder? Mein Großvater lebt nicht mehr, so dass Lilys Tochter ihren Vater nicht kennenlernen kann. Dass meine Mutter erfreut wäre, wenn ich ihr als Ergebnis meiner Europareise eine Halbschwester präsentiere, kann ich mir kaum vorstellen. Das Wissen, das Lily mit mir teilt, würde nur Wunden reißen und keine heilen. Vielleicht muss jeder Mensch meiner Familie ein großes Geheimnis hegen, aus Rücksicht auf die anderen.

Im Hotel hole ich nur meinen Koffer ab, der seit heute Morgen gepackt auf mich wartet. In vier Stunden geht mein Flug zurück nach Hause. Ich freue mich auf meine Wohnung und meine Arbeit, darauf, Charlotte wiederzusehen und ihr meine Abenteuer und meine neugewonnenen Erkenntnisse zu berichten. Die Details, von denen sie noch nicht weiß, weil ich sie nicht über E-Mails oder Briefe in die Welt hinaustragen wollte.

Damit ich nicht wieder hilflos herumirre, habe ich mich gestern im Internet über den Frankfurter Flughafen informiert und finde die Fluglinie und das Terminal, ohne lange zu suchen. Da ich gestern die Gelegenheit nutzte, online zu boarden, bin ich schnell mit den Formalitäten durch. Mir bleiben noch drei Stunden, bis ich mich an Bord der Maschine begeben darf, sofern diese pünktlich ist. Zeit, die ich nutzen will, um zur Ruhe zu kommen und meine Gedanken zu ordnen.

Ich nehme das Buch, das Charlotte mir empfohlen hat, bin aber zu kribbelig, als dass ich mich auf die Geschichte konzentrieren kann, auch wenn ich verstehe, was meine Freundin mir damit sagen will. *Die Farbe Lila* – eine klassische Emanzipations- oder Befreiungsgeschichte. Charlotte geht anscheinend davon aus, dass ich durch die Reise nach Deutschland und in die Vergangenheit meines Großvaters endlich einen Schlussstrich unter die anhaltende Trauer um meine Ehe ziehen konnte. Sie liegt richtig, wie ich nach einigem Nachdenken zugeben muss.

Noch immer schmerzt es, dass Jeffrey und ich unsere Liebe nicht halten konnten, aber inzwischen möchte ich nicht mehr, dass er zu mir zurückkehrt. Ich hoffe und wünsche, dass er die eine Liebe gefunden hat, die so stark und so lebenswert ist wie die von Lily und meinem Großvater.

Bei dem Gedanken an die beiden spüre ich wieder Tränen aufsteigen. Um mich abzulenken, schlendere ich durch die Halle des Flughafens, bis ich ein Internetcafé entdecke. Nachdem ich deutlich mehr bezahlt habe als in der Frankfurter Innenstadt, sichte ich meine Mails. Nichts ist besser geeignet, sich zu beschäftigen, als Spam auszusortieren und Newsletter zu lesen. Einundfünfzig Mails habe ich seit gestern Morgen erhalten, mehr als zwei Drittel davon kann ich ungelesen löschen. Von dem verbleibenden Drittel fängt eine Absenderadresse meinen Blick, und ich muss lächeln. Aber erst sende ich Kyle eine kurze Nachricht, in der ich von der Beerdigung berichte und ihm schreibe, wie sehr ich mich freue, dass er und Laura mich zu Weihnachten besuchen wollen. Erst dann lese ich die Nachricht von Magnus.

Gesendet: Freitag, 27. November 1999 um 09:09 Uhr
Von: Magnus.Lundgren@aol.com
An: »Erin« <Erin.Mitchell@aol.com>
Betreff: Denke an Dich!
Nach der Beerdigung – geht es Dir ganz gut?
Vermisse Dich.
Du solltest den Sonnenuntergang über den Schären mit mir sehen.
Kuss
Magnus
PS: Einladung zur Konferenz in Stanford im Februar – magst Du mich bei Dir zu Hause sehen?
Ist Kalifornien schön im Winter?

Sein Besuch, so lapidar im PS versteckt, lässt mein Herz schneller schlagen. In den letzten Tagen habe ich viel über uns nachgedacht, darüber, ob ich tatsächlich schon so weit bin, einen neuen Mann in mein Leben zu lassen. Habe mich gefragt, ob unsere Beziehung eine Zukunft hat und wie wir mit der Distanz, die uns trennt, umgehen sollen. Doch wenn ich eines gelernt habe, dann, auf mein Herz zu hören und mir nicht zu viele Gedanken zu machen. Lily hat gesagt, dass auch kleine Lieben ihren Platz im Leben haben. Und bis Februar bleibt noch ein bisschen Zeit, um meine Gefühle zu ordnen. Bis dahin habe ich – hoffentlich – meine Pläne umgesetzt, wenn Charlotte mitspielt.

Gesendet: Freitag, 27. November 1999 um 16:24 Uhr
Von: »Erin« <Erin.Mitchell@aol.com>
An: Magnus.Lundgren@aol.com
Betreff: AW: Denke an Dich!
Lieber Magnus,
eine schöne Beerdigung, getragen und traurig. Ich vermisse Lily.
Den Sonnenuntergang würde ich gern mit Dir sehen.
Über dem Berkeley Pier ist er ebenfalls spektakulär.
Ich freue mich auf Dich in Stanford.
Viele Küsse
Erin

Bevor ich es mir anders überlegen kann, drücke ich auf »senden«. Dann schließe ich das Mailprogramm, damit ich nicht auf Magnus' Antwort warte oder beginne, meine Mail zurückzunehmen, indem ich eine weitere hinterhersende, die alles relativiert. Mein Herz fühlt sich leichter an, nun, wo ich einen weiteren Schritt auf dem Weg zur Eigenständigkeit gegangen bin.

Durch die Reise, die Gespräche mit Lily und auch meine Affäre oder was immer ich mit Magnus habe bin ich eine andere geworden. Ich habe endlich ein Ziel gefunden, mit dem ich mich in den nächsten Wochen und Monaten beschäftigen werde. Etwas, das mich hoffnungsvoll in die Zukunft sehen lässt, anstatt weiterhin zu bedauern, wie wunderbar die Vergangenheit war, und sie mir zurückzuwünschen.

Denn meine Ehe ist vorbei. Und irgendwie ist es gut so. Jeffrey hat eine neue Liebe, die ihn sicher Mut kostete. Ich, die

Charlotte den unspontansten Menschen der Welt nennt, bin nach Europa gereist, um eine Frau zu finden, von der ich nur den Vornamen kannte und wusste, dass sie 1933 in Frankfurt gelebt hat. Und ich habe Erfolg gehabt. Ich habe Lily gefunden und mit ihr ein Stück der Geschichte meiner Familie, und schließlich mich selbst.

Ich nehme die Liste heraus, die ich in Lilys Auftrag erstellt habe, und kann den ersten Punkt schneller abhaken, als ich es erwartet habe:

Glück in den kleinen Dingen finden und sie schätzen, wie sie es verdienen.

Die gelben Schlüsselblumen waren verblüht.

Kapitel 43

Nachdem ich wegen des Jetlags einen Tag verschlafen habe, fahre ich zu meinen Eltern zum Abendessen, damit ich ihnen erzählen kann, was ich in Deutschland herausgefunden habe. Die Seniorenresidenz ist ein freundlicherer Ort, als ich erwartet habe. Mum und Dad wohnen in einem Dreizimmerapartment, wo nur die dezenten Notknöpfe an den Wänden darauf hinweisen, dass es mehr als eine Wohnung ist. Meine Eltern konnten einige Möbel mitbringen, so dass ich mich bald heimisch fühle. Snow, die mich vom Schrank aus anfaucht, tut ihr Übriges, damit die Illusion, alles wäre wie immer, wirken kann.

»Wie war deine Reise?«, fragt Dad, kaum, dass wir am Tisch sitzen. »Deine Mutter und ich überlegen, ob wir nicht doch auch einmal nach Europa fahren sollten. Barcelona. Paris. Madrid.«

»Ich habe nur Frankfurt, Barcelona und Stockholm gesehen«, beginne ich meinen Bericht. Viel erzähle ich von meiner Zeit mit Kyle, von den Erlebnissen in Stockholm und der Suche in Frankfurt. Doch das, was ich gefunden habe, stelle ich in einer Kurzfassung und einer barmherzigen Lüge vor, die nur am Rand auf die Liebe von Lily und meinem Großvater eingeht und stattdessen den Widerstand und die Verfolgung in den Mittelpunkt stellt. Mein Vater kann es kaum fassen, dass sein Schwiegervater so viel erlebt hat, und äußert

446

sich wortreich. Meine Mutter hingegen schweigt. Als ich sie ansehe, wendet sie den Blick ab. Auch mein Vater spürt, dass etwas nicht stimmt, und verstummt. Schweigend beenden wir unser Mahl. Ich ärgere mich, dass ich überhaupt von Lily und meinem Großvater angefangen habe.

»Ich schaue mir ein Spiel im Fernsehen an«, sagt mein Vater schließlich. »Dann habt ihr Ruhe, euch unter Frauen auszutauschen.«

Am liebsten würde ich mit ihm im Wohnzimmer bleiben und gemeinsam vor dem Fernseher schweigen, aber ich traue mich nicht. Stattdessen folge ich meiner Mutter in die winzige Küche. Sie lässt Wasser in die Spüle laufen.

»Habt ihr keine Spülmaschine?« Das kann ich mir kaum vorstellen.

»Doch.« Sie grimassiert ein Lächeln. »Aber Abspülen beruhigt mich. Würdest du abtrocknen?«

»Ja.« Sie hat mir nicht wirklich eine Frage gestellt, sondern einen versteckten Befehl erteilt, was ich nur zu gut kenne.

»Fast ein Wunder, dass du *diese* Frau gefunden hast«, sagt meine Mutter, nachdem sie ihre Spülhandschuhe angezogen hat. Energisch schrubbt sie die Teller.

»Jaha«, antworte ich, während ich mich bemühe, den Ärger herunterzuschlucken, der in mir hochkocht, weil Mum so unfreundlich von Lily spricht. »So konnte ich Großvater von einer anderen Seite kennenlernen.«

»Hmmhmm.«

Mehr sagt sie nicht, sondern stapelt Teller vor mir auf, die ich schweigend abtrockne. Warum fällt mir keine Ausrede ein, mit der ich aus der Küche flüchten kann? Ich konzentriere mich auf jeden Teller, den ich so intensiv abtrockne, als hinge davon mein Glück ab. Meine Mutter klappert mit Geschirr und Besteck, aber seltsamerweise wirkt das Schweigen zwischen uns dadurch nur noch drückender. Mechanisch greife ich nach dem nächsten Stück und greife ins Leere.

Als ich hochschaue, weil sie mir keine Teller zum Abtrocknen mehr hingestellt hat, erschrecke ich. Wie erstarrt steht meine Mutter vor der Spüle, die Hände im Seifenschaum verborgen. Tränen laufen über ihr Gesicht und tropfen Spuren in den Schaum. Schnell senke ich den Blick. Noch nie habe ich meine Mutter so heftig weinen sehen. Selbst beim Tod meines Großvaters und kurz darauf dem meiner Großmutter bewahrte sie stets Fassung.

Mit dem Handtuch noch immer in den Händen, trete ich einen Schritt auf sie zu. Sie bemerkt es nicht. Ich fühle mich hilflos und befangen und möchte meinen Vater holen, damit dieser sich um die Tränen meiner Mutter kümmern kann. Doch das wäre feige. Also springe ich über meinen Schatten und nehme meine Mutter in die Arme. Ganz vorsichtig, weil ich fürchte, dass sie sich meiner Berührung entziehen wird. Zu meiner Überraschung lehnt sie sich an mich und legt ihre Arme um mich. Ihre Schultern beben. Sanft streichele ich ihren Rücken, schweigend, weil mir nichts einfällt, was mir passend erscheint. Nach einer Weile schluchzt sie auf und entzieht sich meiner Umarmung, um ein Taschentuch zu suchen.

»Möchtest du einen Tee?«, fragt sie, nachdem sie sich die Nase geputzt hat. »Irgendwo sind bestimmt Oreo-Kekse. Die isst du doch gern?«

»Ja«, antworte ich, obwohl meine Vorlieben für Tee und Oreos schon lange anderen Präferenzen gewichen sind, aber ich will die Vertrautheit, die zwischen uns wächst, nicht zerstören. »Danke.«

Nachdem sie Teewasser aufgesetzt und den Tee hat ziehen lassen, wirkt meine Mutter ruhiger. Sie holt uns zwei Becher aus dem Schrank, die sie auf dem Küchentisch abstellt. Die Oreo-Kekse dekoriert sie auf einen Teller. Kekse einfach aus der Packung zu essen käme meiner Mutter nie in den Sinn. Selbst in einer Krise nicht.

Nachdem wir uns an den Tisch gesetzt haben, rührt sie lange in ihrem Tee, als wüsste sie nicht, was sie sagen kann.

»Diese Frau, diese Lily«, sagt sie schließlich. »Du hast uns nicht alles erzählt.«

Ich nicke. Ich brauche Zeit zum Überlegen, Zeit, um mir darüber klarzuwerden, wie viel von der Wahrheit ich ihr zumuten kann. Seltsamerweise fühle ich in mir einen Widerstand, möchte meine Erinnerungen an Lily nicht teilen, vor allem nicht mit Mum, die sicher nicht verstehen wird, was ihren Vater und Lily verbunden hat. Aber ich will meine Mutter auch nicht anlügen.

»Lily war Großvaters erste Liebe«, antworte ich ausweichend. Nicht ganz die Wahrheit, aber auch keine Lüge. »Die Zeit und eine Intrige haben sie getrennt.«

Meine Mutter lächelt schief. »Du kannst mir ruhig alles sagen. Diese Frau war seine einzige Liebe. Das erklärt so vieles.«

Ich kann nur nicken, weil ich mir vorkäme, als verriete ich Lily, sollte ich das abstreiten.

»Was hat sie über deinen Großvater erzählt?«, will meine Mutter wissen. »Wie war er als junger Mann?«

Nun schildere ich ihr doch alles – zumindest fast –, was ich erfahren habe. Ein bisschen wenigstens soll nur Lily und mir gehören – und dem Andenken an meinen Großvater. Als ich meiner Mutter beschreibe, wie Lily und Großvater sich kennenlernten, spazieren Snow und ihre Tochter Cin in die Küche, als hätten sie gehört, dass wir von Katzen sprechen. Beauty ist gestorben, kurz bevor meine Eltern umgezogen sind. Katzen mögen keine Veränderung, hat meine Mutter das kommentiert.

»Also deshalb war ihm die Katze so wichtig.« Lächelnd schüttelt meine Mutter den Kopf, als Snow ihr auf den Schoß springt und an den Keksen schnuppert. Gedankenverloren streicht sie der Katze über den Rücken, die sich umdreht und auf dem Schoß meiner Mutter einschläft. »Deshalb das Testament. Was war … Lily für ein Mensch?«

Es fällt Mum sichtlich schwer, Lilys Namen auszusprechen, als würde sie dadurch ihre Mutter verraten.

Ich zögere. Wenn ich von Lily spreche, wie sie es verdient, fühle ich mich, als betrüge ich meine Großmutter, die bereits bei meinem Großvater gegen Lilys Schatten ankämpfen musste und verlor. Wenn ich Lily nicht gerecht werde, fühlt sich das auch falsch an. Ich rette mich in Ausflüchte und Halbwahrheiten.

»Ich habe nur wenig Zeit mit ihr verbringen können. Kurz vor ihrem Tod«, sage ich. Snow erhebt sich, gähnt und klettert auf meinen Schoß, was mich überrascht. »Als junge Frau muss Lily etwas Besonderes gehabt haben, voller Energie und Kraft.«

»Ich habe mich immer gefragt, ob Mutter meinen Vater so sehr geliebt hat, dass es für sie beide ausreichte.« Mum beugt sich nach vorn, um Cin heranzulocken, die am Herd schnuppert und dann unter dem Küchenschrank verschwindet. Gern würde ich das Gesicht meiner Mutter sehen, aber sie scheint mir auszuweichen, indem sie dem Kätzchen hinterherjagt. »Ich habe immer gehofft, dass sie ihn liebte und so etwas wie Zufriedenheit mit ihm gefunden hat.«

»Lily hat kurz vor ihrem Tod gesagt, dass es bereits ein Glück ist, wenn man jemanden findet, den man liebt. Dass zu lieben ausreicht, um schwere Zeiten durchstehen zu können.«

»Sie muss eine kluge Frau gewesen sein. Eine besondere Frau.« Meine Mutter hat Cin unter dem Schrank hervorgeholt. In meiner Wohnung fänden sich jetzt Staubflocken und Spinnweben im graugetigerten Fell des Kätzchens; in der Küche meiner Mutter hat Cin nicht eine Fluse einsammeln können. »Erin, ich habe eine große Bitte an dich.«

Zwei Tage später fahre ich per Bahn von Portland aus nach San Francisco. Einiges habe ich von meinen Eltern aus klären können, für ein paar Entscheidungen muss ich vor Ort sein. Hoffentlich lassen sich meine Pläne in die Tat umsetzen. Schließlich habe ich viel Zeit damit verbracht, sie gedanklich von rechts nach links und wieder zurück zu wälzen. Nun muss ich aufpassen, dass ich Charlotte nicht unvermutet über den Weg laufe. Meiner Freundin habe ich geschrieben, dass ich erst in drei Tagen ankomme, damit ich sie überraschen kann.
Schneller und einfacher, als ich erwartet habe, lassen sich offene Fragen klären und Hindernisse aus dem Weg räumen, so dass ich bereits einen Tag später Charlotte im Buchladen besuche. Mit Sarah habe ich per Mail verabredet, dass sie einspringt, damit ich mit meiner Freundin essen gehen und ihr meine Pläne mitteilen kann. Pläne, die ihr hoffentlich gefallen werden.
»Ist das eine Verschwörung?«, fragt Charlotte, nachdem Sarah gekommen ist, um sie abzulösen. »Fangt ihr an, euch hinter meinem Rücken zu verbünden?«
»Ja«, antworten Sarah und ich im Chor.
»Na prima«, sagt Charlotte mit einem gespielten Seufzer. »Aber ihr solltet es besser wissen. Heute kann ich nicht weg. Die Vertreter kommen.«

»Du hast aufgeschrieben, was du willst.« Sarah holt die Vorschauen unter der Kasse hervor. »Das bekomme ich schon hin.«

»Also los. Ich lade dich ein.« Ohne zu zögern, zerre ich Charlotte zur Garderobe, damit sie Jacke und Schal anzieht. »Ich möchte mit dir reden.«

»Das klingt so ernst.«

»Übe dich in Geduld.«

Arm in Arm mit Charlotte schlendere ich über die Telegraph Avenue, genieße die bunten Farben der gebatikten T-Shirts, freue mich über die Sonne, die den Wintertag gleich freundlicher aussehen lässt. Zielstrebig steuere ich ein Café an, in dem es Salat und vegetarische Sandwiches gibt.

Nachdem wir bestellt haben, schaue ich meine Freundin an und schüttele den Kopf.

»*Watership Down?* Richard Adams?«, sage ich und tippe auf den Ausdruck der Mail mit dem einen Satz, den sie mir gestern geschickt hat. »Hältst du mich für ein Kaninchen? Immerhin für ein abenteuerlustiges.«

»Nein.« Charlotte lächelt breit. »Für jemanden, der eine große Reise und ein großes Abenteuer erfolgreich beendete. Was willst du mehr, Hazel?«

»Bin ich jetzt durch mit deinen Lese-Tipps?«

»Nein.« Meine Freundin gibt sich geheimnisvoll. »Ein Buch habe ich noch für dich, aber das musst du dir erst verdienen. Aber nun sprich: Warum wolltest du mich sehen?«

»Weil ich eine lange Reise gemacht habe.« Aber meine Freundin kennt mich zu gut. Sie hebt die Augenbrauen in einer perfekten Bogart-Imitation, so dass ich beinahe mit meinen Plänen herausplatze. »Wollen wir nicht erst essen?«

Wie auf ein Stichwort taucht die Kellnerin auf, um zwei Teller mit Sandwiches vor uns abzustellen.

»Also?« Charlotte schaut mich auffordernd an.

»Die Stadt oder die Eigentümer schaffen es einfach nicht, das *Intermezzo* wieder aufzubauen«, sage ich betont nebenbei. »Bald wird sich kaum noch jemand dafür interessieren.«

»Was schade ist.« Charlotte beißt herzhaft in ihr Sandwich. »Das hier ist gut, aber die Sandwiches vom *Intermezzo* bleiben unschlagbar. Willst du mit mir über Essen philosophieren?«

»Was hältst du davon, mit *Books Charlotte loves* umzuziehen?«

»Wie bitte?« Vor Überraschung spuckt meine Freundin ihr Essen zurück auf den Teller. »Warum sollte ich?«

»Hast du nicht immer gesagt, dass du mehr Platz benötigst? Dass du so viele deiner Lieblinge nicht präsentieren kannst, obwohl sie es verdienen?«

»Ja, schon.« Sie legt das Sandwich zur Seite, wischt sich den Mund mit der Serviette ab und trinkt einen Schluck Rhabarbersaft, als wollte sie die Antwort hinauszögern. »Aber du weißt selbst, wie teuer Mieten in Berkeley sind. Und unsere Adresse ist eingeführt.«

»Ich würde auch nicht von der Telegraph Avenue wegziehen wollen«, sage ich. Dann habe ich meine Freundin genug auf die Folter gespannt. »Ich werde nicht mehr bei dir arbeiten.«

»Na prima.« Mit der Gabel ersticht Charlotte eine Tomate. »Erst redest du mir ein, umzuziehen, jetzt willst du kündigen. Was geht hier vor?«

»Ich möchte *mit* dir arbeiten«, sage ich und gebe vor, ihren Vorwurf nicht bemerkt zu haben. »Als deine Geschäftspartnerin. In einem Laden, der *Intermezzo*-Salate und Bücher verbindet. Hier um die Ecke.«

Charlotte schaut mich schweigend an, was mich zum Lachen bringt. Das erste Mal in der langen Zeit unserer Freundschaft ist es mir gelungen, meine Freundin sprachlos zu machen. Das ist ein guter Anfang für unsere Zusammenarbeit.

»Und wie sollen wir das finanzieren?«, fragt sie schließlich. Auf ihrem Gesicht, auf dem man jede Emotion deutlich lesen kann, wechseln sich Skepsis und Freude ab. »Ich bekomme keinen Kredit, wie du weißt. Du noch weniger. Und wo soll es sein?«

»Ich habe mit meinen Eltern gesprochen. Sie zahlen mir vorzeitig mein Erbe aus, den Anteil für den Hausverkauf.« Während ich Charlottes skeptischem Blick standhalte, kommen mir erste Zweifel. Vielleicht ist die Idee doch nicht so glorreich, wie ich dachte. Braucht Berkeley wirklich noch ein Café? »Das indische Restaurant macht zu. Wir können überlegen, ob wir das Café dort einrichten oder den Buchladen. Es wäre kein großer Umzug.«

»Du hast alles schon geplant?«

Eigentlich mehr eine Feststellung als eine Frage, aber ich antworte dennoch. »Ich hatte viel Zeit in Frankfurt.«

»Das ist überraschend.«

Ich muss lachen. »Und das von dir, die stets das Hohelied der Spontaneität singt.«

»Du musst zugeben, dass es ein bisschen viel auf einmal ist.« Ihr schiefes Lächeln sagt mir, dass Charlotte mir nicht böse ist, obwohl ich sie mit meinen Plänen so überfallen habe. »Die große Liebe deines Großvaters, deine schwedische Affäre und nun ein Neuanfang für uns beide.«

Ich nicke. Wenn man bedenkt, wie lange mein Leben im gleichen Trott gelaufen ist, ist das nicht nur viel, sondern geradezu revolutionär.

Charlotte winkt den Kellner heran. »Champagner, bitte. Wir haben etwas zu feiern.«

Wenn unser Buch-Café erst einmal fertig und eingerichtet ist, kann ich Punkt zwei von meiner Liste streichen:

Ein neues Ziel finden, das mich glücklich macht.

Dann bleibt nur noch eines, was ich zu tun habe. Das letzte Versprechen einzulösen, das ich Lily gegeben habe.

Das hier ist noch immer mein Lieblingsbuch.

Kapitel 44

Ein neues Jahrtausend. Ein neuer Anfang.

Nachdem ich Charlotte von meinem Vorhaben erzählt habe, nickt sie und holt aus ihrer unergründlich tiefen Handtasche einen Umschlag hervor.

»Jetzt hast du es dir verdient.« Sie grinst. »Sozusagen dein Abschlussdiplom in Buchform.«

Das Zitat setzt sich in meinem Kopf fest. Es fühlt sich an, als ob mir ein Wort oder ein Name nicht einfallen will. Ich weiß, dass ich das Buch gelesen habe und den Anfang kenne, aber immer wenn ich sicher bin, dass es mir gleich einfallen wird, verschwindet der Titel in den Tiefen meines Gehirns. Frustriert setze ich mich an den Computer.

»Nicht schummeln«, ruft Charlotte aus der Küche. Meine Freundin kennt mich zu gut. »Überleg erst ein bisschen.«

»Später«, antworte ich. Nervös fahre ich mir mit den Händen durchs Haar. Ich benehme mich, als hätte ich mein erstes Date. Albern, aber ich kann mir nicht helfen. Um mich zu beruhigen, schaue ich mich in unserem Café um. Es ist nicht das *Intermezzo*, aber das wollten Charlotte und ich auch nicht kopieren. Stattdessen haben wir etwas Eigenes erschaffen. Über die Inneneinrichtung, die Aufteilung der Räume und das Angebot konnten wir uns schnell einigen. Über den Namen unseres Projektes hingegen haben wir uns beinahe zerstritten. Ich wünschte mir etwas Schlichtes und habe vor-

456

geschlagen, *Books Charlotte loves* zu behalten, weil es bereits bekannt ist. Oder *Charlotte & Erin*.

Charlotte dagegen wünschte sich etwas Besonderes, das einerseits den Neuanfang beschrieb, andererseits die Kontinuität verdeutlichte. Nach dreistündiger, heftiger Debatte brüllte ich: »Dann nennen wir das Ding eben *Karma & Samsara*. Da hast du sogar Kontinuität zum Inder und alles, was du willst.«

Charlotte starrte mich an, als wäre ich verrückt geworden. Doch nach einer Weile sagte sie: »Warum nicht? Also *Karma & Samsara*. Jedenfalls so lange, bis mir etwas Passenderes einfällt.«

Zum zehnten Mal schaue ich zur Tür, als die Glocke anzeigt, dass ein Gast hereinkommt. Endlich ist er es. Ein letztes Mal streiche ich mir die Haare aus dem Gesicht und gehe ihm entgegen.

»Erin.« Jeffrey lächelt, als er mich sieht. Vorsichtig, als erwarte er, dass ich ihn mit Vorwürfen überschütten werde. Oder schlimmer noch, ihn wieder anbetteln will, dass er zu mir zurückkehrt. »Du siehst ... anders aus.«

»Danke. Danke auch, dass du gekommen bist, obwohl ...«

Jeffrey hebt die Hand, um mich aufzuhalten, was mir recht ist. Ich bin ihm dankbar, dass er keine wortreiche Entschuldigung von mir fordert. Als ich Jeffrey angerufen habe, fürchtete ich, dass er mir keine Chance geben würde, ihm meine Geschichte zu erzählen. Die Geschichte, die eigentlich die meines Großvaters und seiner großen Liebe ist. Ich befürchtete, dass er nichts mehr von mir hören will, dass ich all das, was uns einmal verbunden hat, durch meine Sturheit und mein Festhalten an unserer Vergangenheit für immer zerstört habe. Dass ich mir selbst durch mein Klammern an die Vergangenheit eine Zukunft genommen habe, in der Jeffrey und ich Freunde sein können. Freunde und Eltern von Kyle.

Aber Jeffrey war mir nicht böse. Im Gegenteil. Er wirkte sichtlich erleichtert, nachdem ich vorgeschlagen habe, dass wir uns in unserem Café treffen. Erleichtert, dass es von meiner Seite inzwischen auch möglich scheint, ohne Ressentiments oder Zorn miteinander zu sprechen. Und neugierig, was sich hinter der Geschichte verbirgt, die ich ihm versprochen habe.

»Das also haben Charlotte und du aufgebaut?«, fragt er, nachdem wir uns gesetzt und bestellt haben. »Das hätte ich nicht erwartet. Es sieht toll aus. Sehr eigen und gemütlich.«

Ich genieße seine Bewunderung. »Lobe uns erst, wenn du etwas gegessen hast.«

Sarah nimmt die Bestellungen entgegen und zwinkert mir zu. In vertrautem Schweigen sitzen Jeffrey und ich einen Moment zusammen, bis er fragt: »Kyle hat mir von eurem Abenteuer erzählt. Bist du fündig geworden?«

Nachdem Sarah uns die Cappuccinos gebracht hat, berichte ich Jeffrey, was ich in den letzten Wochen über meine Familie herausgefunden habe. In einer Kurzfassung, die sich auf die Geschichte von Lily und Alexander konzentriert. Seine Miene wechselt von Überraschung zu Verwunderung zu Mitgefühl.

»Das ist eine unglaubliche Geschichte«, sagt er, nachdem ich geendet habe. »Weißt du, dass ich immer Angst vor deinem Großvater hatte?«

»Das kann ich verstehen. Er wirkte so distanziert.« Noch immer fällt es mir schwer, meinen Großvater mit dem Alexander in Einklang zu bringen, der Lily geliebt hat, den Lily geliebt hat. Dem Mann, der jeden Tag auf sie gewartet hat. Sein ganzes Leben lang. »Wahrscheinlich bringt man im Leben nur die Kraft für eine große Liebe auf.«

458

»Erin.« Den Gesichtsausdruck, den Jeffrey nun aufsetzt, kenne ich zur Genüge. Eine Mischung aus Schuldgefühlen und Ungeduld mit mir, weil ich immer noch nicht bereit bin, seine Entscheidung zu akzeptieren. »Wie oft muss ich noch sagen, dass es mir leidtut.«

»Nein. Bitte nicht.« Ich schüttele den Kopf, wobei ich immer noch das Gefühl der langen Haare vermisse, die mich bei jeder Bewegung begleitet haben. Aber ein Neuanfang ist nur echt, wenn er mit einer neuen Frisur einhergeht, hat Charlotte gesagt. »Ich wollte mich nicht mit dir treffen, um dir Vorwürfe zu machen. Ich wollte ...«

Auf einmal kann ich die Worte nicht mehr sagen, die ich mir zurechtgelegt habe. Das, was sich zu Hause wahrhaftig und ehrlich angehört hat, wirkt nun, wo Jeffrey mir gegenübersitzt und mich ansieht, als wolle er am liebsten aufspringen und davonlaufen, kitschig und überzogen. Vielleicht sollte ich mich einfach verabschieden und ihm versprechen, dass ich ihn nicht mehr anrufen werde. Sollte endlich beginnen, ein eigenes Leben zu führen, in dem Jeffrey nicht mehr der Mensch ist, mit dem ich meine Gedanken und Geschichten teile.

Nein, ich will mich nicht feige aus der Verantwortung stehlen und vor meinen Gefühlen zurückschrecken. Das hat Lily nicht verdient, das hat mein Großvater nicht verdient. Und vor allem Jeffrey hat das nicht verdient. Also trinke ich einen Schluck von meinem inzwischen lauwarmen Cappuccino, hole tief Luft und spreche aus, was ich mir und Lily versprochen habe.

»Durch Lilys Geschichte habe ich erkannt, wie wichtig es ist, seine große Liebe zu finden.« Ich schlucke, um die Tränen zurückzudrängen, die ich spüre. Noch immer trauere ich um Lily. Und um den glücklichen Mann, der mein Großvater einmal war und den ich nie kennengelernt habe. »Es tut mir leid, dass ich dir das Leben schwergemacht habe. Nur weil ich Angst davor hatte, allein zu leben.«

Jeffrey legt seine Hand auf meine und drückt sie sanft.

»Schon gut. Ich habe dich aufrichtig geliebt, das musst du mir glauben.«

»Und ich dich.« Ich mustere ihn aus tränenumflorten Augen. Den Mann, mit dem ich mehr als zwanzig Jahre meines Lebens verbracht habe, mit dem ich einen Sohn habe, den Mann, den ich mit aller Kraft hatte wiederhaben wollen. Nun erkenne ich, dass ich ihn nicht aus Liebe, sondern aus Egoismus in meinem Leben behalten wollte. Sicher habe ich Jeffrey einmal geliebt, aber die Jahre haben die Farbe unserer Liebe ausgewaschen, bis sie nur noch eine blasse Version ihrer ursprünglichen Leuchtkraft aufwies. Ich habe kein Recht gehabt, Jeffrey sein Glück zu missgönnen, nur weil mir der Mut gefehlt hat, einen eigenen Aufbruch zu wagen. »Aber wir haben uns nie so sehr geliebt wie Lily und Alexander. Liebst du Ryan so?«

»Ich … Ich weiß es nicht.« Zum ersten Mal seit unserer Trennung schaut er mich liebevoll an, wie eine gute Freundin, wie die Vertraute, die ich ihm in den Jahren unserer Ehe geworden bin. Sein schiefes Lächeln, das einmal der Grund gewesen ist, dass ich mich in ihn verliebt habe, scheint auf. »Für mich ist es noch so neu, einen Mann zu lieben, dass ich mir über überhaupt nichts sicher bin.«

Der Mann, den ich abgeklärt und ruhig kenne, wirkt nervös wie ein Junge, der seine Highschool-Liebe fragt, ob sie ihn auf den Abschlussball begleitet, und sich sicher ist, dass sie ihm einen Korb geben wird.

Scham überfällt mich. Ich war so in mein Leid verstrickt, dass es mir überhaupt nicht in den Sinn gekommen ist, mich zu fragen, wie Jeffrey mit der Veränderung zurechtkommt, die sein neues Leben mit sich bringt. Selbst in einer offenen Studentenstadt wie Berkeley ist es sicher nicht einfach, sich zu outen. Ich drücke seine Hand als Zeichen, dass ich noch einiges gutzumachen habe.

»Ich wünsche euch Glück und eine Liebe so groß wie Lilys und Alexanders«, sage ich und meine es aus vollem Herzen. Selbst wenn Jeffrey mir anbieten würde, zu mir zurückzukehren, will ich mein altes Leben nicht mehr. Die Geschichte meines Großvaters hat mir gezeigt, wie wichtig es ist, nicht halbherzig durchs Leben zu gehen, sondern der einen Liebe alle Chancen zu geben, die sie braucht. Wenn mein Großvater jeden Tag auf Lily warten konnte, so werde ich mich gedulden, bis mir meine Liebe begegnet. Und die Zeit des Wartens werde ich dazu nutzen, ein eigenes Leben zu führen, in dem ich Träume, die ich schon lange gestorben glaubte, wieder ins Leben zurückrufe. »Aus vollem Herzen.«

»Danke«, sagt Jeffrey. »Was wirst du jetzt machen?«

»Lilys Geschichte aufschreiben. *Karma & Samsara* weiter aufbauen. Vielleicht Architektur studieren.« Ich lächele. »Alles etwas gelassener sehen. William Goldman. *Die Brautprinzessin!*«

»Wie bitte?«

»Entschuldige. Das ist das Buch, das ich gesucht habe.« Jeffrey schaut mich fragend an, ist aber zu höflich, um mehr erfahren zu wollen. Stattdessen sagt er: »Wenn ich etwas für dich tun kann …«

»Danke, aber ich muss jetzt auf eigenen Füßen stehen. Hinfallen, aufstehen, Krönchen richten und weiter.« Ich streiche ihm über die Hand, damit er begreift, dass ich sein Angebot zu schätzen weiß. »Alt genug dafür bin ich ja.«

»Willst du weiter in … unserem Haus wohnen?«

»Nein. Ich habe mir ein Apartment gesucht.« Zu viele Erinnerungen hängen an dem Haus, die mich nur festhalten würden. »Drei Zimmer. In der Nähe des Buchladen-Cafés.«

»Das Haus wird mir fehlen.«

»Mir auch, aber …«

»Ich verstehe.«

»Und das Beste.« Ich lächele. Es tut gut, ihm gegenüberzusitzen, ihn anzuschauen, ohne ihn anflehen zu wollen, unser altes Leben wieder aufzunehmen. »Du wirst es nicht glauben.«

»Ja?« Ohne zu überlegen, legt er seine Hand auf meine, was mir deutlich zeigt, dass wir auf dem besten Weg sind, Freunde zu werden. »Was kann noch unglaublicher sein als die Geschichte deines Großvaters?«

»Ich lebe nicht mehr allein.«

»Du hast jemanden gefunden.« Ehrliche Freude zeichnet sich auf seinem Gesicht ab. »Das freut mich für dich.«

»Du kennst sie sogar.«

Das Erstaunen, das deutlich auf seinem Gesicht erkennbar ist, bringt mich zum Lachen. »Kein Mensch. Zwei Katzen.«

»Du?« Nun ist sein Blick eher zweifelnd. »Du hast von dir immer gesagt, dass du ein Hundemensch bist.«

»Es sind nicht irgendwelche Katzen.« Ich beobachte seine vertrauten Züge, während ich das Geheimnis noch ein bisschen für mich behalte. Ich hoffe, dass Jeffrey mich verstehen wird. Meine Eltern haben sich gefreut, die Bürde loszuwerden, aber gleichzeitig ist ihnen die Verwunderung über meine Entscheidung deutlich anzusehen gewesen. »Es sind Snowwhite und Cinderella, die Katzen meines Großvaters. Na ja, eigentlich deren Urenkeltöchter. Sie durften nicht mehr bei meinen Eltern leben.«

Die Nachbarin meiner Eltern hat eine Tierhaarallergie, so dass die Katzen nicht bleiben durften. Meine Mutter hat

Snow und Cin zu mir gebracht, nachdem ich umgezogen war. Vier Tage haben Mum und ich miteinander verbracht, ohne uns zu streiten. Etwas seltsam fühlte es sich an, nur wir beide, ohne Dad, aber es ist ein Anfang.

»Das Symbol von Alexanders und Lilys Liebe.«

In dem Moment spüre ich sie wieder, die Liebe, die mich einmal mit Jeffrey verbunden hat. Das tiefe Gefühl von Gemeinsamkeit und Verständnis, das ich beinahe vergessen habe, weil die alltäglichen Fragen und Arbeiten unsere Energie gefressen haben, so dass für uns, für unsere Liebe, einfach zu wenig Raum geblieben ist. Selbst wenn Jeffrey Ryan nicht getroffen hätte, hätten wir uns wahrscheinlich irgendwann getrennt, weil es uns nicht gelungen ist, unsere Liebe durch den Alltag zu bringen.

Beim nächsten Mal werde ich es besser machen. Im Gedenken an Lily und Alexander. Im Gedenken an Jeffrey und mich und an das, was uns einmal verbunden hat. Im Vertrauen darauf, dass es eine große Liebe gibt, die ich nur finden muss oder die mich finden muss. Oder dass kleine Lieben auch ausreichen, um glücklich zu sein. Denn das habe ich Lily versprochen – dass ich mich anstrenge, glücklich zu werden, meinen Frieden mit allem zu schließen und hoffnungsvoll in das neue Millennium zu schauen.

Bücher, die Charlotte liebt

Kapitel 1 (S. 9)

Nennt mich Ishmael.
Aus: Hermann Melville: »Moby Dick« in der Übersetzung von Friedhelm Rathjen. Copyright © 2004 für die deutsche Übersetzung by Zweitausendeins Versand Dienst GmbH, www.zweitausendeins.de

Kapitel 2 (S. 18)

Als ich noch jünger und verwundbarer war, gab mein Vater mir einmal einen Rat, der mir bis heute im Kopf herumgeht.
Aus F. Scott Fitzgerald: Der große Gatsby
aus dem Amerikanischen von Bettina Abarbanell
Copyright der deutschsprachigen Übersetzung © 2006, 2013 Diogenes Verlag AG Zürich

Kapitel 3 (S. 29)

Es war ein verrückter, schwüler Sommer, dieser Sommer, in dem die Rosenbergs auf den elektrischen Stuhl kamen und ich nicht wusste, was ich in New York eigentlich wollte.
Aus: Sylvia Plath: Die Glasglocke. Aus dem Englischen von Reinhard Kaiser. © 1963 Sylvia Plath. © der deutschen Ausgabe Suhrkamp Verlag Frankfurt am Main 1997.

Kapitel 4 (S. 39)

Immer wenn sie mich anruft, beginnt meine Mutter das Gespräch, als wären wir schon mitten in einer Auseinandersetzung.
Amy Tan: Die Frau des Feuergottes
© 1993 Wilhelm Goldmann Verlag, München, in der Verlagsgruppe Random House GmbH
Übersetzung: Sabine Lohmann

Kapitel 9 (S. 96)

Wenn ihr euch einen kleinen Park vorstellen könnt, der bunt auf-strahlt im Glanz der Frühsommerblumen [...], dann brauche ich euch Cypress Hill – Zypressenhügel – am Nachmittag des Gartenfestes, das für den Gouverneur gegeben wurde, nicht zu beschreiben.
Aus »Das Leben der Lily Shane«. Copyright © 1924 The Bromfield Sisters Trust
Copyright für die deutsche Übersetzung von Lola Humm-Sernau
© 1954 by Scherz Verlag, Bern und München

Kapitel 10 (S. 107)

Dorothy lebte bei ihrem Onkel Henry und seiner Frau Em, ihrer Tante, auf einer Farm inmitten der weiten Prärie von Kansas.
Baum, L., Der Zauberer von Oz, © Dressler Verlag, Hamburg.

Kapitel 11 (S. 118)

In der Pan-Am-Maschine nach Wien befanden sich 117 Psycho-analytiker, und mindestens sechs von ihnen hatten mich behandelt. Einen siebten hatte ich geheiratet.
Aus: Erica Jong: Angst vorm Fliegen

Aus dem Amerikanischen von Kai Molvig
1979 Fischer Taschenbuch Verlag, Frankfurt
© Ullstein Buchverlage GmbH, Berlin

Kapitel 12 (S. 127)

*Nicht lange nachdem meine Frau und ich uns getrennt hatten, traf
ich Dean zum ersten Mal.*
Aus: Jack Kerouac: »Unterwegs«
Deutsche Übersetzung von Thomas Lindquist
Copyright © 1959/1986 Rowohlt Verlag GmbH, Reinbek b. Hamburg

Kapitel 13 (S. 136)

*Es zieht mich stets dorthin zurück, wo ich einmal gelebt habe, zu
den Häusern, der Gegend.*
Truman Capote, Frühstück bei Tiffany, aus dem Amerikanischen von
Heidi Zerning. Copyright (c) 2009 Kein & Aber AG, Zürich – Berlin

Kapitel 14 (S. 151)

*Ich habe meiner Mutter einen neuen Wagen gekauft. Das hat Tan-
te Louise fast umgehauen.*
Aus: Rita Mae Brown: »Jacke wie Hose«
Copyright für die deutsche Übersetzung von Margarete Längsfeld
© 1980 Rowohlt Verlag GmbH, Reinbek bei Hamburg

Kapitel 17 (S. 186)

*Es war einmal ein alter Mann, der allein in einem kleinen Boot im
Golfstrom fischte, und er war jetzt vierundachtzig Tage hintereinander hinausgefahren, ohne einen Fisch zu fangen.*

Ernest Hemingway: »Der alte Mann und das Meer«
Übersetzung ins Deutsche von Annemarie Horschitz-Horst
Copyright © 1952, 1977 Rowohlt Verlag GmbH, Reinbek bei
Hamburg

Kapitel 18 (S. 195)

Im Juni 1933, eine Woche nach der Promotion, wurde Kay Leiland
Strong, Vassar Jahrgang 1933, mit Harald Peterson, Reed Jahrgang
1927, in der Kapelle der episkopalischen St.-George-Kirche, die
Pfarrer Karl F. Reiland unterstand, getraut.
Aus »Die Clique«. Copyright © Mary McCarthy 1963

Kapitel 19 (S. 205)

Es war Mitte Oktober, gegen elf Uhr vormittags – ein Tag ohne
Sonne, mit der Aussicht auf einen harten, scharfen Regen in der
Klarheit der Vorberge.
Aus: Raymond Chandler: Der große Schlaf
aus dem Amerikanischen von Gunar Ortlepp
Copyright der deutschsprachigen Ausgabe © 1974, 2008 Diogenes
Verlag AG Zürich

Kapitel 24 (S. 259)

Im Folgenden ein Bericht über einige Jahre im Leben von Quoyle,
geboren in Brooklyn und aufgewachsen in einem Sammelsurium
öder Städte im Norden des Staates New York.
Aus: E. Annie Proulx, Schiffsmeldungen
© 2007 btb Verlag, München, in der Verlagsgruppe Random House
GmbH
Übersetzung: Michael Hofmann

Kapitel 25 (S. 270)

Scarlett O'Hara war nicht eigentlich schön zu nennen.
Aus: Margaret Mitchell: Vom Winde verweht
Aus dem Amerikanischen von Martin Beheim-Schwarzbach
Deutsche Erstausgabe 1973
© der deutschsprachigen Ausgabe Claassen Verlag in der Ullstein
Buchverlage GmbH, Berlin

Kapitel 27 (S. 291)

Terry betrachtete den Ärmelaufschlag ihres Wollpullovers, als sich Roberta näherte.
Aus: Olivia Goldsmith: Der Bestseller, Wilhelm Heyne Verlag,
München 1997.

Kapitel 28 (S. 302)

Mira versteckte sich in der Damentoilette. Für sie war es immer noch die Damentoilette, obwohl jemand auf dem Schild an der Tür das Wort Damen durchgestrichen und Frauen darunter geschrieben hatte.
Marilyn French, »Frauen«
Übersetzung ins Deutsche von Barbara Duden, Monika Schmid
und Gesine Strempel
Copyright © 1977 Marilyn French; 1978 Rowohlt Verlag GmbH,
Reinbek bei Hamburg

Kapitel 29 (S. 312)

Das Unglück mit dem Arm passierte kurz vor Jems 13. Geburtstag.
Harper Lee, »Wer die Nachtigall stört ...«

Copyright für die deutsche Übersetzung von Claire Malignon ©
1962 Rowohlt Verlag GmbH, Reinbek bei Hamburg

Kapitel 30 (S. 322)

*Garnet Cameron verließ im Sommer 1844 Miss Waynes Institut für
junge Damen mit dem Abschlusszeugnis.*
Aus »Kalifornische Sinfonie«. Copyright © 1950, 1978 Gwen Bristow

Kapitel 31 (S. 332)

Jetzt sah Amanda die Tänzerin.
Aus »Amanda«. Copyright © 1985 by Carol Hill

Kapitel 32 (S. 341)

Karsamstag in einer Ölboom-Stadt und keine Versicherung.
Aus: Louise Erdrich: Liebeszauber. Genehmigt durch die Agentur
Brovot & Klöss GbR, Berlin.

Kapitel 34 (S. 362)

*An einem kalten, windigen Februartag steigt eine Frau in die Zehn-
uhrmaschine nach London, auf den Fersen gefolgt von einem unsichtbaren Hund.*
Aus: Alison Lurie: Affären
aus dem Amerikanischen von Otto Bayer
Copyright der deutschsprachigen Ausgabe © 1986 Diogenes Verlag
AG, Zürich

Kapitel 35 (S. 374)

Es war Morgen, und die neue Sonne flimmerte golden über dem Wellengekräusel der stillen See.
Aus: Richard D. Bach: Die Möwe Jonathan
Aus dem Amerikanischen übersetzt von Jeannie Ebner
© 1972 Ullstein Buchverlage GmbH, Berlin

Kapitel 38 (S. 400)

Das Einhorn lebte in einem Fliederwald und es lebte ganz allein.
Peter S. Beagle. Das letzte Einhorn. Aus dem Amerik. von Jürgen Schweier. © 1968 by Peter S. Beagle. Klett-Cotta, Stuttgart 1975

Kapitel 39 (S. 410)

Es war einmal ein weißer Hengst an einem stillen Wintermorgen.
Aus »Wintermärchen«. Copyright © 1983 Mark Helprin

Kapitel 40 (S. 419)

Wenn ihr das Buch über Tom Sawyer gelesen habt, dann wisst ihr ungefähr, wer ich bin.
Mark Twain, Abenteuer von Huckleberry Finn. Aus dem Amerikanischen und mit Anmerkungen versehen von Friedhelm Rathjen. © der deutschen Ausgabe Suhrkamp Verlag Frankfurt am Main 2009.

Kapitel 41 (S. 429)

Es war Herbst. Sie fuhren durch üppige Felder, durch putzige alte Städte, durch Straßen, deren Bäume sich prächtig zu färben begannen.

Hannah Green, Ich habe dir nie einen Rosengarten versprochen.
Bericht einer Heilung © 2012 by Radius-Verlag, Stuttgart

Kapitel 42 (S. 438)

Lieber Gott, ich bin vierzehn Jahre alt.
Aus: Alice Walker: Die Farbe Lila. Bastei Lübbe 2003.

Kapitel 43 (S. 446)

Die gelben Schlüsselblumen waren verblüht.
Aus: Richard Adams: Unten am Fluss
Aus dem Englischen von Egon Strohm
© der deutschsprachigen Ausgabe 1975 Ullstein Buchverlage
GmbH, Berlin

Kapitel 44 (S. 456)

Das hier ist noch immer mein Lieblingsbuch.
Die Brautprinzessin. S. Morgensterns klassische Erzählung von
wahrer Liebe und edlen Abenteuern. Die Ausgabe der »spannen-
den Teile«. Gekürzt und bearbeitet von Wilhelm Goldman. Und
das erste Kapitel der lange verschollenen Fortsetzung »Butterblu-
mes Baby«. Aus dem Englischen übersetzt von Wolfgang Krege. ©
1973, 1998 William Goldman. Klett-Cotta, Stuttgart 1977, 2002

Nachwort: Historischer Hintergrund

Das *Café Intermezzo* in Berkeley mit seinen wunderbaren Salaten und leckeren Sandwiches gab es wirklich, und es brannte ebenfalls leider wirklich ab; allerdings nicht im Jahr 1999, in dem der Roman spielt, sondern 2011.

Emil aus Lönneberga, mit dem Erin ihren Magnus immer wieder vergleicht, ist in Deutschland bekannt als *Michel aus Lönneberga*. Im schwedischen Original heißt die Figur von Astrid Lindgren ebenfalls Emil. In Deutschland hat man den abenteuerlustigen Jungen Michel genannt, da es bereits *Emil und die Detektive* von Erich Kästner gab.

Die Figuren der Geschichte sind fiktiv, aber sie tragen die Nachnamen von Widerstandskämpferinnen aus Frankfurt:
Liesel Baum = Sozialistin
Anna Beyer = Mitglied des ISK (Internationaler Sozialistischer Kampfbund) und Mitbegründerin der Frankfurter SPD nach dem Zweiten Weltkrieg
Sophie Ennenbach = Sozialdemokratin und Gewerkschafterin
Henriette Fürth = Sozialdemokratin
Johanna Kirchner = Sozialdemokratin (Tochter von Karoline Stunz)
Rose Schlösinger = Widerstandskämpferin
Karoline Stunz = Sozialdemokratin

(*Quelle:* Bromberger, Barbara / Mausbach, Katja: Frauen und Frankfurt. Spuren vergessener Geschichte. Frankfurt a. M.: Verlag für Akademische Schriften 1997.)

Aus dramaturgischen Gründen habe ich die Widerstandskämpfer des ISK (Internationaler Sozialistischer Kampfbund) Anna Beyer und Ludwig Gehm ihre vegetarische
Gaststätte im Steinweg bereits 1933 eröffnen lassen, damit
meine Figuren einen Ort haben, an dem sie sich treffen können, aber auch, um der mutigen Frau auf diesem Weg ein
kleines Denkmal zu setzen.

Auch die Eröffnung des *Café Metz* habe ich zeitlich vorver-
lagert, damit Alexander dort Georg Baum treffen konnte.

Warum das Gallusviertel »Kamerun« genannt wurde, dafür
gibt es unterschiedliche Erklärungen:
- Das Gallusviertel liegt aus Sicht der alteingesessenen Frankfurter so weit von der Innenstadt entfernt wie Kamerun
- Der Ruß der Fabrikschornsteine legte das Viertel an Tagen
 der Entrußung unter eine schwarze Wolke, die sich auf
 Häusern, Menschen und Wäsche niederschlug
- Arbeiter der Schreibmaschinenfabrik Adlerwerke waren so
 mit Schreibmaschinenfarbe verschmiert, dass sie schwarz
 aussahen

(*Quelle:* Becker-Schaum, Christoph, u.a.: »Wer klassenbewußt war,
war im Konsum«: Arbeiterkinder und -jugendliche im Gallus-Viertel
1918–1933, Studien zur Arbeiterkindheit und -jugend in ausgewählten
Stadtteilen von Frankfurt am Main zur Zeit der Weimarer Republik, 2.
Frankfurt a. M.: Dipa-Verlag 1986.)

*Daten und Informationen zur Lebenslage in Frankfurt
in den frühen 1930er Jahren:*

Im Dezember 1932 lebten rund 550000 Menschen in Frankfurt, von denen 70917 als Arbeitslose registriert waren. Fast
die Hälfte der Arbeitslosen hatte keinen Anspruch mehr auf

Unterstützungsleistungen der Arbeitslosenversicherung. Die sogenannten »Wohlfahrtserwerbslosen« fielen unter die städtische Fürsorge.

Wohlfahrtserwerblose erhielten 1932 einen Richtsatz von maximal 54 Reichsmark im Monat. Durch die hohen Mieten und Nebenkosten mussten etwa 50 % der Fürsorgeleistungen für Wohnen ausgegeben werden, so dass Ehepaaren um die 91 Pfennig pro Tag für Lebensmittel zur Verfügung standen.

Der durchschnittliche Monatslohn lag 1934 bei 134 Reichsmark.

Der durchschnittliche Stundenlohn betrug 1933 für Männer 74 Pfennige, für Frauen sogar nur 52 Pfennige.

Die Preise für Lebensmittel im Oktober 1932:

1 Kilo Schwarzbrot = 38 Pfennig

1 Kilo Kartoffeln = 10-12 Pfennig

1 Kilo Karotten = 12-16 Pfennig

1 Kilo Weißkraut = 10-12 Pfennig

1 Ei = 10 Pfennig

1 Liter Milch = 23 Pfennig

1 Kilo Haferflocken = 51 Pfennig

1 Kilo Zucker = 82 Pfennig

1 Kilo Margarine = 1,34 Reichsmark

1 Kilo Schweinefleisch = 1,80 – 2,03 Reichsmark

(*Quelle:* Dieter Rebentisch: Frankfurt am Main in der Weimarer Republik und im Dritten Reich 1918 – 1945. In: Frankfurt am Main. Die Geschichte der Stadt in neun Beiträgen. Herausgegeben von der Frankfurter Historischen Kommission. Sigmaringen: Jan Thorbecke Verlag 1991, S. 423 – 520.)

Namenspatinnen für Lily

Nach Lilys Geburt entzündete sich in ihrer Familie ein heftiger Streit über den Namen des Mädchens, den Lilys Mutter schließlich für sich entscheiden konnte.

Lilys Namenspatin, **Lily Braun** (1865–1916), war Sozialdemokratin und Frauenrechtlerin, die zwischen bürgerlicher und proletarischer Frauenbewegung stand. Lily Braun schrieb unterschiedliche Veröffentlichungen; bis heute bekannt sind ihr Buch *Die Frauenfrage* sowie ihre Autobiographie *Memoiren einer Sozialistin*. Wie viele ihrer Zeitgenossen und Parteigenossen unterstützte Lily Braun den Ersten Weltkrieg vorbehaltlos.

Lilys Vater wollte sie nach **Rosa Luxemburg** nennen. Rosa Luxemburg (1871–1919) war Sozialdemokratin, Journalistin und Autorin. 1914 initiierte Rosa Luxemburg die »Gruppe Internationale«, nachdem die SPD sich für den Ersten Weltkrieg ausgesprochen hatte. Aus der Gruppe Internationale wurde der Spartakusbund, den Rosa Luxemburg und Karl Liebknecht leiteten.

Oma Bertha plädierte für **Ottilie Baader** als Namenspatin. Die Sozialdemokratin Ottilie Baader (1847–1925) forderte das Frauenwahlrecht. Außerdem kämpfte sie für Frauen- und Kinderschutz sowie bessere Bildungsmöglichkeiten für Arbeiterinnen.

»Emma« lautete der Vorschlag von Opa Willy, der damit **Emma Ihrer** würdigen wollte. Emma Ihrer (1857–1911) war

Sozialdemokratin, Gewerkschafterin und Frauenrechtlerin, die sich für die Rechte von Arbeiterinnen einsetzte. 1890 wurde Emma Ihrer als einzige Frau in die »Generalkommission der Gewerkschaften Deutschlands« gewählt. Ab 1891 gab sie die Wochenzeitschrift *Die Arbeiterin. Zeitschrift für die Interessen der Frauen und Mädchen des arbeitenden Volkes* heraus, die 1892 in *Die Gleichheit* umbenannt wurde.

Oma Alwine hielt selbst nach Lilys Taufe weiter an dem Namen »Clara« fest. Namenspatin ist **Clara Zetkin** (1857–1933), Sozialistin, Friedenskämpferin und Frauenrechtlerin. Bis 1917 war Clara Zetkin Mitglied der SPD, wechselte dann in die Abspaltung USPD und schließlich zur KPD, für die sie Reichstagsabgeordnete von 1920 bis 1933 war. Clara Zetkin arbeitete als Journalistin und war Redakteurin der *Gleichheit*.

Zum Weiterlesen

Falls die Liebesgeschichte von Lily und Alexander Sie dazu angeregt hat, sich mit Frankfurt in den 1930er Jahren zu beschäftigen, empfehle ich Ihnen diese Bücher und wünsche Ihnen viel Vergnügen beim Lesen:

Becker-Schaum, Christoph, u. a.: »Wer klassenbewußt war, war im Konsum«: Arbeiterkinder und -jugendliche im Gallus-Viertel 1918–1933, Studien zur Arbeiterkindheit und -jugend in ausgewählten Stadtteilen von Frankfurt am Main zur Zeit der Weimarer Republik, 2. Frankfurt a. M.: Dipa-Verlag 1986.

Bromberger, Barbara / Mausbach, Katja: Frauen und Frankfurt. Spuren vergessener Geschichte. Frankfurt a. M.: Verlag für Akademische Schriften 1997.

Bromberger, Barbara und Verein für Frankfurter Arbeitergeschichte (Hgg.): Nieder mit Hitler! Frankfurter Arbeiterbewegung im Widerstand gegen den Faschismus 1933–1945. Frankfurt a. M.: Verlag für Akademische Schriften 2004.

Frankfurter Historische Kommission (Hg.): Frankfurt am Main. Die Geschichte der Stadt in neun Beiträgen. Sigmaringen: Jan Thorbecke Verlag 1994.

Hennig, Eike (Hg.): Hessen unterm Hakenkreuz. Studien zur Durchsetzung der NSDAP in Hessen. Frankfurt a. M.: Insel-Verlag 1983.

Herrschaft, Felicia / Lichtblau, Klaus (Hgg.): Soziologie in Frankfurt. Eine Zwischenbilanz. Wiesbaden: VS, Verlag für Sozialwissenschaften 2010.

Hübner, Irene: Unser Widerstand. Deutsche Frauen und Männer berichten über ihren Kampf gegen die Nazis. Köln: Röderberg-Verlag 1982.

Keval, Susanna: Widerstand und Selbstbehauptung in Frankfurt am Main 1933–1945. Spuren und Materialien. Frankfurt a. M. (u. a.): Campus-Verlag 1988.

Knigge-Tesche, Renate (Hg.): Verfolgung und Widerstand in Hessen 1933–1945. Frankfurt a. M.: Eichborn Verlag 1986.

König, Fritz / Stübling, Rainer (Hgg.): Gewerkschafter, Sozialdemokraten, Friedensfreunde in Frankfurt am Main 1900–1933, Frankfurt a. M.: Dipa Verlag 1985.

Stadt Frankfurt am Main, Dezernat Schule und Bildung, Amt für Volksbildung / Volkshochschule (Hg.): Nationalsozialismus 1933–1945. Spuren demokratischen Widerstandes in Frankfurt am Main. Frankfurt a. M. 1984.

Wippermann, Wolfgang: Das Leben in Frankfurt zur NS-Zeit. Bd. III: Der Alltag. Frankfurt a. M.: Kramer 1986.

Wippermann, Wolfgang: Das Leben in Frankfurt zur NS-Zeit. Bd. IV: Der Widerstand. Frankfurt a. M.: Kramer 1986.

Danksagung

Ich danke Natalja Schmidt von der Literaturagentur Schmidt & Abrahams für die Anregung zu der Geschichte und für ihren Einsatz für das Manuskript.

Ein großer Dank geht an meine Testleserinnen und Testleser, deren Anmerkungen und Fragen dazu führten, dass die Geschichte an Tiefe gewann. Im Einzelnen: Sabine Lindecke, Matthias Hofinger, Andrea von Oldenburg und Evelyn Leip.

Lea Korte hat mir geholfen, die Feinheiten der katalanischen Sprache zu begreifen. Danke sehr.

Martina Lüke und Frank Schmitz danke ich für Quartier, Verpflegung und Begleitung in Stockholm und für die Anregung zu einer Schären-Rundfahrt.

Mein Dank gilt Annette Kuhlmann für Quartier, Verpflegung und Gespräche über das Gallusviertel während meiner Frankfurt-Recherche-Reise.

Große Unterstützung habe ich beim Studienkreis Deutscher Widerstand 1933–1945, Frankfurt, erfahren und möchte insbesondere Hermann Unterhinninghofen für seine Bemühungen danken.

Auch in der Bibliothek des Städel-Museums habe ich Hilfe bei der Recherche gefunden. Vielen Dank.

Herzlich danke ich Christine Steffen-Reimann und Julia von Natzmer vom Droemer Knaur Verlag für ihre Begeisterung für das Manuskript und ihre kenntnisreichen Anregungen, die Lilys und Alexanders Geschichte verbesserten.

Und schließlich danke ich den Musekatern, die auch dieses Buch begleitet haben und die Anregung für Prinzessin Mäusehaut und ihre Nachkommen gaben.